爱阅读·世界文学经典名著

热爱生命

RE AI SHENG MING

［美］杰克·伦敦◎著

梦伊洛◎译

天地出版社

图书在版编目（CIP）数据

热爱生命／［美］杰克·伦敦著；梦伊洛译.
—成都：天地出版社，2017.2
（学生万有文库）
ISBN 978 - 7 - 5455 - 2259 - 4

Ⅰ．①热…Ⅱ．①杰…②梦…Ⅲ．①短篇小说 - 小说集 - 美国 - 近代
Ⅳ．①I712.44

中国版本图书馆 CIP 数据核字（2016）第 242183 号

热爱生命　　［美］杰克·伦敦　著　梦伊洛　译

出 品 人	罗文琦
责任编辑	田东洋
封面设计	艺和天下
电脑制作	艺和天下
责任印制	田东洋
出版发行	天地出版社
	（成都市槐树街2号　　邮政编码：610014）
网　　址	http：//www. tiandiph. com
	http：//www. 天地出版社 . com
电子邮箱	tiandicbs@ vip. 163. com
印　　刷	三河市天润建兴印务有限公司
版　　次	2017 年 2 月第一版
印　　次	2017 年 2 月第一次印刷
成品尺寸	155mm×220mm　1/16
印　　张	26.5
字　　数	424 千字
定　　价	38.0 元
书　　号	ISBN 978 - 7 - 5455 - 2259 - 4

前　言

杰克·伦敦（1876—1916），原名约翰·格利菲斯·伦敦，美国著名的现实主义作家，生于破产农民家庭。24 岁开始写作，去世时年仅 40 岁。从 1900 年起，他陆续发表和出版了多部小说，讲述美国下层人民的生活故事，揭露资本主义社会的罪恶。他的作品大都带有浓厚的社会主义和个人主义色彩，因而他被誉为"商业作家的先锋"。他一生著述颇丰，16 年中留下了 19 部长篇小说、150 多篇短篇小说及大量文学报告集，还写了 3 个剧本及相当多的随笔和论文。其最著名的作品有《马丁·伊登》《野性的呼唤》《白牙》《热爱生命》《海狼》《铁蹄》等。作为一名作家和探险家，他以其坚强不屈的奋斗精神及尖锐而丰富的作品内容深入人心，在美国文学史乃至世界文学史上都具有不可磨灭的地位。

《热爱生命》是杰克·伦敦最著名的中篇小说，通过描写一个淘金者与饥饿、寒冷、恐怖和死亡做斗争的故事，阐释了在人与自然的残酷斗争中，只要怀着对生命的无比热爱就能战胜一切的自然法则。小说以雄健、粗犷的笔触，记述了一个悲壮的故事，生动地展示了人性的伟大和坚强。小说把人物置于近乎残忍的恶劣环境之中，让主人公在与寒冷、饥饿、伤病和野兽的抗争中，在生与死的抉择中，充分展现出人性深处的某些闪光的东西，生动逼真地描写出了生命的坚韧与顽强，奏响了一曲生命的赞歌，有着震撼人心的力量。

作者将主人公置于险恶的北疆环境之中，面对严酷的现实：饥饿和死亡，让他明白自然力量的强大和自身的渺小、脆弱。然而，伦敦总是不甘就范，不把自己限定在严格定义的自然主义框架之中，他将"现实主义的唯物论结合于对外部世界的表现中，将浪漫的理想主义结合于主观的人"。他赋予《热爱生命》中的淘金者正视严酷现实的勇气、战胜逆境的坚强意志及成为强者超人的英雄气魄，最终淘金者在同北疆荒原、伤残、饥饿、死亡的斗争中，赢得了生存的权利，成为自然的强者。因此，《热爱生命》是一部自然主义和浪漫主义有机融合的作品，这是小说艺术力量之所在，也是其经久不衰的真正原因之一。

目　录

热爱生命

一切，总算剩下了这一点——
他们经历了生活的困苦颠连；
能做到这种地步也就是胜利，
尽管他们输掉了赌博的本钱。

河岸上走下两个人，他们小心翼翼，一瘸一拐。走在前面的那一个被乱石绊了一下，差一点栽倒，摇晃了几下终于又站稳了。

这两个人的劳累困顿是明摆着的，可以说精疲力竭。由于长期饱经风霜，尝尽了生活的艰辛，痛苦的表情已经被岁月蚀刻在他们的脸上。他们的肩上背着沉重的包袱，用皮带扎得很紧，手里拿着一支猎枪。

由于背上的重负，他们弓着腰低着头，两眼望着地面，一步一步地朝前移动。

"我们藏了数不清的子弹，问题是现在手里哪怕只有两发也令人高兴。"一个人说。

他声调低沉、毫无感情的话，没有激起同伴丝毫搭腔的愿望。他正一心一意地向一条小河走去，当河水从石块上流过的时候，激起许多乳白色的泡沫。

第二个人跟着第一个人，一前一后，走下小河。这两个人谁也没有脱掉鞋袜。冰一般刺骨的河水，立刻浸透了他们，脚趾和脚腕被冻麻了。水深的地方，没过了他们的膝盖。水流的冲击使他们摇摇晃晃，站立不稳。

走在后面的人，踩到一个光滑的圆石块，脚下一滑，几乎摔倒。他痛苦地尖叫了一声，终于立住了。由于头昏眼花，他并没有站稳，而是紧接着向前打了个趔趄，那只不拿枪的手在空中划过，想抓住什么东西似的。

他努力地控制住自己的身体，不使自己倒在地上，并跟跟跄跄地向前走去。当他停下来喘气的时候，抬起头望了望走在前面的人，那个人连头也没回一下，仍旧在向前走。

有整整一分钟时间，他站在那里，一动也不动，像是在想什么重要的事情。然后，他喊了起来："喂，比尔，我的脚弄伤了！"

比尔仍然没有回头，他在白茫茫的河水中深一脚浅一脚地朝前走着。

走在后面的人望着比尔的背影，他的脸上虽然没有丝毫的表情，但是眼神中却流露出痛苦和忧伤。这是那种受伤的驯鹿的眼神。

比尔已经到对岸了，仍站在河心的人眼巴巴地望着他上岸之后，拖着沉重的步子头也不回地继续往前走。他的嘴唇一阵哆嗦，连那棕色的胡须也随之抖动起来。他用舌尖舔了舔干裂的嘴唇。

"比尔！"他大声地喊着。

这绝望的哀求出自一位穷途末路的英雄之口，而比尔，却始终没有回头。

他目不转睛地望着比尔，见他脚步沉重一瘸一拐，步履艰难地登上一片斜坡，向小山头上柔和的天际走去。他呆呆地看着比尔跨过山头，消失得无影无踪。他把头转过来，开始慢慢打量这个世界。比尔的离去使他不得不独自面对周围的一切。

在无边无际的天空中布满了云，太阳的光辉穿透云层之后变得十分昏暗。茫茫迷雾，渐渐地沉重起来。他把表掏出来看了看，将身体的重心移到一条腿上。四点了。已经有两个星期了，他一直无法弄明白准确的时间。现在是七月底或者是八月初，太阳应当位于天空的西北方。他向南方望去，能看到一些低矮的山丘，在这些山丘后面的什么地方，是大熊湖，再往那边，顺着加拿大平原而去，通向可怕的北极。他此刻涉足其间的这条小河，据他所知是铜矿河的支流。铜矿河由南向北流入了加冕湾和北冰洋。他一辈子也没有到过那些地方，有一次在哈德孙湾公司的地图上，他看到过那些遥远而陌生的地方。

他把视线从远处收回来，环顾这个他独自置身其中的荒野，看到了一片令人忧伤的景象。低矮的山丘挡住他的视线，眼前既没有高大的树木，

2

也没有丛生的灌木，连一株小花小草都没有，只有令人充满恐惧的茫茫荒野。

"比尔！"他喃喃自语，接着又重复一遍，"比尔！"

他站在泛着白光的河水中，感到一阵害怕。无边无际的荒原以一种压倒一切的力量向他逼迫过来，不可抗拒，又难以逃避。他的身体开始像发疟疾似的颤抖起来，手中的猎枪哗啦一声掉进水中。意外的事件把他惊醒过来，于是他排除了恐惧，打起精神，把一只手伸进水中，摸到了枪。然后他把包袱移到左肩上，这样就减轻了受伤的右脚的重负。他双眉紧锁，忍着右脚腕的剧痛，缓缓地移动着，小心翼翼地登上了河岸。

他既没有停顿也没有休息，就匆匆忙忙地赶路去了。不顾伤痛，不顾疲劳，他一门心思向前，发疯般地朝前赶。爬上斜坡之后，登上了那座小山头，比尔不久前就是从这里消失的。同一瘸一拐的比尔比起来，他的形象更加笨拙、狼狈和可笑。他从山头向下边的谷地望去，死气沉沉，一片荒凉，没有人影，寸草不生。恐惧之感又袭上心来，他拼命地鼓起勇气，把左肩上的包袱重新背好，颠簸着向下走去。

谷底潮湿异常，覆盖着厚厚的苔藓。这些苔藓像吸足了水的海绵，每走一步，脚下便溅出水来，鞋子一起一落，发出咕叽咕叽的响声。

费力极了。他尽可能沿着比尔留下的足迹。踏着突起在苔藓中的小岛般的岩石，穿行于沼泽之间。

只剩下他单独一人了，不过他知道自己并没有迷失方向。再走不远，就能到达一个叫做提琼尼其利的地方。那里生长的云杉和冷杉谈不上高大挺拔，却为提琼尼其利小湖提供了一个天然的围栏和屏障。"提琼尼其利"当地话的意思是"小棍之乡"。有一条小河流入了此湖，他记得那条小河清澈见底，河岸上到处都是灯芯草。环绕小湖以外的地方，都没有树木，顺着小河向上游走，在水源的尽头有一个分水岭。这里还是另一条小河的源头，这条小河向西流去。沿着这条西流的小河，他将找到狄斯河，那里有他隐蔽的秘密营地。在乱石丛中藏有一只独木舟里面有子弹、钓钩、钓丝和一张小渔网。还有面粉，虽然不多；还有一块腌猪肉和一些豆子。

比尔肯定会在那儿等他，两个人将沿着狄斯河走向大熊湖。渡过大熊

3

湖，再向南走到肯齐河。继续向南，不停地走下去，冬天在身后追赶着他们，河面将很快结冰，天气也将变得更加寒冷。还要向南，他们的目的地是哈德孙湾的一个商站，那里生长着高大茂盛的乔木，食物充足。

这位孤独的天涯过客思索着，异常艰难地向前移动。在艰难困顿中他抱定的信念是：比尔不会抛下他不管。比尔一定会在藏东西的地方等他。他理应这样认为，假如不是这样，那么他继续前行并与艰难困苦搏斗就变得没有意义，只有躺在地上坐以待毙了。

这时，太阳带着它那昏暗的光芒向西北天际落下。他不止一次地想过，他和比尔每向南迈进一步，就与那即将来临的冬天远离了一步。他忍不住一次又一次地回想着在秘密营地储藏的食物和哈德孙公司仓库中的备用品。他有两天没有吃到任何东西了。没有吃到饱饭的时间更长。饥饿难忍时他就弯下腰，采几枚沼泽地上的浆果塞进嘴里嚼一阵。浆果有丰富的汁液，吸干这些浆液之后，又硬又苦的籽含在口中，还能嚼很长时间。显然这种东西无法填饱肚皮，就像希望和回想不能充饥一样。当下的饥饿却驱使着这个人再次去采摘浆果。

晚上九点钟的时候，他的大脚趾撞在了一块石头上，受了伤，他摇晃了一下，栽倒在地。衰弱和疲劳使他没能站稳。他就在那儿躺了很久，一动也不动。然后他解开皮带，吃力地坐了起来。天还没黑，小路依稀可辨，他在岩石中搜索了一阵，找到一块干苔藓地。接着拾来了一捆柴，点上，炊烟立刻升起。拿出饭盒，盛上水，架在火堆上。打开包袱，他数了数还有多少根火柴，共六十七根。为了防止数错，他又数了三次，然后把这些火柴分成三份，用纸分别包好。第一份放进空荷包里，第二份放进帽子的衬布里，第三份塞进了衬衣口袋。把这些事情做完之后，他突然感到害怕起来。他把放好的那三份火柴又拿出来，打开纸包，重新数了一遍，的的确确是六十七根。

他坐在火堆旁，烤自己潮湿的鞋和袜子。皮鞋烂得只剩一些碎片了，毡袜子也坏了，双脚磨出了血。脚脖子肿得几乎有膝盖那么粗，疼痛难忍。他从毯子上撕下一条，紧紧地裹住脚腕，又撕下几条，把脚包严，跟穿上了袜子和皮鞋一样。接下来他喝了点开水，给表上了弦，躺下盖好毯子。

4

他睡得很沉。快到半夜时天才黑下来，而且时间不长，太阳就从东北方向升起。确切地说，是破晓来自那一方向。灰色的云层挡住了太阳。

六点钟，仰面朝天的他醒来，望着灰蒙蒙的天空，饥饿立刻袭来。听到很响的鼻息之声，他侧转身，用肘撑起身体，看到一只大驯鹿。它警觉地望着人，感到十分好奇。这只驯鹿离他不足五十步。他脑子里呈现出平底锅煎鹿排，咝咝作响，香味扑鼻。想得出神，他本能地抓起那支没有子弹的猎枪，端平，瞄准，击发！驯鹿叫了一声，跑开了。鹿蹄敲打石子的声响越来越小。

他骂了一句，把猎枪丢在一边；又呻吟了几声，想站起来；吃奶的力气都用上了，好一阵挣扎，才挺起身子，像生了锈一般的关节，伸一下屈一下都需要巨大的毅力。最后，终于站起来了。他又用了一分钟时间使自己站稳，站直。

他艰难地爬上一个小山丘，茫然四顾。看不见树木花草，只有大片的灰色苔藓、灰色的沼泽、灰色的小溪，衬托着灰色的天空。看不到太阳的影子，也看不到太阳的光线。弄不清哪边是北，忘掉了昨天是从哪一个方向来到这里的。不过他相信自己没有迷路，希望很快就能到达小棍之乡。他知道，小棍之乡距此已经不远，在左边，也许就在能看到的那个小山丘的后面。

他回到刚才休息的地方，把包袱扎好，准备出发。上路前又检查一遍，看看三个小纸包的火柴，没有再数他们。想到那只装得满满的鹿皮口袋时，他犹豫不决起来。口袋不大，两只手掌合起来就可以将它包住，却很沉，有十五磅，相当于其余所有东西的重量之和。这只该死的袋子让他伤透了脑筋。他把这只口袋置于一边，着手打包袱。他的目光却不由自主地移到那只口袋上，而且目光灼灼。他一把抓起那袋子，不安地环顾四周，好像这个荒野会把那口袋黄金抢走似的。当他最后站起身艰难地朝前走去之时，那只沉重的鹿皮口袋依然在他的背上。

他向左转之后前行，停下脚步时总要采些浆果吃。一只脚麻木，使他瘸得更甚。不过同饥饿引起的腹绞痛相比，腿脚上的痛楚就微不足道了。饥饿难耐，空腹的绞痛一阵紧似一阵，他已无法确定小棍之乡到底在哪一个方向。浆果既无法充饥，又治不了胃疼，坚硬无比的籽核又扎破了舌头和上颚。

他走到小谷地的时候，有一群白沙鸡从圆石头上、土墩子上迎面飞起，拍打着翅膀，"咯儿——咯儿——"地叫着，惹得他捡起一块石头去打，没打中。他丢下背包，悄悄地爬向白沙鸡，像公猫偷猎麻雀时所做的那样。他的裤子被锋利的岩石划破了，膝盖上血迹斑斑，他竟没有觉得疼。饥饿已经吞没了他的知觉。他爬行在潮湿的苔藓地上，水湿透了衣服，全身发冷，这些都被排除在知觉之外了。整个世界只剩下饥饿的血盆大口和围绕他飞着的白沙鸡。他觉得这些"咯儿——咯儿——"的叫声在逗引他，嘲笑他，拿他开心；他骂了一阵白沙鸡，又学着他们"咯儿——咯儿——"地叫起来。

一次，他差一点捉住一只白沙鸡。当时，这只小东西可能正躲在岩石上睡觉，听到动静，立刻飞逃，险些撞在他脸上。尽管这鸟儿飞得很快，他还是伸手抓去，可惜只抓到三根毛。眼睁睁地看着这只鸟飞走，他怒不可遏，仇恨无比，仿佛他的灾难是这只可怜的鸟儿造成的。因为毫无结果、一无所获，他懊丧地拾起背包，又向前进发了。

接近中午时分，他来到一片野物成群的沼泽地。由二十多只驯鹿组成的一支鹿群，仿佛有意捉弄他一般，从他身旁经过。随便开一枪就能打中一只。这活生生的食物使他产生了一种疯狂的念头，抓驯鹿！他认定了自己能追上他们。突然迎面而至的一只狐狸阻止了他，在这只黑褐色狐狸的嘴上，还叼着一只白沙鸡。他大喝了一声，受到惊吓的狐狸一溜烟似的跑了，口中的猎物并没有给他留下。

傍晚，他到了一条小河边，沿河而行。因石灰含量高而呈乳白色的河水，流过稀疏的灯芯草丛。他上前抓住一把灯芯草，攥紧之后，猛力一拔，灯芯草被连根拔起，带出葱头一样的东西，有木瓦上的钉子那么大。吃起来倒是很软，咬的时候还"吱吱"响，有香味。但是纤维太多，难嚼难咽。像灯芯草根、浆果这类水分大的东西，既无营养，也不能充饥填饱肚子。虽然他很清楚这一点，但依然丢下背包，四肢着地爬进灯芯草丛，像反刍动物一样，连咬带嚼地吃起来。

由于疲劳过度，他常常一倒地就睡着了。使他不能安睡的，与其说是对小棍之乡的向往之情，还不如说是饥饿的折磨。他一再地到小水坑中寻找青蛙，一再地用手挖地想找到蚯蚓。但这一切都是白费气力，在寒冷的北方根本就没有这一类的东西。

那些在行进中所遇到的水坑，总是深深地吸引着他。终于有一次，他看到一个水坑中有条鱼，有鲦鱼那么大。他把右胳膊伸进水里，水一直没到他的肩部，鱼还是溜了。再次去抓时，他弄浑了水，看不到鱼在什么地方。等水澄清后他又去抓，水又被弄浑了。他不再等待，从身上解下小白铁盒，开始一盒一盒往外舀水。一开始他干得很起劲儿，全身都湿透了。舀出来的水泼到地上，马上又流进了坑里。等他看出这一点时立刻冷静下来，开始仔仔细细地舀水，尽可能泼到远处，与此同时，他的心跳剧烈起来，双手开始发抖。经过半个小时的艰苦劳动，坑里的水差不多干了，但是鱼也没了踪影。他认真观察，才发现岩石中间有条不明显的裂缝，鱼已经游到另一个水坑中去了。这个水坑又深又大，水很多，一天一夜也休想把水舀干。他非常后悔，如果及早发现裂缝的话，一上来就先用石块堵死，那么现在鱼已经捉住了。

懊丧和绝望使他一屁股坐在湿地上哭起来。起初还是小声抽泣，后来便是号啕大哭。这哭声传得很远，打破了荒野的寂静。他哭得浑身颤抖，很久之后还在抽咽。

他又生起了火堆。喝下许多开水之后，身子才暖和起来。然后，他像昨天一样，躺在岩石上睡觉。入睡前，他察看了一下火柴是否受潮，给表上了弦。毯子湿了，摸上去很凉，脚腕疼痛难忍，饥饿更加难挨。入睡之后他梦见了丰盛的筵席和各种野味。

醒来的时候，他浑身发冷，像生了大病一般。天空是灰色的，没有太阳，大地也是灰色的，更阴暗了。冷风刮过之后，落了一场雪，小山丘都穿上了银装。当他点火燃火堆的时候，眼前已是白茫茫一片，无边无际，鹅毛大雪，漫天飞舞。一开始雪片落下来之后，很快就融化了，过了一阵地面变白，接着大地便铺上了一层越来越厚的棉被。他拾来的干苔藓被打湿了，火堆很快也熄灭了。

7

这是个警告。他吃力地爬起来，背好包袱，向前走。去哪儿，不知道。他的脑子里已经没有小棍之乡，没有比尔，也没有什么狄斯河边的秘密营地。他只有一个心思一种念头，那就是——吃！他已经饿疯了。现在往哪走，对他来说已毫无区别，首先要离开这片谷地。他在积雪中寻找浆果和灯芯草根，虽然这些东西既没有味道，也填不饱肚皮。后来，他发现了一种带酸味的野草，找到多少就吃多少。可惜太少了。这种蔓生植物，在积雪覆盖下很难找到。

夜晚到来的时候，他没有点起火堆，也没有喝到开水。毯子虽然盖在了身上，却空着肚子进入不安的梦乡。雪停之后，又下起了冷雨。雨点打在他的脸上不时地把他弄醒。天亮之后，雨也不下了，又是一个阴暗得看不到太阳的日子。现在，他感觉到饥饿已不那么咄咄逼人了。空腹之中的隐隐之痛要容易忍受一些。他头脑清醒，思维活跃，重又想起了小棍之乡和狄斯河边的秘密营地。

他把那条上次撕剩的毯子再撕成条状，用来包扎血淋淋的双脚，捆好扭伤的脚腕，准备重新上路。还有背包，他花了很长时间打量那只鹿皮口袋，终于还是让它留在了背包里。

地上的积雪被雨水融化了，只有小山丘的顶部还是白色。太阳出来了。这位迷途的旅人，借助太阳还能够识别方向。他断定自己迷路已有几天了，朝向目标的偏左方向走了很远。为了踏上正路，他向右进发了。

饥饿的折磨已经感觉不到了，身体却很虚弱，他不得不时刻停下来休息，弄些沼泽地的浆果和灯芯草根塞进嘴里。舌头肿了，干得像裂开一样，又像是长了长毛，嘴里又苦又涩。最难受的是心脏。几分钟走下来，心脏就突突突地剧烈跳动，差一点就蹦出来了。这使他呼吸困难，头昏眼花，想晕倒在地。

快中午的时候，他在一个大水坑里发现了两条鲦鱼。要把坑里的水舀干是不可能的。这一次他很镇静，巧妙地用白铁盒把鱼捞了上来。他终于把它们弄到手了，虽然这两条鱼比小指头还细。他并不想立刻把它们吃掉，腹中的疼痛已很轻微，肚子好像睡着了。不过他到底还是生吃了这两条小鱼，一点一点地细细嚼着。这纯粹是理智的选择，机械的动作。他明

9

白，要想活下去，就得吃东西。

傍晚，他又捉到三条鲦鱼，吃掉两条，为明日的早餐留了一条。太阳烤干了一些苔藓地，他又喝到了开水。这一天他走出不足十英里，接下来的一天还不到五英里。胃虽不疼了，却像睡着了似的，心脏的跳动却异常剧烈。他不知道自己来到了什么地方。这里驯鹿成群，野狼出没。狼的嗥叫不时传入他的耳中。有一回，竟然有三只狼从他面前跑过。

又过了一夜，早晨到来时，他头脑清醒。于是他从背包里取出鹿皮口袋解开，倒出了大粒沙金和大金块。把这些金子平分成两份，撕下一块毯子包好一份，藏进老远就认得出的岩石堆里，另一份仍放回鹿皮口袋。又从剩下的毯子上撕了几条把脚包好。考虑到狄斯河边的秘密营地里藏有子弹，所以他没有丢掉猎枪。

起雾的日子，他又感到了饥饿。身体虚弱不堪，头发晕，眼发黑，有时他什么也看不见，常常被绊倒。有一回，他摔倒在沙鸡窝上。窝里有四只刚出壳的小鸡崽，它们来到世上也许只有一天。每只小鸡只够他吃一口。他把小鸡活活地塞进嘴里，嚼得吱吱响，像吃蛋壳一样。老沙鸡围着他飞着，大声地叫着。有一只老沙鸡被他用枪托打落在地，但最终还是飞走了。还有一只被他投掷的石块打伤了翅膀，当它拖着受伤的翅膀逃跑时，害得那个人在后面紧紧追赶。

吃下小沙鸡之后，他觉得更饿了。他向老沙鸡投掷石块，嘶哑地大喊大叫，拖着一只伤脚，极其笨拙地又蹦又跳。他一会儿追沙鸡，一会儿又突然停下，一再地摔倒在地。每次倒下，总是倔强地愁眉苦脸地爬起来，然后用手揉揉眼睛，稳住神，防止再摔倒。

一只被追赶的沙鸡把他带到了这里。在这片覆盖着湿苔藓的沼泽地上，他发现了人的脚印。他确认这不是自己的脚印，或许是比尔的，但是他没有停下来。抓到沙鸡的幻想使他跟着沙鸡跑了过去。他想捉住沙鸡之后再来察看脚印。

他已经没有力气再追下去了。当他侧身躺在地上大口大口地喘气的时候，在离他十步远的地方，沙鸡也侧身躺在地上喘气。他连再爬得近一点的力气也没有了。休息之后，他的力气又来了，恶狠狠地伸手去抓，但沙鸡振翅逃开了。再次追赶，再次逃离。暮色降临时，这只沙鸡终于逃脱掉了。这一场劳累，弄得他虚汗淋漓，浑身颤抖，脚下一软，栽倒在地。脸被划破了，背包还压在背上。他一动也不动地趴了很久，才翻了个身，给表上了弦，就在那里，他躺到天亮。

又一个起雾的日子。他用半个毯子把脚包扎好。比尔的脚印已经无从寻找，也没有必要去寻找了。统治着他的身体和意识的，仍然是饥饿。驱赶着他向前移动的，也是饥饿。假如迷路的是比尔，他会怎么干呢？也只能是赶路。到中午，他已经一点力气也没有了，他把金子拿出来，又分成两份，路上丢一份，身上留一份，到了傍晚，他把剩下的金子也扔掉了。现在，破碎的毯子、白铁盒和猎枪就是他的全部行李了。

一些难以排除的想法和固执的念头来纠缠他的头脑了。他觉得自己好像还有一粒子弹，放在枪膛里，他一直没发现。与此同时，他很清楚枪膛里根本没有子弹。但是仍有子弹的念头却紧紧地跟着他，寸步不离，挥之不去。他同这念头搏斗了好几个钟头，最后通过检查枪膛来确信没有子弹。对这个结果他很失望，好像他本来会找到那颗子弹似的。

半小时之后，这顽固的荒唐念头又来纠缠他。他重新与之进行斗争，但是无法战胜它。为了摆脱困境，他又一次打开枪膛察看。他的理智隔一阵儿就变得十分模糊，无意识却有力地向前推进着，犹如一架自动机器，古怪的念头、荒唐的想法像一堆蛆虫，不停地乱拱他的大脑。但是他会很快又清醒过来，把他一再地拉回到现实中来的总是饥饿。有一回他看到的一个画面让他惊骇得差一点晕倒，那是突然闯进他眼帘中的一匹马，地地道道的一匹马。他不敢相信这是真的，他像喝醉了酒一样东倒西歪，费了九牛二虎之力才使自己站稳，眼前仍然是金花飞舞，一片昏暗。为了让自己看得清楚，他使劲地揉眼睛。这次他看出那不是一匹马，而是一只硕大的棕熊。这只野兽好奇地站在他的对面，用怀疑的眼光打量着他。

他本能地去操枪，刚要端起来，突然意识到这么干是何等荒唐。于是他放下枪，从镶珠刀鞘里抽出猎刀。肉，可以活命的肉，就在眼前。他伸出大拇指去试了试刀刃，锋利无比，刀尖也非常尖锐。他要向这只大熊猛扑过去，宰了它。然而他那衰弱的心脏，此刻却不合时宜地突突乱跳起

11

来，像裂开了一样，又像是要从嗓子眼儿里蹦出来。他的额头像是用铁皮箍了一圈似的，眼前一阵发黑。

刚才那不顾一切的勇敢，只持续了几秒钟，就被袭上心来的恐惧赶跑了。如果大熊扑过来，以他的虚弱无力，怎么能对付得了呢……怎么办？他把身体挺直，装出一副威武不屈的样子，紧握猎刀，死死地盯住大熊。这只野兽笨拙地向前移了一步，直立起来，发出令人魂飞魄散的咆哮声。这时，如果人被吓住了，转身逃命，熊就会追上去。然而，身处极端危险中的这个人，保持了他的威严，一动也没有动。他鼓足了勇气，大叫起来，发出刺耳的像野兽一样的号叫。这叫声所表现出来的，却是一种恐惧。这恐惧隐藏在人性的最深处，紧紧地缠着生命的根基。

一阵咆哮之后，熊向旁边挪动了几步。它感觉到立在前面的这个直挺挺的人并不怕它，而它倒有几分害怕这个神秘的怪物。面对熊的退却，这个人还是一动不动，犹如埋在地里的木桩子一样，而且生了根。等到熊消失之后，他像打摆子似的浑身颤抖，恰如筛糠，一头栽倒在潮湿的有苔藓的地上。

不知过了多久，他重新振作起来，继续往前走。

新的恐惧又袭击了他。这比饥饿更可怕的恐惧，来自那些吃人的猛兽。他一想到自己会被野兽撕成碎片、嚼得连骨头也不剩，就不寒而栗。这一带野狼成群。他常常听到从四面八方传来的狼嚎，就连日日夜夜呼吸的空气也使人感到不安。迷失在这陌生之地的他，被恐怖的罗网捕获了。有时他感觉到这罗网在收紧，他不由自主地举起两只手臂，竭尽全力地将它推开，有时他觉得他的手触到了在风中起舞的天幕。他不知道这是不是一张疏而不漏的恢恢天网。

狼越来越多。当他走在路上的时候，常常有三两成群的狼从他面前跑过，似乎还避开他。大批的狼群，他还没有遇到。此地的野狼习惯于捕食驯鹿，这主要是因为驯鹿在受到攻击时从不进行反抗。也许在狼的眼里，人，这种两条腿直立行走的怪物，会抓会咬，还有些凛然难犯。

又一个傍晚，他找到一些骨头，这是野狼在此美餐一顿之后留下的。一个钟头之前，这些骨头还是一头活生生的小鹿，它蹦蹦跳跳地跑着，发出可爱的叫声。而现在，这些被啃得精光的骨头，呈粉红色，闪着亮光，说明细胞还没有死。也许，在天黑之前，他也将变成一堆白骨，被丢弃在这天边的荒野。那么，难道生命不过如此吗？他强烈地体会到生命的脆弱和包围着这短暂生命的无限的空虚。活着，就意味着吃苦，忍受饥饿和孤独；而死，却并不是一件艰难痛苦的事。就像睡着了一样，死，是生命的终结，永久的安息。那么，为什么他不愿意心甘情愿地接受死亡呢？

他没有长久地去思考这些严峻的问题，而是迅速地蹲下去，捡起一块骨头放进嘴里，贪婪地吮吸着那呈粉红色的生命残余。香甜的肉味，被回忆勾起，隐隐约约，难以捉摸，却使他发狂。他咬紧骨头，用力地咀嚼着。有时，骨头被咬断了，有时，他的牙齿被硌碎了。一些又大又硬的骨头，他就用石头去砸，把这些骨头捣成糊状，狼吞虎咽地吃了下去。匆忙之中，他被石头砸伤了手指，使他觉得奇怪的是，他竟然没有感觉到疼。

接下来的几天情况更糟，不是雨，就是雪，他说不清自己是什么时候停下来休息，什么时候又重新上路了。他不管白天也不管黑夜，一直朝前走。在哪里摔倒，就在哪里休息；只要垂危的生命火花仍然在闪，就要让他燃烧起来，就能继续前进。他已经不再像一个人那样去苦苦地挣扎和反抗了。他不愿意死掉，是因为他热爱生命，渴望活下去，所以他要前进。他不再感到痛苦了，他的神经已麻木不仁，或者是睡着了。他的脑子里充斥着五彩斑斓的幻影和落英缤纷的梦境。

这些日子里，他不停地吮吸和咀嚼那只小鹿的碎骨头。这是他收集起来，带在身上的生命的残渣。他已不再翻越山丘，也不再去越过分水岭，而是本能地顺着一条大河的坡岸往前走。这条大河从一个宽阔的谷地流过。他的灵魂和肉体虽然仍旧携手并肩，结伴而行，但它们之间的天然联系已经变得非常松散了。幻象一再地出现在他的眼前。

一天早晨，太阳很明亮，阳光里有种暖烘烘的感觉，他躺在一块平坦的石头上，头脑很清晰。他听见了从远处传来的小驯鹿的尖叫声。他模模糊糊地记得下过雨，刮过风，飘过雪。这种恶劣的天气不知道究竟持续了多久，是两天还是两星期，他一点也不清楚。

他久久地，一动也不动地躺在那里。太阳把温暖的阳光慷慨地洒到这个人身上，抚慰着他的可怜的躯体。"天气真是太好了！"他忍不住这么想。也许他能借助太阳来确定一下自己此刻的方位。他艰难地翻了个身，出现在他面前的是一条河，河面宽阔，水流缓慢。对这条陌生的河流，他感到十分惊奇。顺着河流一眼望去，他看到这条河在光秃秃的荒山之间蜿蜒，这些山所呈现出来的那种荒凉、凄惨超过了他平日里看到过的任何荒山。于是，他掉过目光，迟缓地、漠然地沿着这条河向天边望去，他看到了这条陌生的河流的归宿，那是一片闪着亮光的大海。这意外的发现并没有使他激动。"奇怪极了！"他这么想，"这大约就是人们所说的海市蜃楼吧，也许是幻象，说不定是神经错乱导致的。"当他进一步看到那些停泊在海中的大船的时候，他就更相信自己的想法了。他把眼睛合上，过了片刻，又睁开。奇怪的是，幻象并没有消失。不过也用不着奇怪，他知道，在这个荒僻的地方不可能看到大海，也不会有大船，这就像他明白他的空枪膛里没有子弹一样。

有什么声音从他背后传来，不像是呼吸，像是咳嗽。他费了老半天劲儿才使自己僵硬、虚弱的身体翻了过来。近旁没发现什么。他耐心地等了一会儿，呼哧声和咳嗽声又响起来，顺着声音找去，在两块顶部很尖的石头之间，他看见一只灰狼的脑袋，离他有二十步远。狼的两只耳朵不是向上竖起，而是耷拉着；一双狼眼布满血丝，浑浊无光，脑袋也像耳朵一样耷拉着。看上去这只狼病得不轻，它又是打喷嚏，又是咳嗽。

"至少，这总不会是幻象吧。"他边想边重新翻了个身。他要用这双刚刚被证实过的目光，穿过幻象的烟云去打量真实的世界。然而大海仍旧在远方闪闪发光，大船也历历在目。也许，这些全都是真实的。他闭上眼睛，沉思起来，最后他终于明白了眼前的这一切。他离开狄斯河之后就向东北方向走去，结果走入铜矿河的河谷。这条河面宽阔、流速缓慢的大河就是铜矿河，而远处闪闪发光的大海正是北冰洋。那停泊在海上的是一艘捕鲸船，它本来应当驶向麦肯齐河口的，由于太偏东了，当下停泊在加冕湾里。他想起自己曾经在什么地方看到过一张哈德孙公司的地图，在那幅地图上，眼前的这一切都被标得清清楚楚。

14

他坐起身来，开始思考自己目前的处境和最切实的利益。脚上裹的毯子早已磨成了碎片，脚被磨得连一块完整的皮肉都找不出。最后的一小条毯子也用尽了，猎枪和猎刀不知丢到哪里去了，帽子不见了，放在帽子里的那份火柴也随之而去。不过小荷包里的火柴还在身上，他打开油纸包看了看，还是干的。他看了看时间，十一点。表还走着。看起来，他从来也没有忘记给表上弦。

能够很好地保持镇静，说明他具有健全的理智。他的身体一直处于精疲力竭、极度虚弱的状态，但痛楚感已经没有了，饥饿感也消失了，他连吃东西的愿望也没有了。他的所作所为完全是理智的作为。他把两条裤腿齐膝盖撕下来，包上脚。白铁盒没丢，仍系在身上。他打算把开水备足后，再起程向停泊在加冕湾的捕鲸船进发。他充分地认识到这最后行程的艰难困苦是无以复加的。

他的身体像瘫痪了一样，每做一个动作，都引得全身颤抖。想去拾一些干苔藓，可是他站不起来。试了几次都没有成功。最后他只好四肢着地爬行。有一次他爬到离病狼很近之处，那只野兽快快不快地避开了他。它在吃力地用舌头舔自己的嘴脸。这时他看到了这只狼的舌头，不是健康的红色，而是暗黄色，上面蒙了一层粗糙而干燥的黏膜。

喝过开水之后，他感到自己能站起来了，甚至可以走路了。他生命中最后的气力正在耗尽，每走一分钟就必须停下来休息。他的步子摇摆不定，轻飘飘地。那只病狼也用同样的脚步跟在他的身后。夜幕降临了，闪闪发光的大海消失在黑暗中。他算了一下，这一天他向大海之滨移动了不足四英里。

夜里，陪伴他的除了那只病狼的咳嗽声外，有时还能听见小驯鹿的叫声。在他的四周，充满了生命，到处都有朝气蓬勃的健康的生命。他明白，那只病入膏肓的狼跟在他这个奄奄一息的人后面，是希望人先死去。

早晨醒过来，他睁开双眼，看见狼正眼巴巴地望着他。这只饥饿的野兽，像一条生病的丧家狗，耷拉着脑袋，夹着尾巴，蹲在寒风中瑟瑟发抖。当他用嘶哑无力的声音对它大声叱喝时，它便没精打采地龇龇牙，连吭都不吭。

太阳又升起来了，这是个明亮的早晨。闪着光辉的大海仍然吸引着他向前移动。他摔倒了，爬起来，仍然向前走，又摔倒了，再爬起来，继续向前走。气候非常宜人，正赶上了高纬度地区短暂的艳阳天。如此晴朗的天气，可能持续一周左右，但也许明天或后天就结束了。

午后，他发现了人的足迹，另一个人的足迹。这个人用四肢爬行过之后，留下了这些难以分辨的脚印。他想，这很可能是比尔的足迹。不过他并不在乎这个，他只是漠然地想了一下。对他来说，反正都无所谓。对于人和事的热情、兴趣在他身上已丧失殆尽。他不再感觉到痛苦，因为神经和胃都已睡着了。残存的幽暗的生命之火还在驱使他前行不止。疲乏已经使他的意识近乎熄灭，是生命本身还在顽强地抗拒死亡。生命的最高目的就在于延续自身。他吞食沼泽地里的浆果和水坑中的鲦鱼，烧开水喝，时时刻刻都在提防那只病狼的袭击，这一切都是为了使生命得到延续。

他循着那另一个人的足迹行进。没有多久，他就看到了那个人的旅途终点：被啃光的骨头散落在潮湿的苔藓地上，附近还残留着狼的爪印。他还发现了一只厚实的鹿皮口袋，同自己的那一只很像，已经被牙齿扯破了。他的手没有能力去拿这只沉重的口袋，但他还是设法使它竖了起来。原来，比尔一直没舍得扔掉这个。哈哈！现在轮到他来嘲笑这个头也不回的贪财的家伙了。假如比尔活着，他就能把这些金子带到那大海中的船上。他发出的笑声嘶哑可怕，像乌鸦的怪叫一样难听，那只病狼也跟着发出更加可怕的惨叫，他听了立刻沉默下来。假如真的是比尔，这堆有红有白被啃得精光的骨头真的是比尔身上的，他怎么能无动于衷地嘲笑他呢？

他转身走开了。不错，比尔抛弃了他，尽管这样，他也不能拿比尔的黄金，也不能吮吸他的骨头。如果颠倒一下，让比尔处在他的位置上，也许比尔做得出来。他边设想着这种可怕的情形，边摇摇晃晃地继续前行。

他来到一个水坑边，俯下身去寻找鲦鱼。突然，被什么刺了一下，他迅速地抬起了头。他看到了那映在水中的自己的脸。这张可怕的面孔，把刚刚有些神智恢复的他吓得不知所措。水里有三条鲦鱼，不过水很多，休

16

想晒干。他想解下自己的白铁盒子去捞那三条小鱼，但还是终于放弃了。他害怕一头栽进水里淹死。由于同样的原因，他没有敢爬上沙洲中的大圆木头。他害怕被河水冲走。这种圆木在沙洲上到处都有，几根并排，顺流而下。

这一天，他向目标前进了三英里。下一天，又前进了两英里。

现在，他已经像比尔所做过的那样，用四肢爬行。到第五天傍晚的时候，他估计自己距那条大船还有大约七英里的路程。现在，一天下来，他连一英里也爬不出去。天气依然十分晴朗。他有时爬着爬着，一翻倒在地便人事不省。那只病狼仍然寸步不离地紧跟其后，它不停地咳嗽，大声地喘气。膝盖和脚掌磨烂了，血淋淋的肉裸露着。他把衬衣撕开，用来包扎脚和膝盖。在他爬过的苔藓地、岩石上，留下一条鲜血淋漓的路。当他回头望去时，看到那循此路跟踪他的病狼，正在贪婪地舔着他的血迹。他看得出，如果他不先把这只狼弄死的话，等着他的将会是怎样可悲的结局。于是，在人和狼之间，为了争夺生存的权利，展开了一场殊死的搏斗。生命垂危的人爬行着，奄奄一息的狼紧紧地跟在后面。他和它冤家路窄，相逢在这个遥远的荒野上，各自进行着最后的垂死挣扎，共同走上了一条你死我活的生存竞争之路。他们艰难地向前走着，小心谨慎地防备着对方，哪一个都想灭掉另一个，而不被另一个所灭掉。如果这是一只健康的野兽，那么人也不可能活到现在了。一想到自己要落入一只苟延残喘的病狼口中，他就非常恶心，无法忍受。越是看不起这只生病的畜生，他就越觉得不甘心如此了却残生。他又开始胡思乱想起来，神志不清，充满幻觉。头脑清醒的时间变得越来越短，出现得越来越少。

有一次他的知觉恢复了正常，听到耳边有喘息之声。他睁开了眼，狼被惊得向后跳去，由于慌张，在什么地方绊了一下，倒在地上，样子十分可笑。可是，对于这一幕，他既没有感到有趣，也没有觉得害怕。无论怎样，他都不再有惊恐之感。他的脑子又变得清晰起来，躺在地上他考虑着，离那条大船还有四英里，不会更多了。揉了揉眼，他看得清清楚楚。他甚至看到了一只悬挂着白帆的小船，乘风破浪，航行在闪闪发亮的大海上。但是他再也走不完这最后的四英里了。对这他也十分清楚，而且非常

17

平静。他明白自己连半英里也爬不动了。然而，依然要活下去！历尽了千难万险之后再死于途中，那是愚蠢的。命运对于这个可怜的人太残酷无情了。哪怕是到了弥留之际，他也决不向死神屈服。这是发疯吗？不！就是死神的魔力抓住了他，也仍然要跟他搏斗到底。

他合上双眼，极为小心地养了养神。然后，他强打起精神，咬紧牙关，硬撑着不让那令人窒息的疲倦把自己完全淹没。疲倦的感觉像一片涨潮的大海，一浪高过一浪，吞没着他的意识和知觉。有时这潮水将他席卷而去，他陷入昏迷之中：这个拒绝死亡的人，仍在奋力地往上浮，那残存的生命意志以一种无法理解的方式在支撑着他，并助他一臂之力，使他重新浮出水面。

他仰面而躺，一动不动。他听见那只病狼比平日里更沉重地喘着气，在一点一点地向他逼近。这个漫长的过程不知持续了多久，喘息之声越来越强烈、清晰。他仍然一动不动地躺着。喘息声已在耳边了。那条粗糙发黄的干舌头像砂纸一样，舔到了他的脸。直到这时，他才猛地伸出了双手。是埋藏在无意识深处的生命本能，驱使他完成了这个动作。不过，他那双弯得像鹰爪一样的手还是抓空了。他的身体没有能调集足够的力量，使这一动作迅速、准确、有力。

狼的耐心简直大得惊人，而人的耐心更大。他静止不动地一躺就是半天，这是一场旷日持久的与昏迷所做的不懈的斗争，同时也是一场与狼进行耐力比赛的生存竞争。狼想吃掉人，人要除掉狼。你死我活，不共戴天。昏迷的海潮不停歇地涌来，他长久地进入梦乡。在这个潮涨潮落的过程中，无论梦着还是醒着，他时时刻刻都在等待，等着那沉重的喘息声和粗糙的干舌头。

这一次他却没有听到喘息之声。慢慢苏醒过来的时候，他感到那粗糙的舌头在舔他的手。他等着不动。狼牙先是轻轻地咬住了他的手，然后就咬紧了。这只狼终于拿出了它生命中留存的最后一点力气，咬进了它跟踪已久的猎物里。然而，人也走过了漫长持久的等待之途，对这最后的较量有所准备。他聚集起全身的力量，用那只被咬伤的手卡住了狼的下巴。狼已经没有挣扎的力气了，而人也无法再卡紧一些。他用尽最后一点力气，抽出另一只手，死死地将狼抓住。五分钟之后，狼被压在人的下面。由于没有足够的力量把狼掐死，他把牙齿咬进了狼的脖子，狼毛沾了满嘴。半个钟头之后，这个人感到自己嗓子里有一小股热乎乎的东西，血腥，难咽。最终，这铅液般的东西，还是流进了他的胃里。对生存的渴望使他饮下了狼的血。后来，他翻了个身，仰面朝天睡着了。

"拜德服德号"捕鲸船上的几位科学考察者，在甲板上瞭望时，发现海岸上有个怪物。它在沙地上一点一点地向前移动，向大海靠近。科学家们看不出这是一种什么动物，作为自然的观察者，他们对此很好奇，于是就登上小艇，来到岸边。

他们看到的这个活的动物，很难再把它称作人。他的听觉和视觉都丧失了，知觉和理解力也令人怀疑，什么也不明白，像一只巨大的怪虫，在沙滩上不停地蠕动着。他的努力已经起不到任何作用，但是意志上的坚持不懈使他仍然向前翻滚，以每小时二十步的速度向前移动着。

三周后，这个人躺在"拜德服德号"的铺位上，泪流满面地告诉人们他是谁，他从哪里来，有过怎样的苦难经历。从他语无伦次的叙述中，人们了解到他的母亲住在南加利福尼亚，在橘林掩映的鲜花丛中，他们有一座自己的住宅。

又过了一些时候，他已经和科学家及船长一道坐在桌边用餐了。丰盛的食物使他很高兴，吃饭时他却惊恐地盯着被人们放进口中的每一块面包干，脸上流露出非常遗憾的神情。他神志并无异常，却会无端地憎恨桌旁用餐的所有人。他最大的恐惧就是生怕饭不够吃。他三番五次不厌其烦地去问厨师、少年见习水手及船长本人，储备的食物够不够。他们一再地使他相信，食物充足，绰绰有余，但是他对谁也不相信。他多次悄悄地去仔细察看过储备食品的仓库，这才放下心来。

人们看到他的身体逐渐康复，一天比一天胖。科学家们莫名其妙，提出种种假设。他们限制他的饮食也无济于事，他继续发胖，腰部粗得吓人。

对此，水手们心里很清楚，觉得十分好笑。经过一番观察，科学家们也知道了个中秘密。早饭之后，他无精打采地离开餐厅，像乞丐那样对每一个水手伸出手去。水手得意地笑了笑，送给他一块面包干。这个人拿到面包干，就像守财奴盯着金子似的盯着看，然后塞到衬衣里。每个水手都送面包给他。

科学家们默不作声，不去惊动他。他们悄悄地搜查了他的床铺，结果发现床上放满了面包干。褥子里塞的也是面包干，在每个角落里都能找到食物。这个人的理智清醒是无疑的，他这么干，是害怕饥饿再次降临。科学家们相信，他会恢复常态的。果然，在"拜德服德号"捕鲸船到达旧金山港之前，这个人已经完全正常了。

旷野的呼唤

一 命运多舛

鲍克从不读书看报，否则的话，他便能知道麻烦即将来临。这麻烦不光有他的份儿，还会波及从普吉特海峡到圣迭戈沿海的所有健壮的长毛狗。这麻烦之所以产生，根本缘故在于，人们在黑暗的北极探索时发现了一种黄色的金属，加上轮船运输公司的大吹大擂，于是，成千上万的人涌向北方。他们需要狗，需要身强力壮、长有绒毛的大狗，这种狗既能承担劳苦的工作，又可以抵御冰雪。

鲍克住在沐浴着阳光的圣科拉拉山谷的一座深宅大院里，据说是米勒大法官的府邸。远离大路，树木荫庇，透过树枝缝隙，隐约可见四周宽敞阴凉的走廊。

沿着碎石铺成的车道，从马路走向府邸，蜿蜒穿过几大片草地。路旁，高大的白杨枝条错综，遮蔽了车道。房屋的后面比前面更宽敞，几间宽大的马厩，成打的马夫仆人正高谈阔论；几排仆人住的房子上爬满了葡萄藤；一大串整齐的下房一望无际。几排长长的葡萄架，几处绿油油的牧场、果园和种有草莓的田圃，还有喷水井上的抽水机，一口水泥做成的池塘，米勒大法官的孩子们在那里早晨时洗浴，下午炎热时乘凉。

鲍克生在这里，已经生活了四年。他是这座大庄园的统治者。当然，这么大的庄园，不会没有别的狗。这里还有一群其他的狗，不过，他们却微不足道。

他们来来往往，住在拥挤的狗窝里，或颜面黯然无光地住在屋子的角落里，像日本种的哈巴狗图茨或墨西哥的没毛狗伊莎倍尔那样——这些奇怪的家伙难得有机会将鼻子伸出门外或将脚踩在地上。另外，至少还有二十条捉狐狸的鲠狗。当图茨和伊莎倍尔在女仆们用扫帚抹布组成的武装保护下，从窗口探出头来看他们时，他们就恶狠狠地大声叫骂。

但是，鲍克既不住室内，也不住狗窝。他拥有整个领地。他和大法官的少爷们一起跳到游泳池里或出去打猎。当大法官的女儿默丽和埃丽丝在晨昏长途漫步时，他护送她们。冬天的晚上，在书房熊熊的火炉前，他趴在大法官的脚下。他将大法官的孩子们驮在身上，让他们在草地上滚来滚去，保护他们徒步去进行疯狂的探险，一直到马厩那边水龙头那儿，甚至比这更远，到种牧草的地方和种植草莓的田圃那里。

他大模大样地在鲠狗们中昂首阔步，根本不把图茨和伊莎倍尔放在眼里，因为他是国王——是米勒大法官府邸这个王国中一切走的、爬的、飞的东西的国王，甚至连人类也包括在内。

他的父亲埃尔默——一条圣贝纳种的大狗，一度是大法官形影不离的伙伴。鲍克大有继承父亲的仪表的希望，没父亲那么大，体重不过一百四十磅，因为他母亲希波是一条苏格兰种牧羊狼狗。即使这样，一百四十磅的体重，加上优裕的生活，以及普遍尊敬所赋予的威严，看上去也派头十足。

自小狗时起，四年以来，鲍克一直过着一种贵族式的养尊处优的生活。跟那些因孤陋寡闻而沾沾自喜的乡村绅士相似，他一向有些自负，非常自命不凡。不过，他也并未使自己堕落成一只爱吃喝的无聊的室内狗，打猎的户外运动减少了它的脂肪，并锻炼了肌肉。而且，和其他喜欢冷水浴的种族一样，水对他既是一种补药，同时又是一种保健剂。

一八九七年秋天，鲍克的生活情景就是这样。

那时，克郎代克的惊人发现，将人们从全世界各地吸引到冰天雪地的北国。

但是，鲍克既不读报，也不知道作为园丁助手之一的曼纽尔根本不能当作朋友。曼纽尔有一个老毛病改不掉——喜欢中国式的赌博；而且，赌

22

博时又有一个老毛病改不掉——只相信一种必胜的方法。自然而然，如此下去，他必倒大霉。因为，必须有钱，才能按一定的方法赌博，而曼纽尔的工钱，还不够养家糊口。

一个永远使人难忘的黑夜，大法官去葡萄干制造业协会开会去了，孩子们则正忙于组织运动会，曼纽尔实施了自己的诡计。

没有人看到曼纽尔和鲍克穿过果园，走了出去；鲍克自己以为不过是一次普普通通的散步。他们一直走到高等学校公园那个很小的信号停车站。

除了唯一一个男人，没人看见他们。这人与曼纽尔交谈着，金钱在他们中间叮当作响。

陌生人瓮声瓮气地说："交货以前，你先把他捆起来。"

曼纽尔将一根对折起来的粗绳子拴住鲍克的脖子，扎在铜颈箍下面，"你只要将绳儿绞紧，就能勒得他透不过气来。"

陌生人哼了一声，表示肯定。

鲍克非常坦然地接受了这根绳子，他已学会了信任自己熟悉的人，相信他们的智慧是自己所望尘莫及的。这自然是一个新花样。当绳子的一端递到陌生人手中时，鲍克恶狠狠地吼了一声表示不满。

他自信这表示命令，然而，让他感到吃惊的是，脖子上的绳子勒紧了。他因喘不过气来而勃然大怒，一跃而起，扑向陌生人。他跳到半空中的时候，那个人紧紧扼住他的喉咙，巧妙地一扭，便将他四脚朝天地打翻在地。接着，无情的绳子收得更紧了，鲍克挣扎着，几乎要发疯一般，舌头从嘴中吐了出来，宽阔的胸脯一起一伏。一切都徒劳无益。从出生到现在，从来没有人如此卑鄙地虐待过他，而他从来也未这样愤怒过。

但是，渐渐地，他的眼睛模糊了，力气消失了。当信号旗让火车停下来，两个人将他投入行李车上时，他早已神志不清了。

他再次苏醒过来的时候，茫然地感到舌头受了伤，自己置身在一个什么运输工具里，动荡不安。火车沙哑的笛声在铁路交叉的地方响起，告诉他所处的位置。以前，他跟大法官进行过好几次旅行，但是，从来没有体验过坐行李车的滋味。

他睁开眼睛，像一位遭到劫持的国王一样怒火万丈。那个人跳过来，又勒住他的喉咙，然而，他比那人更快。他的牙齿咬住了那只手，直到被勒得又一次失去知觉才松开。

为了不让循着吵闹声而来的管理行李的人看见，那人藏起被咬烂了的手，说："哦，这家伙有疯病，老板让我带他到旧金山去。据说那里有位兽医，非常高明，可以给他治好。"

在旧金山市海边一个酒店后面的小房子里，这人口若悬河地叙述了一遍这天晚上的旅行，为自己表白一番，埋怨说："我才挣五十块钱，下一次，即使给我一千块现钱，我也不干了。"

一只包着手的手绢血迹模糊，右脚的裤管从膝盖到脚踝被撕裂。

酒店的老板问："另外那个傻瓜得了多少？"

"上帝做证，一百块。一个子儿也不少。"

老板估算着："那么，就是一百五十块了。值！否则，我就是傻瓜。"

那位绑架者解开沾满了血的手绢，看一看自己破烂的手："我要不得狂犬病才怪呢！"

"一定会的，因为你生下来就是受绞刑的料。"酒店的老板哈哈大笑，又说，"来吧！在你出发以前，再帮我做点事。"

被勒得半死不活的鲍克，舌头、喉咙痛苦不堪，神志不清，仍想抵抗那些虐待他的人。他们一次又一次将他打倒，打得他透不过气来。终于锉掉他脖子上粗大的铜箍，解掉绳子，将他扔进一只木制的笼子里。

他怀着一颗愤怒、受伤的自尊心，卧在笼子里，过了疲乏的一夜。他不明白，这一切意味着什么？这些陌生人会将他怎样呢？他们为什么将他关在这个狭窄的木笼子里呢？

鲍克并不明白这一切的原因，但他隐隐约约感到，灾难即将来临，心情抑郁不快。夜里，那间小屋子的门几次吱吱扭扭地开了，他立刻跳了起来，满怀希望，以为会看到大法官或者孩子们，然而在用野兽的脂肪做成的蜡烛的昏暗光线的照耀下，每一次伸进来窥视的都是酒店老板的那张胖脸。鲍克喉咙中每次发出的愉快的叫声都因此变成一种凶狠的咆哮。

不过，酒店的老板并没打扰他。

早晨，四个面相凶恶、衣衫褴褛、首如飞蓬的男人，走进来抬笼子。鲍克以为他们又来迫害他，隔着栅栏，冲着他们大发雷霆。但他们只是哈哈大笑，用木棍捅他，他就用牙咬棍子，最后才恍然大悟，这正是他们所要达到的目的。

他愤怒地卧下来，听任他们将笼子抬到一辆货车里。后来，他与关着自己的木笼，便在许多人的手中倒来倒去。先是运输公司的事务员看管他，接着人们又载之以另外的货车，一辆大板车将他与一些箱包一起运上一艘渡轮，大板车将他运到一个很大的火车站，最后，他被送到一辆特快列车里。

鸣叫着的火车头拉着这列特快奔驰了两天两夜，鲍克既没吃，也没喝。最初，车上的信差善意地表示亲近，他却用怒吼作为回报。于是，他们也用捉弄来报复他，他气得浑身颤抖，口喷白沫，扑向栅栏。他们却嘲弄他，侮辱他，模仿讨厌的狗怒吼、狂叫的样子，学猫咪叫唤的模样，还上下挥舞胳膊模仿鸡叫。鲍克知道，所有这一切都无聊至极，但如此对他，他的自尊心所受到的伤害也就更重。

他不太在意饥饿，但是，没有水喝折磨得他非常痛苦，煽得他的怒火越来越大，达到狂热的程度。他既紧张又敏感，虐待使他发狂，喉咙和舌头干渴肿胀的炎症更如同火上浇油一样，增加了他狂热的程度。

脖子上的绳子没了，这让他感到高兴。绳子让他们占了阴谋诡计的便宜，但现在，绳子没了，他会给他们颜色瞧的。他下定决心，决不再让他们往他的脖子上拴绳子了。这两天两夜，他没有吃没有喝，只有满腔的愤怒。他的双眼像血液一样红，成了一个狂怒的恶鬼。无论谁第一个碰见他，必定会倒霉。他已经变得连大法官也不认识了。

火车到达西雅图，信差们将他搬下火车，长长地松了一口气。四个男人从货车上小心翼翼地抬下笼子，放到一个高墙围成的小院里。一个身强力壮、穿一件松领口红卫生衫的人走了出来，在车夫的本子上签了字。

鲍克想，这人一定是即将面对的迫害者，就凶猛地扑到栅栏上。

那人狞狞一笑，拿过来一把斧头、一根棍子。

车夫问："你现在就弄出他来吗？"

"当然。"那人一边回答，一边开始用斧头撬笼子。抬笼子进来的四个人马上四散跑开，将墙头当作安全的栖身之地，准备作壁上观。

鲍克连咬带撞，扑向快要破裂的栅栏。外面的斧头落到哪儿，里面的他就扑向哪儿。他狂怒地咆哮着，想要冲出去。身穿红卫生衫的人却非常沉着，从容不迫，引他出来。

当砍成的洞足以容纳鲍克的身体通过时，他丢掉斧头，将棍子换到右手，说："来吧！你这个红眼魔鬼！"

此时的鲍克，的确是一个红眼魔鬼：血红的眼睛中喷出疯狂的亮光，毛发耸立，口喷白沫，一百四十磅的体重满载着被囚禁的两天两夜的怒火。他纵身一跃，直扑向那个人。当他跃起的身体还在空中，牙齿刚要合拢咬人的时候，猛然的当头一击，阻止了他的前进，牙齿也极其痛苦地咔嚓一声合拢了起来。有生以来，他从未被人用棍子打过，他不明白，翻了一个身，跌倒在地。

他吼了一声，吼声中尖叫大于吠声，又爬起来，跳向空中。那种猛然的一击又将他再次打倒在地，这一次，他知道是棍子，但疯狂已经使他不顾一切，无数次地发起进攻，棍子则每一次都击退他的进攻，将他打倒在地。

一次特别凶狠的打击后，他爬起身来，头昏眼花，无力进攻了。他全身软弱不堪，步履蹒跚，鼻子、嘴巴和耳朵同时滚滚地淌出血来，漂亮的毛发被喷溅的斑斑血迹污染了。那个人走过来，对准他的鼻子不急不忙地但却狠狠地打了一下。这一下剧烈的疼痛，使得他所经历的一切痛苦都显得微不足道了。他像狮子一样凶猛地大吼一声，向那人扑了过去。然而，那个人冷静地将棍子换到左手，一把抓住他的下颚，向下向后一扭，鲍克就大大地在空中划了一圈半，连头带脑栽倒在地。

最后，他又冲了一次，那人故意等了好久，然后巧妙一击，鲍克就跌倒在地，缩成一团，完全失去了知觉。

墙头上的一个人热情地喊道："我说过，他训练狗可真有手段。"

那个车夫已经爬上货车，正要策马开车，回答说："他的手段，可以用来训练野马！每到周日，还可以来两次。"

26

鲍克恢复了神态，却没有气力。他卧在被打倒的地方，仔细观察着身穿红卫生衫的人。

那人看着酒店老板的信——那封信将笼子和笼子中的货都交给了他，自言自语道："名叫鲍克，"又殷勤地说，"鲍克老兄，我们有一点儿小小的不愉快，现在，最好算了吧。你已经明白了你的地位，我也知道我的。做一条好狗，前程无量，一切都好；做一条坏狗，我会将你的五脏打出来，知道吗？"

他一边说话，一边拍拍刚刚被他残酷无情地毒打过的狗的脑袋，毫不畏惧。在他的手的抚摩下，鲍克不由自主地耸起毛来，但控制住了自己，没有抵抗。那人给他拿过水来，他急忙喝了，然后又一块块地囫囵吞吃了许多块生肉。

他被打败了（他清楚这一点），但并没有被驯服，经历这一次，他就完全知道了自己根本不可能战胜一个手持棍子的人。他记住了这个教训，从此以后，一生也不曾忘记。对于他来说，这根棍子是一个启示，是他进入原始的规律支配下的第一步。他妥协了。

严酷的现实生活暴露出凶恶的面目，一方面，他正视这种局面，毫不畏缩；另一方面，他用被唤醒的潜藏在本性中的一切狡猾来对付它。

随着时间的流逝，其他的狗一只只接踵而至，被关在笼子里或用绳拴着。有的驯顺、服从；有的狂叫怒吼，像他刚来时那样。他看着他们，一个个全部归降到身穿红卫生衫的人的管理下，一次又一次地看着那种残酷行为，那种教训就越发深深地铭刻在他心上。一个手持棍子的人，虽然不必讨好，但却是立法者，是必须服从的主人。关于最后这条，鲍克从来没有触犯过。的确，他见过被人打败的狗摇尾乞怜，舔人的手，向人献媚；但他也见过既不讨好也不驯服的狗，最后在争夺支配权的争斗中被人杀死。

一些陌生的人经常来到这里，兴奋地用各不相同的态度，花言巧语，和穿红卫生衫的人谈话，如果他们付了钱，就牵走一条或几条狗。因为这些狗一去不复返，所以，鲍克也不明白他们到哪儿去了。他非常恐惧未来，当没人选中他的时候，他就感到非常高兴。

但是，最终，还是轮到他了。一个矮瘦枯干的男人像猫叫似的讲一口不标准的英语，其中又夹杂着许多既古怪又粗野的叫喊，鲍克听不懂。

他看见鲍克，嚷道："哎哟！他妈的！这条狗好极了！喂！多少钱？"

身穿红卫生衫的人爽快地回答："三百，等于白送！既然政府出钱，你当然不会不同意了，哦，波立特。"

波立特微微一笑，露出牙来，由于特别需要，狗价早就涨上了天。加拿大政府当然不愿意吃亏，不过，也不愿意延误了政府的公文。因此，这么好的一条狗，这个价钱不算贵。

波立特会鉴别狗，他一看见鲍克，就在心里想，他是千里挑一甚至是万里挑一的。

鲍克看着他们之间交了钱，所以，当这个矮瘦枯干的人牵着他和一条好脾气、名叫克丽的纽芬兰种的狗走的时候，他一点也不感到奇怪和吃惊。

那是他最后一次看到身穿红色卫生衫的人，当他与克丽在纳赫号船的甲板上望着渐渐远离的西雅图的时候，也是他最后一次看见温暖的南方。

波立特将他与克丽牵下舱，交给一个名叫福楼沙的黑脸大个儿。波立特是一个加拿大籍法裔，皮肤黝黑；福楼沙是一个加拿大籍，法国人与印第安人生的混血儿，肤色更黑。在鲍克眼里，他们是一种新的人（命中注定，他将会看到许多这样的人）。他一方面对他们并无好感，另一方面却渐渐地忠于他们，尊敬他们。很快，他就发现，波立特与福楼沙为人公正，执法冷静公允，对狗的了解非常透彻，不会上狗的当。

鲍克与克丽在纳赫号的底舱，碰见了另外两条狗，其中一条雪白，来自斯匹茨卑尔根群岛。一艘捕鲸船的船长带他出来，以后他又跟着一个地质勘探队去过荒原。这家伙假作客气，其实奸诈；面上微笑时，却心怀鬼胎。第一次吃饭，他就偷吃了鲍克的东西，鲍克跳起来惩罚他。福楼沙的鞭子一响，先打在了那个家伙身上。

鲍克只收回了一点骨头，什么也没得到。他认为，福楼沙处理事情公正，开始尊敬这个混血儿。

另外一条狗，既不表示好感，也没得到什么。这家伙忧郁孤僻，也不想偷新来的狗的食物。他向克丽明明白白地表示，他只求自由自在，否则的话，那就麻烦了。他的名字叫"达弗"，吃了便睡，或打呵欠，对什么也不感兴趣，甚至当纳赫号渡过夏绿蒂王后海峡时，轮船像被魔法控制了似的，连旋转带颠簸，他也依然故我，无动于衷。鲍克和克丽兴奋、恐惧得几近疯狂，他仿佛不胜其烦，抬起头来，好奇地瞥了他们一眼，打一个呵欠，又睡着了。

随着发动机不倦的运动，轮船日日夜夜不停地颤动着，每天周而复始，极其相似，但是，鲍克明显地感到，气候确实变得寒冷了。终于，在一天早晨，发动机安静了下来，一片激昂的气氛笼住了纳赫号。鲍克，还有别的狗，都感觉到了，什么变化即将发生。福楼沙用皮带拴住他们，带着他们上了甲板。

鲍克刚一踏上冰冷的舱面，脚就陷到了一种非常洁白松软、泥似的东西里面，他哼了一声，跳了回去。而且这种白色的东西还纷纷从空中落了下来，鲍克抖抖身体，又有许多落到了身上。他好奇地嗅一嗅，又用舌头舔了舔，火一样刺激，一下子就没有了。他感到莫名其妙，又试了一下，结果一样。

旁边的人们哄堂大笑。鲍克不知道人家为什么笑他，感到很害羞。那是他平生第一次看到雪。

二　残酷的新生活

在代牙海岸，鲍克度过了他出行的第一天，像一场噩梦一样，每时每刻都充满着震骇和惊奇。他在突然之间，被人从文明的中心抓了出来，扔进了原始的混沌之中。

与往日那种终日逍遥、无所事事、心烦意乱、懒洋洋的温暖幸福生活截然不同，这里既没有和平，也不能休息，没有瞬间的安宁。一切都混乱无序，生命和肉体时时刻刻都处于危险中。这里的狗和人不同于城市里的狗和人，毫无例外都是野蛮的，除了棍子与牙齿的法则，不懂得任何规矩，因此，绝对有必要经常保持警惕。

他从来没有见过，这里的狗打架像狼那么凶，第一次经验就使他受到了一次终生难忘的教育。当然，借鉴的是别人的经验，否则的话，他也不会活着使用这个经验了。

牺牲者是克丽。他们的营地在一个木材货栈附近，克丽向一条赫斯基狗表示友好。那只长得像足了狼的狗，没她一半大，没有警告，只是闪电般一跳，牙齿发出咯嘣的声响，然后又迅速跳开去，撕破了克丽从眼睛到颚骨的脸。

这种打仗的方法与狼相同，进攻一下，然后立即跳开。不过，事情远远并未到此为止。三四十条赫斯基狗闻讯而至，围成圆圈，将两位战士围在中间，紧张而沉默。鲍克对他们这种沉默专心的态度大为不解，也不明白他们为什么贪婪地舔嘴巴。克丽冲向敌人，对方跳上来攻击，接着又跳开。克丽第二次冲击时，对方用胸脯迎住，用一种特别的方法将她打翻在地。正在袖手旁观的赫斯基狗一看时机已到，于是咆哮着吼叫着一拥而上。克丽被埋在狗群密集的毛茸茸的身体下面，发出剧烈的疼痛的惨叫，从此，再也没有爬起来。

这样的突然和出人意料，吓了鲍克一跳。他看见斯帕斯伸出深红的舌头笑，又看见福楼沙舞着斧头跳到狗们的宴会上，三个人手持棍子帮他赶走他们。

时间并不长，克丽倒下只两分钟，那些攻击她的狗们早已作鸟兽散，然而，克丽也几近名副其实地被撕成了碎片。那个黑肤色的混血儿站在她身旁，一边低头看，一边恶毒地咒骂不已。后来，这情形经常将鲍克从梦乡惊醒。事情就是这样，根本谈不上正大光明。你一倒下，就注定玩儿完。必须小心，永远也不要栽跟斗。斯帕斯又伸出舌头来笑了，从此，鲍克对他的仇恨刻骨铭心，永远不可能消除了。

鲍克还没有从克丽的悲剧所造成的震惊中恢复过来，接着又受到了另外一个打击。像他在家时看见马夫们给马套挽具一样，福楼沙也往他身上套了一件有皮带、带扣的东西，他像马那样开始了工作，拉着载有福楼沙的雪橇到山谷边的森林里，回来时雪橇上满载木柴。尽管将他作为拉车的牲口非常有伤他的尊严，但他很聪明，并不反抗；虽然这项工作新奇而陌生，但他勉强服从，不遗余力。严厉的福楼沙要求立刻服从，并凭借鞭子的力量使他们立刻服从。与此同时，只要鲍克稍有过失，作为压阵的、有经验的达弗就咬他的后腿。斯帕斯作为领头的狗，也一样有经验，因为不能常常咬到鲍克，他便随时向他咆哮作为严责，或者狡猾地将体重加在挽带上，牵制鲍克走上本来应该是他走的路。

在两个同伴和福楼沙的联合教导下，鲍克的学习很顺利，进步很快。尚未返回营地的时候，鲍克就懂得了"嗬"是停止前进的命令，"走"是前进的指示，每当拐弯就绕大弯子，载重的雪橇飞快地滑下坡，要尽可能地远离压阵的狗。

福楼沙告诉波立特："三条狗都顶呱呱。那个鲍克学习起来非常快，拉起车来吓死人。"

下午，带着公文，急于赶路的波立特，又带回来两条纯种的赫斯基狗，比利和乔治。他们虽然是一母所生的两兄弟，但像白昼与黑夜一样，截然相反。比利的脾气过分好，乔治则既冷酷又狡猾，露出充满恶意的目光，永远在咆哮。

鲍克友善地接待了他们俩。达弗不予理睬。斯帕斯则轮流着咬他们。比利摇尾乞和，看到求和没有用就转身逃跑；斯帕斯的利齿咬破他的腰时，他就叫着求和。然而，无论斯帕斯如何转圈，乔治始终旋转脚跟，面对他，鬃毛耸立，耳朵倒贴，咬牙切齿，面目扭曲地咆哮着，穷凶极恶的目光闪烁不已——所有这些，都是准备作战的具体表现，那副可怕的样子吓得斯帕斯不得不放弃教训他的想法。为了掩盖自己的狼狈不堪，他就转过身来，欺负那个不伤害人、只知道哭叫的比利，赶他到营地的边缘。

傍晚，波立特又弄来一条老赫斯基狗，又老又瘦，憔悴不堪，一张脸带着战斗的伤痕，一只独眼射出的光芒警告别人要对他的勇猛保持敬畏。他的名字叫索勒克斯，意思是"发怒的家伙"。他和达弗相似，既不要求什么，也不给予什么、希望什么。他慢吞吞地悠然走到他们当中，即使斯帕斯也不敢招惹他。不幸的是，鲍克发现了他一种性情，并无意之中犯了

31

这个过失。索勒克斯不喜欢别人从他的瞎眼的一边接近他，他立即扑向鲍克，将他的肩膀撕裂了有三寸长，而且露出了骨头，使鲍克明白自己的疏忽之罪。从此以后，鲍克永远避开他瞎眼的那一边，直到他们之间的同伴关系终结，再也没有产生麻烦。像达弗一样，他唯一的最明显的欲望，是要人家不要烦他。不过，到了后来，鲍克知道，他们每个人都有其他甚至更重要的欲望。

那天晚上，鲍克在睡觉时遇上了麻烦。一支蜡烛照亮了帐篷，在雪白的平原上光芒四射，鲍克理所当然地走了进去，波立特和福楼沙一齐咒骂着拿起做饭的家伙猛然攻击他。他惊慌失措，清醒以后，狼狈不堪地逃到外面的冰天雪地里。

寒风刺透他的骨髓，尤其恶毒地刺伤了他受伤的肩膀。他卧在雪地上准备睡觉，然而，严寒立刻冻得他浑身颤抖。他真是忧郁可怜至极，在一座座帐篷间到处乱走。他发现，到处都同样冷，到处都有野蛮的狗向他扑来，为了顺利走脱，他耸起毛发冲着他们咆哮（他很快学会了这个方法）。

最后，他想起一个办法，回头看看一起拉车的伙伴是如何做的。他在辽阔的营地里走来走去，四处寻找他们，但是，他们早已消失得无影无踪，不由得让他大吃一惊。他们在帐篷里吗？不！绝不会的！否则，他也不会被赶出来。

那么，他们可能在哪里呢？鲍克浑身颤抖，耷拉着尾巴，非常凄凉而又茫然地绕着帐篷走来走去。突然，前脚下面的积雪坍塌了，他陷了进去，有什么东西在下面蠕动。他向后一跳，怀着对这个未知的事物的莫大恐惧，耸毛咆哮着。然而，一小声友好的呼唤让他定下了心来，他走回去，仔细观察。比利像一个球似的紧紧缩成一团，卧在积雪下面，一股热烘烘的气流升上来，直扑鲍克的鼻孔。比利呜呜叫着，息事宁人，善意地扭动着身体，甚至冒昧地用温湿的舌头作为求和的贿赂，舔舔鲍克的脸。

哦，原来如此。这又是一个经验。鲍克满怀信心地选定了一块地方，费了很大的力气，为自己挖了一个洞。不一会儿，他身上散发的热气就填满了有限的空间。

他睡着了。白天很长，工作也很辛苦。虽然几次噩梦扰得他连声吼叫又扭动身体，但他睡得熟而安逸。

营地的种种喧嚣惊醒了他，他睁开眼睛。夜里又下了一场雪，完全埋住了他。因此，开始时，他几乎不清楚自己身在何处。雪墙从四面八方围住了他，那种野兽对陷阱的恐惧之情涌上了他的心头。

这是一种征兆，表明他正从原来的那种生活向祖先过的那种生活还原。他是一条"文明"的狗，而且是一条过分"文明"的狗，自己没有任何关于陷阱的经验，因此也不知道害怕。他全身的肌肉本能地抽搐，收缩起来，脖子与肩部的毛发耸得笔直。他凶猛地咆哮一声，笔直地跳出洞来，到了炫人眼目的光天化日下。雪在四面飞舞，像闪烁的云。脚还没落地，他就看到了白雪皑皑的营地，知道了自己身处的位置，想起了从跟曼纽尔出去散步到昨天晚上自己给自己掘洞这段时间内所经历的一切。

福楼沙大叫一声，欢呼鲍克的出现，他对波立特喊道："我早就说过，这个鲍克学得真是再快也没有了。"

波立特庄重地点点头。作为加拿大政府传递重要文书的信差，他急于搞到最好的狗，因此，有了鲍克，他感到特别高兴。

一个小时之内，又有三条赫斯基狗加入到了他们的队伍中，一共是九条狗。不到一刻钟，他们套上挽具，上了雪路，向代牙峡谷进发。

鲍克发现，自己并不特别讨厌工作，虽然工作非常艰苦。他很高兴上路，也很惊讶那种鼓舞全体狗队的干劲，这干劲也感染了他。他更为惊讶的是，达弗与索勒克斯的变化，他们被挽具彻底改变了，消极与淡漠无影无踪，机灵活跃，为工作顺利进行而费心，简直是旧貌换了新颜。轭下的苦工仿佛是他们存在的最高表现、生活的整个目的、唯一爱好的事业，当耽搁或混乱或多或少妨碍了工作时，他们就恶狠狠地尽情发怒。

达弗是压阵的狗，也是橇前狗，他前面是鲍克，再往前是索勒克斯，其余的狗在前面排成一队，直到领头狗的后面。斯帕斯居于领头狗的地位。

赶狗的人有意识将鲍克安排在达弗和索勒克斯之间接受训练。鲍克是一个非常聪明的学生，而达弗与索勒克斯作为老师也很聪明。他们用他们的利齿进行教训，从来不允许鲍克过久地停在错误上。达弗公正聪明，决

33

不无缘无故咬鲍克，而需要咬的时候也绝不会不咬。因为有福楼沙的鞭子替达弗撑腰做主，所以鲍克感到改正错误总比遭到报复合算。

一次短时间的休息时，鲍克绞乱了缰绳，延误了出发，达弗和索勒克斯就一起扑上去，严厉地惩罚他，结果更加混乱了。从此以后，鲍克就特别小心，不弄乱缰绳。这一天还没结束，他的工作已经做得很好，伙伴们几乎不再惩罚他了。福楼沙的鞭子甩得很少了。波立特甚至捧起他的脚来仔细察看，作为赏给他的一种荣誉。

那天的奔驰很辛苦。他们爬上代牙峡谷，穿过羊寨、鳞山和森林边界线，走过几百尺深的冰河雪堆，而且越过了耸立在咸淡水之间，守卫着荒凉寂寞的北国的奇尔古大分水岭，及时地顺着一连串的填补死火山喷口的湖泊疾驰直下，当天深夜，到达了笨乃湖口的大宿营地。成千上万的淘金者们在那里造木船，做预防春天解冻的准备。

鲍克在积雪上挖了一个洞，疲惫不堪，睡了一觉。然而次日一早，又被人叫了出来，和伙伴们一起在寒冷与黑暗中驾上了雪橇。这一天，因为雪路被压得非常坚硬，他们走了四十英里。不过，第二天以及以后的好几天里，他们不得不自己开辟雪道，因此，工作更加艰苦，路也走得更少。波立特照旧走在狗队的前面，用有金属薄片鞋底的雪鞋踏雪，以便让后面的狗走起来容易些。福楼沙驾驭着雪橇的舵杆，偶尔跟波立特交换一下位置。波立特着急赶路，对自己关于冰的知识非常自豪，因为，秋季的冰非常薄，而且急流之处根本没冰，所以，这种知识万万少不得。

鲍克一天一天，无穷无尽地在缰绳下面做着苦工。他们总是在黑暗中撤营，当第一线黎明的曙光出现的时候，他们已经走了几英里的路程；他们总是在天黑后才宿营，吃一点鱼，然后就钻到雪堆里睡觉。鲍克馋得很，一磅半鲑鱼干作为每天的口粮，似乎无济于事。他经常忍饥挨饿，从来也没吃饱过；别的狗则因为体重较轻，而且生来如此，所以，虽然只有一磅鱼，但过得很好。

鲍克很快失去了往日那种过于讲究的生活作风，以前，他吃东西时很斯文，但是现在，他发现伙伴们吃完以后，就来抢他还没吃完的食物，根本无法防备。刚赶走这几个，别的狗便将东西吞进了肚里。为了防止这种事情，他吃得和他们一般快，而且，严重的饥饿逼得他不能再不屑于抓取本不属于自己的东西了。他边观察边学习，看见派克——一只新来的狗，一个装病的狡猾的小偷，在波立特转过身的时候偷了一片咸肉。第二天，他就施展此技，弄到了整整一大块，结果引起一阵骚乱。不过，波立特没有怀疑到他，那个冒冒失失又总被人捉住的家伙——杜博代替鲍克受到了处罚。

第一次偷窃，显示出了鲍克对充满敌意的北国环境的生活的适应性以及那种适应变化无常的环境的能力。缺少这种能力，就意味着迅速、悲惨的死亡。与此同时，这也显示出他的德行的退化与崩溃，在残酷无情的生存斗争中，这种德行有害无益。南方的规律是爱与友谊，尊重个人的情感与财产，当然不错；然而，支配着北国的生活规律是棍子与牙齿，谁考虑这些，谁就是傻蛋；谁恪守不渝，谁注定失败。

鲍克并未推导出这个道理，他只是在适应环境，如此而已，在不知不觉中，适应着新的生活方式。纵观他的一生，无论形势如何，他从未临阵脱逃过。然而，那个身穿红色卫生衫的人用棍子将一条更基本更首要的法则打到了他心灵的深处。因文明而开化了的他，可以舍生取义，例如为了保卫米勒大法官的马鞭；但是现在，经过野蛮化的他，有能力避义保身。偷窃不是为了好玩儿，而是因为肚子需要。出于对棍子与牙齿的规律的尊敬，他并不公开抢掠，而是秘密地狡猾地去偷，总而言之，因为干这些事要比不干容易些，他才去干。

他发展（更严格地讲，应该说是"退化"）很快，肌肉变得钢铁般坚硬，渐渐地，对于平平常常的疼痛与苦难，也就坦然处之了。在这过程中，他完成了内部与外部的"经济学"。任何东西，无论多么难吃难以消化，他都可以吃下去；一旦吃下去以后，他的胃就可以吸收至最后的一滴养料而尽，然后，他的血液载着这种营养，一直送到全身最远的每个角落，造出最坚韧最结实的细胞组织。他的视觉与嗅觉变得非常灵敏，听觉的敏锐达到即使在睡觉时也能听得见最轻微的声响，并辨别出其中蕴涵的吉凶。

他学会了用牙齿咬掉冻在脚趾缝中的冰；口渴但泉眼上结了一层厚冰

的时候，他知道站起后腿，用僵硬的前腿把冰敲破。他最为出色的本领是嗅风，而且隔夜就能预测出来。无论他挨近树木或堤岸掘洞时如何也没有一丝风，以后风起时，他总是处于下风的位置，掩蔽得安安逸逸。

他不仅仅在凭借着经验学习，那种死亡已久的本能重新复活了。他身上经由许多年代驯养形成的特性，渐渐消失了。他非常渺茫地想起了自己种族的少年时代，追溯到成群的野狗徘徊在原始森林里追赶捕杀猎物的时代，他并没费多大的力气，就学会了用突然一咬和牙齿切割的狼的方式战斗，已被忘却的祖先原来就是如此作战的。他们唤起了他体内的古老的生命，他们铭刻在种族遗传上的古老伎俩也正是他的伎俩。因此，不用刻意追求，这种种伎俩本来就属于他，毫不费力地归他所有。寂静的寒夜里，当他面向群星，仰起鼻子像狼似的长嗥的时候，那也正是他的已经作古多年、物化成灰的祖先越过许多世纪，通过他仰起鼻子向着星辰长嗥，他的音调正是他们的音调，表达着他们的悲哀，还有他们对于寂静、寒冷和黑夜的体验。

作为对生命是如何一出傀儡戏的解释，那首古老的歌，就这样从他的内心流溢出来。他又回到本原了。他之所以返璞归真，是因为人们在北国发现了一种黄色的金属，因为曼纽尔是园丁的助手，而他的工钱不足以养活妻子儿女。

三　为权力而战

鲍克争夺支配权的原始兽性非常强大，并且不断地在苛刻残酷的拉雪橇的生活中滋长。新生的狡猾使他懂得平衡与节制。他忙于适应新的生活，因此而不自由自在了。他不但不去挑战，而且尽最大的可能避免战斗。他相当地谨慎沉着，决不操之过急，更不轻举妄动。虽然他与斯帕斯存在着深仇大恨，但并不流露出急躁的情绪，尽量避免一切进攻的举动。

然而，斯帕斯大概认为鲍克是一个危险的敌人，决不放弃任何龇牙咧嘴的机会，甚至无缘无故地欺负鲍克，常常想发动一场战争，拼个你死我活。

若非一件非同寻常的事故，这场战争早在旅行之初就爆发了。这一天结束时，他们寂寞凄凉地在帕耳杰湖畔宿营。大雪纷飞，寒风像炽热的刀般刺人，天色又黑，背后一座陡峭的悬崖高高耸立，比这更糟的情况几乎不曾有过。为了轻装前进，帐篷早在代牙就已经抛弃，波立特和福楼沙只好用几根漂来的树枝，在湖面的冰上生着火，打起地铺。然而，冰雪很快熄灭了这堆火，他们在黑暗中吃了饭。

狗们也摸索着找地方。鲍克紧挨着遮风避雨的岩石做了一个窝，既安逸又温暖。福楼沙分发用火烘过的鱼的时候，他甚至有些舍不得离开，等他吃完食物，发现自己的窝被人占了。他听见一声警告性的咆哮，知道入侵者是斯帕斯。

直到现在，鲍克总是避免跟自己的敌人产生麻烦。但是，这件事未免太过分了，他内心深处的兽性大发，狂怒地吼了一声，扑向斯帕斯。他们双方对这种狂怒都有些意外，斯帕斯尤其如此，因为根据与鲍克交往的全部经验，他一直认为对方胆小如鼠，只是因为身高体重不得不保全体面而已。

福楼沙看见他们从毁坏了的窝里一起扭打着跳了出来，猜想到纠纷的原因时，非常惊讶，冲着鲍克喊道："哎哎哎！妈的！让给他吧！让给这个卑鄙的小偷！"

斯帕斯心甘情愿，他气急败坏，大吵大叫，前前后后绕着圈子，寻找扑上去的时机。鲍克也同样既认真又谨慎，转来转去，捕捉有利自己的战机。

然而，意外的事情就在这时发生了。这件事将他们争夺霸权的斗争推到了好几英里的旅程和苦役以后的那个遥远的将来。

随着波立特一声咒骂，棍子与精瘦的骨骼撞击的声音，一声惨痛的尖叫，一场大的骚乱发生了。营地里，突然有许多毛茸茸的东西鬼鬼祟祟地在活动。

原来，八九十条饥饿的赫斯基狗嗅到了营地的气味，在鲍克与斯帕斯打架时，他们悄悄地从印第安人的村子里爬了过来。当两个人手持棍子跳到他们中间的时候，他们就张开大嘴用牙齿进行反抗。食物味道的诱惑，早已让他失去了理智。波立特发现一只狗埋头扎进食物箱里，舞起棍子打击一根根精瘦的肋骨，食物箱跟着翻倒在地。刹那之间，一二十只饥饿的狗争抢着吃面包和咸肉，毫不在意打在身上的棍子。他们在雨点般的打击下号叫，然而，抢吃的疯狂依然如故，直到吞掉最后一片。

与此同时，一只只受惊的雪橇狗从窝里跳了出来，但只有遭到这群凶恶的入侵者袭击的分。鲍克从来没见过这样的狗，简直是宽松不洁的皮肤包着骨头架子，身上的骨头仿佛要戳破了皮肤，眼睛闪闪发光，牙齿沾着唾沫。然而，饥饿使他们疯狂得使人恐惧又不可抵抗，他们毫无反抗的余地。

雪橇狗们刚刚进攻，就被赶到了岩壁下面。三只赫斯基狗包围了鲍克，瞬间咬破了他的头部和肩膀，喧嚣声可怕极了。像平时一样，比利吓得哭泣。达弗与索勒克斯英勇无畏，并肩作战，身上几十处伤口流着血。乔治恶鬼般乱咬，一次咬住了一只赫斯基狗的前腿，连骨头都咬碎了。装病鬼派克就跳到这只拐了腿的家伙身上，迅速一亮牙齿，一扭，咬断了他的脖子。

鲍克咬住了一个口吐白沫的狗的喉咙，牙齿切断喉咙上的静脉的时候，血溅了一身，血在口中温暖的味道更加激发了他的凶性。他向另一个扑过去，却感觉喉咙中扎进了牙齿，原来，斯帕斯趁火打劫，从侧面向他进攻。

波立特和福楼沙肃清了自己的营地以后，赶快转过来救他们的雪橇狗，面对他们，饿得像狂涛骇浪一样的赫斯基狗群稍稍退却了一些。鲍克趁机挣脱了身。

然而，两个人不得不再次跑回去抢救食物，因此，只一会儿工夫，赫斯基狗又卷土重来攻击雪橇狗。比利吓得奋不顾身地冲出野蛮的包围，从冰上落荒而逃。杜博与派克紧跟其后，再往后是队里其他的狗。鲍克正要纵身跳上去跟他们走，眼角的余光扫视到斯帕斯正向他冲来，显然，斯帕斯想将他撞倒。如果他要栽倒在赫斯基狗群的践踏之下，那么，一切就都完了。他站稳脚跟，顶住斯帕斯卑鄙的冲撞，追上大家，向湖上逃去。

以后，九只雪橇狗聚集在一起，在森林里找了个藏身之地。虽然后面没有了追击，但是，悲惨的态势丝毫没有改变。任何一只狗都至少受了四五处伤，而且，其中几只伤势很重：杜博的一条后腿受了重伤；在代牙最后加入到狗队列中的赫斯基狗多丽，喉头被撕破一大块；乔治成了独眼龙；好脾气的比利，一只耳朵被撕成了碎片，整整不停地哭泣了一夜。

天亮时分，他们很小心地蹒跚着回到营地，那些打劫的家伙早已走了。两个人大不高兴，那群赫斯基狗吃掉了足有一半的食物，连雪橇上面的皮带、帆布、苫布也给嚼烂了。事实上，无论多么难吃，所有的东西都没能逃出虎口。波立特的一双麋鹿皮靴，一段很长的皮缰绳，甚至福楼沙的鞭梢，被他们吃掉了两尺。

他不再为鞭子伤心，过来检查受伤的狗们，和气地说："啊！朋友们。这么厉害，也许把你们都变成疯狗了。波立特，是不是？"

波立特摇摇头，没有把握。距离多盛还有四百里的路，狗群千万不能发生狂犬病。他们咒骂着，努力了两个多小时，将挽具整理了一番以后，因受伤而不便走路的狗队继续艰难地挣扎向前。

这段路最为难走，他们出发以来从未遇见过。这是他们与多盛之间最为艰难的路程。三十里河，没有一点冰冻，它的狂流仿佛根本不曾将严寒放在眼里，只有水涡与风平浪静的地方才结了冰。所以，这三十里路极其危险，狗和人每走一步，都冒着生命危险。他们奔波了六天，筋疲力尽，才走完了这可怕的三十里路。

波立特横抱长竿，在前面带头探路，踩破冰桥掉下水里十几次，每一次都凭借竿子架在身体下陷而成的洞口上才救了命。然而，此时正是寒流肆虐之际，气温低至零下五十华氏度，因此，为了救命，每次掉下水后，他都不得不生着火，烤干衣服。

无论什么，都不能使他沮丧泄气；正因为什么都不能让他泄气沮丧，政府才选择了他做信差。从昏暗的黎明到漆黑的夜里，他冒着各种危险，枯干瘦小的面孔坚定不移地正视残酷的严寒，沿着阴森森的河岸，在河边上向前奋进。冰在脚下不断地坍塌、爆裂，他们不敢在上面多加逗留。一次，雪橇带着达弗与鲍克掉了进去，等拉上来时，他们已冻得半僵，身上结了一层厚厚的冰，几乎淹死。于是，为了救命，两个人照例生起一堆火，让他们不断地围着火奔跑，以便使身体暖和起来；由于离火太近，身上的毛也被火焰烧焦了。

还有一次，斯帕斯掉到了水中，将后面一直到鲍克的全队的狗都带了进去。鲍克的前爪踏在光滑的冰的边缘上，拼命向后拖，他后面的达弗，也使劲向后撑。四面的冰颤动着，在破裂。雪橇后面的福楼沙用劲拉，腱子肉直响。

河面上前前后后的冰都碎了，除了爬上悬崖，没有别的出路。而波立特竟奇迹般地爬了上去，福楼沙盼望的正是如此。他用所有的皮带、绳索、挽具搓成一条长绳，将狗一个个地吊上去，然后是雪橇以及上面装的货物，福楼沙最后上来。接着，需要寻找下去的地方，又是凭着绳子，终于下到了河面上，此时，已经暮色苍茫。

这一天，他们只走了一里的四分之一。

当到达古塔林卡，走上好冰时，鲍克早已疲惫不堪，其他狗的情形也差不多。然而，为了弥补耽延的时间，波立特仍然驱赶着他们起早贪黑。他们第一天赶到大鲑鱼河，走了三十五里；第二天到小鲑鱼河，又是三十五里；第三天走了四十里，接近了五指山。

从鲍克的最后一代野狗祖先为一个穴居或河居的人驯养时起，经过代代相传，他的脚已经软化了，不如赫斯基狗的脚结实坚硬。他整日疼得一瘸一拐地走路，营一扎好，躺下去仿佛是条死狗。虽然非常饿，他却不愿意起来领自己那份鱼，福楼沙只好给他送到跟前，而且，每天晚饭后，他都为鲍克搓半小时脚，还用自己穿的鹿皮靴的靴筒为鲍克做了四只鞋，极大地减轻了鲍克的痛苦。

一天，福楼沙忘了给他穿鞋，鲍克就在那里仰面躺着不动，四只脚在空中舞着表示恳求，甚至波立特枯干瘦小的脸都为之露齿一笑。后来，他的脚硬得足以胜任旅程的劳苦了，破碎的鞋套也就弃之无用了。

在贝利河口的一天清晨，他们正套挽具的时候，从来不出风头的多丽令人心碎地长嗥一声，吓得每一条狗都毛发耸然。她疯了，接着，她便扑向鲍克。

40

鲍克没见过疯狗，对于疯狂的可怕也一点都不知道。然而，他知道这是恐怖，就惊慌逃开，一直往前跑。多丽口吐白沫，气喘吁吁地跟在其后，相隔只有一跃的距离。鲍克非常害怕，因此，多丽难以追上；然而，多丽已经发疯，鲍克也难以甩开。

鲍克逃进岛上隆起的草木茂盛的地方，又跑到低洼的岛边，穿过一条满是坎坷不平的小河道，上了第二座岛、第三座岛，绕路折回到大河之上，处于绝望之中，不顾一切地飞奔而去。虽然自始至终，他一直都没有回头张望，但是，他听得出，多丽在背后的吼叫与他相隔的距离一跃可及。

四分之一里外的福楼沙在叫他，他依然保持着一跃的距离，在前面折回原路，气喘吁吁，痛苦极了。他对福楼沙的信任真是全心全意，坚定不移，坚信福楼沙一定可以拯救他。福楼沙高高举起斧头，让鲍克从他身边逃了过去，然后挥手一劈，砍碎了已经发疯的多丽的脑袋。

鲍克精疲力竭，疲惫不堪，步子蹒跚地走过去，靠着雪橇稍作喘息。这时，斯帕斯的机会到了。他扑到鲍克的身上，两次咬进已经无力抵抗的敌人的肉中，撕破，一直撕裂到骨头。

于是，福楼沙的鞭子落了下来，对斯帕斯实施了一顿队里其他任何一只狗都未曾挨过的毒打。鲍克满意地在一旁看着。

波立特说："这个斯帕斯是个恶鬼。终究有一天，他会咬死鲍克的。"

福楼沙答道："那个鲍克，相当于两个恶鬼。我一直在注意他，太了解他了。你瞧着吧。我相信，他有朝一日发起疯来，一定会将斯帕斯彻底地嚼烂，然后再吐在雪上的。"

从此以后，斯帕斯与鲍克之间俨如敌国，进入了交战的势态，无论作为领导狗，还是作为狗队所有成员公认的统治者，斯帕斯感到自己的霸权正在受到这只陌生的南方佬的威胁。他之所以觉得鲍克陌生，是因为他所知道的许多南方狗，都十分软弱，死在了艰苦的工作和饥寒交迫之下，从来不曾有过一只南方狗在营地里、雪路上出过风头；然而，鲍克却是个例外，单独忍受住了这一切，而且还发展了，在力量、凶狠与狡猾任何一方面，都足以与赫斯基狗相匹敌。他具有统治的力量。他之所以危险，是因为那个身穿红卫生衫的人用棍子打掉了他支配欲中那种盲目的勇敢和草率从事的作风，一变而成一流的狡猾，运用自己天生的忍耐性，等待时机的到来。

无论早晚，争夺领导权的冲突不可避免要爆发，因为，这不仅是鲍克的需要，而且是他的天性。那种无可名状、难以理解、为了雪道和缰绳而自豪之情紧紧抓住了狗，使他们生命不息，工作不止，诱使他们虽死于轭下而依旧快乐。如果有谁被排除到了羁绊之外，他们将为之心碎。

这种自豪，就是达弗作为压队狗的那种自豪，索勒克斯不遗余力地拉雪橇时的那种自豪。这种自豪，在拔营上路时驾驭着他们，他们因此由乖戾的畜生一变而为紧张热烈、生机勃勃的动物，鼓舞着他们整天前进，直到黑夜来临、安营扎寨时才抛弃他们，将他们重新掷入阴抑的不安不满中。这种自豪，支持着斯帕斯惩罚那些在缰绳下捣乱、偷懒或在早晨套挽具时走开的狗，使他对鲍克作为一个潜在的领袖的狗而感到畏惧。而这，也同样是鲍克的自豪。

他公然威胁敌手的领袖地位，故意在斯帕斯与作为惩罚对象的那些逃避责任的狗之间作梗。

一天夜里，下了一场大雪。早晨，那个装病的派克安然躲在一尺深的积雪下面的窝里没有出现。福楼沙喊他，找他，徒劳无功。斯帕斯气得发疯，怒气冲冲，在营地里到处跑来跑去，嗅着、挖着每一个可疑的藏身之地。他的咆哮声吓得派克躲在下面浑身发抖。

斯帕斯终于将派克从地下面挖了出来，他正要扑上去惩罚他的时候，鲍克却满怀同样的愤怒出人意料、非常伶俐地冲到他们中间，将斯帕斯向后撞了个仰面朝天。派克本来正卑躬屈膝地浑身发抖，一看见这种公开的反叛，胆子顿然壮了起来，扑向被打倒在地的领袖。鲍克早就将正大光明的游戏法则忘得无影无踪了，也向斯帕斯扑了过去。

目睹这意外的情形，福楼沙笑个不停，然而，他依然毫不犹豫、铁面无私地执行公正的裁决，挥起鞭子，全力打在鲍克身上。但他没有能够将鲍克从跌倒在地的斯帕斯的身边赶走，于是，他用上了鞭子的柄。

鞭子不停地抽在鲍克身上，打得他晕头转向，退了下来。与此同时，

42

斯帕斯也实打实地教训了屡教屡犯的派克一顿。

随着多盛越来越近，鲍克依然置身于斯帕斯与斯帕斯的惩罚对象之间，不过，他非常灵巧，只是趁福楼沙不在眼前时才干。与鲍克的秘密叛乱相应，狗队中出现了一种普遍的不服从领袖斯帕斯的现象，而且，越来越严重。达弗与索勒克斯没有受到这种影响，可是其他的狗变得越来越坏。

由于鲍克暗地里捣乱，狗队中不停地发生吵闹争执，经常出乱子，搞得福楼沙手忙脚乱。他知道，无论早晚，必定会有一场生死搏斗发生在这两条狗间。他经常为此担忧，许多次夜里，他听到别的狗的喧闹声，唯恐鲍克与斯帕斯在决斗，一次次地从被窝里出来察看。

一个冷冷清清的下午，他们到达了多盛。机会并未出现，那场决战只好待以他日。在这里，鲍克看到有许多的人、无数条狗，都在工作，仿佛是命中注定，狗就应该工作。他们排成一条条长队，终日拉着缰绳在街上来来往往，叮当的铃声作响一直到深夜，他们将木料木柴运到矿上，而且担负着在圣科拉拉谷本是马应该做的所有的工作。

鲍克经常遇见一些南方狗，然而，大多数是长得像野狼一样的赫斯基狗，每天晚上九点、十二点和凌晨三点时，他们极有规律地唱起一种神秘的、不可思议的颂歌。鲍克也高兴地加入到歌唱者的队列里去。

头顶上，北极之光冷冷地照着，繁星时而随着严寒的舞蹈而跳跃。在冰雪的覆盖下，结了冰的大地麻木了。此时此刻，赫斯基狗的歌唱也许是一种向生命的挑战，只是调子低沉，发出长长的哭泣与叹息，更像是生命的诉说，分明的音节在倾诉着生存的艰难与痛苦。这支古老的歌曲，与这个种族同样地古老，是年轻世界所吟唱的最早的歌曲中的一首，其中蕴含了无数世代的悲哀。

鲍克为这首歌曲心神不宁。在他悲伤地哭泣与感叹的时候，他所体验到的歌中所倾诉的生活的痛苦，正是远古时期他的充满野性、未被驯服的先祖的痛苦；他对于严寒、黑暗的恐惧与神秘之情，也正是他的祖先们曾经怀有的恐惧与神秘之情。这歌声深深地引起了他的共鸣，说明了他虽然曾经受到温暖的火和房屋世世代代的庇护，但是现在，他正向本原回归，正在退回到他的祖先在野蛮时代草创生活之始。

到达多盛的七天之后，他们沿着巴勒柯斯旁边峻峭的河岸，踏上了育空雪路，向代牙、盐湖进发。波立特往回带的公文仿佛比来时所带的公文还要紧急，旅行的自豪也使他决心创造本年度的新纪录。对于这件事，几个条件都很有利：一个星期的休息，狗们早已康复如初，情况良好；后来的旅客将他们开辟的雪路踩得更实在了；而且，在两三个地方，警察局专门设立了储存人畜食物的仓库，他们可以轻装踏上征途了。

他们第一天就跑了五十里，到达了六十里河；第二天奔驰在育空河上，踏上了往贝利的大路。然而，这种出色成绩的取得，全靠福楼沙煞费苦心。鲍克领导下的狡诈的反叛，破坏了狗队的团结，狗们不再团结得像一只狗似的，在缰绳里奔驰向前。

斯帕斯作为领袖，不再拥有以往众人的深深敬畏了，取而代之的是狗们对于他的权威的挑衅。在鲍克的保护下，一天夜里，杜博抢吃了他半条鱼；另一天夜里，杜博与乔治联合起来攻击他，逼迫他放弃本应加在他们身上的惩罚。甚至好脾气的比利，脾气也渐不如前了，呜呜的叫声中的巴结奉承味儿连从前的一半也没了。实际上，鲍克对斯帕斯，已近乎欺凌霸道了，他总爱在斯帕斯面前故作目中无人般大模大样地走来走去，而每一次接近斯帕斯，都无不耸毛咆哮以示威胁。

纪律败坏，也影响到了狗们之间的相互关系，他们的吵闹越来越频繁，越来越凶，有时搅得营地鬼哭狼嚎，跟疯人院似的，达弗与索勒克斯虽然为这无穷无尽的争吵心烦意乱，却还能保持无动于衷。

福楼沙古怪粗野地大骂，在雪地上跺足捶胸，揪自己的头发，无故地生气。鞭子甩个不停，一点也不起作用。他刚转过身去，狗们就又闹了起来。他用鞭子为斯帕斯撑腰打气，然而，与此同时，鲍克却暗地里给其他的狗做主。福楼沙知道鲍克在暗中制造麻烦，鲍克也知道福楼沙明白其中的详情。但是，鲍克非常机灵，不会再被他当场捉住。在挽具下面，他忠实勤恳地做工，苦工早已成为他的乐趣之一；不过，偷偷摸摸地让伙伴们打上一场，搅乱缰绳，其中的乐趣似乎更大。

到达塔基纳河口。一天夜里，吃过晚饭后，杜博发现了一只雪兔，莽

44

撞一扑，没能捉到。全队的狗立刻追了起来。一百码外，西北警察局一所营地里的五十条赫斯基狗，也加入到了追逐的行列中。

兔子沿着小河逃了下去，转进一个河湾，在冰冻的河面上直向前奔窜，轻快地在雪地的表面上奔跑。鲍克率领着一支由六十条狗组成的长长的追踪队伍，竭尽全力，破雪向前，转了一圈又一圈，却追不上。在苍白的月光下，他焦急地呜呜直叫，健美的身躯贴近地面，跳跃着向前飞掠而去；那只兔子仿佛是白雪的精灵，一跳一跳地在他面前一闪而过。

在一定的时代，人类仍然受到那种古老的本能的驱使，从喧嚣的都市走向森林或原野，用依靠化学推进的铅弹残杀生命。这种古老的本能所唤起的激动之情、嗜杀之欲、杀戮之趣——鲍克发自心灵深处地全都具备。他正身先士卒，带着狗队追逐这只野味。他要用自己的利齿去屠杀，要将自己的头浸入到温暖的血中，只露出两只眼睛。

生命所难以超越的兴奋若狂的状态，标志着生命的顶峰。生活中，奇怪的矛盾逻辑正在于此。那种疯狂之态，只是在一个人最为活跃的时候才会到来；然而，此时此刻，也正是一个人完全将生命置之度外的时候。这种迷狂忘我的状态的出现，是一位艺术家着了迷要化为一团火焰的时候，是一名士兵在决战的战场上大发战争狂态、拒绝宽容的时候。具体到鲍克身上，就是在他领着群狗，噪叫着拼命追逐那只在月光下迅速逃窜的活生生的野味的时候。鲍克正从本性的深处发出叫声，那部分本性中的呼唤比自己更深、更久，一直追溯到了"时间"发轫之始。生命的浪潮，自在的奔驰，对浑身十分健全的肌肉关节筋腱的充分的享受，支配着他的这种乐趣，产生于一种难以言传的东西，它既狂热又暴烈，体现为在繁星之下的欢快飞驰，又表现为像死物一样静止不动。

然而，即使心情最为兴奋的时候，斯帕斯依然非常冷静而精明，他离开队伍，从小河大转弯的地方抄近路到了前面。鲍克并不知道，直到他绕过河湾看到，那只冰雪覆盖下幽灵似的兔子正在他面前飞驰的时候，突出来的河岸上跳下来另外一只大一些的幽灵，拦住了兔子的去路，这幽灵正是斯帕斯。

兔子来不及转变方向。雪白的牙齿在半空中咬碎了他的脊背，他像一个突然遭到袭击的人一样响亮地尖叫了一声，宣告"死亡"，将"生命"从"生命"的顶峰拉跌了下来。鲍克后面的群狗听到这叫声，发出阵阵愉快的惊天动地的合唱。

鲍克没有叫，也没停下步子。他直接向斯帕斯冲去，由于冲势太猛，没能咬到喉咙，在粉末状的雪地上，他们接二连三地滚了几滚。斯帕斯又爬了起来，速度之快仿佛根本不曾跌倒一样。他咬破了鲍克肩膀下面一块，接着又是一下，每咬一次，他的牙齿就发出捕兽机的钢齿似的咯嗒一响，然后迅速跳开，重新站好位置，准备更好地进攻，两片翻起的嘴唇扭动着、叫着。

刹那间，鲍克明白了，决死一斗的时机到了。他们耳朵倒伏，咆哮着相互兜着圈子，紧张地窥伺有利的战机。这种情形，使鲍克突然生出一种似曾相识的熟悉的感觉。那片白雪皑皑的森林，大地，月光，战斗的兴奋，一种阴森可怕的静穆笼住了这片洁白与寂静。他仿佛全部回忆起来了。

没有一丝微风吹过。所有的东西一动也不动，树叶连抖也不抖动，狗们的眼睛看着自己的气息袅袅上升，不绝如缕，在冰冷的空中萦绕不散，这群狼似的、极不驯顺的狗早已草草结果了那只雪兔。现在，他们围成一个圆圈，默默地期待着，只有闪光的眼睛与袅袅上升的气息。对于鲍克来讲，这副自古以来、历来如此的景象，是事物的常理，毫无新奇之处。

作为一个战士，斯帕斯经验丰富。他从斯匹茨卑尔根群岛通过北冰洋，穿越加拿大和荒野，面对各种各样的狗，他不仅可以坚守阵地，而且还能支配他们。他气愤满腔，但决不盲目；他渴望撕裂、毁灭什么，但绝不会忘记自己的敌人有着相同的渴望与毁灭。除非有备迎接冲击，他决不攻击；除非已有防御进攻的准备，他决不进攻。

鲍克拼命用牙咬这只大白狗的脖子，但是，效果全无。无论他的牙齿在哪里寻找比较柔软的肉，总是受到斯帕斯牙齿的阻挡。双方牙齿碰击牙齿，嘴唇割破了，淌着血，然而，鲍克依然突不破敌人的防线。他火冒三丈，围着斯帕斯，旋风般连连冲击，一次又一次地想咬生命在表面涌流的那个雪白的喉咙。但是，每一次都是斯帕斯咬他一口，然后跳开。

接着，鲍克假装要冲向喉咙，突然间却缩回头去，从一旁绕了过去，用肩猛撞斯帕斯的肩，想像撞锤一样将对方撞倒。不料，情形正好相反，每一次都是斯帕斯咬破鲍克的肩膀，然后轻捷地跳开了。

斯帕斯简直让鲍克接近不了，鲍克却鲜血直流，喘不过气来。慢慢地，战斗到了性命攸关的程度。像狼似的沉默的圆圈，一直在等待着干掉被打倒在地的狗。鲍克喘息起来时，斯帕斯不断地冲击，使他难以立稳。一次，鲍克翻了一个跟斗，组成圈子的六十条狗全都站了起来；不过，他几乎就在半空之中又挣扎了过来。于是，那圈狗重又伏下去，再继续等待。

然而，鲍克具备一种为了伟大而生的资质——想象。他既能凭本能战斗，也可以靠头脑打仗。他冲了上去，仿佛在重演撞肩的故技，但在最后的一刹那，他却极低地贴着雪地冲了过去，咬住了斯帕斯的左前腿，咯嘣一声，骨头碎了。那只白狗只好站在三条腿上，来对付他了。

鲍克尝试了三次，想撞倒他；接着，又故技重施，咬断了敌人的右前腿。斯帕斯痛苦不堪，处境绝望，但依然疯狂地挣扎着，坚持斗争。如同他过去所看到的相同的圈子向被打败的对手收拢的情形一样，所不同的，这一次，他是被打倒的那一个。那个眼睛发光、舌头耷拉、白色的气息袅袅上升的沉默的圈子，向他收拢过来。他没有希望了。

怜悯是在为温和的地带做准备，鲍克坚定不移，筹谋最后的冲击。他的腰部已经感觉到收拢过来的赫斯基狗群的呼吸，他看到他们的眼睛紧紧盯在斯帕斯身上，半蹲半卧地在斯帕斯身边准备跳跃。似乎一阵停顿。每只狗仿佛变成了石头，一动也不动，只有斯帕斯浑身颤抖，前后摇晃不停，耸立着毛发咆哮着，可怕的威胁似乎想要吓退即将面临的死亡。

这时候，鲍克跳了上去，肩与肩终于正撞一起。随着斯帕斯从视野中消失，洒满月光的雪地上的圈子变成了一个黑点。鲍克——这位成功的战士——一个因完成了屠杀很得意的战士——获得了支配地位的原始野兽，在一旁袖手旁观。

四　胜者为王

第二天一大早，福楼沙便发现斯帕斯失踪了，同时也发现鲍克变得伤痕累累。他将他拉到火边，借着火光一边指点着伤口，一边说："怎么样，我说得一点不错，这个鲍克就像两个恶鬼。"

波立特一同察验着道道张嘴的伤口："斯帕斯打得真凶。"

"这个鲍克打得更凶。没有斯帕斯，麻烦一定就没有了。现在，我们可以夺回损失掉的时间了。"福楼沙回答说。

波立特将营帐用具装上雪橇，福楼沙开始给狗们套挽具，鲍克小步跑到斯帕斯原来的领袖的位置上。然而，福楼沙认为，索勒克斯是现存的最好的领导狗，因此，他对鲍克不理睬，将索勒克斯拉到了鲍克垂涎三尺的位置上。

鲍克暴怒地扑向索勒克斯，赶走他，自己站在他的位置上。

福楼沙快意地拍拍腿，大声喊道："啊！瞧，鲍克这家伙，他杀了斯帕斯，就认为应该由他来取而代之。"

他命令道："走开！"

但是，鲍克拒绝挪开。

福楼沙不顾鲍克威胁的咆哮，一把抓住他脖子上松弛的皮肤，再一次换上索勒克斯。那只老狗并不喜欢这个位置，明白无遗地表示他害怕鲍克。

福楼沙非常固执。可是，他一转过身去，鲍克就又赶走了索勒克斯，而后者，似乎也很高兴走开。

福楼沙生气了，手抄起一根棍子，走了过来："妈的！看我来收拾你！"

鲍克想起了那个身穿红卫生衫的人，慢慢地后退了去。索勒克斯再次被带到前面的时候，他没有企图闯上去，然而，他逗留在棍子正好不及的

48

地方，既不走远，也不接近，痛苦而愤怒地围着福楼沙打转、咆哮。他一面绕圈子，一面紧紧盯着那根棍子。他太了解棍子的花样了，棍子万一向他掷来，他随时准备躲开。

福楼沙根据自己的想法，准备仍将鲍克安排到原来的达弗前面的位置上。鲍克向后退了两三步，福楼沙追了上去，鲍克又向后退，几次反复以后，福楼沙认为鲍克害怕挨打，就丢掉了手中的棍子。然而，鲍克所需的并非逃避挨打，而是获得领导权，那是他挣来的，理所应当地一分不少地属于他。于是，他公然起而反抗。

波立特也过来帮忙，他们齐心合力，追了他半个多小时，用棍子打他，他就躲闪着避开。他们从他的八代祖先开始骂起，直到他的子子孙孙以及更加遥远的后裔，诅咒他身上的每一根毛发、血管中的每一滴血，他则回之以咆哮。他不想逃跑，也始终不让他们追上，只是绕着营地转圈退避，明明白白地表示，只要满足他的欲望，他就顺从地走过来。

福楼沙坐下来直抓头皮。波立特看一看表，大骂起来，逝者如斯，他们本该上路一个小时了。福楼沙又搔一搔头皮，摇摇头，冲波立特羞涩一笑。波立特也耸耸肩，表示他们失败了。

于是，福楼沙走到索勒克斯站的地方，呼喊鲍克，鲍克笑了起来，却依然保持着一定的距离。福楼沙解掉索勒克斯的缰绳，送他回到老地方。至此，狗们排成了完整的队伍，套上挽具，准备上路。队伍中除了最前面的位置，没有鲍克的地方。

福楼沙又在叫他。他笑一笑，却不过去。

波立特命令道："扔掉棍子。"

福楼沙扔了棍子。于是，鲍克扬扬自得地笑着，碎步跑了过来，占据了狗队中最前面的位置，拴好缰绳。

雪橇出发了，狗队与人奔上了河床的雪道。

以前，福楼沙曾经用两个恶鬼的比喻很高地评价鲍克，然而现在，天还早得很，他发现，他对鲍克的估计还是太低了。福楼沙从来没见过有条狗比得上斯帕斯，但是，鲍克一下子肩负起了领导的任务，在何处需要做出判断、思考的敏捷和行动之迅速等方面的表现，他甚至超过了斯帕斯。

鲍克尤其在立法、保证同伴们守法方面表现突出。达弗与索勒克斯根本不关心领导权力的变更，那与他们无关。他们只是在轭下不遗余力地辛勤劳作，除非工作受到了干扰，否则他们不介意任何事情，只要能够维持秩序，即使好脾气的比利做领袖，他们也不在乎。但是，在斯帕斯最后执政的日子里，其他的狗变得没有规矩了。现在，鲍克开始整顿他们，令他们大吃一惊。

派克紧跟在鲍克之后，工作起来懒散至极，除非迫不得已，从来不肯在胸带上多用一点气力，因此屡受惩罚。第一天还没结束，他就已经空前卖力了。

第一大黑夜，在营地里，乖戾的乔治被结结实实地狠揍了一顿。鲍克只需利用体重的优势，扼住他的呼吸，揍得他由乱咬乱叫到哭泣告饶方才罢休。而这种事，斯帕斯从来也没有办到过。

狗队恢复了以前的团结一致，在缰绳里的大家又像一条狗似的步调一致了，士气大振。到溜冰急湍，狄克和古纳两条本地的赫斯基狗也加入了进来，鲍克非常迅速地收服了他们，令福楼沙惊讶得透不过气来。

"他妈的！像鲍克这样的狗绝对没了！没了，绝对没了！值一千块呢！波立特，你说对不对？"

波立特点点头。这时，他已经刷新了纪录，而且，速度一天天地加快。雪道的情况很好，坚硬结实，最近又没有下雪。天气不太冷，直到全程结束，气温保持在零下五十华氏度。两个人交替着坐雪橇，走路。狗们不停地跳跃着，偶尔稍事休息。

三十里河结冰的情况相当好。来时，他们用了十天的时间；回去时，一天便走完了这段路。从芭尔杰湖的下端到白马湍，他们一口气跑了六十里路。他们穿越麻什、塔杰什和笨乃（一串绵延达七十里长的湖泊）时，速度之快，使得走路的人只好拉住雪橇后面的一根绳子，被拖着向前跑。第二周的最后一个夜晚，他们翻过白岭，沿海滩的斜坡而下，看到了位于脚下的施盖逶镇和泊在海边的船只的灯光。

十四天以来，平均每天四十里，这种奔驰突破了从前的记录。在施盖逶镇的街上，波立特和福楼沙昂首挺胸，夸耀了三天，邀请赴宴的请帖雪片般纷飞而至。与此同时，拉雪橇的狗队也经常成为一群驯狗、赶狗的人满怀敬佩围观的中心。后来，三四个西部的坏蛋企图洗劫城镇，只落了一个满身被枪弹打得像是胡椒瓶似的窟窿眼的下场，大家的兴趣才转移到了新偶像的身上。

后来，官方命令来了。福楼沙将鲍克叫到身边，伏在他身上，搂着他痛哭一场。像许多别的人一样，这是他们的最后一面，从此以后，福楼沙与波立特从鲍克的生活中永远地消失了。

一个苏格兰裔的混血儿照料管理着他与他的伙伴们。与一打其他的狗队一同出发，他们重新又踏上了那条去往多盛的枯燥乏味的道路。因为这是一辆邮车，载着来自世界各地的信件，送给那些在北极的阴影下寻找金子的人们，所以，现在，既非轻装前进，又非刷新纪录，后面拖着沉重的负担，每天都是艰难的苦役。

鲍克不喜欢这种工作。但是，他效仿达弗与索勒克斯以辛勤劳动为荣的精神，而且监督同伴尽职尽责，无论他们是否以此为荣。

这是一种非常单调的生活，按照一成不变的规律，像机器似的周而复始地运转着。这一天与那一天，相似极了。每天早晨到一定时候，厨师就起床生火。早饭后，有的人拆营，有的人套狗。上路半个小时以后，黎明才渐渐驱散黑暗，姗姗来迟。夜里扎营，一些人搭起帐篷，另一些人就伐木砍柴，准备生火，铺床。其余的人或者给厨师挑水运冰，或者喂狗。对狗来说，这是一天之中的大事。吃完鱼以后，与其他队列中的狗散上一个小时的步本来很好，然而，这些狗一共有一百多条，其中不乏凶猛之士，与其中最凶猛的三次战斗以后，鲍克就获取了主宰的地位，因此，他一耸毛龇牙，别的狗就躲开他。

鲍克有时将前腿伸向前面，收起后腿压在身体下面，这样靠近火堆卧着，抬头望着火，如入梦乡，若有所思地眨着眼睛。他有时想到洒满阳光的圣科拉拉谷的米勒大法官那幢很大的宅院，水泥做成的游泳池，墨西哥种的秃子伊莎倍尔，日本种图茨。然而，他更多更经常地想到的是，那个身穿红色卫生衫的人、克丽之死、与斯帕斯的生死搏斗、吃过的以及想要吃的好东西。

他没有得思乡病，记忆之中的那片阳光普照的土地模糊遥远，它支配不了他。相比之下，那些可以追溯得起的遗传下来的记忆更为强而有力，它使得他熟悉了以前从没见过的东西。近来，那种自远古时起就已经逐渐丧失的本能（其实，所谓本能，只是由于常常思念祖先而养成的一种习性）在他的体内苏醒过来，又重新复活了。

他有时缩成一团，望着火焰眨着眼睛，感觉火焰仿佛是另外一堆火似的，而他伏在另一堆火旁时，看到的人不是面前的混血儿厨师而是另外一个人，短腿长臂，筋肉与其说又圆又粗，不如说青筋累累，疙疙瘩瘩，长长的头发纠缠在一起，从眼睛起，向后斜扎到发根下面。他发出的声音很奇怪，手下垂到膝腿之间，拿着一根棍子，一块沉重的石头牢牢地装在棍子的头上。他几乎是赤裸着身体，脊背的腰里悬着一块被火烧焦了的破烂的兽皮，身上长了很多的毛，胸部与两肩满是，手臂与大腿外侧尤其厚，像是浓密的兽毛。他不是直立，而是抬起臀部，向前倾斜，屈膝蹲在两腿之上。他身上像猫一样富有弹性或反弹力，非常警觉，只有总是处于对无论是看得见还是看不见的东西满怀恐惧之中的人才有。

这个毛人将头埋进两腿之间，蹲在火边睡觉的时候，胳膊放在膝上，两手护着头，仿佛在用毛茸茸的胳膊挡住风雨。鲍克看到，在火堆的另一边，在周围环绕的黑暗中，总是两颗一道，两颗一道，有许多闪闪发光的炭火。他知道，这是那些巨兽的眼睛，他能听得见他们穿越树丛时的咔嚓声，以及他们在黑夜中的骚动。

在育空河岸，他眨着眼睛，无精打采地注视着火光的时候，梦乡中的另一个世界的声响令他从背部到肩和脖子的毛发悚然，他克制不住地低声叫唤或轻轻咆哮起来。于是，混血儿厨师喊他："嗨，鲍克！醒醒！"另一个世界就从眼前消失了，现实的世界便取而代之。他爬起来，伸一伸懒腰，打一个哈欠，仿佛大梦初醒一般。

这是一次艰苦的旅行，后面的沉重的邮件拖得他们筋疲力尽。到达多盛时，他们的身体状况非常不好，体重也减轻了。起码需要一周到十天来休整。

但是，两天以后，从巴勒克斯出发，他们沿育空河岸顺流而下，拉着满载寄给外界的邮包雪橇。狗疲惫至极，赶狗的人满腹怨气。更加倒霉的是，每天下雪，道路很软，阻力也更大，这样，狗们在拉雪橇时也就更吃力。

赶狗的人总算明白事理，尽了最大的努力来照看狗，他们每夜都先让狗吃东西，每个人将自己看管的狗从头到脚仔细检查一遍以后，才去睡觉。即使这样，他们的体力仍然在不断下降。

从初冬到现在，他们的行程已达一千八百里，即使对于最强壮的生命来说，一千八百里也不同寻常，他们还一直拉着雪橇，筋疲力尽。鲍克也疲惫至极，但他依然硬撑着维护纪律，让伙伴们继续坚持工作。

每天夜里，比利总是在睡梦中呜咽着叫；乔治较之前更乖戾；而索勒克斯，无论瞎眼的一面或另一面，都难以靠近。

然而，最为痛苦的是达弗，不知得了什么病。他更加阴沉，也更易发怒，一扎营就立刻做窝，负责照看他的人得到窝里喂他。只要一卸下挽具，他就卧下，再也不起来，一直到早晨套挽具时才起来。

当雪橇因突然停下受到制动或为了发动向前面而用力猛地一冲的时候，达弗就在缰绳里痛苦地叫起来。赶狗的人检查他的身体，什么也没有发现。所有赶狗的人，都对他的病产生了兴趣，总是在吃饭时、在上床睡觉前抽最后一袋烟时谈论他。一天晚上，他们将他从窝里弄到火边，挤压他，戳他，进行了一次会诊。他叫唤了许多次，但他们检查不出来。毛病在身体的内部，不知道哪里的骨头断了。

到达伽茜亚沙洲时，他衰弱得一再地在缰绳里跌跟头，苏格兰裔的混血儿命令大家停下来，解开他的缰绳，将他从狗队里卸了下来。他愤怒地咆哮着，看到索勒克斯站在他坚持服务了如此之久的位置，他伤心地哭泣着。他向来以缰绳和雪道而自豪，即使病死，他也不能允许别的狗干他的工作。

雪橇滑动以后，压平了的雪道一旁的软雪中的他辗转挣扎着，向索勒克斯进攻，想将他推到另一边松软的雪中，拼命要跳到缰绳里，插到索勒克斯与雪橇中间。他自始至终呜咽着，嗥叫着，痛苦而悲哀。

那个混血儿试图挥鞭赶走他，但他毫不在乎鞭子的痛打，而那个人又狠不下心来加重打他。达弗不肯安分地在雪橇压出的雪道上轻松自如地奔跑，而继续在最难走的松软的雪里挣扎跋涉，直到筋疲力尽摔倒为止。他躺在跌倒的地方悲哀地长号，长长的雪橇一列列地咯咯吱吱地从他身旁疾驰而过。

他鼓起残余的最后一点精力，在队伍的后面蹒跚尾随。当雪橇队列又一次休息时，他挣扎着越过几辆雪橇，到了自己所属的那一辆那里，站在索勒克斯旁边。驾驶的人由于向后面的人借火点烟，耽误了一会儿，他回来赶狗时，狗们在拔腿向前走时毫不费力，他们不安地回头一看，惊讶地站住了。驾驶人也大吃一惊：显而易见，雪橇没有移动。

达弗咬断了索勒克斯两边的缰绳，站在雪橇前面他原来的位置上，目光中流露出一种请求，请求允许他留在自己的位置上。

赶狗的人不知怎么处理才好，喊自己的同伴们来看。他的伙伴们谈起一条狗由于人家不让他干那种置他于死地的工作而心碎了，他们还回想起自己知道的诸如此类的一些例子，有些狗因为年迈或受伤不适于苦工而被抛弃在羁轭之外，因此死去。他们说，这是件好事，既然达弗迟早要死，应该让他心满意足地死于轭下。

于是，达弗重新套上了挽具，虽然由于内在的伤痛，他不止一次不由自主地叫唤起来，但他还是拉得和以前一样得意。他跌倒了好几次，在缰绳里被拖着向前走。一次，雪橇压在了他身上，他瘸了一条腿。

坚持到达营地后，赶狗人为他在近火的地方做了一个窝，早晨，发现他衰弱得不能奔波了。套挽具时，他抽搐地挣扎着站起身来，摇摇晃晃地走了几步，又倒下了。他慢慢地向同伴们正套挽具的地方爬去，想爬到赶狗的人那里。每要向前挪动几寸，他就不得不伸出两只前腿将身体向前拖去。

但是，他早已有气无力了，同伴们最后一眼看到他喘息着躺在雪地中，望着他们，依依不舍。然而，直到走出他的视野之外，他们仍旧可以听见他悲哀的长号。

雪橇队在河边一带树林的后边停下了。苏格兰裔的混血儿转过身去，沿原路慢慢返回离开了的营地。人们停止了谈话，听到"砰"的一声枪响。

那个人匆匆回来了。鞭子啪的响了起来，雪橇上的铃铛也愉快地叮当作响，雪橇又沿着雪道咯咯吱吱地开动了。然而，鲍克知道，任何一条狗也都知道，河边的树林后面发生了什么。

五　绝处逢生

离开多盛三十天后，鲍克与伙伴们所拉的盐湖邮橇，终于到达了斯盖逵镇。

他们的境遇惨烈到了极点。鲍克的体重从一百四十磅减轻到了一百一十五磅。其他的伙伴体重原来就轻，但是相对而言，失去的体重却比他还要多。那个惯于装病的派克，经常在其欺骗别人的生涯中成功地假装一条腿受伤，现在却真的瘸了。索勒克斯也是一瘸一拐，杜博则扭伤了一个肩胛。

他们的脚失去了弹跳力，走时疼痛至极，步子沉重地落在雪道上，全身疼得发抖，因此，一天的旅行以后，他们备感疲劳。

别的没有什么，只是疲乏得要命。这种疲乏并非产生于短时间的过度劳累，休息几个小时即可恢复，而是因为好几个月的苦工，慢慢地长久地耗精竭力，非常要命，没有一点贮备、复原的力量，连最后的一点一滴也用掉了。每块肌肉，每根筋骨，乃至每个细胞，都疲乏了，疲乏得要死。

这并不奇怪，他们在不到五个月的时间里，跑了二千五百里；在最后的一千八百里旅行期间，也只休息了五天。到达斯盖逵镇时，他们早已筋疲力尽，几乎拉不直缰绳，下坡时也只是勉强让雪橇压不到他们。

在斯盖逵镇的大街上蹒跚而行的时候，赶狗的人鼓舞他们："走啊！可怜的痛脚鬼，这是最后一段路了。哦？我们一定会休息很久的。好好休息一阵。"

那些赶狗的人也是奔波了一千二百里路才得到两天休息。因为无论根据情理还是公平，他们本应闲逛一段时期。然而，捅入克朗代克的人是如此之多，以及没有随之蜂拥而至的情人、妻子、亲属更是成倍地多，因此，积压的邮件几乎可以与阿尔卑斯山一比高下了，更何况还有政府的官方公文。

所以，一批朝气蓬勃的赫德森湾的狗要取代这群已经不中用的狗。而且因为狗与金元相比，简直不算什么。既然这群不中用的狗注定要被淘汰，还不如将他们卖掉。三天过去了，鲍克及其伙伴们仍然感到自己是何等的疲乏。

第四天的早晨，两位来自美国的人用便宜得不像话的价钱买下了他们，包括挽具及其他一切。这两个人相互称呼"赫尔"和"查利"。

查利是一位中年人，肤色苍白，两只水汪汪的眼睛没有神采，一副胡子却凶猛有力地向上翘起，与它遮掩住了的干瘪松垂的嘴正好相反。赫尔是个小伙子，年方十九或二十岁，一条皮带束在腰间，上挂一把科尔特式的手枪和一把猎刀，子弹带鼓鼓囊囊。这条皮带在他身上最为显眼，同时也表明极其幼稚，简直无法形容。像这样两个如此不伦不类的人为什么来北国冒险，真是一个让人莫名其妙的秘密。

鲍克听着他们讨价还价，看到他们付了钱，就知道苏格兰裔的混血儿，还有那些驾驶邮橇的人也要继早已走掉的波立特和福楼沙等人之后走出他的生活了。

鲍克与伙伴们一起被赶入新主人的营地时，发现那里乱七八糟，邋里邋遢，一切都混乱无序：帐篷搭了一半，碗碟也没洗。他还看见一个女人，男人们叫她"美茜子"，是查利的妻子，赫尔的姐姐。这一家人真是可爱极了。

鲍克看着他们动手拆帐篷，装雪橇，为他们担心；他们那副样子看上去非常用力，却毫无条理。帐篷被笨拙地卷成一大捆，比应该卷成的样子要大三倍；马口铁的碗碟没洗就收了起来。

美茜子不住地拍手跺脚，一气不停地提出忠告，唠唠叨叨，没完没了。他们将一只装衣服的口袋放在雪橇前面，她认为应该放在后面。于是，他们将它放在后面，并在上面堆了两捆其他的包裹，这时，她又发现了一些以前没看到的东西，这些东西哪儿都不能放，必须放在那只装衣服的口袋里。他们又把包裹搬了下来。

从邻近的帐篷里走出来三个男人，挤眉弄眼，咧着嘴笑，在一旁袖手旁观。

其中一个说："我本来不该管你们的事，不过，你们装得已经非常可观了。我如果是你们的话，我就不带帐篷。"

美茜子文雅而惊奇地举起双手，叫道："做梦也难想到呀！在这个世界上，如果没有一顶帐篷，我该怎么办啊？"

"春天了。天气不会再冷了。"那人回答。

她坚定地摇了摇头。于是，查利与赫尔又将最后一些零星东西放在一堆小山一样的行李上面。

三个男人中的一个问道："你们认为这样能走动吗？"

"为什么不能呢？"查利反问的口气有些唐突。

那人赶忙温和、顺从地说："很好，很好。我只是有些疑心而已，好像有些头重脚轻。"

查利转过身去，并不理睬，尽可能地勒紧绳子——实际上，一点儿也没勒紧。

第一个人用肯定的口气说："这些狗当然能拉着这个巧妙的东西整天跑了。"

"当然。"赫尔的态度仿佛很有礼貌，其实非常冷淡，他一手握住舵杆，另一只手抡起鞭子，喊道，"走啊！向前走！"

那些狗跳了起来，抵住胸带，苦苦拉了一会儿，然后放松了。他们拉不动。

"懒畜生，我得给他们点颜色瞧瞧。"他叫喊着，准备用鞭子抽打他们。

然而，美茜子干涉了，一面抓住鞭子，将鞭子从他的手中夺了过来，一面叫道："赫尔，千万不能打这些可怜的宝贝！现在，你必须答应我，以后再不虐待他们，否则我就不走。"

他的兄弟冷笑一声，说："你可真了解狗。我告诉你吧！他们在偷懒，就这样，你要让他们做事，你就得抽打他们。请你不要管我。随便你去问谁，问问那几个人看。"

害怕看见狗挨打受苦的神态洋溢于美茜子美丽的脸上，她乞求地看着他们。

三个人中的一个说："假如你们想知道的话，问题就在于他们彻底累坏了，软弱不堪。他们需要休息。"

"休息个屁。"赫尔张开没有胡子的嘴骂道。

听见这句粗鲁的咒骂，美茜子既痛苦又悲伤地"啊！"了一声。然而，她是那种"胳膊肘向里拐的人"，马上又转过来维护自己的兄弟，尖刻地说："不要理他，你在赶我们的狗，你认为怎么样好，就怎么做好了。"

赫尔的鞭子又一次抽打在狗的身上。他们身体前倾抵住胸带，身体贴近地面，脚踩入压平了的积雪中，使出全身的力气拉。而雪橇好像铁锚一样，兀然不动。

鞭子野蛮地呼啸着，美茜子又过来干涉了。

她眼含泪水，跪在鲍克面前，搂住他的脖子，同情地叫着："你们这些可怜的宝贝，为什么不使劲拉呢？你们这些可怜的宝贝呀，那样，你们就不会挨打了。"

鲍克并不喜欢她，他只把这事作为全天苦役的一部分罢了，感到抗拒她不免过于卑鄙了。

曾经咬紧牙关，克制自己不说出过激的话的一位旁观者，现在开口说话了："我一点儿也不关心你们弄成什么样子。不过，为了这些狗，我想告诉你们，滑板冻住了，你们用力扳舵杆，向左右两边扳，雪橇就活动了。这样，就帮了狗的大忙了。"

尝试了第三次，然而，赫尔这一次按照劝告，弄活动了冻在雪地上的滑板。于是，这辆由于超载而笨重不灵的雪橇前进了。在雨点一般的抽打之下，鲍克和伙伴们疯狂挣扎着。

小路在大约一百码的地方转弯了，陡峭的一面的斜坡通到大街上。这时，必需一位有经验的人去扶住头重脚轻的雪橇，但赫尔根本不是这样的人。因此，雪橇转弯时翻了，一半的载物从松松的绑着的绳子里面甩了出去；狗却并未停住，减轻了的雪橇侧面着地，在他们的后面跳着前进。

因为装载不当，加之受到虐待，狗们非常愤懑。鲍克愤怒得狂奔起来，狗队也加以效仿。

赫尔"哗！哗！"叫着，狗们毫不理睬。他摔了一跤，被拖倒在地，于是，翻了的雪橇就从他的身上轧了过去。狗们一直冲到了大街上，将所剩的行李撒了，沿斯盖逯镇大街洒了一路，为镇上的笑谈增加了许多的材料。

热心的市民们勒住了狗，收集起散乱的东西。他们提出忠告，如果想要到达多盛，就将行李减半，然后增加一倍的狗。

赫尔与他的姐姐、姐夫不高兴地听着，搭起帐篷，检查行装。看到翻出来的罐头食品，大家哄堂大笑，因为，在雪道上的长途旅行中带罐头，简直是异想天开。

帮忙的人群中的一个人笑着说："毯子足够一个旅馆用的，即使一半也太多了。去掉吧。帐篷也该丢掉。还有碟子——谁来洗呀？上帝！你们以为自己是坐着轿车去旅行吗？"

这样，他们才坚定不移地去掉多余的东西。美茜子把几只衣服袋抛在地上，从里面扔出一件又一件东西。这时，她哭了，既为整体而哭，也为被剔除的每一件个别的东西而哭，伤心地抱着膝盖前后摇晃。她说，即使为了一百个查利，她也寸步不移了。

她向每个人、每样东西恳求。最后，她一面擦泪，一面将显然必不可少的东西也扔了出去。她越扔越起劲，扔完自己的东西以后，转而进攻那两个男人的物品，一阵旋风般将他们一扫而光。

扔完以后，行李虽然少了一半，但依然一大堆。晚上，查利与赫尔去买了六条外路狗，加上队伍中原来的六条，以及旅行中创纪录时得到的两条赫斯基狗狄克和古纳，凑成了一支十四条狗组成的队伍。

那几条外路狗中，三条是短毛的猎狗，一条是纽芬兰狗，另外两条杂种狗血缘不明。这些新来的家伙虽然一上岸就受到了实实在在的训练，但仿佛一无所知，一点也不中用。鲍克和自己的伙伴对他们很厌恶，尽管他很快就教会了他们安分守己，知道不应该做什么，但他教不会他们应该做什么。

除了两条杂种狗外，他们不喜欢缰绳与雪道。身在其中的陌生而且野蛮的环境，所受的虐待，搞得他们颓丧至极，茫然不知所措。那两条杂种狗则只有一把骨头，根本无精打采。

这新来的几条狗毫无希望可言，而原来的几条狗早就由于二千五百里的连续奔波而疲惫不堪了。因此，前途注定了不会光明。但是，那两个男人却非常高兴，而且得意得很。十四条狗！他们派头十足地干着。

他们看见过一辆辆别的雪橇开了出去，越过白岭往多盛去，也看见过一辆辆雪橇从多盛驶过来。然而，他们从来也没见过的是，有哪辆雪橇上面套了十四条狗。根据北极旅行的性质，之所以不用十四条狗拉一辆雪橇，是因为一辆雪橇装不了十四条狗的食物。

查利与赫尔却不懂得这一点，他们用铅笔计算了一下这次旅行：一条狗吃多少，一共几条狗，多少天，等等。美茜子俯在他们肩上看看，点点头，仿佛领悟了一般。

一切都是这么简单！

次日早晨，很晚了，鲍克才带领着这支浩浩荡荡的队伍走在街上。他与他的伙伴们有气无力，无精打采。早在出发时，他们就疲乏得要死，他在盐湖与多盛间已走了四次，跑途熟得让人厌烦。现在，他又一次走上了这条路，心里难过极了。

鲍克毫无心思工作，其他狗的心思也不在工作上。外路来的狗胆小害怕，本地的狗对主人则毫无信心。

鲍克模模糊糊地觉得这两男一女不可信任依靠。他们什么也不会做，显而易见的是，随着时光流逝，他们也不学习。一切都马马虎虎，懒懒散散，没有秩序与纪律。半夜才搭起一个乱七八糟的帐篷，拆则需要半个早晨，敷衍了事地装雪橇，因此，白天的其他的时间里，只好忙于不断地停下来整理行装。

有几天，他们每天走不了十里路。另外几天，压根出发不了，没有一天，他们能超过所预订的以狗粮为时制定的基数的一半路程。

他们不可避免地会缺少狗粮，而喂得太多更是加快了少粮的时间。喂食不足的日子提前来到了。

那些外路狗的食欲特别旺盛，慢性饥饿尚未训练他们的消化力达到可以充分利用少量食物的程度；此外，累伤了的赫斯基狗拉雪橇时软弱无力。赫尔认为，正常的狗粮的定量太少，他增加了一倍。

更糟的是，美丽的眼睛中饱含泪水的美茜子，从喉咙里发出颤音，满怀深情地劝他再给狗增加些。如果他拒绝的话，她就偷偷地从口袋里拿出来喂他们。然而，鲍克与赫斯基狗尽管跑得非常慢，但拖着的沉重负担残酷地榨尽了他们的气力。

他们需要的不是食物，而是休息。

一天，赫尔发现，狗粮已经消耗了一半，路程才走了四分之一。无论付出多大的代价，也无法搞到狗粮了。他因此削减了正常的狗粮的定量，还想增加每天的路程。不能喂足狗的日子到来了。

他的姐姐、姐夫支持他，然而，他们沉重的行装与自己的碌碌无能就挫败了他们的计划。减少狗的食物很简单，但不可能让狗跑得更快。与此同时，早晨时他们自己不能提前上路，当然也就无法增加每天赶路的时间。他们不但不知道如何使用狗，而且简直不知道如何使用自己。

最先完蛋的是杜博。这个贼，可怜而笨拙，总是被人抓住而被惩罚，不过，他终究还是一个忠实工作的家伙。他扭伤的肩胛没能得到医治和休息。最后，情况越来越糟糕，赫尔只好用那只科尔特式自动手枪将他打死。

这地方有句俗话，外路狗所吃的定额口粮与赫斯基狗相等必定会饿死。因此，在只吃赫斯基狗一半口粮的情况下，鲍克所率领的六条外路狗，除了饿死，别无选择。先是纽芬兰种狗，相继是三条短毛的猎狗。两只杂种狗比较顽强地抓住生命，但最终也没能逃脱饿死的命运。

这时，北极之行在剥去了它的魔力与浪漫以后，对他们这样的男性与女性，成了过分苛刻残酷的现实。三个人身上那种南方派头的温文尔雅全部消失得无影无踪了。

美茜子不再为狗而忙于为自己哭泣了。此外她还忙于与丈夫、兄弟吵嘴。只有吵嘴这件事，他们永不厌倦。

暴躁易怒生自不幸，随着不幸的增长，暴躁倍增，而且远远超过了不幸。在雪道上旅行，有的人的耐性特别惊人，工作劳苦而能忍受，自始至终，含辛茹苦，亲睦友善，和颜悦色。但是，这两男一女却不具备这种耐性，丝毫也没有。

他们的肌肉疼，骨头疼，心也疼，既难堪又痛苦。因此，一说话，就非常苛刻、尖酸。从他们口中说出的第一句话，直到晚上最后一句话，都是难听的。

每个人都怀有一种信念，自己做了超越本分的工作，而且，一有机会，都忍不住想诉说一番这种想法。只要美茜子一给他们机会，查利与赫尔便争吵起来。

美茜子一会儿偏袒丈夫，一会儿帮助兄弟，结果演变成为一场牵扯到家族的口角，无休无止，精彩极了。例如，争执从砍什么样的木柴生火开始（本来，这种争执只限于查利与赫尔），然而，立刻就涉及父亲们、母亲们、叔叔伯伯们、表兄表弟们等家族中其他的人。这些人远在几千里以外，有的甚至早已作古。

令人费解的是，赫尔关于艺术的见地，或他舅舅写的一些社会剧作与劈柴生火有什么关系。不过，口角却常常滑到这上面来，就如同经常滑到查利的政治成见上一样。显然，只有美茜子才知道查利的姐姐搬弄是非的习性与劈柴生火之间的关系，因为她总是滔滔不绝地就这个问题大发高论，并附带说一些婆家所具备的不幸特征。

在争吵的过程中，火没有生，帐篷只搭了一半，狗也没有喂。

美茜子怀着一种悲哀，那种悲哀是女性所特有的。她既美丽又温柔，一生中，人家都殷勤对她。不过现在，可以绝对地说，她的丈夫与兄弟对她说不上殷勤了。装出一副可怜的"没有办法"的模样，本是她的习惯，但他们埋怨了。他们触犯了在她认为是女性最基本的特权的东西。所以，她便搞得他们的生活不堪忍受。

63

由于身体疲乏、疼痛，她不再关怀狗了，而坚持坐在雪橇上。虽然美丽温柔，但她的体重却有一百二十磅。这一百二十磅，对于这群拖着沉重的负担、饥寒交迫、衰弱不堪的畜生来说，实实在在是令人负担不了的"最后一根稻草"。

她坐了好几天，直到狗在缰绳里跌倒，雪橇停下不动为止。查利与赫尔求她下车走路，苦劝哀告，她只是哭泣，向天神历数他们禽兽一般的行为。

一次，他们用武力硬将她拉下了雪橇。但他们再也不会做第二次了。她两腿瘫软坐在雪道上，像一个耍赖的小孩儿。他们继续向前走，但她一动不动。他们走了三里路以后，只好卸下雪橇上的东西，回来接她，又用武力将她抬上雪橇。

处于过分的不幸之中，他们对牲口的痛苦冷酷无情。赫尔持一套人必须心狠手黑的理论，在别人身上实施。开始，他曾向姐姐、姐夫宣传过，没有效果以后，他便将一根棍子捅到狗的心窝里去。

在五指山，狗粮用完了。一个没牙的印第安老太太提出和他们做一笔交易，用几磅冰冻的马皮换那支挂在赫尔屁股后面、与猎刀为伍的科尔特式自动手枪。这种马皮是六个月以前从牧人饿死的马身上剥下来的，冰着，更像是一条条镀锌的铁片，是一种非常不顶用的代食品。那些狗勉强地吞入腹中，它立刻溶为毫无营养的薄薄的皮带，浓密的短毛，既对胃口有刺激，又难以消化。

鲍克自始至终步履蹒跚地走在狗队的前面，就像是在梦里一般。能拉的时候，他就拉；拉不动的时候，跌倒在地，他就躺着，直到鞭子或棍子打得他重新站起来。

他漂亮的毛衣的弹性与光泽早就完全没有了，垂下的毛发松软邋遢，凝干了的血迹斑斑，证明着赫尔的棍子的痕迹。他身上的肉消瘦了，一条条青筋疙疙瘩瘩，皮叠成一道道空虚的皱褶。透过松弛的皮肤，每根肋骨以及骨架上的每根骨头都显示得清清楚楚，让人心碎。

但是，鲍克的心不会碎。那个身穿红色卫生衫的人曾经证明了这一点。

鲍克如此，他的伙伴们的情况也不例外，成了一具具活骷髅。他们一共七只狗，在巨大的不幸中，变得感觉不到鞭子打的疼痛了。毒打的痛苦渺茫而模糊，如同他们耳闻目睹的一切渺茫模糊一样。

他们瘦骨嶙峋。生命的火花在他们的体内微弱地闪烁。半死不活——他们连"四分之一地活着"也谈不上。每当休息的时候，他们套着缰绳倒在地上，和死狗没有什么区别；生命的火花也更加黯淡无光，仿佛即将熄灭。当鞭子、棍子落到他们身上的时候，火光又模糊地闪亮起来，于是，他们又摇晃着站立起来，蹒跚前行。

终于有一天，好脾气的比利，倒下去再也没能站起来。赫尔早已卖掉了手枪，便用斧子敲碎了倒在缰绳里边的比利的脑袋，将尸体从挽具上割下来，拖到一边。

鲍克看到了。他的伙伴们也都看见了。他们明白，这事离他们也很近了。

第二天，古纳也没了！

他们只剩下五只了！

乔治衰弱得早就不能为非作歹了。一瘸一拐的派克半昏半醒，哪里还有心思装病？独眼的索勒克斯依旧做着缰绳与雪道的苦工，为自己只有很小的力气拉雪橇而悲伤。狄克，这一冬天虽然没跑那么远的路，但由于气色比别人稍好，挨的打比谁都多。鲍克依然居于狗队之首，却有一半的时间因为衰弱两眼昏花，不再维持或努力维持纪律，只是在凭借雪道朦胧的影子或爪子模糊的感觉继续前行而已。

无论狗或人，谁也没注意到这是一个明媚的春天。太阳一天比一天升得更早，落得也更迟。清晨三点，曙光就出现了；晚上九点，黄昏还没有消逝。在漫长的白天里，阳光灿烂。

阴森可怖的冬天的沉寂，已经让位给了伟大的复苏生命的春季的喧嚣。这种喧嚣发自大地的各个地方，洋溢着生命的喜悦；发自于生机盎然的活动的东西，他们在漫长的冰天雪地的岁月中一动不动，像死了一样。松树树干的浆汁升起来了，杨柳吐出了嫩芽，灌木与葛藤披上了新绿的衣装。晚上，蟋蟀在叫。白天，各种各样爬行、蠕动的东西沙沙地爬进阳光里。鹧鸪和啄木鸟在森林里咕咕叫，笃笃敲。松鼠喊喊地啁啾，鸟儿在唱歌，从南方飞来的野雁在头顶上盎盎鸣叫，排成精巧的人字形划破天空。

万物解冻，一切都在溶解，噼啪作响。每座山坡上都有流水潺潺的声音，那是条条泉水奏响的音乐。

育空河奋力挣脱束缚着自己的冰雪。河水从下面侵蚀，阳光从上面瓦解。气孔形成了，裂缝产生了，而且扩散开来，一块块薄薄的碎冰整块整块地掉到河里。

在灿烂的阳光下，在苏醒过来了的生命爆发、碎裂和悸动的时候，那两男一女和几条赫斯基狗，仿佛是走向死亡的过客，穿过阵阵微风的叹息，蹒跚而至。

那群狗跌着跟头。美茜子坐在雪橇上哭着，赫尔的咒骂毫无意义。查利的眼中含着泪水，若有所思。他们如此这般挨到了白河口，进入了约翰·桑德的营地。

休息时，那几只狗倒在地上，像是全部被人打死了一般。美茜子擦一擦泪水，看一看约翰·桑德。由于身体僵硬，查利非常吃力地慢慢坐下来，坐在一块大木头上休息。赫尔不说话。

约翰·桑德正将一根赤杨木削成斧头柄，在削最后的几刀，他边削边听，冷淡地答以片言只语。人家询问时，他就简要提出忠告。他太了解像他们这样的人了：你提出忠告，但人家一定不会听从的。

桑德劝告他们不要在正解冻的冰上冒险，赫尔答道："在上边时，别人就对我们说雪道的底层脱落了，劝我们延期再走。他们说我们走不到白河，但是，我们到这儿了。"最后的一句话，还带着自得的冷笑。

"他们说的是实话，每时每刻雪道都有可能脱落。只有傻瓜才盲目蛮干，碰运气，会走到这里。说实话，即使能够得到阿拉斯加所有的金子，我也不会用自己的骨头在冰上冒险。"

"那大概因为你不是傻瓜。无论怎样，我们要继续向多盛前进。"赫尔说着，扬起了鞭子，"喂！鲍克！起来！起来呀！走！"

桑德继续削着，他明白，干涉傻瓜和他的愚蠢行为毫无意义，何况世界上多两三个或少两三个傻瓜，并不能够改变事物发展的程序。

但是，那群狗早已到了非打不起的程度，他们听见了命令，却并不起来。于是，鞭子挥舞，执行残酷无情的命令，到处抽打。

约翰·桑德咬紧了嘴唇。

索勒克斯第一个爬起来，接着是狄克，然后是乔治，一面爬，一面疼得直叫。派克痛苦地努力了几次，两次爬到一半的时候又倒了下去，第三次才勉强爬了起来。

鲍克并不努力，安静地卧在倒下的地方。鞭子一次次地抽打，他既不哀叫也不挣扎。

泪水涌入桑德的眼里，他几次跳起来要说话，话到嘴边又咽了回去。鞭子继续抽打着，桑德站起身来，走来走去，犹豫不决。

这是鲍克第一次失职。

赫尔大怒，将用惯的棍子取代鞭子。沉重的打击雨点一般落在鲍克的身上，鲍克依然不动。和伙伴们一样，他也可以勉强爬起来，但与伙伴们不一样的是，他决心不起来。他蒙蒙眬眬地觉得大难即将来临。

当他将雪橇拉上河岸时，他的这种感觉就特别强烈，一直也没有消失，脚下整日踩着薄薄的融解的冰层，感到灾难近在眼前。主人要驱赶他到前面那一片冰上，他一动也不敢动。既然所受的痛苦如此之大，身体又是如此衰弱，那么，挨打也无所谓了。

这样，当打击依然落在他身上的时候，他身体内部的生命的火花闪烁不定，几乎要熄灭掉。他感到一种异常的麻木，仿佛置身在遥远的地方感觉自己在挨打，最后，一点痛苦感也没有了。他没有了知觉，只是模模糊糊地听到棍子敲打身体的声音，而那身体好像已经不再为他所有，非常遥远了。

突然，约翰·桑德毫无预告地大叫一声，那声音音节不明，更像是野兽的吼叫，直接向那个正挥舞棍子的人扑去。赫尔似乎被一株倒下的大树撞了一下，向后倒退了好几步。

美茜子尖叫一声。查利由于身体发僵没有起来，揉一揉水汪汪的眼睛，望着，莫名其妙。

约翰·桑德挺身护住鲍克，竭力控制着自己，因为愤怒而抽搐，说不出话来。

终于，他哽咽着说："你要是再打这只狗的话，我就杀了你。"

赫尔一面走回来，一面擦着嘴里流出来的血："这是我的狗。你给我滚蛋，要么我就揍你。我要到多盛去。"

桑德站在赫尔与鲍克之间，表明自己没有走开的意思，赫尔拔出了他那把长长的猎刀，美茜子一阵歇斯底里，又是尖叫，又是哭喊，又是大笑。

桑德用斧头柄敲了一下赫尔的指关节，将猎刀打落在地。赫尔准备去拾，他又敲了敲他的指关节。然后，他不再打他，自己拾起刀来挥了两下，割断了鲍克的缰绳。

赫尔斗志全无；而且，他的姐姐抓住了他的两只手，更准确地说，是他的两只胳膊。与此同时，鲍克也靠近死亡的边缘，即使再让他拉雪橇，也没什么用处了。

几分钟后，他们从河岸出发，顺流而下。听到他们走，鲍克抬起头来看：派克在前头，索勒克斯压阵，中间是乔治和狄克。他们一瘸一拐，蹒跚而行。美茜子坐在装有行李的雪橇上。赫尔把着舵杆，查利踮着脚跟在后面。

鲍克望着他们的时候，桑德跪在他旁边，用粗糙然而爱抚的手掌寻找折断的骨头，发现他除了伤痕累累和可怕的饥饿以外，什么毛病也没有。这时，雪橇走出四分之一里了。狗和人一起看着它在冰上爬行。

突然，他们看到它的后头陷了下去，像陷进一条沟里，赫尔紧握的舵杆猛地跳到了半空中。他们听见美茜子尖叫一声。查利转过身体，跑回一步。这时，整个一片冰裂开了，狗与人都无影无踪了，只有一个张着大嘴的洞。

雪道的底层脱落了。

约翰·桑德和鲍克互相看着，说："你这可怜的家伙。"

鲍克舔一舔桑德的手。

六　救主报恩

去年十二月的时候，约翰·桑德冻坏了脚，伙伴们将他留下休养，然后逆流而上，锯木头，造筏子，准备去多盛。救鲍克的时候，他的脚还有点瘸。所幸的是，随着气候的继续变暖，他终于完全恢复了。

在漫长的春季的白天，鲍克卧在河边，望着奔腾不息的流水，懒洋洋地听着百鸟的歌唱，大自然嘈杂的声音。他的体力逐渐慢慢恢复了。

一个人在旅行了三千里路后休息一阵子，是再好不过的事情。但是也必须承认，在伤口愈合，筋肉鼓起，肌肉重新遮住了骨头的时候，他也渐渐地变懒了。说起这事，他们——鲍克、约翰·桑德、司基特、尼各全都无所事事，只是等待筏子的到来，载他们顺流而下，到多盛去。

司基特是一只爱尔兰种的母猎狗，很早就与鲍克非常友好。他濒临死亡的时候，没有力量拒绝她最初的善意。她具有只有某些狗才有的那种医生的特性，像母猫舔小猫似的舔净鲍克的伤口。每天早饭以后，她便有规律地做这项工作。最后，像期待桑德的照顾一样，他也期待着她的照顾。

尼各是一只大黑狗，半是警犬种，半是猎鹿犬种，眼睛总是笑眯眯的，脾气非常好。他喜怒不大形于颜色，但其友善与司基特却无二致。

鲍克感到惊讶的是，这些狗对他竟没有丝毫的嫉妒，而是共同分享着约翰·桑德的仁慈与宽容。鲍克的身体稍强一些时，他们就诱导他一起做各种各样的游戏，吸引桑德也不由自主地参与其中。就这样，鲍克快乐地过完了自己恢复身体的这段时间，进入了一种新的生活。

平生第一次，他拥有了爱。这种爱，是充满了真正热情的爱，即使在阳光灿烂的圣科拉拉山谷中的米勒大法官的府邸上也没有体验过。陪伴大法官的儿子打猎散步，是工作中的伙伴之情；伴随大法官的孙子，是在尽自己堂而皇之的保护之责；至于陪伴大法官本人，那更是一种庄严高贵的友谊。只有约翰·桑德，才唤起了鲍克这种如痴如醉、狂热炙人、疯狂地崇拜的爱。

这与这个人救了他的命当然有关系，但是，他更是一位理想的主人。别人照顾自己的狗的利益，是出于责任以及事务方面的利益；然而，约翰·桑德的狗仿佛是他的亲骨肉，他照顾他们的利益，乃是出于情不自禁。而且，他总爱亲切地打一声招呼，或说一句友善的话语，坐下来与他们长时间交谈（他称为"瞎扯"）。此时此刻，他和他们同样快乐。

约翰·桑德习惯用双手粗鲁地抱住鲍克的脑袋，将自己的脑袋放在他的脑袋上，前后推操着叫他的诨名——鲍克意识中的亲热的称呼。这种粗鲁的拥抱与喃声咒骂，对鲍克来说，是极大的欢乐。他被前推后操的时候，心脏似乎要从身体里跳了出来，那种狂喜是如此之大，令他痴迷！放开以后，他便跳了起来，咧着嘴笑，眼睛之中似乎有着千言万语，喉咙震颤着吐不出声音，一动也不动。这时，约翰·桑德就肃然起敬，叫道："上帝呀！你除了说话，什么都会啊！"

鲍克表达爱的方法和伤害很相似。鲍克将咒骂的言语理解为爱的诉说，桑德也认为鲍克的装作咬人是一种爱抚。鲍克经常用嘴衔住桑德的手，而且凶猛地咬住，一段时间后，他的牙印还赫然地印在桑德的皮肤上。

不过，鲍克的爱基本上表现为崇拜。桑德抚摩他或与他说话时，他欣喜若狂，但他并不寻求这种爱的标记。司基特爱将鼻子拱到桑德手下，直到他拍拍她才罢休；尼各则蹑手蹑脚地直立起来，把头放在桑德的膝盖上。

鲍克既不同于司基特，也和尼各有区别。他心甘情愿地、远远地崇拜。他会一小时一小时地卧在桑德脚下，机警热心，抬起头来，目光滞留在主人的脸上仔细端详，察言观色，以最大的兴趣注视着他面部每一种稍纵即逝的表情、每一种变化、眉目之间的每一个动作。或者，根据情况，卧在销远的地方，在主人身边或身后，凝视他的轮廓及身体偶然的一举一动。

仿佛是心灵的感应，鲍克凝神注视的力量经常使约翰·桑德的头扭转过来。桑德也会默默地报以凝视，眼中流溢出爱恋之情，如鲍克的爱恋之情从眼中放射出来一样。

自从进入北国以来，鲍克的主人一再变换，让他产生了一种恐惧。他担心没有一位主人可以持久不变，担心桑德像波立特、福楼沙、苏格兰裔的混血儿一样从他的生活中永远消失。这种担心即使在梦里也常常出现在他的脑海中，于是，他就放弃睡眠，爬到帐篷的垂帘下面，站在严寒里谛听主人呼吸的声音。在被救以后的一段很长的时间内，他不喜欢看不见桑德。从走出帐篷开始，到走进帐篷为止，鲍克总是紧随其后。

尽管鲍克对约翰·桑德怀有满腔的深情厚谊可以说明温文尔雅的文明对他的影响，但是北国唤起的他内心深处的那种原始的天性依然活跃，而且非常活跃。他既有因火的温暖和遮风避雨的房屋而产生的种种忠实与虔诚，同时也保留着自己的野性与狡诈。与其说他是生长在非常温暖的南国、带着一代代文明烙印的一条狗，不如说他是一只从荒原走来、坐在约翰·桑德的火边的一只野兽。由于对主人的深厚挚爱，他不能偷这个人的东西；可是，他丝毫也不迟疑地偷别人的、别的营地的东西，而且，那种狡诈的偷窃手段使他完全可以逃脱处罚。

司基特与尼各都是好脾气，从不与人争吵，而且他们属于约翰·桑德。但是，陌生的狗，无论血缘如何、胆量如何，都不得不迅速承认鲍克处于一个优越的位置，否则，必会发现自己在与一个可怕的敌手你死我活地争斗。鲍克的脸上身上有许多狗咬过的伤痕，他打得和从前一样凶猛，并且更加机灵。

无情的鲍克早已彻底地理解了牙齿与棍子的规律，既不放过任何有利的机会，也绝不对一个已经陷于死地的敌人手软。从斯帕斯、警察局、邮运队的主要战狗那里，他接受了教训，知道除了支配对方或被对方支配，没有第三条路可以选择。在原始的野蛮生活中，慈悲根本不存在；仁慈是一个弱点，被误解为害怕，而这种误解直接导致死亡。杀人或被杀，吃人或被吃，他必须服从这个从"岁月"的远古时代流传下来的命令。

他比那个从看到世界、呼吸空气以来的他的年岁要大。他将过去与现在连接了起来，背后的永恒以一种强有力的旋律在他的身体内部震颤，支配着他，如同支配着潮汐与季节一样。坐在约翰·桑德火堆旁边的，是一条宽胸脯、白牙齿的长毛狗，但是在他的背后，各种各样的狗、半狼半狗、野狼的影子在催促他、怂恿他，与他共享肉的美味，与他共同喝水，与他一起嗅风，和他一起倾听森林中野蛮生活的声响，支配他的心情，主导他的行动。他卧下时，他们和他一同卧下睡觉，一同做梦，而且超出他的形体以外，成为他梦中的题材。

这些影子独断专横地吸引着他，人类以及人类对他的要求因此而日益疏远。他经常听到一种声音在森林深处呼唤他，这种声音神秘莫测，动人心弦，诱惑他不由自主地想不停地前进，投身到森林之中，抛弃篝火和被人踏平了的土地。他不知道，也从未思索过其中的原因。

那种声音在森林深处独断专横地呼唤着他，他经常走到没有开垦过的松软的土地上、绿荫丛中，这时，牵挂桑德之情又把他拉回到火堆旁边。

人类之中，其他的人对他来说都无所谓，只有桑德一个人令他恋恋不舍。偶尔，旅客们经过时可以称赞他或拍拍他，他只是冷淡地接受而已；如果一个人过分讨好他，他便爬起来，一走了之。

桑德的伙伴哈斯与彼得划着那只盼望已久的木筏到来的时候，他拒绝搭理他们；当明白他们与桑德的关系非常亲近以后，才消极地容忍了他们。他接受他们的好意，仿佛在给他们面子。他们与桑德一样，脚踏实地，思想单纯，目光敏锐。筏子尚未到达多盛锯木厂旁的大漩涡的时候，他们对鲍克及其脾气性格就已经非常理解，因此，也不再强求与司基特和尼格那样同等程度的亲热了。

然而，他对于桑德的热爱似乎仍然不断增长。夏季旅行的时候，人群之中，只有他可以将行李放在鲍克背上。只要是桑德提出的要求，无论如何繁重，鲍克绝不嫌弃。

一天，（那时，他们以木筏为抵押获取了一笔款子，从多盛往特纳纳河的源头去），人与狗坐在一座悬崖顶上。那座悬崖耸立于三百英尺的高空，下面是赤裸的河床岩石，陡如刀削。约翰·桑德靠边坐着，鲍克在他的肩膀的一旁。突然，他的脑海中闪过一个荒诞而轻率的想法，他让哈斯与彼得注意，他要做一个心理试验。

他一挥手臂，指着深渊的另一边，命令说："鲍克，跳！"

刹那间，桑德与鲍克已经扭成一团，挣扎在悬崖的边缘上。

哈斯与彼得赶快将他们拖回到安全地带。

事过以后，谈话时，彼得说："非常危险。"

桑德摇摇头："不！真了不得，而且也太可怕了，你知道吗？我有时很担心。"

彼得向鲍克点点头，断然说道："他在你附近时，我连碰一下你的想法也没了。"

哈斯也提出意见："啊呀！我也不想。"

年底之前，他们在环城的时候，彼得的疑虑证实了。

酒吧里，一个心肠凶狠、脾气极坏的"黑汉"——伯顿，和一个新来的人寻衅滋事，桑德好意上前劝解。和过去一样，鲍克卧在一个角落里，脑袋趴在爪子上，注视着主人的一举一动。伯顿也不警告，毫不留情地出手就打，打得桑德晕头转向，抓住了栅栏上的铁棍才没有摔倒。

这时，那些袖手旁观的人们听到一种声音，既不是吠声，也不是号叫，最恰当的称呼应该是怒吼。只见鲍克从地板上爬起身来，一跃而起，扑向伯顿的喉咙。伯顿本能地伸出胳膊保住了性命，然而被撞倒在地。鲍克骑在他的身上，松开咬住的胳膊上的肉，又扑上去咬喉咙。这一次，伯顿只挡住了一小部分，喉咙被咬破了。

众人一拥而上，急忙赶走鲍克。可是，外科医生为那人上药止血时，鲍克仍然狂怒地咆哮着，蹿过来蹿过去，还想向上扑。一排充满敌对情绪的棍子将他击退。

于是，一次"矿工会议"当场召开了，宣判鲍克有充分的理由发怒咬人，立即释放。

鲍克因此名声大振，威名遍及阿拉斯加的每一个营地。

那年秋天，他又一次以一种完全不同的方式救了约翰·桑德的性命。他们顺流在四十里河一带的急流中航行，三个人用绳子拉着一条用篙撑的又长又窄的船。哈斯与彼得在岸上，用一根很细的马尼剌绳子将船交替地勒在一棵又一棵树上；与此同时，桑德在船上撑篙划船，大声地指示着岸上的行动。

鲍克焦虑不安地在岸上随船前进，注视着自己的主人，眼睛自始至终一转也不转。

行至一处特别险恶之地，一块几乎被水淹没的暗礁突出河中。桑德将船撑进河流中时，哈斯解开缆绳，手抓住绳头沿河岸向下跑，等船越过暗礁时再勒住它。然而，船在风车送水般的急流中飞驰而下，越过暗礁时，哈斯勒绳控制船的动作太突然了，船冲到岸上，翻了个底朝天，桑德落到水中，被冲得顺流而下，漂向最险恶的急湍。

那里，一片惊涛骇浪，没有一个游泳的人可以活命。

鲍克立刻跳下水去，游了三百码，在一片汹涌澎湃的漩涡里赶上了桑德。他觉得桑德抓住了他的尾巴后，便竭尽全力，向岸边游去。

然而，靠向岸边的速度很慢，漂向下游的速度却快得惊人。下游的汹涌急流更加疯狂，巨大的梳子齿一样的岩石激起无数浪花，惊涛拍岸。

水在最后一座陡坡的起点的吸引力是这样可怕，桑德猛地从一块岩石上面擦了过去，第二块岩石撞伤了他，一股毁灭性的力量又将他撞到第三块石头上。

桑德知道不可能游到岸上，他放开鲍克，双手抱住第三块礁石光滑的顶部，喊声压倒了滚滚河水："鲍克，走！快走！"

鲍克支持不住，河水将他冲向下游。他拼命地用力，却游不回来。他听见主人再一次重复命令，就挺身昂首露出水面，好像是为了最后再看一眼似的，服从地游向岸边。

他游水很有力量。恰好到不能游泳，即将毁灭的地方，彼得和哈斯把他拉上岸。

一个人在急流的冲击之下，抱着一块光滑的岩石，只能够支持几分钟。对于这一点，彼得与哈斯心中非常清楚。他们沿着河岸以最快的速度向上游跑去，到离桑德与石头很远的地方，很细心地用控制船的绳子拴住鲍克的脖子和肩膀，既不能让他喘不过气来，又不能妨碍他游水，然后，将他放下水去。

鲍克勇敢地游了出去，然而，他并没有笔直地游向河心，等到发现这个错误时，一切都已经太晚了：桑德的位置与他并肩，只有划几下水可及的距离。鲍克无能为力，被水流冲了过去。

哈斯忙拽绳子，似乎鲍克是条船，这突然一拽，绳子紧紧勒住了急流冲击中的鲍克，将他拽到水下，一直沉了下去，身体撞到了河底，才被拖上岸来，已经淹得半死不活。哈斯与彼得扑到他身上，做人工呼吸，呼进气去，压出水来，鲍克蹒跚着站起来，接着又跌倒了。

他们听见桑德微弱的声音，虽然听不清楚，但是明白：他已经濒临绝境。

主人的声音像电一样击在鲍克身上，他跳了起来，带着那两个人又跑到河岸上游原来出发的地方。

拴好了绳子。他又下水游了出去。他计算错了一次，但绝不会再犯第二次错误。哈斯放开绳子不使之松弛，彼得不让它乱作一团。这一次，他笔直地向河心游去，和桑德成了一条直线后，才以特快列车的速度转身向桑德冲过去，随着流水的全部冲力像攻城槌似的撞向桑德的身体。

桑德看到他来了，扑上去用双臂抱住鲍克毛茸茸的脖子，哈斯将绳子绕着树干勒紧，勒得鲍克与桑德喘不过气来。他们突然被拖到水下，不能呼吸，一会儿这个在水上，一会儿那个又在水底，从坎坷不平的河底被拖过去，撞到一块块暗礁和岩石上，就这样，被拖上了河岸。

桑德遍体鳞伤，哈斯与彼得将他腹部向下地放在一段漂木上，前前后后猛烈推送了一会儿，他才醒过来。他醒后的第一眼就是寻找鲍克，看见尼各在他软弱无力、毫无生气的身旁长号，司基特则正舔他的湿脸与紧闭的双眼。人们让鲍克恢复了知觉，桑德为他仔细检查身体时，发现他有三条肋骨折断了。

于是，他宣布道："就这样，我们在这里宿营。"

他们在这里住了下来，一直到鲍克受伤的肋骨痊愈，可以旅行。

在多盛的这一年的冬天，鲍克又立下一件功劳，这件功劳也许没有上一次那么勇敢，但却足以使他彪炳在远近闻名的阿拉斯加的图腾柱上的美名连升几级。三个人为此最为兴奋，因为，他们因此有了所需的装备，可以到渴慕许久的尚未开发的东部去旅行，矿工们至今也没有到过那里。

这件事情起因于爱尔多拉朵酒店里的一次谈话，人们都喜欢吹嘘自己所宠爱的狗。因为过去的辉煌的荣光，鲍克很自然地成了众人议论的话题，桑德不得不坚决维护。

经过了半小时的争论后，一个人说他的狗能拉得动载重五百磅的雪橇，而且可以走；第二个吹说自己的狗可以拉动六百磅；第三个人说七百磅。

约翰·桑德说："呸！鲍克拉得动一千磅。"

吹说自己的狗可以拉动七百磅的家伙——马修斯，一位博内扎的金矿大王，追问："能拉着走吗？能走一百码吗？"

约翰·桑德冷冷地说："能！能拉着走！走一百码！"

马休斯为了让每一个人都听得清清楚楚，从容不迫地说："好！我用一千块钱作赌，我认为他绝不可能。"说着话，他向桌子上砰地扔出像意大利香肠大的一袋金沙。

屋里鸦雀无声。

桑德虚张声势的大话——如果真的是虚张声势的话——立刻可以见到分晓了。

桑德感到一股热血冲到脸上，自己的舌头欺骗了自己。半吨！如此之大的数量吓坏了他，他相信鲍克的力气很大，曾经也想到过鲍克可以拉动如此之重的负担。但是，他并不知道鲍克能不能拉动一千磅，他从来不曾像现在这样要真正考虑这事的可行性。

成打的人们用眼睛紧紧盯着他，默默等待。

他没有一千块钱。

哈斯与彼得也没有。

马休斯继续说："我现在正好有辆雪橇车停在外面，装着五十磅一袋的面粉二十袋，你不用操心好了。"

桑德仿佛失去了思维能力，从一张张面孔上茫然若失地望过去，到处寻找可以重新启动脑筋的东西。

他不知道说什么好，所以没有回答。

他从前的老伙伴——杰姆·奥勃爱恩——一个马斯特登金矿的金矿大王的脸色吸引了他的目光。他脸上的那种神态，好像是在鼓舞他去做一件即使做梦也不曾想到要干的事。

他几乎是悄声问道："你能借我一千块钱吗？"

奥勃爱恩答道："当然可以，"说着，他将一个满满当当的口袋扔到马修斯口袋的旁边，"约翰，不过，我不大相信这家伙干得了这件事。"

爱尔多拉朵酒店的桌子全空了，所有的人都走到街上看这场试验。赌钱的人纷纷下注，看它的结果如何。好几百人穿着皮袄，戴着手套，距离雪橇不远围成了一个圆圈。

马休斯那辆载着一千磅面粉的雪橇早在那里停了两个多小时。外面是零下六十华氏度的严寒，滑板早就牢牢地冻在压得结结实实的冰雪上面了。

人们以对折的彩头赌鲍克拉不动。

而且，人们对"拉动"这句模棱两可的话的理解有了分歧。奥勃爱恩让鲍克将雪橇从静止的状态拉起，主张桑德拥有敲掉冻住了滑板的冰块的权利；马休斯坚持认为，"拉动"包括将滑板从冰雪冻结的状态下拉出来。

耳闻目睹了这场赌博前后经过的人们多半认同马休斯。

赌鲍克必输的放彩比例提高到了三比一。

然而，没人相信鲍克有这个本领，因此，没有人接受挑战。

当时赌得特别草率，本来疑虑重重，看看雪橇前面，十只狗组成的队伍正蜷缩在雪地里。摆在眼前的事实，更加证明鲍克完成这个工作不可能了。

马休斯越发得意扬扬，宣布："桑德，三比一，我按这个金额和你再赌一千块钱，你看如何？"

桑德脸上的疑虑非常明显，然而，他那种超越胜负的斗志被激发了起来。除了喊杀声，他什么也听不进去。

他不承认办不到。

他叫来哈斯与彼得。他们的钱袋都很小，连同他本人的，三个人凑够了两百元。他们手头正拮据，这是他们全部的资本。然而，他们毫不犹豫，孤注一掷，去赌马休斯的六百块。

人们解开了那十条狗，将鲍克连带挽具一起拴在了雪橇上。那种兴奋之情感染了他，他感到自己一定在用某种方式为约翰·桑德去完成一件大事。

对他的仪表堂堂，人群中一阵喃喃赞叹。他的状态十分完美：全身上下，没有一点多余的肉；有一百五十磅的体重，也就有一百五十磅的勇猛和力气；毛衣闪闪发光，像丝绸一般；顺脖子而下的大片鬣毛披满双肩，静止而半耸立，似乎随着他的一举一动一起一伏，每一根毛仿佛因为过于旺盛的精力一变而有生命力，非常活跃；胸脯宽阔，前腿粗壮，与身体的其余部分完全相称；皮下的筋腱非常结实，圆圆滚滚，人们用手一摸，坚硬如铁。

于是，赌注的比例降为二比一。

最近暴富的王朝的一个成员，一个坐头把交椅的贩狗大王，结结巴巴地说："天呀！天呀！先生，先生，按他现在的样子，考验他之前，我出八百块，八百块买他。"

桑德摇一摇头，走到鲍克身边。

马休斯抗议："你必须离他远一点，让他自己干，不能影响他。"

人群肃静下来，只有一些赌徒枉然接受对折彩头的声音。

人人都承认鲍克确实了不起，然而，二十袋面粉——每一袋有五十磅之重，在他们看来，实在太庞大了。他们不愿往外白白扔钱。

桑德在鲍克的身边跪了下来，两只手捧住他的脑袋，脸偎着脸。他不同寻常，既不开玩笑摇晃他，也不是小声地温柔而亲热地骂他，而是冲着他的耳朵低低地说："鲍克，你是爱我的啊！你是爱我的啊！"

鲍克满腔热情，极力克制住自己，呜呜地叫。

事情看上去很神秘，似乎在施魔术一般。

人们注视着，感到好奇。

桑德站起身来，鲍克用牙齿咬住他的一只戴着手套的手，咬了一会儿，慢慢地，非常勉强地松开了。这种回答用的字眼不是语言，而是爱情。

桑德后退几步，说："鲍克，现在开始吧。"

鲍克根据自己学到的方法，拉紧缰绳，接着又放松了几寸。

与那片充满紧张气氛的寂静比较，桑德的声音格外尖锐："向右！"

鲍克向右斜冲，冲力终于绷紧了那根松弛的缰绳，一百五十磅重的身躯猛地一拉，滑板下面坼裂的声音清脆响起。

雪橇颤动了。

桑德又命令道："向左！"

这一次，鲍克向左重复了一遍刚才的策略，坼裂声成了咔嚓声。

雪橇旋转了，滑板向旁边滑行了几寸。

雪橇脱离了冰面。

人们屏气静息，周围安静极了！

桑德的命令像枪声一样响起："走！"

鲍克以一种猛烈的冲刺绷紧缰绳，投身向前，由于用出了最大的力气，全身紧紧缩成一团。丝绸一样光滑的皮毛下面的筋肉扭动着，集结在一起，如同一个有生命的东西，头朝向下面，宽阔的胸脯低低地俯在地上，四只爪子疯狂地向前飞扒，两条平行的深沟印在地面上。

雪橇摇摇摆摆，颤动着向前移。

他的一只脚滑了一下，有人大声呻吟了一下。

以后，雪橇不断地半寸…一寸……两寸……时而停顿时而向前，但从未完全静止下来。显而易见，挫折渐渐减少，雪橇有了足够的运动量以后，他就立刻控制住了震动，而是平稳向前行进。

人们不知道自己曾经在刹那间停止过呼吸，他们喘了一口气后，又开始呼吸了。

桑德跟在后面跑着，用简短有力的话语激励鲍克。

距离早已量出来了。

他靠近标志着一百码距离的终点的那堆木柴的时候，欢呼之声越来越大。

他走过木柴，听到停止的命令。

突然，人群中爆发出一阵吼声。大家——当然也包括马休斯在内，兴奋欲狂，帽子与手套在空中胡乱飞舞。人们也不知道在与谁握手，胡乱握手，大家沸沸扬扬乱喊一气，那些话根本不连贯。

桑德在鲍克身边跪下，头偎着头，来回推搡着他。急忙赶上来的人们听到他在骂鲍克，骂得温柔，亲热，热烈，长久。

坐在头把交椅上的贩狗大王唾沫星子乱溅："天啊！先生！天啊！先生！我出一千块钱买他！先生，先生，一千——一千二啊！先生！"

桑德站起身来，泪眼汪汪，泪水在脸上无所顾忌地流着，他向那个坐头把交椅的贩狗大王说："先生，不行。先生，我给你最好的回答就是，请你滚吧，先生。"

鲍克将桑德的手含在牙齿间。桑德推着他前后摇晃。

一种共同的冲动驱使着人们一起礼貌地后退一步，不再鲁莽地上前打扰了。

七　野性的回归

仅仅五分钟的时间，鲍克就为约翰·桑德挣了一千六百块，使主人因此得以还清债务，还可以与伙伴前往东部，寻找一处传说中的地点不明的金矿。

金矿的历史和东部的历史一样悠久，许多的人曾经前往寻找。少数人找到过，但更多的人一去不复返。悲剧淹没了它，神秘的气氛笼罩着它。

没有人知道谁最先发现了金矿，即使最古老的传说也追溯不到它。奄奄一息的人们用一块块和北方已知的各种等级的金子完全不同的天然的金块立论证明，发誓说真的有一所小屋子，只要找到小屋，就找到了金矿。

然而，死去的人都已经死了，没有一个活着的人曾经找到这座宝藏。所以，桑德、彼得和哈斯带着鲍克与其他六条狗，沿一条无名小路向东走，去完成许多和他同样能干的人与狗在那里没有实现的事情。

驾着雪橇，他们向育空河上游走了七十里，左转，入司徒尔特河流域，途经麻约、迈科奎恩，直到司徒尔特河变成了一条小溪，穿过这片大陆的脊梁——一座座山峰高耸入云。

约翰·桑德所要求于人类或自然的东西极少。对于荒原，他毫不畏惧。只要有一把盐、一支来复枪，他便可以深入蛮荒的原野，想去哪儿就去哪儿，想停留多久就停留多久。和印第安人一样，他每天在旅途中打猎为食，不慌不忙；如果没有打到猎物，他就继续走路，坚信迟早会遇到，因此，这次进入东部的长途旅行，雪橇上主要装的是工具和弹药，菜单自然只剩下单一的肉食，时间则无限期地延续下去。

这种打猎、捕鱼和毫无限制地在奇特的异乡的环境中游逛，对鲍克而言简直是其乐无穷。他们会有时连续走好几周，一天接一天；有时则随地安营，停留好几个星期。人们用火在结冻的腐殖土和沙层上钻洞，淘洗数不清的盘盘泥沙，狗们就随心所欲地闲逛。他们根据打猎运气的好坏及猎物的多少，时而忍饥挨饿，时而尽情吃喝。

夏天来了，人和狗将东西驮在背上，乘着筏子渡过群山上面一片片蔚蓝的湖泊，坐着在森林里锯下的大木头做成的小船，在不知名字的河流里逆流而上或者顺流而下。

时光流逝，他们穿越地图上没有标明过的茫茫无际的荒山野岭，曲曲折折地前进着。如果那座"地点不明的小屋"的确存在的话，一定有人曾经到过那里。然而，这里却渺无人烟。

冒着夏季的暴风雨，他们越过一座座分水岭。在森林边界线与常年积雪的荒山秃岭上，半夜里太阳依旧灿烂，他们却冷得浑身发抖。他们不知不觉地走进了夏季山谷，那里蚊蝇成群结队。在冰河的隐蔽之处，可以看到南方人引以为傲的鲜红的草莓和鲜花。

那一年的秋天，他们到了一片湖沼之地，凄凉寂静，让人毛骨悚然。野禽曾经在此地栖息，但当时没有任何生命，甚至连生命的痕迹也没有，只有呼啸而过的寒风，荫蔽之地冻结的冰雪，凄凉的水浪拍打寂寥的湖岸的惊涛之声。

整整一个冬季，他们跟着早已死去的人的泯灭了的踪迹到处流浪。一次，他们碰到一条古老的小路穿过森林，树皮上还刻有指示道路的痕迹，那座"地点不明的小屋"仿佛近在咫尺。然而，这条来无影、去无踪的小路，和开辟他的人以及他为什么要开辟它的原因一样，是一个谜。

另一次，他们不期遇见一座时间许久，已经由于风雨剥蚀而倒塌的猎棚的残骸，约翰·桑德还在条条腐烂了的毯子片中发现一支长杆的燧石发火枪。这是"赫德森湾贸易公司"的产品，西北部早期的枪械，当时，这支枪的价值相当于平着摞得与它一样高的海獭皮。但是，情况也仅此而已，至于它的主人——那个以前修建这个棚子，将枪丢到毯子中的人的情况，则一无所知。

春天到了，他们四处流浪终于有了结果。他们并没有发现那座"地点不明的小屋"，却看到了一片宽阔的山谷中有一条浅浅的沙金冲积矿床。金子像黄油似的，在淘金的盘底闪闪发光。当然，他们不再往远处寻找了。

每工作一天，他们可以得到价值几千元的纯净的金沙和金块。他们天天工作，金子五十磅一袋地装到麋鹿皮的袋子里，一袋袋堆在枞树枝搭成的小屋外面，像是许多木柴。他们辛勤劳动，跟巨人一样。随着日子一天天逝去，他们的财宝梦幻般堆得越来越高。

狗们除了随时拖回桑德的猎物，什么事也没有。鲍克便卧在火边，用沉思默想来打发时间。现在，既然无事可做，那个短腿的毛人的幻象在他面前出现得也就越加频繁。鲍克眨着眼睛卧在火边，他们经常一起漫游鲍克回忆起来的那一个世界。

恐惧仿佛是这另一个世界中最显著的东西。那个毛人两手抱住脑袋，垂在膝间，睡在火边。鲍克观察着他，发现他睡得很不安稳，常常惊醒，他向黑暗中窥探，多加一些木柴到火堆上。如果他们走在海边，毛人就一面吃东西一面采集贝壳，与此同时，眼睛四处张望，担心潜伏着的危险，随时准备飞似的逃走。他跟在毛人的后面，在森林中悄无声息地潜行。

他们都非常机灵，也特别警惕，因为人的听觉嗅觉与鲍克同样敏锐，他们扭动耳朵，张着鼻孔。那个毛人可以纵身上树，摆动胳膊就能从这一树枝攀到另一树枝上，这边一松手，那边早已牢牢抓住，尽管树枝有时相距十几尺远，从来不曾失手摔下来，而且如履平地，远不可及。实际上，无论在地上还是树上，他都同样进退自如。鲍克想起自己经常在树下守夜的情形，那时候，毛人栖在树上，紧抓住树枝睡觉。

与毛人的幻象紧密相连，呼唤之声在森林深处依然回荡，激发他心中的强烈不安的奇怪的欲望。他模模糊糊感到一种甜蜜的喜悦，对自己毫不知情的东西油然生起一种疯狂的渴慕与不安。

有时候，他把这种呼唤当作可以触摸的实体，去森林里追寻，随着心情的变化，轻声叫唤或叫着挑战。他将鼻子伸到冰冷的苔藓或满是很高的杂草的黑土里，嗅着肥沃的土地的气息大感快慰，要么躲在生满了菌类的树干的后面，眼睛大睁，耳朵竖起，仔细倾听着周围的动静，一蹲就是好几个小时，仿佛埋伏着准备打仗一样。他这样卧着，也许是想要吓一吓那种他不理解的呼唤。

他不理解自己为什么做种种诸如此类的事，也不去追究其中的原因。他是被迫这么干的。

一阵阵压抑不住的冲动袭上心头。例如，他在营地里卧着，白天暖洋洋的空气晒得他懒洋洋地打盹，突然，他抬起头来，竖起耳朵，全神贯注地谛听，然后一跃而起，冲了出去，穿过森林中的小路，越过橡胶树丛生的宽阔的地域，一跑就是好几个小时。

他爱沿干涸的河道奔跑，喜欢潜伏在一个地方侦察森林中鸟类的生活，卧在灌木丛里，看一群群鹧鸪咕咕叫着趾高气扬地跳来跳去，一卧便是整整一天。

他尤其爱干的是，在夏天深更半夜的朦朦胧胧的光线中奔跑，听着森林中睡意蒙眬的轻喃之声，和人读书似的辨别各种符号和声音，寻觅那种无论他醒来或睡着，任何时候都一直在呼唤他前往的神秘的东西。

一天夜里，森林里传来呼唤的声音（因为它音调很多，或者说是呼声的一种音调），清晰而明确，与赫斯基狗的声音似是而非，是从未有过的一种长长的嗥啸。他突地从梦中惊跳而起，眼睛大睁，颤动鼻孔嗅着，鬃毛时起时伏地耸着。

他听惯了。从前，他听见过这种声音。于是，他穿过沉入梦乡中的营地，迅速而宁静地进入到森林里。接近呼唤声的时候，他渐渐地将速度降下来，小心翼翼地移动着脚步，走到树林中一片空地的旁边探头一望：一只又长又瘦的大灰狼直腰蹲着，鼻子指向天空。

鲍克并没有弄出声响。那只狼却停止了嗥叫，拼命嗅着，想知道他在哪里。

鲍克高视阔步，走到空地上，脚步落地时非常小心，半蹲的身体缩成一团，尾巴直挺，一举一动都表达出那种既威胁又求和的复杂的态度。这是猛兽相遇时特有的威胁性休战。

然而，一看见他，那只狼转身便逃。他疯狂地跳着紧追，拼命想追上，最后，将对方逼入一条无路可通的沟里，沟在一条小溪的河床里，而一堆木头正挡住了去路。

像乔治以及所有被逼上绝路的赫斯基狗一样，那只狼以后腿为轴心，转过身来，咆哮着，毛发耸立，龇牙咧嘴，接连不断地连扑带咬。

鲍克并不进攻，只是围着他绕圈，用友好的表示拦住他。

由于他的头勉强才到鲍克肩部，而鲍克的体重则三倍于他，他既怀疑又害怕，一有机会就再次逃跑。于是，追逐重新展开。

他几次被逼到绝路，几次又重新逃跑，显而易见，他的身体非常不好，否则的话，鲍克不可能轻而易举地追上他。

鲍克的头齐及他的腰时，他无可奈何，被迫转过身来反抗，等待机会再逃。

终于，鲍克的顽强精神得到了回报。那只狼发现并无恶意，就相互嗅了嗅鼻子。之后，他们非常友好了，半羞涩半大方，略有畏怯的游戏，这种态度，可以说与野兽的凶猛本性表里不一。

过了一段时间以后，那只狼用轻松的步子跑开，表示要到一个地方去，并且让鲍克明白也要去。

于是，他们并肩跑在朦胧的夜色中，沿河岸向上游跑去，深入河道的源头，而且跨过了那座荒凉的分水岭——河水发源的地方。从分水岭的另一面的斜坡走下来，是一片平坦的原野，一片片大森林绵延不断，一条条河流流向远方。他们坚定不移，穿过森林。

一小时一小时地过去了，太阳更高了，天气也更暖和了。

鲍克欣喜若狂，他知道，他终于响应了那种呼唤他的声音，现在，他正与森林中的兄弟向发出那种呼唤的地方并肩跑去。突然，古老的记忆出现在他心中。他倾心于他们，和他曾经倾心现实一样，而他们曾经仅仅是现实的影子。从前，他在另外那个隐隐约约可以回忆起来的世界里做过这样的事，而现在，他又在做：自由自在地奔驰在旷野中，头上的天空辽阔无际，脚下是未曾走过的土地。

到一条奔腾不息的小河旁，他们停下来喝水。一停下来，鲍克想起了桑德，坐了下来。

那只狼继续向那个无疑是发出呼唤声音的地方走去，接着又走回来，与鲍克嗅一嗅鼻子，做出各种各样的姿态，仿佛在鼓励他。然而，鲍克转过身去，慢慢走上回家的路。

荒野中的兄弟轻声叫着随他跑了半个多小时，坐了下来，鼻子上指，长嗥起来。这是一种悲哀的长嗥。随着鲍克坚定不移地向回走，这种长嗥变得越来越弱，直到在远方渐渐消失。

鲍克冲进营地的时候，约翰·桑德正吃午饭，他满怀如痴如醉的爱扑到约翰·桑德的身上，正如同桑德说的，"实实在在大闹了一番"，撞他，抓他，舔脸咬手。与此同时，桑德也将他前推后搡着，亲切地骂他。

两天两夜，鲍克寸步不离开营地，绝对不让桑德走出自己的视野。他干活，他就跟着他；他吃饭，他守卫他。早晨看他爬出来，夜里看他钻到毯子里。

两天以后，森林里的呼唤声的回荡比以前更为急切，不安的情绪重新袭上鲍克心头，对荒野中那位兄弟的怀念，关于分水岭那一边风光明媚的土地，与荒野中的兄弟并肩穿过片片辽阔的森林的回忆，在他的脑海里萦绕不散。他开始在森林里四处游逛，然而，那位野生的兄弟再也不曾出现。尽管在漫长的不眠之夜，他侧耳谛听，可是再也听不见那种悲哀的长嗥。

夜里，他开始在外面露宿，好几天不回营地。一次，他到达小河的源头，越过分水岭，走进那片溪流遍野，草木林立的土地，逗留了一个星期，徒劳无益地寻找着那位野生兄弟的新的踪迹。

他迈着仿佛永远那样轻松自如，从来也不知道疲倦的大步，一面猎食，一面赶路，到处游荡。

85

他在一条不知在什么地方流入大海的河中捕捉鲑鱼，在河边杀死一只大黑熊。这只熊在捉鱼时被蚊虫蜇瞎了眼，然后就绝望地在森林里怒吼，这场艰苦的搏斗，激起了鲍克全部的潜伏着的凶残的天性。两天后，他回到熊那里时，一打狼獾正在争抢这件战利品，于是他驱散了他们，像驱散秕糠那样轻而易举。从此以后，被抛下的两只再也不会争吵了。

对杀戮的渴望空前高涨起来。他是一个屠夫，一只食肉的野兽，单枪匹马，孤立无援，依靠着自己的力气和勇敢，以及活着的动物，在到处都充满了敌意，只有强者才能生存下去的环境中生存着。因此，他为自己是一个胜利者而自豪，这种自豪如传染病源，又影响到他的肉体，表现在他举手投足、一举一动中，从每一块活动自如的肌肉中可以一目了然。他行动的表现像语言一样明确，而那身光彩夺目的毛衣则更加令人炫目，如果不是胸口一大片白毛，嘴眼上几根稀疏的棕毛的话，人们可能会把他误认为一条比狼种中最大的狼还要大的狼。圣贝纳种的父亲给了他身材和体重，牧羊犬种的母亲更使之得以定形。他那张长长的狼似的嘴巴，比任何一只狼的都大；稍宽的头部也是一个大型的狼头。

他的狡猾是狼性的非常野蛮的那种狡猾，他的智慧是牧羊犬和圣贝纳种的智慧的结合，加上来自最为险恶的环境的经验，他成了在荒野上四处漫游的最可怕的野兽之一。

作为一只完全依靠肉食生存的食肉动物，他春秋正盛，年富力强，精力旺盛，生命正在高峰。桑德爱抚的手抚摩他的背的时候，一阵噼噼啪啪的声响应着手的动作而发，每一根毛发都在放射自己贮存的磁力。头脑、肌肉、神经、筋骨，每一部分都达到最紧张的程度，各部分之间的平衡调节，却尽善尽美。

他对必须应之以行动的景象、声音和事件的反应，如闪电一般迅速。虽然赫斯基狗防御或进攻时跳得很快，但他还要快两倍。他对耳闻目睹到的对象反应的时间，比其他狗耳闻目睹所要用的时间还要少，发觉、决定和随机应变，都在一个瞬间内完成。实际上，发觉、决定和反应这三个行动是连续发生的，只是因为时间间隔非常短暂，才给人一种似乎是同时发生的错觉。

他的筋肉充满了生命的活力，弹簧般猛地啪啪一响，立刻精神抖擞，意气风发。生命在他的体内流动，汹涌澎湃，狂暴又让人愉快，如醉如狂的状态仿佛要撑破了他，漫山遍野，流泻到世界上。

一天，看着鲍克大步走出营地，约翰·桑德说："这样的狗从来也没有过。"

彼得说："模子在造出他来的时候，就破了。"

哈斯表示赞同："他妈的！我也这么寻思。"

他们只是看到他大步走出营地。他们没有见过，一旦置身于森林的隐蔽之地，他身上立刻出现的那种惊人的变化。

他不再大步前进了，而是立刻变成一只荒原之中的野兽，用猫的步态，轻轻地、偷偷地潜行，像是一个影子在各种阴影中一掠而过，时隐时现。他跟蛇似的，肚子贴地爬行，一跳而起进攻，知道如何利用每一个掩蔽自己的地方。他从窝里捉松鸡，杀死正在睡觉的兔子，跳到空中咬住由于慢了一秒而没能逃到树上的小栗鼠。对他来说，没有结冰的池中之鱼游得并不太快，而一只只修补洞口的海獭也不算谨慎。

他杀生并不是出于胡作非为，而是为了吃。他只是比较喜欢吃自己杀死的东西而已。因此，他的一举一动，多少有些以潜伏为乐的性质。他特别喜欢悄悄靠近松鼠，在几乎抓住他们时再放掉他们，看着他们叽叽喳喳地逃到树上。

秋季到来的时候，大群大群的麋鹿出现了，为了度过严冬，他们移到较温暖的山谷去。鲍克打死了一只半大的离群的小麋鹿，但他盼望更大更凶的猎物的心情更强烈。

一天，在小河源头的那座分水岭上，二十只一队的麋鹿从河流纵横、森林密布的地方走过来，首领是一只六尺多高、脾气极凶的雄麋鹿。这个看上去让人畏惧的对手，正是鲍克日夜期待的。

他来回摇晃着他那十四根枝杈，两端七尺宽的掌形的大角，一看到鲍克，他的两只小眼中就燃起一种恶毒的仇恨的光芒，愤怒地大吼大叫。

他之所以这么穷凶极恶，是因为他的腰部，腰眼稍前一点的地方，一支装着羽毛的箭尾露在外面。以前在原始时代打猎遗传下来的本能，指引

87

着鲍克将这头雄麋鹿从鹿群里诱引出来，当然，这工作可不是件轻而易举的事。他在麋鹿的大角和一下子可以踩死他的那两只可怕的大蹄子正好够不着的地方，在这家伙面前又叫又跳；由于不能摆脱这个长着犬牙的危险的家伙继续走路，雄麋鹿大发雷霆。于是，他进攻鲍克，鲍克则机灵地撤退，故意做出一副逃脱不掉的模样诱敌深入。

鲍克引诱雄麋鹿离开伴侣时，两三只比较年轻的雄麋鹿就回来进攻鲍克，让那个受了伤的雄麋鹿回归到群体之中。

顽强不屈、百折不挠，和生命本身同样持久，这种耐性属于荒原，它可以让蜘蛛在网上、蛇盘成一团、豹子在埋伏的状态中，一丝不动，永无休止，而且，这种耐性只有那些以猎取活物为生的动物才具有。

鲍克就拥有这种耐性。

他决不善罢甘休，继续跟踪，阻拦他们前进，激怒一只只年轻的雄麋鹿，折磨那些带着小麋鹿的雌麋鹿。那只雄麋鹿不胜愤怒，发了狂。

持续了半天的时间，鲍克旋风似的进攻着麋群，从四面八方展开进攻，在他的牺牲品回到群体里之前截住他，让被猎取的对象失去耐性。因为，被猎取者的耐性总比猎取者的耐性要小。

白天在逝去，太阳落到西北方向的安乐窝去（黑夜又来了，秋天的黑夜有六小时之久），一只只年轻的雄麋鹿越来越勉为其难地回来援助被袭击的领袖，他们对即将到来的冬季非常厌烦，急于赶到地势较低的地方，却总也摆脱不了这个不知疲倦的家伙的纠缠。何况，这家伙想要的只是一只麋鹿的生命，而不是整个鹿群的生命，因此，与自己的生命相比，轻重不言而喻，他们甘愿将他作为买路钱留给对方。

黄昏到来时，年老的雄麋鹿低头注视着自己的伙伴们——曾经爱过的一只只雌麋鹿，自己生养的一只只小麋鹿，以及在他统治之下的一只只雄麋鹿，在逐渐暗淡的暮色里匆匆忙忙地离他蹒跚而去。但是，由于那个在他鼻子面前跳来跳去的家伙，这个长着犬牙的无情的可怕的家伙不让他走，他不能尾随自己的伙伴而去。

年老的雄麋鹿体重一千三四百磅，在自己漫长而强盛的一生中，他不知经历了多少次战斗，然而，最后的时候，却在这个头部连他的膝关节那么大也没有的动物的牙齿下濒临死亡。

从此，鲍克不分昼夜地跟踪自己的猎物，寸步不离，绝对不给他瞬间的喘息之机，不让他吃一口树叶或杨柳的嫩芽，或在渡过潺潺的小溪时一解焦躁如焚的口渴。处于绝望中的雄麋鹿常常猛然之间放开步子，一阵奔驰，鲍克非常满意，并不去阻挡他，而是跟在后面，轻快地缓缓奔驰。

雄麋鹿站着不动时，鲍克就卧下休息，如果他想要吃喝，鲍克就凶恶地展开进攻。

雄麋鹿角之下的巨大脑袋越垂越低，蹒跚的脚步也更加软弱无力。鼻子贴近地面，耳朵软软地耷拉着，他开始长时间地站着，而鲍克因此则有了更多的时间喝水和休息。

鲍克盯着这只巨大的雄麋鹿吐着红红的舌头喘气的时候，他感到事物好像正在发生什么变化。他觉得，那群麋鹿到这地方来时，另外一种动物也来了，森林、河流和空气仿佛因为他们的到来而悸动不安。

他既没有看见什么，也没有听到什么，他并没有凭借视觉嗅觉，而是根据另外一种比较微妙的感觉，觉得大地不知如何变化了，有一种新的骚动，一些陌生的动物正在走动，徘徊。

他决定，眼前这件事结束后，他就搞个明白。

第四天，他打倒了这头巨大的麋鹿，吃了睡，睡了吃，在猎物的旁边待了一天一夜。

休息以后，精力恢复了，强健了，他转身回到营地和约翰·桑德那里。

突然，他缓缓地奔驰起来。一小时一小时地过去了，他缓缓奔跑着，轻快而持久，从来没有因为路径的错综复杂迷了路，而是越过陌生的地带，一直向家跑回去，其方向之准确足以令人类以及罗盘针为之羞愧。

他继续行进，越来越强烈地感觉到大地上那种新的躁动，和整个夏天都在大地上的生物有很大不同，一种生物散布在大地上面。那种微妙神秘的方法再也不能告诉他这个事实。百鸟在谈论，一只只松鼠在叽叽喳喳地议论，甚至微风在低声细语地议论。

有好几次，他停下脚步，大口大口地呼吸着清晨新鲜的空气，从中获得的信息却使他加快前进的速度。即使不是横祸已经临头，但那种大难来临的感觉笼罩着他。

他越过最后一座分水岭，更加谨慎地沿着通向营地的山谷跑下去。

在距离营地三里远的地方，一条新鲜的足迹一直通往营地和约翰·桑德那里。鲍克脖子上的毛发倒立起来，他的神经紧张极了，迅速而隐蔽地急忙前进。

除了结局，各种各样的非常详细的迹象已经说明了一个问题，嗅觉从多方面向他证明，那种生物怎样通过了现在他正跟踪前进的小路。

他发现，森林里一片沉寂：飞禽全都逃之夭夭了，松鼠也躲了起来。他看到，一只亮灰色的松鼠平伏在一根灰色的枯枝上，看上去像是树枝的一部分——一个木瘤。

像一个一掠而过的影子，鲍克形迹隐蔽地向前滑行着，突然，鼻子仿佛被一种非常实在的力量拽向一旁，一股新的气味将他引到了丛林里。

尼各死了。一支箭射穿了他的身体，箭的头尾在身体两边露着，他侧身躺在自己忍痛爬行的地方。

向前一百码，鲍克发现一只桑德在多盛时买的雪橇狗，躺在路的中间，翻来覆去，进行垂死的挣扎，鲍克并不停留，绕了过去。

嘈杂的人声从营地微弱传来。单调的声音吟唱着，一起一落。鲍克匍匐着，爬到营地的边缘，发现哈斯浑身是箭，仿佛成了一只豪猪，面向下趴在地上。

鲍克向枞树枝做成的小屋的方向眺望了一下，那种景象令他脖子和肩上的毛发都倒立起来。对约翰·桑德的深情厚谊，使他生平最后一次用激情取代了理性与狡猾，一阵克制不住的狂怒袭上心头。

不知不觉地，他吼了一声。这吼声凶狠、可怕。

叶海特人正在枞树枝搭起的小屋的残骸边跳舞的时候，听到一声可怕的怒吼，接着就看到一只从未见过的怪兽向他们猛扑而来——怀着毁灭一切的狂怒，挟着一股愤怒的飓风。

这怪兽正是鲍克。

他扑向那个最前面的人（这个人是叶海特人的部落首领），在喉咙上咬了一个大口子，脖子上的静脉血如泉涌。他并不停下来继续折磨这位牺牲者，而是纵身一跳，又咬破了第二个人的喉咙，冲到人群中猛打猛冲，撕咬，切割，破坏，遇上谁就咬谁，简直无法抵挡。

他毫不停顿的凶狠的动作快得令人难以想象，因此，射向他的箭不仅全部落空，反而因为印第安人的密集，射中了他们自己的人。一个青年猎手将一支标枪掷向半空中的鲍克，却刺穿了另一个猎手的胸膛，力气大得枪尖刺穿了后背，露在了外面。

此时的叶海特人惊慌失措了，极为恐怖，仿佛在逃避恶鬼，大呼小叫着逃向森林里。鲍克也实在是魔鬼的化身，暴跳如雷地紧追不舍，在他们穿过森林时咬死他们，就像咬死麋鹿似的。

那是叶海特人的受难日，他们四处逃避，溃退到很远的地方。一个星期以后，幸存下来的人们才集合在地势较低的山谷里，清查损失。

鲍克跑厌了以后，又回到已成一片废墟的营地，他发现，彼得刚一惊醒就被杀死在了毯子里。桑德在地上拼命挣扎的痕迹清清楚楚，鲍克嗅着点点滴滴的痕迹的细微的气息，来到一个深水池边。

池边，躺着尽忠到最后的司基特，头和前腿浸在水中，池水被矿槽弄得非常浑浊，遮住了里面的东西。既然桑德的踪迹进了水，却并未从水中出去，那么，约翰·桑德一定在里面！

整整一天，鲍克不是抑郁地坐在池边沉思默想，就是心神不宁地在营地来回徘徊。他知道，死亡就是运动的结束，生者生命的终点。他也知道，约翰·桑德死了，心里有种遗憾，有点像饥饿的感觉，然而，饥饿填充不了那种缺憾的阵阵作痛。

他停下来，默默地看着一具具叶海特人的尸体，这时候，他就暂时忘了痛苦，而且感到非常自豪，这种自豪比以往体验过的任何自豪都更为强烈。

他杀了人，人是万物之灵，而且他是迎着棍棒刀剑将他们杀死的。他嗅嗅一具具尸体，心里有些好奇！他们死得如此之易！杀死他们，比杀死一条赫斯基狗还容易！

如果没有弓箭、长矛、棍棒，他们根本就不是对手，从此以后，他再也不害怕他们了，除非他们手中有棍棒、长矛和弓箭。

夜幕降下，从树梢上升起一轮满月，当空照着大地，大地横陈于阴森的惨白的光色里。坐在池边沉思哀悼的鲍克，发现森林中有一种骚动和叶海特人那种人为的骚动大不相同。

他站起来，侧耳倾听，嗅了嗅气味。

一声微弱而尖锐的嗥叫从远方飘来，然后是一阵相同的尖叫声的合奏，一会儿，嗥叫越来越近，也越来越亮。

鲍克明白了，他们就是他在另一个世界里曾经听到过的声音，萦绕着他的记忆许久不散。他走到空地的中心，凝神聆听。

这正是那种呼唤，音调繁多，比以往更有诱惑力，也更有强制力。他从未像现在这样乐于服从。

约翰·桑德死了。鲍克最后的眷恋不存在了。人类和人类的权力，再也束缚不住他了。

像叶海特人一样，狼群跟在迁移的麋鹿群的两侧，猎取活物，越过森林茂密、河流纵横的地域，到了鲍克现在的山谷。

他们像一股银色的洪流，拥向月光如水的扎营空地。鲍克雕像般站在空地的中心，那么巨大，一动不动，等待他们的到来。

狼群被吓住了，停顿了一会儿以后，最勇敢的一只狼扑向鲍克，鲍克闪电一般迎头痛击，咬断了他的脖子，然后又一动不动，与以前一样，受伤的狼在他后面打着滚儿，痛苦不堪。另外三只狼连续上来尝试，不是被咬破了喉咙，就是被撕破了肩膀，一个个大败而回。

于是，整个狼群一拥而上，纷纷挤在一起，由于急于打倒猎物，他们自己相互妨碍，乱作一团。鲍克凭借快得出奇的速度和敏捷占了优势，他用后腿支撑身体，迅速旋转，又咬又割，应付四面八方，严密的防守形成了一条无懈可击的战线，牢不可破。

为了预防来自背后的偷袭，他被迫倒走着，经过水池旁边，退到河床里，紧靠着一座高耸的沙石河岸站住。他且战且退，来到河岸一个人们采矿挖出的直角形的角落，负隅顽抗，这样，三面有了掩护，只需对付正面即可，而他又应付自如，因此，半小时后，狼群溃退了。

整个一群的狼都伸出舌头来奔拉着，在月光下，雪白的牙齿发出惨白的光，有的抬着头卧在地上，耳朵前竖，有的站着监视着他，还有的舔池子里的水。

一只瘦长的狼以一种非常友好的态度小心翼翼地走了过来。鲍克认出来了：他就是那位野生的兄弟——他们曾在一起跑了一天一夜。他呜呜地轻声叫唤，鲍克也呜呜叫了起来。

他们碰了碰鼻子。

这时，一只身体瘦削、伤疤累累的老狼走了过来。鲍克努嘴扭腮，准备咆哮，却和他碰了碰鼻子。老狼坐在地上，鼻子指向月亮，发出了长长的狼嗥，其他一些狼也坐下来长嗥。

现在，鲍克听到了那种呼唤，实实在在，丝毫无疑。于是，他也坐下来长嗥，然后就走出了角落，狼群们一拥而上，围住了他，半友好半蛮横地和他嗅了嗅鼻子。

狼群的领袖们鼓动狼群大声嗥叫起来，往森林里跳跃而去。群狼蜂拥追随着，在后面齐声合唱。鲍克与他们一起边奔跑边嗥叫，与那位野生的兄弟齐肩并进。

鲍克的故事，到这里基本上就结束了。

几年后，叶海特人发现大灰狼的狼种有些变化，有的狼在头部嘴部有棕色的斑点，胸口的中央有条白道。

更奇怪的是叶海特人的传说。他们说，有只"狗妖"在领着狼群奔跑。严冬时，他偷他们营地里的东西，掠走他们捕兽机关打住的猎物，杀死他们的狗，而且，他从来不把他们最勇敢的猎手放在眼里，因为，他比他们狡猾。

很明显，他们害怕这只"狗妖"。

传说中的故事越说越玄，有些猎手一去不复返，有的被发现时，喉咙早被残酷无情地咬破，周围留下的狼的脚印比雪地上任何狼的脚印都大。每年秋天，叶海特人追踪迁徙的麋鹿的时候，永远也不敢走进那座山谷。围着火堆的妇女们，一谈起这个"恶鬼"为什么偏偏选择这座山谷作为住所时，就难免有些伤感。

每当夏季到来，一个叶海特人不认识的访问者——一头有一身漂亮的毛衣的大狼——与其他所有的狼像又不像——就往那座山谷去，单独一个，走进景色秀美的森林，进入到林中一片空地上。这里，一袋袋腐烂的鹿皮袋子里流出一股黄水，川流不息，渗入土里。黄水中，长着高高的野草，植物的朽泥烂土将黄色遮得不见天日。那只狼总是在此沉思片刻，悲伤地长嗥一声，就走了。

不过，他也并不总是独自前行。每当漫长的冬夜来临，狼群跟踪猎物进入比较低洼的山谷，在苍凉的月色或朦朦胧胧的北极光下，他像巨人一样在狼群的前面奔驰跳跃，格外注目。他放开喉咙，高歌一曲，充满原始世界的活力。

雪　狼

一　不祥之兆

黑压压的针枞林，肃立在冰河的两岸。不久前的一阵大风，已经将树体上的冰雪一掠而去。现在，它们依偎在沉沉暮霭之中，抑郁寡欢。

无垠的原野死一般沉寂，除了寒冷和荒凉，没有任何生命和运动的含义。但这一切绝不仅仅意味着悲哀，而是蕴含着比悲哀更可怕的、远超过冰雪之冷冽的残酷。那是永恒用它的专横和难以言传的智慧，嘲笑着生命和生命的奋斗。那是荒原，是充满了野蛮、寒冷彻骨的北国的荒原。

但，不屈的生命依旧存在，而且正在反抗。看，一队狼犬，正在沿着结冰的河流艰难跋涉。他们的毛发被冰霜弄得坚硬而耸立，他们的气息一出嘴巴就结成冰霜，从空中落到身上，变成白色的晶体。身上的皮轭和皮带把他们拴在一部雪橇上，他们拉着前进。雪橇下面用坚实的桦树皮做成，向上翻起，没有滑板，滑过前面波涛起伏般的雪。雪橇上面，用绳子紧紧地捆着一只狭窄的长方形木盒，此外还有几条毯子、一把斧头、一只咖啡壶、一口煎锅，但最为显眼而且占了绝大部分地方的，是那只狭窄的长方形木盒。

一个穿着大雪鞋的男子，艰难地走在队伍的最前面；另一个男子艰难地走在雪橇后面；第三个，已经躺在了雪橇上面的木盒里，他的苦难已经结束——一个已经被荒原征服、打倒，永远不会再活动再挣扎的人。荒原从来不喜欢运动，生命对于它是一种唐突，因为生命是运动的，而荒原是

95

永远企图消灭运动的。它冻结水，阻挡它流向大海；它榨干树汁，直到强健的树的心脏变得冰冷；而最为凶恶可怕的，是蹂躏折磨人直至屈服——人，本是生命中最不安静的生命，始终反感那句"一切运动必然会成为运动的终结"的格言。

虽然这样，还未死去的两个人却毫不畏惧，一前一后，不屈不挠地跋涉着。他们身穿毛皮和鞣皮，睫毛、嘴唇和两颊糊满了气息结成的冰屑，面目模糊难辨，仿佛戴着鬼的面具，是阴曹地府里鬼魂出殡时的承办者，实际上在面具之下，他们是人，是正在深入那片荒凉、沉寂、嘲弄人的土地的人，是热衷巨大冒险的渺小的探险者，是驱使自己跟这个无限空间一样茫然、陌生、死寂的世界的威力相抗争的人。

这一列队伍无声地爬行在雪野，为了省些力气，他们走路的时候保持沉默。周围一片寂静，寂静像是存在的实体，压迫他们，影响他们的精神，仿佛深水的压力影响潜水者的身体。它用一种无限的空间以及无可变更的命令所具备的巨大威力压迫他们。逼迫他们缩退至自己心灵的深处，如榨葡萄汁般，榨掉人类的一切狂妄、热情、骄傲和心灵中那种佞妄的自尊自重，使他们终于发现自身不过是有限而渺小的尘芥而已，凭借低劣的狡猾以及一点儿小聪明，在伟大、盲目的物与力的作用与反作用中活动罢了。

一个小时过去了，两个小时过去了。短暂、没有太阳的白天的黯淡的光线开始消失。这时，从远处传来一声微弱的哀号，打碎空间的寂静，急速翱翔而上直到最高调，如缕不绝，颤抖而紧张，最后，慢慢消失。它带着一种凄惨的凶狠和饥饿的焦虑，大概是一个面临毁灭的人的哀号。

前面的人回过头来，和后面的人隔着狭长的木盒子目光相视，相互点点头。

第二声哀号。针一般尖厉的声音刺破死寂。两人都听出了声音的位置，在他们后面——刚刚走过的冰天雪地里。

第三声响应的尖叫又起，在第二声的左边。

"比尔，他们在追我们。"前面的人声音沙哑。显然，他说话很吃力。

"食物缺乏，"后面的人说，"我几天都没看到兔子的踪影了。"

96

以后，他们就不再说话，耳朵凝神谛听着后面不断响起的猎食者的嗥叫。

天黑时，他们把狗赶进河边一丛针枞树林里宿了营。棺材在生起的火堆旁，既做桌子又当凳子，狼犬在火堆另一边，相互咆哮，却丝毫不想跑到黑暗中去。

"亨利，我觉得他们离营地很近。"比尔说道。

亨利靠火蹲着，点点头，用冰块垫好咖啡壶。直到坐在棺材上开始吃东西时，才说话。

"这些狗知道什么地方安全，他们知道吃东西总比被吃掉好。"比尔摇摇头，"我不知道。"

亨利看着他，有些惊奇："我是第一次听你说他们不一定聪明。"

"亨利，"那个人慢吞吞地嚼着口中的豆子，说，"你注意没注意，我喂他们时，他们闹得多厉害？"

亨利承认："是比平时凶得多。"

"我们有几只狗？"

"六只。"

"那么，亨利……"为了加深言外之意，比尔停顿了一下，"是的。亨利，我们有六只狗。我从袋子里拿出六条鱼，每只狗一条。但是，鱼却少一条。"

"你数错了。"

"我们的狗是六只，"比尔心平气和，重复道，"我拿出六条鱼，独耳却没有吃到。后来我又拿了一条给他。"

"我们只有六条狗呀。"

"亨利，"比尔继续说道，"我是说吃鱼的却有七条，他们并非全都是狗。"

亨利停下来，隔着火堆数数狗。

"现在只有六只。"他说。

"我看见另外那只在雪地上跑了。"比尔冷静而果断地说，"我看到了七只。"

亨利怜悯地看看他，说："这东西解决了的时候，我就谢天谢地了。"

比尔问："这话怎么讲？"

"我是说我们运的这东西搞坏了你的神经。你见鬼了。"

"我也想到过，"比尔郑重其事，"因此，我看见她在雪地上跑掉时我就看看雪上，雪上有她的脚印，于是我就数数狗，还是六只，现在，脚印还在雪上，你要看吗？我指给你。"

亨利不说话，只是默默地吃。吃完的时候，喝了一杯咖啡，用手背抹抹嘴，说："那么你说是——"一声从黑暗里某个地方发出的凄厉的哀哭一般的长号，打断了他的话。他仔细地听了一会儿，把手向叫声那边扬扬，继续说道："是他们中的一个吗？"

比尔点点头："我相信一定不是别的东西，你也看到过，那些狗闹得那么凶。"

一声又一声的哀号，以及作为响应的号声，从四面八方发出，寂静的荒野变成了精神病院。狗们吓得紧靠火堆，挤在一起，身上的毛都被烧焦了。比尔往火上添了些树枝，点燃了烟斗。

"我看你有些泄气了。"亨利说。

"亨利……"他思考着吸了一会儿烟斗，说，"我想他比你我他妈幸运多了。"

他用大拇指指一指他们坐着的棺材，意思是在说那位第三者："亨利，你和我死的时候，如果有足够的石头挡住狗拖我们的尸体，就算不错了。"

"但是，我们不能和他相比，有人有钱和别的东西来料理后事，这种长途跋涉的葬礼你我可承担不起。"

"亨利，我想不明白的是，这样一个在本乡本土吃穿不愁，神灵活气的小伙儿，为什么到这么荒凉的天涯海角来碰钉子——我真是不明白。"

"如果待在家里，他会寿终正寝的。"亨利表示同意。

比尔张开嘴刚要说话，又咽了回去。他指了指压迫他们的围墙般的黑暗。漆黑之中，并没有什么东西的形象显出；但是，他看见一对燃烧着的煤块似的发光的眼睛。

亨利用头指出第二对、第三对。一圈发亮的眼睛已经围拢在他们的营地附近了。一双眼睛时而移动，时而消失，时而又重新出现。

狗越发不安，在潮涌的恐怖中，蹿到火堆这边来，在人腿附近畏畏缩缩地爬来爬去。一条狗在拥挤中跌坐在火堆边上，疼吓交加，哀叫一声，皮毛烧焦的臭味弥漫空中。

这场骚乱使那圈眼睛移动了一会儿，甚至还往后撤退了些。但狗静下来后，他们也静止了。

"亨利，少了弹药真他妈倒霉。"

比尔已经抽完了烟，正帮着同伴向晚饭前在雪地上铺好的针枞树枝上摊开毛皮和毯子铺床。亨利沉重地哼了一声，开始解鹿皮鞋鞋带。

"还有几颗子弹？"

"三颗，"比尔回答说，"但愿是三百颗，我就让他们尝个够。他妈的！"

他怒气冲冲地向那些发光的眼睛晃晃拳头，把鹿皮鞋稳稳地撑在火上烤。

"我盼着这阵寒潮早点儿过去，"他继续说，"已经两个礼拜了，零下五十华氏度。但愿我没来这趟，亨利，我看形势不好。不知为什么，我总感到有些不对劲儿。如果我希望什么的话，那就是希望这次行程已经结束，我们是在迈硅利堡，正坐在火炉边打牌——这就是我的希望。"

亨利哼了一声，爬上了床。在要睡着的时候，又被叫醒了。

"喂，亨利，这些狗为什么不攻击那条混进来吃鱼的？这真叫人想不明白。"

"比尔。你想得太多了，"亨利迷迷糊糊地回答道，"以前你可不这样，现在闭上嘴巴睡觉吧。到了早上，一切就都不成问题了。你的胃在发酸，毛病就在这儿。"

两个人并排躺在一个被窝里，都睡着了，发出沉重的呼吸声。火熄灭了，野营四周的发光的眼睛更近了。狗们惊惧地挤在一起。每逢一双眼睛靠近，他们就发出叫声威胁。有一次他们闹得特别凶，比尔醒了。

比尔小心翼翼地爬下床，向火堆上加了些木柴，火又开始旺起来，那圈眼睛远了些。他偶然向那些拥挤在一起的狗看看，揉揉眼睛，更加仔细地看看，爬回被窝里。

"亨利，"他叫道，"喂，亨利。"

亨利从睡眠中惊醒，问："出什么事了?"

"没有什么，"比尔回答，"不过，他们又变成七只了，我刚数的。"

亨利在喉咙里哼了一声，表示听见了，那哼声拖长成鼾声，又沉入梦乡之中。

早晨，亨利第一个醒来，叫起比尔。已经六点钟了，但是距离白天还有三个小时，亨利在黑暗中动手准备早饭，比尔则卷起行李，准备雪橇。

他突然问："喂，亨利，你说我们有几只狗?"

"六只。"

"错了。"比尔有些得意。

"又是七只了?"

"不，五只，一只不见了。"

"他妈的!"亨利愤怒地叫道，丢下炊具，走过来数狗。

"是的，比尔，小胖没有了。"

"他这一去不回头了。"

"没有希望了。他们活活地吞掉了他。我敢说，他在进入他们的喉咙时，还在不住地叫呢! 他妈的!"

"他本来就是只笨狗。"

"不过，再笨的狗也不至于笨到走过去自杀呀。"亨利用沉思的目光看着剩下的那些拉雪橇的狗们。他一眼就能概括出他们各自的个性特征。"我相信别的狗，没有一只会做出这种事来的。"

"用棒打也不能把他们从火旁赶走，我一直感到小胖有点儿不对劲。"

这就是一只死在北国的旅途中的狗的墓志铭——并不比别的许多人的墓志铭更简陋。

二　大敌当前

吃过早饭，两个伙伴将少量的旅行用品捆在雪橇上，离开了那堆还燃烧得很旺的篝火，重新回到黑暗里。

于是，狗群那凄厉的叫声立刻又响起来，透过黑暗和寒冷，仿佛是一曲交响乐。

九点钟的时候，白天才姗姗来迟。正午时分，南面的天空一片玫瑰色，地球的肚皮突起在那里，挡住了阳光，使它不能直接照到北部的世界，玫瑰色很快就消失了。苍白的白天的余晖拖到三点钟，也消失了。

于是，北极的夜幕笼罩了寂静荒凉的大地。

黑夜降临，左边、右边、后面，猎食的狼的叫声更加近了——近得使那群在艰难困苦中跋涉的狗们重又涌起恐怖的浪潮，陷于短暂的惊慌失措中。

后来，一次危机平息时，他们重新将狗控制在轭下，比尔说："但愿他们丢下我们，到别处寻找食物就好了。"

"他们真让人伤脑筋。"

直到扎好野营，他们不再多说话。

亨利正伏身往火烧得沸腾的煮豆的锅里加冰，突然听到一下打击的声音，比尔一声叫唤，狗群发出痛苦的尖叫。他站起身来，正好看见一个模糊的影子越过雪地，消失在夜色里。

他看到比尔站在狗群里，半是得意，半是丧气，一只手拿着一根粗棒，另外一只手里拿着一条干鲑鱼尾和一部分残缺不全的鱼的身体。

"他吃掉了一半，不过，我还是给了他一下。你听见他尖叫了吗?"

"什么样的东西?"

"看不清，跟狗一样四条腿，一张嘴和一身毛。"

"一定是只驯狼。"

"真他妈的驯熟。不管是不是狼，反正喂狗时，他就来吃他的那份鱼。"

吃过晚饭，他们坐在长方形的盒子上抽烟的时候，发现那圈发亮的眼睛竟比以前围得更近了。

"但愿他们碰上一群麋鹿或别的什么，丢下我们走开。"比尔说。

亨利哼了一声，表示不完全同意。

他们默默无语，坐了一刻钟，亨利凝视着火，比尔凝视着火光外黑暗中那圈燃烧着的发亮的眼睛。

"但愿我们现在就进入了迈硅利堡。"

"住口！收起你满腔的愿望和牢骚吧，"突然间亨利变得愤怒起来，"你的胃发酸了，毛病就在这里。你吞一小勺苏打就会好些，也就更讨人喜欢些。"

早晨，比尔恶毒的诅咒惊醒了亨利，他用一只手臂撑起身体观看，看到他的伙伴站在加了木柴的火堆旁的狗群里，高举双臂大声诅咒着，脸形由于过分激动而扭曲了。

"嘿！出了什么事？"

"青蛙没了。"

"什么话？！"

"我告诉你的话。"

亨利跳出毯子，走到狗群旁边，认真数了数，然后就和他的同伴异口同声地大骂那位掠走了他们第二条狗的荒原中的强者。"青蛙是这群狗里最强壮的。"

"而且，他也不是条笨狗。"

两天的时间两篇墓志铭。

他们抑郁不乐地吃过早餐，将余下的四只狗套上雪橇。这一天，和以往的日子没有两样。两个人，默默地在冰雪世界的表面上艰苦地行进。除了身后紧追不舍的看不见的追踪者的嘶号，没有什么东西打破寂静。

黑夜来临时，追踪者们依旧靠近了，叫声因此也就近了；狗变得躁动不安，几次弄乱挽绳。两个人愈发丧气。

"啊！你们这些笨蛋只配这样。"做完工作后，比尔笔直地站在那里满意地说。

亨利扔下炊具，走过来看。比尔不但把狗拴了起来，而且是按印第安人的办法用棍子拴的。他在每条狗的脖子上结了一圈皮带，又在狗咬不着、紧靠狗脖子的地方拴了一根四五尺长的粗棍，棍子的另一头用皮带系在地面的木桩上。这样，狗既咬不到这头的皮带，又碰不着结在棍子另外一头的皮带。

亨利赞许地点点头。

"只有这个办法能制住独耳，他咬起皮带比刀割还要快一倍，明天早上他们一定都在这里。"

"你可以打赌，"比尔说，"如果发现丢了一只，我宁愿不喝咖啡就动身。"

睡觉时，亨利指指那圈包围他们的发光的眼睛，说："他们竟然知道我们不会用枪打。"

"如果我们给他们两颗子弹，他们就会客气些，他们一天比一天近。你睁大眼睛躲开火光看——你瞧！你看见那一只了吗？"

好长一段时间，两个人仔细观察着火光旁边那些朦朦胧胧的影子的动作，作为消遣。只要目不转睛地盯着那对在夜色里闪闪发光的眼睛的所在，渐渐地那只野兽就会现出其原形。他们甚至可以看清那些影子不时在移动。

狗群里一种声音引起了两个人的注意。独耳发出迅急而焦虑的惨叫，拉直了棍子要冲入黑暗中，继而又停下来疯狂地咬那木棍。

亨利悄悄地说："比尔，你看。"

一只像狗的野兽，完全暴露在火光下，偷偷摸摸地侧着身体走了过来。她的神情既狐疑又大胆，留神着人，注意力却集中在狗的身上。

独耳一边挣直了棍子要冲过去，一边急切地哀号。

"这个笨货独耳，好像不知道害怕。"

"那是只母狼，"亨利耳语道，"这就是小胖和青蛙为什么失踪的原因。她是诱饵，把狗引出去，其余的就一齐上去，分而食之。"

103

篝火啪的爆了一声，一块木头发出响亮的爆裂声。那只野兽一听见这声音，又跳回到了黑暗中。

"亨利，我想——"

"想什么?"

"这就是被我用木棍打过的那只。"

"毫无疑问，肯定是她。"

"我还要说的是，"比尔继续道，"这畜生没有理由这么熟悉篝火。"

"她比一只聪明的狼还要聪明，"亨利同意道，"一只狼有些经验以后才知道在喂食时混到狗群中。"

"老威廉曾有一只狗跟狼跑了，"比尔边想边说，"本来我是知道的。我在小司迪克的放麋场上，在狼群中打中过那只狗，老威廉哭得像个孩子。他说他有三年时间没见到那只狗了，一直跟狼混在一起。"

"我想你说对了，比尔，那只母狼根本是条狗，她从人手中吃过不知多少次鱼了。"

"我有机会抓住她的话，一定要叫这条是狗的狼变成被吃的食物，"比尔下决心地说，"我们再也丢不起狗了。"

亨利表示反对:"但是你只有三颗子弹。"

"我会等到有十分把握时再开枪的。"

早晨，伴着比尔的鼾声，亨利燃旺了火煮饭。

亨利把比尔从床上叫醒吃饭的时候，对他说:"你睡得太舒服了，我真不忍心叫醒你。"

睡得昏昏沉沉的比尔开始吃饭。他发现自己的杯子是空的，就伸手去拿咖啡壶。但是壶在亨利那边，够不到。

"喂，亨利，"他和悦地责备说，"你没忘了什么吧?"

亨利仔细看看四周，摇摇头。

比尔举起自己的空杯子给亨利看。

亨利解释说:"你没有咖啡喝!"

"完了吗?"

"不是。"

"你认为它坏我的胃口吗?"

"不是。"

比尔愤怒了,脸上泛起血色。

"我要听听你的解释。"

"飞腿没了。"

带着听天由命、逆来顺受的表情,比尔从从容容地坐着扭过头去,把狗数了一遍。

他冷淡地问:"怎么回事?"

亨利耸耸肩:"不知道。除非独耳咬断了他的皮带。毫无疑问,他自己咬不着。"

"混蛋。"比尔使劲儿抑制住满腔怒火,不暴露出来,庄重而缓慢地说,"他咬不着自己的,就咬飞腿的。"

"好了,不管怎样,飞腿的痛苦结束了。我想,他这时正被消化掉,躲在二十只狼的肚子里在大地上蹦跳呢。"这就是亨利送给刚刚死去的这条狗的墓志铭。

"喝点咖啡吧,比尔。"

然而,比尔摇摇头。

"喝吧。"亨利举起壶劝道。

比尔推开杯子。

"我要喝的话我就是个浑蛋,我说过,要是丢一条狗,我就不喝咖啡,所以我不喝。"

"咖啡好喝极了。"

但是比尔非常固执,叽里咕噜地咒骂独耳的伎俩,用这些咒骂代替咖啡,吃了一顿干的早饭。

"今天夜里,我要拴得他们互相碰不着。"启程的时候,比尔说。

刚刚走了一百多码,前面的亨利弯腰捡起了他的雪鞋碰到的一个什么东西。天还黑,他看不清,但摸得出,抛向后面,落在雪橇上弹起来,碰到比尔的鞋上。

"这也许对你有用。"亨利叫道。

105

比尔惊叫一声。

那是飞腿留下的仅存的一切——比尔给他拴的棍子。

"他们将他连皮带骨都吃了，"比尔说，"把两头的皮带都吃了，棍子干净得像根笛子。亨利，他们饿疯了。不等走完这段路，恐怕你我也要被他们吃了。"

亨利满不在乎，哈哈大笑："以前我没有像这样被狼追逐过，不过，不知多少更糟糕的事我都挺过来了。比尔，我的孩子，让那些使人厌恶的畜生再多来些试试吧。"

比尔不祥地咕噜道："我不知道，我不知道。"

"等我们到达迈硅利堡，你就知道了。"

"我不觉得那儿有什么特殊的吸引力。"比尔固执己见。

"你不正常，病就在这里。"亨利臆测说，"你需要奎宁。一到迈硅利，我就给你灌下去。"

比尔哼了一声，表示不同意，又陷入沉默。

那天，和别的日子没什么两样，九点钟天亮。十二点时，看不着的太阳温暖了南面的地平线。之后又是冰冷、阴郁的下午。过了三个钟头，一切都没入夜色里。

当太阳徒然努力也不能再出现的时候，比尔从雪橇里抽出来复枪，说："亨利，你继续向前走，我去看看能不能看见什么。"

"你还是跟着雪橇好，"亨利反对，"你只有三颗子弹，说不定会出什么事。"

"现在谁在叽叽咕咕？"比尔得胜似的问道。

亨利不再回话，独自向前跋涉。他常常焦虑不安地向后望，回顾伙伴已经消失于其中的那片灰色的荒原。

一个小时后，比尔抄近路回来了，他说："他们散开了，像散兵一样，一面跟踪我们，一面猎捕食物。你看，他们完全有把握吃掉我们，只是在等待动手的时机。当然，如果附近有什么可吃的东西，他们也乐意顺手牵羊。"

亨利提出异议："你是说他们认为一定能够吃掉我们了？"

106

但是，比尔不理睬他。

"我看见几只狼，精瘦得很。我想，除了青蛙、小胖和飞腿，他们一定好几周什么也没吃到了。他们这一群太大，因此这几条狗根本无济于事。他们瘦得厉害，皮包骨头，骨瘦如柴。我告诉你，当心些，他们可是什么也不顾了。他们会发疯的。"

几分钟后，走在雪橇后面的亨利低低地吹了一声呼哨做警报。比尔悄悄让狗停止前进，回身来看，一个浑身是毛的东西在他们刚转过的那个拐弯处，鬼鬼祟祟地碎步跑着。他的鼻子贴近路面，滑似的走着，看来毫不费力。他们停住，他也停住，昂首盯着他们，转动鼻孔研究他们的气味。

比尔心里说："就是那只母狼。"

狗在雪地里卧下。他走过他们旁边，到雪橇那儿和他的伙伴一起观察这个几天以来一直跟踪他们、吃掉了他们一半的狗的陌生的家伙。

这家伙彻底地审视了一番以后，向前走了几步，几次反复，就到了百码之外。她停在一丛针枞林边，抬着脑袋，同时运用视觉和嗅觉琢磨这两个仔细察看着她的人的装备。她看他们时，那种奇怪的像在思考什么的态度，就像一条狗，但是其中却没有狗的情意。那是由于饥饿而养成的思索如何猎食的态度，就像冰雪般无情，像她的牙齿一样残忍。

她身材像狼那般大，柴似的瘦骨表明她是她所属的种类间最大的品种。

"站着足有两尺半高，"亨利估计说，"我敢说有五尺长。"

"这种毛的颜色很奇怪，"比尔有些疑惑不解，"我从未见过红色的狼。几乎是肉桂色的。"

当然，那狼并不是肉桂色的，纯净的狼毛主要是灰色的，但上面斑驳的红点的光色——时隐时现，变幻莫测，更像想象或者幻觉，一会儿是灰色，突然又是朦胧的红光一闪，那是一种难以言传的色彩的闪光。

"看上去跟一条大种的赫斯基雪橇狗没什么两样，"比尔说，"她摇起尾巴，我一点也不意外。"

他喊道："嘿！过来，你这赫斯基！不管你叫什么名字。"

"她一点儿也不怕你！"亨利笑道。

比尔高声大叫，挥手威胁，但是那狼毫无惧色。

他们发现：唯一的变化，是她提高了警惕，她仍然用那种无情的饥饿所特有的沉思默想看着人们，他们就是食物，而她快要饿死了，如果她更勇敢些，她宁愿扑上来吃掉他们。

"嘿，亨利，"想到要做的事，比尔不由自主地放低了声音，耳语说道，"我们有三颗子弹。不过，这是百发百中，绝不会失手的，她吃了我们三条狗，我们跟她了结这事，怎么样？"

亨利点点头。

比尔小心翼翼地从雪橇的绳索里抽出枪来，往肩上放去，然而，永远也没能放到肩上。

就在这刹那之间，母狼从雪路上向旁边一跳，跳进针枞林里去了。

两个人相互看看，若有所悟，亨利吹了长长的一声口哨。

"我本应想到的，"比尔大声自责道，重新放好枪，"一条狼知道在吃东西时混到狗群中来，就一定也知道枪的威力。亨利，我告诉你，这家伙是我们倒霉的根子。如果没有她的话，我们现在的狗就是六条而不是三条。亨利，我一定要消灭她。她太狡猾了，会躲过明枪，但是我可以用埋伏袭击的办法，我一定可以伏击到她的，就像我叫比尔不会错一样。"

亨利劝告说："比尔，你打她时千万别走得太远。如果他们一齐向你扑来，三颗子弹不过相当于三声喊叫而已。这些野兽饿得要死，他们动起手来的话，一定会搞掉你的。"

这一天晚上，他们早早就宿了营。

显而易见，三条狗是不可能像六条狗那样拉雪橇拉得那么迅速而持久的，他们已经现出疲劳不堪的迹象。比尔首先小心地拴好狗——使他们之间相互咬不到。

然而，那些狼却更加肆无忌惮。亨利和比尔不止一次被从梦乡中惊醒，狼群近得使狗恐惧得要发疯，因此，必须常常添火，以便将那些冒险的家伙们限制在一个相对安全的距离以外。

"我听水手们讲起过鲨鱼追赶船的故事，"一次，比尔添过火后钻回被窝时说，"这些狼就是陆地上的鲨鱼，他们比我们想的还精明，所以不愿意这样追着来伤自己。他们就要吃掉我们了。亨利，他们一定会吃掉我们的。"

"照你的话看来，你已经被吃去了一半，"亨利厉声责备说，"当一个人说他将被打垮的时候，他已经垮掉了一半，因此，按你的说法，他们已经吃了你的一半。"

比尔说："他们吃掉过比你我更强有力的人。"

"闭住你的臭嘴。你让人烦死了。"

亨利生气地翻过身去侧躺着。比尔竟然没有发脾气，这使亨利感到惊奇，因为这不是比尔往常的性格，他一贯很容易被难听的言语所激怒。

入睡前，亨利思考了很长时间，当他的眼皮不住地打架、逐渐沉入梦乡的时候，他还在想："是的，比尔一定非常泄气。明天，我要给他鼓鼓气。"

三　生死之战

这一天竟然什么也没发生，恶剧没有重演。

他们精神振奋地上了路，又进入到了黑暗、寒冷和寂静的世界里。

比尔仿佛忘掉了前一夜的那些不祥之兆，逐渐高兴起来，甚至还逗一逗那些狗。正午的时候，他们的雪橇在路过一段难走的路时翻车了。

乐极生悲。

雪橇夹在一棵树干和一块大的岩石中间，一动也不动。他们只好卸下狗来，以便重新组织有序。两个人正弯腰俯身将雪橇扶正的时候，亨利瞧见独耳侧身走了。

他站起身来，喊道："喂，独耳，过来!"

但是独耳却奔跑起来，一串足迹印在雪地上。在他们走过的雪地的那一边，那只母狼正等着他。靠近她时，他忽然小心起来，放慢步子，变成一种警觉，步伐犹疑，以后就停住不动了。

他注视着她，谨慎、犹豫又带着渴慕，而她似乎在对他微笑，与其说是威胁，不如说是谄媚地露出牙齿，像是在嬉耍。她走近他几步，又站住。独耳也凑近她，但仍然保持着警惕。他昂着头，尾巴和耳朵竖向空中。

他想跟她嗅嗅鼻子。她嬉戏而羞涩地后退。他前进一步，相应地，她就后退一步，一步一步将他引诱到他的人类的伙伴的庇护圈外。

一次，他的脑海似乎有一种警告模模糊糊闪过。他回头张望着那辆翻倒在地的雪橇，他的一起拉车的伙伴，以及正在呼喊他的那两个人。

不过，无论他的脑海中产生了何种想法，总而言之，它们都被母狼驱散得烟消云散了。她走到他的面前，跟他嗅了嗅鼻子，接着又重演在独耳面前羞涩地后退的故技。

比尔这时想起了枪，但是，枪在翻倒了的雪橇的下面，等亨利帮他扶正载物的时候，独耳和母狼早已靠在一起，而且射程太远，不能再轻易尝试了。

当独耳明白自己犯了错的时候，一切都太晚了。两个人只看见，不知为什么他忽然转身跑回来；接着，十几只灰色的精瘦的狼在雪地上跳跃着直奔过来，挡住了他的退路。这刹那，母狼羞怯嬉戏的神情无影无踪，咆哮着扑向独耳。他用肩推开了她，想回到雪橇所在的地方，因为退路已被切断，想改变路线绕道而行。更多的狼连续出现，加入追逐的队列里。那母狼距离独耳只有一跳之远，紧追不舍。

突然，亨利抓住比尔的胳臂问："你到哪儿去?"

他摆脱掉他的手，说："我受不了。只要我能尽力，就绝不让他们再吃掉一条狗。"

他拿着枪钻入路边成排的矮树林里了。

他的意图很明显：独耳以雪橇为圆心绕圈奔跑，比尔则想要突破追踪圈的一个点，白天持枪，也许会威吓住狼，从而挽救狗的性命。

"喂，比尔!"亨利喊道，"当心! 不要冒险!"

亨利坐在雪橇上，注视着，无能为力。比尔已经走得看不见踪影，只是看到独耳在矮树丛和针枞树丛之间时隐时现，亨利判断他的处境是没有希望。狗拼命应付面临的危险。然而，他跑在外圈，狼群则在较短的内圈，期待独耳远远地超越追踪者而伺机抄近路回到雪橇那里，是不可能的。

不同的各条线路，很快汇在了一点。亨利知道，狼群、独耳和比尔，在树丛遮住的那边的某处雪地里，会碰在一起。但是，事情比他的预料快得多。一声枪响，紧接着又是两响。他知道比尔的子弹用完了，随即听到一大声咆哮和吠叫声。他听得出独耳的惨叫哀号，也听见一声狼叫，表明这畜生被击中了。而这就是全部。

吠声停止了。叫声也消失了。

死一般的寂静重新又笼住了这片荒凉的土地。

亨利在雪橇上坐了许久。事情的结局是用不着去看的。他清清楚楚，仿佛这一切就是在他眼前发生的一样。有一次，他惊慌跳起，从雪橇里抽出斧头，但他更长时间是坐在那里沉思。剩下的两条狗伏在他脚下，浑身颤抖着。

最后，他疲惫不堪，站起身来，全身的力量仿佛都没了。他把狗驾上雪橇，在肩膀上套一根人拉的缰绳，和狗一起拉。

他没走多远。天黑下来，他连忙宿营，特意备足了柴火，喂了狗，煮了晚饭吃，将床紧挨火堆铺好。

但他没有福气受用这床。眼睛还没闭，狼群已近得使他感到不安了，无须想象，清清楚楚地看到他们围成的小圈子包围着他和火，火光中，他们坐着，卧着，伏在地上向前爬着，或悄悄地进进退退，甚至有的还打瞌睡。他随处可见一只像狗一样的狼蜷着身体卧在雪地里，享受他现在都享受不着的睡眠。

他将火烧得旺旺的。他明白，这是唯一阻隔他的肉体与他们饥饿的牙齿之间的东西。两条狗一边一只紧靠着他，挨在他身上祈求保护，叫喊着，哀号着，每当有狼特别接近时就玩儿命狂吠。

狗一叫，狼群组成的包围圈就兴奋起来，所有的狼都爬起来，试探着前进，四面八方，全是狼嗥狗吠组成的大合唱。之后，狼圈又卧下来，又就地打瞌睡。

然而，这个包围圈却在持续着靠近他。一点一点地，一寸一寸地，这里一只，那里一只，贴紧地面爬了过来，几乎只要一跃就可以扑到他。于是，他就抓起那些还在燃烧的木块掷向狼群，引起一阵恐慌的后撤，如果一块木柴正好击中一只胆大包天的野兽，还会听到惊慌和愤怒的嗥叫。

早上，亨利疲惫不堪了。由于缺少睡眠，眼睛深陷。他在黑暗中煮了早饭。随着白昼的到来，九点时，狼群后退了。他便开始实施在漫长的黑夜里想好的工作。

他砍了些小树，在大树的树干上搭成一座高高的架子，两条狗帮着拉起作为吊索使用的雪橇绳索，将棺材吊到了架子上面。

他对在用树木做成坟墓里的死者说道："年轻人，他们吃掉了比尔，还可能吃掉我，但绝不会吃掉你的。"

他又继续赶路，卸去了重负的狗精神愉悦，拉着变轻了的雪橇前进，他们也知道，只有到了迈硅利堡以后才会安全，而狼群的追逐也愈发公然无忌，他们安然地排在雪橇两旁，跟踪前行，红红的舌头露在外面，瘦瘦的两侧因动作现出波状的肋骨。他们瘦得皮包骨头，一根根条形青筋毕露无遗——亨利心里纳闷，他们居然还能站立奔跑，而不栽倒在雪地上。

正午时，太阳不仅晒暖了南方的地平线，而且还把黯淡的金黄色的边缘伸到了天际。亨利想到，这是一个白天将会变长的标志。太阳就要回来了。他不敢走到天黑，太阳的令人振奋的光明刚刚消失，他就宿营。他利用余下的几小时的灰色的白天和朦胧的黄昏，砍了大量的木柴以备生火之用。

恐怖与黑夜同时降临。不仅饿狼的胆子更大了，睡眠严重不足也大有影响。亨利将毯子裹住肩，双膝夹住斧头，一边一条狗靠在身上，就这样，他蹲在火旁，不由自主地打盹。一次，他醒来，看见狼群中最大的那条大灰狼，在他前面不足十二尺的地方。当他看狼时，狼甚至还模仿狗的样子伸伸懒腰，漫不经心地打着呵欠，而且用一种满怀占有的目光盯着他，好像他不过是一顿被推迟食用的食物，是立刻可以被吃掉的。

这种坚信不疑的表情，洋溢于整个狼群中。他可以指出二十条，狼群饥饿地盯着他，或者安然睡在雪地上。这使他想起，小孩子围在饭桌边等候允许吃饭的命令的情景。

而他，就是这群狼的食物！

他不知道这顿饭会在什么时间开始，以及以何种方式开始。添火的时候，他产生了一种从未觉察过的非常欣赏自己身体的心情。他观察活动的筋肉，对手指的巧妙结构很感兴趣。他借着火光，将手指慢慢地一而再、再而三弯曲，时而一根，时而全部，或者彻底张开，或者迅速攥紧。他琢磨指甲的构造，刺一刺指尖，一会儿轻柔，一会儿用力，试一试由此产生的对神经的刺激可以维持多长时间。

这使他感到深深的迷恋，他突然热爱起他这具工作得如此顺利、美妙而精巧的肉体来。然而，他一瞥见那包围了他，充满希冀的狼群，现实的冷酷又重重地打击着他：他这具美妙的肉体，充满活力的肌肉，不过是饿到极点的野兽们的一堆食物罢了，被饥饿的狼牙撕开扯碎，从而成为狼群所需的营养品，犹如麋鹿和野兔是他经常食用的营养品一样。

从似梦非梦的睡乡醒来的时候，他看到那条略显红色的母狼就在面前，相隔不足六尺，蹲在雪地里望着他，似在沉思。两条狗不停地呜咽狂叫，但她毫不在意。她在看人。他也回顾了她一会儿。她丝毫没有威胁他的意思，只是用那种非常强烈的若有所思的态度望着他。

但是，他知道，这种强烈的若有所思产生于同样强烈的饥饿。他是食物。她看着他，内部引起一种味觉，嘴巴张开，口水流淌。她满怀希望，快乐地舔一舔嘴。

一阵恐惧使他的身体抽搐了一下。他急忙去拿一块正在燃烧的木柴砸她。手刚伸到那里，手指还没来得及抓住木头，她早已跳回到安全的地方了。由此，他知道，她是熟知人用投掷的办法打击的。

她嗥叫着跳向一边，露出雪白的牙齿，一直到根部。原来那种若有所思的神态无影无踪，取而代之的是食肉动物的凶狠——这种凶狠使人发抖。

他看一看握着燃烧的木柴的手，仔细观察捏住木柴的手指的精巧灵活，它们适应木头表面的粗糙不平，弯上弯下。一根小手指由于太接近燃烧的木头，敏感而本能地从太烫的地方猛缩到较冷的地方。与此同时，他

113

仿佛看到这些敏感灵巧的手指正在被母狼雪白的牙齿撕开嚼碎。他从来没有像现在——在他的肉体危在旦夕时这样热爱它。

整整一夜，他依靠燃烧的木块击退饥饿的狼群。在他不堪支持睡着的时候，狗的呜咽和狂叫就会惊醒他。

早晨又来了。但是，白天的光明破天荒地没能驱散狼群，人只能徒然等他们自动走开。他们依然环绕着亨利的火，表现出占有者那种特别的傲慢，动摇着他因看到早晨的光明所产生的勇气。

他拼命努力，想上路出发。但一走出火的庇护圈外，最勇敢的狼就跳过来扑他，不过没扑到。他向后一跳。狼牙所及，离他的大腿还不到六寸，其他的狼也都蜂拥着一扑而上。他将燃烧着的木块投向四面，使狼群保持一种相对安全的距离。

即使在白天，他也不敢离开火堆砍柴。一株枯死的大针枞树耸立在二十步外，他用了九牛二虎之力才将篝火挪到树下，双手抓着燃烧的木头，准备随时投向他的敌人。他站在树下，仔细研究周围的林子，准备将树朝烧得最多的方向砍倒。

这一夜，是前一夜的再现。人越来越难以抵制睡眠的诱惑，狗的叫声也充耳不闻。他们一直在叫，而早就麻木的困倦的感官已经注意不到变换不已的调子和强度了。

他惊醒了，母狼离他不足一码。距离如此之近，无须思索，根本不用投掷，他一下子将燃烧着的木柴塞进她那张开狂嘶的嘴里。母狼惨叫着跳开了。

他得意地闻着母狼被烧焦的毛肉的气味，看到她在二十尺外摇头晃脑，狂怒地咆哮着。

又一次睡着之前，他往右手上绑了一块燃烧的松节。眼睛刚闭上一会儿，火焰就把他烧醒了。这样坚持了几小时。每一次被烧醒，他就用燃烧的木头击退狼群，添旺火，重新捆一个松节。

一切都很好，但是有一回，松节没有扎紧，他的眼睛闭上以后，它就从手上滑掉了。

他进入了梦乡，身在迈硅利堡，舒适，温暖，他正和经纪人玩纸牌。

114

狼群包围了城堡，在每一个入口咆哮不已。他和经纪人停下来，凝神谛听，对妄图冲入的狼群那种徒劳无功的努力嗤之以鼻。

这梦真奇怪！后来，门哗的一声，被冲开了。狼群涌入城堡的房子，直奔他们而来。他们的吼叫由于门的洞开而大大增强，令他感到烦恼。他的美梦被别的东西淹没了——他不知道是什么，然而在整个过程中，狂吼一直在不断地追赶他，逼向他。

这时，他醒过来。原来，咆哮和怒吼都是真实的存在。一片狼噪之声。狼群向他冲来，将他团团围住，扑向他。一只狼的牙齿咬到了他的手臂，他本能地跳进火里，与此同时，他感觉到锋利的狼牙割破了他腿上的肌肉。

一场火战开始了。坚厚结实的并指手套暂时保护了他的手。他铲起通红的炭火投向四面八方，火堆变成了一座火山。

然而，这种情况并不能维持很久。他的脸烫起了泡，火烧掉了他的眉毛和睫毛，地下的热度使脚也难以忍受。他一只手各持一根燃着的木柴，跳到火堆边上。

狼群被打退了。

四面八方，凡是通红的炭火落到之处，雪嗤嗤作响。时而有一条撤退的狼踩着火炭，痛得又蹦又跳，大吠大噪。

亨利将两根燃烧的木柴投向最近的敌人以后，就把在冒烟的手套扔在雪地上，踩一踩脚，使脚凉下来。

两条狗失踪了。他清清楚楚地知道，他们终于成了那顿已经拖了许久的饭上的一道菜。这顿饭在几天前从小胖开始，而最后一道菜，大概就是以后几天之内的他本人了。

他粗暴地对着饥饿的狼群挥舞着拳头，喊道："你们还吃不到我呢！"狼圈听见他的声音，又都骚动起来，一阵噪叫。母狼走近他，用那种饥饿养成的若有所思的表情望着他。

他想起一个新办法，将火扩大成一个大圈子，自己蹲在里面，睡觉的被褥垫在身下，隔开融化的雪。

当他在火焰的掩蔽下消失时，群狼全部好奇地走到火边来看他怎样了。在这之前，他们是不接近火的；而现在，他们却围坐在火边，像许多条狗似的，眨眼、打呵欠，精瘦的身体不习惯地在温暖中伸一伸懒腰。

这时候，母狼坐了下来，鼻子对着一颗星开始长嗥。群狼一个个跟着她，终于全部蹲下，鼻子指向天空，发出饥饿的哀号。

黎明来了，又是白天。火不旺了，燃料将尽，需要再弄一些。那人企图迈出火圈，狼却蜂拥而上。烧着的木头逼他们跳开，但他们很快又跳回来。他徒然奋力，毫无成效。

当他放弃努力，绊倒在圈子里的时候，一条狼跳过来扑他，没扑到，四只爪子却落在火中，惊恐地大叫着又爬回去，在雪地上凉一凉爪子。

亨利蹲坐在毯子上，身体前倾，肩膀松弛地低垂着，头伏在膝盖上。他已经停止了挣扎。他时而抬头看看越来越弱的炭火，火圈已经出现缺口，裂成几段弧形，而且，缺口不断地在扩大，弧形不断地在缩小。

"我知道，你们可以随时吃掉我，"他喃喃自语，"不管怎样，我要睡觉了。"

他醒了一次，看到母狼在火圈的缺口，就在他面前盯着他。

不久以后，尽管他觉得像是几个小时以后，他又醒了。一个神奇的变化出现了——变化是如此神奇，他惊奇得彻底清醒了。

他开始不明白发生了什么事。后来，他发现狼群早已走掉。被践踏的雪地表明他们曾经接近他的程度。睡眠再次涌上来抓住他，他的头垂到膝上了。

这时，他突然一惊而醒。

人的呼喊的声音。雪橇的震动声。挽具的吱扭声。拉雪橇的狗的呜呜声。四辆雪橇离开河床，来到树林中的野营旁，六个人蹲在即将熄灭的火圈中央的人身边，摇晃他，戳他，使他清醒过来。

他看着他们，像醉鬼似的迷迷糊糊地嘟哝出几句奇怪的话："红母狼……吃东西时混到狗群里……开始吃狗食……后来吃狗……再后来吃比尔……"

那伙人的头目粗暴地揉着他，对准他的耳朵大声喊道："阿尔弗雷德少爷呢？"

他慢慢摇摇头："不，红母狼并没吃他……他睡在上次宿营地的一棵树上了。"

"死了?!"

"不，只是躺在一只木盒子里，"亨利答完，烦躁地扭一扭肩膀，摆脱掉问话人搭在他肩上的手，"喂，你们别烦我了……我已经完全精疲力竭了……晚安，诸位。"他的眼睛颤了一会儿，闭上了，下巴垂在胸口。

他们放他在被褥上舒舒服服地躺下，几乎是与此同时，他的鼾声早已在冰冷的空气里雷声般大作了。

在不太遥远的地方，饥饿的狼群伴着他的鼾声在哀号，为没有吃掉亨利，为新的食物。

四　夺偶之战

狡猾而有经验的母狼，最先听到人的声音以及雪橇狗的叫声，也最先退出战场，从被困在即将熄灭的火圈中的亨利身边逃走。

而群狼不愿放弃到了嘴边的食物，为了听清那些越来越近的声音，逗留了一会儿，之后，也心不甘地跟着母狼逃走了。

跑在狼群最前面的是条大灰狼——狼群的几位首领之一，他指挥群狼跟从母狼。每当狼群中比较年轻的野心家企图跑到他前面时，他就用吼声教训他们，或者用牙齿杀向他们。现在，他看到母狼用小步慢慢跑在雪地上，便加快脚步，赶了上去。

大灰狼的一侧，仿佛是母狼的固定位置。她放慢步子，走在他旁边，和狼群一齐前进。当她跳跃并偶然超过他时，他也不向她吼，也不露出牙齿。相反，他老想接近她，似乎对她非常有好感，简直要讨她的欢心。每当他挨得太近时，她却总是吼叫，露出牙齿，但并不过分，顶多是偶尔猛咬一口他的肩膀。即使这样，他也毫不怒形于色，只是跳到一边，不自然地、怪模怪样地向前连跳几步，就像一个羞涩的乡下少年。

母狼是他的烦恼所在。

而母狼的烦恼却不只来自他。

一条毛色灰白、伤痕累累的瘦削的老狼，跑在她的另一边，大概因为只有一只左眼，他总是跑在她的右面。他也特别喜欢接近她，伸着脑袋靠近她，让自己满是疤痕的脸碰一碰她的身体、肩膀和脖子。和对待左边的竞争者一样，她龇一龇牙，对他的款诚表示拒绝。

当两边一齐献殷勤，她被粗暴地挤来推去的时候，她不得不迅速地向左右乱咬一气，逐开这两位求爱者，并继续和狼群同步前进，看一看前面的道路。

这时，两个竞争者隔着她亮出牙齿，相互威胁地吼叫，几乎要动起武来。然而，在更为迫切的饥饿面前，即使因求爱而争风吃醋，也得退避三舍。

每次遭到拒绝，老狼在连忙回避那位有一副利齿的对象时，就碰到在他瞎眼右边的一只三岁的小狼。这条小狼已经长大，而且较之狼群的衰弱和饥饿，他具有一种超乎寻常的勇气和精神。尽管这样，奔跑的时候，他的脑袋刚到独眼老狼的肩部。当他斗胆与老狼并驾齐驱的时候，一声怒吼，被咬一口，使他又退回到老狼肩膀那里。不过，他有时小心谨慎地放慢步子，从后面插到老狼与母狼之间，招致双倍乃至三倍的愤怒。如果母狼厌恶地吼叫，老狼就凶狠地攻击三岁的狼，有时他们一道攻击，有时左边的年轻的灰狼也加入进来。

同时面对三副野性的牙齿的时候，小狼就停止不前，挺直前腿，将身体倚在后腿上，竖起鬃毛，威胁地张开嘴巴。后面的狼就咬他的后腿和腰部作为泄愤。他是自找倒霉。他们因为缺少食物必然导致脾气暴躁。不过，由于青年特有的无限自信，过一会儿，他就如此这般反复一次，虽然除了狼狈，什么好处也得不到。

如果有吃的东西，求爱和争斗就会加剧，而作为一个整体的狼群将土崩瓦解。然而，这群狼的处境极其艰苦，由于长期的饥饿而消瘦，奔跑的速度也大为减慢。队尾是一瘸一拐的老弱病残，队首是最强壮有力的，但全体都不像是生气勃勃的野兽，而更像是坟墓中的骷髅。不过，除去步履蹒跚走在后面的，他们的动作既不吃力也不疲惫，绳索般的筋肉，仿佛就是取之不尽、用之不竭的能源。筋肉每次钢铁般坚硬的收缩里，蕴含着以后钢铁般坚硬的暴发，一次次地周而复始，无穷无尽。

那天，他们跑了整整一夜，跑了许多里路。

第二天，他们仍在奔跑。他们是在一个冰冻死寂的世界的表面奔跑。没有生命动一动，只有他们在这广阔无垠的寂静中奔跑。只有他们是活的，为了能够继续活下去，他们寻觅可以吞食的其他活的东西。

直到越过一些低矮的丘陵，跨过地势低洼的一片平原上的小溪，他们的搜索才有了结果。

他们遇到麋鹿了。他们最先发现一只大雄麋，他既是食物又是生命，而且没有神秘的柴火保护他。他们知道他那扁平的蹄子和掌形的角并没有什么威力，就将平时习以为常的忍耐和小心抛到爪哇国去了。

那场战斗短暂而激烈。

大雄麋被团团围住，雄麋用大蹄子试图敏捷地踢破或击碎他们的头颅，用大角撕破捣碎他们，在辗转挣扎的过程中将他们踩进雪里。但是，他的死亡已是命中注定。母狼野蛮地撕开他的喉咙，其余的牙齿咬住他身体各处，生吞活食，就这样，他倒了下去，尽管这时他最后的挣扎也没有停止，也许他最后的致命伤还没产生效力。

食物非常丰盛。雄麋重八百多磅——四十几条狼，平均每条足够二十磅，但是，既然食物的来源会莫名其妙地断了，他们当然也会不可思议地海喝海吃。因此，头几个小时之前还是活生生的雄伟的野兽，一会儿的工夫就只存几根骨头散乱不堪了。

现在，可以充分享受休息和睡眠了。肚子饱了，比较年轻的雄狼间的吵闹争斗也开始了，并延续到狼群解体。

饥饿已成为过去，他们现在处于食物较为丰富的区域。虽然还是成群结队打猎，但比从前谨慎了。猎物都是从遇见的较小的麋群里截获的怀孕的母麋或跛足的老公麋。

在这食物丰富的地方，终于有一天，狼群分成了两半，从此分道扬镳。母狼、她左边的年轻领袖和右边的独眼老狼，带着半群沿迈肯齐河进入湖沼地区，向东走去。而且，这半群每天在缩小。公狼和母狼成双成对地跑开，偶尔有一只孤独的公狼被情敌用锋利的牙齿驱逐出来。最后，只剩下了四条：母狼、青年领袖、独眼以及那位年方三岁且野心勃勃的小狼。

现在，母狼脾气非常凶恶，三位求爱者无一例外地印上了她牙齿的痕迹。但是，他们绝不会以牙还牙，绝不为了自卫进行反击。他们转过肩膀，承受她最残暴的虐待，尽己所能摇动尾巴扭捏作态来宽慰她的愤怒。

他们虽然对她温柔，但彼此之间却只有凶恶。那位三岁的小伙子简直不知天高地厚，竟从独眼前辈瞎眼的那边扑上去撕碎了他的耳朵。虽然这位毛色变白的老家伙只能看见一边，但是多年经验累积的智慧足以对付对方的年轻力壮。他失去的那只眼睛，伤痕满布的嘴脸，是他丰富经验的铁证。经历过那么多次的战斗，所以，对于应该做什么，无须片刻犹豫。

开始战斗得很公平，但结局却并不公平。

本来，结果如何难以预料。然而，第三者与老狼联起手来，因此，老领袖和青年领袖共同进攻那位三岁的野心勃勃的小伙子，一起消灭他。他遭到昔日同伴的无情的狼牙的两面夹攻。一起猎食的日子，共同捕获的猎物，共同遇到的饥饿，都被忘却了，那是早已过去的事。而恋爱的事就在眼前——这比捕获食物更冷酷更残暴。

与此同时，作为这一切起因的母狼，踌躇满志地坐在后腿上旁观，她甚至非常高兴。这是她的好日子——难得碰到——此时此刻，公狼鬃毛耸立，牙齿相啮，撕开柔软的鲜肉，这一切，都是为了得到她。

三岁的小伙子在有生以来头一次冒险恋爱的战斗中丧失了生命。两个情敌站在他尸体两旁，凝视母狼。母狼坐在雪地上微笑。而那位上了年纪的领袖，在恋爱中和在战斗中一样，非常聪明。当年轻领袖扭头舔一舔肩上的伤口，脖子的曲线正冲着情敌的时候，老狼的独眼看到有机可乘，就偷偷冲上去将牙齿咬在那里，撕开一个又长又大又深的裂口。他用牙齿咬断了他喉头上的大血管，然后跳到一边。

年轻领袖的吼声非常可怕，但他吼了一半就变成颤颤巍巍的咳嗽声。他咳着，鲜血流淌，身负重伤，扑向老狼再次搏斗。然而，与此同时，他的生命之水也在流逝，双腿渐渐发软，眼中白日的光明变得模糊不清。他的跳跃，他的打击，越来越没有力量。

母狼一直坐在后腿上微笑，这场战斗无形中给她带来欢乐。作为荒原特有的求爱方式，自然界中的两性搏斗，对于死亡者才是悲剧，而对于存活者，则是成就和业绩。

当青年领袖躺在雪地上一动不动的时候，独眼老狼昂首挺胸走到母狼身边，他的神态既得意扬扬又谨慎严肃。他以为会遭到拒绝，但出乎意料，母狼并没有愤怒地向他亮出牙齿。她第一次和蔼地对待他。她和他嗅鼻子，甚至像只小狗一样，屈己归降，跳来跳去跟他游戏。他的行为也完全像只小狗，甚至还要笨拙，虽然他已是暮年而且拥有许多明智的经验。

用鲜血写在雪地上的浪漫史，被消灭的敌人，都已被遗忘了，除了有一次，老狼停下来舔凝血的伤口的时候。

他半扭着双唇发出吼叫，脖子、肩上的毛不由自主地耸立起来，与此同时，他微微蹲下身体准备跳跃，爪子痉挛地牢牢地抓住雪面以便站得更稳。

然而，一瞬间，一切都被遗忘了。母狼在林子里羞涩地引诱他追逐，他跟着她跳跃、奔跑。

以后，他们如同取得谅解的好友，并肩而奔。他们相互厮守着过日子，共同猎捕、杀死和吃掉食物。

过了一段时间，母狼开始躁动不安，好像寻找什么不能找到的东西。她似乎对放倒的树下的洞穴很感兴趣，用了许多时间去嗅岩石中间那些较大的积雪的缝隙以及突兀的河岸边的洞穴。老狼并没有兴趣，但他耐心地跟着她去寻找。当她在一些地方寻觅太久时，他就卧伏等待，直到她准备继续前进。

他们并不总在一个地方。一路走过原野，他们再次回到迈肯齐河，沿河前进，并经常沿着条条与河相通的小河去猎食，但总会回到迈肯齐河边。

有时，他们遇见别的狼，多半成双成对，然而，任何一方都不表示交往和友好，既无相逢的喜悦，也无结盟的想法。他们偶尔也遇到一些孤独的行者，总是公狼，急切地想和独眼及其配偶并肩同行，引起独眼的愤慨。当他们并肩而立、龇牙竖毛时，那些满怀期望的孤独者就只好后退，逃跑，寂寞地继续走着自己的路。

一个明月当空的夜晚，他们正奔跑在寂静的树林中的时候，独眼狼突然止步不前，举嘴挺尾，张大鼻孔嗅着空气。他还模仿狗的样子，跷起了一只脚，仍不满足，于是继续嗅空气，拼命想要了解其中的信息。

他的妻子只是随便一嗅就明白了，为了让他放心，她小步跑到前面。他跟着她跑，还是狐疑犹豫，偶尔忍不住停下来，更加小心地研究那是什么征兆。

母狼从林子里一大块空地的边上小心翼翼地爬出来，单独站了一会儿，独眼随即贴着地面爬过来，并排站着，观察、倾听和嗅着，每种感官都高度警惕，每根毛发都散发出无限的怀疑。

传来狗的喧闹打架声，男人叫喊的嗓音，女人们尖厉的骂架声。一次，他们还听见一个孩子尖锐的悲哭。除了一些用皮革做成的小帐篷的庞大物体外，他们只看见几处火光，穿插其间的人体来来往往，烟在寂静的空中缓缓升起。他们闻到一个印第安人营地的千万种气息。独眼并不知道其中所包含的大部分内容，而母狼却熟知每一个细节。

她嗅了又嗅，越来越高兴，奇怪地激动起来。独眼却感到怀疑，有些忧惧，想要跑开。母狼回过头来，用嘴触一触他的脖子安慰他，于是又看营地。

她脸上现出一种新的若有所思的表情，但并不是由于饥饿造成的那种若有所思。她是因为一种欲望而战栗，这欲望驱使她向前走去，去接近那火，去与狗争吵，去躲闪人们的践踏。

独眼不耐烦地在旁边动来动去，她重新不安起来，知道她迫切需要的是找到她所寻找的东西，就转身返回树林。独眼大感宽慰。他稍稍跑在前面，直到树木完全挡住了他们。

他们在月光下像影子一样悄无声息地滑行，看到一条野兽的足迹，两只鼻子一起凑近雪地里的脚印。脚印很新鲜，独眼很小心地在前面跑，他的配偶跟在后面。他们张开的宽阔的脚掌，像天鹅绒般轻柔地接触雪地。

独眼看到一个白色的模糊的东西在一片白茫茫中移动。他滑行的步子本来已经快得令人难以置信，然而比起这东西现在奔跑的速度，却不足挂齿。他发现的那个模糊不清的白点，在前面奔跑、跳跃。

他们在一条狭窄的两旁满是小针枞树的路上奔跑，透过树林，可以看见小路的路口通向一片洒满月光的空地。老独眼眼看就要追上那个正逃跑的白色的东西了。

他一跳，又一跳，追上了，到那东西身边了，只要再一跳，就可以将牙齿刺进其肉里了。

但是，这一跳永远也没能实现。一个白东西高高地悬在空中，就在正上方，原来是只活蹦乱跳的小兔，在他头顶上面的空中怪模怪样地手舞足蹈，却掉不到地上。

独眼回跳一步，猛然吃惊地哼了一声，随后伏着缩在雪地里，用吼声来吓唬这个可怕的不可理解的东西。母狼却冷静地从他身边冲过去，犹豫了一下，跳起来扑向正跳舞的兔子。

她跳得很高，但仍然够不着猎物，牙齿咬了个空，发出金属的撞击声。

她再跳，再跳。

她的配偶在一旁看着，从蹲伏的姿势里逐渐得到松弛。对于她的一再失败，他变得越来越不高兴，于是自己用力向上一跳，咬住兔子，将其拖到地上。

这时，一种可疑的坼裂声发出，他吃惊地看到一株小针枞树正弯向他的头打他。他松开嘴向后一跳，躲过了这个奇怪的危险。他缩起嘴唇，露出牙齿，喉咙咆哮着，每根毛发都耸立起来。

这时，那株细长的小树又站得笔直，兔子又悬在半空中跳舞了。

母狼生气了。她用牙齿谴责地咬伴侣的肩膀。他慌了，不知为什么招致这个攻击，就惊慌失措恶狠狠地反击，撕破了母狼脸的侧面。母狼根本不曾料到反击自己的惩罚，就愤慨地吼着扑向他，但他很快领悟到他的过错，想安慰她。然而，她依旧实实在在地惩罚他，直到他放弃一切慰解的想法，转着圈子让步，扭过头去让肩膀承受她的牙齿。

与此同时，兔子还在他们上面的空中跳跃不停。现在，母狼向雪里一坐，而老独眼害怕配偶更甚于那株神秘的小树，就再次跳起来扑兔子。

他将兔子叼回地面的时候，还用眼睛看着小树，树跟上几次一样，随着他落回地面。面临当头一击，他缩着身体，鬣毛耸立，牙齿却依然紧紧咬住兔子。然而，打击并未降临。小树一直在上面弯着。他动时它也动，他就紧咬牙关冲它吼叫；他不动时它也不动，因此，他断定保持静止比较安全。

口中兔子的热血的味道好极了，母狼将他从困境中解救出来。她从他口中叼过兔子。小树在他头上摇摇晃晃满是威胁的时候，她果断地咬下了兔子头。小树立即跳了上去，以后就不再制造麻烦，笔直、挺拔，保持着大自然赋予它的本来的模样。之后，母狼和独眼将这株神秘的小树为他们捕获的兔子分而食之。

这一对狼寻遍了所有的路，在其他小路上也有兔子吊在半空。母狼带路，老狼顺从地跟着，学习窃取捕兽机关的方法——这种知识对他的将来注定是有好处的。

五　家　园

这对夫妻在印第安人的营地附近停留了两天。他特别厌烦和恐惧这个地方，但营地的诱惑使母狼不愿离开，因此他没有办法。

终于一天早晨，不远处发出一声震天的枪响。一颗子弹打在距独眼的头只有几寸的一株树干上。这使得他们不能再犹豫了，赶快离去，将危险远远抛到后面。

他们走得并不太远——只有两天的旅程，但母狼寻找她所需要的东西的心情，显然更为迫切了。她变得笨重，只能慢慢地跑。有一次她追一只兔子，往常她可以轻而易举地抓获，但这次她却卧下来休息。

独眼见状走到旁边，用嘴轻轻触摸她的脖子，给她以安慰，她突然恶

124

狠狠地咬他。他尽力躲开她的牙齿，跌了一个筋斗，狼狈极了。现在，她的脾气是空前的坏，而他却怀有一种空前的耐心和忧虑。

在一条小河上游几里的地方，她找到要找的东西了。这条河夏季流入迈肯齐河，现在全部结着冰，一直冻到遍是岩石的河底——一条从源头到河口雪白坚硬的死河。母狼向前疲乏地小步跑着。老狼远远地跑在前面。

这时候，她遇到一座高耸的泥土河岸，斜着跑了过去。春季暴雨和融雪冲击河坎的下面，淘去许多土，一条狭长的裂缝被冲成一个小洞。

她站在洞口，仔细观察岸壁的每一个地方，然后沿着岸基从岸壁的这面跑到陡峭的堤岸与比较平旷的原野连接的地方，又钻回到洞的狭口里。最初一段大约不到三尺高，她不得不伏下身体来爬，以后的洞壁宽阔，上下也高了，最后是一个小小的圆形密室，直径大约六尺，洞口仅仅略高于她的头。她仔仔细细地打量这洞，干燥、舒适。

与此同时，独眼已经回来，耐心地站在洞口守着她。她低下头，鼻子凑近地面，绕着并在一起的脚附近的一点转了几圈，之后发出一声疲惫的近似呻吟的叹息，蜷起身体，伸展开腿，头向洞口卧了下来。独眼冲着她笑，竖起的尖耳朵表示非常感兴趣，借着洞口的白光，她看见他高兴地摇动着尾巴。她也随着身体的蜷缩，将耳朵向后倒贴在头上一会儿，张着的嘴松弛地拖着舌头，表示满意和欣慰。

独眼饿了。虽然躺在洞口里睡觉，但他的睡眠时断时续。他保持着警惕，耳朵竖起倾听光明世界的动静。外面，四月的阳光正照在雪上。冰下流水的微弱的潺潺声在他瞌睡时悄悄敲击他的耳朵，他就醒来凝听。太阳已经回来了。整个苏醒了的北部世界都在召唤他。生命在涌动，空气里充满春意。这是生命在雪下生长的感觉，甘露滋润树木的感觉，萌芽要挣破冰雪的镣铐的感觉。

他焦急地看了她几眼，但她丝毫没有要走的意思，他望望外面，半打雪鸦掠过他的视野。他爬起来，回顾一下她，又卧下来睡觉。

一个声音尖锐而微弱地轻轻触动他的听觉。一次，两次，他迷迷糊糊地用脚掌揉揉鼻子。他醒了，一只孤独的蚊子嗡嗡飞在他鼻尖的上面。这是一只已经长足的蚊子，冻僵在一块干燥的木料里，长眠了一冬，现在，被太阳晒得苏醒了。

他再也抵制不住外界的召唤了，而且他很饿。他爬到配偶身边，想劝她起来，但她只是朝他怒吼。

他独自走了出去。明媚的阳光下，他发现表面的积雪很软，走路吃力，他走上冻结的河床，那里被遮挡的积雪依然坚硬、晶莹。他出去了八个钟头，到天黑时较之出发前更加饥饿地走回来。他找到过猎物，但没能捕获。一路上，他在正融化的积雪的表层上辗转挣扎，而雪兔却依旧轻松地从上面滑过。

走到洞口，他突然听到里面传出来一种声音微弱而陌生，犹疑地愣住了。那不是他的配偶发出的声音，不过也有些耳熟。他谨慎地肚皮贴地爬进去，母狼迎面发出一声警告的怒吼。他不动声色地接受了，不再前进，保持相当的距离表示服从，但对另外那些声音——那些微弱、含糊的呜呜哇哇声仍然很感兴趣。他的配偶暴躁地警告他走开，他就蜷曲着在洞口睡觉。

早晨，一片朦胧的微光透进巢穴，他再次寻找那些略显耳熟的声音的来源。她警告的吼声中有一种新的猜忌的音调，所以他特别谨慎，敬而远之。不过，他发现，五个奇特的小生命掩护在她腿的中间，贴着她的肚子，非常微小可怜，小眼睛闭着看不到光，发出微弱的呜呜声。

他感到惊奇。在漫长而且顺利的一生中，他并不是第一次遇上这种事。虽然遇见多次了，但对他来说，每一次都同样令他觉得新鲜和惊异。

她焦急地望着他，隔一小会儿就低低地咆哮一声，当她感觉他似乎离得太近时，喉咙里的咆哮就变成尖厉的吼叫。虽然她在自己的经历中不记得有过这种事，但本能即一切做了母亲的狼的经验中却潜在一种记忆：父亲们曾经吃掉刚刚出生、无能为力的子女。因此，她内心表现出一种强烈的恐惧，阻止独眼过分接近地察看自己的兽仔。

然而，危险没有发生，老独眼心中涌起一种冲动，那是从所有为父的公狼代代相传下来的本能，积淀在他的基因里，既无须刨根追底，也并没有因此惶惑。他必须服从它。所以，他转身离开刚刚出生的孩子，出去完成赖以生存的猎食的任务。这实在是世界上最自然的事情。

这条河在距巢穴五公里处分了岔，以直角角度在山脉中奔流而去。从这里，他沿左边支流走，见到一条新鲜的足迹。他的嗅觉告诉他这是新留下的，便伏下来朝它消失的方向望去，那脚印比他自己的大许多。他明白，追踪这样的脚印不可能获得食物，因此又转过身来，踏上右边的支流。

他沿右边的支流走了半里路，灵敏的耳朵听到咀嚼的声音，悄悄走过去一看，原来是一只豪猪，正直立着爬在树上啃树皮。

独眼小心而绝望地走过去。虽然，他在如此遥远的北方从未遇见过豪猪，而且在其漫长的一生中也不曾以豪猪为食，但是，他知道这种野兽，知道有诸如"恰好"或"机会"此类的事。他继续向前走去，谁也难以确定到底会发生什么事，因为对于有生命的东西而言，事情的结果多多少少总是各不相同。

豪猪将身体蜷成了一个圆球。尖而长的针四面张开，令人无从攻击。年轻时，曾有一次，独眼过分凑近嗅一只诸如此类毫无动静的刺球，被突然间甩出的尾巴打伤了脸，一根刺戳入口中，结果肿痛发炎，几个星期之后，烂出了头才痊愈。因此，他将鼻子离开圆球一尺多远，超出尾巴所及的弧线以外，以一种舒服的姿势俯卧下来，十分安静地等待时机。说不定，什么事会发生。也许豪猪会舒开身体，让他的爪子有机会敏捷而成功地刺进那柔软、没有防护的肚皮。

但是，将近半小时后，他爬起来，愤怒地对那不动的圆球咆哮着，跑了开去。过去，他曾多次徒劳无功地等待着豪猪展开身体。他不愿意再白白浪费时间了。

他沿着右边的支流继续前进。

白天在渐渐消逝。他的追捕没有所获。

觉醒了的做父亲的本能强烈地在鞭策他，他必须找到食物。

下午，他无意中遇见一只松鸡，从树丛里走出时，他和这只反应迟钝的鸟碰了个正着，后者栖息在一段木头上，离他的鼻尖不到一尺。双方都看见了对方。松鸡吃惊地飞起来，他一掌将其打倒在地；松鸡在雪地上慌忙要逃，再次想飞的时候，他将其扑住，衔在口中。他的牙咬住那柔软的

127

肉、脆弱的骨，就自然而然地吃了起来。接着想起了刚刚出生的子女，就将松鸡叼在嘴里，转身沿着来时的路回家去。

他像一条掠过的影子，仍旧用轻软的步伐奔跑，仔细地打量一路上碰到的每一处新奇的情形。沿河走了一里时，他碰上了早晨发现的那种大脚印刚刚留下的新痕迹，和他同路。他便跟了大脚印走，预备在河的某一个拐弯的地方见到它的主人。

在河流的一个大转弯处，他偷偷地将头沿岩石的拐角转过去，眼睛敏锐地看到一个东西，他迅速伏下身来，那便是脚印的制造者——一只大雌山猫。像他这天曾做过的那样，她蹲着，面前是那只紧紧蜷成一团的刺圆球。如果说他从前是一个滑行的影子，那么，他现在爬行绕过那一动不动的一对到下风去的时候，简直就是那影子的阴魂。

他将松鸡放在一边，在雪地里卧下，透过一株非常低矮的针枞树，窥视面前这一幕生存的戏剧——正等待着的大山猫和正等待着的豪猪都专心致力于各自的生存问题。这一场戏剧的奇特之处是：其中一个的生存方式在于吃掉另一个，而另一个的生存方式则在于不被吃掉。与此同时，独眼这条老狼隐蔽在暗中，在这场戏里扮演自己的角色，等待凑巧的"机会"，这也许有助于他那种生存方式的"猎食"工作。

半小时、一小时过去了。什么事也没有发生。刺圆球像一块石头一动不动，大山猫则简直是一块上了冻的大理石。老独眼仿佛死了一般。然而，三只野兽为了生存，都紧张到了几乎痛楚的程度，实际上，他们再没有比这似乎石化了的时候更加活跃的了。

独眼略略移动一下，更加急切地凝视着前方，一件事情正要发生。

终于，豪猪判断敌人已经走开，小心翼翼地缓慢地展开身披难以攻破的坚甲的球。由于没有预料的惊恐，竖着刺的圆球慢慢地、慢慢地变直，伸长了。那活生生的肉像一餐食物似的摆到了在一旁观看的独眼的面前。他突然感到嘴里潮湿，情不自禁地流出口水来。

还没有彻底伸展，豪猪就发现了敌人。大山猫在这一瞬间实施了攻击，长有老鹰般铁爪的硬掌，像闪电一般，利箭似的刺进柔软的肚子并撕裂后迅速缩了回来。如果豪猪已经完全舒展，或者他在这打击前几分之一秒并未发现敌人，大山猫的脚爪是可以平安缩回的，然而，就在这脚爪缩回的时候，豪猪的尾巴一个侧击，将箭一般的尖毛刺了进去。

一切都发生在刹那间——打击、反击，豪猪的惨叫，大山猫因突然受伤受惊的尖叫，独眼激动得欠起身来，竖起耳朵，直伸着颤抖的尾巴。

大山猫大发脾气，猛然扑向伤害她的家伙，而惨叫的豪猪将撕裂的身体艰难地蜷成圆球状进行抵抗，又甩开尾巴一击，大山猫再次受伤，狂吼着退到一边，打着喷嚏，扎满刺毛的鼻子仿佛一块针毡。她用脚爪挠鼻子，将鼻子插入雪中，在树皮上蹭来蹭去，想弄掉火辣辣的刺。她前后左右上下不停地痛苦地蹦跳，惊骇不已。她不停地打着喷嚏，残桩似的尾巴急速而猛烈地挥舞，拼命抽打。好一会儿，她才安静下来，停止了滑稽的动作。

独眼观望着。突然，她出人意料地笔直地向上一跳，发出一声非常可怕的长号。独眼忍不住吓了一跳，脊背不由自主地毛骨悚然。以后，她就沿小路边叫边跳着逃掉。

当大山猫的喧闹声消失在远处后，独眼才走出来，蹑手蹑脚，小心翼翼，似乎雪地上满是耸立着的豪猪的刺毛，随时可能扎进他柔软的脚掌。他走近时，豪猪一声怒吼，咬牙切齿，又努力将身体蜷成一只球，但再也不会恢复如初了。豪猪的肌肉被撕裂得太多了，几乎裂成两半，汩汩不绝地淌血。

独眼含了几口浸血的雪，尝尝，嚼一嚼咽了。这吊起他的胃口，他顿感非常饥饿。但他非常世故，绝对谨慎。他卧下来等待，这时候，豪猪咬着牙，哼哼唧唧地呜咽着，偶尔发出一声短促的尖叫。不一会儿，独眼看到豪猪一阵剧烈地颤抖，那些刺毛倒伏了下去。最后，颤抖停止，长牙齿肆无忌惮地狠狠地磨了一阵，身体摊开不动，所有的刺毛完全倒了下去。

独眼用一只爪子神经质般畏畏缩缩地弄直豪猪，将其翻了一个身。什么事也没发生，豪猪一定死了。他详细地研究了一会儿，小心翼翼地用牙齿叼住豪猪，为了避开刺毛，他将头扭向一边，半提半拖着沿河而走。突然，他想起了什么，丢下豪猪，跑回放着松鸡的地方。他清楚自己该做什么，毫不犹豫，迅速吃掉松鸡，又回来叼起他的豪猪。

129

他将狩猎的收获拖进洞时，母狼察看一番，扭过头来用嘴轻轻舔一舔他的脖子，同时又吼叫着警告他离开狼仔，不过吼声不像以往那么严厉了。与其说是威胁，不如说是道歉，为了后代而对做父亲的怀有的那种本能的恐惧缓和下来了。他的行为，并没表现出那种要吃掉她刚刚生下的小生命的卑劣的欲念，而是一个做父亲的狼所应该做的行为。

六　灰　仔

在五个狼仔中，他是最与众不同的。

其他狼仔的毛色已经显出从母狼那里继承的隐隐的红色，只有他酷似他的父亲。他是这一窝中唯一一只灰色的狼仔，是地地道道的狼种。他长得真是和老独眼一模一样，唯一的区别就是，他有两只眼睛，而他父亲只有一只。

他睁开眼睛还没多久，就已能够看得清清楚楚。当他还闭着眼睛的时候，他已能够通过尝、嗅来感觉外物了。他特别熟悉他的两个兄弟和两个姐妹，软弱而笨拙地开始与他们游戏甚至吵闹。他发怒时，小喉咙发出一种奇怪的刺耳的声音（那是幼稚的咆哮）。眼睛没有睁开以前，他早就凭着触觉、嗅觉和味觉认识了自己的母亲——慈爱、温暖、乳汁之源。她那条温柔的舌头爱抚地舔过他柔软的小身体的时候，他感到安慰，便紧紧偎在她的怀中安详入梦。就这样，他在睡眠中度过了最初一个月的大部分时间。

现在，他终于能够清清楚楚地看见东西了。他醒着的时间长了。他要明明白白地渐渐认识自己生存的世界。他的世界晦暗不明，不过他不懂，因为他不知道外面的世界；光线微弱，不过他的眼睛从未接触过其他的光线。他的世界很小，洞穴的墙壁就是界限。然而，既然对于外面的大世界一无所知，他也就不曾因为非常狭窄的生存环境而感到压抑了。

他已经发现，他的世界中，有一面墙和其他的墙不同。这就是洞口——光明的源泉。早在他有任何自觉的思想、意志以前，在他尚未睁开眼观看以前，他就发现这面墙不同于其他的墙。对于他，它是一种不可抗拒的诱惑，从那边来的光线照在他合闭的眼睑上，眼睛及视感神经就悸动起来，发生微弱的火花似的闪烁，让他感到温暖，出奇地愉快。他的肉体的生命、肉体的每一个细胞的生命，以及作为肉体的唯一实质和他个人生活毫不相干的生命，都渴慕这光线，推动他的身体接近它，好比一株植物的微妙的光合作用推动其自身面向太阳一样。

开始，他的生活尚不自觉的时候，他总是爬向洞口。这一点，他们兄弟姊妹们是一致的。那段时间里，没有谁肯爬向后面墙的黑暗角落。他们就像是植物，光线吸引他们，而他们生活中的那种特质需要光线。光线好像就是生存必需的物质。他们幼小的身体犹如葛藤的卷须，按照光合作用盲目地爬着。以后，各自的身体发展了，而且自己可以意识到、冲动和欲望的时候，光线的诱惑就更大了。他们老是匍匐着爬向洞口，又总是被母亲赶了回来。

灰仔就是这样知道母亲除了舌头的温柔以外的脾性。他发现，在他坚持爬向光明的时候，她会使劲拱一拱鼻子作为谴责，之后用一只爪子将他打倒，或用敏捷的有计划的打击使他连打几个滚。他就这样知道了疼痛，也就知道了如何避免受伤：首先不要自找麻烦；其次，如果惹了麻烦，要退却躲避。在此之前，他是无意识地躲避伤害，就像他无意识地爬向光明一样。在此之后，他之所以躲避伤害，是因为他知道了那是伤害。这些自觉的行为，便是他初次概括世界的收获。

不言而喻，和他的兄弟姐妹们一样，他是只凶猛的小狼仔，一只食肉的野兽，出身于屠杀和食肉的种族。他的父母完全依靠肉食生活。在生命最初闪烁的瞬间，他喝的就是由肉直接变成的奶。现在，他才一个月大，眼睛刚刚睁开一周，自己也开始吃肉了。这肉经过母狼半消化，然后喂给五个渐渐长大的狼仔，因为她的乳房已经不能满足他们的要求了。

他是这一窝里最凶猛的狼仔，能比其他任何一个发出更响亮更刺耳的吼叫，幼稚的愤怒可怕得多。他第一个知道用爪子狡猾地将同胞姊妹打得四脚朝天，第一个咬住别的狼仔的耳朵又拖又拉，咬紧牙缝咆哮不止。当然，他的母亲禁止他们到洞口去，他也给母亲增加了许多麻烦。

光明对这灰仔的魔力一天天在增加。他经常冒险爬向洞口，又常常被赶了回来。不过，他并不知道那是一个入口，他对入口——从一个地方到另外一个地方的通道———一无所知。他不知道任何别的地方，更不知道去别的地方的路。因此，那洞口对于他也是一堵墙壁——一堵光明的墙壁。像太阳之于洞穴外面的居住者一样，这光明的墙壁就是他的世界中的太阳。它如烛光引诱飞蛾般引诱他。他总是尽最大的努力去靠近它。生命如此迅速地在他身体内部扩展，促使他不断走向光明的墙壁。他内部的生命知道那是一个出路，是他即将踏上的征途。

然而，他自己什么也不知道，压根儿不知道还有什么外界。

关于这堵光明的墙壁，还有一件事情令他感到奇怪。他的父亲（他已能认出，父亲是世界上另外一个和母亲相似的动物。而且父亲靠近光明睡，是食物的供应者）总是一直走入并远远地消失在那白色的墙壁里。灰色的狼仔困惑不解。虽然他的母亲一向不许他接近它，但他接近过其他的墙壁，粗硬的物体碰伤了他娇嫩的鼻尖，几次冒险以后，他不再去碰壁了。他无须思考判断，隐入墙壁是父亲的特性，正如半消化的肉和奶汁是母亲的特性一样。

实事求是地说，灰仔并未仔细思考，至少没有像人类那样经常思考。他的头脑模糊不清地思考着，而他的结论却如人类得出的结论一样清晰明了，他有一种接受事物而不问原因的方法。这实际上是分类的方法。他从来不会因为一件事物为什么发生而烦恼；知道怎么发生的，对于他来说，已足够了。因此，几次碰壁后他认定，他不能隐入墙壁，而他的父亲能从他不费心思去想他与父亲不同的原因。他的精神活动中并不包含逻辑学和物理学。

和荒原上大多数动物一样，他老早就经历了饥饿的味道。一段时间里，肉的供给断绝，而母亲的乳房也不再流出乳汁来。狼仔们先是叫唤，更多的时间在睡觉。不久，就饿得昏迷不醒，不再顽皮吵闹了，不再发出幼稚的怒吼了，也不再向远处的白色墙壁探险了。他们睡觉，生命之火在睡眠的时候逐渐趋向灭绝。

独眼几乎急死了，他长途跋涉去寻找食物，很少在已经变得毫无生气、满目凄凉的洞穴里睡觉。母狼也离开孩子们出去找吃的。独眼曾经在狼仔出生后的头几天里，几次到印第安人的营地去偷窃机关捕获的兔子。然而，印第安人因为河流解冻、冰雪融化，已经迁走。他的食物来源中断了。

当灰仔重新燃起生命之火，再次对远远的白墙产生兴趣时，他发现他的世界里的人口减少了，他只剩下一个妹妹，其余的都没了。他更强壮些时，不得不一个人单独玩儿，因为那位妹妹不再抬头，也不再走动了。现在有食物了，他吃得浑身鼓鼓胀胀的；而对于她，食物到来得太晚了。她继续睡觉，皮包骨头，内部的火焰越来越弱，最后完全熄灭。

后来，又发生了第二次饥荒，但不太严重，快结束时，灰仔再也看不到父亲进进出出或躺在洞穴的入口处睡觉了。母狼知道独眼为什么不再回来，然而却无法将目睹的一切告诉灰仔。

她自己出去猎食，沿河流左边的支流向上游走，那里有大山猫。她追寻着独眼前一天的足迹，在足迹的尽头找到了他，更确切地说是找到了他的残骸。那里有许多大战过的斑斑痕迹，还有大山猫的巢穴。根据一些标志判断，大山猫在里面，然而她没敢闯进去，而是选择了离开。

以后，母狼猎食时就躲开左边的支流。她知道大山猫的洞里有一窝小猫，也明白大山猫脾气凶恶，搏斗起来极其恐怖。六条狼可以毫无问题地将一只耸毛怒吼的大山猫赶上树，但如果一只狼单独迎战一只大山猫，结果将截然相反——尤其大山猫背后有一窝小猫嗷嗷待哺的时候。

然而，荒原总是荒原，而母性总是母性。无论在荒原与否，也不论在什么时候，母性都是凶猛地保护后代的。到了必要的时候，为了她的灰仔，母狼就要去冒犯左边的支流，进入岩石间的巢穴，激起大山猫的愤怒。

133

七　初试锋芒

母亲开始出去猎食了，灰仔清清楚楚地明白：洞口是禁止接近的，这不仅因为母亲曾多次用鼻子和爪牙警示他，更因为他内心里的恐惧在发展。在短暂的穴居生活中，还从没有遇到过任何可怕的事，然而恐惧却存在于他内心深处，那是远古的祖先通过千千万万个生命遗传给他的，是他直接从父母身上继承的，他的父母也是由过去的狼代代相传而继承到的。

恐惧！这是荒原的遗产，任何兽类都无处回避，也不能换汤喝。

所以，虽然还不知道什么东西构成了恐惧，但灰仔接受了恐惧。也许，他是将它作为生命的种种限制之一接受了下来，因为他已经知道有诸如此类的种种限制。他知道饥饿，在不能免于饥饿时他感觉到了限制。坚硬的洞壁的障碍，母亲鼻子的剧烈推搡和爪子的打击，几次饥荒造成的饥饿，都使他认识到，在这个世界上没有自由，法则限制和制约着生命，服从法则，就可以逃避伤害，获得幸福。

他并非如此"像人似的"进行推理，而只是将事物分成有害无害两种，之后就避开有害的事，免受限制、束缚，以便享受生活的舒适和报酬。

为了服从母亲确定的法令，为了服从那未知的不可名状的东西——恐惧的规律，就这样，他不到洞口去，而它仍是一堵光明的墙。母亲外出的大半时间，他就睡觉，醒来时也非常安静，极力控制着嗓子发痒，拼命要叫的想法。

一次，他清醒地躺着的时候，白墙里发出一个陌生的声音。一只狼獾站在外面，一面为自己的大胆发抖，一面仔细嗅洞中的气息。灰仔并不知道，只听到陌生的吸鼻子声，那是未曾经他分类的一种东西，也是可怕的和未知的东西——未知是恐惧的主要原因之一。

灰仔背上的毛悄悄地竖了起来。他为何一听到那陌生的声音就竖毛呢？这并非出于他的任何知识，而是内心恐惧的表现。那声音对于他的经历来说，是不可理解的。然而，与恐惧共生的还有另一种本能——隐蔽。灰仔虽然非常害怕，但他躺着一动不动，一声不响，仿佛冻结或石化了似的，完全死去一般。母亲回来时，嗅到了狼獾留下的气味，咆哮着跳进洞里，用过分的挚爱和热情舔他，拱他。灰仔感到，自己总算逃过一场劫难了。

然而，别的力量也在灰仔的内部发生作用，其中最强有力的是生长。生长就是生命。本能和法则要求他服从，而生长要求他反抗；母亲和恐惧强迫他远离那堵白墙，生命却注定了他永远要接近光。生命之潮——随着吞食的每一口肉、吸入的每一口气而增长的生命的潮水，在他的体内汹涌澎湃，无法遏制。

终于有一天，生命的洪流冲走了恐惧与服从。灰仔大步爬到了入口的地方，这面墙在他接近的时候仿佛后退了，它不同于他曾经接触过的其他的几面墙，他伸向前面试探的柔软的高鼻子并没有碰到坚硬的表面。这面墙的材料似乎和光明同样柔顺，可以穿越而畅行无阻。

在灰仔的眼中，那面墙是一种有形的物体。于是他就走进曾经认为是墙的地方，全身沉浸在构成这面墙的材料里。

他穿越"坚固的物体"爬了过去，光线越发明亮，使人头昏眼花，莫名其妙。恐惧命令他退回去，但生长驱赶他前进。猛然间，他发现身在洞口了。

他过去认为包围着自己的墙，突然之间，从他的面前跳开了，退到了无边无际的地方。光线亮得使他痛苦，照得他眼花缭乱。空间也同样在刹那间无限扩大，使他头昏。他的眼睛调整焦点，来适应光明和距离增大了的对象。墙跳到了他的视野之外。现在他又看见了它，但它已经非常遥远，外观也变了，变成了由河边列队的树木、树木之上高耸的群山和蓝天组成的斑驳陆离的图画。

由于可怕的未知，他的内心重又涌起一阵巨大的恐怖。他伏在洞边，盯着外面的世界，怕得要命，因为那既是未知的，又充满了敌意。由于稚气和惊恐，他背上的毛笔直竖起，他软弱地扭动嘴唇，企图发出一声凶猛的吼叫，来向外面广大的整个世界示威、挑战和恫吓。

然而，什么事情也没有发生，他津津有味地望着，忘了吼叫，也忘了害怕。这时候，生长由于好奇出现了，而恐惧则被生长击溃了。他开始观察附近的东西：一片在阳光下闪闪发光的空旷的河面，斜坡角下被风摧残的松树，斜坡向他伸延过来一直到他卧伏的洞下面两尺的地方。

灰仔一直居住在平坦的地上，不知道什么是跌落，从未尝过跌跤造成的痛苦。他的后腿站在洞边，前腿勇敢地向空中抬了起来，头向下身体倒栽了下去。土地重重地撞了一下他的鼻子，他疼得叫唤不止。之后，他顺着斜坡一直滚了下去，滚了又滚。

他恐怖到了极点。恐怖最终征服了他，粗暴地抓住他，给他造成可怕的伤害。现在，生长被恐怖击溃了，像任何一只受惊吓的兽仔一样，他哇哇哭叫起来。

这种情形，与未知隐藏在附近，在无声的恐惧中冻结似的匍匐着的时候不同。现在，未知紧紧抓住了他，他不知道未知会造成多大程度的伤痛，就哇哇哭叫不停。

沉默无益。更何况，使他筛糠般浑身颤抖的不是害怕，而是恐惧。

然而，斜坡越往下越平坦，脚下遍地是草。灰仔的滚动逐渐慢了下来，最终停止的时候，他痛苦地叫了一声，继之以一阵长时间的哭泣。好像生来已化妆过千百次一样，自然而然地，他舔掉了身体上的干泥巴。

灰仔冲破了世界的壁垒。未知松了手，他并没有受到伤害。

他坐起来环顾四周，仿佛是第一个踏上火星的人类，然而，第一个到达火星的人的心理体验还不如他。他没有任何种类的预示，没有任何知识准备，一下子成了一个全新的世界里的探险者。

现在，可怕的未知放掉了他；他忘了未知有任何可怕之处。他只是好奇周围的一切事情，他观察身体下面的草、附近不远处的蔓越橘、竖在树林中一块空地边上的一株松树的枯干。一只松鼠绕着枯干的根直向他跑了过来，他大吃一惊，畏惧地伏下身来叫了一声。但松鼠也同样怕得要命，爬上树去，站在安全的地方恶狠狠地对骂。

灰仔壮了胆。尽管随后碰到的一只啄木鸟又让他吃了一惊，他却充满信心前进着，以至于一只加拿大椋鸟莽撞地跳到他面前时，他竟然开玩笑似的伸出爪子打那只鸟，结果鼻尖上挨了一啄，痛得他卧下来哇哇大叫，那鸟则被他的叫声吓得落荒而逃。

灰仔在学习，蒙昧无知的头脑已做了一种不自觉的分类：活的东西、不活的东西。不活的东西总是停止在一个地方；活的东西动来动去，难以预料他们会做出什么事。他必须注意活的东西，对因他们而发生的意外的事有所防备。

他非常笨拙地走着，遇到许多麻烦。一根枝条看来距离很远，瞬间却会打中鼻子或擦过肋骨；地面凹凸不平，高一脚会碰了鼻子，低一脚就会扭伤腿；有些小石块，踩上去会栽倒。慢慢地，通过这些，他了解到不活的东西并不像他的洞穴那样总是平坦均衡，甚至不活的小东西比大东西更容易让人跌倒摔跤。

然而，吃一堑，长一智。他走得越久，就走得越好。他正在适应环境，在学着计算自己的肌肉运动，了解自己体力的极限，估量物体与物体之间以及物体与自己之间的距离。

作为初出茅庐者，他的运气好极了！生为食肉动物（尽管他本身并不知道），第一次走出洞穴闯世界，就瞎猫撞上了死耗子，他无意中碰到了极巧妙地隐藏着的松鸡窝，掉了进去。他本是尝试着走在一棵倒了的松树树干上，然而，他的体重压垮了腐朽的树皮。他绝望地叫了一声就倒栽下圆圆的斜坡，撞穿了一小簇灌木丛的枝叶，落地的时候，竟然在七只小松鸡中间。

他吓了他们一跳，他们哗然，然后他看见他们非常小，胆子就大了。他们动弹起来。他用爪子碰碰一只，那只小松鸡就动得更快了。他感到快乐。他闻一闻，用嘴叼起来。小松鸡挣扎着。他的舌头痒了，同时感到很饿，就咬紧牙齿，脆弱的骨头粉碎了，热血冲进他的口中。

味道好极了！这是食物，和母亲喂他的一样，但这是活生生地咬在口中的，味道也就更好。因此，他吃了那只松鸡，直到吃完那一窝才住嘴，随后，像母亲一样舔舔嘴，爬出灌木丛。

一阵羽翼旋风般愤怒的拍击，打得他头昏眼花。他用爪子捧住脑袋，哀号不已。母松鸡愤怒若狂，打击越加激烈。他也发了怒，站起来，吼着，伸出爪子去打。

母松鸡用翅膀雨点似的打击他，他用小牙齿咬住一只翅膀，顽强地拉扯。这是第一仗，他非常得意，早将未知忘得干干净净，无所畏惧。他在战斗，在咬一个打击他的活东西，而且，这个活的东西是食物。他杀气顿起。他刚毁灭几个小的活东西，现在则要毁灭一个大的活东西。

他太幸福了，而且忙碌得竟然感觉不到幸福了。这种激动、兴奋，对于现在的他不仅新奇，而且变得空前强烈。他咬住那只翅膀不放，透过紧咬的牙缝咆哮。

松鸡将他拖出了灌木丛，当她掉过来想将他拖入灌木隐蔽处时，他却把她拖到了空地里。她不停地大喊大叫，用翅膀拍击，羽毛下雪般纷纷飞扬。他发作起来的那股劲真是惊人。种族遗传下来的全部的战斗的血液，都在他体内汹涌着沸腾起来。

这就是生活。尽管他并不知道，他正在实现自己活在世上的价值、意义，正在做与生俱来就应该做的事情——屠杀食物并战斗着去屠杀，他在证明自己生存的合理性。

生命再做不出比这更伟大的事了，因为生命不遗余力去做它该做的事，它就登峰造极了。

过了些时候，松鸡停止了挣扎。他们躺在地上，面面相觑。他仍然咬住她的翅膀，试图发出凶猛的咆哮进行威胁。她啄他的鼻子。这比先前所受的打击更为痛苦，他退缩一步，但仍然咬住不放。她啄个不止，他从退后变成哀哭，想逃避开，但忘了自己咬住她将她拖在后面这个事实。

又是一阵雨点似的狠啄，他的鼻子吃尽苦头，他体内的战斗的热血退潮了，他放弃了猎物，掉过尾巴慌忙逃到空地的对面，狼狈而去。

他靠在灌木丛边卧下来休息，舌头拖在嘴外，胸部一起一伏地喘气，鼻子仍然让他疼得哭叫不止。他卧在那里，突然，觉得像要大难临头似的，这未知极其恐怖地冲他而来。他刚出于本能地缩进灌木的掩蔽之下，一阵风就吹到了他的身上。一个长着翅膀的大东西，悄无声息地不祥地掠了过去。一只鹰从天上飞下来，差一点儿抓到他。

他卧在灌木丛中，惊魂稍定，畏畏缩缩地向外面窥视时，空地另一面的松鸡却拍打着翅膀从被践踏的窝里跳了出来，刚才的伤痛使她没有注意到从天而降的灾难，不过，狼仔看到了，由此得到一条告诫、一个教训。老鹰急速向下俯冲，身体掠过地面，有力的爪子攫住了松鸡，带着惊痛交加、叫个不停的松鸡重新冲天而上。

过了很长时间，狼仔才走出隐蔽处。他学到了很多知识。活的东西是食物，非常好吃；但如果他们相当大，就会伤害自己。最好的情形，是吃像小松鸡那样小的活东西，放弃母松鸡一类的大的活东西。

不过，他有些野心勃勃，心里想再和母松鸡打斗一番。可惜，老鹰把她抓走了。也许，别处还有母松鸡。

他要去找一找。

他从倾斜着的河岸走到水边。他从没见过水，表面平坦，没有凸凹不平的地方，看上去很好走。于是，他勇敢地踩了上去，立刻惊慌地叫喊着跌进了未知的怀里。

冰冷！他倒吸一口气，然而，进入肺部的不是常常随着呼吸进去的空气，而是水，那种窒息仿佛是濒临死亡时的痛苦。这，对于他，就是死亡。他对死亡并没有清晰的认识，但他具有逃避死亡的本能，像荒原上的每一个动物一样。它对于他来说，比任何其他的伤害都更厉害。它是"未知"的本质，是"未知"的恐怖之和，是可能遇到的一种不可思议的最大的灾难。他对于这些一无所知，却害怕与此有关的一切。

他浮出水面。新鲜的空气又进入张着的口中。他不再下沉，就伸开腿开始游泳，好像他早有游泳的习惯，近的河岸距他只有一码的距离，但他背对着它，看到的是河的对岸，于是游了过去。

河水不大，但河有二十尺宽。他游到中流，被河水冲向下游。一股细小的湍流卷住了他，平静的河水突然变成一片怒涛。这里，根本无法游泳，他时而在浪头下面，时而又在浪头上面，随着急速的水流，被冲得团团打转，上下翻滚，有时被水冲得重重地碰在岩石上，每撞一次，就哭叫一声。全部的过程，简直是由一连串的哭喊组成，这些哭喊声代表着他碰撞石块的数目。

急流的下游，又是一个河滩，他被漩涡卷住，轻轻送上了河滩，送上了一张满是沙砾的床铺。他欣喜若狂，手忙脚乱地爬着离开了水，躺下来。关于世界，他又增长了见识，水不活，但它流动；它看上去像土地一样坚实可靠，实际上根本不是那么回事，因此，物体并不像它们呈现出来的那样。灰仔对未知的恐惧是遗传下来的不信任，现在更由经验加以巩固了。从此以后，他要永远不信任事物的外表，除非弄清楚了它的实质。

这一天，他注定了还有一次冒险。他想起了世界上还有母亲的存在，顿然感到需要母亲甚过世上的一切。他的身体由于历险而疲惫不堪，他的头脑同样也特别疲倦。有生以来，还从来没像这一天这般辛苦劳作过。他想睡觉，于是动身寻找自己的洞穴和母亲，他觉得心中有一种不可阻挡的难耐的寂寞和孤独。

他在灌木丛间爬行，突然听到一个尖厉的示威声。黄光闪过他的眼前，一只母伶鼬敏捷地跳走了。她是一个小东西，他不怕。接着，他又看见一个极小的活东西在脚下，只有几寸长，是一只像他一样不服训诫出来冒险的小伶鼬。

小伶鼬想从他面前后退。他用爪子打了小家伙一个翻滚，小家伙发出一种奇怪的轧轧声。黄光重新出现在灰仔眼前。他再次听到示威声，同时，脖子上遭到严重一击，母伶鼬的尖牙刺进了他的肉里。

他叽里呱啦乱叫着向后跌倒时，母伶鼬同小伶鼬一起消失在丛林里了。她的牙齿留在他脖子上的伤口仍在疼痛。但受伤更为严重的是他的感情。他坐在地上软弱地哭叫。这个母伶鼬，这样小，竟然这么野蛮！

他不知道，就体重身材而言，在荒原上，伶鼬是一切屠杀者中最凶狠、最具报复心和最为可怕的。不过，这很快就要成为他知识的一部分了。

他仍在哭的时候，母伶鼬又出现了。现在，她的孩子非常安全，她并不向他冲击，而是谨慎地接近他。狼仔充分看到了她那像蛇一样的瘦削的躯体，她昂起的热切的头也像蛇。她尖锐的威胁声令他毛发耸立，他咆哮着发出警告。但她越来越近，那一跳比他尚不老练的视觉还要快。刹那间，那瘦瘦的黄身体闪出了他的视野，而到了他的喉咙上，尖利的牙齿刺进了他的毛发、肉体里。

他开始想咆哮着战斗，但他太小，而且是第一天闯世界，他的怒吼变成了哭喊，战斗也变成了为逃跑进行的挣扎。伶鼬却绝不放松，紧紧地吊住他，拼命将牙刺进去，咬他的流涌着鲜血的大血管。伶鼬是一个吸血者，她向来最喜欢做的事情，就是从活生生的喉咙里吸血。

如果不是母狼越过灌木丛飞奔而来，灰仔就要丧命了，他的故事也要到此结束了。伶鼬放了狼仔，去咬母狼的喉咙，没有咬着，但是咬住了下巴，母狼像挥鞭子一样，将头一甩就摆脱掉了伶鼬，将她高高抛向空中。当她还在空中时，母狼用嘴咬住了那瘦小的黄身体。于是，在咬拢的牙齿间，伶鼬尝到了死亡的滋味。

灰仔重新得到母亲的爱抚。她找到他的欢欣，比他被她找到的欢欣还要大。她用鼻子拱他，安慰他，舔他被伶鼬咬伤的伤口。接着，母子俩将那吸血的家伙分而食之，就回到洞里睡觉。

八　弱肉强食

自第三次冒险之后，灰仔进步很快。他休息了两天，又出去冒险。这一次，他发现了上次那只小伶鼬。他曾经参与吃掉了其母亲，而这次，他竭尽全力让这小伶鼬重蹈了其母亲的覆辙。这次短途旅行，他没迷路，累了就回到洞里睡觉。

自此之后，他每天都出来，并且每天扩大涉猎的区域。

吃过些苦头之后，他开始准确地估量自己的力量和弱点，开始明白，什么时候该大胆，什么时候该小心。不过，他发现，最好是时刻小心，除非在极个别的情形下，确信自己有胆量时，才尽情地发作自己的脾气和欲望。

他每遇到流浪的松鸡，心里总是有火。碰见那只最初在松树里见到的松鼠，他总会恶狠狠地回骂。见到加拿大樫鸟，他几乎千篇一律地怒气满腔，他永远忘不了这家伙第一次相见时是如何啄他的鼻子的。

然而，在他感觉到其他潜藏的猎食者的威胁的时候，加拿大樫鸟也影响不了他。他忘不了老鹰。其移动的影子总是使他躲向最近的树丛里。他不再爬行，也不再大步行走，而是学母亲那样，偷偷摸摸，并不费力，但滑行很快，快得神不知鬼不觉。

在猎食方面，他一开始就运气不错。他总计杀了七只小松鸡和一只小伶鼬。他的屠杀欲望与日俱增，他对那只松鼠如饥似渴，因为后者滔滔不绝地破口骂他，还向一切野生动物报告他到来的消息。然而，松鼠能爬树，像鸟在天空飞翔一样，灰仔只有当松鼠在地上时，尝试着悄悄地爬过去。

灰仔非常尊敬母亲，她能弄到食物，并带给他一份。而且，她无所畏惧。他并不知道这种无畏是基于经验和知识。在他的印象中，它来源于力量。母亲就代表着力量。他更大些时，从她爪子的严厉教训中感受到了这种力量，与此同时，牙齿的劈刺也取代了用鼻子拱来表示责备，所以，他尊敬母亲，她强迫他服从。然而，他越长大，她的脾气也越坏。

饥荒又来到了。灰仔以比较清楚的意识再度领略到了饥饿之苦。为了寻找吃的，母狼把大部分时间花在猎食上，难得在洞里睡上一觉，都跑瘦了。好在这次饥荒的时间并不长，但它存在时很严重：母亲的乳房里没有奶水，灰仔自己也没有吃一口东西。

他以前猎食，纯粹是游戏，只是为了取乐；现在，他非常认真地猎食，却一无所获。但失败加速着他的成长。他更加仔细研究松鼠的习惯，更动脑筋，尽最大努力悄悄挨近他，出其不意地吓唬他。他研究鼷鼠，想把他们从洞穴中掘出来。对于加拿大樫鸟和啄木鸟，他也学到了许多。再后来，他长得更加强壮、聪明和自信，毫不怕死，老鹰的影子也不能让他躲进灌木丛里了。他知道在蓝天上高飞的也是肉食，急切地希望得到肉食，所以公然在空地上往后腿一坐，想吸引老鹰从天上下来。然而，老鹰拒绝下来，他只好失望地爬开，在一丛树林里因为饥饿而饮泣。

母狼带回了食物，饥荒解决了。这食物不同于以往的东西，他没有吃过。这是一只半大的大山猫的猫仔，像灰仔，不过没他大。母狼已在别处填饱了饥肠，这全是给他吃的，虽然他不知道充实母亲肚子的就是大山猫窝里其他的小猫，也不知道她的行为是冒了多大的危险。他只知道，长着天鹅绒般皮毛的小猫是食物，一口一口地吃起来，越吃越高兴。

吃饱了容易发困，灰仔躺在洞里，依偎着母亲睡着了。她的叫声惊醒了他。也许，这是她一生中所有的叫声中最可怕的一次，他从来没听到过她如此可怕的叫声。她最清楚其中的原因，一个大山猫的窝，不可能在被洗劫后安然无事。在午后阳光的充分照耀下，灰仔看到做母亲的大山猫正爬在洞口。立刻，他背上的毛波浪般汹涌而起。

无须本能告诉，他知道，恐惧来了。如果目睹的情形还不够，入侵者继之以怒叫：先是咆哮，突然变成沙哑的嘶叫。

事情再明白不过了。

灰仔感觉到生命在体内的刺激，就站起来勇敢地咆哮，但是母狼将他推到身后，不免让他感到耻辱。进口的地方很矮，大山猫跳不进来，她爬着冲进来的时候，母狼跳上去摁住了她。灰仔看不到她们搏斗的情形，只听到极其恐怖的咆哮和尖叫。

两只母兽扭打在一处，大山猫爪子与牙齿并用，连撕带咬，母狼则只用牙齿。一次，灰仔跳上去，咬住了大山猫的后腿，缠住不放，凶狠地吼叫。虽然他并不是有意识地去做的，也不知道这种行为的后果，但他的体重确实牵制住了那只腿，让母亲少受了许多伤害。战斗中，她们将他压在身下，他咬住的嘴也被挣脱了，接着，两个母亲分开了，她们重新打在一起前。大山猫一只巨大的前爪将灰仔的肩膀砍得露出了骨头，使他侧着身体重重地撞在墙上，于是战斗的喧声中，又增加了灰仔因疼痛而吃惊的尖叫。

战斗延续了很久，灰仔在哭够了以后，勇气再次爆发，他死死地咬住一只后腿，怒吼着，一直坚持到战斗结束。

大山猫死了。

母狼也非常软弱，浑身不舒服。她开始还抚慰灰仔，舔他受伤的肩膀，但她失血很多，力气全无。她在死去的敌人身边，一动不动地躺了整整一天一夜，几乎都停止了呼吸。除了出去喝水，她一周没有离开过洞穴，即使出去时，动作也是缓慢而痛苦的。最后，大山猫被吃完了，母狼的伤也康复了，她可以再出去猎食了。

灰仔的肩膀由于那下骇人的撕砍，疼痛僵硬，有一段时间里他瘸着腿。但现在，世界似乎改变了，他怀着一种与大山猫战斗之前所没有的更大的自信，勇武地再走进去。

他从更加凶猛的角度来看待生命了。他战斗过，将牙齿刺进敌人的肉里，自己却活了下来。因此，他更加勇敢起来，带着一种以前所没有的无所畏惧的派头。他的畏怯失去了很多，他不再害怕小东西，尽管未知还是永远不停地运用难以捉摸、充满威胁的神秘和恐怖压迫他。

他开始陪母亲出去猎食，见识并且参与了许多次杀戮。按照他的模糊不清的方式，他了解到食物的规律：有两种生命——他自己一种和另外一种。前者包括他自己和母亲；后者包括其他所有会动的动物，其中又分为两种，一种是供他屠杀和吃掉的非杀人者和微不足道的杀人者，另一种是杀戮和吃掉他的，或被他杀死吃掉的。

在这种分类中，规律出现了。生命的目标是食物，而生命本身也是食物，生命因生命而生存，因此，有吃者和被吃者。这法则就是：吃或者被吃。灰仔并没有用明晰、确定的字词将这法则归纳成为公式，也没有去推导其中的道德意义，甚至根本就没想到这条法则。他只是循此生活而已。

他看到，这条法则在他的周围无处不发挥着它的作用。他吃掉过小松鸡，老鹰吃掉过母松鸡，也可能会吃掉他；以后，他长大了，不可小觑的时候，他想吃掉老鹰。他吃过大山猫的猫仔，母大山猫若不是被杀被吃掉的话，就会吃掉他。

事情就是这样，一切活的东西，都在按照这条法则在他的周围实施着，而他自己，也是实践这法则的一个成员。他是一个杀戮者，唯一的食物就是肉，活的肉在他面前，或迅速逃跑或上树，或上天，或入地，或迎上来与他战斗，或反而追击他。

如果灰仔能够"像人一样"进行思想，他很可能会将生命简要地说成是一场大吃大嚼的宴饮，世界则是一个充满了无数会餐的地方。他们相互追逐和被追逐，猎取和被猎取，吃和被吃。一切都既盲目粗暴，又混乱无序，在机会支配下，暴食与屠杀混乱一团，没有情义，没有计划，也没有终极。

然而，灰仔并不会"像人一样"思考。他一心一意，一个时候只抱有一种思想或欲望，并没有多么远大的目光。除了食物的规律，他还要学习和遵从其他的无数次要的规律。

世界到处都使他感到惊讶，体内生命的萌动，肌肉协调的行动，真是一种无穷无尽的幸福。吞下食物时，就会体验到震颤和自豪。他的愤怒和战斗，就是最大的愉悦。而未知的神秘以及恐怖本身，也与他的生活不可分割，如影随形。

当吃饱了肚子或在阳光里懒洋洋地打盹的时候，那种舒适与满足的感觉，是对他的热情与辛苦的充分酬劳。同时，作为生命的表现，热情与辛苦本身就是一种酬劳，因为生命在自我表现时是永远快乐的。

灰仔与充满敌意的环境并没有冲突，他满足于这生活，快乐自得。

九 造火者

灰仔终于遇到了改变命运的一件事。这是由于他自己的过错造成的。也许是因为整夜在外面猎食，刚刚睡醒，昏昏沉沉地没有注意，也许是由于经常在河边走来走去从未出过什么事，总之他大意了。他本来是出洞去河边喝水的，就向下走，经过那株枯干的松树，穿过那块空地，在树木间小跑。这时，他看到并且嗅到什么了。

在他前方的开阔地上，有五个活的东西，默默地坐在后腿上。他从来没有见过这样的东西，这是他第一次看到人类。然而，也看见了他的那五个人既不跳起来大叫，也不露出牙齿示威，只是沉默而不祥地安坐在那里。

天性中的第一本能，本来会驱使他飞也似的逃走，但是，他体内突然也是第一次涌起另外一种对抗的本能。他感到一种巨大的敬畏。一种自我

145

软弱渺小的感觉压得他动弹不得。

作为狼，他难以理解，这就是主宰的权力。

灰仔一动不动。他从没有见过人，但他天生具有知道人类的本能，模模糊糊地知道，人是通过战斗而"凌驾"于一切动物之上的动物。现在，他不仅在用自己的眼睛，而且在用他的一切祖先的眼睛看着人——这些眼睛曾经一代一代地在黑暗中环顾过无数的冬季营火，曾经一代一代地在密林深处，隔着安全的距离窥视这种奇怪的君临一切活的东西的两腿动物。许多世纪的斗争，和许多代狼积累的经验、遗传下来的先天的符咒，让灰仔产生了一种敬畏之情。这种遗传，对一只不过是狼仔的狼，太具强制力了。如果他是一只长熟了的狼，他会跑掉，然而现在，他只会在恐惧的麻痹状态中趴在地上。从最初的一只狼走到人类的火旁坐下取暖以来，他的种族所表现的投降归顺，他已经做了一半。

一个印第安人站起来，走到他身旁，俯下身来看他。未知终于体现为具体的血肉。印第安人贴近他，伸出手来抓他。狼仔畏缩地更贴近地面，毛发不由自主地耸立起来，嘴唇向后收拢，露出小小的虎牙。

高悬在他上面的命运之剑般的手迟疑了，那人笑着说："瞧！雪白的虎牙！"

其他的印第安人高声大笑，催促那人将狼仔捡起来。那只手降下来，越来越近，狼仔体内的两种本能产生的巨大冲动——退让和战斗发生了斗争，结果，他取其折中，先是退让。当那手几乎碰到他身体上时，他突然战斗了，牙齿一合，咬住那只手。接着，头旁边受到的一击打得他侧身倒下。于是，他全部的斗志顷刻瓦解了。

幼稚与投降的本能控制住了他。他哇哇叫着坐在后腿上。然而，挨了咬的人很生气，又打了一下他头部的另一边。这样，他爬起来后，叫得更厉害了。

四个印第安人笑得更响亮了，挨了咬的人也笑起来。他们围着狼仔，笑他，他则因恐怖和疼痛大声哭诉。

这时，他听到了什么声音。那些印第安人也听到了。然而，他知道那是什么，因此发出最后一声胜利多于悲哀的长号，停止吵闹，静静地等他的母亲。那位凶猛的无所畏惧、战无不胜和无以克之的母亲，听到狼仔的叫唤，就吼叫着冲过来救他。

她跳到他们中间，样子由于焦急和忙于战斗，显得很难看。然而在狼仔的眼中，她因为自卫而发的愤怒极为悦目。他快乐地叫了一声，跳起来迎接它。与此同时，那些人慌忙倒退了几步。母狼护住狼仔，耸着毛，站在那里面对着人，喉咙深处呼噜着发出咆哮。她咆哮得非常厉害，以致脸都扭曲了，露出威胁的凶相，从鼻尖到眼睛的皮肤都皱了起来。

一个人惊奇地叫了一声："杰茜！"

狼仔觉得，一听见这声音，母亲沮丧下来。

那人又严厉地叫了声："杰茜！"口吻中带着一种权威。

接着狼仔就看见母亲，这位无所畏惧的母亲匍匐下来，肚子着地，摇摆尾巴，呜呜叫着表示和解。

狼仔不能理解，吓慌了，对人的敬畏之情重新袭上心头。原来，他的本能没有错，母亲向人的投降又一次证明了它。

说话的人走到她身边，将手放在她头上，她不咬，伏得更低些；也没有想要咬的样子。其余的人走过来围着她，摸她，拍她，她一点也不愤怒。他们很兴奋，发出许多声音。狼仔靠近母亲趴着，不时耸起毛来，但尽力投降，他认定这些声音不是危险的征兆。

"毫不奇怪，"一个印第安人说，"她的父亲是狼，母亲是狗。在她交尾的时候，我哥哥将她在森林里整整扣了三夜，所以杰茜的父亲是一只狼。"

"自从她跑掉以后，一年了，灰海獭。"第二个印第安人说。

灰海獭回答说："不奇怪，鲑鱼舌。那在饥荒的时候，没有肉给狗吃。"

第三个印第安人说："她和狼群一起生活过。"

"好像是这样，三鹰，"灰海獭将手放在狼仔身上，答道，"这就是标志。"

狼仔在受到手触摸时，微微叫了一声，那手便抽回去打了他一下。狼仔收起牙齿，顺从地趴下，那手就伸过来揉擦他的耳朵后面，在他的背上抚摩。

"这就是标志，"灰海獭继续说，"显然，他的母亲是杰茜，父亲是狼，所以，在他身上，狗的成分很少，狼的成分居多。他的牙齿雪白，就叫雪狼吧。说定了，他是我的狗，杰茜是我哥哥的狗，而我哥哥不是死了吗?"

就这样，世界上一个有了名字的狼仔，匍匐在那里，观望着。人们又喧哗了好一会儿，灰海獭从挂在脖子上的刀鞘里拔出小刀，走进树林砍了一根木棍，在棍的两头刻上凹痕，在凹痕里扣了生皮带，用一根皮带扣住杰茜的脖子，然后将另一根皮带扣到一棵小松树上。

雪狼跟过去，躺在母亲身边。鲑鱼舌伸出手来，弄得他仰面朝天。杰茜焦急地望着，恐惧又在雪狼体内涌了上来。他不能彻底遏制自己不叫，但没有咬；那只长着弯曲而张开的手指的手，开玩笑地揉搓他的脖子，将他翻来翻去，那种脊背朝地、四脚朝天的姿势，真是既可笑又有失体统，他完全无能为力，毫无办法自卫。雪狼全部的天性都违背它。如果这个人要害他，他无法逃避，四脚朝天，怎么可能逃走呢?降顺使他控制住了恐惧，却克制不了吼声。他轻声吼叫着，那个人竟然没生气，没打他的头。更奇怪的是，那只手揉来揉去的时候，雪狼感到一种难以言传的快感。

当滚成侧卧的时候，他不叫了。手指压迫刺激他的耳根，快感倍增。最后，那人搔一下，揉一下，丢下他走开的时候，雪狼的恐惧全部消失了。这是一个征兆，预示着他与人之间毫不畏惧的伴侣关系，终于是可以建立起来的。当然，在将来与人打交道的过程中，他还不免会体验到许多次恐惧。

过了一段时间，雪狼听到一些陌生的声音越来越近。他敏捷地判断道，这是人的声音。几分钟以后，其余的印第安人排成一列队伍，像行军那样开了过来。其中有些是男人，还有许多妇女儿童，四十个人全都肩负着沉重的营帐装备和物品。此外，还有许多狗，除了半大的小狗，他们也都驮着营帐装备，每条狗背着二三十磅重的东西，牢牢地捆在身上。

雪狼从来没见过狗，但一看见他们，就觉得与自己同种，只是略有不同。然而，狗们发现狼仔和他母亲时，却与狼的表现几乎没什么区别。

于是，冲突爆发了。

面对张口蜂拥而来的群狗，雪狼毛发耸立，连叫带咬，摔倒在他们下面，他感到牙齿在自己身上尖锐地切割，同时自己也在撕咬着身体上面的腿和肚子。一大阵骚动。雪狼听见杰茜为他在战斗时的吼声，也听到人们的呼喊，棍子打狗的声音，以及被打着了的狗由于疼痛发出的叫唤。

只是几秒钟，他又爬了起来，站住了。现在，他看见，人们为了保护他、帮助他脱离那些似是而非的种族的野蛮的牙齿，正用棍子石块赶开那些狗。

以为雪狼的头脑里有公正之类的抽象的概念，显然是没有根据的，然而，他以自己的方式，感觉到人的公正，恰如其分地认识了这些法律的制定者和执行者，钦佩他们执法时具备的那种权力。他们不同于他所见过的任何动物，不咬，也不抓，而是运用死东西发出活力量，死东西听从他们的命令。因此，在他们的指挥下，棍子石块在空中活蹦乱跳，给群狗以沉重的打击。

他想，这种权力不同寻常，不可理解而超越自然，是神一般的权力。单就他的天性来说，他不可能知道任何关于神的事情；他最多只知道有些东西超出了他的理解能力以外。但他对这些人充满了敬畏与惊异，就像人类看到天神站在山顶上、双手分别向吃惊的世界投掷电闪雷鸣时所产生的敬畏与惊异一样。

最后一条狗也被赶走，骚乱平静了下来。

雪狼舔一舔伤口，思考着第一次被引入群体中所尝到的群体的残酷，做梦也没想到他的种族所包括的成员并不止独眼、母亲和他自己。他们曾经独立为一个种族；然而现在，他突然发现，显然，还有许多成员与他同属一个种族。

因为他的种族一见面就扑上来想毁灭他，他产生了一种下意识的愤恨，对于母亲被拴在一根木棒上，他也同样愤恨，尽管那是优越的人做的，因为其中难免没有束缚与陷害的意味。当然，关于陷害与束缚，他毫无所知。随心所欲地游逛、奔跑、卧伏的自由，是他继承先代的遗产，现在却受到了侵犯。母亲被限制在一根木棍的长度内活动，他很希望挨在母亲身边，而他也被这根木棍限制住了。他不喜欢这样。

人们起身继续前进的时候，他也不喜欢，一个小孩儿拿住棒的一头将杰茜当作俘虏，牵在后面走，雪狼跟在杰茜的后面，因为即将进行的新的冒险而烦躁不安。

他们沿着河谷走下去，一直到达盆地的终点，远远地超过了雪狼足迹所至的最远的地方。河流在这里汇入了迈肯齐河。他们在这里扎营，雪狼惊讶地在一边观看。人类的优越性时时刻刻都在增加：独木舟高高地撑在杆子上，竖直的网架用来晒鱼。人类主宰了所有长着利齿的狗，这已经显示出了权力；然而，在雪狼的眼中，他们更让他感到吃惊的是对于死的东西的主宰。他们赋予不动的东西以运动的本领——那种改变世界面目的本领。

将杆子做成的架子竖起来，吸引了他的目光。但竖架子的人就是那些将石头棍子掷出很远的人，这事还不算太奇特。然而，当这些架子披上布料、皮子，变成了圆锥形帐篷，雪狼大为惊讶了。他惊骇这些帐篷的巨大躯体。它们出现在他周围，四面八方，仿佛刹那之间拔地而起的有生命的形体，狰狞可怖，弥漫了他的眼帘。他感到害怕，它们不祥地隐隐地浮现在他上面。当风吹得它们剧烈运动的时候，他就恐惧地趴下，紧紧盯住它们，一旦它们冲过来，他就立刻跳开。

不过，时间不长，对帐篷的恐惧就消失了。他看到，女人们孩子们从那里进进出出，竟毫无损伤，那些狗常想走进去，又被严厉的言语和飞奔的石子赶开。过了些时间，他离开杰茜，小心翼翼地向最近的一座帐篷爬去，不断增长的好奇推动他向前，为了获得经验去学习，去生活，去做。

距离帐篷的最后几寸，他简直痛苦不堪地慢而谨慎地爬着，这一天的经历，已经使他足以应付以最令人吃惊、不可思议的形式显现出来的未知。最后，他的鼻子接触到帆布，他等了一下，什么事也没有。于是，他嗅一嗅那浸透了人味的陌生的组织，用牙齿咬住帆布轻轻一拖，帐篷挨近的部分轻轻动了一下，但无关紧要。他更拖得用劲儿，帐篷动得更厉害了些。他觉得很有趣，更使劲儿拖，一而再、再而三地拖，结果，整个帐篷摇动起来，里面传出一个女人的尖叫声，他急忙逃回到杰茜身边。

从此以后，他不再害怕那些高耸的帐篷了。

没多久，他又从母亲身边胡乱跑开。她的木棍被扣在地上的一根木棍子上，不能跟他走。一只身材、年龄比他稍大的半大小狗，慢慢向他走来，一副轻佻好战、目中无人的神气。关于他的名字，雪狼后来听见人叫他利·利。利·利在打架方面经验丰富，可以说是一个凶狠的家伙。

利·利与雪狼同属一个种族，而且只是一条小狗，似乎没有危险。所以，雪狼准备以友好的态度接待他。然而，这位陌生的来客步伐变硬，嘴唇翻起，露出牙齿的时候，雪狼也就以同样的姿态予以回敬。他们绕着半圆形兜圈子，竖着毛，互相试探性地叫着。

这样持续了几分钟，雪狼逐渐觉得很有趣，认为不过是游戏而已。然而，刹那间，利·利非常迅速地扑上来，狠狠地咬了他一口，正中被大山猫撕伤骨头、现在还深深作痛的那半边肩膀，然后跳了开去。雪狼既惊奇又疼痛，叫了起来，顿时怒气勃发，扑到利·利身上狠狠咬了起来。

但是，利·利毕竟长于营地，经历过多次狗与狗的战争，锐利的小牙齿三次、四次、五次咬在这位新来者的身上，直到雪狼不顾耻辱，哀号着逃回到母亲的保护下。

这是他与利·利行将开始的无数次战斗中的第一仗。命中注定，他们永远会发生冲突，从一开始，他们就成了势不两立的仇敌。

杰茜伸出舌头舔着雪狼，安慰他，想诱使他留在身边。然而，几分钟后，好奇心又驱使他开始新的探险了。

他遇见一个人，就是灰海獭，蹲在地上，用散在面前的一些棍子和干苔藓在做什么。雪狼走到近处，看着。灰海獭发出雪狼以为没有敌意的声音，所以，他就更近了些。

女人与孩子另外又取了许多根树枝给灰海獭，不言而喻，这是一件大事。雪狼凑过来，碰到灰海獭的膝盖，好奇已使他忘了这是一个可怕的属于人的种类的动物。

突然，他看到一种奇怪的东西，从灰海獭下面的棍子和苔藓下面，像雾一样冒了出来，继而一种活的东西在棍棒间盘旋回绕，那种颜色像天上的太阳。关于火，雪狼一无所知，它像他幼时洞口的光明一样吸引他。他爬近几步。他听到灰海獭俯在他身上咯咯地笑，知道没有敌意，接着，他的鼻子碰到了火焰，与此同时，伸出的舌头也去舔它。

顷刻间，他几乎全身麻木了！

隐藏在木棍和苔藓间的未知，粗暴地抓住了他的鼻子。他栽了一个跟斗，吃惊地哇哇大叫。杰茜听到他的声音，跳到了棍子的尽头，但又爱莫能助，只好发出可怕的怒吼。然而，灰海獭高声大笑，拍着大腿向营地里所有的人讲述这件事，于是，人人都喧笑起来。雪狼坐在后腿上哇哇乱叫，在人们的围观中无依无靠，真是可怜极了。

这是他曾经受到过的伤害中最严重的伤害，灰海獭手底下生长起来的像太阳一样颜色的活东西，烫伤了他的鼻子与舌头。他哭了又哭，哭个不止，每次新的哭声都引起人们的哄笑，他想用舌头安慰一下鼻子，然而舌头也烧伤了，两处伤痛碰在一起，更加疼痛，他比以前更加绝望无助地痛哭起来。

接着，他感到了羞耻，明白了笑以及笑中的含义。我们不知道有的野兽如何知道讥笑以及何时被人嘲笑，然而，雪狼知道了。他感觉到被人嘲笑的可耻，就转过身来逃走，因为嘲笑比火更深深地刺痛了他的心。

他逃到杰茜的身边——她正在木棒的尽头愤怒欲狂。杰茜，是世界上唯一不会嘲笑他的动物。

黄昏降临，夜晚又来了。他的鼻子、舌头仍然疼痛，但是，一种更大的烦恼折磨着他。他想家，感到空虚，感到对于绝壁上的洞穴和河边寂静平安的强烈需要。

生命太多了。这么多的人！男女老幼都在发出喧哗、刺激。那些狗也不断争吵哄闹，骚乱不止。以前熟悉的唯一的那种生活中的安闲寂静全然消失了，空气都在随着生命颤动，不停地发出响声，变换强度与调子，刺激他的感官、神经，令他紧张不安，无时无刻不提心吊胆。

像人类看着他们所创造的天神那样，雪狼看着面前的人们，看着他们在营地里来来往往。根据他模模糊糊的理解，人是高等动物，是真理，是神，是奇迹的创造者。他们具备各种未知、莫名其妙的各种权力，是统治者，主宰着一切活的东西和不活的东西。他们使不会动的活动，使会动的

152

服从，使生命——具有太阳一样色彩的会咬人的生命从枯苔藓与木头里生长出来。

他们是火的制造者！

他们是神！

十　桎　梏

在杰茜被扣在木棍的这段时间里，雪狼跑遍了整个印第安营地，进行探测、考察和学习，丰富了自己的见识。他很快熟知了人类的许多作风，但没有因此而生轻视的心理。相反，他了解他们越多，就越是知道他们的优越之处。他们展示出神秘的权力，高不可及的神性看上去是那么伟大！

人类经常因为看见自己的神被推翻或者香案坍塌而悲哀，然而，匍匐在人类脚下的狼与野狗绝对不会感到这种悲哀。人的神是一种想象，是看不见的，是为了逃避现实而产生的气与雾，是期望中的"美好"与"权力"的游魂，是自我在精神领域里不可捉摸的显现。但是，走在火边的狼与野狗和人不同，他们心目中的神血肉丰满、生龙活虎，触摸起来实实在在。他们的存在与目标，需要占据一定的时间和空间来实现。

相信这样的神，不用信仰的帮助和意志的作用。你摆脱不掉他。他两脚支着身体站在那里，手拿木棒，具有无限的潜力，有喜怒哀乐，他的神秘、神圣、权力全都潜藏在肉体之中，这肉像任何其他肉一样好吃，被撕破时同样流血。

对于雪狼，人就是确定不疑、摆脱不掉的神。像母亲杰茜听到别人的呼唤就奉献顺从一样，他也开始投诚顺从。他以为服从他们是他们的特权。他们走来，他就让路；他们叫他，他就过去；他们威胁，他就趴下；他们让他走，他赶快跑开。因为，他们有将意愿付诸实现的权力，这权力可以表现为手打棍敲、石飞鞭策，从而给他造成伤害。

他和所有的狗一样，是他们的，听从他们的命令来行动。他很快就获取教训，他们可以随意打击、践踏或者宽容他。这个教训来之不易，因为他们与他的某种最主要、强烈的本性难以相容。他在学习时并不喜欢他们，但却不知不觉地在学着去喜欢他们。这是将生存的责任和自己的命运移至他人手里，当然，这种行为并非没有报酬，倚在别人身上总比独立要容易得多。

当然，这并不是说，在一天之内，雪狼将自己连身体带灵魂都交给了人。他丢不掉野性的遗产和关于荒原的记忆。有些日子，他站在森林边，凝神谛听，好像什么东西远远地在呼唤他。他总是躁动不安地回到杰茜身边，若有所思地轻声鸣叫，舔她脸的舌头满怀急切的质问。

雪狼很快了解了营地的情况，知道了在抢吃人们给的鱼肉时，大狗们表现出来的奸诈与贪婪。慢慢地，他知道男人比较公正，小孩比较残酷，女人则比较和善，有时丢给他一块肉或骨头。他还知道，不要去惹那些半大的小狗的母亲，尽可能地远离她们，当她们走来时走为上策。这是在两三次悲惨的遭遇以后得知的。

然而，利·利是他生活中的一条祸根。比他身强力壮年长的利·利，特别选中了他作为迫害的对象。雪狼乐意打仗，但实力过于悬殊，敌人太强大，利·利成了他的梦魇。每当他大胆离开母亲时，利·利就必然出现，追踪他，对他叫，将他当猴儿耍，而且趁人不在时扑来强迫他打架。利·利总是得胜，当作他生活中主要的快乐，正如这是雪狼生活中的大难一样。

雪狼虽然总吃败仗并受到伤害，但他仍然不屈不惧。可是，天生的野蛮的脾气在无尽的迫害下变本加厉了，他变得恶毒而阴险。他温和、游戏、作为小狗的那面几乎无法表现。利·利不允许他和别的小狗一起玩耍。雪狼一出现，利·利就过来欺负、虐待他，跟他打架，将他赶走。

这一切，使雪狼丧失了童年时为发泄精力而游戏的途径，他变得内向狡猾，少年老成。他用很长的时间去想诡计。当人们喂食群狗的时候，他因受阻碍而得不到自己那份，就变成一个机灵的小偷。这往往让妇女们感到烦恼，但他不得不为自己掠食，而且做得很好。他非常机灵地在营地各处潜行，知道什么地方有什么事，观察、倾听并由此认识一切，想方设法顺利地逃避那些不共戴天的迫害者。

他玩了第一次真正的大阴谋，并尝到了第一次报复的滋味。像杰茜和狼在一起时诱出人们营地里的狗来吃掉一样，雪狼引诱利·利到达杰茜报复的牙齿所及之处。他在利·利前面逃跑，绕着营地上的各个帐篷迂回出入。他比和他一样大的任何一只狗、比利·利跑得都快，但他很会跑，在追逐中并不施展全部力量，总和追逐者保持一跳的距离。

由于追逐并持久地靠近猎物，利·利兴奋得忘了小心和位置。当他醒悟时，已经太晚了。他绕着一座小帐篷全力奔跑，突然冲到了躺在棍子尽头的杰茜身边，他惊慌失措地叫了一声，但她已咬住了他。

她被扣住不能动，他也不能轻易脱身。于是，她将他掀翻在地，用牙齿反复地撕咬他。

他终于摆脱她，滚着爬起来的时候，毛如飞蓬一般散乱不堪，肉体与精神两败俱伤。毛一撮一撮地竖着，全身满是伤痕。他站在那里，放声发出作为一只小狗的长长的痛哭。然而，即使这样，雪狼在他哭到一半的时候又将牙齿咬住他的后腿。利·利斗志全无，就带着耻辱逃跑，雪狼则在后面紧追不放，一直追到利·利的小帐篷旁。这时，女人们赶来帮助，雪狼则变成了愤怒的魔鬼，最后在弹石齐发下才走开。

一天，灰海獭认为杰茜不会再溜掉了，就放开了她。雪狼为母亲获得自由非常高兴，快活地陪她在营地各处观看；只要他和她在一起，利·利就敬而远之，雪狼反倒耸毛硬腿起来。但是，利·利不是傻瓜，无论多么想复仇雪耻，也只能等到雪狼单独一人时，所以他对这种挑战不予理睬。

那天傍晚，雪狼一步一步地将杰茜引到营地附近的森林边上。当她站住时，他想再引她向前走。河流、洞穴、寂静的树林在呼唤他，他要她一起前往。他往前跑几步，站住，回头看看，她没动。他哀哭恳求，故意在矮树林中跑进跑出，跑回她面前舔她的脸，又跑掉，但她仍然不动。他停下来看她，她却回头凝视营地。他清清楚楚地流露出的满腔热望与焦急的神情，慢慢地消失了。

旷野中，有什么东西在呼唤他。他的母亲也听到了，但她同时还听到另一种更响亮的呼唤——火和人类的呼唤，这种呼唤对一切野兽中的狼与

155

野狗发出，并且要求得到响应。

杰茜转过身来，慢慢地，小步跑回营地，营地对她的控制，比木棒有形的束缚更强有力。这些神的权力，看不见然而玄妙地抓着她，不让她走。

雪狼坐在一棵赤杨树荫下，轻声哭泣。弥漫在空中的一股浓浓的松树味和淡淡的树木的香味，让他想起受束缚以前那段自由自在的生活。但是，他毕竟是只半大的兽仔，无论人或荒原的呼唤，都比不上他的母亲。在为时短暂的一生的任何时候，他都依赖着她。他还不到独立的时候，他站起来孤独地跑回营地，偶尔驻足坐下，呜咽着谛听森林深处仍在发出的呼唤。

在荒原上，一对母子相依为命的时间很短；然而，人类的统治有时甚至使它更短，雪狼的命运就是如此。

灰海獭欠三鹰的债。三鹰计划溯迈肯齐河而上，到大努湖，做一个短期的旅行。灰海獭用一块红布、一张熊皮、二十发弹药和杰茜抵了债。雪狼看到母亲上了三鹰的独木舟，想跟上去，三鹰一击将它打回岸上。独木舟开走了。他跳进水中，泅着追船，仿佛没听见灰海獭命令他回来的严厉叫声。失掉母亲的恐怖，使雪狼竟将一个人、一个神都置之脑后了。

然而，神们已经习惯了别人的顺从。灰海獭架了一只独木舟，愤怒地追来。他伸手抓住雪狼的脖子，将他拎了上来，但他没有马上放他到船上，而是一只手举向空中，另一只手一顿猛打。

一阵痛打！他下手很重。他每打一下，雪狼都要受伤，而他打了无数下。

时而这边，时而那边，雨点般的打击使雪狼荡来荡去，仿佛一只急剧颤抖的晃动着的钟摆。他内部的情绪不断变化，先是惊骇，继之一阵暂时的恐惧，哀叫了几次以后，怒火满腔。面对暴怒的神，他自由的天性发作起来，露出牙齿大胆狂吠。然而，这只会使神更愤怒，打击得更快更重，也更有伤害性。

灰海獭继续打，雪狼继续叫。但这不会永远持续下去，非此即彼，总得有一方服输，而这一方就是雪狼。

他是第一次真正被"人抓在手里",相比之下,以往偶尔受到的石子木棍的打击,简直就是爱抚。他丧了气,重又涌起恐惧,开始叫唤哀号。有一阵,打一下,他哀号一声,到最后,恐惧变成了恐怖,哀号变成连续不断的声音,与打击的韵律不合拍了。

灰海獭住了手。雪狼软弱无力地悬在空中继续哭喊,似乎满足了的主人粗暴地将他扔到船底。这时,独木舟已顺水而下,灰海獭拿起桨来,嫌雪狼碍事,就用脚野蛮地踢开他。

雪狼自由的天性在瞬间再次闪现,用牙咬了那只穿着鹿皮鞋的脚。灰海獭的愤怒极其可怕,而雪狼也是同样惊恐。刚才的那顿暴打,比起现在这次,简直是小巫见大巫。不仅手,坚硬的木桨也用上了,他再次被扔到船里的时候,遍体鳞伤。灰海獭故意又踢了一脚,雪狼不再进攻了。

雪狼又一次得到关于束缚的教训:无论身处哪种情境,都不要去咬作为主宰者的神;主宰者的身体是神圣的,不可以被他这样的牙齿所亵渎。显然,这种罪恶是十恶不赦的。

独木舟靠岸时,雪狼躺着不动,等待灰海獭的意志。灰海獭将他扔到岸上,他的腰部被重重地碰了一下,伤痛大发。他颤抖地爬着站起来,呜呜地叫。

这时,站在岸上目睹了这一切的利·利冲向他,将他掀翻在地,张口便咬。如果不是灰海獭将利·利一脚挑向空中,又摔在十二尺外的地方,雪狼一定会大受其苦。他已经无力自卫。这是人的公正之处。即使当时那么可怜兮兮,雪狼也体会到了一些感恩的战栗。他从此懂得,神们将惩罚的权利保留给了自己,比他们低的动物都没有份。

这一天的夜晚,万籁俱寂,雪狼想起了母亲,为母亲悲哀。他悲哀的声音惊醒了灰海獭,他打了他。

以后,神们在一边时,他只是轻声哭泣。但他独自漫步在森林边时,他就纵情地大声哀哭,发泄一下内心的悲哀。

这时,他可以按照有关洞穴和河流的回忆跑回荒原,然而,怀念母亲的心情挽留了他。打猎的人们出去又回来,所以,有朝一日,母亲也会回到村子里来。因此,他继续在桎梏中等待她。

157

这种束缚并非完全是一种不幸。他感兴趣的事情很多，永远爱看这些神们所做的无穷无尽的奇特的事情。他学着如何和灰海獭相处，后者对他的期望是服从——严格、直截了当的服从；作为报酬，他被容许存在，可以避免挨打。

有时，灰海獭还亲自给他一块肉，代他防止别的狗抢。这样一块肉，很有价值，在某种奇怪的意义上，甚至比从一个女人手中得到十二块肉还要有价值。灰海獭从来不拍或摸他。也许是他的手的重量，也许是他的公正，也许是他的纯粹的权力，也许是这一切影响了雪狼。总而言之，某种依恋的纽带正在他与他的乖戾的主人之间形成。

由于一些微不足道的小事，也因为棍棒、石块、手脚的打击，雪狼被桎梏不知不觉地牢牢地扣住了。他所属种族的，使他们走向人类火堆可能发展的某些性质，正在他的体内发展。雪狼并不知道，营地的生活固然充满了种种不幸，但不断的潜移默化正使他不知不觉地热爱起来。他只知道因失去杰茜而悲哀，期盼她回来，只知道渴慕曾经属于自己的自由生活。

十一　仇　视

雪狼的气质比先天变得更加邪恶凶猛，野蛮本来就是他天性中的一部分，况且，在利·利唆使下而发展起来的野蛮大大超过他的天性。

在他所寄身的部落中，他有一个邪恶的名声。只要营地里一有麻烦、骚乱、打架、淘气，或者一个妇女因丢失了一块肉大吵大闹，雪狼一定与此有所牵连，而且常常是肇事者。他们并不仔细研究导致他行为的动机，只看结果，而结果总是坏的。他是一个鬼鬼祟祟、偷偷摸摸、调皮捣蛋、惹是生非的家伙。愤怒的妇女们骂他是一只狼，百无一用，注定不得好死。与此同时，他也警惕地看着她们，准备时刻躲闪任何飞来的不祥之物。

他发现，在这个人口众多的营地里，他是一个被排斥者。利·利领导所有的小狗，他则与他们有别。也许，他们感觉到了他是野种，对他怀有一种家犬对狼的本能的仇恨。但无论如何，他们与利·利联合起来陷害他。一旦成了对头，以后就有理由永远作对了。他们全都常常受到他牙齿的袭击。他感到光荣的是，他给予别人的多，受到的少。单打独斗，他可以打败他们中的许多只狗；然而，战斗一开始，营地所有的小狗都跑来打他，他没有单对单、一决雌雄的机会。

他从打群架中学习到了两件重要的事：一是在许多狗联合进攻时如何自卫；一是在单打独斗时，如何在最短时间里最大限度地伤害对方。他非常清楚地知道，只有在敌对的狗群中站稳脚跟，才可能会有生路，他要变得像猫一样具有站得稳的本领。即使大狗也需要凭借体重的冲力，才能将他撞得退后或撞向一边，但是无论向后或靠边，腾空或滑地，他总是保持两腿支撑住身体，实实在在地脚踏大地。

狗打架时，常常会有吠、竖毛、硬腿等诸如此类的实战前的预备动作，然而，雪狼学会了免去这些预备的姿势，他必须迅速，干完就跑。耽误时间就等于全部的小狗都来打他。所以，他学会了隐蔽自己的意图，冲上来就连咬带撕，使敌人措手不及，从而给对方以迅速而严重的伤害。他懂得了出其不意的意义。一条狗，在毫无戒备的时候遭到袭击，肩膀被割裂成大口子或耳朵被撕成条状，自己还如置五里雾中，却早已被打得大败了。

而且，出其不意、攻其不备的袭击，很容易将狗掀翻。这样，被掀翻的狗会不可避免地将脖子上柔软的一面——这个可以攻击而且致命的地方暴露了出来，雪狼知道这个地方。这个知识是直接从一代代猎食的狼那里继承而来的。因此，雪狼是这样实施攻击的：先找一只单独的小狗，其次出其不意地将他打翻，接着用牙齿咬他柔软的喉咙。

雪狼还只是半大，并没有长足，所以他的牙齿还不足以使他的"喉咙袭击"致狗死命。但是，从许多走在营地里的小狗的被撕破的脖子来看，雪狼的用心没有白费。

一天，他的仇敌之一孤身一人走在森林边，他想方设法，一再将其打翻，进攻其喉咙，割断了大血管。狗死了，他被发现了。消息传到了死狗

159

的主人的耳中，妇女们也记起了多次丢肉的往事，于是，夜里起了一阵骚动，许多愤怒的声音包围了灰海獭。但他坚决顶住了帐篷的门，拒绝族人要他交出凶手加以惩罚的强烈要求，将犯人关在帐篷里。

雪狼成了人与狗都恨的动物。他在发育期内，没享受过片刻的安全。同类们冲他吠，人们咒骂他，投之以石子。每只狗的牙齿、每个人的手，都袭击他。他永远紧张，总是留意伺机进攻或预防遭到进攻，注意出乎意料的突然飞来的打击物，准备冷静地先发制人，跳上去咬一口，或跳开去叫一声以示威胁。

他的叫声比营地里任何小狗大狗都可怕。吠声本是为了警告或威吓，但什么时候叫，则需要判断力。雪狼知道怎么做和何时做，他将一切邪恶、恶毒、恐怖的东西混合在吠声里，鼻子因为连续的抽搐缩成锯齿形状，毛发如波浪起伏般耸立，舌头吐出来又缩回去，宛如一条红色的蛇，耳朵平放，眼中射出仇恨的目光，嘴唇上缩，狼牙暴露，口水流淌，这样一副模样，几乎能令任何攻击者目瞪口呆，不知所措。当他毫无戒备、受到袭击时，敌人暂时的迟疑就为他赢得了千钧一发的机会去思考和决定行动，而且，对方的停顿常常到最后发展为进攻的完全终止。就这样，不止在一条大狗面前，这种叫声使雪狼光荣而从容地撤退。

他是小狗群中一个被排斥者，他嗜杀的方法与出色的能力，迫使小狗们为了伤害他不得不付出代价。狗群不允许他与他们一起跑，然而，奇怪的是，没有一只小狗能跑到群外，谁也不敢领教他的游击与伏击的战术。除了利·利外，他们不得不联合起来对付自己造成的仇敌。雪狼不答应。一只小狗单独走在河边，就等于自取灭亡，或者等于他发出恐怖痛楚的尖叫惊动全营，同时从伏击的狼仔身边落荒而逃。

即使小狗们完全明白他们非集结在一起不可，雪狼的复仇也没有结束。当他们单独时，他就攻击他们；而他们成群时，他们就攻击他。然而，当他们一起冲过来时，他的敏捷常常使他获得安全；相反，追逐中跑在前面的狗却大为倒霉！雪狼已经学会了杀回马枪，突然转身攻击跑在前面的狗，在大队的狗没赶上来之前，将他彻底撕裂。因为那些狗在追逐中很兴奋，极易得意忘形，雪狼却从来不会忘乎所以。他一面跑，一面回头看，随时准备转身干掉那位超越了同伴、过分热心的追击者。

小狗们常常游戏，他们将游戏融入有趣的模仿战争的危险中，以追逐雪狼作为最主要的游戏——这种游戏不但性命攸关，而且无论何时何地，都非常严肃。雪狼则因为跑得快，所以毫不在乎走到什么地方。

在徒然等待母亲回来的这段日子里，雪狼曾多次引导着小狗们在附近的树林里追逐他，群狗每次绕圈绕得都找不到他。他像他的父母一样，似乎是一条在林中穿梭的影子，脚步既轻快又没有声音。他独自跑开，根据小狗的叫声判断他们的位置。他与荒原的联系比他们更为直接，也比他们更了解它的秘密与计谋。他最喜欢涉过流水，不留痕迹，然后静静地躺在附近的树林里，倾听周围响起失败的叫声。

自己的同类和人类的仇恨，经常挨打和经常打人，不屈不挠，使得雪狼发展迅速且偏执一端。情感与慈悲在这种土壤上不可能开花结果，关于这些，雪狼连最模糊，最起码的认识也没有。他了解的法则是服从强者，压迫弱者。灰海獭是一个神，是强者，雪狼服从他；然而，比他幼小的狗是弱者，他可以毁灭他们。

他朝着权力的方向发展。为了免于常受伤害或被毁灭，作为食肉动物的特性与防卫的能力发展得很不和谐。他变了，变得比别的狗更快而持久，更狡猾聪明，更拼命凶狠，更柔软，也更具有钢铁一样的肌肉，更加残酷。他不得不具备这些品质，否则，既不能在充满了敌意与仇恨的环境里生存活命，更谈不上发展自己。

十二　迷途知返

这年秋天，白天变短，霜冻也开始出现了。雪狼终于解放了。部落里接连几天骚动不已，人们拆除了夏季的营帐，准备带着行李物品迁往他处，去进行秋季渔猎。当帐篷开始拆卸，东西装上独木舟的时候，雪狼明白了。独木舟开始离岸，有的早已顺流而下，踪影皆无。

雪狼焦急地看完了这一切，非常从容地决定留下来。他等到机会，溜出营地，到森林里去。已经开始结冰的流淌的河水，隐匿了他的踪迹，他爬进一丛茂密的林中，等着，断断续续地睡着了。

几个小时后，灰海獭喊他的声音惊醒了他。雪狼听得出来，寻找他的还有灰海獭的妻子和儿子米·沙。他恐惧得发抖，有股想从隐蔽的地方爬出来的冲动，但他抑制住了。

过了一会儿，声音没了。他爬出来，庆幸自己的行动成功了。黑夜降临，他在林中玩了一会儿，享受着自己的快乐。接着，他突然感到有些寂寞。他坐下来思想，倾听森林的寂静，寂静使他心烦意乱。这种既没有任何声音，也没有任何动作的场景，仿佛并不吉利，虽然潜伏着的危险看不见也想不到，但他感觉得到。那些黑夜中的阴影，朦胧可见的巨大树干，可能隐藏着各种各样的危险，不能不令他满腹狐疑。

这里很冷，没有温暖的帐篷的墙壁可以倚靠。霜冻在脚上，他不停地轮换着举起一只前脚，将蓬松的尾巴弯过来盖住。这毫不奇怪，与此同时，铭刻在他内部视觉中的那串"记忆中的图画"，又重新历历在目，他又看见营地的帐篷和火光，听到男人粗重的低音、女人的尖声和狗群的吠叫。他饿了，想起曾丢给他的一块块的鱼和肉。

然而，这里什么也没有。没有食物，只有吓人而且不能吃的寂静。

他受到的束缚与不负责任，已经使他变得软弱了。他已经忘了怎么独自生存。黑夜，在他的周围张着大口。他的感官习惯了营地嘈杂忙碌的景象与声音的刺激，现在却没有什么可以看或可以听，无所事事，只好尽力抓住大自然断断续续的宁静。这样毫无动静与大难临头的感觉，令他感到沮丧。

突然，一个巨大不定的东西闪过他的眼帘，他大吃一惊。云刚从月亮脸上移开，原来是月光下树的阴影。他定了定神，轻声呜咽；为了不引起潜伏的危险物的注意，他随即又克制住自己，不再呜咽。

他头顶上的一棵树在黑夜的寒气里收缩，发出一个大的声响，吓得他叫了一声。一阵恐惧涌上心头，他感到一种不可抗拒的要求人类陪伴保护的欲望，他的鼻孔里充满了营地烟火的气味，耳朵里响彻着营地的人声狗叫，他跑出森林，发疯似的向村子跑去。

他到了既没有阴影、也没有黑暗的洒满了月光的空地上。然而，眼前并没有村子。他忘了，村子已经迁走了。

他的狂奔突然停止了，没有地方可以投奔。他在被废弃的营地里孤独地偷偷摸摸地走着，闻一闻人们扔掉的破烂货和垃圾堆。他恨不得有一个愤怒的女人将石子投向他，或者灰海獭将他暴打一顿，甚至可以兴高采烈地欢迎利·利和那群卑鄙的小狗。

他走到灰海獭曾经搭帐篷的地方，坐在中央，鼻子指着月亮，喉咙由于剧烈抽搐而疼痛，张开嘴巴，为了杰茜，为了过去所有的悲苦与不幸，以及将来的困苦与艰难，心如刀绞般长嗥一声，唱出了他的悲哀、孤独和恐惧。

这是他有生以来发出的第一声长长的狼嗥，声音充沛而悲哀。

白天来了。

白天驱走了恐惧，但使他备感寂寞。不久前这里人口众多，现在空无一物，将孤寂有力地强加于他。没多长时间，他打定了主意，就一头钻进森林，沿着河岸向上游走。

他整天奔跑不息，似乎生来就是为了永远奔跑。他钢铁般的肉体不知疲倦，即使感到疲倦了，种族遗传的耐性又使他重新振作起来，做无穷无尽的努力，而且，他能够强迫自己疼痛的肉体继续前进。

当河流绕过陡峭的山岩转弯时，他就爬山；遇到汇入大河的小溪小涧，他就涉水或游泳。他不止一次踩破河边刚刚结冻的冰，在冷冽的水流中拼命挣扎。他常常注意有没有人们上岸进入陆地的痕迹。

雪狼的智慧要高于他的同类的一般水平，但他思维的视野，尚不够宽广。他还想不到迈肯齐河的对岸。他从来没有考虑到，如果人们转向了那一边该怎么办？当他以后长得更大更聪明，对水路、陆路了解更多，具有更为丰富的旅行经验的时候，他也许会想到或理解这一种可能。但这毕竟是将来的事。然而现在，他只是盲目地奔跑，只是想到自己身在的迈肯齐河的这一边。

他整夜都在奔跑，黑夜中遇到的许多障碍与不幸耽误了他的时间，却

163

不能令他一蹶不振。到次日中午，他已连续跑了三十个小时。他坚强的肉体难以承受，但顽强的意志使他继续奔驰不懈。

他有四十个小时没吃东西了，饿得软弱无力。反复地浸在冰冷的水里，他美观的皮毛邋遢不堪。他的脚掌也受了伤，淌着血。他开始跛足走路，而且跛得越来越厉害。更加糟糕的是，天色阴暗，开始下起冰冷、潮湿、融化胶黏的雪，遮住了前面的物体，覆盖了地上的不平。脚下的路越来越难走。

那天夜里，灰海獭计划在打猎的迈肯齐河的彼岸扎营。但是傍晚时分，在岸边上，灰海獭的女人克鲁·库偶然发现一只麋鹿下河喝水。如果不是这只麋鹿下河喝水，如果不是米·沙由于下雪开船走错了路，如果不是克鲁·库看见了麋鹿，灰海獭非常走运地一枪打死了他，灰海獭就不会在河的这一边宿营，雪狼就会走过去，继续走下去，以后的全部故事必定会大不相同。雪狼将死去，或者去投靠自己的野生兄弟，并成为其中一员，至死都是一只狼。

夜来了，雪下得更密了。雪狼一面独自蹒跚前行，一面轻轻呜咽。他碰到一条新鲜的踪迹，便急切地哭着从河岸追踪到树林中去。

他听见营地的声音，看到燃烧着的火焰。克鲁·库在烧饭，灰海獭蹲着，正慢慢嚼一大块生脂肪。

营地里有新鲜的肉啊！

雪狼猜想，必定要挨一顿打。他伏下身来，耸一耸毛，又向前走。他不喜欢而且害怕即将面对的一顿暴打，但他知道，他将拥有火的舒适，人们的保护和狗们的陪伴——狗的陪伴固然是仇敌的陪伴，但总还是陪伴，可以满足群居本能的需要。于是，他卑躬屈膝，爬进火光里。

灰海獭看到他，停止咀嚼。雪狼在卑顺和降服的屈辱中，畏缩地慢慢地匍匐前行，每向前一寸，就更慢、更痛苦。他一直向灰海獭爬去，最后躺在他的脚下，心甘情愿地将自己的肉体和灵魂交给他。这是他自己的选择，请愿来到人类的火旁接受统治。

雪狼瑟瑟发抖，等待即将受到的惩罚。手在上面动了，他不由自主地缩了下去。然而，那预期的打击并没有落到身上。他偷偷向上一瞧，灰海獭将那块生脂肪撕成了两半，扔给他一块！灰海獭又给他拿肉，而且在他吃的时候代他防御着别的狗。

此后，雪狼感恩戴德地满足地躺在灰海獭的脚下，注视着温暖着他的火堆，眨一眨眼，打一个盹，才感觉心神安定了下来。明天，他将不再孤单地彷徨在荒凉的森林里，而是同人们一起待在营地里。他已经向他们献身投诚，而且现在正倚靠着他们！

十三　契　约

十二月，灰海獭到迈肯齐河上游进行了一次旅行，带着米·沙和克鲁·库。灰海獭的雪橇，用换或借来的狗拉着，而米·沙负责另一部较小的雪橇，上面只套了几只小狗，其实这不过是游戏而已。然而，米·沙非常高兴，觉得自己开始做大人所做的工作了。他在学习如何驾驭、训练狗，小狗们则开始接受缰绳的训练。何况，这部雪橇也装了两百磅左右的行李与食物。

雪狼知道营地里套着挽具的狗是怎样辛苦工作的，因此，当挽具落到自己身上的时候，他比较心安理得。一只用干苔藓做芯的皮轭套在他的脖子上，上面两根挽带与一根绕着他的胸与背的皮带连在一起，他就用扣在这上面的一根长绳拉雪橇。

他们这组共有七只小狗，其余几只有九、十个月大。雪狼只有八个月，每只狗都用一根绳扣在雪橇前头的一只圆环上，长度各不相同，任何两根绳间至少要有一只狗那么长的距离。雪橇没有滑板。为防止铲入松软的晶体形状的雪里，赤杨树皮做成的平底雪橇的前端翘起，从而使得雪橇和载物的重量分散到最大的面积上。同样，根据面积越大，重量越分散的原理，拉绳子的狗也散成扇形，因此，没有哪条狗可以随着别人的足迹走。

扇形的另外一个好处是，绳子长度的不同，可以防止后面的狗攻击前面的狗。因为一只狗想要攻击另一只狗，只能转过身来攻击拉短绳子的狗，这样的话，两只狗就会面对面，挑战者就不会占什么便宜，而且还要面对驾驶人的鞭子。最具特色的优点是，无论哪条狗想要攻击前面的狗，都必须将雪橇拖得更快，被攻击的狗则可以因此逃得更快。这样，后面的狗永远抓不到前面的狗，他跑得越快，被追的狗也就跑得越快，而且，全部的狗也就跑得越快，雪橇理所当然地也更快起来。就这样，人类运用狡猾的手段加强了对野兽的主宰。

米·沙从父亲的成熟的智慧那里得益不少。以前，他见过利·利迫害雪狼，但那时利·利是别人的狗，他顶多只敢偷偷地扔一块石头。现在，他用利·利拉最长的绳子作为报复。表面上，利·利成了领袖，很是光荣；事实上，却被剥夺了一切光荣，从小狗群中原来的好汉一变而为众狗仇视和迫害的对象。

利·利拉着那根最长的绳子跑；后面的狗看到的，则是他永远在前面逃跑，是他的蓬松的尾巴与飞驰的后腿。这副模样，当然不如耸立的鬃毛和发光的牙齿那样凶猛吓人。

群狗看见他跑，就想跑去追他，并由此感到，好像他在逃避他们——狗的心理生来如此。

雪橇启动后，这组小狗就整天地追逐利·利。开始时，由于生气和面子，他喜欢转过身来咬追逐者，然而这时，米·沙就甩起三十尺长的鹿肠鞭，火辣辣地抽他，逼他掉头再跑。也许利·利有能力对付这群狗，但他对付不了鞭子。因此，只有绷紧长绳，让同伴的牙齿够不着他的肋部。

然而，印第安人的心灵深处，还埋伏着一个更狡猾的计划。米·沙为了使其余的小狗有理由无休无止地追逐领导狗，就特别宠爱做领导的狗，造成他们的妒忌与憎恨。米·沙当着众狗的面，单独给利·利肉并保护他吃，使他们在鞭长莫及的地方愤怒欲狂；没有肉吃时，米·沙就将他们远远地赶开，装出给利·利肉吃的样子。

雪狼老老实实地工作着。在人的统治下，他比其他的狗走路更多。他清清楚楚地知道，违背人的意志有害无益。他也受到狗群的迫害，但他认

166

为，更为重要的不是狗群而是人类。他没有倚靠同类从而获得伙伴情谊的习惯。何况，杰茜已被忘掉了。

他发泄情感的主要途径，是忠诚于自己所献身投靠的人们。因此，他勤勤恳恳地工作，学习并遵守纪律，这些事情做得既忠诚又心甘。雪狼不但具有狼与野狗被驯服以后的这些根本的特点，而且超乎寻常。

雪狼与别的狗之间，也有一种共存关系，但那是一种战争与敌对关系。他从没学习过和他们玩儿，当利·利还是小狗的头领的时候，他跟他们交过手，只知道如何战斗，对他们的撕咬回击以百倍的报复。不过现在，利·利拉着缰绳在前面逃跑，他已经不是领袖了。在营地时，利·利总待在米·沙、灰海獭、克鲁·库的身边，他不敢离开人，因为，所有的小狗都将牙齿对着他，曾经属于雪狼的迫害现在降到了他的身上。

如果利·利被推翻，雪狼很可能成为小狗的领袖。但他过于孤僻，不肯做领袖。他总是打拉车的同伴，要么就不加理睬。他走过来时，他们就让开，即使其中最勇敢的狗，也从来不敢抢吃他的东西。服从强者，压迫弱者，雪狼太熟悉这一规律了。他以最快的速度吃完自己那份食物，接着一声怒吼，一亮牙齿，就将别的狗的粮食抢过来吃。而那只还没吃完的狗，就只好自认倒霉，去哭诉自己的苦命。

同时，时隔不久，总有这条或那条狗奋起抗争，接着又总是很快被镇压下去。雪狼一直进行着这样的训练。他爱惜并常常为了维护自己鹤立鸡群的孤立势态而战斗，每次战斗都非常短促，对方尚没有明白怎么回事，早已被咬得头破血流，几乎不及交锋就败下阵去。他的动作太快了。

正如人制定的关于雪橇的严格纪律一样，雪狼也维持着与同伴们的一条纪律。他不许他们自由行动，强迫他们永远尊敬他，让他保持孤立状态，当他走到他们中时必须给他让路，时时刻刻承认他的统治权。如果他们胆敢有硬腿、翻嘴、耸毛之类的神态，他就迅速而残酷地扑上去，教训他们的错误。至于他们之间相互如何，则与他无关，随他们去做好了。

他是一位可怕的暴君，他的统治像钢铁般坚硬。他竭尽全力压迫弱者，但他非常尊敬强者。狼仔时代，他和母亲相依为命，孤苦伶仃，在凶恶的荒原上，为了保全性命而奋斗的无情的经历，深深地影响了他。他也学会了，当比自己较强的力量从一旁经过时，自己要蹑手蹑脚地走路。跟从灰海獭的这次长途旅行中，他们从陌生人的营地的大狗群中经过时，他走得非常之轻。

一个月、又一个月过去了。灰海獭的旅行仍然进行着。

由于长时间勤勤恳恳地拉着雪橇走路，雪狼的体力增长了，精神好像也更充沛了。渐渐地，他对自己生活于其中的世界认识得更加透彻了，他的结论既凄惨又实际。在他的心目中，世界到处充斥着凶恶野蛮，没有温暖，没有抚爱、亲切，也没有精神的幸福和甜蜜。

他对灰海獭没有感情。是的，后者是人，是最野蛮的人。雪狼乐意承认其统治权，那是以优越的智慧和野蛮的暴力为基础的。在雪狼的本性中，有种因素使这种统治成为他的需要，否则，他也不会从荒原上返回来献身投诚。然而，他天性深处中的另一些素质，还从未被触动过。灰海獭一句和善的话语或手的爱抚，也许会触动这些深藏的东西。但灰海獭既不说话也不抚摩，他没有这样的习惯。他的首要的职责就是野蛮，用野蛮来维护统治，用木棒实施公正，用痛苦来处罚越轨，而作为奖赏的，也只是不打而不是和善。

因此，雪狼根本不知道，人类的手可能带给他某种幸福，他不喜欢人的手，怀疑他们。的确，他们扔给他肉，但更为经常的，却是伤害。对于手，最好敬而远之。他们投掷石块，用棍棒皮鞭抽打，在接触他们时，狡诈地扭捏或绞伤他。在陌生的村庄里，他碰见过小孩子，知道他们的手有多么残酷。一次，一个步子蹒跚的小孩儿，差点将他的一只眼睛挖出来。由于这些经验，他猜疑所有的孩子，不能忍受他们，当他们带着不吉利的手走近时，他就爬起来。

他从灰海獭那里得到的教训是：咬人是十恶不赦的罪过。他开始修正它，是在大努湖的一个村子里反抗人手作恶的时候。和一切村庄里的一切狗一样，雪狼在这个村子里寻找食物。一个小孩正用一把斧头劈开冰冻的麋肉，肉的碎片飞落到雪里。潜行寻食的雪狼正走到这里，便停下来吃这

168

些碎片。他看到小孩儿放下斧子，拿起一根粗棍，就跳走，正好躲开棍子落下的一击。小孩追他，但他对这个村子很陌生，当逃到两座帐篷之间时，发现一堵高高的土墙挡住了去路。

无路可逃，仅有的出路在两座帐篷之间，小孩拿着木棒守在那里，并向被截住的猎物走过来，准备打击。

雪狼对着孩子耸毛，大叫，愤怒欲狂。他的正义感被践踏了。他知道抢劫的法则，像冻肉的碎屑这样的所有废弃没用的碎肉，都属于发现它们的狗。他既没违犯规律，也没做错什么，但这小孩要打他一顿。接下来发生的事，连雪狼自己也不怎么明白。雪狼是在暴怒之下做出行动的，而且动作是如此之快；小孩只知道被某种不可理解的方式推倒在雪堆里，抓着木棒的手已经被撕了一个大口子。

雪狼知道自己违犯了规律——他将牙齿刺入诸神之一的神圣的肉里，知道自己将不得不承受一顿非常可怕的惩罚。他逃回灰海獭那里，趴在那双具有保护性的腿的后面。被咬伤的孩子及其家长来了，要求报复，但临走也没有得到满足。灰海獭、米·沙和克鲁·库保护着雪狼。雪狼看着他们愤怒的姿势，听着唇枪舌剑地争吵，知道了自己的行为是合法的。从此，他知道有这些神，还有那些神。他的神与别的神之间，是有区别的。无论公正与否，只要是自己的神所施加于自己的一切，都必须承受。但他不必领教别的神们的不公平的待遇，他可以用牙齿捍卫自己的权利，表示自己的愤慨。这也是关于诸神的一条规律。

这天的天黑之前，雪狼进一步深入理解了这个规律。米·沙一人在森林中捡柴，碰到挨咬的孩子。那孩子和别的孩子一起，先是恶言恶语，随即一起攻击米·沙，拳头从四面八方像雨点般打来，米·沙大吃其苦。这是神之间的事，与他无关，雪狼先是在一旁观望，后来想到米·沙是自己的诸神之一，正受到虐待。于是，他一阵狂怒，跳进孩子们中间，只五分钟时间，那些小孩狂奔而去，其中许多人流了血滴在雪上，证明着雪狼牙齿的威力。那时，雪狼做出的事情，并未经过理性的推导。当米·沙在营地里讲述这故事时，灰海獭便吩咐给雪狼肉吃，很多很多的肉。雪狼吃了以后，就躺在火边睡觉，知道自己所理解的那条规律得到了证实。

与这些经验相联系，雪狼知道了财产的规律和自己所承担的保卫财产的责任。他已经从保护他的神的身体，进到了保护他的神的财产，为了这一点，应该不顾一切，甚至可以咬其他的神。当然，这种行为不仅在本质上是亵渎神灵的，而且极具危险。一只狗，怎么可以和一位万能的神相比呢？然而，雪狼学会了对抗他们，凶猛地挑战，毫不畏惧。责任使他忘却了恐惧。偷窃的神们只好放弃对灰海獭财产的非分之念。

很快，雪狼还了解到，一个偷窃的神常常胆小如鼠，一听见警告声就迅速逃跑，而且，灰海獭在听到他的警告声后很快就会来帮助他。后来，他才知道，小偷儿逃跑，并不是惧怕他，而是怕灰海獭。

雪狼从来不汪汪叫唤，不用叫声报警，而是直接冲上去，用牙齿咬入侵者的肉。因为他怪僻孤独，与别的狗无缘，所以非常适合于保卫主人的财产，灰海獭就鼓舞和训练他。结果，雪狼更加凶恶，不屈不挠，也更加孤独。

一个月、一个月地过去了。狗与人之间的契约越发联系得密切，那是从荒原来到人间的第一只狼和人订下的古老契约，像从那以后一切狼和野狗做过的一样，雪狼也为自己立下了这种契约。为了获得一个有血有肉的神，他交出了自己的自由。他从神那儿取得食物、火、保护和陪伴；作为回报，他保护神的身体和财产，为他工作，服从他。

获得一个神，就意味着要提供服务。雪狼的服务不是因为爱，而是出于责任和敬畏。他没有爱的经验，不知道爱是什么。杰茜只是一个渺茫的记忆。而且，他投靠人类的时候，已经背弃了荒原和自己的种族。根据契约的规定，即使再次遇到了杰茜，他也不能丢开他的神而跟她走。作为存在的一个规律，忠顺于人类，似乎比爱自由和种族更为重要。

十四　饥　荒

终于，春天到了，灰海獭结束了他的长期旅行。雪狼拉着雪橇回到村里。米·沙将他从挽具里解放出来。

这是第二个四月，他整整一岁了。虽然离长大还很遥远，但却是村子里除利·利以外最大的一岁的小狗。他继承了独眼父亲和母亲杰茜的体格和力量，有普通大狗那么大，但还不够强壮，身体瘦长，富有弹性，体质比较柔弱。外表上，他是真正的狼，毛是真正的狼灰色，他从杰茜那里只继承到四分之一的狗的因素。不过，他的肉体方面并没有什么标志，他的精神结构在起着作用。

他怀着一种郑重而满足的神情，在村子里散步，辨认在这次长期旅行前已经结识的那些神和那些狗。和他一样，小狗们长大了，而大狗好像也不再像印象中那样巨大而可怕了。他不再像从前那样害怕他们，而是随随便便大摇大摆地走在他们中间，感觉既新鲜又有趣。

贝斯科是一条老狗，毛发斑白。雪狼小的时候，贝斯科总爱向他露出牙齿，吓得他畏畏缩缩地匍匐而跑。曾经因为他，雪狼感到自己轻如鸿毛、微不足道，现在，又是从他身上，雪狼明白了自己的成长和变化。贝斯科因为年老而变得软弱了，但是雪狼因为年轻变得强健了。

雪狼明白自己与狗的世界之间已经变化了的关系，是在一只新杀的麇鹿被劈开的时候，他给自己搞到了上面带有许多肉的一只蹄子和一些胫骨。别的狗蜂拥来抢时，他撤到一棵树的后面，偷偷摸摸地享受自己的胜利品。这时，贝斯科冲了上来，雪狼还没明白他想干什么时，就已经咬了对方两口，然后跳在一边。贝斯科对雪狼大胆而敏捷的袭击大吃一惊，站在那里盯着雪狼不知所措。那块带肉的鲜红的胫骨落在他们之间。

贝斯科老了。他知道，他过去欺负惯了的那些狗的勇气变大了。要是从前，他会满腔狂怒地扑向雪狼。但是现在，年迈力衰不允许他这么做。他不得已吞下那些悲苦的经验，凭借全部的智慧来对付他们。他隔着胫骨，盯着雪狼，凶恶地耸起毛来。雪狼则觉得自己变小了，以前的敬畏复活了许多，沮丧、畏缩起来，计划如何撤退而又不太栽面儿。

正是在这个时候，贝斯科犯了一个错误。

如果他只是满足于显示一下凶恶不善的威风，一切本会很好，已经计划撤退的雪狼就会撤退，将肉让给他。然而，贝斯科以为胜券在握，迫不及待，径直向肉走来。他低下头来，非常随便地嗅一嗅那肉。雪狼微微耸了耸毛。即使此时此刻，如果他只是站在那里，护住肉，昂首怒视，也足以挽救自己所处的危境，雪狼终会畏缩地走开。然而，贝斯科抵制不住新鲜而强烈的肉味，贪婪地咬了一口。

这未免太过分了！

几个月来，在拉橇同伴中的领导地位的记忆，对雪狼来说历历在目。他不能容忍眼睁睁地看着别人吃掉本来属于自己的已到嘴边的肉。按照老习惯，他不加警告就进攻了。突兀的一击，将贝斯科的右耳撕成了几条，令他大吃一惊，接下来的同样突然的攻击也极为可悲！贝斯科被打翻在地，喉咙被咬，等他挣扎着爬起来时，肩膀已被咬了两次。那种敏捷，真是迅雷不及掩耳，让人摸不着头脑。

他向雪狼做了一次无益的攻击，恶狠狠地吸了一口空气，转眼间，鼻子又被撕破了，只好蹒跚着从肉边撤退。

现在，形势完全相反了。雪狼护住那块胫骨，耸毛示威，贝斯科在不远的地方站着，准备撤退。他再一次体验到了年老体衰的悲苦，不敢冒险和这位年轻的"闪电"作战。但他维持尊严的努力，英勇可嘉。他冷静地转过身去，离开那条年轻的狗和那块胫骨，似乎二者都不足挂齿，无须费心，大模大样地走了，直到完全走出了雪狼的视野，他才停下来，舔一舔流血的伤口。

这件事使雪狼更为自信、更加骄傲。从此，再走过大狗们中间时，脚步不再像以前那么轻了，对他们的态度也不再如以往那么妥协。他绝不是想要故意找碴儿，只是要求得到应有的尊重，比如不受干扰地走路以及不给任何狗让路。他必须受到重视，仅此而已。小狗们理所应当地受人忽略和轻视，他拉橇时的同伴们现在仍然如此：给大狗们让路，被大狗追赶，不得不放弃食物给大狗吃。但是，他不再领受这些了。不善交往、孤独乖僻、目不斜视、面目可憎、令人畏惧的雪狼，获得了惶惑不安的长辈们的平等礼遇。他们很快学会了让他自由自在，既不冒昧为敌，也不表示友好。几次交战以后，他们发现，如果他们不管他，他也就不管他们，这种状态确实最好不过了。

仲夏时，雪狼又得了一个教训。一次，他跟猎麋的人出去，悄悄地小

173

步跑去考察村边上一座新搭的帐篷时，和杰茜碰了个面对面。他停下来看她，模模糊糊地记得她，然而到底记得，这就比她强。她那副掀起嘴唇，威胁地咆哮的样子，使他的记忆越发变得清晰。已被忘却的兽仔时代，以及与这咆哮相联系的一切，都涌上了他的心头。

在认识神们以前，她曾经是他的世界的中心。那时熟悉的旧日情感又回来了，在他的内心汹涌澎湃。他快乐地跳到她身旁。然而，她回报他的，却是锋利的牙齿割破他的脸颊，露出了骨头。

他退开了，疑惑不解。

但那并非杰茜的错误。一只母狼并不能天生记得一年前的兽仔。她记不起雪狼了。

他是一个陌生的动物，一位入侵者。她现在的这窝兽仔给了她对侵犯者表示愤怒的权利。

一只小狗向雪狼爬去。他们并不知道，他们是同母异父的兄弟。雪狼好奇地嗅一嗅小狗。杰茜因此又向他冲来，又一次撕破了他的脸。

雪狼退得更远了些。关于以前的所有记忆与联想，重又消失，进入到了它们从中复活的坟墓。他看到杰茜在舔她的小狗，时而停下来冲着他叫。她对他没有用了，他已经学会了没有她而生存，她的意义被遗忘了。他的事物的图表中没有她的位置，就像她的图表里面没有他一样。

他站在那里，依然发呆、疑惑，记忆已被忘却，不明白这一切是怎么回事。这时，杰茜第三次进攻他，决意要将他赶出这附近地区。雪狼就让她赶自己走。她是他的种族里的一个雌性，而种族的规定之一，是雄的不应该打雌的。他不知道任何有关这规定的事，因为那既不是运用理智得出的判断，也不是凭借实际经验获得的东西。那是一种秘密的提示，一种本能的推动——使他对着月光、星光长噑和让他恐惧死亡、未知的那种本能。

一个月、又一个月过去了，雪狼更重、更壮、更结实了。与此同时，他的性格也在根据遗传与环境确定的路线发展。遗传就像黏土一般，具有多种可塑性，可以被塑成各种不同的形式；而环境的作用就是模塑这黏土，赋予它一种特定的形式。因此，如果雪狼没有走到人类的火边来，荒原将会把他塑造成为一只真正的狼。然而，人们给了他一个不同的环境，他被塑造成了一只颇具狼性的狗——是狗而不是狼。

　　总之，由于天性的特质与环境的压力，他的性格不可避免地被扭曲了，他变得更加乖僻孤独、难与为伍，也更加凶猛。与此同时，狗们也越来越明白，与他和平相处要比跟他打架好。然而，灰海獭对他的重视与日俱增。

　　表面上，雪狼在一切品行方面都较强，但他有一个难以挣脱的弱点，那就是不能忍受嘲笑，认为人类的笑很可恨。他并不介意人类随心所欲取消任何除他以外的事物，但嘲笑一旦是针对他而发的，他就会生出极为可怕的震怒。态度庄重、神情严肃、不苟言笑，因此一声笑可以使他感到莫大的耻辱与恼怒，变得荒唐可笑，好长时间如魔鬼般胡作非为。即使如此，在这种时候，他也不会在灰海獭身上泄愤，因为灰海獭有一根木棒和一个神的头脑；但此时此刻与他冲突的狗无疑倒霉，在狗的后面，除了空间以外，什么也没有。所以，雪狼由于讥笑而发疯时，他们就从他的面前逃向空间。

　　雪狼三岁那年，迈肯齐河的印第安人遭到了一次大的饥荒。夏季捕不到鱼，冬天打不到鹿。麋鹿特别少，而兔子几乎绝迹。猎食为生的动物濒临死亡。他们失去了习以为常的食物，饿得只好弱肉强食。只有强者生存了下来。

　　雪狼的神们也是猎食动物，其中的老弱也饿死了。村子里有哀哭之声。为了将仅有的一点儿东西留给形容消瘦、眼窝深陷、徒然在森林中跋涉追寻猎物的猎手们，妇女和小孩忍饥挨饿。

　　人们被逼到了绝境。他们竟吃了鹿皮鞋和并指手套的鞣皮。而且，人们吃狗，狗们相互吃，先是吃掉最弱的和比较没有价值的，慢慢地，活着的狗明白了。于是，少数最聪明最勇敢的狗就丢下人们的火逃进森林，因为火堆现在变成了屠宰场；而在森林中，他们或者饿死，或者被狼吃掉。

　　在这悲惨的时刻，雪狼也悄悄逃进了森林。由于兽仔时代的训练，他比别的狗更适应这种生活。他尤其擅长偷偷跟踪小动物，一潜伏就是几个小时，怀着与饥饿同样大的耐性等待着，监视一只谨慎小心的松鼠的一举一动，直到其冒险到了地上。即使这时，雪狼也不行动。他要等到十拿九稳以后，一击而中，决不让松鼠来得及逃上树。于是，他从隐藏的地方现出身形，不迟不早，快得像一个射出的灰色物体一样令人难以置信，稳稳地捉住目标——想逃但为时已晚的松鼠。

虽然捉松鼠比较成功，但松鼠也不多。他不能依靠他们生存、长壮。因此，他不得不猎取更小的东西，有时饿得只好从地洞里挖小老鼠，甚至不惜与同他一样饥饿，而比他更为凶恶的伶鼬作战。

在最危急的时候，他曾偷偷返回神们的火堆，但没走到火边。为了防止被人发现，他埋伏在森林里，掠夺捕兽机难得捕到的个别食物。一次，他甚至偷了灰海獭的捕兽机上的一只兔子，那时，灰海獭正在森林里蹒跚而行，由于衰弱气喘常常坐下来休息。

一天，他碰到了一只年轻的狼，饿得精瘦憔悴，肌肉松弛。如果不饿的话，雪狼会跟着他走，最终与他的野生兄弟们为伍结队；但是他饿得要命，于是捉住那只小狼，将其杀死吃掉。

雪狼的运气不错。每逢饿到极点时，他总能找到东西杀了吃；他衰弱不堪时，又总没碰到什么比他大的食肉动物。一次，他刚吃了两天大山猫肉，身体强健了，碰到一群饿狼扑来。那场追逐既残酷又很远，但他比他们的营养好。最后，不但超过了他们，而且在兜了一大圈后绕回原地，干掉了一个筋疲力尽的追逐者。

以后，他离开这个地方，到自己出生的那个盆地去旅行。在原来的洞穴里，他遇见了杰茜，她故伎重演，逃离不适于居住的人类的篝火，到过去避难的地方生仔来了。雪狼来到时，这一窝已仅剩下一只活着了，在如此饥荒的形势下，幼小的生灵没什么希望，这一只注定了未必能活多久。

杰茜对待已经长大的儿子，毫不慈爱。不过，雪狼并不介意，他长得已经超过母亲了。于是，他达观地转身走开，向河流上游跑去，在河流分岔处走上左边的支流，发现了许久前他与母亲共同吃掉的那只大山猫窝，就在这个荒弃的洞里休息了一天。

初夏，在饥荒的最后几天里，他无意中碰见了利·利，他也逃到了森林里苟延残喘。他们正从相反的方向沿着一处悬崖的脚下跑，绕过岩石转弯时碰见了。他们都非常惊慌，站住，怀疑地互相观察。

雪狼的状态非常好，他的行猎极为顺利，一星期来都吃得很饱，刚刚还捕到猎物大嚼了一顿。但是，一看见利·利，他背上的毛不由自主地立了起来。这种条件反射，是由于过去利·利的欺负迫害造成的心理状态而产生的。他不由自主地耸毛咆哮，像过去一看见利·利就耸毛咆哮一样。他做事既迅速又彻底，从不浪费时间。利·利想要逃跑，然而，肩挨了肩，雪狼狠狠地打他，将他掀翻在地，将牙齿咬进了枯瘦的喉咙。雪狼硬着腿在周围走着，看他临死前的挣扎。以后，重新上路，沿着悬崖的脚下疾步奔驰。

不久后的一天，他来到森林边，一条狭长的空地斜着伸向迈肯齐河。从前，他来过这里，那时是一片空地，现在却有一个村子。他躲在林子里，研究其中的缘由。

是旧村子迁到这个地方来了，他熟悉那景象、声音和味道，只是与他逃离的时候已经不同了。呜咽与哭泣消失了，他听到的都是满足的声音。一个妇女在发怒，可以听得出来，那是从吃饱了的肚子里发出来的。空气中还弥漫着鱼的味道，有食物了！饥荒过去了！

雪狼勇敢地走出森林，向营地小步跑去，直奔灰海獭的帐篷。灰海獭不在，克鲁·库快乐地招呼他，用一条刚捉到的鱼欢迎他。他就地躺下来，等待着灰海獭。

十五　众矢之的

即使雪狼天性中有任何与狗的种族友善的成分，但当他一旦成了拉雪橇的领头狗时，这种可能性也不可挽救地被毁灭了。米·沙额外给他的肉，他所受到的宠爱，以及他老在他们前头奔跑、摇动尾巴和臀部，这一切，都使那些狗们发狂地仇恨他。

同样，雪狼对他们也怀有刻骨仇恨。他绝不喜欢做领头的雪橇狗。三

177

年来，他打败并镇压了这群狗中的每一只，无法忍受现在被迫在狂叫着的群狗面前落荒而逃。然而，他必须忍受，否则就得灭亡，但他体内的生命还不想死亡。

米·沙一声令下，全组的狗立刻野蛮地大叫着，向他扑了过来，他没有防卫的余地。他若转身攻击他们，就会被米·沙抡起的鞭子火辣辣地抽在脸上。他只有跑开。他不能用尾巴和臀部去对付那群嚎叫的狗们，尾巴与臀部可不是对付这么多无情牙齿的合适的武器。

因此，他只好跑，整天地跳，每一跳都违背着自己的天性，伤害着自己的自尊心。

谁也不可能违反了自己天性的指示而不伤害天性。这种颠倒，仿佛一根本来应该从身体内部向外长的毛，现在不自然地反过来向肉中长一样，注定要疼痛化脓。雪狼的情况就是这样。体内的每种推动力，都驱使他扑向后面叫唤的狗群，但神的意志并非如此，而且抽得使人疼痛的鹿肠皮鞭实施着神的意志。雪狼只有暗中悲伤苦恼，发展着与凶猛顽强的本性相适应的仇恨与恶毒。

如果有一个动物曾经成为自己种族的敌人，那么，这个动物就是雪狼。他既不要求宽恕，也不给予宽恕。群狗的牙齿不断在他身上留下伤痕，他也不断地用牙齿给群狗印上伤疤。在安营卸套以后，大多数领头狗都挨近神们以求保护，雪狼却轻视这种保护。他勇敢地在营地各处走动，在夜里报复白天所受到的苦难。

他没做领袖时，狗们曾经学会了给他让路。但是现在，他们由于整天追逐雪狼产生的兴奋之情和脑子上反复出现的雪狼逃跑的印象的下意识影响，被整天的统治感支配着，不再情愿地克制自己而对他让步。他一出现在他们中间，争吵就必定发生。他就连吼带咬为自己开路。即使他呼吸的空气中，也到处弥漫着仇恨与敌意，这样又增加了他内心中的仇恨与残暴。

米·沙下令停止时，雪狼就服从。开始时，后面的狗一齐冲向可恨的领袖。然而，现在情况不同了，米·沙手中的鞭子会给雪狼做主撑腰。渐渐地，狗们明白了，在奉命停止前进时，不要去惹雪狼；但是如果雪狼没奉命令就停止，那么只要能够得着，就扑上去咬他。这种情形经历了几次以后，雪狼很快就懂得了，没有命令，他决不停止。因为生命提供给他的生存环境如此严酷，他必须学得快些，唯有这样才能活下去。

不过，那些狗们却永远也学不会不要在营地里去惹雪狼这样的教训。每一天，由于追逐叫骂而忘记了头天晚上的教训，到了晚上，重新领教以后，又立刻再一次被遗忘。他们恨他的共同之处在于，他们觉察到，他们与他种族不同——这本身已经足以导致敌对情绪的产生。

和雪狼一样，他们也是被驯服了的狼，但已经被驯养了许多代，绝大部分的野性已经没了。在他们看来，荒原既未知可怕，又永远充满了敌意与威胁。然而，无论在外貌、行动，还是本能的冲动上，雪狼仍然眷恋着荒原，象征着荒原，是荒原的化身。所以，当他们向他露出牙齿的时候，他们是在自卫，是在抵御隐藏在森林深处、篝火以外的黑暗中的可能毁灭他们的力量。

狗们认识到了团结一致的重要性。任何一只狗想要单枪匹马地跟雪狼对抗，那太可怕了。他们用密集的队形对付他，否则他会在一夜之间一个个杀死他们。实际上，他从来也没有杀他们的机会。他可能会掀翻一只狗，但是，不等他干到彻底——向喉咙那里下毒手，狗们就蜂拥而上。狗们一旦发现有冲突的预兆，就会群起而攻之。虽然他们之间也相互争吵，但在与雪狼吵闹时，就会忘掉内部的纠纷。

另一方面，他们也想竭尽全力，然而，却并不能杀死雪狼。相形之下，他太迅猛，太聪明，太难被打败了。每逢他们可能包围住他的时候，他总能游刃有余，脱身而出。他们中间，还没有哪只狗可以将雪狼打翻在地。他双脚依附土地的坚韧性，跟他对于生命的依恋性一样。所以，在与群狗无穷无尽的战斗中，谁也不如雪狼明白，生命与站稳脚跟具有同等重要的意义。

雪狼就这样成了种族的敌人。作为被驯化的狼，他们为人类的火所软化了，由于人类力量的庇护而变得软弱了。雪狼的本质，造就了他的冷酷无情。他可怕地实施着"近亲复仇"的主张，向所有的狗做"近亲复仇"。因此，即使自己本人也非常野蛮凶狠的灰海獭，也不得不对他的凶猛感到惊异，他发誓说从没有过这样的畜生；陌生村庄的印第安人也这样说，他们的狗常常被他杀死。

雪狼快要五岁的时候，灰海獭带他沿迈肯齐河，过洛矶山，下波古滨，到育空河，做了一次长途旅行。一路上经过了许多村子，他就大肆践踏狗们，让人久久难忘。他喜欢向他的种族报仇雪恨。他们都是些普普通通、毫不猜疑的狗，对他的迅猛、直接和不宣而战，毫无准备。他们不知道，他是一个嗜杀成性的"闪电"。他们耸毛硬腿向他挑战，他却毫不浪费时间、心血搞这些准备程序，而像一根弹簧一样，突然一跃而起，当他们惊慌失措还不明白怎么回事的时候，他已经咬住了他们的喉咙，在毁灭他们了。

他变成了一个非常精明的打仗能手，绝不浪费精力，也绝不扭在一起。那种迅雷不及掩耳之势，不允许对手和他扭在一处。如果他失手了，他就很快脱身。对扭打在一处的反感，他表现得异乎寻常。那非常危险，会令他发疯。他不能忍受与别人的身体长时间接触，必须挣脱开，两腿直立，自由自在，不接触活的东西。这表明荒原仍然依附在他身上，借他体现出来。这种情感，由于他自兽仔时代以来那种被社会抛弃的生活，得到了加强。

危险就潜伏在接触中。它是陷阱，永远是陷阱。对危险的恐惧，潜伏在他生命的深处，融入了每根纤维里。

所以，碰到雪狼的陌生的狗们，根本没有对抗的机会。他或者干掉他们，或者扬长而去。总之，他们的牙齿碰不到他。当然，这些事中也难免会有偶尔的例外。有时，几只狗一齐向他扑来，趁他不及跑开时惩罚他，或者一只狗重重地咬伤了他。但基本上说，他非常能干，简直无人可敌。

他的另一个长处，是对时间和距离的正确判断，这并非出于自觉或计划，而是自然而然，眼睛看得正确，神经再将影像正确传达给大脑。这些工作，他比一般的狗做得更好，顺利而稳定。他更好地协调着神经、心理与肌肉。当眼睛将一个动作运动中的形象传达给大脑时，大脑无须费力就明白了限制的空间与完成所用的时间，他就避开别的狗的扑杀与牙齿的撕咬，同时抓住很少的时间进行攻击。在肉体与脑力方面，他是一副更完整的机械。这并非说他值得赞美，只是自然对他比别的动物更慷慨而已。

夏天时，雪狼到了正好坐落在北极圈内的育空堡。去年冬天，灰海獭穿越了迈肯齐河和育空河之间的广阔流域，在洛矶山脉向西延伸的支脉中打猎度过了春天。波古滨河解冻后，他划了一只独木舟顺流而下，直到与育空河交汇处。

这里有一座古老的荷德逊海湾公司的堡垒，有许多印第安人，食物也很多，空前嘈杂。那是 1898 年夏季，成千上万的淘金者逆育空河而上，往多盛和克朗代克去。他们中的每一个人，都至少已走了四五千里路，许多人还来自大洋彼岸；虽然都已奔波了一年，然而距离目的地，仍有几百里之远。

灰海獭在这里停下来。对于淘金的狂热，他早有所耳闻，所以，他带了几捆皮毛、兽肠并指手套和鹿皮鞋来，倘若不为牟取暴利，他绝不会做如此遥远而冒险的旅行。然而，他的期望与收获相比，简直微不足道。他做梦也想不到利益会超过百分之百，但他得到了百分之一千。

因此，像一个真正的印第安人一样，他住了下来，慢慢地、小心地做自己的生意。即使一夏一冬才能卖完，也无所谓。

在育空堡，雪狼第一次见到了白人。在他眼中，他们是另外一种活的东西，比他所了解的印第安人更高贵。神性本是寄托在权力之上的，他们则具有更高的权力。雪狼没有进行推理，头脑中也没有明确的概括。白神更强，这仅仅是一种感觉，然而却是一种强有力的感觉，就如同幼仔时代，作为权力象征的人类高耸的帐篷打动了他一样，现在，这些巨大的房屋和堡垒也同样打动了他。这就是权力。这些白色的神们是强大的，比他已知的神们——其中最强的是灰海獭——具有更大的主宰事物的力量。相形之下，灰海獭顶多算是一个婴儿。

当然，雪狼只是感觉而并没有意识到这些，不过，动物多是根据感觉而非思想采取行动的。现在，雪狼的一举一动，都是以"白人是高等的神"这种感觉为根据的。他非常猜疑他们，不知道他们会造成什么未知的恐怖，带来什么未知的伤害。

最初几小时，他只是偷偷摸摸地在他们周围走动，相隔一段安全的距离打量他们。以后，他看到他们近处的那些狗并未受到伤害，才走近了一些。

与此同时，他们也对他非常好奇。狼的外貌立刻吸引了他们的目光。他们对他指指点点，雪狼因此警惕起来。他们想接近他时，他就露出牙齿走开。没有一个人能用手碰一碰他。他们没有碰他可真是幸运！

很快，雪狼就了解到，住在此地的白神极少，最多六个。而每隔两三天，岸边就会有一只汽船（作为权力的另一巨大表现）停泊几个小时，许多白人从船上下来，又上去，看上去多得数不清，比生来见到的印第安人还多。以后，他们还是继续来到河边，稍作停顿便逆流而上，消失了踪影。

如果说这些白神是万能的，不过，与随主人上岸的狗稍稍厮混，雪狼很快发现，他们的狗却不怎么样。这些狗的形状大小各不相同，腿不是太短就是太长，身上不是绒毛而是长毛。有的甚至几乎都没长毛。没有一只狗知道如何打仗。

作为种族之敌，跟他们打仗是分内之事。雪狼做了，而且很快就生起无比的轻蔑。他们软弱无能，大喊大叫，笨拙不堪地辗转挣扎，妄图凭借力气取胜。他运用的则是机智与灵巧。他们大嚷大叫着向他冲来，他跳到一边，在他们不知道他怎样了的时候，他就扑到他们的肩膀之上，将他们打翻在地，攻其喉咙。

有时，这种攻击很顺利。受攻击的狗在泥土里滚来滚去，在一旁守候观望的狗便蜂拥而上，将他撕碎。雪狼很聪明，他知道神们在狗被杀死时必然动怒，白人也不例外。因此，他打翻一只狗并切开了喉咙后，就退到旁边，让群狗上去做残酷的收尾。当白人大怒而来，用石块木棍斧头等各种武器打在同伴们身上的时候，雪狼已经在不远的地方逍遥观战。他真是聪明绝顶。

然而，他的同伴也根据自己的方式变得聪明起来。雪狼也更乖了。慢慢地，他们知道，这种把戏，只能在一只船第一次靠岸时才可以玩。最初的两三条陌生的狗被毁灭后，白人就将他们的狗推到甲板后面，而且野蛮地进行报复。一个白人看见自己的一条猎狗竟当面被撕成碎片，就掏出左轮手枪来，迅速地开了六枪，六只被打死或要死的狗便躺在地上。这种权力的表现，深深地铭刻在了雪狼的记忆中。

雪狼不爱他的种族，自己的机灵又足以逃脱惩罚，而且，灰海獭忙着做生意发财，他便整天无所事事。因此，他非常喜爱这种游戏。杀白人的狗开始只是一种消遣，后来居然成了他的嗜好。他与那群声名狼藉的印第安狗在码头附近闲逛，等待轮船的到来。轮船一来，游戏便开始。几分钟后，白人惊慌稍定，他们便烟消云散，游戏结束，再等下一次船来时故技重演。

如果说雪狼是印第安狗群中的一员，那也不完全正确。他并不跟他们厮混在一起，而是独自一人，离得很远。的确，他和他们一起捣乱，但他也让他们感到畏惧。他向陌生的狗挑战时，他们在一旁等待；他将对方打翻，他们就上去结果他。这时，雪狼早已撤退，让他们去代他承受神的处罚。

挑起争斗并不难，他只需在陌生的狗上岸之后露一露面。一看见他，他们就会本能地冲过来。当他们匍匐在原始世界的火旁改造着自己的本能，开始对生养了他们却遭到舍弃和背叛的荒原满怀恐惧的时候，他就是埋伏在火堆周围的黑暗里的东西，是荒原，代表着未知、可怕，永远具有威胁性的东西。从古至今，对荒原的恐惧一代一代遗传下来，刻入了他们的天性中。许多世纪以来，荒原就代表了恐惧和毁灭，他们的主人特许他们去杀害荒原的东西。这样做，既是为了保护他们自己，也是为了保护陪伴和庇护他们的神。

这些狗来自温暖的南方，毫无经验。他们小步跑下跳板到岸上，看到雪狼，就有一种抑制不住的冲过去毁灭他的冲动。他们生于城市长于城市，然而对于荒原，具有同样的本能的恐惧。他们不仅是在用自己的眼睛看，而且也是在用祖先的眼睛看，看到光天化日下这个狼模样的动物站在面前，根据祖传的记忆判断他是狼，就想起了前世的孽债。

所有这些，使雪狼非常高兴。这些狗忍不住打他，正是他的运气，却是他们的晦气。他们以为他是合法的牺牲品，他也把他们看成合法的牺牲品。

在孤独的洞穴里，他曾经第一次看到白天的光明；他曾经与松鸡、伶鼬、大山猫进行了最初的搏斗；小狗时代，利·利及其他小狗的迫害造成了极大的苦痛……所有这些，对雪狼的性格都并不是没有影响。否则，他会面目全非。如果没有利·利，他也许会与小狗们一起成长，从而变得更像狗，也更喜爱狗。倘若灰海獭具有垂爱之心，也许会打动雪狼天性最深处的东西，唤起各种仁爱和蔼的品质。然而，一切并非如此，现在的雪狼被塑造得孤独乖僻、凶狠狡诈，变成了全族异口同声的仇敌。

十六　易　主

住在育空堡的白人寥寥无几。他们在这儿住了很长时间，自称为"酵子"，并引以为傲。他们轻视其他刚从轮船上登岸的新来者，称之为"洋盘"，而新来者也总是因此非常丧气。"洋盘"与"酵子"之间的不同，在于前者没有发酵粉，做面包时用酸面团子，而后者是用发酵粉做面包的。

其实这些都不过是名目罢了。堡垒里的人轻视新来的人，为他们的倒霉而幸灾乐祸，特别对雪狼和那群声名狼藉的印第安狗们大肆践踏新来者的狗感到快意。每当汽船一到，他们必定满怀对印第安狗的殷切期望，到河边来看这种游戏，争先恐后地赞赏雪狼这个野蛮而狡诈的角色。

其中一个人特别热衷于这种游戏。他总是听见汽船的第一声汽笛就飞奔而来，又总是在战斗结束、狗群走散才最后带着一种怅然若失的神情慢慢踱回堡垒。他甚至在听到柔弱的南方狗被一群虎牙毁灭而发出的垂死的惨叫时，高兴得手舞足蹈，大喊大叫，几乎不能自已。他看雪狼时的那种目光，真是既狡猾又贪婪。

没有人知道他的姓名，人们都叫他"美人"——美人史密斯。但自然对他那么吝啬，他绝对不是个美人。他长得特别丑：个子矮小，身材瘦弱，脑袋小得惊人，头顶仿佛枣核。实际上，在人们称他"美人"以前的

184

孩提时代，他曾有个绰号——"枣核"。

他的头尖顶向后，斜连到脖子上，向前则非常坚决地倾下去，接住低而宽的额头。造化仿佛后悔自己的过分吝啬，就慷慨地给了他一个舒展的面目。较之其他部分，他的脸大，眼大，两只眼睛之间还有两只眼睛的距离。也许瘦脖子疲乏难支，一副巨大阔重的腭骨向外向下突出，仿佛长在胸膛之上。

这副腭骨给人一种天生凶猛的印象，但好像又缺少什么，也许是过犹不及，也许是腭骨太大，总之，这只是一种假象而已。美人史密斯，是作为鬼鬼祟祟的怯懦者中最怯懦的一个而闻名遐迩的。

我们可以将他的尊容完整地描绘下来：大而黄的牙齿，枯瘦的嘴唇下露出像狗牙一样的虎牙。大自然似乎少了颜料，便将各种颜料的渣滓挤出来混入他的眼中，看上去既黄又浊。不但眼睛如此，头发亦然，稀薄蓬乱一团污黄翘在头上，一簇簇出奇地伸出面部以外，仿佛被风吹乱的丛生的稻谷。

总而言之，史密斯是一个畸形的人，当然错不在他而在别人。他出生时就被塑成了这副模样，自己无从选择。他为堡垒里的人们做饭、洗碗和做其他的杂役。与宽容任何受到自然的不公正待遇的人一样，人们非但不轻视他，反而待之以宽大的人道的态度，而且怕他，惧怕他由于卑怯的愤怒而从后面开枪或在咖啡里下毒。更何况，总得有人做饭，无论有多少短处，美人史密斯却会做饭。

美人史密斯从最初就拉拢雪狼，他看着雪狼，对他的凶猛欣赏之至，极想据为己有。然而，对于他的拉拢，雪狼从一开始就不予理睬，以后就耸毛、露牙、走开。野狼感觉到他的恶意，不喜欢这个人，害怕他的甜言蜜语以及伸过来的手，因为这一切而憎恶他。

比较简单的动物，对于好坏的理解非常简单。好代表一切令人舒服满足、可以解除痛苦的东西，因此人们喜爱；坏则代表一切令人不适、具有威胁伤害性的东西，因此招人憎恨。

雪狼对美人史密斯的不祥的感觉，既不是出于推理，也并非仅凭五官，而是出于其他一种非常微妙、莫名其妙的直觉。从史密斯畸形的身体，到如同升起于满是瘴气的沼泽之中的雾一样，非常玄妙地从不健康的体内散发出的那种古怪的心理，雪狼感到，这个人满肚子都是害人的心思，是邪恶的化身，应该加以憎恨才是。

美人史密斯第一次造访灰海獭营帐时，雪狼正在家里非常惬意地躺着，他未见其人，只听到从远处传来的微弱的脚步声，就知道谁来了。于是立刻爬起来，毛发耸立。那人一到，他像狼似的偷偷地溜到营帐边上。

他只看到那个人和灰海獭交谈，不知道他们说些什么。一次，那人指了指他，雪狼便冲他一声怒吼，仿佛那只手不是离他十五尺而是要触到他身上。那人看了大笑。雪狼一边溜走，一边回顾地躲进树丛的隐蔽中。

灰海獭已经做生意发了财，什么也不缺。更觉雪狼可贵，雪狼是他养过的最壮的雪橇狗和最好的领头狗，无论在迈肯齐河还是在育空河流域，没有一只狗可以比得上他。他善于打仗，杀别的狗像人类杀死蚊虫一样容易。

史密斯听到这话，双眼发光，贪婪的舌头舔一舔嘴唇。

不！无论多少钱也不卖！

但是，美人史密斯对印第安人的脾气了如指掌。他常常来拜访灰海獭，总将一只黑色瓶子之类的东西藏在外衣下。威士忌能够使人口渴，灰海獭就犯了口渴的毛病，黏膜发烧，胃如火烧，需要更多的这种灼人的液体；这种陌生的刺激物还搅乱了他的大脑，听之任之，不顾一切搞酒喝。他开始花掉卖皮毛、并指手套和鹿皮鞋的钱，而且越来越快，随着钱袋渐渐变瘪，他的脾气变得越来越大。

最后，灰海獭的货物、钱和脾气都完了，一无所有，只有口渴这笔庞大的产业，并随着每一口清醒的呼吸更加庞大。

于是，美人史密斯重提关于卖掉雪狼的旧话，但是，这次的价钱不是以钱而是以瓶计算，正中灰海獭的下怀。

他最后说："你捉住他，他就是你的。"

瓶子付了。

然而，两天以后，"你把他捉住。"不过，这一次，是美人史密斯对灰海獭说的。

一天，雪狼偷偷走进营帐，那可怕的白神不在！

他满意地叹了一声，坐下来。几天来，他想向他下手的表现越发急切，雪狼被迫离开营地。他不知道那些一再伸出的手预示着什么不祥之兆，只知道它们包含着恶意，离得越远越好。

他刚刚躺下，灰海獭就蹒跚而至，将一根皮带扣在他的脖子上。他坐在雪狼旁边，一只手抓住皮带头，另一只手抓住一只瓶子，时而将瓶子倒举在头上，咕咕吞咽两口。

一个小时后，一阵脚步传来，雪狼知道是谁并耸毛的时候，灰海獭却还在笨拙地乱点头。雪狼想轻轻地将皮带从主人手里挣脱出来，但是，松弛的手指握紧了，灰海獭自己也站了起来。

美人史密斯大步走进营帐，站在雪狼身边。雪狼抬起头来，冲这可怕的家伙轻声怒吼，密切地注视着两只手的动作。一只手伸了出来，落向他头上，他的咆哮由轻而粗暴，紧张起来，那手继续慢慢下落，他匍匐在下，恶毒地盯着它，咆哮随着呼吸的加速越来越急，几乎登峰造极。突然，他像蛇一样亮出牙齿一咬，咔嗒一声，扑了个空。

美人史密斯将手缩回，又惊又怕。灰海獭打了一下他的脑袋的一侧，雪狼恭恭敬敬地趴在地上。

雪狼满腹狐疑地注视着每一个动作。美人史密斯走出去，抄起一根大棒。灰海獭将皮带头交给他。美人史密斯拉紧皮带走，雪狼反抗，灰海獭就打他的左右两边。他服从了，起身跟着走，一冲，扑向要拖他走的这个人。

然而，美人史密斯并没有跳开。他已经等待着雪狼的这一扑。他用劲一挥棍子，便将雪狼打倒在地。灰海獭大笑着点头赞许。美人史密斯又拉紧皮带，雪狼便昏头涨脑、浑身软弱地爬起来。

他没有发起第二次进攻。只此一棍，他就充分明白了，这位白神是知道如何使用这木棒的。他很聪明，绝不会去做无谓的牺牲。他夹着尾巴，闷闷地跟在美人史密斯的后面，仍然悄然无声地轻轻咆哮。然而，美人史密斯却非常谨慎，一直小心翼翼地盯着他，准备随时挥动棍子打。

到了堡垒，美人史密斯牢牢地拴住他，就去睡觉。雪狼等了一个小时后，用牙咬皮带，他的牙齿绝不白白浪费时间，没有一口是徒劳无功的，只十秒钟，就获得了自由。皮带被斜着咬断，近似刀割一样整齐。雪狼抬起头来，一边向堡垒上面看，一边又耸毛又咆哮。他不必向这位陌生而可怕的神尽忠。他早已将自己交给了灰海獭，自己是属于他的，所以，他又转身跑回灰海獭的营帐。

然而，上一次的故事又一次重演，但略有不同。灰海獭再次用皮带扣住他，早晨时将他交给了美人史密斯。接着，就是所谓的不同之处，美人史密斯紧紧扣住他，棍子皮鞭一齐上，让他遭到生来最厉害的一阵毒打，而且只能忍受这处罚，徒然愤怒，也无济于事。与此相比，小狗时代承受的灰海獭的那顿毒打，真是温和多了。

美人史密斯喜欢这种事情，乐此不疲，快意无穷。他踌躇满志地凝视他的牺牲品，浑浊的眼睛闪着亮光，听着雪狼的惨叫和无可奈何的怒吼。

美人史密斯是残酷的。这种残酷，是卑怯者的残酷。他在别人的打骂卜畏缩抽泣，反过来再向比他弱小的东西报复。一切生命都喜欢权力，他也不例外。因为在自己的种族中没有机会实施权力，他便退而向比较低级的动物发泄体内生命的权力。他带着一个畸形的身体与野兽般的智慧来到这个世界，这个世界又没有很好地塑造他的素质，所以，美人史密斯并没有创造自己，他本人是无可责难的。

雪狼知道自己挨打的原因。灰海獭将皮带扣住他的脖子并交给美人史密斯时，雪狼就知道，他的神的意志是要他跟美人史密斯走；而美人史密斯将他扣在堡垒外面的时候，他也知道他的意志是要他留在那里。他违反了两位神的意志，所以才遭到一顿痛打。他过去见过狗们易主，也见过逃跑的狗挨打，和他一样。

雪狼很聪明，然而，天性中有些品质比智慧更强有力，其中之一就是忠贞。他并不爱灰海獭，然而，即使面对他的意志与愤怒，他依然无可奈何地忠实于他。他的种族所特有的这种忠实的品质，是组成他的素质的一个方面，它使得这种动物与其他种类的动物区别开来，使狼与野狗有可能从旷野中走来，与人类结成伴侣。雪狼在被打过之后，被拖回堡垒。这一次，美人史密斯用一根棍子将他扣好之后才走开。但是，谁都不会轻易放弃一位神，雪狼也是如此。灰海獭是他自己的神，虽然灰海獭的意志已定，出卖了他，丢弃了他，但这对于雪狼毫无影响，他依然对他满怀眷恋而不肯放弃。他曾经毫无保留、但并非无谓地将自己的肉体与灵魂奉献给了灰海獭，这种束缚不可能轻易就被打破。

因此，在夜里，当堡垒里的人都睡着以后，雪狼就用牙咬拴他的木棍。但是，木质非常干燥，而且扣得贴近脖子，牙齿简直碰不到。他吃力地弯着脖子，经过肌肉最困难的努力，才将木头衔到牙齿间，而且也仅仅是衔着而已，又很顽强地坚持了好几个小时，才终于将木棍咬断。狗能做到这种事，真是空前未有，出人意料。

但是，雪狼做到了。清晨，他脖子上悬着那根木棍头，从堡垒里跑了。

雪狼很聪明，不过，如果仅仅是聪明，他就不会再回到灰海獭身边了。他已经两次出卖他了。然而，他仍然非常忠诚，回去又让灰海獭在脖子上扣一根皮带，第三次将自己出卖。

美人史密斯又来索取。自然，这次打得比上次更为厉害。白人挥舞皮鞭的时候，灰海獭在一旁呆头呆脑地观看。他没有抗议，因为雪狼已经不是他的狗了。

打完以后，雪狼病了。如果是一只软弱的南方狗，这样打，早就被打死了。但雪狼不会。严酷生活的锻炼与自身坚强的素质，使得他太牢地抓住了生命，具有超乎寻常的强大的生命力。不过，他已经相当虚弱，开始根本不能行动，美人史密斯只好等了他半个小时。

以后，他便盲目地跟着美人史密斯，步履蹒跚地走回城堡。现在，一条令牙齿无能为力的铁链扣着他。他徒然使劲地冲撞，企图拔出钉在木料中的铁环。

几天后，清醒了但早已破产了的灰海獭走了，又开始了从波古滨返回迈肯齐的长途旅行。

雪狼作为一个半是疯狂、几近残暴的人的财产，被留在了育空堡。然而，一条狗的思维，又如何能明白疯狂是什么呢！美人史密斯对雪狼来说，纵然可怕，却是一个货真价实的神。这是一个彻头彻尾的疯狂的神。

189

不过，雪狼对疯狂一无所知，他只知道必须屈服这个新主人的意志，服从他的每一个胡思乱想。

十七 斗　技

在人的疯狂唆使下，雪狼变成了一个魔鬼。

美人史密斯用铁链将他扣在堡垒后面的一个圈里，用种种刑罚折磨他，激怒他，使他发狂。那家伙早就发现，雪狼对嘲笑非常敏感，因此，在每次痛苦地戏弄了他以后，必定故意地既响亮又轻蔑地嘲笑他，同时还用手指指点点，嘲弄他。这时，雪狼就丧失了理智，暴怒之下，甚至比美人史密斯更疯狂。

在此之前，雪狼不过是自己种族的敌人，而且是一个凶恶的敌人；现在，他开始与所有的东西为敌，而且比以前加倍凶恶。他被折磨得没有了丝毫的理智，盲目地憎恨，憎恨束缚他的铁链，憎恨那些从木圈的板缝里窥视他的人，憎恨那些仗着人势、在他无可奈何时向他凶恶地咆哮的狗，憎恨拘禁他的木圈，其中，他最先、最后、最深地憎恨的人，是美人史密斯。

然而，美人史密斯之所以这样对待雪狼，是怀有目的的。许多人围着木圈，美人史密斯拿着木棒走了进来，解了雪狼脖子上的铁链后，又走了出去。

雪狼无拘无束了，就四面撕圈板，想扑外面的人。那副模样极其可怕：足足五尺长，两尺半高，由于继承了作为母亲的狗的比较大的体重，虽然全身没有一点脂肪或赘肉，全是筋肉、骨头与腱子这些最利于打仗的肉体，他的体重却远远地超过了一只身材相仿的狼，达九十多磅。

圈门又开了。雪狼停下来，等待什么不寻常的事发生。门开得大了些，一只身材很大的狗被推了进来。接着，门就"砰"地关上了。那是獒犬，雪狼从未见过。不过，这既不是木棍也不是铁链，而是可以发泄仇恨的东西，入侵者的身材与凶相吓不倒他。他跳上去，一口咬破了獒犬脖子的侧面。獒犬摇摇头，沙哑地咆哮着扑过来。但是，雪狼总是躲闪，一会儿在这里，一会儿在那里，无所不在，总是跳上来撕咬后就及时跳开。

外面的人连声喝彩。美人史密斯欣喜若狂，垂涎三尺地盯着雪狼撕咬的伤口。獒犬太笨重，行动过于缓慢，从一开始就没有希望。最后，美人史密斯用棍子赶开雪狼，獒犬被主人拖了出去。于是，赌博得胜的金钱在美人史密斯的手中叮当作响。

雪狼走过来，急切地观察聚在木圈周围的那些人。这也算一场战斗，是赐给他表现内在生命的唯一办法。他被作为囚犯受到拘禁，受到虐待。除非主人放进别的狗来与他为敌，否则，满腔仇恨却无法报仇雪恨。

美人史密斯没有估计错，他总是胜利者。有一天，他连续与三只狗斗。另外一天，一只刚从荒原捕获的长足了的狼被推了进来。还有一次最为激烈的战斗，他同时与两只狗斗，虽然最终将他们全部咬死，但自己也被咬得半死不活了。

现在，雪狼在那一带远近闻名，人们都知道他叫"战狼"。这年秋季，初雪降临时，河里流着酥软的冰块，美人史密斯带他上了逆育空河上行到多盛的轮船。他被囚的笼子放在甲板上，经常招来好奇的人们围观。他冲他们咆哮怒吼，或静静躺着，满怀冷静的仇恨研究他们。

为什么不应该恨他们？他没有扪心自问这个问题。他沉湎在仇恨中，只知道仇恨。生活对他早就变成了地狱，他天生不能忍受人类对于野兽的囚禁，然而，自己现在正处于这种境遇之中。人们盯着他看，用木棍戳进笼子里让他咆哮，然后又嘲笑他。

这些人就是他的环境，正将他的素质塑造得比自然设计的更加凶猛。不过，自然也赋予了他可塑性。其他种类的许多动物也许早已因此死去，或垂头丧气了，但他却适应了环境，生存了下来，情绪也不低落。也许美人史密斯这个狡猾的恶鬼和磨难者可以摧毁雪狼的锐气，但迄今为止，他还没有成功的迹象。

如果说美人史密斯心里有一个魔鬼的话，那么，雪狼也有另外一个，而且这两个魔鬼不停地相互发怒。过去，雪狼曾经获得过要匍匐、屈服于

191

一个手持木棒的人的经验，然而现在，他又忘掉了这种知识。只要一看见美人史密斯，他就暴怒起来。他们靠近时，在棍子击退之后，他仍继续咆哮怒吼，露出牙齿，绝不停止。无论被打得多么厉害，他总是要怒吼一声。美人史密斯罢手撤退时，雪狼公然反抗的吼声追着他，要么就扑在栅栏上狂吼泄恨。

轮船到了多盛。雪狼上了岸，仍然在笼子里作为"战狼"被公开展览。好奇的人们围着他，用五毛钱的金沙博得一看。既然花了钱，他们就不让他休息。当他想躺下睡觉时，人们便用一根尖棍戳得他爬起来，认为这样才值得。为了保持展览的兴趣，他总是经常地被弄得满腔愤怒。

最为糟糕的是，包围着他的那种气氛，人们的一言一语，每个谨慎的动作，都将他是最可怕的野兽这一信息通过笼子的栅栏传递给了他，使他得到自己是凶恶可怕的这一印象，而这正是往凶猛的火上浇油。结果，他的狞厉凶猛以自身作为营养变本加厉。这是他的素质可能根据环境的压力而被模塑的又一例证。

除了公开展览，他又是一个以战斗为职业的动物。战场一旦布置就绪，他就被拖出笼子，带到离城市几里外的森林里。为了避免骑警干涉，搏斗经常是在夜里，而时间并不固定。这样等上几个小时，天一亮，观众与他们带来的雪狼的对手也就来了。这个地方是野蛮的，人也是野蛮的。雪狼与无论大小也无论血缘的狗斗，直到一方战死为止。

雪狼必须继续打下去，那么，不言而喻，他总是战无不胜，而败死的总是对方的狗。儿时与利·利及全体小狗的打架实践，令他获益匪浅。他那种顽强地站稳在地上的精神，使得没有狗能让他跌倒。狼狗最爱冲向他，直接或突然转变方向撞击他的肩部，企图推翻他。迈肯齐猎狗、爱斯基摩狗、拉布赖多狗、荷思基狗和玛里穆狗都对他试过这招，无不以失败而告终。人们互相谈论并每一次都盼望这事发生，而雪狼总令他们失望。

雪狼风驰电掣般的速度和直截了当的攻击使他胜过敌手。无论他们的战斗经验如何，却从没有遇到过动作迅猛如雪狼一般的狗。一般的狗习惯做些诸如咆哮、耸毛、怒吼这样的备战工作，所以，早在作战还没开始或惊慌不定的时候，就已经被打翻在地干掉了。这种事频频发生，到了后

192

来，人们先控制住雪狼，在对方完成了备战工作甚至首先发动了进攻以后，才放开他。

雪狼最为有利的条件是经验。他比任何一只与他对抗的狗都更懂得打仗。他打过更多的架，知道如何对付更多的诡计和办法，同时自己也有更多的诡计和办法。对于他的办法，别的狗则几乎无从借鉴。

随着时间变久，雪狼的仗越来越少。男人们逐渐地放弃了用狗跟他比赛的希望。美人史密斯因此不得不用印第安人设陷阱捕获的狼和他对抗。雪狼每次与狼斗，必定吸引大批的观众前来观看。有一次，是一只长足了的雌性大山猫，她的迅速凶猛与雪狼不相上下；而且，雪狼只用牙齿，大山猫则还用长着尖爪子的脚。

然而，从此以后，雪狼再无仗可斗了——再没有可以与他相斗的野兽了。至少在人们看来，没有什么能够跟他一斗的动物了。所以，他就继续过着公开展览的生活。

直到春天，一个名叫狄穆·启男的开赌的庄家来到了这个地方，与他同来的还有世界上第一只到克朗代克的斗牛狗。这样，斗牛狗与雪狼必然相遇，一场预料之中的恶战，就成为本地某些区域一周内谈话的主要议题。

十八　死亡之战

美人史密斯解掉雪狼脖子上的铁链，走出了斗技的圈子。

雪狼没有立即发起进攻，而是原地站着不动，耳朵前竖，警惕而好奇地观察面前的陌生的动物。显然，他以前从没见过这样的狗。

狄穆·启男向前推一推他的斗牛狗，嘴里咕噜道："上！"

斗牛狗既矮小又胖，而且笨拙，摇摇晃晃地走到圈子中间，停下来，向对面的雪狼眨眨眼睛。

人群里大喊大叫："上呀，切洛基！""去咬他，切洛基！""吃掉他！"

然而，切洛基好像并不急于打仗，而是回过头来，朝大声叫喊的人们眨眨眼睛，和善地摇摇残桩似的尾巴。他不是畏惧，只是懒惰，仿佛不知道对手就是面前这条狗。他没有与这种狗相斗的习惯，等待人们弄真正的狗来。

　　狄穆·启男走到圈里，俯在切洛基身上，两手逆着他的毛抚摸他的两肩，揉搓他，轻轻地向前推送。其中如此之多的暗示，目的就在于激怒他。果然，与人手动作的韵律相呼应，切洛基的喉咙深处开始轻轻咆哮起来，随着每次前推动作达到顶点而升到喉咙口，再退下去，周而复始。每次动作的终点，就是韵律的节奏。动作突然停止时，咆哮声就一下子升腾而上。这种影响，同时也波及到雪狼身上，他脖子和肩上的毛发开始耸立。

　　狄穆·启男做完了最后一次推送，就走了回去。向前的推动力没有了，切洛基就主动向前，弯着腿迅速奔跑。

　　一阵吃惊的赞叹声。

　　雪狼冲上来进行攻击，那动作与其说是狗的，倒不如说更像猫。他敏捷地用牙咬过后，跳到一边。

　　斗牛狗的粗脖子上被咬了一个口子，一只耳朵后面流着血。他一声不叫，毫无表示，只是转过身来，跟着雪狼。

　　双方一个迅速，一个顽强。人们党同伐异的情绪激动起来，下新的赌注，或者在原来的赌注上加码。

　　雪狼连续不断地跳上去咬一口，然后毫发无损地脱身走开。奇怪的是，他的敌人仍然不急不慢地跟踪他，那神态既审慎，又坚决，有条不紊。他的方法并非无动于衷、漫无目的——他将做他下定决心要做的事，无论什么也不能让他分散精力。

　　他的一切行为，一举一动，都浸透了这个目的。雪狼从来没有见过这种狗，感到困惑不解。他没有长毛的保护，身体柔软极易流血。不像雪狼的种族，有浓密的绒毛可以阻挡牙齿的进攻。雪狼每一次都很容易咬进那柔软的肉里。这种动物，仿佛连自卫的力量也没有。

　　让雪狼心烦意乱的另一件事是，他与别的狗搏斗时听惯了吼叫。然而现在，这种动物除了吼一声或哼一声，只是默默地承受处罚，却绝不放松对雪狼的追逐。

切洛基也同样感到惶惑。他旋转很快，毫不迟疑，可雪狼已然不在那里。他从来没有和这样一条他接近不了的狗斗过，一向是双方都想互相接近。然而现在，这条狗却总是保持着一定的距离，到处跳着躲避，用牙咬时也不是一直咬下去，而是立刻放下，重新跑开。

但是，斗牛狗个子太矮，巨大的腭骨也是一种补充的掩护品。雪狼咬不到他脖子下面柔软的喉咙，毫无损伤地跳来跳去。与此同时，切洛基的伤口不断增加，脖子与脑袋的两侧都被咬破了，鲜血汩汩流淌。

切洛基一点也不慌张，继续殷勤地追逐。有一次，他扑了个空，停下脚步，向旁边的观众们眨眨眼睛，摇一摇残桩似的尾巴，示意自己愿意继续斗下去。

在这一刹那，雪狼跳了上来，撕破了他的一只耳朵尚未被撕破的那部分。切洛基微微露出愤怒的表示，在雪狼的内圈奔跑着重又追逐，努力想在雪狼的喉咙上咬住致命的一口。

有一次，斗牛狗以间发之差没能咬到。雪狼突然跳向相反的方向，脱离了险境。这时，人群中一片赞叹之声。

时间在流逝，雪狼依然跳跃、退闪和躲避，跳上来又跳开去，不断地给对手造成创伤。然而，斗牛狗继续用顽强沉着的态度，勤勉地追逐他。无论早晚，他总会咬住那致命的一口，取得胜利。在达到目的之前，他可以承受对手的一切伤害。由于雪狼闪电式的进攻难以预料和防御，他的耳朵成了璎珞，脖子与肩膀被咬破几十处，被撕破的嘴唇也流着血。

雪狼实施了无数次的诡计，一而再、再而三地想推翻切洛基；可是，切洛基过于矮胖，也太贴近地面，他们的高度悬殊太大。

有一次，机会来了。他发现，切洛基正在掉头，比较缓慢地旋转的时候，肩膀暴露出来。雪狼便不遗余力地扑了上去，然而，他自己的肩膀高高在上，因此，冲击的速度使他的身体从对手身上翻了过去。

人们看到，雪狼第一次在自己的战斗史上失足了。他的身体在空中栽了半个跟头，像猫似的扭转身体，脚才着了地，否则就要仰面朝天了。虽

195

然如此，他的腰部还是很重地跌撞到了地上。接着，他爬起身来。切洛基的牙齿就在这时候咬住了他的喉咙。

这一口咬得太向下，接近胸口，并不是恰到好处。不过，切洛基紧紧咬住不松口。雪狼跳起来，狂暴地兜着圈子，企图挣脱斗牛狗的身体。斗牛狗身体的重量缠着他，拖着他，妨碍他运动，限制他的自由，使他发疯。切洛基仿佛是一个陷阱，使他的全部本能都愤怒，反叛起来。

这是一种疯狂的反叛。他有一段时间实在发了狂。内部的基本生命控制了他，肉体生存的意志淹没了他。他仿佛没有了大脑，没有了智慧。一种纯粹的对生命的热爱支配着他。肉体对生存与运动的盲目渴望将理性剥夺了——不顾一切地运动、再运动，因为运动是生存的表现。

雪狼一圈一圈地奔跑、旋转、倒转，企图挣脱悬在喉咙上面的五十磅的重量。而斗牛狗几乎什么也不干，只是紧紧咬住不放。他的脚难得着地，撑起身体与雪狼做短暂的对抗，但是，脚转眼间又离了地，身体被雪狼的疯狂旋转拖得转来转去。切洛基将自身与本能合二为一了，他知道，咬定不放是正确的，因此而产生了某种满足的幸福的战栗，甚至闭上眼睛，听任自己的身体被摇来摆去。无论身体可能受到什么样的伤害，都没有关系，要紧的是咬住，而他正是一直紧紧咬住的。

只是在极为疲乏的时候，雪狼才停止运动。他没有办法，也不知道该怎么办。这种事在他经历过的所有战斗中，从来也没发生过。原来的斗法不是这样的，而是撕、咬、跳开，再撕、咬、跳开。

雪狼微侧着身体，躺下来喘气，抵制着，依旧紧咬不放的切洛基正极力迫使他完全倒下。他感到切洛基的牙床像咀嚼一样地挪动所咬的地方，略一放松立刻又合拢起来，更接近喉咙的位置。斗牛狗的方法，是巩固已经取得的战果，等待有利的时机——雪狼相对静止的时候，他就发动攻击，雪狼挣扎时，他就维持紧咬不松的态势。

雪狼牙齿可及的对手身上的唯一之处，是切洛基脖子凸出的背面。他咬他接近两肩的脖根，但是他既不知道如何运用咀嚼进行作战，而牙床也不宜这样做，他时断时续地连撕带刺，想咬成一个洞。这时，他们位置的变化，分散了他的注意力。斗牛狗将他完全推翻在地，像猫一样压在了他的身上，依然紧紧咬住喉咙不放。雪狼缩回后腿，用爪子挖压在身上的敌人的腹部，开始一条一条地撕。切洛基忙以咬住的地方为轴心转到一边，使自己的身体与雪狼的身体成为直角，否则，他的内脏很可能要被挖了出来。

咬住的一口，就像"命运"一样挣脱不掉，不可抗拒，沿着脖子慢慢上移。雪狼完全是因为脖子上的松弛的皮肉及皮上浓密的绒毛，才暂时免于一死，这些东西形成一个大团，塞在切洛基的口中，使他的牙齿难以刺穿。然而，他还是一有机会，就一点一点地将皮肉和绒毛逐渐吞入口中。这样下去，他必将慢慢扼死雪狼。雪狼的呼吸随着时间的持续，越来越困难。

这场战斗看来即将结束。支持切洛基的人们兴高采烈，荒唐地大肆放彩。尽管美人史密斯轻率地接受了五十比一的赌注，而雪狼的支持者们沮丧了，即使十比一和二十比一的彩头也都拒绝。他向圈子里跨进一步，手指一指雪狼，纵声大笑中饱含着冷嘲热讽。果然，雪狼愤怒如狂，振作起残余的精力爬起来，挣扎着转圈子。然而，对手五十磅的重量一直挂在喉咙上，他的愤怒变成了恐惧，智慧在肉体对生存需求的意志面前变得渺无踪影，基本的生命重新支配着他。他一圈又一圈，进而又退，蹒跚着，摔倒了再爬起来，甚至后腿几次立了起来将敌人悬举起来，徒然挣扎着，想挣脱掉死亡的纠缠。

最后，他跌倒了，仰面朝天，力量也无处可使了。斗牛狗迅速移动咬住的地方，咬得更深，更多更多地咬开长满了毛的肉，更加紧紧地扼制住雪狼的呼吸。

对胜利者的赞美之声大作，连连发出呼声："切洛基！切洛基！"

切洛基听到这呼声，有力地摇摇残桩似的尾巴作为回应，然而，即使如此喧闹的赞美声，也不能分散他的注意力。他的尾巴与牙齿之间，并没有共鸣的关系，一个可以摇动，另一个则继续咬住雪狼的喉咙。

正在这时，一阵铃声叮当传来，观众们听见驾狗旅行的人的吆喝声。除了美人史密斯，每个人都惊恐张望，他们非常害怕警察到来。不过，他们看到两个男子，驾着雪橇和狗从雪道上跑过来。显然，他们是在搞什么勘探旅行，才来到这条小河流域的。

他们看见人群，让狗停下来，走过来想看一看这场热闹。管狗的人留着唇髭，另外那个比较高大年轻的人则剃得很光，皮肤由于血的冲击和在冰天雪地里奔跑而露出玫瑰色。

实际上，雪狼已经停止了挣扎，时而抽筋般的一下抵抗，毫无效果。他只能得到很少的空气，并在不断加紧的无情扼制下越减越少。如果不是斗牛狗开始时咬得过低，几乎是在胸部的话，即使有绒毛作为甲胄，他的喉头大血管也早被咬破了。切洛基用了很长时间才将那一口向上移动，他的牙床受到了更多的皮毛的阻碍。

与此同时，美人史密斯的深不可测的兽性涌入脑海，控制了仅存的一点健全的神志。他看到，雪狼的眼睛逐渐变得呆滞起来，明白这场战斗注定是失败了。他失去了一切控制，跳到雪狼身边，野蛮地用脚踢他。人群中一阵嘘声的抗议，然而也仅此而已。

美人史密斯继续踢着雪狼。这时，人群里一阵骚乱。新到的那个高个子年轻人挤了过来，很没礼貌地推开左右两边的人，从人群里挤到圈子中间。美人史密斯正要踢一脚，全身重量支在一只脚上，极不稳定平衡。这时，新来者又准又狠地向他脸上击了一拳，美人史密斯站在地上的那只脚就离了地，整个身体抛向空中，向后倒在雪地上。

新来者转过身来，对着人群叫道："你们这些卑鄙的家伙！你们这些畜生！"

他勃然大怒，那是一种神态完全清醒时的大怒，灰色的眼睛仿佛钢铁般扫射着人群。

美人史密斯爬起来，鼻子哼哼唧唧，畏畏缩缩地走到他身边。新来的人不了解也不知道他多么卑贱多么胆小，以为他是来找碴儿的，骂了一声"你这畜生！"又给他脸上来了一拳，将他打翻在地。

美人史密斯认定雪地是自己最安全的地方以后，就在倒下去的地方躺着，不再爬起来了。

新来者喊跟他一同走进圈子的那个管狗人："来，迈特，帮个忙。"

两人俯在两只狗上。迈特抓住雪狼，准备切洛基牙床松动时将他拉开。年轻人努力想把斗牛狗的腭骨握在手里掰开，促成分离，但徒劳无功。

他一面拉、拖、扭，一面喘气，一面叫道："畜生！"

人群中骚动起来。有几个人抗议，这么做破坏了他们的赌博。新来者放下手中的工作，抬头瞪了他们一会儿，他们又沉默了。

最后，他骂了一句："你们这些该死的畜生！"又接着回头干他的工作。

终于，迈特说："那不顶事，司各特先生。你那样掰不开。"

两人停下来，观察扭在一处的狗。

迈特说："血流得不多，还没全咬进去。"

"不过，随时都会有可能的，"司各特说，"你看到了吗？他把牙向上移了一点。"

这位年轻人的兴奋以及替雪狼的担心，同时都有所增加。他野蛮地向切洛基的头上打了又打，也没有使牙床松动。切洛基摇一摇残桩似的尾巴，表示明白这些打击的含义。但是，他也知道，他没做错什么，他紧咬不放只是在尽职尽责。

司各特绝望地对人群喊道："你们没人愿意帮帮忙吗？"

然而，没人帮忙。相反，人们开始冷嘲热讽地怂恿他，出了许多可笑的主意。

迈特劝道："你最好弄个杠杆。"

青年人就伸手从屁股上的枪袋里掏出左轮手枪，尝试着将枪口塞到斗牛狗的牙齿间。

两个人都跪着，俯在狗身上。他用力塞了又塞，甚至可以清晰地听到钢铁与咬紧的牙齿互相摩擦的声音。

狄穆·启男大步走进圈子，站在司各特旁边，来意不善地拍拍他的肩膀，说："不要弄断了牙齿，先生。"

司各特继续用枪口又撬又塞，针锋相对地说："那么，我就弄断他的脖子。"

开赌的庄家比以前更加不善地反复道："我说不要弄断了牙齿。"

不过，如果他是想虚声恫吓，那毫无作用。司各特继续努力，抬起头来冷冷地问："你的狗？"

狄穆·启男哼了一声。

"那么，你来弄开他的嘴巴。"

"喂，先生，"那个人恼怒地拖长了声音说，"我可以告诉你，这事我自己也做不到。我不知道如何打开这个机关。"

"那么就滚开，不要烦我。我正忙着。"

狄穆·启男继续看着。然而，司各特已经不再注意他是否在场。他想方设法，将手枪插进牙床的一边，尝试着让枪口从另一边出来，小心翼翼地轻轻地撬着。每一次，牙床就松一点。在这同时，迈特一点一点地抽出雪狼被咬得血肉模糊的脖子。

司各特蛮横地对切洛基的主人命令道："到一边站着，准备领你的狗。"

狄穆·启男顺从地俯下身去，紧紧抓住了切洛基。

司各特最后又撬了一下，警告说："注意。"

狗们被拉开了。

斗牛狗挣扎着，精力仍然旺盛。

司各特命令说："带他走。"

狄穆·启男将切洛基拖到了人群里。

雪狼努力了几次，想爬起来，但都没有成功。一次，他站了起来，但腿软弱难支，逐渐失去了力气，又跌倒在雪里。他半闭着眼睛，眼神呆滞，黯淡无光，腭骨张开，舌头从中伸出，无力地拖着。那副模样，完全像一只被绞死了的狗。

迈特观察着，宣布道："几乎要完蛋了。不过，现在呼吸正常了。"

美人史密斯爬了起来，走过来看雪狼。

司各特问："迈特，一只好的雪橇狗值多少钱？"

依然跪着，俯在雪狼身上的迈特计算了一会儿，答道："三百块。"

司各特用脚推一推雪狼，又问："这样一只被咬烂的值多少？"

"一半左右。"

200

司各特扭过头来，脸冲着美人史密斯。

"你听到没有？畜生。我给你一百五十块钱。我要你的狗。"

他打开钱夹，数出钞票。

美人史密斯将手倒背在身后，拒绝接受塞给他的钱，说："我不卖。"

对方代他肯定地说："哦，你卖的，因为我买。这是你的钱，狗是我的了。"

美人史密斯仍然将手倒背在后面，向后退。

司各特跳到他面前，举拳就要打。

美人史密斯面对预料之中的打击，缩小了身体，呜咽道："我有权利。"

"你已经失去了拥有这条狗的权利。你拿不拿钱？或者要我再揍你？"

美人史密斯满怀恐惧，连忙说："好吧，我拿钱。但是我要抗议，这条狗是棵摇钱树，我不愿意被人抢劫。一个人有自己的权利。"

司各特将钱交给他："对，一个人有自己的权力。不过，你不是人，你是个畜生。"

"你等着。我回到多盛以后，我要控告你。"美人史密斯威胁说。

"如果你回到多盛后敢张一张嘴，我就把你驱逐出境，懂吗？"

美人史密斯哼了一声，作为回答。

那人突然恶狠狠地又怒喝一声："懂吗？"

"是了。"美人史密斯退缩着，用喉音说道。

"是了什么？"

"是了，先生。"美人史密斯犬吠似的说。

"注意！他要咬了！"有人喊道。一阵哄笑。

司各特撇开他，回头去帮助迈特，他正侍弄雪狼。

有的观众走了。其余的三个一堆、五个一伙地站在旁边观看、议论。

狄穆·启男问："这笨蛋是谁？"

有人回答："威登·司各特。"

他追问道："威登·司各特是谁呀？"

"一个开矿技术员，本领很高，和那些大亨们都很熟。我告诉你，如

201

果你不想找麻烦的话，还是离他远些。他与大亨们关系很好，尤其是金矿部长。"

狄穆·启男为自己分辩道："我就知道他一定有来头，所以，一开始我就不惹他。"

十九　桀骜不驯

威登·司各特坐在小屋子门前的台阶上，凝视着驯狗人，耸一耸肩，怀着同样的绝望承认："没有希望。"

此时的雪狼将铁链拉得笔直，毛发耸立，恶狠狠地叫着，挣扎着想要向那些雪橇狗扑去。由于迈特多次用木棒教训，雪橇狗已经知道不要招惹雪狼。虽然他们都在不远处躺着，但显而易见，他们当作他不存在也不理会。

威登·司各特不得不说："这是一只狼，驯服不了。"

"哦，我不知道，"迈特表示反对，"也许狗的成分并不少呢。不过，我确实知道，有件事情错不了。"

迈特止住话语，自信地点一点头。

司各特等了很长时间，严厉地说："那么，你所知道的事情，请说出来吧。什么事？"

迈特用大拇指向后指一指雪狼。

"无论是狼是狗，都一样——他已经被驯服过了。"

"不！"

"是的。我告诉你，他还受过拉车的训练。请您仔细看看，看到胸口上的痕迹了吗？"

"你说得对，迈特。他到美人史密斯手中以前的时候，是只雪橇狗。"

"所以，没有什么理由说他不能再成为雪橇狗。"

司各特着急地问："你有办法吗？"

但是，他的希望随即又破灭了。他搔一搔头，又说道："我们弄他来这儿两个星期了，他现在反倒比以前更野了。"

"给他一次机会，"迈特劝告说，"我知道你尝试过，不过你没有带一根木棒。"

"那么，你试一试。"

迈特手提一根棍棒，走向被链条扣住了的狗。像囚笼里的狮子盯着训练人的皮鞭一样，雪狼也盯着木棒。

迈特说："你看他盯着木棒的样子，这是好现象。他不是傻瓜，也确实没有彻底发疯。只要我手中抓着木棒，他就不敢扑我。"

迈特的手接近他的脖子的时候，雪狼毛发耸立，咆哮着匍匐下来。他的眼睛一面盯着逐渐逼近的手，同时也努力凝视着充满了威胁、悬在上面的另一只手里的木棒。迈特解掉他脖子上的铁链，走了回来。

雪狼几乎不能相信，自己已经自由了。自从落到美人史密斯的魔爪之中后的好几个月里，除了与别的狗打仗，他从没有享受过片刻自由。而且每次战斗之后，立刻又被囚禁起来。

他不知道这是为了什么，也许这些神们想玩什么新的恶作剧。他小心地慢慢地走着，预防随时可能遭到的攻击。这种事情从未有过，他不知道怎么办才好。出于谨慎，他小心翼翼地走到小屋的墙角，躲开看守着他的两个人。

然而，什么事也没有发生。他完全困惑了，重新再走回来，站在十二尺外，密切地观察这两个人。

新主人问："他会不会跑掉？"

迈特耸一耸肩："这可以打赌。要知道结果，唯一的办法，就是去祈求那结果。"

"可怜的东西，"司各特怜悯地喃喃自语，又说，"他只需要人类略表仁慈。"转身走进小屋。

出来时，他带了一块肉，扔给雪狼。雪狼跳开了，站在远处满腹怀疑地研究它。

"喂，老大！"迈特警告道。

但是，已经晚了。老大已经跳了过去，他的牙齿咬住肉的一刹那，雪狼开始了进攻，将他推翻在地。迈特赶上去，然而，雪狼的动作更快。

　　老大蹒跚着爬起来时，血从他的喉咙下面喷了出来，在雪地上染出了一条红色的逐渐扩大的血迹。

　　司各特忙说："太糟糕了。不过，他也是活该。"

　　然而，迈特早已伸脚去踢了，雪狼一跳，一亮牙齿，尖叫了一声，恶狠狠地吼叫着向后倒退了几码。

　　与此同时，迈特也弯下腰来察看自己的腿，指着被撕破的裤子、内衣和一块正在扩大的红印说："咬得好。"

　　司各特的声调里满是丧气："迈特，我对你说过，没有希望。虽然无须去想，但我反复想过。现在，我们到了这一步，那是唯一的办法了。"

　　说完，他极勉强地掏出枪来，打开旋转弹膛，看清了里面的子弹。

　　迈特反对："喂，司各特先生，这只狗来自地狱，你不能希望他是个非常纯洁、光彩照人的天使。给我些时间。"

　　司各特回答道："你看老大。"

　　迈特去看那受了伤的狗。他倒在雪地上，躺在血泊中，已经在咽最后一口气了。

　　"他活该。司各特先生，你自己这样说的。他想吃雪狼的肉，所以就完蛋，这是意料中的事。如果一条狗不为自己的肉而战斗，我就看不起他。"

　　"迈特，对狗也就算了。可是，我们总得有个限度，你看看你自己。"

　　"我也是活该！"迈特倔强地争辩说，"我为什么要踢他？你自己也说的，他做得对。那么，我没有权利踢他。"

　　司各特坚持己见："最好杀了他，他驯不服。"

　　"注意，司各特先生，给这可怜的家伙一个机会吧。他刚刚从地狱里出来，还没机会呢。这是第一次松了他的链子。给他一个好机会，如果他不做好事，您瞧着，我亲自杀他。"

　　"上帝知道，我并不想杀他，也不愿意别人杀他，"司各特放开左轮手枪，"我们让他自己走走，看看我们能为他做些什么。就这样，试试看。"

他向雪狼走去，和气、爱怜地跟他说话。

迈特警告他："手里最好带根木棒。"

司各特摇了摇头，继续尝试着，想要博取雪狼的信任。

雪狼怀疑什么事即将临头。他曾杀死了这位神的狗，咬伤了他的同伴，除了可怕的刑罚，还会有什么呢？然而，即使直面处罚，他也毫不屈服。他耸起毛发，露出牙齿，眼睛睁大，全身心都在警惕地准备应付不测事件。

这位神手中没有木棒，因此，他让他走到非常近的地方。神的手伸出来了，即将落到他头上了。他知道神们的手，其中拥有曾被证实的支配权，知道他们狡猾的伤人的手法。这是危险，是一种诡计。而且，他一向讨厌人的接触。他伏得更低了些，咆哮也更具威胁。

他不想咬那只手。然而，那手仍然在下降。他忍受着当头的危险，但是，本能在体内汹涌而起，一种渴望生存的贪婪的心情控制了他。威登·司各特自以为自己的敏捷足以躲避任何撕咬，然而现在，他不得不领教到了，雪狼袭击时像盘着的蛇似的准确而敏捷，异常迅速。

司各特吃惊地尖叫一声，另外一只手紧紧握住被咬破的手。迈特大骂一声，跳到他身边。

雪狼匍匐下来，向后退去，毛发竖起，露着牙齿，目光里流露出威胁与狠毒。现在，他要挨一顿像美人史密斯做过的那种毒打了。

突然，司各特喊道："喂，你干什么呀？"

迈特已经从小屋子里拿出一支长枪来。

他装出毫不在乎的神情，慢慢地说："没什么，不过是履行诺言罢了。我想，我应该照我说的话去杀掉他。"

"不要杀，不要杀！"

"我要。你瞧着吧。"

像迈特挨咬后替雪狼求情一样，现在，威登·司各特求情了。"你说过给他一个机会，那么，就给他吧。我们刚刚开始，不能一开始就放弃。这一切，是我活该。而且——你看他！"

雪狼在四十尺外，挨近小屋的墙角，咆哮的声音令人心寒，不过，不是向司各特，而是对迈特。

迈特不胜惊奇："嗨，我将会进地狱去，永世不得翻身！"

司各特连忙接着说："你看他多聪明，他竟知道火器的意义，不亚于你。他非常聪明，我们要给这种聪明一个机会。收起枪来。"

"好的，我心甘情愿。"迈特把来复枪靠在柴堆上。

接着，他又大声喊道："可是，你再看看！"

雪狼停止了怒吼，已经平静了下来。

"这值得研究。注意看。"

迈特伸手去拿枪。雪狼就在同一瞬间又咆哮了。

他从枪边走开，雪狼就放下翻起的嘴唇，遮住了牙齿。

"就玩一玩吧。"

迈特拿起枪，慢慢举到肩膀上去。雪狼的咆哮就随着这动作，而逐渐增加。然而，还没举到与他一样高时，他向旁边一跳，躲到小屋的墙角后面了。

迈特站着，瞪眼看着空旷的雪地。雪狼本来是在那里的。

于是，他庄严地放下来复枪，转过身来看着他的雇主。

"司各特先生，我同意您的话。这狗太聪明了，决不能杀。"

二十　遇　赦

看着威登·司各特向他走来，雪狼耸起毛，咆哮着，表示自己不甘屈服。威登·司各特的那只手从被咬到现在，已经二十四小时了，包扎着，而且为了防止充血，用吊腕带吊着。

雪狼从前也经历过缓期执行的处罚，因此，他认为这种处罚又来临了。为什么不这样呢？他用牙齿咬了一个神，而且是一个有白色肌肤的神的神圣不可侵犯的肉体。

在他看来，这是对于神和神圣的亵渎。根据与神相互接触的经验，事情发展下去，必然有某种可怕的事正等着他。

相距有几尺，神坐下了。由此，雪狼并没有看到有什么危险。神总是站着执行处罚的，而且这位神既没有木棒皮鞭，也没有火器。何况自己是自由的，没有铁链木棒的束缚。在神站起来时，他完全可以逃到一个安全的地方。他暂且等一等时机。

神依然安静不动，雪狼喉咙中的咆哮也慢慢减弱，停止了吼叫。接着，神开始说话。

一听到第一个音节，雪狼脖子上的毛发就竖立起来，喉咙中的咆哮又汹涌而起。然而，神并未做出任何具有敌意的动作，继续平静地说话。雪狼的吼声在一段时间里，便随着讲话的声音高低起伏，节奏非常和谐。

然而，神无休无止地对雪狼讲下去，声调略带柔和，充满了温柔与抚慰。雪狼从来也没听到过这样的讲话，它在某种意义和某种程度上打动了雪狼。雪狼情不自禁地置本能的一切严厉警告于度外，开始信任这位神，拥有一种安全感。而这，与他过去与人相处的所有经验并不相符。

过了很长时间，神站起来，走进小屋里去。出来时，雪狼满怀忧惧地仔细观察着，他既没有木棒皮鞭，也没有武器，受伤的手倒背在后面，也没藏任何东西。像以前一样，隔着几尺，他仍然坐在原来的地方。

他拿出一小块肉来。雪狼竖起耳朵，以一种怀疑而警惕的态度同时观察着肉与神，注意着任何可以发现的动作，全身紧张，预备一看见任何有敌意的征兆就逃开。

处罚依旧迟迟没有实施。神只是拿了一块肉，送到他的鼻子跟前，仿佛也没什么不好。虽然手急促地将肉送给他的动作明示出邀请的意思，但雪狼仍然非常怀疑，拒绝碰一碰肉。神聪明绝顶，谁也难以料定，在这表面上看来显然无害的肉后面，隐藏着什么样的阴谋诡计。根据以前的经验，特别是与印第安妇女相处的经验，肉与处罚常常不祥地联系在一起。

最后，司各特将肉块丢到了雪狼脚下的雪地上。雪狼小心翼翼地嗅一嗅，与此同时，眼睛盯着人而不看肉。什么事也没有。他将肉吞进口中，吃了，还是没事。司各特又给了他另外一块肉。他仍然拒绝从手中接肉，他便照旧将肉丢给了他。这样，重复了许多次。

但是后来，司各特拒绝将肉扔出来，坚持用手送给他。肉很好，雪狼则很饿，他怀着无限的小心，一点一点地向手接近，最终决定从手里吃肉。他目不转睛地盯着神，伸着脑袋，耳朵倒贴，脖子上的毛发不由自主地竖了起来，喉咙里滚动着一种低低的吼声，警告跟他开玩笑是不行的。他吃了肉，没事；又一块块地吃了所有的肉，也没事。

处罚仍然迟迟没有实施。他舔一舔嘴，等待着。司各特继续讲话，其中蕴含的仁慈是雪狼从未感觉过的。他心中升起一种未曾体验过的感情，感到一种非常奇怪的满足，仿佛充实了他生活中的某种空虚。

接着，本能的刺激与以往的经验又再次警告他，神们非常狡猾，可以用种种出人意料的方法来达到目的。他想，一定是这样的！

现在，司各特那只狡猾的可以实施伤害的手伸出来了，向他的头上落下来了。虽然那只手充满了威胁，但神继续讲话的声音温柔而和蔼，使人信任，声音使人心平气和，但手不能使人信任。这种情感与冲动的内在矛盾，折磨着他，几乎要将他撕成碎片。他竭尽全力控制着，用一种难得的犹疑将这两种在心中对抗、争夺支配权的力量结合在一起，妥协了。

他吼叫，竖毛，耳朵倒伏，然而，他既没有咬，也没有跳开。手落了下来，越来越近，触着了耸立着的毛发的末梢，随着他的畏缩向下更紧地压迫他。他缩下去，有些战栗，但仍然控制着自己。他一天也不曾忘记过人类的手所带给他的不幸。但既然这种折磨——手对他的触摸以及本能的侵犯，是神的意志，他就得努力服从。

手抬起来，又落下，周而复始地、轻轻地拍着抚慰他。雪狼的毛随着手的每一次抬起，就耸立起来，耳朵则随着手的每一次落下就倒下去，瓮声瓮气的咆哮声涌到喉咙口。雪狼警告地坚持吼了又吼，表示自己准备对可能受到的任何伤害进行报复。谁也说不定，这位神的隐藏着的动机会何时暴露，那种使人感到信任的声音随时都有可能在瞬间变成怒吼，温和而爱抚的手也许会在突然间像老虎钳一样夹得他毫无办法，从而进行处罚。

然而，神继续和气地讲下去，手一直是轻轻抬起来，又落下，毫无敌意。雪狼的感觉是双重的，这轻拍束缚他，违反要求个体自由的意愿，与他的本能的口味不相吻合，但也没有造成肉体上的痛苦。从生理角度讲，这反倒是愉快的，这种愉悦甚至随着轻拍渐渐地变成对耳根的摩擦而增强。然而，他继续保持着恐惧与警惕，担心会遭到意想不到的不幸。两种感情此起彼伏地支配着他。他一时苦，一时乐。

"哦，我真的要下地狱了！"

迈特卷着袖子，从小屋里出来，手端一盆洗刷过碗碟的污水正要倒掉。正说着话，看到威登·司各特拍着雪狼，愣住了。

当他的话音打破沉默的时候，雪狼跳开了一步，粗暴地向他吼叫。

迈特看着他的老板，一副颇不以为然的样子。

"司各特先生，如果您不介意的话，我想斗胆发表一下自己的看法，您是天下第一号大傻瓜，而且有过之而无不及。"

威登·司各特微微一笑，站起身来，带着一种毫不在意的神态走向雪狼，安慰地对他讲话，但时间并不长。接着，他又慢慢伸出手来，继续被打断了的轻轻拍打雪狼脑袋的工作。雪狼忍耐着，用怀疑的目光看着站在门口的人而不是拍他的人。

迈特郑重其事地发表自己的看法："毫无疑问，您可能是头号顶呱呱的金矿专家，然而，您在小时候丧失了一个良机，没有悄悄地加入到马戏团里。"

一听到他的声音，雪狼再次咆哮起来。这一次，他没有摆脱掉正在抚摩着他的脑袋与颈背的手。

对于雪狼而言，这既是一种约束——旧的仇恨统治的生活的结束，又是一个开始——一种新的无限美好的生活初见曙光。实现这个目标，威登·司各特需要多加思索和无穷的忍耐，而雪狼则必须违反经验的教训，将本能与理性的刺激和冲动置之度外，戳穿生命本身的虚伪性。这不亚于一场改革。

他所理解的生命，其中不仅没有容纳他现在所做事情的位置，而且它的一切潮流，都与他现在热衷于做的事南辕北辙。简单而言，他必须改弦易辙，而且，这一次改变的角度，要比主动从荒原回归并接受灰海獭为主人的那一次大得多。

那时，他不过是一只小狗，天赋的素质还没有定型，非常柔软，有待环境用手开始对他进行塑造。但是现在，情形截然不同。环境之手的工作几近完美，已经将他陶冶、塑造、锻炼成一只凶恶、怀恨、不知爱也不可爱的"战狼"。要完成这次改变，就像要生活颠倒过来一样。但是，此时此刻，他不再拥有幼年时的那种可塑性，他的素质变得坚硬而结实，如钢铁一般，他的精神变得刚毅似铁，他的全部的本能与公理已经结晶成为固定的规律、训诫、厌恶与欲望。

当然，在这次重新定位的过程中，压迫他、推动他的，还是环境之手，这只手就是威登·司各特。他一直深入到雪狼天性的根基，用仁慈打动他已经失去生机、几近枯死的生命潜力，软化已经变得坚硬了的素质，再塑造成比较好的形式。

生命的潜力之一，便是"爱"，它会取代"喜欢"。"喜欢"是雪狼与神相交，曾经产生过的最强烈的感动之情。然而，爱不是在一天之内就产生的，而是从"喜欢"开始，慢慢地发展，超越了"喜欢"。雪狼虽不再被铁链扣住，但他并不逃走，他喜欢这位新的神。这里的生活，当然要比在美人史密斯那里度过的牢笼生活好，而他又必须拥有一个神，在他的天性中就有对人类主宰的需要。早在离开荒原、爬到灰海獭脚下、承受预料之中的责罚的时候，对人类的依赖就印在了他身上；当长期饥荒过去之后，灰海獭的村子里又有了鱼时，他再次从荒原回来，于是，烙印第二次又烙在了身上，结果根深蒂固。

因为需要一个神，而且威登·司各特比美人史密斯好得多，雪狼留了下来，主动地担负起看守主人财产的责任，以表示自己对主人的忠诚。雪橇狗睡了以后，他就在小屋的四周徘徊，因此，当威登·司各特出来解围之前，第一位造访的夜间来客总是不得不用棍子将他击退。不过，雪狼很快就能够将正直的人与小偷区别开来，学会了鉴别脚步与行动的实际价值。他警惕地盯着，但让那些步伐很重的人一直走向小屋门口，直到主人开门认可；对于那些步子非常之轻，走路弯弯曲曲、小心翼翼、鬼鬼祟祟、边走边瞧的人，他则毫不客气，而这种人，也总是突然慌慌张张、狼狈不堪地溜之大吉。

威登·司各特承担了补救雪狼的任务，更严格地说，是人类犯下的虐

210

待雪狼的错误。他觉得，这是一个良知的原则问题，人类虐待雪狼，欠下了一笔债，必须得偿还。因此，他对这只"战狼"特别和善，每天都用很长的时间拍着雪狼，抚摸他，安慰他。

对这种爱抚，雪狼最先是怀疑，抱有敌意，慢慢地喜欢起来。但他的吼叫总也改不了，从轻拍开始，直到结束。不过，这种吼声不同以往，带有一种新调子。陌生的人是听不出来的，他们会以为这是原始的野性的表现，令人心寒头疼。从狼仔时代在洞穴中最初发出的幼稚的愤怒时起，雪狼的喉咙多年来总是发出恶声，质地早已变得粗硬，现在，要用柔和的声音表达所感觉到的温柔，那是不可能了。虽然这样，但威登·司各特同情的耳朵非常敏锐，他听得出来，那被凶猛淹没了的极其微弱的咿呀之声暗示着满足。除了他，没有人能够听出来。

随着时间的流逝，"喜欢"在加速向"爱"进化。雪狼并不知道什么是"爱"的意识，但他开始感觉到生活上那种空虚——如饥似渴的、既令人痛苦又使人思慕、需要充实的空虚的感觉。那是一种痛苦、一种不安，只有在这位新神面前的时候，才感到舒适、愉悦，一种猛烈的令人震颤的满足。然而，一离开他的神，痛苦不安又会来临，心里的空虚之感骤然发作，那种如饥似渴的心情就不住地折磨他，让他感觉到空虚。

虽然雪狼的年龄成熟了，凶猛刚强的性格也形成了，但他发现，自己的本质正在变化，一些奇怪的情感与陌生的冲动正在萌芽，旧的行为规范在变化。以前，他喜欢舒服而没有痛苦，厌恶不舒服和痛苦，并以此来调整自己的行为。然而现在，因为心理上这种新的感情，为了他的神，他经常选择不舒服和痛苦。

清晨，为了见神一面，他不再到处闲逛乱闯或躺在隐蔽的角落里，而是在枯燥无味的石阶上等待几个小时。晚上，当神回到家里以后，为了去接受友好的弹指之声和打招呼的话，他会离开自己在雪里挖成的温暖的睡床。为了与神在一起，为了接受他的抚摩，为了陪他到市镇上去，他甚至于连肉都可以放弃。

"爱"已经代替了"喜欢"，像小锤一样落入了"喜欢"永远也不曾到达的内心深处，与此相应，他的心灵深处，也产生了一种新的东西——

爱。他所用以回报的，正是给予他的。这是一个神，一个"爱"之神，热情洋溢，光芒四射，像花绽开在阳光下一样，雪狼的天性也在神的光辉里扩展开来。

不过，雪狼太大了，已经形成了一种坚强的性格。他太矜持，也太安于孤独，还有他的沉默不语、孤芳自赏、乖僻，都养成很久了。他不善于用新的方式表现自己了。从出生以来，他没有汪汪叫过，现在，神来的时候，他也学不会用汪汪的叫声表示欢迎了。他一点也不善于表现爱，既不会夸张，也不会撒娇，而总是隔着一段距离等待着。他默默无言地爱着，带有一些崇拜，是一种难以言传的沉默的敬爱。只有紧紧追随着神的一举一动的注视的目光中，流溢出他的爱。此外，当神看着他，和他说话的时候，由于极力要表现自我的爱与生理上的无能为力之间的冲突，他显现出一种尴尬的忸怩。

雪狼学会了从多方面去适应新的生活方式。他深知，绝对不能去招惹主人的狗，不过，处于绝对优势地位的天性，却坚持自己的权利。他用武力迫使他们承认他的领导地位后，什么麻烦也就没有了。他在他们中间走来走去时，他们给他让路；他坚持自己权利时，他们就服从。

同样，慢慢地，他将迈特作为主人的财产的一部分也容忍了。主人很少喂他，喂他的是迈特，这是他的工作；但雪狼明白，自己吃的是主人的食物，迈特不过是代替主人在喂他。迈特想给他套上挽具，让他与别的狗一起拉雪橇，结果失败了。直到威登·司各特亲自将挽具套在他身上时，他才懂得，主人的意志是要迈特来驾驭和使用他，就像驾驭和使用主人的其他的狗一样。

和迈肯齐的轻便雪橇不同，克朗代克的雪橇下面有滑板；驾驭狗的方法也有区别，狗们一个接一个地排成纵队而不是扇形，两根挽带拖着雪橇。而且，领导狗在这里，就是实实在在的领导者，由最聪明最强壮的狗来担任，其余的伙伴都必须服从他，畏惧他。自然而然，雪狼很快不可避免地就取得了这一职位。在许多纠纷麻烦以后，迈特知道非如此不能满足他。雪狼选择了这个位置，迈特便根据已进行过的实验，用激烈的言语支持他。

白天，雪狼在雪橇上工作。即使晚上，他也不放弃保卫主人财产的责任。因此，他任何时候都在工作，警觉而忠实，是所有的狗中最有价值的狗。

有一天，迈特说："如果让我畅所欲言的话，我会说，您出钱买这条狗时真是精明极了。您用拳头逼着美人史密斯，骗他骗得好苦。"

威登·司各特灰色的眼睛里，再一次射出愤恨的目光，恶狠狠地喃喃骂道："那个畜生！"

春末的时候，雪狼遇到了一种重大的苦恼，主人毫无预兆地不见了。其实，预示是有的，而是雪狼并不熟悉这种事，不理解收拾提包意味着什么。后来，他想起来了，收拾提包是在主人消失之前，而当时，他什么也没怀疑。

那天晚上，他等主人回来。子夜时分，冷风将他赶到小屋背后，他半睡半醒，迷迷糊糊地在那儿打盹，耳朵竖着，等着听那熟悉的第一声脚步。

清晨两点时，他焦急地走到前门冰冷的石阶上，趴在那里等候。

然而，主人并没有来。早晨，门开了，迈特走了出来，雪狼若有所思地凝视着他，但他们没有一种共同语言，迈特无法知道他想要知道的事情。

日子一天天过去了，主人却仍然没有来。雪狼从来不知道什么是病，但他却病了，而且越来越重。最后，迈特不得不将他放在屋子里。迈特给老板写信时，关于雪狼，他特意写了一段附言。

在塞克尔城，威登·司各特读到："那只该死的狼既不工作，也不吃东西，一点儿生气也没有。任何一只狗都打他。他想知道，你到哪儿去了，我没有办法告诉他。他也许会死去。"

迈特说的一点儿不错，雪狼失魂落魄，不吃东西，听任一起拉车的随便一条狗咬他。他躺在火炉旁边的地板上，对食物、迈特甚至生命，全部没有兴趣。迈特对他温和地讲话或骂他，都一样，他只是用昏暗的眼睛看一看，重新将头垂到习惯的位置，搁在前爪上。

后来，一天夜里，迈特正独自看书消遣。突然，雪狼一声低低的吼叫，打断了他含含糊糊的声音。他爬了起来，耳朵向门外竖着，仿佛在倾听什么。

一会儿以后，迈特听见了脚步声。门开了，威登·司各特走了进来，两个人握了手。

司各特四面打量着房间，问："那只狼呢？"

接着，他看见了。雪狼就站在原来躺着的地方，挨近火炉。他没有像别的狗那样冲了上来，而是站着，看着，等着。

"真了不得！"迈特喊，"你看！他在摇尾巴！"

跨过半间房子，威登·司各特向他走过去，嘴里呼唤着他。雪狼也走了过来，不是跳，但很快。由于尴尬，他变得忸怩不安。他走近的时候，目光中流溢出一种奇怪的表情，某种东西，某种难以言传的感情的洪流，涌上他的眼睛，光芒四射。

迈特说："你不在这儿时，他从来没有这样看过我。"

威登·司各特没听见迈特的话。他正蹲在地上，与雪狼脸贴着脸，轻轻地拍着他，揉搓他的耳根，在脖子到肩膀之间来回爱抚，指关节轻轻敲他的脊背。雪狼随着他的动作相应地吼着，其中的咿呀之声比以前更明显了。

然而，很值得庆祝的是，情况还不仅如此而已，永远在雪狼心中汹涌澎湃着极力要表现自己的那种伟大的爱，终于找到了一种新的成功的表现方式。突然，雪狼伸出头来，依偎在主人怀中，在主人的手臂与身体间反复地蹭着、擦着，躲在这里，不再吼叫，只是依偎着、摩擦着，只将耳朵露在外面。

两个人面面相觑。

司各特的眼中亮光闪闪。

迈特惊骇地感叹："上帝啊！"

过了一会儿，他重新镇静下来，说："我早就说过，这狼是条狗，你看他！"

主人回来后，雪狼很快恢复了健康。他在小屋里过了一个白天、两个晚上后，又出去了。雪橇狗们早已忘记了他的威武勇猛，只记得他最近几

214

天的衰弱和疾病。

他们看见雪狼走出小屋，就向他扑了过来。

"用武力教训他们吧，"迈特站在门口，快活地咕噜道，"你这狼，揍他们！用点劲儿揍他们！"

雪狼无须鼓舞。只要主人回来，这已经足够了。生命在他的体内重新流动，他显得辉煌而自信。他只为了取乐而战斗，只有战斗，才可以表达他感觉到了却无法言传的某种东西。

战斗只会有一个结果。那些狗大败而逃，颜面扫地。天黑以后，一个个才满怀对雪狼的忠诚的驯服，卑躬屈膝地偷偷摸摸地溜了回来。

在学会依偎摩擦后，雪狼常常这样做。这是他的最高级的语言，他再也超越不了它了。他一向特别顾忌他的头，不喜欢别人触摸他的头。荒原生活积淀在他心中的对于伤害、陷阱的恐惧心理，总是生起避免接触的恐慌的冲动。本能给他下达的命令是，头必须保持自由自在。然而现在，他依偎揉搓恩主的这种明知违背本能命令而故意去做的行为，是将自己置于了一种绝对无能为力的地位。这是充分信任和绝对献身的表现，仿佛在说："我将自己交付在您手中，听凭您随意发落。"

回家后不久的一天晚上，睡觉前，司各特和迈特玩纸牌。

"十五个二，十五个四，和一个双合起来是六。"迈特正在计算分数时，外面一阵犬吠、喧嚣。

两个人站起身来，相互看一看。

迈特判断道："那狼咬了什么人。"

又一声恐惧到几乎疯狂的惨叫，似乎在催促他们快点出去。司各特跳出去时，喊道："拿个灯来。"

迈特拿了灯，跟着出来。借着灯光，他们看到一个人仰面朝天，躺在雪地上，手臂交叉掩护着脸和喉咙，尽力抵挡雪狼的牙齿。这是必要的，因为狂怒之中的雪狼，正恶毒地进攻他身上最容易受到攻击和伤害的部位。那人交叉的两臂被咬得很严重，鲜血直流，从肩头到手腕的上衣袖管，以及蓝色的法兰绒衬衣，还有内衣，都被撕成了碎片。

他们一眼便看到了这一切。威登·司各特立即走上去，抱住雪狼的脖子将他拖开。雪狼边挣扎边咆哮，并不想咬。主人厉声斥责，他很快就安静了下来。

迈特将那人扶起身，站起来时，放下那人交叉的手臂，露出了美人史密斯满是兽性的面孔。像一个人手拿了一块燃烧的炭火一样，迈特慌慌忙忙放开了他。

美人史密斯在灯光下眨眨眼睛，环顾一下四周，看到雪狼，立刻脸上又布满恐怖。

迈特看到，地上有两种东西，举灯凑近了看，用脚尖指点给司各特：一条锁狗的铁链，一根粗木棍。

威登·司各特也看见了，点一点头，一句话也不说。

迈特将手放在美人史密斯的肩上，使他转过身去，面向后边。无须多言，美人史密斯走了。

与此同时，司各特拍着雪狼的肩膀，说："他想偷走你？哦，你不答应！对！对！他弄错了，不是吗？"

迈特嗤之以鼻："他一定觉得他行，他手里掌握着十七个恶鬼。"

雪狼依然非常激动，耸立毛发一再咆哮。渐渐地，毛发平伏下去，那种模糊的咿呀声又涌上喉咙。

二十一　背井离乡

虽然还没有切实的证据，但雪狼已经从空气中嗅出了即将临头的大难。他从神们那里预感到了即将到来的事，模模糊糊地感到将要发生一种变化。神们用一种自以为非常微妙的方式，泄露了对徘徊在门口的狼狗所怀的企图。因此，雪狼虽然从来没有走进小屋，但他却知道，他们的头脑中在想些什么。

晚上，吃饭时，迈特说道："你听！"

威登·司各特侧耳倾听，一种焦急的低低的呜咽声，从门缝中传了进来，仿佛无声的抽咽变成了刚能听得见的非常轻微的哭泣。接着，雪狼长长地发出一声吸鼻子的声音，宽慰自己；他的神还在屋里，并没有神秘地单独逃走。

迈特说："我想，那狼知道你的心思了。"

威登·司各特以一种几乎被说动的目光，看着对面的伙伴，然而，他的话却正好相反。

他问："我带一条狗到加利福尼亚去干什么呢？"

"我也是这样说的嘛，"迈特答道，"你弄条狼狗到加利福尼亚能做什么呢？"

这种回答，威登·司各特不太满足。对方不置可否，仿佛是在应付他。

司各特继续说："白人的狗毫无能力反抗他，他见到他们，当场就会杀死他们。即使他不让我为了支付赔偿费而破产，有关当局也会逮捕他去承受电刑。"

"我知道，他是一个真正的杀人凶手。"

威登·司各特看看迈特，略显怀疑，又坚决地说："那样绝对不行。"

迈特附和道："绝不行，你必须另外雇一个人照顾他。"

司各特的怀疑减弱了，高兴地点点头。

随即他们沉默下来，听到门口低低的半是抽泣的呜咽声，接着，又是一声试探性的长长的吸鼻子的声音。

"无可否认，他对你喜欢得要命。"迈特说。

司各特突然发怒地瞪着他："你这家伙，真该死！我有自己的主意，知道最好应该怎样去做。"

"我同意你的想法，不过……"

"不过什么？"司各特实兀地插了一句。

"不过，"迈特温和地说，但立即换了主意，发泄了自己勃然而起的怒气，"喂，你不用这样生气，人家看了你的行动，会觉得你自己并没有主意。"

威登·司各特心里想了一会儿，也以一种比较温和的口气说："迈特，

217

你说得对，麻烦就在这儿，我自己也没了主意。"

停顿了一下，他继续说："如果带狗去的话，人家会笑我很荒唐。"

"是的。"

司各特对这种回答还是感到不太满足。

迈特天真地说："以伟大的萨达那波勒斯的名义发誓，我真想不明白，他是如何知道你要走的。"

司各特也悲伤地摇摇头："迈特，那我可不知道。"

后来，有一天，雪狼透过小屋虚掩着的门缝，看到那只该死的提包又放在了地板上，主人走来走去，看上去很忙，将东西装入到提包里去。

一种少见的不安和骚乱搅乱了小屋一向非常平静的气氛。这个证据不容置疑。雪狼早已有所感觉，但现在，他推论到他的神再一次准备逃走。上一次既然没有带他，这一次想必还是会被抛弃。这一天夜里，像小狗时代，他从荒原跑回村庄却发现村庄空无一物，只剩下作为灰海獭帐篷的位置的标志的垃圾堆时那样，他再一次发出了长长的狼嗥，举起嘴巴，向无情的群星长长的哀号，向他们诉说自己的悲苦。

屋里，两个人刚刚上床睡觉。

迈特在床上说："他又吃不下东西了。"

威登·司各特哼了一声，翻了个身。

"照上次你走时他那种痛不欲生的样子来看，我相信，他这一次是非死不可了。"

"喂，闭住你的嘴巴！"另外那张床上的毯子刺耳地响了一阵，司各特在黑暗中喊道，"你比一个女人还讨厌，叽叽咕咕地。"

"是的，先生。"

威登·司各特不知道迈特暗笑了没有。

第二天，雪狼的焦虑与不安更加明显了。主人一离开小屋，他紧紧跟在后面不放；主人在里面时，他就在大门口来回地徘徊。从开着的门缝里，雪狼能够看见地板上的行李，那只提包与两只大帆布袋、一只箱子在一起，迈特正将主人用的毯子和皮袍卷进一小块防雨布里。雪狼一面看着，一面呜呜哀叫。

后来，来了两个印第安人扛行李，迈特拿了铺盖提包领他们下山去。雪狼紧紧地盯着他们，但不跟他们走。主人还在屋里。

过了一段时间，迈特回来了。主人走到门口，叫雪狼进去。

"可怜的家伙，"司各特温和地说，抚摩着雪狼的耳朵，拍一拍他的脊背，"我要出趟远门。朋友，你不能跟我到那里去。现在，再对我最后咆哮一声，好不好？——最后的、再见的咆哮。"

但是，雪狼拒绝咆哮，若有所思地试探着看了一眼后，他将头埋在主人的身体与手臂间。

一只内河轮船的沙哑的汽笛声在育空河上面响起。

迈特喊道："拉汽笛了！你得立即解决！锁牢大门，我从后门出去。走吧！"

前后两扇门同时砰地碰住了，威登·司各特等待迈特绕到前门来。

门里传出一声低低的呜咽，接着，几次长长的深深的吸鼻子的声音。

走下山坡的时候，司各特说："迈特，你一定要照顾好他啊！写信告诉我有关他的情况，怎么样？"

"一定！但是，您听见了吗？"

雪狼在哀号，像狗们死了主人的时候那样哀号。他在宣泄自己全部的悲哀，那声音令人心碎，一阵一阵升腾而上，越升越高，接着，又低落下去变成凄惨的颤抖的低音，然后，悲哀一阵一阵地升腾而上。

奥罗拉是这一年驶向"外埠"的第一艘轮船。幸运的冒险家和失败的淘金者挤满了甲板，像过去疯狂地急着来到"内地"一样，现在又全都疯狂地争先到"外埠"去。司各特在挨近跳板的地方，和准备上岸的迈特握手言别。

然而，迈特的目光向后一扫，被后面的什么东西吸引住了一般，手就在司各特的掌中瘫软不动了。司各特扭头一看，雪狼正坐在几尺外的甲板上，若有所思地望着他们。

迈特惊奇地轻轻地骂了一句。

司各特也同样吃惊地看着。

迈特问："前门锁了没有？"

219

司各特点一点头，反问："后门呢?"

"当然。"

雪狼讨好地倒伏下耳朵，身体却停在原处不动，并没有要走过来的意思。

"我必须带他到岸上去。"迈特向雪狼走去，但是雪狼到处躲避他。迈特追上去，雪狼就在人群下面钻来钻去，在甲板上四处钻、转，躲避对方的捕捉。

然而，主人一开口说话，雪狼马上驯顺地走到主人身旁。

迈特气愤地说："我喂了他这么长时间，他竟然不肯到我身边来；而你只是开始时和他熟悉了几天，以后从来没有喂过他。如果我要是知道他如何知道你是老板的话，那我可真该死!"

司各特正拍着雪狼，突然俯下身去，凑近了看：雪狼脸上有了一处新伤，两眼之间也有一道裂口。

迈特也弯下腰去，用手摸一摸雪狼的肚子："我们两个都忘了窗户。天啊! 他一定是从窗户中冲出来的，身体下面都被割破了!"

然而，奥罗拉拉响了最后的开船笛声!

威登·司各特没有注意到迈特的话。人们正沿着跳板匆忙上岸。他在迅速地思索。

迈特解下领子上的丝巾，准备去扣雪狼的脖子，司各特抓住了他的手。

"迈特，再见。好朋友。关于这只狼——你不用写信了。你瞧，我已经……"

"什么? 你难道是说……"迈特大声问。

"是的。你把丝巾拿去吧。有关他的情况，我会写信告诉你的。"

迈特在跳板中站住，回头大喊："他一定受不了那里的气候，除非天热的时候给他剪毛。"

跳板抽了上来。

奥罗拉离岸了，威登·司各特挥手告别。

他转过身来，俯向在他身旁站着的雪狼，拍一拍他有感应的头，揉揉那倒伏的耳朵，说："现在叫吧，你这混蛋，叫吧!"

二十二　不速之客

　　轮船到达旧金山。雪狼上了岸，心惊胆战。他早就将神性与权力二者结合了起来，深埋于心灵的深处，潜伏在任何推理或自觉行动的下面。过去，他只见过用木头筑成的小屋；现在，举目所见，都是高耸入云的建筑物。当他小步跑在旧金山光滑的人行道上时，越发觉得白肤色的神不可思议。

　　街上到处都是危险的物品：载着巨大重物的货车、卡车、汽车，大得惊人的电线和电车，示威地尖叫着，喧嚣着，叮当乱响地穿来穿去，仿佛他在北方森林中看到过的大山猫一样。

　　所有这一切，都是权力的表现。在这一切的背后，人类运用自己对事物的主宰力，通过这一切在进行统治和控制，一如往昔地表现自己。这种伟大无比，令人目瞪口呆，吓坏了雪狼。

　　恐惧又控制了雪狼。狼仔时代，初次从荒原走到灰海獭的村庄的那一天时，他曾经不得不感到自己的渺小与微弱；现在，虽然身高力壮，精力旺盛，因此自豪，但又不得不像以前那样感到自己的渺小与微弱了。这么多的神，让他感到眼花缭乱。都市的喧闹，电闪雷鸣一般震击他的耳鼓，各种物体无休无止的运动令人惊骇，使他头晕眼花。他紧紧地跟在主人后面，从没有感到过如此需要依赖主人，无论如何，也不能让主人超出自己的视野以外。

　　然而，雪狼对于这座城市的印象，除了一种梦魇式的幻象，别的什么也没有，仿佛做了一场噩梦一般，可怕而不真实，而且在很长时间以后，仍然在他的梦中萦绕不散。主人将他放到一辆行李车中大堆的箱包之间，用铁链锁在一个角落里。一个矮胖健壮的神掌握着这里的一切权力，将箱包盒子噼噼啪啪地扔来扔去，从门口拖进来扔到堆上，或推出门外交给等待取他们的神。

221

至少雪狼这样认为，主人将他遗弃到了行李的地狱里。后来，他嗅出了身边装着主人衣物的帆布口袋，就开始保卫它们。

一个小时以后，司各特出现在门口。车上的神气愤地冲他吼道："你来得正好，你的狗一指头也不让我碰你的东西。"

雪狼钻出车子，大吃一惊：那座梦幻般的都市无影无踪了！他认为，那辆车不过是一座房屋中的一间，进去的时候，都市还在四周，但在这段时间后，完全不见了。他的耳边，不再有都市的烦躁的喧嚣。眼前，宁静的乡村在阳光下懒洋洋地舒展开来，风光明媚极了！不过，雪狼来不及感到惊奇，就像接受神的所有莫名其妙的行为一样，接受了这种变化，神们就是这样的。

一辆马车等候在一旁，一个男子和一个女子向主人走过来。那个女人伸出手臂，抱住了主人的脖子——这在雪狼看来，是一种充满敌意的行为，他像一个恶鬼般勃然大怒，咆哮起来。威登·司各特赶紧挣脱拥抱，靠近他。

司各特抱住雪狼，抚慰着他，向母亲解释道："不要紧了，妈妈。他以为你要伤害我，那可受不了。好的，好的。很快他就会明白的。"

她早已吓得脸色苍白，浑身软弱，但还是笑着说："他也许会允许我，当我儿子的狗不在时爱我儿子的。"

她看一看雪狼，他还在耸毛瞪眼，恶毒地吼着。

司各特说："他必须一刻不停地学习，很快就会学会的。"

他温和地跟雪狼讲话，使他安静下来。

他的声音非常坚决："卧下！卧下！"

这种事情，主人教过。雪狼虽然非常勉强，很不高兴，但还是服从了。

"那么，妈妈。"

司各特向母亲张开了手臂，眼睛却一直紧盯着雪狼，警告道："卧下！卧下！"

雪狼半抬半伏着身体，默默耸着毛。听到主人的话语，就缩了回去，看那充满敌意的行为再一次重现。

但是，什么伤害也没有发生。随之而来的那位陌生的男神的拥抱，也没有造成伤害。接着，衣袋扔到了车上，神们上了马车。雪狼时而跑在后面警戒，时而跑到前面，耸毛警告奔驰的马，表示自己监视着他们，决不允许被他们如此迅速拖着跑的神受到丝毫损伤。

大约一刻钟的工夫，马车过了一座石门，从一条两边长有交相拱荫的胡桃树的路上穿过，路的两旁是大片的平铺的草地，枝干粗壮的巨大的橡树四处点缀其上。不远处，被阳光晒焦了的干草场显出褐色或金黄色，与修剪过的草地的嫩绿色形成了鲜明对比。再远一些，是黄褐色的山冈与高地牧场。草地的尽头，一座门廊很深、有着许多窗户的房子，矗立在溪谷平原的第一个微微隆起、比较平坦的山坡上，居高临下，俯视着这一切。不过，雪狼并没有机会观察这一切。

马车刚刚开上这块地方，一只亮眼睛尖嘴巴的牧羊狗满腔义愤、理直气壮地立刻跑来攻击他。她夹在雪狼与主人之间，挡住他的去路。雪狼并不怒吼示警，只是沉默地耸着毛进行致命的一冲；但这一冲没有进行到底，为了尽力避免碰到对方，他尴尬而突兀地停住，伸出发僵的前腿，制止了全身的冲力，差一点跌坐在后腿上。

那是一只母狗。种族的法则在他们中间竖立起了一道屏障，他的本能不允许他攻击她。

然而，牧羊狗却大不以为然。作为一位雌性，她不具备这种本能。而且，她是牧羊狗，对荒原尤其是对狼的本能的恐惧，异常强烈。在她眼中，作为一只狼，雪狼是一个世袭的掠夺者。从她的祖先第一次放牧守卫羊群以来，狼就没有间断过侵略和掠夺。

因此，当雪狼放弃了攻击她的想法，竭力控制身体避免碰到她的时候，她却向他扑了过去，咬在他的肩上。雪狼不由自主地吼了一声，但也仅此而已。他不想伤害她。

雪狼后退一些，忸怩地硬着腿，钻来钻去，绕弯兜圈，想绕过她的身体，但没有作用。她总是挡着他的去路。

马车中的陌生人喊道："喂，科丽！"

威登·司各特哈哈大笑。

"爸爸，不要紧。这是很好的训练。雪狼有许多事情需要学习，现在，就让他开始吧。他会让自己适应这个环境的。"

马车继续向前驶去。但是，科丽仍然挡着雪狼的去路。他尝试着离开大路，绕过草地，跑到她的前面，她跑在较小的里圈，两排亮闪闪的牙齿总等着他。他回过头来，越过马路，向对面的草地跑去，科丽又跑过来挡住。

雪狼看着马车拉着主人消失在林子里。

他绝望了。

于是，他试着再一次绕了一个圈，科丽很快地跟在后面与雪狼肩靠着肩。突然，雪狼故技再展，转过身来进行攻击，实实在在地给了她一击。

科丽跑得太快了，因此，她不仅被打倒在地，而且在地上滚动着，时而侧着身子，时而仰面朝天。与此同时，她挣扎着，想用爪子抓住沙石，以便控制身体，并且尖叫着，表示自己由于被伤害而愤怒。

道路畅通无阻了。雪狼所需要的，不过如此而已。他毫不等待。科丽在他后面不住地叫着追赶，每一跳都不遗余力，歇斯底里地狂奔着。但现在是一条直路，真正放开奔跑起来，雪狼要给她颜色瞧了。自始至终，雪狼一直像一个游魂一样，悄无声息，毫不费力地在她前面滑过。

雪狼绕过屋子，跑到停车的门廊时，追上了马车。马车早已停住。主人正在下车。

这时，仍在高速奔跑的雪狼，突然感到一个袭击从旁边而来。一只猎鹿的大猎狗冲了过来。雪狼想迎住，然而他跑得太快，猎狗又非常靠近，就攻击了雪狼的侧面。

雪狼前冲的力量很大，因此，被突如其来、出乎意料的一击推倒在地，摔了一个大跟斗。他摆脱尴尬，凶相毕露；耳朵向后倒伏，嘴唇扭曲，鼻子皱着，牙齿咯嘣一响，差一点没咬住猎狗柔软的喉咙。

主人赶快跑了过来，但离得太远。当雪狼正跳了起来，还没来得及进行那致命的一击的时候，科丽到了，救了猎狗一命。她曾中了雪狼的诡计而落在后面，又曾被雪狼唐突地打翻在地，因此，被冒犯的尊严，有理有据的愤怒，加上本能对这个来自荒原的掠夺者的憎恨，她旋风般来到，从直角的角度将跳在半空中的雪狼又打倒在地，让他栽了一个跟斗。

接着，司各特赶到了，一手抓住雪狼。

这时，那位父亲叫开了两只狗。

司各特用手抚慰着雪狼，说："我想，这对于来自北极的可怜的孤独的狼，接待真是十分的热烈呢！他一生只栽过一次跟头，现在只半分钟，他却连着滚了两次。"

马车开走了。另外一些陌生的神，出现在屋子外面。其中几个隔着一段距离，毕恭毕敬地站着；然而，两位女神又大胆地做出搂住主人脖子的敌意的行为。不过，雪狼开始容忍这种行为了，因为伤害并没有发生。

显然，神们讲话的声音没有威胁性。他们也和雪狼打招呼，他却回以一声咆哮，警告他们离开。主人也同样要求他们。雪狼紧紧挨着主人的腿，让主人拍着头安慰自己。

"迪科，卧下！"

一声令下，那只猎狗已经爬上台阶，卧在门口一边，仍然恼怒地吼着，监视着这位入侵者。一位女神抱着科丽的脖子，抚慰地拍着她。然而，科丽呜呜叫着不肯安静，非常心烦意乱，对允许这只狼留下来感到屈辱，以为神们搞错了。

所有的神都走上台阶，到屋里去。

雪狼紧跟在主人后面。迪科站在门口吼，雪狼在台阶上耸着毛，报以回吼。

司各特的父亲提议道："带科丽到屋里去。让他们两个在这儿决一胜负，以后，他们就成朋友了。"

司各特大笑着说："到时候，为了表示友谊，雪狼就是丧礼中主要的哀悼者了。"

老司各特不相信，看看雪狼，又看看迪科，最后看看自己的儿子，"你的意思是……"

威登点点头："是的，正是如此。只需要一分钟，你就会得到一只死迪科——最多两分钟。"

他转过身来，面向雪狼："过来，你这只狼！应该到屋里来的是你！"

225

雪狼硬腿走上台阶，穿过门口，笔直地挺硬着尾巴，眼睛紧盯着迪科，以防遭到来自侧面的袭击。同时，也预备着对付可能从屋子里面突然跳出来、恶狠狠地扑过来的什么"未知"的东西。

然而，并没有什么可怕的东西跳出来。走进屋里以后，雪狼仍然很小心地四处搜寻了一下，什么也没有找到。于是，他哼了一声，作为满足的表示，趴在主人脚下，注意观察正在进行的一切，随时准备一跃而起，为保卫生命而与恐怖作战——他觉得，这些恐怖一定潜藏在这屋子的陷阱般的屋顶下面。

二十三　神的世界

雪狼不但天生的适应能力很强，而且，他曾到过许多地方，了解适应环境的必要性与重要性。在这个属于司各特大法官管辖之下、名为希埃拉·伟斯他的地方，他很快使自己随遇而安，再没与狗们发生过严重纠纷。

而那些狗们，比雪狼更了解南国的神们的脾气。雪狼陪着神们走进屋里的时候，在他们的眼中，就表明了一定的身价。虽然他是只狼，这种事情空前未有，但神们允许他留下来，因此，作为神的狗，他们只有承认而已。

开始，迪科不可避免地会经历一些暴力的程序，在此以后，他就将雪狼作为这座宅子的附加者接受了。本来，如果按照迪科的意思去做的话，他们会成为要好的朋友。然而，雪狼反感友谊，只要求别的狗不要管他。他一生都对自己的种族敬而远之，现在仍想继续保持这种态度不变。在北方，他有过一定不要去管主人的狗的教训，现在也并未忘怀。他讨厌迪科的搭讪，咆哮着逼他走开。他力求离群索居，完全不将迪科放在心上。最后，好脾气的迪科不得不放弃努力，几乎只将他看作马厩附近的那根拴马的柱子一般。

科丽却不然。因为神的指示，她才接受他，但这不等于她应该让他安静的理由。她脑海中，有一种关于他及其祖先犯过无数罪恶的记忆，被抢劫掳掠的羊栏可不是一朝一夕或一代两代就可以忘却的，这种记忆构成了她的本性，像一根踢马刺一样，刺激她复仇。她不能反抗允许雪狼留下来的神，但可以玩些小把戏，让他受罪。她一定要尽力提醒他：多少世纪以来，他们中间只有仇恨！

因此，科丽就利用自己的性别，来折磨虐待雪狼。他的本能不许他攻击她，她的固执却不答应他忽视她。她冲过来时，他用绒毛护住的肩膀去抵挡她的利齿，硬着腿装模作样一走了之；她逼得过于厉害时，他就只好兜圈子，将肩膀任凭她咬，扭过头去躲着她。他的脸上和眼中流露出的神情，既逆来顺受，又不胜其烦。有时，她在他的后腿上咬了一口，他只好连忙撤退，而且绝对狼狈不堪。不过，他一般都保持一种近乎庄严的神态。只要可能，他总是忽视她的存在，一定躲开她。他一看见或听见她来了，就起来走开。

与希埃拉·伟斯他的纷繁复杂相比，北方的生活真是太简单了。雪狼还得学习许多别的事情。他首先得搞清主人的家庭成员。从某种意义上说，他对这方面有所准备。就像米·沙与克鲁·库属于灰海獭，共同分享他的食物、床毯和火一样，现在，在希埃拉·伟斯他，所有居住在这座房子里的人，都在他的主人之列。

然而，关于这一点，有所区别，而且有许多不同之处。希埃拉·伟斯他的宅邸，当然比灰海獭的帐篷大得多。人也很多，必须加以考虑。司各特大法官和他的妻子；主人的两个妹妹：贝丝和玛丽；埃丽斯是主人的妻子，维丁和毛德是他们的孩子，分别 4 岁和 6 岁，走路还蹒跚不稳。

关于所有这些人的情况，谁也无法告诉他；关于血缘关系和亲戚关系，他一无所知，也不可能知道。可是，他很快就知道了，他们都属于他的主人。以后，又根据对言语行动、说话声调随时随地的观察研究，他逐渐知道了他们与主人亲密的程度，以及受主人宠爱的程度，以此作为区别对待他们的根据和标准。主人重视的，他也重视；主人以为宝贵的，他也加倍珍爱，小心看护。

227

对待两个孩子，即是如此。雪狼一生讨厌小孩，既憎恨又恐惧他们的手。在印第安人的村庄时，他领教过他们的野蛮与残酷。维丁和毛德最初接近他时，他怒吼着警告他们，现出一副恶毒的模样。这时，主人打一下或厉喝一声，强迫他允许他们抚摩。尽管他在他们的小手下面吼了又吼，吼声中再没有咿呀之调，但是后来，他看出这男孩与女孩在主人眼中价值重大，于是，无须再经主人打骂，他便允许孩子们拍他摸他了。

然而，雪狼绝对不至于热情奔放。他听凭孩子们随意摆布，忍受戏弄，就像忍受痛苦的手术一样。那种神态，虽不亲切，却很诚实。他实在忍受不了时，就爬起来毅然走开。

过了一段时间，他甚至喜欢起孩子来。当然，他的感情是不外露的，绝不主动走过去接近他们。但另外一方面，他不再一见他们就走开，而是等他们走过来。再往后，人们发现，他看到孩子走来时，眼神中放射出兴奋的光芒；而他们离开他另寻欢乐时，他以一种惋惜的神情目送他们离去。

所有这些，都是发展，都需要时间。除了孩子们，他其次关心的是司各特大法官。这大概有两个原因：首先，显而易见的是，他是主人的一个重要的所有物；次之，他喜怒不形于色。当他在宽阔的门廊上阅读报纸时，雪狼喜欢趴在他脚下，如果他不时看雪狼一眼或说句话，这就表示他不讨厌雪狼在那里，认可雪狼的逗留和存在。当然，这只限于主人不在场的时候；如果主人一出现，其他人在雪狼心目中的地位便不复存在。

雪狼许可这个家庭中所有的成员抚摩他、亲近他，不过，他们的抚慰，绝不能让他发出咿呀的爱语，也不能使他偎依他们，尽管他们千方百计想实现这个愿望。他绝不献给他们以主人的情分，那种绝对信任、献身屈服的表现，他只保留给主人。实际上，在他看来，家庭成员不过是主人的所有物罢了。

很早，雪狼就将这个家庭中的成员与佣人区别开来了。他认为，他们也是主人的所有物。他们怕他，他也克制自己不攻击他们；相互之间，保持一种互不侵犯的和平状态，如是而已。他们为主人做饭、洗碗刷碟或做别的什么事，就像迈特在克朗代克所做的一样。总而言之，他们是这个家庭的附属物。

即使在家庭的范围以外，雪狼也有需要学习的事情。主人统治的辖区虽然广阔复杂，不过，也有界限。

土地，一直到那条乡村马路。外面的马路与大街，是神们共同的区域。还有，另外一些篱笆里面，是别的神的私人领地。无数的规律统治着所有这一切，一举一动都有确定的法则。不过，他不懂神的语言，除了根据经验，别无学习的途径。他依照天生的冲动去做事，直到为之违反了什么规律，几次以后，他就掌握并遵守这规律了。

最为有力的教育，是主人的掌打与责骂。因为对主人满腔的热爱，主人每打一下，雪狼都觉得比灰海獭和美人史密斯的毒打更加疼痛。他们只是打伤了他的肉体，而肉体下面的精神依然高昂振奋，不可征服；主人的责打虽然不伤皮肉，却深入他的内心，作为主人不悦的表现，使雪狼的精神为之沮丧。

事实上，主人的声音已经足够，责打难得实施。根据声音，雪狼知道自己做得对与不对，改变或调整自己的行为。主人的声音，就像是一个罗盘。雪狼根据它进行驾驶，学习着将新大陆和新生活的风俗习惯绘成一幅图表。

在"北国"，狗是唯一驯服了的动物；其他一切动物，都生活在荒原上，只要不太凶猛可怕，都是任何狗合法的猎物。雪狼一直是以掠夺活东西作为食物的。他从来没有想到过，"南国"的情况完全不同。住在圣·科拉拉谷时，他遇到了这样一件事。

清早，雪狼在屋子墙角附近闲逛时，遇到一只逃出养鸡场的小鸡。雪狼的自然冲动，就是吃掉它，于是，接连两跳，一亮牙齿，伴着一声惊叫，他一口吞下了这个冒险的家禽。这只小鸡是农场养的，又肥又嫩；雪狼舔一舔嘴，认为味道还不错。

白天，他在马厩附近碰见了另外一只离群的小鸡。一个马夫跑来抢救。他不了解雪狼的脾气，拿了一根轻马鞭为武器。他刚一甩鞭子，雪狼便丢下小鸡，过来扑人。一根木棒也许能够阻止住雪狼，但一根马鞭却不行。

雪狼冲向前去，默默地毫不畏缩地挨了第二鞭，然后一跃而起，去咬

229

马夫的喉咙。马夫大声惊叫着"我的上帝!"踉跄后退,扔了鞭子,用两只手臂护住喉咙,结果,前臂被咬得露出了骨头。

马夫吓得要死,使他失去勇气的,并非雪狼的凶猛,相反,而是他那种沉默。马夫用被咬破了的流血的手臂护着喉咙,想退到谷仓里去。

如果不是科丽及时出现,马夫就要遭大难了。正如她曾经救了迪科一命那样,现在,她又救了马夫的命。她愤怒欲狂地冲向雪狼。科丽终究是正确的,她的全部的怀疑都得到了证实。她比那些处理失当的神更清楚更了解雪狼,这个古代的掠夺者,又在这儿重演他的把戏了。

马夫逃进了马厩。

雪狼面对科丽邪恶的利齿,向后退却,绕着圈子让她咬他的肩膀。然而,科丽仍然不肯善罢甘休,相反,她越来越激动,越来越愤怒。科丽每逢隔了很长时间以后,执行处罚时总是这样。最后,雪狼只好不再顾及面子,老老实实地穿过田野,落荒而逃。

"必须让他学会不吃小鸡,"司各特说,"不过,我也教不了他,除非我当场将他抓获。"

两夜以后,上演了一场戏。然而,罪行的规模之大,出人预料。雪狼观察过养鸡场以及小鸡的习惯。当小鸡们晚上进窝以后,他就爬上一堆刚刚运到的木材上,由此再爬上一座养鸡棚顶,穿过梁木,跳到里面的地上。然后,他在小鸡窠里开始大肆屠杀。

早晨,司各特走到门廊上时,马夫早已拿来五十只莱亨白母鸡摆成了一排,展现在他眼前。他先是惊奇地轻轻暗中吹了一声口哨,后来又有些赞叹。他也看到了雪狼。雪狼毫无羞惭悔过之情,也没有犯罪的感觉,相反,看上去他很得意,好像立了大功一件,值得称道。

面对这种不愉快的事,司各特紧闭嘴唇,随即厉声斥责这个无意中犯了罪的罪犯,声音之中,只有神圣的愤慨。他抓住雪狼的脑袋,摁在被杀死的母鸡身上,使劲地捧他。

从此以后,雪狼再也没有践踏过鸡窠。他知道,那是违反规律的。后来,主人带他到鸡场里去。雪狼看见那些活的食物在鼻子下面拍着翅膀来来去去，他本能的冲动就是跳上去扑食。他服从了这种冲动，但被主人厉声止住了。

他们在鸡场待了半小时。雪狼一再受到那种冲动的怂恿，每一次要服从冲动的时候，又总被主人的声音制止了。就这样，他掌握了这个规律。在他离开鸡场以前，他已经懂得，要听之任之，别管他们。

吃午饭时，老司各特听儿子讲述他教育雪狼的故事，悲哀地摇一摇头说："你绝不可能将一个猎食小鸡的凶犯矫正过来。他们一旦有了这种习惯，尝过血的味道……"话未说完，他又悲哀地摇一摇头。

然而，威登·司各特不同意父亲的观点，最后，他挑战地说："我告诉您，我打算怎么办吧——我要把雪狼与小鸡一起关一下午。"

大法官反对："还是想想那些小鸡吧。"

儿子继续说下去："另外，如果他杀一只小鸡的话，我给您一块金币。"

"不过，你也应该罚爸爸做些什么？"贝丝插进一句。

贝丝的妹妹支持贝丝的意见。

于是，全家异口同声地都表示同意。

司各特大法官点头同意。

威登·司各特想了一会儿，说："好吧。如果到下午结束时，雪狼并没伤害一只小鸡，那么，他在里面呆了几个十分钟，就请您像在法庭上郑重宣判一样，庄严谨慎地对他说几遍'雪狼，你比我想象的要聪明'。"

全家藏在一个有利的隐蔽处，看这场戏。只是，这事最后还是以失败而告终。

雪狼被主人关在养鸡场后，就躺下睡起觉来。一次，他起来到水槽喝水，却非常安静，不去理睬小鸡，仿佛他们根本不存在似的。四点时，他用跑步跳高的办法跳上鸡窠的棚顶，从那跳到外面的地上，庄严地走向屋子。他已经掌握了这条规律。

于是，在门口，当着兴高采烈的全家人，司各特大法官面对面地、庄严而缓慢地向他说了十六遍"雪狼，你比我想象的要聪明"。

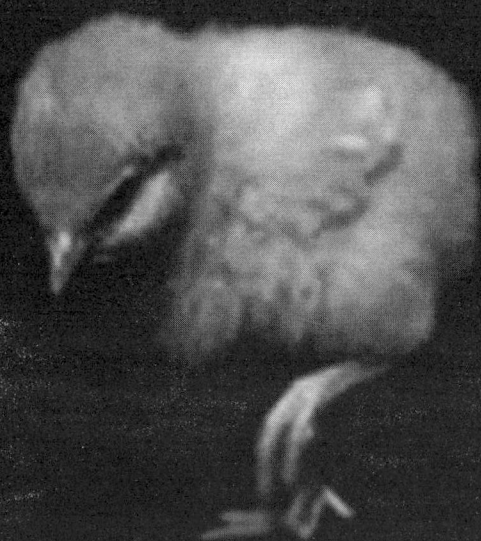

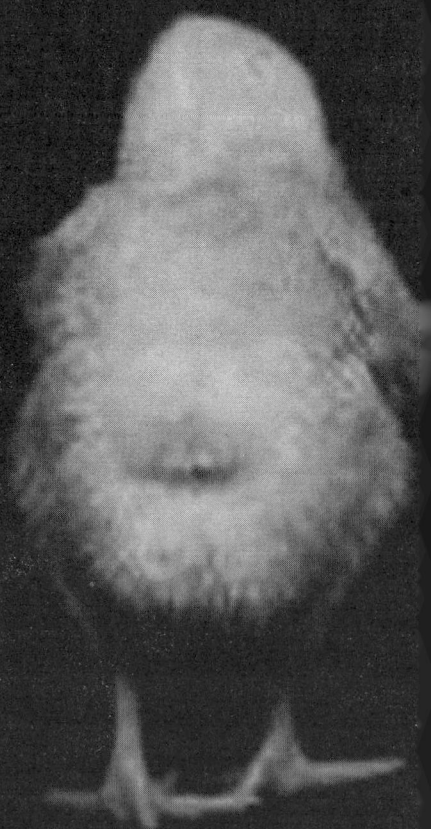

然而，规律的复杂，常常使雪狼感到困惑不解，并因此遭受损失。他还必须学会不招惹其他神所有的小鸡，以及猫、兔子、火鸡。事实上，他对这规律一知半解时，以为对一切活的东西都不要去管。在屋子后面的牧场上，鹌鹑可以从他鼻子下面平安飞去而毫发无损；他则控制着本能，站在那里一动不动，因为焦急和欲望的情绪而紧张发抖，自以为是在恪守神的意志呢！

以后，又一天，还是在这个地方，他看见迪科追捕一只雄野兔。主人袖手旁观，不但不予干涉，而且还鼓舞他加入到追捕中去。

由此，他知道了，对于雄野兔不存在什么禁忌，才算彻底明白了这条规律的完整性：在自己与家养的畜禽间，必须排除敌对的行为，即使不能和睦相处，至少也应该保持中立；至于诸如松鼠、鹌鹑、白尾兔这些尚未归顺人类的荒原的动物，则是任何狗合法的掠夺对象。神只是庇护驯服了的动物，他们决不容许驯服的动物相互发生致命冲突。神对自己的臣属，有生杀予夺的大权，小心地维护着自己的权利。

对过惯了北国单纯生活的雪狼而言，圣·科拉拉谷的生活显得非常复杂。这种错综复杂的文明，主要要求的是控制与约束——既要像游丝般袅娜轻软，又要似钢铁一样坚硬。雪狼发现，生活千变万化，自己必须与这些变化，情况都是这样全部接触，接触新的东西。当他进城时，无论是跟随马车跑进圣荷塞，还是当马车停下时在街上闲逛，情况都是这样的。

生命从雪狼身边流淌而过，深奥辽阔，变化无穷，不住地冲击着他的感官，他必须立刻做出接踵而至、无穷无尽的判断与反应，几乎永远被迫压制自己的冲动。

肉店里，肉挂得很低，虽然够得着，但是不能碰。对于主人造访的人家的猫，必须不去管他们。到处都有狗冲着他咆哮，他却不能攻击他们。拥挤的人行道上，许多人注意到了他，停下脚步看他，观察他，指指点点，和他说话，甚至最糟的是拍他。然而，他必须忍受，忍受来自陌生的手的一切危险的接触。他不仅容忍了，而且不再尴尬忸怩不安，高傲地接受这无数的神们的注意，屈尊接受他们的殷勤。与此同时，他们拍拍他的头就走开了，对自己的大胆感到满足和欣慰。雪狼身上某种东西，阻止了他们过于狎昵的想法。

不过，雪狼也不是一帆风顺。他跟着马车跑在圣荷塞郊外时，一些年幼的孩子们向他投掷石子，这时，他知道自己不能够去追赶、拖倒他们，只好违背自己的本能。事实上，他也实在违背了自己的本能，变得驯顺了，文明了。

然而，雪狼对这样的安排不十分满意。虽然他没有关于公正、正直这些抽象的观念，但他的生命中有某种程度的公道感。因此，对于不被允许行使自己的自卫权反抗向他投掷石子的人，他认为不公道，很不高兴。他忘了，神们在契约上已经保证了要照顾他，保护他的。但是，有一大，司各特跳下马车，用鞭子将那些扔石子者抽了一顿。以后，他们不再扔石子了。而雪狼也明白了，满意了。

在去城市路上的一个十字路口，三只在一家酒店附近闲逛的狗过来攻击他时，他又获得了一个类似的经验。

司各特知道雪狼致人非命的打法，因此总是不断地以不能打告诫雪狼。雪狼知道这个教训，每次经过十字路口的酒店时，都极力遏制着自己；而对方每一次刚一开始发动的冲击，总是被雪狼的咆哮吓得退了回去，被迫保持一定的距离。然而，那些狗跟在后面叫着吵闹，侮辱他。过了一些时候，酒店里的人甚至也怂恿狗们攻击雪狼。

有一次，他们公然唆使狗们进攻。司各特将马车停了下来，对雪狼说："去干吧！"

雪狼不相信，看看主人，看看狗，目光中流露出焦急的询问。司各特点点头："好家伙，干掉他们！吃掉他们！"

雪狼不再犹豫，掉过头来，不声不响地冲到敌人中间。三只狗一起上来跟他打，一阵咆哮怒吼，一阵咬牙的声响，一阵身体忙乱的动作。路上飞扬的尘土，遮住了战斗的情形。

几分钟以后，两只狗在地上的尘土中挣扎。第三只狗跳过一条沟，钻进一道栅栏，穿过一片空地落荒而逃。雪狼依照狼的样子，用狼的速度，迅速无声地在地上滑过；在空地的中间咬住了那只狗，杀死了他。

随着一下杀死三只狗这件事，他与狗们的主要麻烦就结束了。这消息传遍了整个山谷，人们不再让自己的狗去找这只"战狼"的麻烦了。

二十四　爱意浓浓

转眼之间，几个月过去了。

雪狼在南国的生活，顺心而快乐，食物丰富，又无所事事。他长胖了。雪狼不仅位于地理上的南方，而且身在生活中的南方。人类的仁慈博爱像太阳一样，照耀着他茁壮成长，他仿佛种植在沃土里的花一般茂盛。

然而，不知为什么，他依然有别于别的狗。较之那些不懂别样生活的狗，他更懂规律，严守纪律；但他身上仍然显现出一种潜在的凶猛，仿佛荒原还留在他体内，潜藏在他体内的那只狼不过睡着了而已。

就他与种族的关系而言，过去，他孤独地活了下来，将来，也仍要孤独地活下去。他从来不与别的狗交好。小狗时代，利·利与其他的小狗迫害他，长大以后，他落到美人史密斯的手里，又同狗打仗。因此，他养成了一成不变的厌恶狗的习惯。自然的生活道路被引入歧途，他躲避自己的种族，而依恋人类。

他唤醒了南方狗心灵深处对荒原的本能的恐惧，他们都对他满腹狐疑，总是向他咆哮怒吼，好战中充满了仇恨。他也学会了无须牙齿即可对付他们的办法，露出来的牙齿与扭开的嘴唇始终有效，吓得叫嚣着冲过来的狗栽倒在后腿上。

不过，科丽是雪狼生活中的磨难。她那尖锐的神经质的叫声，总回响在他耳边。对于主人要她与雪狼成为朋友的一切努力，她全不在意，她不像雪狼那样遵纪守法，不让他有片刻安宁。她决不宽恕他杀害小鸡的事情，坚信他心地就坏，事发前便发现他有罪，因此那么对他。科丽成了雪狼生活中的一个祸根，跟着他在马厩边、牧场上来回走动，俨然是位警察。如果他好奇地偶尔瞥一眼鸽子或小鸡，她立刻大发雷霆。他最好的忽视她的办法，是将头搁在前爪上、躺下来假装睡觉，这使她目瞪口呆，安静下来。

除了科丽，雪狼其他方面都很顺利。他懂得了规律，学会了控制和平衡，做到了沉着、冷静、达观和容忍。生活环境不再充满敌意，周围也没有了危险、伤害和死亡。终于，有一天，那永远如在眼前的恐怖威胁——"未知"消失了。生活温柔、舒适、平静地流逝而去，其中既没有潜伏着恐惧，也没有隐藏着仇恨。

由于没有雪，他不知不觉中有些寂寞。他如果能够思考，一定会以为那是一个特别漫长的夏天；但是，他毕竟不会思考，因此只是模模糊糊地感到寂寞。尤其在夏季，炎热的阳光晒得特别难受时，他的心里微微有些向往北方。不过，这唯一的影响，也只是令他莫名其妙地不适和不安罢了。

他的感情从来不外露。除了偎依和"爱吼"中的咿呀之声，他不会别的表达爱的办法。但他又天生有可能发现第三个方法。过去，他对神的嘲笑一直非常敏感，气得几近疯狂；然而，他对自己的主人却生不起气来。当主人和善、揶揄地取笑他时，他狼狈了，感到体内汹涌而起的以前的愤怒所产生的刺痛。这种愤怒违反对主人的热爱，他不能愤怒，又必须有所反应。于是，最初时，他做出庄严的模样，主人笑得更加厉害；稍后，他极力显得更加尊严，主人则笑得越发厉害了。最后，主人的笑吹走了他的庄严，他略分开些牙床，翻起一点嘴唇，眼中亮出一种古怪的表情，与其说充满了幽默，不如说洋溢着热爱。

他学会了笑。

与此同时，他学会了与主人游戏玩耍，摸爬滚打。作为游戏中的牺牲者，他就反过来假装愤怒，毛发耸立，凶猛吼叫，咯嘣咯嘣咬牙切齿，看上去真的要致人死命。不过，他绝不至于得意忘形，他的连吼带咬都是向着空中的。这种游戏的最后，打与咬正处于迅速猛烈的时候，他们突然分开，相隔几尺，站在那里相互凝视着对方，同样突如其来地哈哈大笑起来，如同处在暴风骤雨之中的海洋，突然升起了一轮红日一般。

作为游戏的高潮，主人总是用手臂紧紧搂住雪狼的脖子和肩膀，同

236

时，雪狼也就咿咿呀呀地唱起他的爱情之歌。

但是，对于别人，雪狼保持着自己的尊严，从不允许他们跟他玩耍。否则，他耸起的鬃毛与警告的怒吼，就不是开玩笑的了。他允许自己的主人有这些权利，并不等于说，他就是一条普普通通的狗，可以随时随地、不分对象地施以爱情，是大家共有的财产，供每一个人玩乐消遣。他的爱是非常专一的。他绝不会廉价出售自己和自己的爱。

在北方，雪狼以轭下的劳苦证明着自己的忠诚；然而在南方，既没有雪橇要拉，也无须驮什么东西，因此，他必须用一种新的方法来尽忠。主人经常骑马出去，陪同主人，便成为雪狼最主要的工作。他以狼的步伐跟着主人的马跑，轻巧、迅捷，既不吃力，又不疲倦，比马先昂首挺胸到达五十里的终点，即使在时间最长的日子，他也没有感到过筋疲力尽。

与此相关，雪狼学习到了另外一种难能可贵的表现方式。他一生也只做过两次。

第一次，在训练一匹纯种烈马时，为了免得骑马的人下马，司各特尝试着教马开门的方法。一次、两次……他多次引马到入口门旁，想教马关门。马每次都惊了，腿缩着跳开，越来越兴奋，越来越神经质。马倒立着后退时，主人用马刺刺他，逼他将前腿放下来，他又尥起蹶子来。

看到这种情形，雪狼也越来越焦虑，最后按捺不住，跳到马前，用野蛮的狂吠作为警告。

从此以后，他常常试着发出吠声，主人也予以鼓励。但他只成功了一次，而且也没有主人在场。

那一次，主人正骑着马急驰在牧场上，突然，一只雄野兔从马蹄下跳了起来，受惊的马猛然一起一跌，将主人掀倒在地。主人断了一条腿。狂怒的雪狼跳上去，就去咬那匹犯了罪的马的喉咙。

主人厉声止住了他。

搞清自己的伤势后，威登命令他："回家去！回家去！"

雪狼不愿意离去。

威登想写一个条子，徒然摸索了一会儿，但口袋中没有铅笔和纸。

威登又命令雪狼回去。

雪狼若有所思地望着主人，走了，又回来，轻轻地呜咽着。威登温和、庄重地跟他说话，雪狼的神情既痛苦又紧张，侧耳倾听。

　　"对！好家伙，你跑回家去，告诉他们我遇到了什么。你这狼，回家去，快回去！"

　　雪狼不明白主人其余的话是什么意思，但他知道"家"是什么，知道主人的意志是要他回去。他十分勉强地转过身去，小跑着，走了。

　　接着，他又停下脚步，回头看看主人，犹豫不决。

　　"回家！"又一厉声的命令。

　　这一次，他服从了。

　　下午，全家人正在门廊上乘凉。

　　这时，满身灰尘的雪狼，气喘吁吁地跑了进来。

　　威登的母亲说道："威登回来了。"

　　孩子们愉快地叫着，跑上去欢迎雪狼。雪狼躲开他们，走下门廊。孩子们将他围在一张摇椅和栏杆中间。

　　雪狼吼叫着，想从他们身边挤过去。

　　他们的母亲望着，不无忧虑地说："说实话，他在孩子们身边，我真不放心。说不定哪天，他会出人意料地咬他们。"

　　雪狼怒吼着跳了起来，撞倒了孩子们。母亲将他们拉到身边，安慰他们，告诫他们不要惹雪狼。

　　司各特大法官说："狼总归是狼，不能信任！"

　　"但他不完全是狼。"哥哥不在时，贝丝为哥哥辩护道。

　　"你不过是在重复威登的说法罢了。像他亲自告诉你的那样，他也完全不知道，只是猜想雪狼有点儿狗的血统。至于他的模样——"

　　法官还没说完，雪狼站在他面前凶猛地叫着。

　　"走开！卧下！"法官命令道。

　　雪狼转向主人的妻子，用牙齿咬住她的衣服，使劲儿拖，撕破了单薄的衣料。

　　这时，全家人都将注意力集中到了他身上，他不再咆哮，而是昂首站在那里，正视着他们。他的喉咙抽搐着，全身挣扎地颤动不已，似乎极力想交代明白一件什么事情，但却发不出声音。

威登的母亲说："我对威登说过，这里的气候炎热，恐怕一只北极的动物难以适应。希望他不要发疯吧。"

"我相信，他想说话。"贝丝说。

这时，雪狼的嘴里爆发出一阵犬吠。

威登的妻子判断道："一定是威登出什么事了。"

现在，他们都站了起来。

雪狼跑下台阶，回头看看他们，要他们跟他走。这是他平生第二次，也是最后一次吠，他让自己得到了人们的理解。

这件事以后，希埃拉·维斯他的人们更加宠爱雪狼。即使那位被他咬伤手臂的马夫，也不得不承认，雪狼是一条狼，但更是一条聪明的狗。

司各特大法官仍旧固执己见，他根据百科全书和各种博物学著作的有关判断与描述，证明雪狼是一条狼。然而，每个人都不满意他的证明。

一天天过去了，白昼的阳光不断地照耀着圣科拉拉山谷。

当白昼稍短，雪狼在南国的第二个冬天来临的时候，他奇怪地发现，科丽的牙齿不再厉害了。她咬的时候，有种游戏的温柔在里面，并不会真的咬伤他。他也忘了，科丽曾经让他感到活着简直等于受罪。

她在他一旁游戏时，他就庄严地响应，极力开着玩笑，扮作一副滑稽可人的模样。

一天，科丽引他追赶自己，穿过房后面的牧场，跑到树林里去。雪狼知道，马已经备好了马鞍，在门口等着。主人下午要骑马，他犹豫不决。然而，有一种东西潜藏在他体内，比他学习到的一切规律、形成他的性格的习惯更深，比他对主人的热爱，以及自己生存的意志也更深。他正犹豫不决，科丽咬了他一口便疾速跑去。于是，他转过身来，追了上去。

这一天，主人单独骑马出去了。雪狼与科丽并肩跑在森林里，就像多年以前，他的母亲杰茜与老独眼跑在寂静的北国森林里一样。

二十五　功成名就

就在雪狼和主人越来越融为一体的时候，报纸连篇累牍登载了一个犯人从圣昆廷监狱逃跑的消息。

逃跑的囚犯是一个凶恶的人，他出身不好，成长时也没有得到任何帮助。他是残酷的社会之手塑造的一个突出典型。说他是一个畜生——一个人畜，一点也不错；而且是一个非常可怕的畜生，因此，将他称作食肉兽，也许最为合适。

圣昆廷监狱证明，他是不能改造好的。惩罚并不能使他的锐气消失。他可以至死疯狂地战斗，但绝对不能够被人打败而苟活下去。他的战斗越是凶猛，社会的待遇就越严酷；作为严酷的唯一的结果，是他更加凶恶。

紧身背心、饥寒交迫、挨打挨揍的囚犯生活，虽然并不是对待杰穆·霍的正确方法，但这样正是杰穆·霍尔所受到的待遇。当他还是旧金山一处贫民窟里一个柔嫩、瘦弱的小孩子，还是一团被社会捏在手里准备塑造成什么东西的柔软的泥土的时候，他就一直受着这种待遇。

杰穆·霍尔的监禁生活过到第三期时，他碰见一个看守，一个几乎跟他一样出色的畜生。这家伙待他不公，向看守长造谣，谗毁他，迫害他。

他们之间的区别在于，看守有一大把钥匙和一支手枪，杰穆·霍尔只有赤手空拳和咬牙切齿。有一天，他像野兽一样，扑到看守的身上，用牙咬他的喉咙。

从此以后，杰穆·霍尔在不知悔过的犯人的地牢里，一住就是三年。地牢从屋顶、墙壁到地板，全部用铁做成。他从未离开过地牢，也从未看见过天空和阳光，他被活活地埋进了一座铁铸的坟墓中。白天是黄昏，夜里一片漆黑死寂。

他看不到人类的脸，也没有人性的东西与他交谈。看守用铲子送食物时，他像一只野兽一样怒吼着。他仇视一切。他有时日日夜夜地向宇宙狂呼，倾泻他的愤怒；有时几个礼拜几个月一声不发，在黑暗寂静中黯然伤神。他是一个人，更是一个妖怪，仿佛一个在大脑疯狂的幻觉中总是喋喋不休的怪物，令人害怕。

后来，一天夜里，他逃跑了，虽然看守长说不可能，但地牢空空如也。一个看守的死尸，半在门里半在门外地躺在地上。另外两名看守的尸体，显示出他从地牢到外面围墙逃跑的路线。为了不发出声响，他用手杀死了他们。

他逃跑了。

他用被他杀死的看守们的兵器，将自己武装起来，一变而为一座活动的兵工厂。为了缉捕他，社会重金悬赏，组织力量追着他在山里四处逃窜。他的血可以赎出一笔抵押品，或者将一个儿子送入大学。贪图奖赏的农民，用散弹枪射击他；以维护公德为己任的市民，取下自己的步枪，走出门去寻找他。

一群警犬沿着他的血迹跟踪着他。还有司法界的"走狗"——社会雇佣的作战动物，使用电话电报，日夜兼程地追捕他。

有时，他们也碰到他，因此，或者如英雄般跟他打斗，或者穿过布满倒刺的铁丝网狼狈而逃。边吃早餐边读报纸的公民，为此非常高兴。每当这样的遭遇战发生以后，车子便将死伤的人员运向城市，另外一些热衷于"猎人"的人，便前仆后继地填补了他们的空缺。

以后，杰穆·霍尔不见了。猎狗们侦察消失了的踪迹，徒劳无功。武装人员拦住远处山谷中无辜的牧场农工，强迫他们证明自己的身份。与此同时，在十几处山脚下，贪图"血钱"的申请者们发现了杰穆·霍尔的尸体。

这时候，在希埃拉·伟斯他的读报者的焦虑，却远远超过了兴趣。妇女们非常害怕。司各特大法官却哈哈大笑，啧啧有声。但是，他没有理由这么做。在他最后为法庭服务期间，在他面前，杰穆·霍尔被判了刑。杰穆·霍尔就在法庭上，当着所有人的面宣布，他总有一天，要向判他刑的这位法官报仇。

这一次，杰穆·霍尔是对的。他被冤枉了。用盗贼和警察的行话说，这是一件"开快车"的案子。为了一件并未犯下的罪案，杰穆·霍尔被开快车送进了监狱。由于他以前两次被判有罪，司各特大法官判了他五十年徒刑。

司各特大法官并不了解事情的全部。他不知道，自己参与了警察当局的阴谋，计划好的证据纯属诬告，杰穆·霍尔是冤枉的。

另一方面，杰穆·霍尔也不知道，司各特只是不明真相。他认为，法官事先知道一切，与警察串通一气，干出了这件可恶的枉法之事。

因此，司各特大法官宣判了五十年的"活地狱"这一判决后，仇视虐待他的这个社会的一切的杰穆·霍尔跳了起来，在法庭上大发雷霆，直到被六个穿着蓝色上衣的敌人拖了出去。在他看来，司各特大法官就是枉法的拱门的顶石，他便向他大泻怒火，威胁说将来一定要复仇。

以后，杰穆·霍尔到活地狱服刑……后来，就逃掉了。

当然，雪狼不会明白这一切。不过，他与主人的妻子埃丽丝之间有一个秘密。因为不是一只看家狗，雪狼不允许睡在屋子里，但是，每天晚上，当希埃拉·伟斯他的人都睡了以后，埃丽丝就起来，让雪狼进来，睡在宽敞的大厅里；清早，在家人醒来之前，她再轻轻下楼，放他出去。

一天夜里，全家都睡着了。雪狼醒着，非常安静地嗅着空气，研究其中的信息，知道一个陌生的神出现了。

他的耳朵听见陌生神的动作发出的声响。但他并不愤怒地吼叫，他没有这个习惯。陌生的神步子很轻，然而，雪狼没有衣服与身体的摩擦，走得更轻，只是默默地跟在后面。他曾经在荒原中捕捉过无数个胆怯的活的食物，深知出其不意的好处。

陌生的神在大楼梯脚下停住，凝神谛听；雪狼像死了似的一动不动，看着，等着。上了楼梯，就到了他的主人以及主人的所有物那里。雪狼毛发耸立，等待着。

陌生的神抬起脚来，开始上楼。于是，雪狼既不警告，也不发出预示行动的咆哮，开始攻击。他腾空而起，扑到陌生的神的背上，用前爪抓住肩膀，同时将牙齿刺进脖子的后面，吊了一会儿，将这位神向后拖倒，一起摔倒在地板上。

雪狼跳了开去。那人挣扎着爬起来时，雪狼又用锐利的牙齿杀了上来。

希埃拉·伟斯他庄园里的人们被楼下的声音惊醒了，那里好像有二十个恶鬼在打架。几声枪响，一个男子恐怖惨痛的叫声，一阵咆哮怒吼。

一切喧嚣中，最大的响声是打翻家具、摔碎玻璃器皿的声音。

突然，骚乱停止了，几乎跟发生一样迅速，没超过三分钟。

全家人吃惊地聚在楼梯顶上。一种咯咯声从楼下黑暗的深渊中传了上来，像空气从水中向外冒泡的声音。过了一会儿，咯咯声变成了咝咝声，近似嘘嘘声，然后迅速消失了，一切又归于寂静。威登·司各特按了开关，楼梯上下、楼下的大厅里顿时灯火通明。接着，他和司各特大法官拿着手枪，小心翼翼地走了下来。

这种警戒已经大可不必，雪狼完成了自己的工作。一个男子稍侧着身体，躺在被打碎的家具残片的中央，一条手臂遮着面孔。威登·司各特移开手臂，拨正那人的脸，喉咙上一个大裂口，表明他是怎样死的。

"是杰穆·霍尔。"司各特大法官说。

父子俩互相看看，意味深长。

他们又转过来看雪狼，他也侧着躺着，闭着眼睛。他们俯下身体凑近看他的时候，他稍稍抬了一下眼皮，拼命想看看他们的情况，尾巴动了一下，徒然地想摇一摇。

威登·司各特拍拍他，他的喉咙中咕咕噜噜地响了一声招呼，但那充其量只算一声微弱的吼声，而且，很快不响了。他的眼皮下垂，紧紧闭着，全身仿佛肢解般松懈开来，平卧在了地板上。

司各特喃喃道："可怜的家伙，命都拼了。"

大法官一面去打电话，一面说："我们还要看看。"

一个半小时后，外科医生检查完毕雪狼的身体，宣布道："说实话，只有千分之一的机会。"

黎明从窗户上射了进来，灯光显得黯淡了许多。除了孩子们，全家都围着外科医生，听他诊断。

"一条后腿断了，三根肋骨折断，至少有一根刺穿了肺。全身的血几

243

乎失尽，好像还有内伤。他一定被人踩过。更不用说，三颗子弹射穿了三个洞。千分之一的机会，也实在是太乐观了些；他连万分之一的机会都没有。"

"但是，决不能让他失掉任何也许对他有所帮助的机会，"司各特大法官喊道，"不要在意费用，为他照 X 光——做一切力所能及的事情。威登，马上向旧金山打电话，请尼古拉斯大夫。大夫，并不是想得罪你，您请多原谅；只是，我们必须提供给他各种有利的机会。"

那位外科医生微微一笑，表示自己并不在意："当然，我理解。他应该得到所能为他做的一切，他必须得到很好的照看。要像照看人类，照顾一个有病的孩子那样。请不要忘记，我告诉你们的关于体温的话。十点时，我再来。"

司各特大法官主张雇用一个受过训练的护士，女孩子们愤怒地否定了他的提议，自告奋勇，来担任这个工作。雪狼得到了外科医生所说的那种护理，终于赢得了被外科医生所否定的千分之一的机会。

不能责怪医生的诊断有错。平时，他照顾诊治的都是文明、柔弱的人类，他们过的是从受到荫庇的祖先那里一代代遗传下来的受到荫庇的生活。与雪狼相比，他们脆弱、软弱，对生命的掌握也软弱无力。

雪狼则直接来自荒原。在那里，谁都没有庇护，软弱者很早就灭绝了。无论雪狼的父亲或母亲，还是他们以前的世世代代，都没有软弱的缺点。雪狼天然地继承了钢铁一般的体魄和"荒原"独特的活力，凭借古代一切动物都曾拥有的那种顽强的精神，调动他的全身的每一部分，从他的肉体到灵魂，全部用来紧紧抓住生命。

由于上了石膏，扎了绷带，雪狼像囚犯般被拘束着，一动也不能动。这样过了几个星期。他睡了许久，做了很多梦，一连串的北国生活的壮丽情景的幻象，从他的脑海中掠过，无穷无尽。

昔日的鬼魂全都出现了，和他在一起。他重新又与杰茜生活在洞穴里；颤抖着爬到灰海獭的膝下，奉献自己的忠诚；在利·利与疯狂地号叫着的小狗们的追逐下，仓皇逃命。

他再一次穿越寂静的原野，在饥荒的年月猎取活的食物。他又跑在一起拉雪橇的狗们的前面，灰海獭和米·沙的鹿肠鞭子在后面啪啪作响，他们走上一条狭窄的小路，当散开的狗们像扇子似的合拢通过的时候，神们口中喊着："啦！啦！"他重新度过与美人史密斯在一起时的所有日子，重新经历了打过的每一仗。

这时，他在梦中呜咽、咆哮。旁边守护他的人说，他在做噩梦。然而，有一个梦让他十分痛苦。在他眼中，怪物一般铿锵作响的电车，就是嘶叫着的大山猫，巨大无比。他隐蔽在灌木的下面，等候一只离开自己树木的掩蔽、到相当远的地方来冒险的松鼠。他正要跳出来扑向松鼠时，松鼠却变成了一辆电车，一座山似的耸立在他上面，尖叫着，叮当作响，向他吐火，让他既惊又怕。他挑逗老鹰，老鹰从蓝天上冲了下来，落到他身边时，却变成了无处不在的电车。他又像是在美人史密斯的木圈里，外面是人，他知道战斗即将开始，全神贯注地盯着对手进来的那扇门，然而，被扔进来与他对战的，却是吓人的电车。这种事情重复了成千上万次，每一次唤起的恐怖，都是那么真切，那么强烈。

一天，雪狼的最后一条绷带、最后一块石膏模子被拆掉了。

这简直是一个节日。希埃拉·伟斯他的人全部围在他身边。

司各特搓一搓他的耳朵，他咿咿呀呀地唱起爱的歌曲。埃丽斯叫他"福狼"，大家立刻欢呼着接受了，所有的妇女都叫他"福狼"。

他试着想爬起来，努力了几次，都衰弱地跌倒了。他睡得太久，肌肉没了灵活性，所有的力气都丧失了。他为此而羞愧。他本应该做到的，却辜负了神们。他勇敢地尝试了几次，想爬起来，四条腿终于站了起来，前后摇摇晃晃。

妇女们齐声欢呼："福狼！"

司各特大法官看着她们，不无得意。他说："我一直主张他是一条狼，你们自己终于亲口说了。他干的事，什么狗也做不到。"

法官的妻子纠正："一条'福狼'。"

"是的，'福狼'，"大法官表示同意，"以后我就叫他这个名字。"

外科医生说："他必须重新学习走路。现在就开始吧，把他弄到外面。这对他有好处。"

245

他到了外面。希埃拉·伟斯他的所有的人，都跟着他，服侍他。他仿佛是一位国王。他非常衰弱，走到草地上，躺下来休息一下。

稍后，队伍继续前进。他使用肌肉，血液开始流通，气力也渐渐恢复起来。

他走到马厩边。科丽正躺在门口，半打矮矮胖胖的小狗，围着她在阳光下玩。

雪狼惊异地看着。

科丽咆哮着警告他。他小心地保持一定的距离。司各特用脚尖将一只正在爬的小狗推到他跟前。他有些猜疑，耸起毛来。司各特告诉他一切都好。科丽却在一个妇女的怀里猜忌地瞪着他，用咆哮警告他并不是一切都很好。

那只小狗在他面前爬动。他竖起耳朵，好奇地看着小狗。他们的鼻子碰着了，小狗温暖的小舌头碰到了他的脸。他的舌头也不由得伸了出来，舔了舔小狗的脸。

众神们拍手欢呼，对他的举动表示赞赏。

雪狼有点吃惊，疑惑地看看他们。接着，他的衰弱又流露出来。于是，他躺了下来，竖着耳朵，歪着头，似乎在看守并欣赏着那只小狗。接着，别的小狗们也向他爬来，惹得科丽大加反感；雪狼温顺地允许他们在他身上爬行，打滚。

在神们的赞不绝口中，他先前所有的那种扭怩、尴尬，伴随着小狗们嬉戏的继续逐渐地消失了。他半闭起眼睛，躺在阳光里，打起盹来，脸上现出慈爱的神态。

毒日头

一　德佛利酒店

入夜。

德佛利酒店。

大木屋子中的一长溜柜台边儿上，并排靠着六个人。

其中两个人在讨论云杉叶茶和酸橙汁对于治疗坏血病的作用。他们谈得很郁闷，别的人都不大理会他们。

柜台前面是骰子桌，但赌徒们已经走了。

那边的纸牌桌前只坐着一个神情落寞的家伙，独自一人打着牌。

轮盘赌台上的轮子也早就不转了，管轮盘赌台的人站在火炉边儿上，和一个女人搭着话。火光熊熊，照得那女人的眉目十分清晰，那是个大眼睛、俏面孔、好身材的年轻女人。人们都叫她圣母玛丽亚，从朱诺到育空堡，所有的人都这么叫她。

三个人在另外一边打扑克，他们下的注很小，显然意思不大，因而也没人围观。

舞池里只有三对儿，随着一把小提琴和一架钢琴，寂寞地跳着华尔兹。

漫长的冬天，所有的人都无事可做，北极的夜显得无聊和难捱。

到这里打发冬夜的人可真不少，矿工们都从鹿皮湾及以西的矿上赶到这儿来了。夏季的劳作使他们收获颇丰，口袋里满是金沙和金块。

247

那时候克朗代克还没有开发，育空堡的矿工们也还不知道向深处开掘。人们无法消磨时间，只好又到酒店里来。

然而，德佛利酒店一点也不热闹，甚至可以说很冷清。站在炉边的圣母，打了个长长的哈欠，对居利·贝茨说：

"没什么事儿，我要去睡觉了！"

"唉，也不知道出了什么事儿，人都死光了吗？"

贝茨懒得搭腔，只是沉着脸抽烟。

这时候，丹·马克唐向他们走了过来。他是育空河上游最早的酒店老板和赌徒，是德佛利酒店的主人。

"死了人了吗？"圣母问。

"是吧。"他答道。

"那一定是死光了。"圣母肯定地说，然后又打了个哈欠。

马克唐干笑了一声，点了点头，正要说话，突然前门大开，灯光中走进一个人来。

他带进一片霜雾来，经屋里的热气一蒸。立即旋转向上，到他膝盖以上，又落到了地板上，而后越变越薄，最终消失在炉火旁。

他从墙上拿下一把刷子，掸去鹿皮鞋和德国高筒靴上的雪。要不是那个高大的法属加拿大人从柜台边站起来去和他握手，无意中和他比了一下身高的话，那他也应该是个大高个儿了。

"哈，毒日头！"

"太棒了，你来得正好！"

法属加拿大人招呼着刚进来的人。

"噢，路易，你们什么时候来的？"被称为"毒日头"的人回应着，又说，"来，喝一杯，把波恩湾的事儿跟我讲讲。

"怎么啦，又动摇啦？该死！"

"你的合伙人呢？我正要找他！"

又有一个大个子离开柜台，来和他握手。

他叫奥拉夫·汉特森，跟法兰居·路易是合伙人，在波恩湾，他们是身材最魁梧的一对儿。尽管他们只比刚来的这位高半个头，但这样一

248

比，也把对方比得很矮小了。

"奥拉夫，你知道吗？你可是我嘴里的肉！"刚进来的这位叫作"毒日头"的人这样说。

"明天我生日，我要打倒你们！知道吗？

"还有你，路易。

"懂吗？在我生日这一天，我要把你们都打倒！

"好啦，过来喝酒吧，我把事情从头到尾说给你们听。

他的这一番话，好像为这里添了把热量。

"这是毒日头。"

圣母边说边向他走了几步，她一眼就看出他来了。

居利·贝茨的表情不再那么呆板了，马克唐也活动活动手臂，向他们走去。

毒日头像一束光、如一团火，照亮并温暖了这间大屋子。人们顿时活跃了起来，有说有笑，声音也放大了好几倍。

"这是毒日头。"

小提琴手对钢琴手这样说完以后，华尔兹的拍子也快了许多，舞者顿时旋转了起来，比刚才有味儿多了。

大家都知道，只要毒日头来了，就不会有什么冷场的事发生。毒日头靠在柜台边上，转过身来，看见了火炉边儿上正热烈地望着他的女人：

"嗨，圣母，老姐姐！"

他又向旁边一侧头：

"嗨，还有你，居利。你们都怎么啦？棺材只要三盎司金沙，发什么愁啊！

"来来，过来喝一杯！

"你们这些活鬼，说，要什么酒！

"来来，都过来，今儿晚上我做东！

"明天我就三十啦，就成老头儿啦！今天晚上是青春的最后一刻！

"怎么样？来吧，都来喝一杯！

说到这儿，他看见玩纸牌的人正把椅子从赌台边拉开，便叫道：

"达维斯，别走！

"我要和你赌一下，看看是你们喝我的，还是我们喝你的。"

他一边说，一边从外衣口袋里拽出一袋子沉甸甸的金沙来，下在"大牌"注上。

"五十块钱。"他说。

发牌。

大牌赢了。掌秤的人在称金子的天平上称了五十块钱的金沙，倒进毒日头的口袋里。

这时候，华尔兹舞已经结束了，小提琴手和钢琴手跟着三对舞伴儿向这边走来。

"来来，大家都过来，叫酒吧，我做东，难得啊，这样的夜晚！

"你们这些笨蛋，今天晚上我做东，听见了没有……"

居利·贝茨接着毒日头的话说："今夜是肮脏的该死的一夜。"

"没错儿，我的孩子。"毒日头接着说，"肮脏的一夜，但却是由我做东的一夜。过来吧，笨蛋们、恶棍们！今儿晚上我做东！我是肮脏的老雄狼，听我叫！"

他马上就学了一声狼叫，是那种寂寞的灰狼的叫声。

圣母把纤细的手指塞住耳朵，哆嗦着。

一分钟以后，她已经在他的怀抱里旋转于舞池中了。加上另外三对儿，四对儿男女跳起了热烈的弗吉尼亚舞。

这些穿鹿皮鞋的男女，自然地以毒日头为中心，听着他的挖苦和嘲弄甚至粗鲁的叫骂，人们从失望和落寞的深渊里抬起头来。

这一点，连从酒店外面走过的路人都能体会到。酒店里的人会向外面点点头，说：

"毒日头在寻欢作乐呢！"

外面的人立即就拥了进来，酒店里更热闹了。

赌徒们勇气倍增，笑骂声、筹码声、轮盘赌球的旋转声，一片鼎沸。

人们几乎谁也不知道毒日头的本名叫爱兰·阿纳许了。这个外号，是此地早期的开发者们给他起的，因为他总是说日头太毒了，而将伙伴们从被窝里拽出来。

在这遥远的北极地带，人们都是拓荒者，而他是最早的拓荒者之一。

虽然阿尔·美育和贾克·麦昆斯勋他们比他来得早，但他们是从东部的赫珍海湾地区翻过洛矶山脉到这儿来的。而毒日头是翻过契尔科和契尔甲山山口来的。

1883年春天，也就是十二年以前，他十八岁，和五个朋友一起翻过了契尔科山。秋天时，和他一起翻山回去的只剩一个了，另外四个都死在了这儿的旷野里。

十二年了，爱兰·阿纳许一直在北极圈里找金子。

他是和这儿一起成长的人，任何人也比不上他那么固执地、很有耐心地找金子。

在毒日头的脑子里，别的地方是不存在的，文明都成了以前的梦影。对他来说，如四十里堡和这儿的帐篷群之类的地方就是大都市了。

他和这里一同成长，为这里的开发贡献了力量，他是此地的历史和地理的创造者之一，后来的人们就是根据他走过的路线在地图上做标记的。

一般说来，英雄不崇拜英雄，可在这块儿英雄辈出的地方，人们却一致把这个年轻人奉为前辈、奉为英雄！

奉他为英雄是有根据的：他来得最早，事业干得最红火，比任何一个敢称强悍的人都更强悍！

他是个有胆有识、正直无畏的白种人。

在人们把生命当作可以随便玩弄、随便扔开的偶然的东西的地方，赌博自然就成了最好的娱乐和休息。

在这儿，人们以生命为代价去挖寻黄金，侥幸没丢了命而找到黄金的人，又用黄金来赌博。

作为一个男子汉，爱兰·阿纳许自然也不例外，他有一种将生命做赌注的本能！

他出生在艾奥瓦州的一个农民家庭，后来移居东俄勒冈州，爱兰的童年岁月就是在那儿的矿区里度过的。

这样的环境造就了他的意识：拼搏以赢得更大的赌注，别无选择。

251

胆量和耐力是取胜的法宝，但成功与否还要看天意，那种老老实实工作以换取固定而微薄的收入的生活方式，他是看不上眼的。

在他的观念中，生而为人，就要干一番大事业，为了一个大目标心甘情愿冒一切大危险，如果最后没有达到目的，不管你曾为之付出多大的代价，也是个失败者。

所以，在育空堡这十二年，阿纳许是个失败者。虽然去年夏天他在鹿皮湾挣了两万块钱，可地底下还藏着两万块呀！

用他自己的话说，那只不过是收回了先前所下的赌注而已。他用性命赌了十二年，四万块钱只不过是一笔小小的收入而已，也就是在德佛利酒店喝点儿酒、跳跳舞、赌几盘而已。当然，还得留一点，作为明年找矿的启动资金。

舞毕，爱兰·阿纳许把人们又召到了一块喝酒。

酒是一块钱一杯，一盎司金沙值十六块钱，接受他的邀请的一共是三十个人。

每一圈舞下来都是杯光酒影，爱兰做东，任何人都不许为任何东西花一点儿钱。

爱兰·阿纳许不是个酒鬼，威士忌打不败他，他太强壮了，他的身体和头脑永远不会成为酒精的奴隶。

他常常是一连几个月喝不上比咖啡更有劲儿的饮料，还有一次，一年之中都没喝上过咖啡。

他喜欢结交朋友，而在育空，能见到朋友、能结交朋友的地方就是酒店，所以他就成了酒店的常客。

当他还是个孩子的时候，人们就是这么生活的。所以他脑子里根深蒂固地认为，一个人要参加社交活动，那最正当不过的地方就是酒店了，至于还有别的什么方式没有，他不知道。

他的穿着打扮和德佛利酒店的一般人差不多：鞋是鹿皮的，缀着些印第安式的珠子，毛毯做的上衣，工装裤，腰上挂着衬着羊毛的长皮手套。

按照育空这一带的风俗，他的脖子上系着一根长长的皮带，头上戴的是翘着护耳的皮帽子。

爱兰·阿纳许是个瘦长脸儿，颧骨下面稍微凹进去一些，就像是印第安人的模样。再加上让太阳晒得变了色的皮肤和一双敏锐的眼睛，就更像印第安人了。

他的脸刮得很光，没有皱纹，有一丝孩子气。可他给人的感觉是不止三十岁！

这种感觉自于他人生的苦难和磨炼，这些东西是别人所望尘莫及的。

以往紧张而坚韧的生活状态，都留在了眼睛中，留在了他的声音里，时刻向外表达着。

爱兰·阿纳许给人的印象是和蔼可亲的，因为他的薄薄的遮住了雪白的牙齿的嘴唇，是微微向上翘的，还有他眼角的那些小皱纹，都给人满含笑意的感觉。

这和蔼与笑意背后，是他本性中的野蛮、冷酷和残暴。

他的鼻子的大小和他的面孔很成比例，鼻子上没肉，鼻孔很大。

额很高，弥补了狭窄的缺陷，显得很匀称。

他的头发是黑的，很直，有一种健康的光泽，也很像印第安人。

"毒日头可真是挥金如土啊！"

在跳舞的人们的欢呼声中，丹·马克唐这样说。

"他就是个干这种事儿的孩子，是吧，路易？"奥拉夫·汉特森说。

"没错儿，那孩子浑身都是金子！"

法兰居·路易回答。

"哼，万能的上帝在洗金的最后一天，会洗一下毒日头的灵魂的！万能的上帝要把他和金沙一块儿铲进洗金槽里去的。"

马克唐又说。

"没错儿。"

奥拉夫·汉特森点着头。

"啊，也许不久，我们就要为此喝上一杯了！"

法兰居·路易意味深长地说。

253

二 四条老 K

凌晨两点。

舞跳累了，人们都想吃点东西了。

杰克·肯斯建议打一会儿扑克。

杰克长得非常魁梧，他和比脱尔曾经计划深入北极圈，在科犹库克河上游建一个邮驿，可是没成功。

后来，杰克退回到四十里堡和六十里堡一带来，不再去冒险了。从美国本土弄来了一台锯木机和一条汽艇。

印第安人已经用狗拉着雪橇把锯木机送过了契尔科山，到初夏时，冰雪消融以后就可以送到育空来了。等到了夏末，白令海和育空河口的浮冰隐去以后，汽船就可以在圣道格尔装上锯木机和其他的供应品开来了。

他打扑克的建议很快就有人回应了，因为法兰居·路易、丹·马克唐和霍尔·肯贝尔（他曾在鹿皮湾发过一次财）没有舞伴，跳不成舞。

他们正寻找第五个人时，毒日头从后面的屋子里走了出来，圣母挽着他，后面还有一大群舞伴。

他立即答应了他们的招呼，走了过来。

"来吧，试试你的运气。"

肯贝尔说。

"那还用说，今天晚上我肯定赢！"

毒日头兴奋地说。他感到圣母捏了一下他的胳膊，她是让他去跳舞。所以他马上又说：

"我的运气没问题，但我要去跳舞，我不想抢你们各位口袋里的钱。"

大家并不勉强他，因为他拒绝得很坚决，况且圣母始终拉着他的胳膊不放手。

毒日头让圣母拽着，心里有点不痛快。并不是他不想跳舞，也不是想

254

得罪她，而是感到了一丝受女人操纵的意味，这引起了他男子汉天性的反抗。

女人们一般都喜欢他，他可并不怎么看重她们。她们是他的娱乐、他的玩物和装饰，他知道一个人要摆脱赌博、摆脱酒比摆脱女人要容易得多。

他是个主观性很强的人，自己的思想决定自己的行动，没有虚伪，没有掩饰。如果让他给别人当奴隶，那他就会杀人或者采取别的什么更可怕的方式来进行反抗。

他不会为爱而疯狂，陷在爱情旋涡里的人很让他看不起，他更看重男人之间的友谊。

男人之间的友谊，是公平的买卖关系，他们不用谁追求谁，而是在羊肠小道上、激流中、高山间，为了追求金银财宝而共患难。友谊之中没有谁奴役谁的问题，尽管他一向是给予比得到要多很多。他将辛苦挣来的一切毫不吝惜地挥霍掉。

在狂风大作的山口、在蚊虫丛生的沼泽地，他背负着比朋友们多一倍重的东西也毫无怨言，他没有不公平的感觉。

大家都尽自己的力，有的人比别的人力气大，那他就多出些力，这就是公平交易的原则，就是好买卖。

可对女人就不一样了。

女人给予别的人不多，要得却很多。女人会用情丝将哪一个随便看了她们两眼的人捆起来。

就说圣母吧，他进来时她正打哈欠，他一请她跳舞，她就立刻精神百倍起来。

跳一次舞也就跳吧，就因为又跳了第二次、第三次、第四次……所以他们要打扑克，她就要拽他的胳膊。

这是一种可怕的情丝的捆绑，是她第一次向他施加影响力，如果他听从她的话。

圣母是个丰满高大、俏丽的女人，一个跳舞好手。她是女人，有女人的欲望，要用女人的情丝把阿纳许的手脚都捆住，打上她的印迹。

阿纳许喜欢打扑克，和喜欢跳舞一样。

他往回拽了拽自己的胳膊，说：

“我很想和你们赌上一场。”

手臂上又是一拽，是圣母的情丝。

他心中一下子涌起一股恐怖的波浪，像一只惊愕的老虎突然发现了陷阱！

按照本性，他会扑上去将她撕个粉碎。可那种将人变成一种社会动物的代代相传的教育起了作用，于是，他只是看了一眼圣母拉他的手，笑了笑，说：

“等一会儿咱们再跳舞。

“你们先去找点吃的吧，还早着呢，老姐姐。”

他把胳膊抽了出来，开玩笑似的推了她肩膀一下，对几个男人说：

“取消限额，我要打烂你们！”

“以最高数为限额。”

杰克·肯斯说。

“不要，不要最高限额。”

几个人对望了一下，肯斯最后宣布：

“取消最高限额。”

爱兰·阿纳许一屁股坐了下去，抻出了金袋子。

圣母噘着嘴待了一会儿，跟别的舞伴走了。

“我给你拿一块三明治来，毒日头。”

她走了几步，回过头来这样说。

毒日头点了点头。他逃出了她的情网，还没太伤她的自尊。

“玩记分的吧，筹码那东西，堆一桌子，太乱！

“怎么样？”

他提议道。

“行啊，每个筹五百块，我的。”

霍尔·肯贝尔说。

“我的也是五百。”

阿纳许说。

另外几个人也都说了自己记分筹的钱数。法兰居·路易是比较保守的，他的每一个是一百块钱。

在那个年代，阿拉斯加还没有流氓，也没有骗人的赌徒。所以赌博进行得十分公道，大家相互信任，每个人都是一诺千金，决不食言的。

记分筹是一种长方形的篇平筹码，本身可能只值一分钱。可当一个人下注一个记分筹，说是五百块钱时，大家就认为那就是五百块钱。谁赢了，那么筹码的主人肯定就会在天平上称出价值五百块钱的金沙来赎的。

记分筹的颜色不一样，归谁所有是泾渭分明的。那时候，谁也没想到赌钱是可以用现金的，人们可以拿各种各样的东西来赌，不管那东西现在在哪儿，也不管那东西是什么性质的东西。

阿纳许洗完牌，轮到他坐庄。

这可是个好兆头，他立刻吩咐酒店里跑堂的伙计给人们上酒。

他从把第一张牌发给左边的丹·马克唐开始，嘴里就不停地叫：

"小心点喽！哑巴、爱斯基摩狗、笨蛋，你给我加把劲儿！

"勒紧缰绳！把身子压在鞍子上，绷紧胸带！

"嗨，嗨！我们要出发啦！去海伦布拉克法！

"我要告诉你们，在到达那位太太的地方以前，我们会碰到险峻的陡坡，还有……

"悬崖峭壁，悬崖峭壁，别摔个粉身碎骨！"

牌发完了，也就不说话了，在周围的一片喧嚣声中，这儿仿佛是一片净土。

在爱兰·阿纳许的感召下，德佛利酒店里的人越来越多，人们进来就不想出去了。

在毒日头寻欢作乐时，大家都不愿放弃跟着凑热闹的好机会。

舞池里的人已经满满的了。因为女人太少，有的男人就在胳膊上系上块手绢儿扮成女人，和别的男人跳舞。

各个赌台周围都围着一圈儿人，谈话声、筹码碰撞的声音、轮盘赌尖锐的旋转声、舞曲声和哄笑闹骂……育空所特有的夜晚的一切声音都有了。

赌桌上的起伏不大，还没出现大牌。

法兰居·路易的一副大顺子，为他赢了五千块钱的赌注。还有八百块钱是他摊牌时以一对三赢来的。

这其中，阿纳许曾有一次非常冷静地赢了肯斯的两千块钱。

肯斯一摊牌，是四缺一的同花，阿纳许靠的仅仅是一对十，竟敢叫对方摊牌。

终于，在凌晨三点，有了大牌！

这可是赌上几个星期也不一定有的好机会，消息顿时传遍了德佛利。

周围围了好几圈人，人们鸦雀无声。没有人跳舞了，别的赌桌也都不赌了，酒店里所有的一百多人，紧紧地围住了扑克桌。

在补进的抽牌以前，注已经下得很大，越下越大。

肯斯坐庄，法兰居·路易拿了一个记分筹——这是他的一百块。

肯贝尔要看牌，可爱兰·阿纳许在他下手加了五百块。

马克唐看看自己手里的牌，下了一千块钱的记分筹。

肯斯左看看右看看，犹豫了很久，最后说要看牌。

这就使法兰居·路易再加上九百块才能打下去，他想了好半天才下了注。

肯贝尔也必须再加九百，才能接着打。出人意料的是他要看九百，另加筹码一千块。

"行啊，胆量都不小！"

阿纳许说着，要看一千五百块，再加码一千块。

"这一回就可以决定能不能到海伦布拉克法了，小心别把缰绳绷断！"

"我必须得到她那儿！"

马克唐扔下两千块钱记分筹，另外加码一千块。

大家面无表情地端坐着，尽量显得自然一些：

霍尔·肯贝尔一副平时谨慎的模样；法兰居·路易却掩饰不住自己，对牌局目不转睛地关注着。马克唐要保持他的慷慨，弄得调门都有点夸张了。肯斯显得不动声色；而爱兰·阿纳许则像平常一样幽默。

桌上已下了一万一千块钱的赌注，记分筹码得很高。

"我的记分筹用完了，欠着行吗？"

肯斯哀哀地说。

"欢迎。"

马克唐客气地说。

"可我还没决定是不是要接着打下去。我已经下了一千块钱了，现在还要多少？"

"要下就是三千块，谁也不会阻拦着你的！"

"加！加码！"

"我可是有一副好牌，不比你的差！我的运气来了，我下三千块！"

肯斯在一张纸条上写了三千块，签了名，放到桌子中间。

人们的目光又集中到了法兰居·路易的身上。

他颤抖着摸了牌，端详了好一会儿：

"唉，我真没运气！"

说着，他把牌扔了。

一百多双眼睛立刻又盯住了肯贝尔。

"我不难为你了，杰克。"

他下了必须下的两千块以后，没有再加码。

人们的目光又转向阿纳许。

"这儿可不是什么慈善学校！

"我跟你下同样的注，杰克！而且，我再加一千块！

"好啦，看好牌，赶紧行动吧！"

"行动？行动就是让我发大财！

"我再加一千块！

"怎么样，杰克？敢跟吗？"

马克唐说。

肯斯摸着牌，摸了很久：

"跟当然要跟，但是有一点我要让你们各位明白：我有一艘名叫'贝

259

拉'的汽艇，值两万块吧。六十里堡的木架子上还有我的五千块。我还有一台锯木机，现在已经到林德曼了！

"怎么样，我有资格接着赌下去吧？"

"没问题，进牌吧！"

毒日头顿了顿，又说：

"既然你说这个，我也讲一讲。马克唐的保险箱里有我两万块。另外，鹿皮湾的地下还有两万块，这你知道，肯贝尔！"

"没错儿，毒日头。"

"现在下多少？"

肯斯问。

"两千块，看牌。"

"你们进牌，我就会攻！"

毒日头威胁着。

"那当然。我感到好运气已经爬上我的脊背了。"

肯斯边说边往钱堆儿里又加上了两千块钱的纸条。

"我没运气，可手里的牌还可以，不过不加码！"

肯贝尔放纸条时这样说。

"我加码！"

"跟进一千块，再加码一千块！"

毒日头写着纸条说。

圣母站在毒日头身后，做了任何一个男人的朋友都不敢做的事：她从毒日头的肩膀上伸过手去，拿着他的牌看了看，同时没忘了让牌面紧贴着他的胸膛，以免让别人看见。

圣母看见三个 Q 和一对八。

几个赌徒都盯住她的脸，可她脸上没有表情。事前、事后她的表情一点儿也没变。

她把牌又放在了桌上，鼻孔也没动一下，眼睛也没眨。

盯着她的几个赌徒收回了目光，因为她脸上没有线索。

马克唐一笑：

260

"我跟，毒日头！

"我跟两千块。你呢，杰克？"

"噢，运气还在背上爬呢，马克。

"你可给我出了道难题，打也不是，不打也不是，我看非打不可了！

"我叫三千！毒日头会跟进的。"

"他肯定要，他明白什么是紧要关头！按规矩来。我跟进两千块，然后要抽补进的牌。"

毒日头在肯贝尔认输以后这样说。

一下子静得可怕。

除了几个赌徒自言自语的声音以外，就悄无声息了。

大家开始抽补进的牌。

赌注的总数已经达到了三万四千块钱，可赌博的进程也许还没有过半呢。

毒日头留下三个 Q，扔掉了一对八，要调两张牌。

这让圣母吃惊不小，她甚至不敢再看毒日头新拿的牌了，她明白自己的克制力有多大。

毒日头也没看。两张新牌就那么扣着，放在桌上。

"要牌吗？"

肯斯问马克唐。

"够了。"

他回答。

"如果想调牌是可以调的。"

肯斯提示他。

"不，够了。"

马克唐坚持着。

肯斯也调了两张牌，也没看。

阿纳许也让自己的牌扣着。

"我可是从来不和好牌对着干！你们的牌风变了，马克！"

毒日头望着酒店老板，缓缓地说。

马克唐又仔细地把牌看了一遍，认准了牌的确不错，就在纸条儿上写了数目，扔到赌注堆儿里，说：

"五千。"

人们的目光又盯在了肯斯调进的两张牌上。肯斯镇定地说：

"我跟进，马克。

"稍微加上一点儿，让毒日头别松手，一千块。"

毒日头看了看刚才调进的两张牌：

"我跟进六千，再加上五千的码儿！

"怎么样，杰克，松手吧?"

毒日头的声音多少有些沙哑，说完以后嘴角神经质地抽动了一下。

肯斯写纸条的手开始抖了，脸上也没了一点儿血色。不过他的声音还正常。

"我跟进五千。"

这卜毒日头成了众人目光的焦点。煤油灯照在他脑门上的汗珠上，反射着强烈的光芒。

他古铜色的双颊，因为血色上涌而发了黑。

如炬的目光，张大的鼻孔，呼吸声中能让人感到他肺叶的深大。

"我叫一万。

"马克，我可不怕任何人。这是杰克的运气。"

"那么我依然攻五千。

"调牌前我的牌就很好，现在肯定也错不了。"

马克唐说。

"没错儿，调了牌，运气会更好，听见了没有，我的责任心在说：'杰克，加码！'

"好吧，我就另外再加五千。"

毒日头仰头望着天花板上的煤油灯，说：

"调牌前叫了九千，我跟进。

"又加码一万一，也就是三万……我只能拿出一万了，我就叫一万吧！"

262

毒日头望了一眼肯斯。

"你的狗值五千块，你还可以加码。"

肯斯说。

"不，狗不行。

"金沙、土地都可以，狗不行！一只也不行！"

马克唐计算了老半天。

大家都不作声，也没人动一动。人们的肌肉都绷紧了。

大火炉呼呼地响，犬吠声从远处飘来，将这里的沉寂衬托得非常神圣。

这么大的赌博不是常有的，这可是这地方有史以来创纪录的一次了。

酒店老板开了口：

"如果谁赢了，我只好拿德佛利做抵押了。"

别的人点点头。

"我也叫进。"

马克唐又加上了五千块钱的纸条。

没有人动一下，牌都扣在桌上，连旁观者蹑手蹑脚的走动都没有了。

摊牌了。

毒日头是四个 Q，一个爱司。

马克唐是四个 J，一个爱司。

肯斯是四个 K，一个三！

肯斯浑身颤抖着把赌注都拢了过去。

毒日头一伸手，从自己的牌里捡出那个爱司，扔到马克唐的爱司旁边：

"是它让我勇气倍增的，马克。我知道，只有 K 可以赢我，还真让他给赢了。"

"你什么牌？"

毒日头转过头来问肯贝尔。

"四个同花顺，两头儿都可以进牌——是一副好牌坯子。"

"啊，顺子、同花顺、同花，靠得住！"

"我也这么想啊，可它让我丢了六千块！"

肯贝尔伤心地说。

毒日头一笑：

"我就是希望你们都调牌的，那我就拿不到第四个 Q 了！

"好啦，我不得不去执行别莱·罗林的邮件合同了。赶上雪橇，去达亚。

"嘿，杰克，你赢了多少？"

肯斯高兴地数不清赌注了。

毒日头三下五除二将筹码和欠条分开，迅速地报出了数字：

"十二万七千！

"行啦！你可以卖掉你的东西，回家吧！"

赢家笑着，一句话也说不出来。

"我想叫点酒。可是，这酒店已经不属于我了！"

马克唐说。

肯斯用舌头舔了舔干裂的嘴唇，咽了口吐沫说：

"你的，还是你的！

"你的这些条子以后什么时候还都行。不过，喝酒要由我来付账！"

"好啊，大家叫酒吧，一块叫，有赢家付账！"

毒日头高声喊道。他站起来，拉拉圣母的手：

"走，跳舞去，夜还不深呢，早着呢！

"天亮了我就要到海伦布拉克法去送邮件了。

"噢，罗林，我接受了这个合同，上午九点动身，去海边！

"啊，来吧，小提琴手哪儿去了？"

三 狂欢之夜

毒日头寻欢作乐的夜晚，大家都非常高兴。因为他是大家的中心，玩得潇洒，玩得粗野，却非常有秩序。

不会有争吵，不会有恶人恶事，因为毒日头不允许。以前也有过类似的事，不过大家马上就领略到了什么是真正的发怒，什么是真正地打得落花流水。

欢乐就是欢乐，违背了这一点，你趁早回家去。

跳舞的空当儿中，毒日头付了肯斯两万块钱金沙，把鹿皮湾的所有权也转让给了他。

他还接受了别莱·罗林的邮件合同，做好了动身的准备。

他让人去找他的赶狗人卡马——一个但纳诺的印第安人，他跟着征服了他们部落的白人服役，远离了家乡，远离了自己的部落。

很快，卡马就来了。

他长得高大粗壮，依然保持着蛮人的气质。他倾听着毒日头的话，丝毫也没有受周围闹哄哄的环境的影响。

卡马扳着指头，回味着毒日头的话：

"噢，到罗林，拿邮件，赶上雪橇。

"去锡尔克吃饭，锡尔克，我说，你以为锡尔克有狗食吗？"

"有，卡马。"

"那好吧，九点钟，赶着雪橇过来。

"带着雪鞋。不带帐篷？小帐篷也不带？"

"不带。"

毒日头回答得十分坚决。

"可是很冷啊！"

"我们不能带那么多东西，因为要带很多信回来！

"很冷，没错儿，路还很远！

"你是个强壮的人。"

"那没问题，不管他妈的冷不冷，我九点钟一定准备好。"

卡马脚跟一转，向外走去。那神情，就像狮身人面的大怪物，不听别人的招呼，更不会招呼别人，连向两边看也不看一眼。

圣母拉着毒日头到了另一间屋子里：

"喂，毒日头，你破产啦……"

"是啊，欠了不少钱。"

"我有八千块，存在马克的保险箱里……"

"不，没事儿的。我生不带来，死不带去，在我的一生中，大多数时候是一无所有的！

"来吧，跳舞去吧。"

毒日头用这些话打断了她，他在她刚刚抽出情丝的那一霎，便如野马般挣脱了出来。

"你听我说啊，我的钱反正也没什么用，可以借给你，可以当你的启动资金嘛！"

"我没向谁借过启动资金！

"我一向是自己干的，赚了也都是我自己的。

"谢谢你了，老姐姐，很抱歉，我可以靠投递邮件来挣出启动资金的。"

"你这个毒日头。"

她低声地抗议着。

他又变得充满激情了，把她拉进了舞池。

华尔兹越跳越热烈，圣母开始琢磨这个把她抱在怀里、又拒绝她的好意的人的铁石心肠。

清晨六点了，毒日头肚子里的威士忌开始燃烧了。

他面不改色地站在柜台边儿上，和一个人掰着手腕，几下就把对方扳倒了。

这种游戏，是两个人相向而立，右肘都支在柜台上，相互握紧，看谁扳倒谁。

一个个都来和毒日头比，哪一个也不是他的对手，像奥拉夫·汉特森和法兰居·路易这样的壮汉都成了他手下的败将。

他们一致认为毒日头有一种用力的技巧，纷纷提出用别的方式再比。

"那好吧，先称一下我的袋子，我就用这一袋金沙来赌输赢了！

"你们能从地面上拎起几袋面粉，我都再往上加两袋，全拎起来！"

"好，我和你赌！"

法兰居·路易几乎是在欢呼了。

"且慢，咱们俩和他赌，路易，输了赢了都有我一半。"

奥拉夫说。

毒日头那袋金沙值四百块。

马克唐命人从地窖里搬上几袋子五十磅重的面粉。

有人先试了试：双脚各踏在一把椅子上，中间用绳子拎起捆好的面粉袋。

一般人都能拎起四五百磅，有的人能拎起六百磅来。

两个壮汉捆好了七百磅，法兰居·路易又加了一袋儿，七百五十磅。

他硬是摇摇晃晃地拎了起来。

奥拉夫也试了试。

可他们无论谁也拎不起八百磅的。无论怎么拼命地使劲儿，汗珠四溅，骨头节啪啪直响，可只能是摇一摇、动一动，都不能让它离开地面。

"好啦，毒日头，这回你输定了，铁打的人才行！

"可是一百磅啊，朋友，不是十磅！"

法兰居·路易伸着腰，从椅子上迈步跳了下来。

有人又往上加了两袋，捆好。

"要不就加一袋吧！"

肯斯说。

"不行！赌的是两袋，加两袋！"

有人高喊道。

"他们可没有拎起最后加上去的总重，他们只拎起了七百五十磅。"

肯斯争辩着。

"吵什么？如果拎不起加上三袋的分量，那加两袋也拎不起来。"

毒日头的话让双方都住了嘴。

他跳到椅子上，站稳，试了试绳子，收紧，寻找着用力的最佳位置。

法兰居·路易有些怀疑地喊道：

"毒日头，拉啊！"

毒日头的肌肉又收紧了，这一回可是真往上拉了。

他一较劲儿，闭住气，浑身的力量都被调动了出来，一点也不抖、也不勉强地把九百磅重的面粉袋拎离了地面！

面粉袋来回荡着，像钟摆一般。

奥拉夫叹了一口气。

圣母感到自己的肌肉好像都疼了，她长舒了一口气，急忙活动活动自己的手臂。

法兰居·路易低声表达着他的敬意：

"向你致敬！毒日头先生。

"你是个大人物，我也许只配称为一个大孩子！"

毒日头放下面粉袋，跳下来，走向柜台。

"给我称出来！"

两个赌输的人给了他四百块钱的金沙。

"好啦，各位，喝酒吧！赢钱的人付账！"

毒日头招呼着大家。

十分钟以后，毒日头兴奋地叫起来：

"啊，今儿晚上我做东！

"我是一头孤单的狼，三十年了！今天是我生日，生日，一年才这么一天，我可以打倒任何人！

"你们来吧，我一个一个把你们打倒，不论是刚的还是早来的，都来接受洗礼吧！"

除了酒店里的侍应生和喝醉了的酒鬼，人们都随着毒日头涌到了门外。

马克唐为了保持自己的尊严，走到毒日头面前，伸出一只手来。

"啊，你先来?"

毒日头笑着，握住了他的手。

"不，不，别误会。我是祝你生日快乐！你当然能把我扔到雪地上了，我哪能和一个能拎起九百磅的人较劲儿呀！"

毒日头笑着，突然一使劲儿，将这个一百八十磅的酒店老板举了起来，扔在了雪地上。

然后他一口气摔倒了身边的六个人，任何抵抗都显得那么可笑，他们跌跌撞撞地摔出去，雪地上马上就横七竖八地躺倒了一大片。

但天色尚暗，他也看不清某个人是不是摔倒过了，只好摸摸他的肩膀上是否沾了雪，以决定还摔不摔这个人。

"接受过洗礼了吗?"

他不停地问着，搓着两手。

几十个人躺在了雪地上，有几个跪起来，把雪捧到头上，说完成了洗礼了。

不过，那边挺立着五个人，他们要和过生日的人比试一下。

这五个人都是摔跤学校的优等生，久经沙场，剽悍、凶猛。

不过，他们没有毒日头最重要的优点：聪明的头脑和近乎完美的肌肉系统。

这些都是毒日头的天赋。他的神经传达消息的速度比别人快，肌肉也因为一种神秘的力量的支配而比别人反应迅速。

毒日头几乎生来就是如此的，他的肌肉仿佛烈性炸药，他身体的杠杆作用仿佛起重机。

一百万个人中也许才能有他这样一个人，肌肉的力量是其内在的有机组成，而不像一般人是锻炼的结果。

这样，他出手的速度就特别惊人，对手还没反应过来，他的目的已经达到了。即使别人先动身，他受到打击后的反应之快，也是常常令对手措手不及的。

"你们几个光站着可不行，也得接受洗礼!

"你们在别的日子里也许能打倒我，但是今天，我的生日，无论如何也不会!

"啊，派特·阿拉汉有点跃跃欲试的劲头儿，怎么样? 来试试!"

派特以前可是个职业拳击手。

他走过来，两个人较上了劲儿。可这个爱尔兰人还没来得及使出劲儿来呢，就被毒日头掐住了后脖颈，一屁股摔在了雪地上。

乔·哈恩以前是伐木工人，他摔倒的姿势就像猛然被推倒的大树，措手不及地扑在了地上。

毒日头面不改色心不跳，马上面对下一个对手了。

他的爆发力太厉害了。

陶克·瓦德森留着一脸灰白的胡子，是个力大无穷的硬汉子，他还没进攻呢，就已经躺下了。

他还要往起爬，毒日头马上又扑了上去。

奥拉夫·汉特森一看，硬干不行，偷袭吧！

见毒日头又扑向瓦德森了，便从后面冲了过去。

毒日头眼明手快，一把攥住了奥拉夫的膝盖，奥拉夫一下跌倒了。

毒日头按住他的脊梁，用雪往他脸上、耳朵上擦，往脖子里塞。

"毒日头，我可跟你差不多，可是，老天爷，你怎么有那么大的手劲儿啊？"

奥拉夫站起来，吐着唾沫说。

五个人中的最后一个是法兰居·路易。

他引前车之鉴，非常谨慎地躲来闪去，足有一分钟没分出胜负来。

毒日头看好机会，一个闪电般的动作，经过一次短暂的肌肉爆炸的过程，让法兰居·路易失了利，一头栽在了地上。

"走啊，喝酒去！

"赢钱的人付账！"

毒日头高叫着，领着人们重回德佛利酒店。

人们拥在柜台边儿上，使劲儿地跺着脚上的雪，室外的温度是零下六十华氏度啊！

贝特尔醉醺醺地唱着歌，脚步蹒跚。他也是老资格的冒险家了。

他先向毒日头祝贺生日，后来又觉着有必要给大家讲点什么：

"朋友们，我感到十分骄傲，因为可以称毒日头为我的朋友！

"以前，我们共度患难，毒日头从始至终的表现，都无愧于好汉的称号！

"你们这些人在他那个年纪，还净是些乳臭未干的小儿呢，而毒日头，他可从来就是条英雄好汉！

"在那个年代，一个人只有像他那样才能挺过来，不受现在这种什么文明的影响……"

贝特尔讲到这儿，停顿了一会儿，他把手搭到毒日头的肩上。

"唉，那时候，咱俩赶着狗奔育空，大雪纷纷，连饭也吃不上……

"在哪儿打到了野兽就在哪儿吃饭，吃的净是鲑鱼和兔子肉……

"对吧？"

他的问话引起了人们一阵哄笑，他转过头来说：

"笑，笑吧，你们这帮新来的蛋蛋儿！

"我告诉你们吧，从你们之中挑出最强壮的来，也不配给毒日头系鞋带儿呢！

"肯贝尔，我说得对吗？还有你，马克？

"毒日头可是个拓荒的元勋，那时候没有汽艇，也没有货站，大家只能吃覆盆子果和干酪过日子。"

贝特尔得意地向周围望着，响起了掌声。

有人要求毒日头讲话。

他答应了。

有人搬了一把椅子，让他站上去。毒日头低头看着下面的这一大帮人，他自己并不比他们更清醒。

这些人衣衫褴褛，脚穿鹿皮鞋、海象皮鞋，脖子上耷拉着手套，帽子的皮耳朵翘着，仿佛古代北欧的战士。

毒日头古铜色的双颊为烈性酒所染，变得又红又黑，他的黑眼睛也显得特别明亮，他迎接着人们的欢呼，眼睛有些潮湿了，他为人们的热情所感动，尽管不少人的叫喊已近于醉呓。

可是我们人类从来就是这样啊！在远古黑暗的洞穴或篝火旁、在罗马帝国的宫殿里、在强盗大王的山寨中、在现代的大酒店里、在水手城中的小酒吧……

不管在哪儿，都是如此：自吹自擂、胡喝乱醉、天翻地覆，在他们艰辛与英勇的间歇，用放浪的形式来得到休息。

他们是现代的英雄，与古代的英雄如出一辙。

271

"各位，我不知道要对你们讲些什么，我想我还是给你们讲一个故事吧……"

毒日头竭力控制着自己开始打旋的身子和头脑，这样讲了下去：

"我有个朋友，北卡罗来纳州人，是他给我讲的这个故事。

"他说他的家乡，山区，有人办喜事，这家人的所有亲属和朋友都在。牧师在仪式即将结束时说：'按上帝的旨意结成夫妻时，人们不可将他们分开。'

"'我想问问你这句话的语法。我要求婚礼能得以正确完成。'郎说。

"烟消云散，新娘一看，她看见了一个死牧师、一个死新郎、一个死兄弟、两个死叔叔和五个死贺客。

"她重重地叹了口气，说：'他们这种新奇的自动手枪毁了我的前程。'

"我就是这么对你们说的！"

毒日头的话被一阵狂笑所打断。

很久，他才得以接着讲下去：

"杰克·肯斯的四个 K，把我的前程给毁了。我欠了债，我得去达亚了……"

"要溜？"

有人喊。

毒日头脸上掠过一阵怒云，不过马上又恢复了平时的和蔼：

"这么说，我知道是在开玩笑。我当然也不是想溜。"

"发誓吧，毒日头。"

那个声音又喊。

"当然，可以发誓！

"1883 年，我第一次来到契尔科。我穿着破衣烂衫，带着一杯生面粉，在狂风暴雪中爬过那个山口！

"那年冬天，到了朱诺才弄到点启动资金，春天我又从那山口回去。

"饥饿把我赶出来，第二年春天我又进去。我当时发誓，如果发不了财就不出去！

"没错儿，我还没发财，所以我还在这儿。我现在可不是要溜，是去送邮件，马上就回来。"

"我在达亚连住也不会住的，换了狗，拿了邮件和食物就到契尔科去。"

"所以我重新起誓，我以地狱的刑罚和先知约翰的头颅起誓，我要是发不了财就不出去！

"我告诉你们各位，就在此地，我一定要发大财！"

"你说发财是挣多少钱？"

贝特尔从下面抱住他的小腿亲热地问。

"对啦，挣多少钱算发财？"

别人附和着。

毒日头顿了顿：

"四五百万吧。"

有哄笑声升起来。

"我是个保守派，怎么也得一百万，少一盎司我也不会离开这儿的！"

他的话又引起了一阵哄笑。

确实，在这儿，黄金的总产量还不足五百万。而且谁也没有一次弄到过十万，更别说一百万了。

"各位请听我说。

"你们今天都看见了，杰克·肯斯交了好运。

"调牌前可是谁也没认为他能赢的啊，三个K，没用。可他知道还要来一个K，这是他的运气！

"我要告诉大家的是，我也交了好运，我也要大发一笔了！

"育空有一笔横财，就要来。任何东西都挡不住，它就要沿河而来了。

"记住，不是鹿皮湾、别却湾，而是天空，在天空中！

"以后你们要找我，你们就可以到那里去寻找我的足迹——在斯蒂华河、印第安河与克朗代克河附近的一个什么地方。

"我带邮件回来以后，马上就要到那儿去，快得你们谁也看不见我的踪影！

"来了，啊，朋友们，就在草根旁，一掏就是一百万！

273

"为了这一百万，会有五万人奔进矿区，闹它个天翻地覆！"

他把玻璃杯拿到嘴边儿。

"这可是天意，希望你们人人有份。"

他喝了口酒，从椅子上一步跨了下来。

贝特尔扶住他的肩膀。

乔·哈恩从外面看了温度计走进来，对毒日头说：

"我要是你，今天就不出发。要来寒潮了，现在已经是零下六十二华氏度了，温度还在下降，我看寒潮过了再说吧！"

毒日头一笑。

他身边那些老手们也都笑了。

"小家伙们，霜雪是阻挡不住毒日头的，你们还是不了解他。"贝特尔说。

"这种天气赶路，肺也得结上冰啊！"

他们还在坚持。

"我告诉你，哈恩，你来这儿才三年，还没见过什么呢！

"我在科犹库克河上游五十英里的地方见过毒日头，那一天的温度，是零下七十二华氏度。"

哈恩摇了摇头。

"嗨，有人真把肺给冻坏了！毒日头在这个寒潮中出门，绝对到不了目的地！他还不带帐篷……"

贝特尔爬上椅子，一手扶住毒日头，尽力保持着身体的平衡，他说：

"从这儿到达亚，一千英里，大部分路都还没解冻，这大概没人怀疑吧！

"好了，我现在可以和你们任何一个新手赌上一把，赌什么都行。毒日头三十天到达亚！"

"啊，那每天就是三十三英里啊！我也走过这样的路，契尔科的一阵大风雪就可以让你一星期挪不了窝！"

道克·华特森说。

"没错，我还可以告诉你，回来的一千英里路毒日头也可以在三十天

274

内完成！

"我赌五百块钱！不管有没有大风雪！"

贝特尔坚决地说。说完他把一截红肠似的金沙袋扔到了柜台上。

道克·华特森也把自己的钱袋儿扔了过去。

"好吧，我也下注！"

"赌五百块钱，从今天算起六十天内从达亚带了邮件回到德佛利酒店的门前！"

毒日头说。

大家发出一阵颇有怀疑味道的呼喊，一下子有十二个人拿出了他们的金沙袋来。

"毒日头，我和你赌，六十天内你回不来！七十五天你才能回来！"

杰克·肯斯凑过来大声喊着。

"杰克，六十天。"

毒日头平静地说。

"七十五天吧，五十里堡河水就要解冻了，冰雪消融，举步维艰啊。"

"杰克，我不和你赌了，你这可是送钱给我呢！

"各位，等上游的大金潮一到，我时来运转，那咱们就取消最高限额，坐下来好好赌一场，怎么样？"

毒日头说完，和杰克握了握手。

"他没问题！"

肯斯低声对贝特尔说，尔后高声喊道：

"毒日头六十天内回来，五百块钱！"

别莱·罗林马上和他赌上了。

贝特尔和肯斯热烈地拥抱。

奥拉夫·汉特森把毒日头从贝特尔和肯斯身边拽开，说：

"我也赌！"

"啊，老规矩，赢钱的人付账！"

"不过要等六十天后，时间实在太长了！我现在就付，你们可以叫酒了，叫吧，酒鬼们！"

毒日头欢呼着。

贝特尔要了一杯威士忌，摇摇晃晃地爬上椅子，唱起了他唯一会唱的歌：

噢，这是亨利·瓦特·贝彻尔，
和主日学校里的老师，
大家都在唱《黄樟根》。
怎么都一样，
只要名字不错，
都是禁果的琼浆。

大家齐声合唱：

怎么都一样，
只要名字不错，
都是禁果的琼浆。

有人打开门，灰色的天光射了进来。
"毒日头，太阳出来了！"
毒日头啪地立了起来，大步向门口走去，同时拉下了耳罩。
门外，卡马拉着雪橇站在那儿。
雪橇是个又窄又长的东西，十六英寸宽，七英尺半长，橇底装着石板，比用钢皮包头的滑板高出六英寸。
上面有装邮件的帆布口袋，还有人的、狗的食物，以及一些必备的工具。这些东西都用鹿皮带紧紧地捆住了。绳子间还插着两双雪鞋。
雪橇前面是五只浑身是雪的狗。这些狗都是狼狗，毛色都是灰色，体壮个儿大，一模一样。
单从外表看，从它们那残忍的下巴颏一直到蓬松的尾巴，都和狼别无二致。

276

贝特尔指了指北极兔皮车毯，那毯子边儿上开着口：

"那是他的床，六磅兔子皮，盖在身上，没有比那更暖和的了！

"可你在里头的感觉和在外面一样！见鬼！毒日头就是个大火盆，他不怕！"

"让我当那个印第安人，我可受不了！"道克·瓦特森说。

贝特尔兴奋地说：

"那遭天杀的家伙，我可知道他。

"我曾和毒日头一起赶过路，那家伙似乎从来就不知道什么叫疲倦，天知道！

"我见他湿着袜子从早跑到晚，零下四十五华氏度啊！谁也没法那么干！"

毒日头已经开始和周围的人告别了。

圣母想吻他，他没有接受。尽管有些醉意蒙眬，但他依然不受制于儿女私情。

他吻了圣母，同他吻另外的三个女人一样，很亲热。

他戴上了长手套，站到雪橇舵杆边儿上，把躺在地上的狗赶了起来。

"走啊！"

狗们立即躬身向前，爪子抠进雪地，狂吠着，启动了。

毒日头和卡马追上去，人和狗顺着冻结的育空河的河床远去了，很快就消失在灰白的曙光之中。

四　零下六十五华氏度的旅行

河面上有一条踩出来的小路，狼狗跑在上面，每小时能走六英里。

两个人要跑才能跟上。他们俩轮流掌着舵杆，掌握着飞驰的雪橇的方向。

这可不是件容易的事，换下来的人往往就落在后面稍事休息，或者干脆坐到雪橇上。

有苦，也有乐。

他们尽量走以前踩出来的小路，因为再往前，就只能到人迹未至的路上去了，一小时走三英里就算不错了。

那时，不用坐雪橇，不用在后面休息，更不用跟着跑了。

操纵舵杆也就简单了，不过，得有一个人到前面用雪鞋去踩雪，给狼狗开路。

有的路段，他们还会遇上泥泞的冰浆，那就费事儿了，用尽力气一个小时也只能走两英里，而且能走两英里已经算是相当不错了。

还有更难走的冰浆，不太多，但是有，那就糟了，一小时最多能走一英里！

卡马和毒日头谁也不说话。

从工作角度讲，他们不该讲话。就是从两个人的气质来说，他们也都不愿开口。在特别需要的时候，他们才用最简单的字传达一下消息，而卡马只是哼一声。

狗也不叫，偶尔才吠那么一两声。

唯一的声音，是雪橇的钢滑板碾在坚硬的冰面上的尖厉的摩擦声。

从喧嚣的德佛利酒店一下子来到这寂静的冰面上，毒日头好像进入了另一个世界。

大地一片沉寂，育空正在三英尺厚的雪被下面冬眠。

没有风，高大的云杉树树干里的汁液也不再流动，树木上盖着一层雪，化石般伫立着。

雪橇成了这死去了一般的世界中唯一的生命，然而它发出的响声只是增加了周围的静寂。

沉寂的、灰色的世界。

天气寒冷而晴朗，空气中没有水分、没有雾，天空中也没有一丝云，有的只是一片灰白。

没有云，阳光可以直射，可是也没有太阳，有的只是一片白光。

太阳远在南方的子午线上，它与育空河的距离显然是太大了。

278

育空实际上睡在夜里，所谓白天，只是时间长一些的黄昏而已。

十一点四十五分，远远的地平线上可以见到太阳的半张脸，它不向上升起，只是斜着向上移一移，正午才露出整个的脸来。

这个太阳十分惨淡，没有光，也没有热，你可以不错眼珠地盯着它看，而不用担心灼伤你的眼睛。

很快，它又缩了回去，十二点一刻，它就不见了。

人和狗依然奔行在这没有太阳的大地上。

他们似乎忘记了吃饭！不，他们没有这个概念。

卡马和毒日头吃东西从来不按时间也不计数量，可以狼吞虎咽地大吃一顿，也可以走很远很远才吃一点点东西。

这一点，他们很像野蛮人。

狗们每天只吃一顿。每只狗每天这一顿饭只吃一磅左右的鱼干儿。

当然吃不饱了，他们饿得厉害，跑起来的状况就特别好，任何一点点的营养成分都转化成了力量！

卡马、毒日头和狗，他们的忍耐力都是从祖先那传下来的。任何一点食物在他们身上都可以转化为巨大的力量，没有任何浪费。

一个温文尔雅地坐在办公室里的人，如果吃他们吃的那点东西，就会逐渐消瘦，甚至气息奄奄的。

他们知道坐办公室的人永远不会知道的东西：因为经常处于饥饿状态，所以食欲总是特别好。只要有时间去吃，而且有东西可吃，那他们就会放开肚皮，大嚼大咽，消化的问题根本不用考虑。下午三点，黄昏终于隐没在了夜色之中。星光灿烂，明亮甚至刺眼，人和狗借着星光继续赶路。

这只是如此周而复始地奔走的六十天中的第一天。

毒日头一昼夜没合眼，又是跳舞又是喝酒，如今依旧精力旺盛，干起活儿来没有一丝疲倦的迹象。

是啊，毒日头精力充沛，又难得有那样的三十岁生日的狂欢之夜，所以他敢这样干。

而那些坐办公室的人，他们在睡觉前喝一杯咖啡也会失眠的。

279

毒日头出门一般不带表，他是靠自己的感觉来判断时间的。

他觉着六点了，开始寻找扎营的地方。小路转了个弯儿，过了河，没有合适的地方。

又继续向前，在河对岸一英里远的地方似乎有一片合适的地带。

走着走着，又碰到了冰浆，折腾了一个小时才过去。最后他们到了一棵大枯树旁，雪橇停在了那儿。

他们俩马上就进入了另一种忙碌。

毒日头拿了斧头去砍枯树枝；卡马则拿着另一把斧头清除冰面上的两英尺厚的积雪，为的是砍下一块冰来做饭用。

毒日头找了一块桦树枝，引着了火，开始做饭。卡马则从雪橇上往下卸用得着的东西，拿出定量的鱼干来喂狗。他把食品袋儿高高地挂在树上，直到狼狗够不着为止。

卡马又砍了一株小云杉，削去枝叶，铺在刚才踏平的雪地上。然后再放上毒日头和他自己的行囊，其中有睡毯、干袜子、衬衣、衬裤。

卡马有两条兔皮睡毯，毒日头则只有一条。

他们各自忙着自己的活计，不浪费一分一秒，也尽量不让对方替自己干活儿。

卡马一看冰不够用了，马上就又去砍冰；而毒日头看见狗把一只雪鞋撞翻了，立刻就去扶正。

毒日头煮着咖啡，煎着腌猪肉和薄饼，还弄了一大罐豆儿；卡马回来，立即就坐下补缀车上的鞍具。

"斯果根和巴加老是互相撕咬。"

卡马说。

"看好。"

毒日头回答。

这是他们吃饭时唯一的对话。

两只狗又咬了起来，卡马低低地骂着，跳起身，拿了根木棍儿，把狗赶开了。

毒日头嘴里一边吃，一边将冰块放进铁皮罐，融成水。

280

吃过饭，卡马又去砍了些木柴，为明天的早饭做准备。尔后，他就回到"床"上去补鞍具了。

毒日头用刀砍下一块腌猪肉，放进正煮着豆儿的罐子里。

两个人的鹿皮鞋都湿透了。他们坐在床上，把鞋脱下来，挂在火上烤，不停地翻动着。

豆子烧好了，毒日头把其中的一部分倒进口袋里，然后放到雪中去冻结。剩下的一部分，依旧是放在罐里，准备第二天早晨吃。

九点多了，狗群安静了下来，它们蜷伏在雪地上，身子挨着身子，尾巴盖在身上。

卡马和毒日头也准备睡觉。

卡马点上烟斗，毒日头则卷了一支棕色的纸烟，于是有了这一天的第二次谈话。

"今天我看走了有六十英里。"

毒日头说。

"差不多。"

卡马说。

说完，他们于是分别钻进自己的皮毯里。他们把白天穿的风雪衣脱下来，换上羊毛做的短衣服。

一瞬间，两个人就入了睡。

北极光的彩色线条从他们头顶穿过，天上的星星眨着明亮的眼睛。

几乎还是一瞬间，第二天就来到了。

毒日头从黑暗中爬起来，叫醒卡马。

美丽的北极光仍然在照耀，他们把薄饼热了热，把豆子、腌肉和咖啡都热得冒了热气，早饭很不错。

狗们没吃什么，它们会在雪地里，尾巴打着弯儿，遥望着远方，一脸的凝重。偶尔抬起一只脚，烦躁地扑打几下，仿佛冰雪刺痛了脚似的。

气温在零下六十五华氏度，卡马没戴手套就去给狗套鞍具，他不得不好几次停下手里的活儿，去火边烤烤手。

两个人把东西装上雪橇，将带子系好，又暖了暖手，戴上手套，赶起狗来，又上了路。

星光依然灿烂，淡绿色的北极光也依然在他们头顶跳跃。毒日头感觉现在大约是七点钟。

这样跑了两个小时以后，天突然黑了下来，黑得前不见路，后不见踪，他们只好凭着感觉继续前进。

毒日头知道，他的时间感觉没有出问题，这只不过是黎明前的黑暗，在世界的任何地方，也不会有在阿拉斯加对"黎明前的黑暗"这个概念的感受真切了。

果然，不久，一片白光闪现于漆黑的空中，朦胧中，他们渐渐可以分辨脚下的路径了。

虽然有思想准备，他们还是吃了一惊，光明仿佛突然而至！他们能看见拉雪橇的狗了，先是近处的，再是前面的，最前面的，一长串。

河岸出现了，又消失了，又出现了，几次反复后，就清晰地出现在眼前了。

几分钟后，远处的河岸，整个冰河，以及左右的山峦都出来了。

太阳露了脸，灰白的光依然那么暗淡。

突然，一只山猫在路上横着跃过，马上就消失在积雪很厚的森林中了。

这下，狗们的野性被激了起来，它们一起叫着，顶起项圈向山猫奔去！

毒日头大喊一声，拼命抓住舵杆，吃力地把雪橇按回原来的路上，几次反复，狗们终于放弃了追击山猫的念头。

这只山猫是他们这两天里所见到的唯一的生物，那简直是个精灵：脚步柔软，行动敏捷，一跃便再无踪影，倏然而来，又倏然而去。

十二点，太阳的脸全露了出来。他们停止前进，生起一堆火来。

毒日头把冻好的豆子砍成小块儿，放在锅里加热，算是午饭了。

他们没喝咖啡，因为他们认为，天亮了就不需要那么奢侈的食物了。

狗们悲哀地注视着他们，无声无息。它们要到晚上才能吃上那一天中唯一的一磅鱼。

寒潮还没退去，只有卡马和毒日头这种在他们各自的种族中十分出类拔萃的人，铁打的汉子，才能在这种天气赶路。

卡马知道，自己不如毒日头，肯定不如他。他并没有因为自己有这种预见而懈怠，但是这种心理也导致他最终无论如何也比不过毒日头。

他很崇拜他的这位白人朋友，他知道朋友吃苦耐劳、寡言少语又体魄强悍，几乎是个"人神"，卡马嘴里没说，心中却非常崇拜他。

白种人中居然还有他这样的人，难怪白种人能来征服他们！

印第安人在几万年的户外生活经验中，积累了各种各样的智慧，但在这样寒冷的天气中长途跋涉的经验还不多。

然而，一个南方温暖地带来的毒日头，却比他们更坚韧，每天可以跑上十到十二个小时的路，他还要每天三十里，连走六十天。

现在，卡马还能跟上他的脚步，他从不埋怨什么，更不会偷懒。关于他们赶路时的温度，我们也许没有什么感性的经验，但我们可以从相反的温度去理解一下。

水在三十二华氏度结冰，他们奔驰的北极大地，当时的温度是零下六十五华氏度，也就是冰点以下九十七华氏度。

我们可能经历过零上一百二十九华氏度的酷热天气，那也是距冰点九十七华氏度，只不过是零上罢了。

卡马脸上的皮肤被冻住了，他不得不用手去摩擦，肉都黑了。他的肺的边缘也结了冰，这太危险了。这也就是人们说零下六十五华氏度还在外面干活的最主要的危险。

卡马没有一句怨言！

毒日头更是没什么感觉了，他晚上睡在六磅的兔皮毯下，和别人睡十二磅的一样感觉暖和。

到第二天晚上，他们又跑了五十多英里路，他们的营寨就扎在了阿拉斯加的边缘上。

剩下的路，除了最后到达达亚的一小段以外，都在加拿大境内了。

毒日头看到路上还结着冰，没有新雪，他就计划在第四天的晚上赶到四十里堡安营。

他把他的计划讲给了卡马。

可是第三天，气温上升，雪意渐浓。在这地方，只有气温上升才会下雪。

这天，他们还遇上了十英里泥泞不堪的冰浆，常常得扛着雪橇前进！

狗在这种地方也是一筹莫展，他们跟人一样，吃尽了这种路面的苦头。

天亮的时候，他们发现，毯子上的雪已经有十英寸厚。狗也被雪埋了起来，很舒服地躺在那儿，一点也不愿再动了。

新下的雪大大加大了他们前进的困难。雪橇走上去不那么滑了，还得有一个人在前面用雪鞋去踩路。

这里的雪和我们南方的雪迥然不同，它又硬又细，白糖一般，还非常干燥，用脚一踢，简直和沙子一般无二。雪粒之间没有任何黏附的力量，捏不成雪球。

这里的雪不是雪片组成的，而是结晶体组成的，实际上就是我们所说的霜。

气温上升到零下二十华氏度，两个人摘了手套，翻起耳罩，汗流满面地向前走。

这一天晚上，他们没能赶到四十里堡，第二天下午才到那儿。毒日头只拿了邮件，补充了点儿食物，就又继续前进了。

又过了一天，他们在克朗代克河口扎下了营。从四十里堡到扎营点，没见到一点人迹，他们完全是自己开路前进的。

其实，整个冬天也没有人走过这条路，他们是这一年冬天唯一的旅客。

克朗代克河与达亚的盐海之间，是六百英里冰封雪盖的旷野。在这片广阔的旷野上，有望碰到人的是两个孤立的贸易货站：六十里堡和萨尔和克堡。

如果是在夏天，斯蒂华河河口、白河河口、拉巴格湖和大小萨尔蒙都有可能遇见印第安人。不过现在是冬天，他们追赶着鹿群，进山去了。

这天夜里，扎了营，做完必要的工作，毒日头并没有躺下。

如果有白人在场，毒日头会告诉他，自己的好运气就要来了，他有那种感觉了。

他爬上了高出河岸的一大片平地。可是茂密的云杉挡住了他的视线，他穿过树林，爬上后面的一个山坡。

从这儿可以看到，克朗代克河从东面流过来，育空河则从南边浩浩荡荡远去，它向着鹿皮山去了，星光中可以清楚地看见一片巨大的白浪，此河因此而得名。

取这个名字的是肖华格上尉，可我们的毒日头却比这个勇敢的探险家早很多年见到这片风光。

毒日头的兴趣在那一大片广阔的平原上。四周都是水，可以停船，中间是平坦的开阔地。

"太妙了，这里应该有座城市！绝好的地方！

"四万人，没问题，容下四万人的帐篷一点问题也没有。"

他自言自语着。

"只要有了大金潮，淘一下就是十块钱，那样整个阿拉斯加就会热闹得像满天的星斗。"

他望着远方，想象着人潮涌动的壮观景象：有锯木厂、大酒店、大商场、舞厅和宽阔的街道。

街道上常常有数千人来往，熙熙攘攘。雪橇上都载着满满的货物，一队队的狗们拉着雪橇向冰封的克朗代克河前进，去他想象中的一定会有大金矿的地方。

想着想着，他笑了。迈步回到营地。

五分钟后，他已经睡到皮毯里了。

他突然又坐起来，自己都觉着奇怪，居然失眠了。

他看了看身边熟睡的印第安人，又看了看将要燃尽的木柴，还有那五只把自己的大尾巴盖在鼻子上的狗、竖在雪地里的两双雪鞋……

"真是有趣！"

他自言自语地说。突然又想到出发前那一天打扑克的事：

"四个 K，那才叫运气！"

285

他重新躺下，把睡毯拉到头上，合上了眼睛。

这次，他真睡着了。

五　死亡之旅

在六十里堡补充了些食物，收了几磅邮件以后，他们继续前进。

从四十里堡过来，都是冰冻的通路。他们希望能这样保持下去，直到达亚。

毒日头雄风不减，与刚出发时一般无二。而卡马已经有些承受不住这销魂的步履了。他的自尊让他不事声张，可他的肺却无论如何也要表现自己受到的委屈。

他咳嗽不断，咳起来就要昏迷过去。血都涌到了眼睛里，又肿又疼，泪水止不住地往下流。

煎腌猪肉的烟能让他这么咳嗽半小时。毒日头做饭时都小心地让他处在上风口。

每天都在不停地赶路，在冰冻的河面上飞驰的快乐已经没有了，全是些柔软的积雪，这让他们的旅途充满了既单调又艰苦的劳作。

两个人要不停地到前面，用雪鞋去踩雪。要用脚把每一寸粉末似的雪都踩平，宽大的雪鞋踩在脚下，一下能踩下去十二英寸深。

这就需要肌肉格外地用力，提脚要直，不能有一点斜着的力。雪鞋踩下去，立刻就会被十二英寸高的雪墙围住，斜了，鞋就会探入前面的雪墙，脚前头向下，脚后跟向上碰到腿上。

所以，必须直上直下，一点不能含糊。

这样踩好一段，后面的雪橇才能前进一段。一个小时充其量能走三英里。

路走慢了，就得延长赶路的时间。每天要走十二小时。

晚上扎营煮饭，早晨吃饭拆装行李，中午还要煮点东西吃，这些时间总共是三小时，剩下的九个小时是宝贵的睡眠时间，一分钟也不能浪费。

终于到了毕尔河附近的萨尔扣克堡，毒日头让卡马留下，等他从达亚回来时再跟上他。

从拉巴格湖流浪至此的一个印第安人愿意换下他，可卡马不干。

他哼了一声：怨气十足地一声不吭了。

毒日头换了狗，回来时到这儿还可以换回来。

夜里十点多，到萨尔扣克堡。早晨六点，他们就又出发了。

前面是横亘在萨尔扣克堡和达亚之间的近五百英里的荒野。

又一次寒潮袭来，但是对于行路没有什么帮助，路上的积雪仍然支撑不住雪橇。

温度计降到了零下五十华氏度，雪粉冻成了沙子粒似的东西，路更不好走了。

毒日头不得不把每天赶路的时间延长到十三个小时。他还注意保存体力，因为他明白，前面还有更难走的路。

果然，五十里河波涛汹涌，很多地方还没结冰，只有两个岸边有些薄薄的冰沿儿。

很多地方，因为河水直接冲击岩石，冰是结不起来的。

没办法，只有绕着走了，一会儿过河去，一会儿又过河来，有时候一下子就得走六七个来回，才能勉强前进些路程。

常常要一个人穿上雪鞋去试试前面的冰。去试的人手里拿着一个长杆，踩破了冰，就可以将杆子横亘在冰窟窿上面，以免沉入水底。

两个人都掉下去过，下半身弄得精湿，就得赶紧换衣服，否则冻上冰，后果不堪想象。

从冰窟窿里爬上来的人要不停地来回奔走，让血液流通。另一个人就赶紧生起火来，把湿衣服烤干，为下一次落水做准备。

更糟的是，在黑暗中是不能过河的，那样太危险了。所以他们能渡河的时间只有六个小时，就是那"长长的黄昏"时间。

每一分钟都显得非常珍贵，一点儿也不能浪费。所以一看见天边有了亮光，他们就会立刻拾掇起床铺，装上雪橇，套上狗，蹲在火堆边儿上，等着天再亮一些好出发。

他们中午不再停下来吃饭了，因为行程已经远远落在了原来的计划之后，每天他们都要跑到筋疲力尽才肯作罢。

有几天，每天只能走十五英里，有一天才走了十二英里，最难走的两天，一共才走了九英里。

他们有三次不得不离开了河面，把雪橇和行李硬是搬过了山岭。

终于，他们走过了恼人的五十里河，到了拉巴格湖。

这儿没有流动的水，也没有冰浆，有三十多英里路非常非常平坦，路面一般，上面的雪有三尺厚，却软如面粉。

一个小时最多走三英里，可毒日头却走起了夜路，以示对越过五十里河的庆祝。

他们上午十一点到的湖边，到下午三点北极夜带来第一颗星辰的时候，就看见了对面的湖岸了。

晚上八点，他们过了湖，进入李威斯河河口。

他们休息了半小时，热了冰豆吃，给狗们加喂了点鱼干，就又开拔了。

这样一直跑到第二天早晨一点钟，他们才扎下营来。

这一天，他们连续前进了十六个小时！

狗们都低着头，不叫也不咬，没力气了！

卡马最后几英里路，几乎是踉跄着走过来的。然而，第二天早晨六点，又要上路了。

十一点钟他们赶到白马湖边。晚上扎营在箱谷口外。

九个小时的睡眠时间里，人和狗都像死了一般。

卡马的身体垮下来了，他感到体力一点点地耗尽了，行动慢了，肌肉也没了力量，好像还拐了腿。

然而，他依旧一言不发地拼命地干着活儿，不偷懒，也没有怨言。

毒日头也是一副憔悴、疲惫不堪的样子，但是他出类拔萃的身体，还能支持着他继续前进。

在向南奔驰的最后几天里，卡马一直落在后面，他看着好像永远有精力前进的毒日头，感叹着人类的奇迹，毒日头更成了他心目中的"神"了。

最后，卡马已经彻底不能再去前面踩雪了，那最艰难的工作只能由毒日头一个人完成了。

他们越过一个又一个湖泊，从马许到了林德曼，开始上契尔科山。

毒日头没有按照以往扎营的时间停下来，他继续前进，一会儿上坡，一会儿下坡，到了羊营，躲过了一阵可以挡他们一天路的大风雪。

卡马彻底垮了下来。第二天早晨，他不能再走了。

五点多钟，他听见毒日头的招呼，挣扎着爬起来，终于支持不住，又倒了下去。

毒日头迅速地拆营架狗，用三条毯子把印第安人卷起来，捆在了雪橇顶上。

终点就在眼前，一路顺利，雪橇驶过达亚谷，直奔达亚邮站。

卡马在雪橇顶上呻吟着，毒日头小心地掌着舵杆，避免卡马失去平衡掉下来让雪橇碾着。

毒日头按照原来的计划，一小时后就踏上了归程。

雪橇上装满了邮件和食物，换了狗，也换了人，这也是个印第安人。

毒日头马上就走了。卡马与毒日头握手道别，他说：

"你非得把那该死的印第安人累死不行！"

"他到毕莱大概没问题。"

毒日头笑着回答。

卡马摇了摇头，转过身去。

毒日头当天就又越过了契尔科山，在黑暗中冒着风雪又向下奔驰了五百英尺，才扎营。

扎营的地方没有树木，他们自己又没带木柴，只好在寒冷中将就了。

黑沉沉的早晨，他们发现身上覆盖了三英尺厚的积雪。

从雪堆中爬出来以后，那个印第安人就要跑。他觉得他在和一个疯子一起旅行！

毒日头使尽浑身解数挽留他，硬拉着不让他走。

他们过了深湖、长湖，到了去林德曼湖的平坦的道路。

往回走和去的时候一样，快得让人销魂。然而，这个印第安人却不像卡马那么坚韧不拔。

他也不发什么怨言，干起活儿来也很卖劲儿，但他不像卡马有持久的耐力。

日子就这么艰苦地过着，夜色隐退，黄昏到来，寒潮以后大雪纷纷，大雪纷纷以后又是寒潮。

他们坚持着，一天一天计算着行程。

可到了五十里堡，出了事儿。

狗群一块儿掉进了河里，随着飘动的冰块儿向下游而去。

挽具拉断了，只剩下一条狗。

毒日头就让印第安人和自己各套上一个挽具，往前拉雪橇。

两个人要代替五条狗！

这么十分痛苦地走了一个小时以后，毒日头心头一亮，他把狗食、额外的行李和斧头等工具都扔了。

那只狗因为过度用力而伤了筋骨，不能动了。毒日头一枪将其打死，连雪橇也不要了。

毒日头自己背了一百六十磅的邮件和食物，印第安人背了一百二十五磅。

他将豆子、杯子、桶、盘子、衣服都扔了，可没有扔一磅没有任何用处的邮件，这很让印第安人吃惊。

他们每个人只剩了一把斧子、一条毯子、一个铅桶，还有一点腌猪肉、一点面粉。

面粉能给人力量，而同样能给人以力量的腌猪肉必要时可以生吃。

毒日头甚至把来复枪和二十发子弹也扔了。

他们就这么走，还有两百英里才能到萨尔扣克堡。

他们利用一切可以利用的时间赶路，原来扎营、喂狗的时间现在都省了。

夜里，点起一堆火，用毯子裹住身子，喝一点面粉汤，用树枝挑着腌猪肉在火上烤一烤，咬上几口。

在黎明前的黑暗中，他们一言不发地背上包裹，又上了路。

在到萨尔扣克堡的最后几英里路途中，毒日头一定要让印第安人走在前面，因为后者两颊深陷、眼神发直，随时会躺到地上，或者扔掉邮包的。

到了萨尔扣克堡，毒日头换上了原来那几只精壮的狼狗，当天就上了路。这回，一位拉巴格湖的印第安人自告奋勇，跟他上了路。

毒日头知道，他现在比原来的计划晚了两天，而后面路上的积雪，使他在到达四十里堡时又耽误了两天！

所幸走到这儿时，天气好了。

这种好天气是大寒潮马上就要来的征兆。他孤注一掷，丢下了不少食物，尽量轻装上阵。

四十里堡的人摇着头说：

"寒潮来了你怎么办？"

"寒潮早晚要来！"

毒日头笑着说。

他又上了路。

在四十里堡和环城之间，有一条雪橇往来压出来的路。

他们轮流掌舵，进展十分顺利。

然而好景不长，寒潮真的来了，而且久而不去，这时距环城还有两百英里。

拉巴格湖的那个印第安青年，年轻气盛，自恃自己的体力所向无敌，他很高兴与毒日头同行，他原来计划要战胜这个白人！

走出一百英里，他努力搜寻着白人体力不支的征兆，可是没有。

这让印第安青年颇感惊奇。又走了一百英里，他在自己身上发现了这种征兆。他咬紧牙关，努力不让自己掉了队。

毒日头时而在前面踩路，时而掌舵，时而到雪橇上休息一下，仿佛永远不知疲倦。

最后一天终于到来了，天气晴朗清冷，他们连续奔驰了七十英里！

晚上十点钟的时候，他们上了河岸，奔驰在环城的大街上。

这时候正该印第安青年坐雪橇休息，可他没坐，也跟在雪橇后面跑。

这是印第安青年令人尊敬的自夸行为，尽管已经筋疲力尽，但还是要拿出骁勇凶猛的样子来。

六　更大的赌注

德佛利酒店里挤着一大群人，大多是六十天前毒日头出发时在酒店里的人。

这是第六十天的夜里了，打赌的人仍然各执己见，但是反对的人明显占了优势。

圣母心里也认为毒日头今晚回不来，但是她依然下了二十盎司的注，认为他半夜前一定能到酒店。

果然，她听到了狗叫声！

她是第一个听到的！

"听！毒日头！毒日头来了！"

大家立即冲向门口，两道防风的门打开了：大多数人立刻就蔫了！

狗吠鞭鸣，毒日头吆喝着，雪橇飞也似的驶进了酒店！

雪花变成了一团水雾，雾中的狗群仿佛在河中游泳一般。

毒日头手掌舵杆，下半身隐在水雾之中，如幻如仙！

还是那个毒日头，双眼更加明亮，脸庞瘦下去两圈儿。他穿着风雪衣，长达膝盖，头戴风雪帽，仿佛一个修士。

这身征尘滚滚的衣服，加上脸上长长的胡子和那胡子结成的冰，都在讲述他这两个月的故事。

他的到来，真是个令人震惊的奇迹，这一点他自己也明白。

这就是他的生活，一个出类拔萃的北极英雄自由自在的生活！

他为自己的所作所为而感到十分骄傲。

这是他最为得意的时刻，雪橇、狗、邮件、行李一起奔进了酒店，在奔驰了两千英里之后！

一次伟大的冒险，让他的大名远扬，他无疑会成为旅行家和赶狗人中的第一人。

一阵欢呼，酒店里的一切又熟悉地展示在了他的面前。

长长的柜台、成排的酒瓶、各式各样的赌具、大火炉、称金子的天平和旁边的掌秤人、乐师、圣母、色利娅、尼丽、丹·马克唐、贝格尔、别莱·罗林、奥拉夫·汉特森……

他感到既熟悉又陌生，一切都和他走时一模一样，自己在冰天雪地里奔驰的六十天是真的吗？

一切都在一瞬间完成了，这里的一切都和他走的时候一模一样。

六十天的艰难跋涉只是一瞬间的小事、细节？

他只不过是冲出门去，又马上返了回来？

德佛利酒店的狂呼这不还在继续？

不过，当他看见邮包时，还是坚定了信心。梦一般的跋涉，每一步都是实实在在的。

他在欢呼声中和人们握着手，脸上洋溢着无与伦比的幸福！

生命如此壮丽，他无限热爱，热爱这样壮丽的生命！

他心中涌过一股热流，因为爱，因为强烈的表达爱的欲望！

他真想把这里所有的人一下子拉进自己的怀抱！

"赢钱的人付账！

"我就是那赢钱的人吧？

"好吧，要酒吧！你们这些恶棍！

"看着，这是你们达亚的邮件！直接从盐海来的，货真价实！

"可以解开了，都看一看吧！"

随着毒日头充满激情的叫声，人们七手八脚地卸下了邮包。

那年轻的印第安人也俯身去解包裹。突然，他站立不稳，眼睛闪过一点惊愕，疲劳将他打倒了，就要倒了，这是他有生以来的第一次，他自己都有些难以相信……

293

仿佛风中败叶，他飘然倒下，一头撞在雪橇上，坠入无边的黑暗。

"过力了。

"把他抬到床上去，谁去？他可是个好小伙子。"

毒日头说。

立刻有人把那青年抬走了。

道克·瓦特森过了一会儿回来了，他说：

"毒日头说得对，小伙子是疲劳过度。"

有人去分捡邮件，有人去喂狗，大家靠在长长的柜台上喝着酒，谈着话。

贝特尔又开始唱《黄樟根》了。

几分钟后，毒日头已经和圣母在舞池里旋转起华尔兹来了。他脱了风雪衣，换了皮帽子和绒毯上衣，脱掉了结冰的鹿皮鞋，只穿着袜子就跳起舞来。

因为他袜子上也全是冰，在这么温暖的屋子里跳舞，很快就融解成散碎的冰块落在地板上了。

他每一次旋转都有冰落下来，踩在大家的脚下。

人们都原谅毒日头给他们带来的这种不便。

毒日头是那广阔的世界的边缘地带的法律制定者之一，他的行为已成了是非与道德的标准，甚至比法律还高！

他永远不会做出什么错事来，大家爱戴他、尊重他，因为他是绝无仅有的！

当然，有些事他做了，别人就未必可以效法。

毒日头是这里的老前辈，可他又比大多数人年轻。他是一个独来独往、超凡脱俗的英雄！

这些在圣母心中引起一阵阵战栗，她心甘情愿地要投入毒日头的怀抱，能和他一起旋转她感到无比幸福。

同时她心里也很难过，因为他只把她作为一个好朋友、一个舞伴儿来对待。

他和她跳舞，与任何别的女人跳舞一样，也与一个手臂上绑着一块手帕作为女舞伴的男人跳舞一样。

294

不过，当她知道他没爱过任何一个女人时，又感到些许安慰。毒日头并不是只与圣母一个人跳舞，现在他就正在与一个手臂上绑着手帕的作为女舞伴的男人跳弗吉尼亚双人舞。

他是纸牌摊儿的主人，叫朋·达卫恩。

在这儿，跳舞也是一种比试。旋转起来以后，看谁先站不稳脚跟，那么谁就输了。

毒日头和达卫恩跳起来以后，人们都让开了地方。

两个人旋转着，一圈圈儿向着同一个方向。

顿时酒店里的人们都拥了过来，把舞池团团围住，要看个究竟。

乐师也把节奏弄得越来越快，两个人的旋转也就跟着越来越快了!

达卫恩精于此道，他曾在育空这样转倒过很多人。

可是几分钟以后，达卫恩明白了，支持不下去的是自己，而不是毒日头。

又转了几圈儿，毒日头把他放下了。他独自旋转起来，舞着双手，自由而洒脱。

达卫恩想笑一笑，却笑出了一脸的苍白，他头一晕，向地板直扑下去。

毒日头依然在旋转，挥动着手臂，顺手拉起旁边的一个少女，又跳起了华尔兹。

连续奔驰了六十天、两千英里，今天还跑了七十英里，身体已经到了极限，却还能把一个以逸待劳的人摔倒，而且，这个人是大名鼎鼎的朋·达卫恩。

毒日头又创造了一个奇迹!

毒日头就是喜欢出人头地!

在他目力所及的一切事情当中，他都要占据最高峰。

在我们文明世界中，你没有听到过他的名字。可在广阔无垠的地方，从白令海到契尔科山口，从最遥远的河流源头到巴罗角苔原，他的名字在白人、印第安人与爱斯基摩人中，却几乎是人尽皆知的。

毒日头的目标就是战胜对手，不论是自然界的还是人类，只要有对手，他便会精神百倍地去迎战。

生命便是赌博，毒日头就是天下最大的赌徒。危险和机会就是他的肉和酒！

毒日头从来不蛮干，他知道充分利用自己的智慧和技巧，并非一切依靠蛮力。

然而，站在所有这一切之后的，是运气！

运气这东西很怪，它常常避开强者而去光顾那些笨蛋和蠢汉。

毒日头的生命流程本身就是一首壮丽的歌，它歌唱着尊严与力量，鼓励着他从一个胜利走向另一个胜利！

生命的震颤是他最大的享受，成功的自我满足是无与伦比的，他为自己的强大而陶醉，他是永恒的！

他的耳边常有清晰的低语，告诉他时间地点和方式方法，如此如此，他便可以追上运气的踪影，抓住它的手！据为己有！

打扑克时，他听见是四个爱司和老头同花；找矿时，他听见草根下有金沙，岩床下是金沙，一直挖下去便是金沙；在非人的旅程中，他听见别人面临的是死亡，他自己的前途则是胜利的光明。

这是生命自我安慰的谎言？它让膨胀的自我相信，自己是万劫难灭的钢铁巨人！

毒日头一会儿向左、一会儿向右，华尔兹舞跳得他睡意皆无，精神大振。

后来他又招呼人们去喝酒，并率先走到柜台边儿上。人们都开始反对赢钱的人付账，纷纷提出异议：这的确是为加强朋友们之间的关系，但真正的朋友之间是不该这么干的！

酒钱该由朋·达卫恩出，该由酒店出！因为毒日头的到来，使德佛利酒店的营业额大增。

讲这番话的是贝特尔，他讲得简单明了，赢得了全场的喝彩声。

毒日头笑了笑，走向轮盘赌台，买了一堆黄色的筹码。

十分钟后，他在天平旁称得了两千块钱的金沙，分别倒在两个袋子里。

这就叫运气！

运气开始光顾我们的英雄了！

时来运转，英气勃勃的毒日头，底气十足地对人们说：

"不不不，当然要赢钱的人付账！"

大家看着福星高照的英雄，只好认可了。

毒日头驾驶着生命的快车，狂奔急行，任何人都无法阻挡。

早晨一点的时候，伊立杰·达卫恩拉着亨利·劳和伐木工人乔·哈恩，一起向大门口走去。

毒日头叫住了他们：

"去哪儿啊？"

"回去睡觉。"

伊立杰·达卫恩说。这个瘦削的英格兰人嚼着烟草，一副天不怕地不怕的样子。

"该睡了，我们天亮时就得赶上雪橇出发！"

乔·哈恩加上了一句。

毒日头不让他们走。

"着什么急啊？"

"没着急，我们只不过是按照你的运气办事，到上游去！"

"怎么样，你去吗？"

"当然去。"

毒日头坚决地回答。

伊立杰本来是说者无心的，没想到听者有意，毒日头竟然也要去！

"我们是去斯蒂华河。

"阿尔·麦育说，他第一次去斯蒂华河，看见了颇有点规模的沙洲，我们想在河水还冻着的时候去看看。

"毒日头，冬天淘金的好机会就在眼前了！到时候，人们就该嘲笑只在夏天才在土里打滚的人们了。"

伊立杰又说。

在育空，那个年代，人们做梦也没想过冬天可以挖金沙。

297

冬天里，从地表的苔藓到岩层石缝中的水滴，都冻得像花岗岩似的，无论是鹤嘴锄还是铁铲都是无能为力的。

夏天，人们则可以像春水融冰般迅速地把地掘开，人们一向认为那才是淘金的好季节。

到了冬天，人们一般只是打打野鹿，贮存贮存粮食，为夏天的工作做些准备性的事儿，实在没事儿，也只有在黑暗中闲逛了。

毒日头很赞同他们的见解：

"冬天挖金沙完全是可以的。

"等河上游发现了大金矿，你们就可以看到新的挖金方法了。

"为什么不可以挖矿井、钻岩层、用柴烧呢？

"有了冻住的泥土沙砾，就可以不用树木做支柱了。完全可以挖出一百英尺深的好矿井。

"我当然要和你们一起去，伊立杰。"

伊立杰笑了笑，拉上两个同伴又要走。

"慢，我说话可是算数的啊！"

毒日头说。

三个人知道一切都不是开玩笑了，他们又惊又喜，还略带些不大相信的神色。

"不开玩笑？"

"我的狗和雪橇都在这儿，可以把东西分成两堆，两队一起前进，怎么样？"

那三个人很是高兴，但仍然有那么一点难以置信：

"我给你说，毒日头，这可不是开玩笑，我们可当真！"

"你真的一起走？"

毒日头握了握乔·哈恩的手。

"那你就也去睡觉吧，天亮出发，没多长时间了。"

伊立杰说。

"我看我们得耽误一天，好让他恢复一下体力。"

说话的是芬。

芬是个镇定的威斯康星州伐木人。他的这句话刺痛了毒日头的自尊心。

"不，一会儿就走！"

"你们说六点，我看五点吧！就这样，五点钟我来叫醒你们！"

"你可得睡一会儿，可不能老是这样！"

伊立杰劝毒日头说。

的确，毒日头很疲倦了，就是铁打的身子，熬到现在也应该疲倦了。

一想到又要上路，他浑身的肌肉都提出了抗议。这种肉体的反抗与他内心的、灵魂深处的呐喊交战了！

那个声音说，你的朋友们可都看着你呢，这正是你大显身手的好机会啊！在力量面前炫耀力量！

这强悍的生命之声与威士忌酒一起，在他心中燃起了熊熊大火。

"诸位，两个月来我没喝过酒，没跳过舞，甚至没见过人，我还没尽兴呢！

"你们先去睡吧，我五点钟准时叫你们！"

毒日头依然穿着袜子跳舞，一直到早晨。

五点钟，他敲响了他的那些新伙伴的房门，嘴里唱着他自己的名字所由来之的歌：

"日头出来了，去斯蒂华河碰运气的人们！

"毒日头出来了！

"毒日头出来了！

"毒日头出来了……"

七　弹尽粮绝

这回，路还是比较好走的。

雪已经落实了、冻住了，而他们也不需要运递邮件赶时间了。

299

他们每天赶路的时间，要比毒日头上次旅行少，赶的路途也少。

送邮件时，毒日头把三个印第安人都给累坏了，这回可不同了，要保存体力，到斯蒂华州还有出大力气的活儿干呢！

所以他们走得就比较慢。但毒日头的伙伴们，还是在这种比较缓和的苦役中，渐渐感到疲劳的加重。

毒日头却借此机会赶走了疲劳。

在四十里堡，因为狗的原因而耽误了两天。

到六十里堡，把毒日头的狗留了下来。狗们从萨尔扣克堡到环城奔命般地奔跑，加上这几天尽管速度较慢，但强度不减的劳累，已无法承受了。

毒日头的雪橇上换了新狗，从六十里堡出发了。

第二天晚上，他们在斯蒂华河口扎下了营。

毒日头大谈特谈未来建造城市的地点的选择，认为地势比较高、树木比较多的岛屿是最佳选择。

别人笑他，他却要以此赌上一把。

"将来斯蒂华河口可是要有大金矿啊！你们来不来？都不来？

"我可是来定了！你们再考虑一下，跟我一起干吧。"

他们对毒日头的话无动于衷。

乔·哈恩说：

"我看你同哈巴和乔·拉丢的想法差不多！

"他们也计划要建城市呢！在克朗代克河下游、鹿皮山脚下有一大片平地，你一定知道。

"四十里堡的记录员对我说，近一个月以前，他们居然在那儿立了界石，要在那儿建城市！

"啊哈哈哈……"

伊立杰和芬也跟着大笑起来。

毒日头神情却非常严肃。

"这就是运气，是运气！

"我告诉你们，这运气就悬在空中！如果他们不知道这一点，干吗还跑到野地里去立界石呢？我也要立！"

他的最后一句话引得大家又笑了。

"笑吧，笑吧！一群糊涂虫！"

"你们以为挖金子是发财的唯一方法吗？

"就说挖金子吧，你们就知道挖呀挖，要粗金沙，可你们从地里挖上来的还不到贮量的一半！

"而那些为城市划界的人、组织商业公司的人、开设银行的人，却比你们赚得多得多……"

笑声再一次打断了他的话。在阿拉斯加开银行！真让人哭笑不得。

"我们还要开设股票交易……"

又引起了一阵大笑。

乔·哈恩笑得捂着肚皮直打滚儿。

"在这些人之后，肯定还会有开矿的大富翁要来，把你们这些微不足道的小打小闹的家伙们连锅端，一下子都收买掉。

"他们夏天利用水力，冬天利用蒸汽，融解掉……"

蒸汽融解！这大约是幻想的顶点了！毒日头虽然有点开玩笑式地夸夸其谈，但在当时连用烧木柴融解的方法也还没试验过的时候，他就有了这个想法，也说明了他想象力的丰富。

"笑吧，笑吧，你们这群没见过世面的混蛋！

"你们这群咪咪乱叫的小猫！

"如果克朗代克河上发现了金矿，哈巴和拉丢很快就会成为百万富翁的！

"如果这个大金矿是在斯蒂华河上，那么你们大家就可以看见爱兰·阿纳许的城市日进斗金了！

"到了那时候，你们就不笑了，因为你们只剩下愁眉苦脸了！

"不过，我想到时候，我总得给你们几个一点残羹剩饭吧，唉！"

说到这儿，毒日头叹了口气。

他陷入了沉思默想的状态。他爱幻想，在幻想中看到伟大的东西。他又十分有条理，他的想象都是立足于现实的，不会漫无边际地瞎想。

当他想象着在这冰天雪地的荒野上竖立起一座城市的时候，他认为先决条件是必须有金矿，只有有金矿，有大金矿，才有建起城市的可能。

他还考虑了这个在遥远的北方的矿业城市需要的一切的附属设施，比如汽艇码头、锯木厂、仓库之类。

在他的梦想中，城市为人们提供了大量的机会，街道上、房屋里、经济行为与社会行为中，机会无处不在。

赌博也要用大得多的台子，是现在的人们完全无法想象的大赌博。这个赌台，上边是天，北边是北极光，南边是遥远的南方……

毒日头确信自己可以在这场大赌博中取胜。

支持他信念的，在当时只有他想象中的吉星高照，也就是所谓的运气。

毒日头觉得，就是这运气，马上就要来了！他会拿最后一盎司金沙去孤注一掷，他将他生命中最大的努力押在了这运气上。

他认为上游一定要有一个大金矿。

为了这个大金矿，他和几个伙伴，千辛万苦地跋涉在斯蒂华河冰冻的河面上。

他们走在这块从来就没有过人声、狗吠声、砍伐声与来复枪声的，几乎永远为冰雪所覆盖的荒野上，赶着狗驾着雪橇，以他们微不足道的小力量，每天爬行二十英里，融冰解渴，雪地扎营，狗蜷成一团，雪鞋立成一长串……

他们没有发现过什么生命痕迹，只是在河边的高地上发现过一只制作很粗糙的滑船。

不知是谁把船藏在那儿了，再也没回来取。这里面一定有什么故事。

他们继续前进，又发现了一个印第安人的村庄的旧址，但没有人。那些人一定是去斯蒂华河上游捕野鹿了。

从育空上行两百英里，伊立杰认为，这就是阿尔·麦肯所说的沙洲。

他们在这儿扎下了永久性的帐篷，把粮食藏在高处免得狗吃到，然后他们就开始了工作：打开冰层，挖掘沙砾。

工作艰苦，生活单调。日复一日，他们从天亮就起来干活儿，直到夜色来临，他们才做饭，做一点杂活儿，抽抽烟，打上一两个哈欠，钻进睡毯，沉沉睡去。

星光闪烁，北极光跳跃腾闪，大地一片沉寂。

他们吃得很单调：硬面包、腌猪肉、豆子，偶尔还有一碟加梅干烧成的米饭。

他们吃不到鲜肉，周围没有任何动物，偶尔能见到雪兔和貂的足迹，但从来没见过它们的影子。

这里好像没有任何生物。他们有过这种经验：这一年某个地方遍布禽兽，再一年或两年、三年以后，还是那个地方，却难见任何活物了。

终于，他们在这儿发现了金沙，可产量太低，无利可图。

伊立杰到五十里外打野鹿时，淘了一条河的沙砾，发现了金沙！

他们赶上雪橇，直奔那五十里外的地方，在那儿，他们进行了育空历史上第一次燃木挖井。

这是毒日头的发明：将青苔、杂草清除掉以后，用云杉点起火来，六个小时以后，有八英寸的泥土被融化了。

他们马上用鹤嘴锄挖到了底儿，然后就又开始烧。

这初步的成功，大大地激励了他们，他们从早到黑地干，很快就深挖八英尺，去掉了泥土层，到达了沙砾层。

沙砾层也冻着，活儿干得越来越慢。显然是需要改进用柴烧的方法。

这层沙砾中有两英尺厚的金沙。又往下掘，在十七英尺深的地方，他们发现了粗金，可这一层只有一英寸厚，下面又是泥土，混杂着一些上古时期树干的化石，还有些不知名的怪兽的骨头化石。既然在这儿发现了粗金，那么是不是还会有更可观的矿藏呢？他们决定继续往下挖，挖四十英尺也要挖！他们分成两班，昼夜不停地挖着。

可是豆子要吃完了，他们派伊立杰到大帐篷那儿去拿点吃的东西。

来回一百英里，伊立杰说他会在三天之内回来。他是个旅行老手了，计划空身去一天，带着东西回来两天。

然而，第二天晚上，他就回来了。

"怎么了？"

亨利·芬迫不及待地问。他看到赶着空雪橇回来的伊立杰的脸拉得很长。

乔·哈恩往火堆里加了几块木头，火旺了，火光映照着眉毛胡子都结了冰的伊立杰，他好像英格兰人画的圣诞老人。

"唉，你们都还记得在河边上咱们贮存食物的那棵大云杉树吧？"

伊立杰终于开了口。

几个人静静地听着，明白了事情的原因。

那棵大云杉树看上去好像挺结实，仿佛几百年之内不会倒下，其实，它的树干中间早朽了。

最近大概是连地下的根也朽了吧，树上的雪和食物这么一压，它竟然折了。

他们的食物都不知去向，大概是被狼獾吃了。

"这些混蛋，把腌猪肉、梅干、糖和狗食都吃了！

"我在几百米远的地方，发现了被他们咬破的面粉袋子，真是该死！"

伊立杰气愤地说。

大家都默不作声。

在北极这死静枯冷的冬天，竟然把食物给丢了。

他们并没有沉浸于气愤或懊悔之中，他们立刻就从正面开始考虑问题了。

"我们可以吃雪……尽管还剩下八九磅的豆子和米。"

乔·哈恩先开了口。

"同时还得派人架上雪橇去六十里堡。"

毒日头补充道。

"我去。"

芬很坚决。

他们又权衡了一下这个计划，哈恩说：

"他回来以前，我们剩下的三个人、一队狗怎么维持？"

"只有一个办法。"伊立杰接过话茬说。

"你带另一队狗去，沿斯蒂华河去找印第安人，带回一堆肉来，那就

304

什么都有了。

"你可以在亨利从六十里堡回来以前就回来，而且，你走以后，这儿吃饭的只有毒日头和我两个人了，吃饭问题也就好解决了。"

"天亮以后，咱们一起回到贮存食物的地方，把雪铲起来，看一看还有没有食物。"

毒日头说。

说完以后他就躺下，钻进毯子里，又说：

"早点睡吧，明天早点动身。

"你们两个带着狗去，伊立杰和我从两边走，可以顺便找一找野鹿。"

八　在生命与死亡之间

不能浪费时间，哈恩和芬要带着狗驾着雪橇跑好多天的路。而剩下的两个人要困守到他们回来。伊立杰没有发现野鹿的踪迹，毒日头也没有发现。四个人在倒地的云杉树旁会合了。

他们开始小心地铲开贮藏粮食的云杉四周的积雪，寻找遗留下的食物。

这是个浩大的工程，因为在离云杉一百码远的地方也发现了散丢在地上的豆子。

四个人干了一天，才收回来几磅！太宝贵了。

在这宝贵的几磅食物的分配问题上，显示出了他们的聪明。

这些食物的大部分，都留给了伊立杰和毒日头。

两个带狗出去的人，一个沿斯蒂华河向上游走，一个沿河向下游走。他们有希望比留下来的两个人早一点得到食物。

留下来的两个人要坚持到他们回来。

狗每天吃上几盎司豆子是走不快的，但总归还能往前走，还有希望。况且人在万不得已的情况下还可以杀狗充饥。

留下的人可没有这最后的一手。他们只能靠留下的这点食物，做垂死挣扎。

冬去春来，日月之变有时显得那么急骤，1896年的春天就这样很突然地到来了。

太阳升上天空以后，一天比一天待得时间长。三月份过去了，四月份马上来了。

毒日头和伊立杰越来越瘦，饥饿追逐着他们，一刻也不放过他们。

他们为两个伙伴担着心，为他们设想着各种各样的困难，替他们的没有回来做各种各样的解释。

可他们依旧杳无消息。

只有最后一种可能了，那就是他们遇到了不幸。

出发时，他们就想到了这一点，所以分成两个方向，一个人一个方向。可现在他们都没有回来！

难道都遭了不幸！

毒日头和伊立杰怀着最后一点希望，苟延残喘地活着。

幸亏雪还没有化完，可以找点雪来放在壶里、桶里融成水，还要多烧一会儿，然后小心地把水倒出来，这样，盛水器具的底部就会留下一层薄薄的面糊。

这是面粉，是雪上附着的面粉，狼獾把面粉洒在方圆好几码的一块地方的雪上。

这样蒸出来的粉糊里，时而有些茶叶渣子、咖啡渣子、泥土、树叶儿……

离树越远，面粉便越少，越来越少……

伊立杰岁数大点儿，他有点支持不住了，大多数时间都躺在毯子里。

打松鼠成了毒日头日常的工作，松鼠也就成了他们的救命星。

可打松鼠并不容易，只有三十发子弹，毒日头轻易舍不得开枪，另外，他的来复枪的口径是四十五至九十，这样，他就不得不射击松鼠的脑袋。

松鼠也很少，有时候，一整天也见不着一只。

306

一旦见到松鼠，他就会耐心地跟着它，寻找最佳的射击机会。这样的机会，常常要等好几个小时。

他几十次地举起枪来，手臂颤动，不敢扣动扳机。

不到有百分之百的把握，他是绝对不开枪的。他有钢铁一般的自制力。

不管饥饿怎样如刀割在心上，不管自己是多么想把那吱吱乱叫的小生物煮熟吞下肚去，他都要稳而又稳。

毒日头是天生的赌徒，他正在大赌一场。他的赌注是生命，子弹便是手里的牌，他要非常小心、谨慎，绝不允许出错！

他也从没失过手，一枪一只，枪枪落准！

当然，通常隔好几天才能打到第二只。

松鼠吃得也很残酷，几乎不扔掉任何东西。皮被烧成汤，骨头被敲碎，一律吃下去。

毒日头在雪地里，很偶尔地发现了一丛丛草莓。

这些草莓都是去年的果实了，只有坚韧的皮和一点籽而已。

还有一些小树的树皮，吃起来也非常艰难，而且要煮很长很长时间。

四月底了，白天的时间更长了，春风拥抱着大地。

阳光普照，积雪消融，雪下面出现了潺潺的小溪，大约在二十四小时内，积雪就融掉了足有一英尺。

晚上，雪又冻住了，小溪也停止了流动。人走在上面也能承受得了了。

有白色的小雪鹀自南方飞来，停下休息一天，又向北飞去。有一回，他们还看见一队人字形的大雁，向北飞去。他们在寻找解冻的河面。

河边，一丛小柳树发了牙。把那嫩芽煮一煮，似乎也可以充一点点饥。

这让伊立杰希望大增。可有时候，毒日头一天也没找回一点嫩芽来，他又变得十分沮丧。

大地复苏，树干中的汁液又开始了流动，雪下面的小溪的流动声越来越大了。

307

但整个大河依然严肃地沉睡着，冬天用了好几个月将它封冻，解冻自然也需要很长时间了。

五月份了。蚊虫又开始了活动，不过这个时候，它们似乎还没有害人的能力，只是从石头缝和烂树叶下面出来活动活动而已。

有更多的大雁、野鸭从他们头顶向北飞去，蟋蟀低低地叫了起来。

五月十日。

斯蒂华河的冰面突然崩裂，脱离了河岸，向高处挤起了三英尺，可并没有向下流动。

非得等育空河下游，也就是斯蒂华河流入的地方解了冻，这里的水才能流动。

这样，斯蒂华河的水面越涨越高了，而育空河什么时候解冻还是个未知数。育空河向下游奔流二十英里是白令海，白令海早一天解冻，盘踞在育空河上的几百吨冰才能早一天跟着解冻。

五月十二日。两个人带着毯子、桶、斧子和宝贵的来复枪，踏着冰面向下游走去。

他们要去找那条他们曾经见过的印第安人的木船，找到船就可以随着解了冻的河水向下游漂去，直到六十里堡。

身体极度衰弱，他们的行动很慢，很艰难，伊立杰只要倒下去，自己就无论如何也爬不起来了。

毒日头竭力拖起他来，走上几步，他就会再一次摔倒。

到了接近木船的地方，伊立杰彻底垮掉了。毒日头把他扶了起来，他又倒下去了。毒日头想边扶着他，边互相依靠着走，但是，他自己也筋疲力尽了，两人一块儿倒了下去。

毒日头把伊立杰拖到了河边，搭起帐篷，独自出去找松鼠了。到了傍晚，他发现了第一只松鼠，可惜天太黑，打不中。他拿出原始人才有的耐性，一直守候到第二天，他终于在一个小时之内打到了松鼠。

他把大部分肉都留给伊立杰吃，自己只吃那些难啃的骨头。这便是生命的奥秘之所在，这种小动物，这些微不足道的活动着的肉，被人吃下去后，就可以把这种活动的力量传给人体。

松鼠不再爬到云杉树上去，也不再在树枝上跳来跳去地吱吱叫了。这些力量流入了人体，使人们衰弱的肌肉和衰退的意志逐渐强健起来，简直就是这些力量推动着他们俩艰难地来到贮藏的船边，两人倒下去，躺在地上，一动不动。

对于身强体壮的人来说，放下小船是个十分简单的事，而对于毒日头来说，却花了好几个小时。他花去更长的时间在船边工作，他每天拖着沉重的脚步围着小船修修补补。

船修好了，河水还没有解冻。冰块涨得比原来高了很多，但仍不见向下游漂流。他必须在河水上涨之前就把船放下去，这件事必须做好。

毒日头在融化得很湿的冰雪上蹒跚着，跌倒了又爬起来，或者试探着爬过冻结的河面再去找松鼠，重新将跳跃、欢叫着的力量变成人体内的拉力和引力。

他们再一次向河里放船，但失败了。

一直到了五月二十日，河面才解冻了。就在凌晨五点，河水悄悄地向下流动了。毒日头坐在那里盯着冰块的缓慢流动。伊立杰早已没有了看这景象的心情了。他虽然有些知觉，但在冰块流过时，仍然躺在地上，一动不动。

大冰块流动力量加大，冲撞着河面，连根拔起大树，吞下几百吨的泥土，他就躺在被这巨大的冲击力震撼着的土地上。

持续了一个小时，流动停止了，是冰浆阻塞了流通。水流不动，就开始向上涨，河里的冰块被撑得比河岸还高。

水积得越来越多，几百万吨的冰块更加重了冰堆的分量，其承受力大得惊人。最后，就像小孩儿手指中弹出去的西瓜籽一样，大冰块被挤出去，跳向空中。冰河两岸堆起了冰墙。

随着冰块磨转、撞击的巨大声响，冰浆破裂了。漂流持续了一个小时，潮水很快退下去了。伸入河水的冰墙却依旧不动。

冰流过后，毒日头终于在六个月以来第一次见到了河水。他心里清楚，斯蒂华河上游的冰块还残留着一些尚未流尽，结成的冰浆随时可能裂碎，并随河水泻下。

309

但是，生命的紧迫却逼得他不能再待下去，伊立杰已衰弱得随时都会死去。至于他自己，他也不知道他精疲力竭的身体里的力气能否支撑下去，让他放下船去。这简直就像赌博一样。

假如他等到第二次冰流过去，伊立杰会死去，他自己也难以生还。

假如他能在第二次冰流之前放下船，假如育空河上游的冰流追不上他的小船，假如在类似的几十个环节上他都很运气，那么，他们就可以到达六十里堡了。再假如，他成功地活着到达六十里堡，靠了岸，而不是顺河漂走，那么，他们就得救了。

他着手准备，冰墙比停船的地面高出了五英尺。他首先找到了放船下去的最好位置，船离河面二十英尺，花费了近一个小时的时间，他把船拖到了河边，高高的冰墙顶端离河面有十五英尺。

过度用力使他感到头晕恶心，眼睛也似乎视物不清，眼前金星闪闪，心脏跳到了喉头，喘不过气来。

伊立杰躺在那，动也不动，双眼紧闭，毒日头独自工作着，最后，他用尽气力，一下子把船推到冰墙上。

因为没了气力，他匍匐着把兔皮毯子、来复枪和一只桶放进船舱，离他二十尺之遥的斧头就不用再爬去拿了，他估计是用不着了。

而拉伊立杰上船这件事，却比毒日头所预料的艰难得多。每一次只能移动几英寸，中间还得稍作休息，毒日头把他推到船边，却不能把他拖进船里，因为他的身体是软的，如同装了一半谷物的口袋一样，从中间处软了下去，相同面积、体积的软东西比硬物更难于举起。

毒日头先爬进船舱，再把他的朋友向里拉，但拉不进去，最多只是头和肩膀能靠上船舷，当他腾出手来，要从其下肢举起伊立杰时，伊立杰的身体就会一下子软下去，摔倒在冰块上。

"我的天呀！你不是个人吗？"毒日头大声叫嚷着，"喂！喂！你这该死的东西。"

他一边骂着，一边敲打伊立杰的脸，想用疼痛感来唤醒他的朋友，唤回他那飘远了的灵魂和低沉的意志。终于，伊立杰的双眼无力地睁开了。

"我告诉你，如果我把你的头拉上船舷的时候，你要内心用力坚挺身体，不要放松，听没听见？咬紧牙关，挺住！"

他暴叫着。

伊立杰的双眼又闭上了，但毒日头知道，他已经听到了他的话。毒日头把这个软弱无力的朋友的头和肩拖上了船舷。

"千万别放松，该死的，咬住！"他边向下用力，边大声地叫着。

伊立杰的一只手滑下了船帮，另一只手的手指也放松了，但他努力听从着毒日头的命令，咬紧牙关，再一推动，他的整个脸，从鼻子、嘴唇到下巴的皮肤都被木板擦破了。

脸向下，一下就滑到船底，直到他软软的腰部也被拖进船，只剩两条腿留在外面。毒日头把他推进来了。

毒日头喘着气，替伊立杰翻过身，把睡毯盖在他身体上。

最后的工作是把船放在水面上，这个工作太艰难了，他还没有做。要保持平衡，他必须把伊立杰弄到船尾部去。

毒日头强打精神做了起来。一定是突然发生了什么事，当他重有知觉时，他发现他居然躺在船艄上，尽管刚开始时他没有意识到。很明显，这是他有生以来的第一次昏厥。

他好像失去了信心一般，他觉得体内已没有了一丝的气力，奇怪的是，他没有着急。他似乎看到了幻象，钢铁刻成般明显、可信，而且线条明朗。

他目睹过赤裸裸的生命的衰竭，可从来没有感到过竟是如此的残酷。他平生第一次对自己的个性产生了怀疑，他是天性乐观的。

此时此刻，生命就这样战战兢兢地，真实、直率地告示着：说到底，他只不过是一撮黄土，如同其他土砾一般，如同他所吞吃掉的松鼠一般，如同他所知所见的没有成功的人，像乔·哈恩和亨利·芬，他们没有成功，他们一定已经死去了。也如同伊立杰躺在船底，无知无觉。

毒日头躺在那，正好可以看见上游的拐弯处，他明白早晚会有第二次冰流在那流出。他遥想着远古，似乎看到那还没有印第安人、没有白种人的时候，同是这一条斯蒂华河，静静地流淌着，过了一个又一个冬季和夏季，结了冰，又解了冻，河水奔流远去。

他又想象着将来，那个时候，人们已远离了阿拉斯加，连同他自己也离开了这里，而这条河却依然不停地变换着，上冻、解冻，河水上涨，奔流而下。

生命是在说谎，在欺骗着世界，它愚弄了所有的生灵，也包括他在内。尽管他是生命的最乐观的对手。他是什么？——只不过是一个肌肉、神经和感知的合成体。

他躺在泥沙里，胸怀大志，不顾一切地实现着他的淘金梦，而这强烈的信念会慢慢地消逝，直到灭亡。存留下来的只是一堆枯骨，没有了神经、肌肉和感知等这些无形的东西。而泥沙、土砾仍旧存在，广阔的平原、无尽的山峦，亘古永存，斯蒂华河水也年复一年，解了冻，冻了解，永无止境。

说到底，这只是一场游戏，一次赌博。赌博的骰子是用铅做成的。追随它的人都死掉了，死了的人是没有得到钱的，到底谁是赢家呢？不是生命本身，而是生命所焕发出的东西，如同赌博中的诱惑者和大骗子。

生命，看来是活生生的，但实质上，它是广袤无垠的坟场。

它是无尽头的送葬的队伍。

倏然，他又回到现实中来，毒日头发现河水尚未结成冰块，一只鸟儿站在船头不住地盯着他看，根本不害怕他的存在。于是，他重又进入遐想之中。

谁也不能逃脱赌博的大网，而他却打定主意要脱出来，逃离这张网。逃离了又会怎样呢？他思忖着。

毒日头诚恳地与人交往，他恪守自己的信条，他不相信某种世俗的宗教派别，不沉迷于一些来生来世的空想。人死万事结，他始终这么想，胸怀坦荡。

这时，他躺在船板上，没有气力动一动，几乎要昏过去。即使这样，仍坚信人死万事结。他心平气和，无所惧怕，他的信念是那样牢不可摧，死到临头时本能的挣扎和奋斗是改变不了的。

他曾几十次地目睹人或动物生命的消失。再次直视死亡，同原来的每一次目睹一样，没有什么可令他害怕的。他们已经不存在了，已经死了，别人奈之如何？

他没有躺在那里等待死亡。死亡是一件自然、轻松的事情，不像人们所想象的那么痛苦。现在死期临近，一想到这儿，他就高兴起来。

毒日头在幻想中看见了他梦中的城市，北方的黄金大都市。这个城市建在育空河的岸上，那是一片辽阔的高原……

他看见河岸上泊着汽船、汽艇，用绳子系着，有三层之多；他看见锯木厂开工了，长长的狗队拖着一个个雪橇，载着东西来往于矿山和工厂之间……

他还看见了众多的赌场、银行、股票交易所，以及为一场空前的大赌博准备的应有尽有的装备……

唉，机会来临，运气光顾，大金潮就在眼前的时候，自己竟然撒手而去！

想到这儿，他生命深处一阵惊恐、一阵颤动……

毒日头努力扭转身子，翻出船去，靠着船坐在冰面上。

他也要加入淘金大潮！

为什么不能？在这衰竭的肌肉深处，一定还有什么神秘的力量，一定会让自己起来的！

力气啊，你快来吧，让我把船倒过来，放下水去……

他的思绪突然又跳跃到了哈巴和乔·拉丢在克朗代克的大城市里买股票的事。

啊，他们一定会贱卖掉股票中的三分之一。那样，一旦淘金大潮来到斯蒂华河上，他们就可以靠他爱兰·阿纳许的城市而赢利。即使在克朗代克的城市里，他们也不会一无所获……

对，一定要鼓足干劲儿，站起来！

他趴在冰面上，足有半个多小时，最后终于站了起来，驱赶走了眼睛中打晃的黑影，拉住了船。

他明白自己的处境：如果第一次努力失败了，那么以后的所有努力，都不会有结果。

必须集中所有的力气，一下子都使出来，都使出来，孤注一掷。

他是用身与心、肉体与灵魂的双重力量做这生命的最后一击的！

船抬了起来！

他觉得自己马上就要昏过去了，可能依然在抬高，开始滑动了，滑了……

他用尽最后一点点力气，翻身倒进船中，倒在了伊立杰的腿上。

他再也没有一丝力气挪挪位置了，他听见了船体入水的声音，侧头看天，知道船在打旋。砰的一声，这是撞了岸，又旋，又撞，几十次的撞击以后，才算比较平稳地向下游漂去。

阳光唤醒了他，他认为自己刚才肯定是睡着了，过了几个小时了，现在是下午。

他吃力地爬到船艄上，坐起来。

他看到船是在河心漂流，河岸一个劲儿地向后退着，冰块上闪烁着阳光，岸上的树木连成一片……

就在他们船的旁边，有一棵被连根儿拔起的巨松也在漂流。

一阵潮水，船挤向了树边。毒日头爬过去把船索系在了一根树枝上。

树体入水比较深，跑得也比较快，拖着船，船索绷得很紧。

毒日头向周围最后看了一眼，就裹上皮毯睡了，他头脑中最后的印象很杂乱，有斜斜的河，有钟摆般晃动的太阳，还有那苍茫如荒野的天空……

他再一次醒来时，夜已经包围了一切。

他看见星辰在天空眨着眼睛，又听见河水如泣如诉的呜咽，突然，他感到一震，他明白这是大树又拉紧了船索……

一块浮冰在小船旁蹭了过去，他想，后面大面积的冰块还没有追上他们，是的是的……

想着想着，他又闭上了眼睛。

他再一次睁开眼时，又是白天了。烈日当空，岸边的景色告诉他，船已到了育空河。这儿离六十里堡不远了。

毒日头靠着船帮慢慢地坐起来，但他已衰弱不堪，动作非常缓慢，连身边的来复枪都摸不着了。他上气不接下气，又头晕又恶心。

314

他望了望身边的伊立杰，想知道他还有没有呼吸，但他衰弱的身体，几乎不能支撑他去望一眼他的朋友。

他又沉入梦的世界，没有睡眠，没有知觉，有什么东西赶走了梦和思想，占据了头脑，但醒来又什么都没有。

他的意识就像旋转不规则的陀螺，时转时停。他时而清醒，时而昏迷。清醒时他的意识便告诉他现在他的处境，看来，他还活着。

那他为什么就没有死在船里呢？为了摆脱死亡，他拼尽了所有的气力。为什么不顺从着去死呢？他心里想着，他不是害怕死亡，绝对不是。

没有死，自然，他就又想到了运气和淘金梦。他明白这就是为什么他要参与这场生命赌博的原因。赚了钱又会怎样呢？即使他腰缠万贯，他仍会死掉，如同一贫如洗的人一样死去，究竟有什么区别呢？越来越频繁的虚幻阵阵袭来，暂时的灵魂的飘荡令人感到十分快乐。

生命的第六感知唤醒了他，他突然睁开眼来，六十里堡竟已在眼前，相隔不足百英尺，河水把他漂到了堤口，又把他漂向下游的荒野。

没有人走动，他只能直见缭绕的炊烟从厨房的烟囱里缓缓升起。他要喊叫，但嗓子已发不出声音，只有怪怪的嗳嚅声。

他伸手摸来复枪，倚到肩上，用力扣动了扳机，子弹出膛的威力震得他浑身疼痛不堪。来复枪滑到膝盖上，要想把枪再挪到肩上是不可能了。

即将失去的知觉告诉他必须快，抓住时机，快点行动，于是，横在膝盖上的枪的扳机又被扣动了，子弹出了膛。

在他即将要昏厥时，他看见一个大木屋，木屋似乎在和着他飘忽不定的灵魂的节奏跳着奇怪的舞步，厨房门打开，一个女人探出头来。

九　大难不死必有后福

十天以后。

哈巴和乔·拉丢来到了六十里堡。

315

尽管毒日头还有些力不从心，但已经可以承受运气对他的光顾。他把斯蒂华河上的城市的股权的三分之一和克朗代克河上的城市的股权的三分之一交换了一下。

毒日头对上游地区充满了信心。

哈巴运了一木筏东西顺流而下，他要在克朗代克河口搞个小小的贸易货站。

哈巴在和毒日头告别的时候说：

"你应该去印第安河看看。

"那儿有大峡谷、大山涧、挖不完的黄金，这是我的运气告诉我的！"

"印第安河离这不足一百英里，你可以，也应该去看看！

"那里到处是野鹿，包·汉特森就住在那儿，他已经住在那儿三年了，靠野鹿肉维持生计，他发誓说他会找到伟大的东西，于是疯子般到处搜寻。"

乔·拉丢补充道。

毒日头下决心依他的话去印第安河试一试运气。

遗憾的是，伊立杰已经被饥饿吓破了胆，他怕再遇到噩梦般的经历，所以，他无论如何不肯随他而去。

伊立杰解释说：

"我真的太害怕饿肚子了，我也知道这确实太愚蠢了，但我摆脱不掉这种想法。我只有把饭吃到嗓子眼才肯离开餐桌。

"我打算回到环城养养身体，住在粮食储藏室旁边，养精蓄锐。"

毒日头经过几天的休整，精神抖擞地又要轻装上路了。他的行囊很简单，只有七十五磅，他依照印第安人的习惯，让他的五只狗也各驮了三十磅。

听了拉丢的建议，他决计也像包·汉特森那样，完全以肉食为生。

杰克·肯斯用平底船从林德曼河运来了锯木机，停泊在六十里堡时，毒日头就带着他的行李和狗们上了船，把城市居住申请表交给了伊立杰，就在这一天他便到了目的地——印第安河口。

逆流而上四十英里，便到了人们所说的哈斯湾。

他在那儿找到了包·汉特森留下的痕迹。再往上走三十英里，他发现了澳大利亚湾，也有同样的标志，这些是包·汉特森安放的界石。

第二个星期到来了，毒日头仍见不到包·汉特森的面。但他却发现很多的野鹿，所以，他和他的狗们有了吃食。

毒日头在几十处河湾的泥沙里发现了金沙，如同付给其艰辛追求的报酬，这使其更加坚信了前面会有大量金沙等待人们去挖掘的念头。

他时常眺望不远处的山坡，心里判定，金沙可能是从那里流出来的。

最后，他来到了杜密宁湾的源头，翻过分水岭，到了克朗代克河支流——亨格湾。

在分水岭处，如果他向右转弯的话，就可以到被包·汉特森称为金库的地方去，找个差使，坚持下去，准能得到在克朗代克淘出的首次获重利的金沙。

遗憾的是，毒日头在分水岭处向左转弯了，到育空河上住着的印第安人的渔舍去了。

他在这里住了一天，同住的是娶印第安女人为妻的卡来克。他买了条船，带上狗，到四十里堡去了。

时值八月，冬季即将到来，白天变得越来越短。

他仍对自己的好运气坚信不疑，认为在上游他会发现金沙。

他计划邀集四至五个人组成一个勘察队，计划不能实现的话，至少要有一个人在封港前做好冬季的勘察。

可是，四十里堡的人都失去了信心，他们更倾向于向西去挖掘金沙的想法。

卡来克和斯果根·吉美，还有印第安人加尔德斯·丢利划着一只小艇，来到了四十里堡。他们找到金矿管理人，申请波纳若湾的三个所有权和一处发现权。

当天晚上，他们在老手酒店里拿出些粗金来让满腹狐疑的人们看。

人们冷笑几声，摇摇头，不予置理。这种假把戏太多了！

人们认为，这极有可能是哈巴和乔·拉丢的小计谋，不过是想让大家在他们的城区和贸易站附近搞勘察罢了。

卡来克算个什么东西？只不过是个娶了印第安女人的浪子。谁也没听说过，一个娶了印第安女人为妻的人会发大财！

再说那个波纳若湾，也只不过是一片野鹿驰骋的荒原而已，就在克朗代克河的入口处，人们一般都叫它兔子湾。

如果是毒日头或是包·汉特森来登记所有权、显示粗金的话，人们或许还觉得有可能，而卡来克是个娶了印第安女人的浪子！

还有什么斯果根·吉美、加尔德斯·丢利之类的无名小卒……毒日头一向是对上游地域怀有信心的，可面对这几个人，他也有点怀疑。

几天以前，他还看见卡来克和几个印第安人游手好闲地逛来逛去，怎么这么快就会有如此的想法与作为呢？

当天夜里十一点钟，毒日头坐在床上，伸手去解鹿皮鞋的鞋带儿的时候，突然冒出个念头来。

他迅速穿好衣服，回到了老手酒店。

卡来克还在那儿不厌其烦地拿着粗金说着什么。

毒日头一把拿出他的金沙袋来，倒在簸箕里。

他仔细地研究起这些金沙来，并且拿出自己在环城和四十里堡淘到的金沙反复比较。

审视很久，他收起了散开的金沙，还了卡来克，把自己的也收了起来。

他举了举手，让大家静下来：

"各位朋友，我认为这确是上游地区的金沙，这一点我可以非常明确、肯定地告诉大家！

"这种金沙以前可从来没见过，看颜色你就可以看出来！它含银量大一些，是新发现的金沙！

"卡来克发现了新的金矿！

"你们谁愿意和我一起去看看？"

没有任何反应。过了一会儿，才发出了几声带嘲弄意味的干笑。

"也许你还可以在那儿打造个城市呢！"

有人叫道。

"那当然！哈巴和拉丢还有那儿的三分之一的股份呢！

"这一点我很明白，我的地皮比你们在白桦湾挖地铲泥的结果要有价值得多！"

毒日头反驳着那个人。

"嗯，是这样的，毒日头。"

一个叫科拉·派森的人应和着他。派森又说：

"你是众望所归的人，我们任何人也不会相信你会骗人的。

"然而，你却上了这些游手好闲的家伙们的当！

"你问问卡来克，他是什么时候去勘察的？前天他还在帐篷里躺着睡大觉，和他那些印第安亲戚钓鲑鱼呢！"

听到这儿，卡来克有些激动地说：

"这一点我可以老老实实地告诉你们，我没有去勘察过，甚至我连想也没想过。

"可就在毒日头要开船的那天，包·汉特森的木筏满载而来，他要去六十里堡，想回印第安河，把食品运过哈斯湾和金窟之间的分水岭……"

"哪儿有什么见了鬼的金窟？"

科拉·派森打断了他的话。

那个娶了印第安女人为妻的浪子稍稍一顿，继续着他的讲述：

"过了波纳若，就是兔子湾，我原计划就是去那儿的。"

"但是，回来走到分水岭时，包·汉特森对我说：'卡来克，来，咱们试一试吧！在金窟那儿挖到了四十五盎司。'

"就这样，斯果根·吉美、加尔德斯·丢利和我，就跟他去了。

"我们做了必要的勘察，并在金窟立了标志。

"从波纳若回来，想看看有没有野鹿，就向下游走，在那儿吃了饭，安下营来。

"我睡下以后，斯果根·吉美很随意地勘察了一下。他见过汉特森勘察时的操作。

"很快，他就在一棵桦树下洗出了一块多钱的金沙。

319

"他赶紧叫我起来，我们一起干，马上就又有了两块钱的金沙。

"就这样，我们在那儿立了'发现'的标志，并叫它为波纳若湾。"

他用着急的眼光询问着大家，希望有人能相信他。

然而除了毒日头，人们依然是满腹狐疑的样子。毒日头则在细心地审视卡来克的表情。

"喂，哈巴和拉丢出了多少钱让你来制造这样的谎话？"

有人愤愤不平地问。

"他们可并不知道这些啊！

"我可以对天起誓，我在一个小时内，就洗出来三盎司金沙！"

卡来克信誓旦旦地说。

"没错儿，没错儿，朋友们，以前，可是谁也没见过这样的金沙的！你们可以再看看那金沙的颜色！"

毒日头为卡来克撑着腰。

"有点发黑！大概是因为卡来克的袋子里有两块银圆吧！

"另外，如果真有什么发现，为什么包·汉特森不来登记呢？"

科拉·派森说。

"他还在靠北的金窟。我们是在回来的路上发现的。"

人们一阵大笑。

毒日头没有笑，他很认真地说：

"明天早晨去波纳若，谁跟我去？"

没人吭声。

"有没有人受雇于我，给我带上一千磅食物跟我去？我可以预付薪水。给现金。"

科拉·派森和帕特·摩纳汉表示愿意接受这个条件。

毒日头马上就付了薪水，买了些生活必需品，这让毒日头的钱袋立刻就瘪了下去。

当他正要从老手酒店走出去时，突然又折身走到柜台边儿上。

"又有什么好运气？"

人们问。

"有！谁愿意借给我点钱？今年冬天，克朗代克的面粉一定特别值钱！"

毒日头不慌不忙地说。

人们立刻围了上来，纷纷拿出钱袋来。阿拉斯加商业公司的掌柜问：

"你要多少面粉？"

"两吨吧！"

拿出钱袋儿来的人们忍不住大笑起来。

"要那么多？"

掌柜的问。

"你们在这儿的时间还太短，不知道其中的道理。我要开一家泡菜厂和一家生产去头垢药品的工厂。"

毒日头马上向人们借了钱，又雇了六个人，付给他们现金，让他们尽量多地把面粉装船运来。

他的金沙袋儿又空了，欠了一屁股债。

科拉·派森有点儿不太相信自己的眼睛，他怀疑地问：

"你这么办经过深思熟虑了？"

毒日头扳着手指头说：

"这我可以用简单的 ABC 和一二三来告诉你们各位。

"第一，上游有大金矿；第二，卡来克已经发现了它；第三，不会没有好运气的！

"如果第一和第二可以确认，那么面粉的价格就会上扬！

"我有了第一和第二，就一定会有第三！

"看着吧，今年冬天，面粉会跟金沙一样贵！

"诸位，到时候你们可都要去啊！机会可不等人！

"要得好运气，你就拼命！这是我在这儿这么多年的经验之谈！

"好啊，机会来了，干吧，抓住它！

"晚安，各位！"

十 种黄金的家伙

当然，这个时候，人们对大金矿还是没什么信心。

毒日头带着大批的面粉到达克朗代克河口的时候，他看到的仍然是以前的那一大片荒无人迹的原野。

河边儿上，印第安酋长伊萨克带着他的部落扎了营。很多架子上都晾晒着鲑鱼。

有几个淘金的老手也在那儿扎了营，他们原来在十里湾干活，要从育空去环城，在六十里堡听到了这里发现金矿的消息，便停了下来，想看个明白。

毒日头让人把面粉搬上了岸，在那儿扎营的几个人很悲观地跟他谈了起来。

一个叫吉姆·阿纳的说：

"这该死的野鹿草原，你别想在这儿找到什么东西！

"这完全是他们耍的鬼把戏，哈巴和拉丢是幕后人物，卡来克是他们的工具！

"谁听说过在野鹿奔驰的草原上开矿的？土层有半英里厚！"

说到这儿，他冲着铅茶杯叹了一口气。

毒日头面无表情地想着什么。突然问：

"你们淘金了吗？"

"淘金？淘个鬼！

"我可不是什么黄口小儿！只有那些初出茅庐的傻家伙们，才会去淘洗一盘子烂泥。

"我可不那么蠢，天亮我们就走，去环城。

"我对上游这些鬼地方一向没兴趣，我要去丹娜河口。记住，有大金矿也一定会在下游！

"噢，琼纳在'发现'下游两英里处立了标志，不知道他现在做何想法？"

琼纳一句话也说不出来。过了好久，他才说：

"我，我是立着玩呢！谁给我一磅星牌烟草，我就把我在港湾的权益转让给他！"

"那好，我买下了！不过，我要是在这儿捞个两三万块的话，你们可别后悔啊！"

毒日头说。

琼纳高兴地笑了：

"拿烟来吧！"

"嗨，要知如此，我也在这儿立个标志就好了！"

吉姆说。

"还来得及。"

毒日头说。

"可来回要走二十英里啊！

"那好，明天我去的时候，可以代你立个标志。

"这样你就可以和琼纳一起到登姆·罗甘那儿拿钱去了。他是老手酒店的掌柜，他一定会借钱给我的。

"你们在转让书上签字以后，把转让书交给登姆就可以了。"

"那我也这样办吧！"

另外一个淘金老手说。

这样，毒日头用三磅烟草买下了波纳若湾全部五百英尺土地的所有权。他还可以以自己的名义标立另外的所有权。

"你的烟草还真不少，你在什么地方开了烟厂？"

吉姆笑着说。

323

"现在还没有，我手里有的是运气，有的是机会！我可以告诉你们，用三磅烟换你们的所有权，太便宜了，就好像我随便抓了把土跟你们换一样！"

一小时后，毒日头正在自己的帐篷里坐着的时候，乔·拉丢走了进来。

他这是刚刚从波纳若湾回来。

一开始，他对卡来克的发现并不感兴趣。后来他开始有点动心，最后，他愿意拿一百块钱来买这未来城市的股权了。

"拿现钱吧！"

毒日头说。

"在这儿。"

拉丢一边说，一边拿出金沙袋来。

毒日头很随便地掂了掂，解开绳子，往手心里倒了一点儿。

除了卡来克的金沙，这是毒日头见到的颜色最黑的金沙了。

他把金沙倒回去，系上绳子，还给了拉丢。

"我想你们应该比我更需要钱。"

毒日头说。

"不，我还有钱呢！"

"哪儿来的？"

毒日头问这句话，完全出于无心，拉丢听到这句话也没纳过闷来。

可稍稍一顿，他们对望了一眼，乔·拉丢的灵魂好像一下子出了窍儿。

毒日头敏感地注意到了拉丢的表情变化，感觉到了对方眼神背后隐藏着一个计划。

"啊，你们对这儿的了解当然比我深了，如果你们认为这儿的股票就只值一百块，那么我也就认一百块，绝不深究！"

"那我出三百块！"

拉丢听出了话外音，赶紧加价。

"反正你认为就只值这么多呢，就出这么多，我也就认为是这多了！"

拉丢羞愧地放弃了。

他拽了毒日头一下，两个人走出帐篷。

"这儿的产量太让人吃惊了！

"没用洗矿槽，也没用淘金器，昨天我只是用一只盘子到那儿装了点一洗，就有这么一袋儿。

"你只要抓一把草根儿，摇一摇，就会落下金沙来！

"到底蕴藏量有多少，任何人也说不清楚，太多了，太多了……

"千万别说出去，赶紧去淘、去洗吧！洗出五万块来也一点不足为奇！

"啊，唯一的缺点就是有点黑。"

一个月以后，波纳若湾还没有热闹起来，跑到这儿来立木桩的人不少，可绝大多数人立了木桩也就回四十里堡或环城去了。

一些对这儿有信心的人开始建造木屋，为过冬做着准备。

卡来克和他的印第安亲戚们正在建洗矿槽，那样就可以利用上水力了。不过，他们要到森林中去锯木来用，所以工作进展得并不快。

游离于这些人之外的是：丹·马克泰来、突·马凯、突·爱德华和哈雷·福。他们漂流到了波纳若下游的一块地方，静悄悄地干了起来。

他们不信任别人，也不想让别人信任自己，他们按照自己的意志忙碌着。

毒日头曾在卡来克登记了所有权的地方洗出了带斑点儿的金沙，从草根里也洗出了金沙。然后，他沿着岩石的走向，向上向下淘洗了一百多个地点，均一无所获。

他急于弄清楚岩床中的贮量。

他注意到那四个沉默的家伙在河边挖坑井，做洗矿槽，便不邀而至，参观了他们第一天用洗矿槽淘矿的作业。

一个人洗了五个小时，就洗出了十三盎司半的金沙！

这些是粗金，大小不一，小的如针尖，大的像金币，是从岩床上脱落

325

下来的。

此时正值雪雨纷飞的深秋，寒冷的北极的冬天就要来了。但毒日头并不因此伤心，他丝毫没有在意稍纵即逝的夏季带给他的悲哀。

他看见了他幻梦中的影像，那成堆成堆的黄金城就建在脚下的大平原上。岩床里找到了黄金。听起来难以置信，但卡来克的发现足以说明一切。

于是，毒日头在附近三个用烟草换来的地方竖起了木桩，刻上自己的姓名，以此标明土地的所有权。这样，在两岩层之间，有一块两千英尺长的土地就归到他的名下了。

当天晚上，他回到了克朗代克河的住处，在帐篷里，他发现了卡马，即被他丢在达亚不管的那个印第安人。卡马用小快艇送来了那一年最后一批邮件。

卡马有堆金沙，值两百块钱，毒日头立刻借过来，为了感激他，还计划为他立木桩，以示占有了一块土地，并让卡马自己去四十里堡做了登记手续。

翌日，卡马起程，替毒日头带了许多寄给下游朋友的信，信中召唤这些人也来立桩占地，当然也有波纳若湾其他人的信件，这些信都散发着同样的信息。

毒日头相信，他的话会使人们蜂拥而至，他内心暗笑："人们争先恐后的盛况一定是空前绝后的。"他想到，四十里堡的人高高兴兴地爬进船舱，逆流而上来到育空河，要实现他的信中所描述的景象。

随着第一批人的到来，波纳若湾就热闹了起来，从而拉开了真理与谎言的竞赛。无论人们的虚妄的想法有多么膨胀，它都能很快地变成现实，谎言与真理，不停地轮换着向前跑去。

卡来克说他的一盘里有两盎司半，人们对他的疑虑还没消失时，他已得到了两盎司半，而他却对外说只有一盎司。

可是，早在谎言流传出去之前，人们得到的，并非卡来克说的一盎司，而是五盎司。于是，人们又撒谎说得到了十盎司。

就在他们用一盘烂泥沙要验证此话时，他们却淘到了十二盎司。每天就这样，他们继续散布着谎言，奇怪的是，谎言却一次又一次地变成了真理。

冬季最后一个月的某一天，毒日头在自己的岩层地段挖了一盘泥沙，拿回木屋。

屋里点着火，这样帆布槽里的水不会结冰。他蹲在水槽边开始工作，淘洗盘子里的泥沙。

盘子在水里一转，轻轻的和较粗的沙粒就被洗到盘子边上。他不停地用手指耙着盘子，拣回一把大沙粒。

盘里沙土越来越少，快露出盘底时，他把盘子猛地一斜，把水倒了出去。

盘子底儿上好像盖着一层牛油，泥水倒净，牛油消失，黄澄澄的金子露了出来。

金子，黄澄澄的金子！大小不一，粗细不等，却都货真价实！

毒日头向周围看了看，很遗憾，只有他一个人，没有人与他分享这运气光临的快乐。

他放下盘子，沉思良久。他用天平称了一下，以十六块一盎司计算，这是七百多块钱的金沙。

他做梦也不敢想会有这么惊人的收获！

他原来对每个开掘点的估计都在三万块钱以内，可这几处，每处至少都有五十万！

这一天接下来的时间，他并没有回到矿井里去工作，第二天、第三天也没去。

他背上皮睡毯，穿上比较轻便的服装，在溪湾、分水岭一带考察了一遍。

他可以在每个溪湾处拣定一个属自己所有的地方，但是他并没有轻易立桩，他怕草率行事会浪费掉更好的机会！

他只是在亨格湾立了一个桩子。

他看到，波纳若湾从河口到源头到处都是立好的桩子，汇入这条河的每一条支流也都有人立桩。

毒日头对这些支流的兴趣不大，占领这些地方的几百个人，都是因为波纳若湾已无处可占了。

这其中，亚当湾立的木桩最多，厄尔多拉多湾还基本上没人光顾，它的位置正好在卡来克发现金矿的地方的上游。

初看，毒日头也觉着厄尔多拉多的景象不招人喜欢，但他还是以半袋面粉买下了这里一个地方的所有权的一半。

三个月以后，他又花四万块，在这儿买了三个地方的所有权。

紧接着，他又不得不以十五万块的价钱买下这个地方的第四处所有权。

当他一盘子洗出七百块钱以后，他沉思很久，没再动鹤嘴锄和铁铲，面对这惊人的发现，他有了新的想法。

他对乔·拉丢说：

"这种地方，我们应该用用脑子，别再盲目地苦干了！

"我要去种黄金！只要找点种子，黄金就可以种出来！

"我看到我盘子里的七百块钱的时候，我知道自己已经找到了黄金的种子！"

"你要往哪儿种？"

乔·拉丢迷惑不解地问。

毒日头扭过头去，指了分水岭那边的山地和溪流，说：

"种在那儿，那儿怎么也会有约大几百万块钱！我的炊烟马上就会从那升起来！

"今天我那盘子底上的七百块望见了我，还认出了我：'啊，这不是毒日头吗！'

"没错，从那一刹那开始，我就明白自己有了几百万！"

十一　暴富天下

育空流域开发早期的英雄好汉毒日头，继卡来克发现金矿以后，也发现了大金矿！

关于他，关于他的运气，关于他掌握机会的神奇能力，在整个流域内广为传播。

毒日头的运气。的确不错，他比那五个号称运气最好的人更有运气。他的胆量让很多聪明人摇头，认为他会把一切到手的钱财糟蹋干净的。

他们认为像毒日头这么盲目地投机，必然会弄得倾家荡产，因为肯定不是满地黄金的！

毒日头手中的权益已经值好几百万了，尽管他从不计较金钱，甚至有挥霍之嫌，但他有内在的判断力，有丰富的想象力和卓尔不群的远见，他有一个巨赌之徒的冒险精神。

他能预见到见所未见、闻所未闻的东西，如果赚不来更多，宁肯将手里的输光！

"波纳若湾的金沙不是口袋所能装下的！

"这些金沙一定是从母矿脉里来的，别的溪流河湾里也肯定还有！要特别注意克朗代克分水岭那一边的溪流河湾，那里肯定有金沙！"

毒日头为了证明自己的见解，竟然出资让六个勘察小队越过了分水岭，进入了印第安河流域。

他还雇了不少自己找不到开掘点的人，让他们到波纳若自己的地盘上工作。

他给的薪水很高：一天十六块钱，八小时为一班，三班倒。

毒日头有足够的粮食贮备，他用自己的一个仓库和杰克·肯斯交换了粮食，这样，工人们可以安度 1896 年的冬季。

这个冬天，整个开采区域粮食奇缺，面粉卖到一磅两块钱，毒日头却可以无忧无虑地维持三班人在他波纳若湾的四个开掘点的工作。

后来，别的矿区付给工人们每天十五块了，毒日头则每天付工人一盎司金沙！所以他雇的都是精兵强将。

冬天来了，河水结了冰。毒日头又有了新的大动作。

这时候，那些蜂拥而至立下木桩的人们纷纷回四十里堡和环城去了。

毒日头则将自己在波纳若湾的一个地方，抵押给了阿拉斯加商业公司，口袋里装上了这个公司的押汇信。

毒日头赶上狗，架上雪橇，从冰面上赶到下游去了，速度非常快，快到只有他毒日头还可以承受。

他在四十里堡和环城买下了几十处所有权，这些地方有很多是彻底无用的，可也有那么几个地方，其收益比波纳若湾的任何一个开掘点的收益都更大。

这些地方，他买得似乎一点也不细心，随手便买，少则五十块，多则五千块！

他在德佛利酒店成交的厄尔多拉多上游的一个地方的所有权，最为昂贵。他正要付钱，刚刚从野鹿场回来的淘金老手雅各·威尔金开了口：

"毒日头，咱们相识七年了，我可是一向认为你是个有见识的聪明人。可如今我看，你这是让人家抢你的钱！

"花五千块钱去买野鹿牧场上的一个所有权，这是不折不扣的被欺骗和被抢劫，你这么让别人给耍了，我实在看不下去了！"

"噢，威尔金，我买的可是彩票啊！

"卡来克的发现不小，你们没看出来，难道我买的这些彩票中不会中那么一两张吗?!"

威尔金哼了一声，很不服气。

"威尔金，打个比方吧，如果我们知道天上要掉馅饼了，那我们怎

330

么办?

"当然是去买盘子了,我这就是在买盘子。老天要在克朗代克下饼了,那些没有盘子的人是会一无所获的!"

威尔金呼一声摔上门,出去了。

毒日头不再说什么,办完了所有权买卖的所有手续,便回到了他的金矿。

尽管他依然不碰鹤嘴锄和铁铲,可过得一点也不轻松,甚至更辛苦些。

他要办的事太多了。他要到每一处他拥有所有权的溪流与河湾去勘察,看看哪些地方应该放弃,哪些地方应该保留。

在他小的时候,在他没来阿拉斯加之前,他就梦想着能找到石英矿的母矿矿脉!他明白,一个淘金的帐篷是搭不了太长的时间就得拆掉的,而一个找石英的帐篷却可以长时间地立在那儿!

他雇了二十几个人找了几个月,一无所获。几年后,他计算了一下,光是找母矿脉他就花了五万块。

干大事业就是这样,花得多,赚得也多。买股权,雇人拆帐,也做个人的勘察。他的狗不论昼夜都时刻准备着,它们是本地跑得最快的狗!

只要听说什么地方有金矿被发现了,他就会驾上狗飞奔而至,赶在别人前头,立下自己的木桩。

经过大量的在别人看来是浪费的付出,他在许多优良的溪流河湾拥有了土地,比如萨尔湖、都未尼恩、厄克雪色斯、色华乌、克立斯德、阿尔汉特拉、杜尔特尔,等等地方。

他花几个小钱便赚回几万块!四十里堡的人们在谈论他那两吨面粉的故事,算出来单这一项他便可获利五十万到一百万!

他用半袋面粉买来的厄尔多拉多第一个所有权的一半股份,就值五十万。

人们还传说,舞女弗丽达划着小船从彼德镇来到这儿,想用一千块钱

331

买十袋面粉，可没人愿意卖给她。

毒日头与她没见过面，却把面粉送给了她，一分钱不要！

他还把十袋面粉送给了一个天主教神甫，那个孤独的神甫正在那里建造这个地区的第一所医院。

人们认为他是疯了，如此慷慨！

他用半袋面粉换了五十万块钱，却把整整二十袋面粉无偿地给了一个舞女和一个神甫，真是疯了！

这就是毒日头的生活方式，钱只是他的筹码，他把这一切都作为一种赌博。即使有了几百万也不过是使他赌起来出手更大而已。

除了特别情况以外，他从不放纵，有钱了，喝酒反而少了。除了赶着雪橇跑时以外，他不再自己做饭。这样可以省出不少时间。

为他做饭的是一个破产的矿工。和他住在同一个木屋里。他们的食物不少，有腌猪肉、豆子、面粉、梅干、水果干、米等等。衣服还是那些：工装裤、德国短袜、鹿皮鞋、法兰绒衬衫、皮帽子和绒毯上衣。

他抽的依然是巴尔·杜汉牌的手工制的黄纸香烟。他还没有抽雪茄，一支雪茄最少也要半块。

他只是多养了好几只狗，为这些狗他花钱不少。这可不是为了玩儿，而是为了赚更多的钱做准备。关键时候，他的狗比别人的狗跑得快。

1896 年冬天，这一带已经变得非常繁华。

毒日头也因为出卖城市地产而财源滚滚，赚来的钱马上又投入了新的冒险。

他在玩利润快速增长的危险赌博，这是很危险的，可他却玩得津津有味。

"朋友们，这儿发现大金矿的消息，明年春天就会传出去的。

"这样，就会有三次大热闹：夏天来的着轻便服装；秋天来的带着行李；而第二年春天来的，则不会少于五万人。

"你们能给这五万人找到地方吗？对于即将到来的 1897 年夏秋的忙

碌，你们怎么办？"

毒日头在鹿角酒店对一伙淘金老手这样说。

"你想怎么办？"

"我什么也不干。因为我把一切都已做好了。我已经派了十二批人马去育空河上游运木材了，等河水解冻，你们就会看到木筏顺水而下的！

"我会建造一大批木屋！明年秋天，木材会卖大价钱！

"我买了两台锯木机，从山路运过来。

"好啦，你们谁有兴趣，我现在就可以和你们签合同，三百块钱一千根毛货。"

一切均如毒日头所料。那个冬天，地点稍好一点的房基地，就已经卖到了一万至三万块。

他又让人去给他砍木筏，他需要大量的木材。1897 年夏天，他的锯木机如期开始了工作，三班倒，昼夜不停。

他盖起来的木屋连房基可以卖到一千块以上，甚至好几千块。而那些地处商业区的两层木屋，可以卖到四五万块钱！

这些到手的钱，马上就又让他投入到新的冒险中去了。

就这样，翻来倒去，直到凡是他手所触及的一切东西几乎都变成了黄金为止。

毒日头这个天生的赌徒，在拥有了这笔巨大的财产以后，照说更可以潇洒一掷了。

然而，在卡来克发现金矿的那个严寒的冬季，毒日头却谨慎了起来。

其实，他天性还是谨慎的。以他在德佛利酒店一次输掉五万块的样子看，似乎这几百万也完全可以一夜之间变得一干二净。然而，毒日头看着那些暴发的富翁们的挥霍，开始了新的思考。

这么巨额的财产，不是可以在酒店、地板上种出来的，在那儿下种的，都是些醉眼蒙眬丧失了分辨能力的百万富翁们。

一个叫马克曼的人，在酒店里一次就欠了三万八千块！

吉来则用十几万块钱放荡了四个月，然后在一个雪夜里，他醉卧街头，冻死了。

　　斯威夫瓦特·比尔则把三处很值钱的所有权花在了女人身上，他最后是借了三千块钱离开这儿的。因为那个抛弃了他的女人喜欢鸡蛋，他就以每打二十四块钱的价格买了一百一十打鸡蛋，然后把这些鸡蛋都喂了狗。

　　一夸脱香槟酒卖到了四五十块钱，红烧牡蛎罐头则要卖十五块钱。毒日头从来不吃这些奢侈的东西。

　　毒日头不在乎为每个在酒店里的人要一杯五毛钱的威士忌，但是，他从来也不是一个蛮干、瞎干的人，用十五块钱买一罐牡蛎的事儿他是不干的。

　　当然，他救济别人的钱，也许比花天酒地的百万富翁们浪费的还多，神甫就可以告诉你许多他从毒日头那儿得到比第一次的十袋面粉多得多的馈赠来。

　　到毒日头那儿化缘的老手们都是要多少就能得到多少的。但毒日头绝对不会花五十块钱去买一夸脱香槟酒。

　　偶尔，毒日头也会为自己安排一个像从前那样昏天黑地的夜晚，因为他以前毕竟是有这样的习惯的，再有，他也的确有钱，办得到。

　　不过，毒日头现在似乎对权力表现出了更大的兴趣，这种兴趣一变而为不可遏制的欲望，使他倾心于这种比任何赌博都更刺激的大游戏。

　　要比阿拉斯加最富有的矿主还富有，光是锯木机、大木筏甚至黄金这些东西，似乎还显得抽象了点儿。

　　夏天，人潮涌动，报纸杂志的记者们也接踵而至，他们几乎用尽了版面来描写毒日头。

　　毒日头成了阿拉斯加最伟大的人物。

　　当然，几个月后，人们便去注意美西战争了，把毒日头忘干净了。但在克朗代克地区，他依然是个大人物。

　　毒日头从街上走过，人们会行"注目礼"，特别是酒店里坐着的那些新手们，目光中充满了敬畏，直到看不见他了为止。

他是本地最有钱的人，最富传奇色彩的人，最早来这儿淘金的英雄！

那时候，这里一片蛮荒，他越过契尔科山，顺育空河漂流而下，遇见了前辈英雄阿尔·美育和杰克·马昆斯勋等人！

他是毒日头，是进行过数十次疯狂冒险的毒日头，他曾经纵穿寸草不生的苔原，去北极给被冰冻的捕鲸队送信；他曾经用六十天时间，把邮件从环城送到盐海，跑了个来回；他曾在 1891 年冬天，把整个达纳纳部落从死亡边缘拉了回来……

他被新手想象成了一个铁打的英雄，无坚不摧！

毒日头的一举一动，不管怎么无意，怎么随便，都会让人认为是超凡脱俗的作为。

人们争相传送着他的传奇故事：单人独行，在萨尔湖湾上追杀了一头大白熊；皇后生日那天举行单桨划艇大赛，有一位老手没到场，毒日头临时上阵，勇夺冠军！

还有，说是有一天晚上，在鹿角饭店，他和杰克·肯斯对赌，说定到早晨八点钟为止。八点了，毒日头赢了二十三万块钱！

这对于已经有了几百万财产的杰克·肯斯来说不算什么，但是人们为他们两个人下的赌注之大而吃惊不小。在场的十几个记者，每个人都发出了轰动一时的新闻报道。

十二　爱情挽歌

尽管财源滚滚，可毒日头在第一个冬天，总觉得现钱不够用。冰冻住了含金的岩床，他那拥有几百万黄金的宝地，就成了可望而不可即的东西。天暖和了，太阳回来了，融化了冰，他才能得到那里面丰富的宝藏。

他存在两家新开的银行里的黄金，成了人们的目标，纷纷要求他投资到他们的企业中去。

但是他有自己的主意，他的那些股份最终还是为了保护自己、进攻敌人的。

他加入了矿主联合会，协同作战，努力抑制工人们日益强烈的反抗情绪。

日子变了，地位也变了，毒日头从一个阶级进入了另一个阶级！他手下那些第一批工人们也都成了工头。

但是毒日头与往日的生活方式的感情联系是很紧密的，只是理智要他按照最新的、最切合实际的方式方法来进行新的经济赌博。

除去加入了这个矿主的联合组织外，他没有加入任何一个别的组织。他对独来独往的行为方式情有独钟。

他对新建立的股票交易机构很感兴趣，以前从来没见过，但他一眼看出它的可利用之处。

股票交易就是赌博，就是投机、游戏、玩耍，不需要什么策划、计谋之类的东西。

"比打纸牌好玩多了！"

他说。

他在一周之内不停地抬价，杀价，抬价，又杀价，使股市大热，最后赚了一把！这一把要是别人，或许就可以说是发了大财了！

很多人在暴富以后便退出了寒冷的北极，向南回到美国去了。有人问毒日头什么时候回去，他说他要玩完这一把，正玩得顺手呢，舍不得撒手。

崇拜这位北极英雄的几千个人，都认为毒日头是天不怕地不怕的好汉。可有一样，有几个人是知道他不行的，那就是女人。

像贝特尔、丹·马克唐等几个老手对此便了如指掌。

毒日头十七岁时，朱诺的安妮公主就公开地也是很可笑地表示过爱他，这让他感到非常害怕。

他一直就怕女人，因为他不了解女人。

还在婴儿时期，母亲就去世了。他没有姐妹，也从没跟别的女孩子接

336

触过，他感到女人是极少见的、极神秘的东西。

他从安妮公主那里逃出来以后，在育空河上也见过女人，还和她们有了一定的交往。那是些跟随着最早的淘金者的脚步而来的女人。

就是和这些女人在一起时，毒日头的感觉也仿佛是羊和狼在同行，他之所以陪着她们走，完全是为了男性的面子。

女人对他来说，依旧是神秘的。

如今，他头上的桂冠已经有一大摞了，诸如"厄尔多拉多之王""波纳若之王""木材大王""赶金矿的王子""老手之父"之类，但是他却比以前更加害怕女人了。

到这儿来的女人越来越多了，她们前所未有地向毒日头伸出手去，这让毒日头很为难。

他在黄金专员的家里吃饭，舞厅里喝酒，接见纽约《太阳报》的女记者……各种各样的场合，他都要面对女人向他伸出来的手！

大概只有他以前送给过面粉的舞女弗丽达一个人，还让他感到比较自在，因为她还从未向他伸出过手来。

不过，让他感受最严重的最恐怖的，也正是这个舞女弗丽达。那是1897年的秋天，他去视察斯蒂华河下游流入育空河的汉特森湾回来，他一个人划着划艇，以一天七十英里的速度前进着。

在克朗代克河口，冰已经冻得水面上大部分地方无法通行了。他看见一个人在冰面上跑着，指着河里的什么东西。

马上，他就看清了河里是个穿皮袄的女人，面孔向下，在冰流中打着转儿。

他用力划着桨，使划艇撞开了一片薄冰，冲向那水中的女人，一伸手抓住了那女人的胳膊，把她拖到了小艇上。

这个女人正是弗丽达！

毒日头救了人，心中感到很高兴，要不是她醒来后怒气冲冲地指责他，他的高兴劲儿可能还要保持一会儿呢！

"你干什么？

"你干什么救我？

"啊?"

这样的质问,让毒日头好几天无法像以往一样躺下就睡着。

他睁着眼睛躺着,眼前反复出现弗丽达那愤怒的蓝眼睛,耳边响起她的质问声。

她的质问是发自内心的,是真诚的!

第二次再遇见她时,弗丽达很轻蔑地转过身去,一副不屑一顾的样子。但是她好像马上又改变了主意,告诉他这是怎么回事。

她在某时某地被某人所抛弃,于是她……

她的话很模糊,但毒日头听出来,在几年以前,弗丽达爱过一个人。

是爱情惹的祸,爱情是比严寒和饥饿加起来更可怕的东西。

女人总是楚楚动人的尤物,可她们骨髓里奔流的爱情使她们变得不可理喻,似乎为了爱情可以干出任何事来!

弗丽达天生丽质、体态丰满、玲珑可爱、秀色可餐,然而爱情让她无意于人间,先是跑到这冰天雪地的北极地带,然后是跳河自杀,甚至非常憎恨救了她命的人!

在矿区,至少有六个年轻的小伙子爱着弗丽达,他们都真心实意地要娶她。可她都一律不加理睬,她爱着遥远的世界那一面的一个人。

至此,毒日头算是顺利地逃过了爱情,像逃过了天花一般。

爱情确实如天花一般易于传染,传播开来,其后果远比天花严重!它能让人疯狂,让男人女人们干出些绝对让人意想不到的事来。

圣母给了毒日头恐怖的一击,大约也是因为爱情这东西吧。

有一天早晨,有人发现圣母死在了她自己的木屋子里。

子弹打在了头上。

没有遗言,也没有任何别的痕迹。

人们议论纷纷,认为她是为毒日头而死的,毒日头与她的死肯定有关!

敏感的记者们又让这位克朗代克之王在美国报纸的星期日增刊上热闹了一阵。

338

那上面有一篇特写，说圣母早已改邪归正，再也不去舞场了。她从环城赶到这儿来，开始以为人洗衣维持生计，后来她买了缝纫机为男人们制作外衣、皮帽子和手套。以后，她又进了育空第一银行做了职员。

人们谈论着各种各样的消息，有声有色。他们一致认为，毒日头是她自杀的原因。

遗憾的是，毒日头自己心里也清楚，事实上确是如此。

他忘不了见到圣母的那最后一夜的情景。当然这种忘不了，如果不是第二天他知道她自杀了，也就不会存在的。

因为当时他的确什么也没想到。

他如今仔细回想着每一个细节，他明白了她那少有的安详与平和，那种人生的一切烦恼皆已远去的超脱。

那个夜晚，她是那么可亲可爱，对他的态度完全如一个母亲对自己的孩子。

他记得她看自己的眼神。他给她讲米凯·杜兰错误地在斯果根投资的事时，她笑了，既轻松又愉快，没有一点往日的豪放。

显然，她心满意足地享受着眼前的一切，他当时可真是个彻头彻尾的笨蛋！

他以为她已经放弃了对他的那种感情，恼人的爱情不存在了，他们就要开始轻松的友谊了！他想到这些，心里非常高兴。

他们在门口告别。

她低下头，吻了他的头。他有点儿出乎意料，显得不大自在。

如今回想起来，回想起那种嘴唇接触手背的感觉，他心里非常难受，太笨了！她那是在和自己永远地告别啊！

沉静地面对毒日头的那个夜晚，一开始她就已经下定了去死的决心。

如果毒日头早一点了解到这一点，尽管自己还没染上爱情这种传染病，他也会娶她的。

当然，他知道她有强烈的自尊心，不会接受带有慈善性质的婚姻。他无论如何是救不了她的！

她得了病，这种病从一开始就注定了她的死亡。

当时，她唯一的希望是他也得上这种病，可他没得。如果得了，也一定是弗丽达或者别的什么女人传给他的！

有个叫达华滋的大学生，在波纳若湾投资，获利不小。老杜立特的女儿波泰爱他爱得死去活来，可他却偏偏从格根哈马的大矿务专家瓦尔顿上校的妻子身上染上了这种病。

这样，就出了三个疯子：达华滋以实有价值的十分之一将矿产卖光；上校妻子则牺牲了地位、面子和优裕的生活，上了一只没篷的船沿育空河而下，私奔去了。瓦尔顿上校则驾上另外一只没篷的船，在后面疯狂地追赶……

这就是可以肢解掉男人和女人的爱情，它把一切有条理的东西都打碎了，让善良的女人堕落甚至自杀，让正有所作为的男人变成无赖甚至去杀人！

女人真是可怕的生物，她们情火旺盛，为了爱情敢于做出任何可怕的事来。她们并没有因为圣母的不幸而畏怯不前，她们比以前更大胆地向毒日头伸出了手臂。

是啊，就算他没有很多的钱财，只是一个平平常常的三十岁的男人，身强体健、容貌堂堂、性情和善，也会成为女人们追逐的目标的。

何况，在他这些天生的优点以外，还有那么多传奇故事、天文数字的财产，这已足以让每一个没结婚的女人用愉快的目光来打量他了。

已结婚的女人的打量就不必说了。

这对别的男人来说，大概难以逾越，前程必毁，对于毒日头则只是增加了心中的恐惧。

于是，他不再接受可能碰到年轻女人的家庭的邀请，也不再去有舞厅的酒店喝酒，他更多地去赴单身汉们的饭局，或到鹿角酒店去喝一杯。

鹿角酒店没有舞池。

十三　功成身退

1897年冬天，在各个溪流河湾里工作的人，有六千多。

据说，春天山外还会涌进来十万多人。那可是十分壮丽的景象啊！

在一个傍晚，毒日头登上了法兰西山和斯果根山之间的高原。

他脚下是厄尔多拉多湾最为富饶的地方，波纳若上下几英里的景物尽收眼底。

可他看见的是一片破碎的河山，树木一棵不剩地被砍光了，光秃秃的山上千疮百孔，到处是洞是坑，山上的雪也遮不住这些难看的疤痕。

木屋子横七竖八地到处都是，一层灰暗的烟雾笼罩着天空。

烟是从成百上千的洞子里冒出来的。在冰冻的泥土和砂石之间，人们匍匐着又是铲又是挖，用柴火对付冰冻的阻拦。

烟云火影遍地开花，人影晃动，有进洞的，有出洞的，一片繁忙。

到处是用木头搭成的架子，洞里的砂石就是靠这些架子吊出来的。吊出来马上就又冻上了冰。

破烂的洗矿槽、引水槽、水车抛得到处都是，这些都是春天的淘金者遗弃的东西。

"这种开掘也太没有章法了。"

毒日头自言自语着。

每个人都只顾自己，树被砍光，水被截断，浪费了大量的人力物力，在如此丰饶的矿区，开出两块钱也得付出一块去！

这样，再有一年时间，所有的矿点就会被糟蹋完了的。而他们到手的黄金，绝对不比留在地下的更多。

必须把他们组织起来，他的脑海中立刻出现了一幅厄尔多拉多湾的新景象。从头到尾，从一个山顶到另一个山顶，由一个能干的人统一掌握。

毒日头还设想了蒸汽融解法和挖金机，这样，除了河边利用水力以外，别处就不需再用水了！他听说加利福尼亚已经有人用挖金机了！

毒日头看到了第二次开掘的巨大潜力。他从一开始就对格根哈马和英国的大企业派了高薪水的专家来感到疑惑，如今他找到了答案。

他们千方百计地靠近他、拉拢他，要买他那些已开掘过的登记了所有权的地方和矿渣。他们之所以愿意要小矿主们已尽力挖掘过了的地方，就是因为那里还埋着另外一半，大约有数百万之巨吧。

面对满山遍野粗陋的挖金小矿井，毒日头下定了决心，他要进行新的赌博。他的这种赌博，很可能让格根哈马之类的人物们不大高兴，但他主意已定。

然而，这崭新的计划刚刚考虑成熟，他就有了疲劳感。他对北极的生活厌倦了，他开始向往外面的世界，那可是个自己只是听说过，但却一无所知的花花世界啊！

那儿也可以赌，他既然有了一大笔财产，为什么不去试一试呢？

这样，他在斯果根山上就决定再最后干一下这最好玩的东西，便去外面的世界了。

但是，他这最后一下颇费时日。他派出了可靠的经纪人去跟踪那些专家们，他们收买哪些地方，经纪人们便也去收买。

凡是那些人所要垄断的已经开发过的地方，他都要去竞争，他买了几块地方的所有权，这样，那儿的土地便无法连成片了，这样就巧妙地使他们的计划落了空。

"我要公开地战胜你们！

"怎么样？我做得对不对？"

在一次激烈的争论中，毒日头这样说。

这种挑衅，只是引来了更为激烈的战争，然后是休战、妥协、战争、休战、妥协……

1898 年，克朗代克已经聚集了六万人。

他们的事业随着毒日头的动作而动荡不安。

毒日头体会到了一种特别大的赌博的乐趣。他战胜了伟大的格根哈马，彻彻底底地战胜了他！

打得最激烈的一仗是"奥甫战役"。奥甫是一片广阔的野鹿牧场，全是烂泥地，值点钱只因为面积广大。

毒日头在这个地区的中心地带拥有七个地段的所有权，格根哈马无法把他买来的地连成片。

他们拗不过毒日头，只好让他将整个奥甫都买了下来。

毒日头请来了美国资历极深的工程师，制订了详细的计划。

他要在八十英里外的林格别莱流域建蓄水池，然后铺设八十英里长的木制的水管，直达奥甫。

这项浩大的工程估计要花三百万，最后花了四百万。

毒日头并没有就此罢休，他又建了发电厂，在所有的工作面上都安了电灯，工作也用上了电。

这期间，很多淘金老手都劝告他，这样干太冒险了，小心破产！

毒日头一笑，他毫不犹豫地出卖了他在城市地区的所有权。

他卖了最好的价钱，因为金矿开采正处于巅峰状态。

他在鹿角酒馆里向他的朋友们预言，五年之内，城市地区的所有权将不会有人再买进了，木屋都得拆了当柴烧。

人们一阵哄笑，十分不以为然。他们认为到时候母矿脉一定找到了，地产的价格会更高！

毒日头按照自己的计划继续着，当他不需要木材时，便卖掉了锯木机，他还卖掉了各个溪流河湾上的所有权。

他顺利完成了水管引水工程，安好了挖掘机，奥甫金矿立即投入了大规模的开采。

这个五年前穿越印第安河的分水岭、横跨荒凉的草原、按印第安人的样子管理狗群、也按印第安人的样子只吃野鹿肉的毒日头，如今却在用大嗓门的汽笛，指挥自己的上千个工人去上工，看他们在弧光灯下干活了。

完成了这最后的壮举，毒日头便开始准备离开北极了。

这个消息，使人们非常震惊，格根哈马、英国企业，还有法国公司便争相要购买奥甫金矿和他手中其余所有的工厂。

出价最高的是格根哈马，他让毒日头多赚了一百万。人们传说他有两三千万元的财产。毒日头对自己的钱袋最清楚，该卖的都卖掉以后，他手里一共有一千一百多万。

他的所作所为以及他的离去，都大大地轰动了整个育空地区。他请了育空所有的人参加他的告别酒会。在那最后的夜晚，任何人都不准掏一分钱。

所有的酒店都打开了门，喝酒一律免费，因为毒日头付账！

服务生们轮班上酒，即使这样也累得气喘吁吁。

有个别人不愿别人为自己掏钱，坚决要自己付账，他周围立即就会有十几个人群起而攻之。他们要捍卫毒日头！

毒日头穿着鹿皮鞋走到哪儿，哪儿便会爆发出雷鸣般的喊声，人们用狼嗥般的声音喊着毒日头，表达着他们对他的敬意与友谊。

毒日头同样回以狼嗥，地道的狼嗥，千言万语尽在其中！

他把别人的手扳倒在柜台上。他脸上闪着醉意的光芒，身上穿着工装裤、绒毯外衣，戴着护耳，两只手套挂在胸前，摇来晃去……

这回他不是孤注一掷，他只扔出一个筹码来。这样的筹码，他有很多，很多。

这个夜晚，城市中盛况空前，毒日头希望人们永远记住这个夜晚。

大多数人都喝醉了，由此组织了救护队，在街道上巡逻，扶起倒卧在街头的醉汉。

虽然严冬还没到来，但温度却已降到了零下二十五华氏度，谁要试着在街头睡一个小时，他就会永远睡下去。

让人们都喝醉，这是毒日头的心愿。但，又不能出什么意外，这也是他的心愿。跟以前一样，他不允许有斗殴与胡闹之类的事发生，一旦有这类事儿，他都会亲自处理。

这一夜，根本就没有这样的事发生，因为几百个信徒主动在为他维护着秩序。

在大城市中，如果有哪个大工厂主死了，他的工厂要停止运转一分钟以示哀悼。

在克朗代克，当他们的英雄要离开这里远行时，他们的机器停止了整整二十四个小时，包括庞大的奥甫金矿在内，谁也没去上工。

第二天天刚亮，成千上万的人就已经拥在了河岸上了，人们戴着手套，捂着耳罩，跺着脚。

毒日头站在"吉特尔"号的甲板上，大声喊叫着，与人们道别，不停地挥着手。

气温在零下三十华氏度以下，育空河里漂着浮冰。

汽船解开了缆绳，慢慢启动了，泪水一下子从毒日头眼中涌了出来。

再见了，寒冷的北极，这世界上自己唯一熟悉的地方、故乡一样的地方！

他摘下帽子，不停挥动着：

"再见，再见了，我的朋友们！"

一块炸牛排

　　这是最后一小块面包了。汤姆·金用它蘸完了最后一点面酱，把盘子抹得干干净净，放进口中若有所思地细嚼慢咽着。从桌边站起身的时候，他明显地感觉到饥饿并没有消除。吃上这顿饭的，只有他一个人。两个孩子在隔壁房间里被早早地送上了床，因为拿不出晚饭给他们吃。妻子也没有任何东西可吃。她一声不响地坐在那儿，关切地望着丈夫。这是个出身于劳动人民阶层的女人，身体单薄瘦弱，在她的脸上，还残存着年轻时美貌的痕迹。她用最后的两个便士买了面包，所以只好从邻居家借了点面粉给丈夫做面酱。

　　汤姆·金在窗旁坐下，那把东倒西歪的破椅子吱吱响着。他机械地拿起烟斗，放进嘴里，然后一只手伸进口袋里，却没有找到烟丝。他明明知道口袋是空的，烟丝已没有了，却总记不住。他生气地把烟斗放在一旁，动作缓慢，有些笨拙，庞大的身体、笨重的肌肉使他有点萎靡不振。他是个身强力壮的家伙，长相也应当说是很有吸引力的。不过他的衣服又破又旧，脚上的鞋子因为穿得太久，鞋底都快要磨穿了。身上的衬衫是两个先令一件的便宜货，领口已经烂了，油污也无法洗掉。

　　只要看一眼汤姆·金的脸，你就准能猜到他是干什么的。这是一张典型的拳击手的脸，上面有着多年格斗于拳击场中留下的创伤和岁月本身的痕迹。尽管这张脸刮得干干净净的，但它还是呈现出一副咄咄逼人的容貌。严重变形的嘴巴，仿佛是脸上裂开的一道伤口。下颏粗大、前突。浓眉下的眼睛，深深地陷在沉重的眼皮之中，目光呆滞，没有表情。在汤姆·金身上，你能看到一种动物的东西，尤其是他的两只眼睛，像是没睡醒的狮子的眼睛，又像是正准备一跃而起的野兽的眼睛。他的头发理得很短，前额向后倾，丑陋的脑袋上看得清每一个疙瘩。鼻子由于无数次的打

346

击不断地改变着形状，有两次打断了鼻梁。两只耳朵，常常弄伤，永远肿着，比正常人的耳朵大出一倍。刚刮过的脸呈现出青黑色，说明他的胡子、毛发很重。

通常，如果在黑暗的林荫道或者荒郊野外，人们突然看见汤姆·金，一定会感到害怕的。不过汤姆·金却不是个歹徒，他从来没干过违法的勾当。如果将拳击场上的格斗除外的话，他从来没伤害过任何人。没有人看到过他为了什么事情与人争吵。汤姆·金是个职业拳击手，他拳击时的那股蛮劲儿只有在他履行职责时才显露出来。在赛场外，他很恬静，而且待人随和。他年轻的时候，花钱如流水一般，慷慨大方到不顾惜自己的地步。他从不记人家的仇，因此树敌极少。拳击对他来说是谋生手段；在拳击场中，他把对手打伤、击倒或者打垮，但是并无恶意。在赛场上理当如此。观众花钱来看比赛，就是为了看到一个拳击手怎样打败另一个拳击手。获胜者可以得一大笔钱。二十年前汤姆·金曾经与沃尔木卢·高杰有一场交锋。金知道高杰在纽卡斯尔的一次比赛中下巴受了重伤，足足养了四个月才得以恢复。他专门找机会攻击高杰的下巴，终于在第九个回合中得手取胜。这并不是因为汤姆·金对高杰有刻骨仇恨，而是因为只有攻其要害才能将对手打败，从而获取比赛的奖金。高杰也没有因此而怀恨于金。他们都懂得并遵守游戏规则，人人都力求获胜。

汤姆·金是个沉默寡言之人。他坐在窗前，脸色阴沉，一声不吭，直勾勾地盯着自己的双手。手背上凸现着一些粗大肿胀的血管，因为被打断而长成畸形的指关节，显示出它们的饱经沧桑。他从来没有听说过人的生命全靠动脉血管的供血，不过他很清楚这些粗大凸起的血管对于他是多么重要。他的心脏用高压向血管输送了足够多的血液。现在，这些血管再也不能胜任它们的工作了，因为它们伸展过度失去了弹性。金的耐力不如过去那样好了，他现在很容易疲劳，不能连续快速地打完二十个回合。年轻的时候，他在拳击场上拼打，斗了一个回合又一个回合，越打越凶，越战越勇，被打得靠在绳子上，转眼之间又把对手逼得靠在绳子上，在最后的第二十个回合中进攻得最猛烈，令全场观众激动得起立呐喊。这时他出拳更快更狠，打击，躲闪，一拳紧似一拳地出击，同时还要承受打击，他的心脏毫不停歇地给血管送去大量血液，为他的取胜立下了汗马功劳。每次拳击时胀起来的血管，事后都要缩小下去，恢复原状。但是每一次的变化都把血管变粗了一些，日积月累，便成了现在的样子。他端详着自己手指的残废关节，不由得想起这双手在过去曾是多么漂亮优美。本·琼斯，外号威力士怪物，曾经和金有一场恶斗。结果金的一只手打在了本的脑袋上，一块手指骨打坏了。

金再一次感到饥饿。

"见鬼！"他嘟哝道，"我多想吃一块炸牛排呀！"紧握着自己的大拳头，金骂了起来。

"贝克和索雷两家店铺我都试过了。"妻子歉疚地说。

"他们都不赊账吗？"他问。

"连半个便士都不赊。这是贝克说的。"她吞吞吐吐地说。

"他还说什么了？"

"比如他在想桑德尔今晚将怎样对付你，又比如事实上你赢的机会相当大。"

汤姆·金哼了一声，没有说出话来。他想起自己年轻时养过的一只猎犬，那时他用肉和牛排喂它。贝克那时信任他，赊一千块炸牛排给他也愿意。然而事过境迁，汤姆·金如今老了。在二等俱乐部里操练的老拳击手们，无论多少数目的钱，谁都不能指望向那些个生意人欠账赊货。

这天早晨，金一起床就想吃一块炸牛排，这个心思，一直没散。这次比赛前，他并没有好好练习过。这一年，大旱侵袭了澳大利亚。生计更加艰难，甚至连零工也不好找。汤姆·金没有陪练手，而且吃得不好，时常还忍饥挨饿。他有时能找到几天卖苦力的差事干干。每天早晨他都要沿着都门公园跑上几圈，活动活动腿脚。可是别指望这能奏效，他既没有伙伴陪练，又要养活老婆和两个孩子。自从金得到了这次同桑德尔的比赛机会之后，那些商人们才对他客气了一些，多赊一点东西给他。快乐俱乐部的秘书只预支了三镑钱——这是比赛的失败者能得到的数目，再多一个子儿也不肯给了。有几次他从一些老朋友那里借到几个先令，他们愿意多借几个钱给金，可是年景这样不好，谁都吃不消。好吧事实就是这样的——比赛前他准备得很不够。他应当吃得好一些，心里没有牵挂。此外，对一个四十岁的人来说，准备起来当然要比二十岁的时候困难得多。

"现在几点了，莉丝？"他问道。

他妻子到对面邻居家打听了一下，回来说：

"差一刻八点。"

"再过几分钟，首场比赛就要开始了，"他说，"那不过是闹着玩儿。接下来是狄乐·威尔斯同哥瑞德利有四个回合的比赛，然后斯太莱特要跟一个水手斗上十个回合，一个钟头之内还轮不到我上场。"

汤姆·金又默默地坐了十分钟，然后站起来。

"说实在的，莉丝，我一点准备都没有。"

他拿了帽子，向门口走去。他没有吻妻子——他出去时从不与妻子吻别——可是今晚，她却决定要吻丈夫一下。她用胳膊搂住他的脖子，让他的脸贴近了自己的脸。他身材魁梧，相比之下，她就显得更小了。

"祝你走运，汤姆，"她说，"你能打败他。"

"对，我要打败他，"他说，"我没有别的选择，我一定得打败他。"

他笑起来，装出一副开心的样子。这时，妻子同他贴得更紧了。他越过妻子的肩膀，看到了这个家徒四壁的房间。这，就是他在世界上所拥有的全部了：老婆、孩子和拖欠的房租。今夜，他将走出这个房间，到外面去为妻子和孩子觅食。他不像现代工人那样走向机器，从事繁重的折磨人的劳动，而是用古老的、原始的、野蛮的方法，像禽兽那样去进行格斗。

"我一定要战胜他。"他重复道，这一回，多少带了一点拼上老命的口气，"如果赢了，那就是三十镑——付清全部欠账之后，还能剩下一大笔钱。如果输了，我就没戏了——坐电车回家的钱也拿不出。输家该得的那笔钱，他们已给过我了。再见吧，我的老婆。要是打赢了，我就马上回来。"

"我等着你。"她在走廊上对他说。

到快乐俱乐部，足足有两英里，他边走边回忆起自己的黄金时代那时，他是新南威尔士的重量级冠军通常，他乘坐马车去参加比赛，车费由那个同车的在他身上押了大赌注的富人付。而汤密·贝恩斯以及那个美国黑人杰克·约翰逊，都是坐汽车来往的。可是如今，汤姆·金却得步行着去比赛。谁都知道，在斗拳之前，徒步走两英里的路实在不是件有利的事。他已经老了，如今的世界对上了年纪的人是毫无情面的。除了做苦工之外，别的他也干不了，即使这样，他的伤鼻子和肿耳朵还总是碍事。他真希望当初自己能学会一门手艺，俗话说艺不压身，总能用得上。可是从来没有人对他说过这些。再者，他心里也明白，即使谁跟他说起这个，他也不会听进去。那时候，生活太轻松了。大把大把的钞票，激烈光荣的战斗，中间还有充足的时间去悠闲地休养，一长串阿谀奉承他的人总是紧随其后，拍拍他的背，握握他的手，公子少爷们都乐于请他喝酒，借这个机会与他谈上五分钟，以此为荣。人光彩了，在全场观众狂热的喝彩声中，他以暴风雨般的击拳结束战斗，裁判总是宣布："汤姆·金胜！"第二天的体育专栏里就会登出他的名字。

过去的好时光已经遥远了！现在，他慢慢地回想起来，那些年里，败在他手下的，尽都是些老头了。年轻力壮的他，正在成长；而那些老家伙，已走向没落。打败他们就一点也不奇怪了。想想看，他们的血管已经肿胀，关节已经受伤，由于长期拳击，筋骨已经疲乏。那次是在金潮湾，打到第十八个回合的时候，他击败了老斯图赛尔·比尔。也许，老比尔当时正欠着房租，家里老婆孩子等米下锅。也许，在上阵之前，老比尔也是一直想吃一块炸牛排。那天，比尔进攻得很凶，因此遭到了更加凶猛的还击。现在，汤姆·金自己也落到这种下场，终于明白了二十年前的那天晚上，斯图赛尔·比尔是为了更大的赌注去斗拳的，而年轻的他，只不过是在争夺荣誉和并非来之不易的金钱。后来斯图赛尔·比尔在更衣室里失声痛哭起来，也就不奇怪了。

总而言之，看来一个拳击手，一辈子只能斗那么多次，多了不成，这是斗拳的铁律。有人也许能狠斗一百次，有人也许只能斗二十次；每个人，由于体格和气质不同，有一定的限度，斗完了规定的这个数，人也就完了。诚然，金斗的次数比大多数同行都多，他所经历的恶斗已经远远超过了他的本分。像拳击这种差事，即使不弄裂你的心脏和肺，也会使你的动脉失掉弹性，使年轻的灵活柔软的肌肉结成硬块，使你神经迟钝，精力衰退，而且因为过度的使用致使头脑和身体疲乏不堪。不用说，金比谁干得都更出色。他的老伙计已经一个也不剩了。他目睹了他们的完蛋，而且其中有几个人的完蛋还与他有关。

从前，他们总是用他来对付那些老家伙，他一个接一个地收拾了他们——当他们像老斯图赛尔·比尔那样在更衣室里失声痛哭的时候，他觉得很可笑。如今，他自己也老了，他们拿些年轻人来对付他。就拿桑德尔这个小伙子来说吧，他来自新西兰，那里也许留有他的赫赫战功，可是在澳大利亚，没人知道他到底怎样。所以，他们让他跟汤姆·金斗一场。如果这家伙干得出色，可以向成绩更好的人挑战，挣更多的钱。用不着怀疑，这一场恶斗，他一定非常卖力。凭着这场比赛，他能获得他要的一切——金钱、荣誉和前途。老汤姆·金是他通向成功之路的第一个障碍。金什么也赢不到，最多就是那三十镑——用来付房租、还欠账。现在汤姆·金这样思考时，他迟钝的脑海里浮现出一个容光焕发的青年形象——趾高气扬，不可一世。这青年肌肉柔软，皮肤滑润，肺叶和心脏都极为健康，不知疲倦，无情地嘲笑那些惜力之辈。说得不错，青年是复仇女神，他们总是在消灭老家伙，可他们根本不想一想，这么干也是在消灭自己。他们的血管在逐步扩张，关节也在不断损坏，在更年轻的人面前变得不堪一击。从这个意义上来说，拳击场上青春永驻，然而，拳击手们却一代又一代地衰老下去。

他走到凯色尔雷大街，向左拐，穿过三条横马路，来到了快乐俱乐部。门外有一群游手好闲之徒，恭恭敬敬地给他让开了一条路，他听到一个人对另一个人说："就是他，他就是汤姆·金。"

进去之后，在去更衣室途中，他遇到了俱乐部的秘书。这是个目光锐利满脸机灵的小伙子。他握了握金的手。

"感觉怎么样？汤姆。"他问道。

"好极了。"金回答道。当然，他知道这是撒谎，可又有什么办法呢。假如他口袋里现在有一镑钱，他就会马上买一块上好的炸牛排。

汤姆·金走出更衣室，由副手陪同着沿过道向中央大厅用绳子圈起来的拳击台走去。这时，看热闹的观众们发出了热烈的欢呼与喝彩的声音，他向左右两边的观众鞠躬致意。不过他看到观众席上没有几张面孔是他熟悉的。大多数都是年轻人，当他在拳坛上第一次获得荣誉的时候，这些毛孩子们还没出世呢。他轻快地跳上拳击台，低头从绳子下钻过去，走到自己的一角，坐在折叠椅上。裁判杰克·保尔过来跟他握了握手。保尔是一名退役的拳击手，已经有十余年没有在台上打过比赛了。汤姆很高兴这场比赛的裁判是他。他们都是老一辈的人，保尔是可以信任的。如果他在比赛中稍微出点格，比桑德尔有时过分一点的话，保尔会放他一马的。

年轻的重量级选手们，一个个雄心勃勃地爬了进来，由裁判向观众一一介绍。同时，他还宣布了这些人提出来的挑战价码。

"年轻的北悉尼人普龙图向赢家挑战，另加五十镑。"

保尔宣布之后，观众一片喝彩之声。等到桑德尔入圈，坐在他那一角之后，又是一阵掌声雷动。汤姆·金好奇地望着几米之外的桑德尔，再过几分钟，他和他，他们这两个陌生人就要大打出手，在残酷无情的战斗中，不遗余力地将对手打昏过去。他实在是看不出什么，桑德尔同自己一样，此刻还裹在长裤子同绒线衫里边。桑德尔的脸长得英俊极了，一头黄色鬈发，他的脖子结实有力，肌肉发达，可以看出整个身体无比雄壮。

年轻的普龙图从这个角走到那个角，跟台上的两位主角一一握手，然后就下去了。挑战者接连不断。那些默默无闻却又不自量力的年轻人，总是爬到圈子里来向观众宣布，他们要凭自己的勇气和实力，与这场比赛的胜者一争高下。要是在几年之前，在那个黄金时代，所向无敌的汤姆·金会觉得这种举动既可笑，又讨厌。可是今天，他呆呆地坐在那里，着了迷一般，眼睛里充满了年轻的挑战者们驱不散的幻影。这些小伙子们总是在拳击比赛中占上风，总是从圈外冒出来，大声地宣布挑战；而倒在他们手下的，永远是老一辈的人。他们就这样踩着老一辈人的身体踏上了自己的成功之路。这些人源源不断，愈来愈多，他们不可阻拦，战无不胜他们打败了我们这些老家伙，自己也不可避免地走向衰老，重蹈我们的覆辙。而在他们之后涌现而出的人，永远年轻——这些后起之秀，等他们成长壮大之后，再打垮他们的上一代。与此同时，他们的后辈之中，又诞生了更新的新秀，直到永远——年轻人总是要顽强地实现他们的目的，他们是不死的。

汤姆·金望着新闻记者席，对《体育报》的莫根和《公正报》的考伯特点了点头。随后他伸出手来，让桑德尔的一个助手仔细检查绕在他指节上的细带，并在其严密监督下，由他的助手——赛德·萨立文和查利比茨给他戴好手套并扎紧。同时，在桑德尔的一角，汤姆·金的一个助手，也在监督着进行同样的事。此时，桑德尔已经脱掉了长裤，站起身时，又脱了绒线衫。于是一个赤膊裸臂的年轻人就展现在金的眼前：厚实的胸脯，再加上强筋壮骨，浑身上下的肌肉块就像活物似的在缎子般的白皮肤下滑来滚去。桑德尔全身充满了活力，汤姆·金知道，这是从来没有失去过朝气的生命。这种锐不可当的朝气，会在长期的战斗中从每一个疼痛的毛孔里挥发掉，等到青春在这场角逐中付出代价之时，也就是他不再年轻之日。

两名拳击手接近了，锣声一响，助手们迅速地噼噼啪啪地收起折叠椅，退出了拳击台。两手互相握过之后，立刻拉开了架势。桑德尔，这架由弹簧和钢铁制造而成的击拳机器，迅速运转起来。他跳过来，跳过去，一会儿用左拳打汤姆·金的眼睛，一会儿又用右拳击他的肋骨，然后轻轻一跳，躲开对方的反击，紧跟着又跳回来发动进攻。动作轻捷灵巧，令观众眼花缭乱，台下立即掌声四起，喝彩频频。汤姆·金的眼没有花，他遇到过的年轻对手和参加过的比赛实在是太多了。他明白这种打法是怎么回事，快速灵活的拳头是没有多大危险的。显然桑德尔想速战速决，这并不出人意料。小伙子们总是这样，撒野逞能，穷追猛打，不依不饶，肆无忌惮地挥霍自己的体能优势，凭借取之不竭用之不尽的精力和必胜无疑的信心压倒对手。

桑德尔时进时退，忽左忽右，满场跳来跳去，脚步灵活多变，心情急不可待。这个由雪白皮肤和坚实筋肉造成的活怪物，像一张令人头晕目眩的进攻之网，又像一只飞梭那样滑来滑去，片刻不停，数以千计的攻击动作只有一个目的，就是要消灭汤姆·金。因为这个老家伙挡住了他获取名望与光荣的通道。汤姆·金很有耐心地忍受着。他知道该怎么对付。他虽然已不再年轻，但毕竟了解年轻人。他想，在对手没有多少消耗、锐气未减之前，是没有办法的。于是他暗自冷笑了一下，故意把头一低，头上挨了重重的一拳。这一招很阴险，不过从比赛规则来看，倒是很正当的。按理说，一个拳击手在战斗中首先应该保护的是自己的指关节。因此，击打对手头顶的行为绝对是自讨苦吃。金本来可以将头再躲低些，让这一记重拳落空。但是他想起自己初出茅庐之时，怎样在威力士怪物头上打坏了自己的手指关节。现在，他只想打赢一场比赛。他这招儿使桑德尔付出了一个指关节的代价。眼下，桑德尔不会在乎什么。在这场比赛中他会毫不介意地猛拼狠打战斗到结束。不过，等到他在拳击场上混得久了，他就会感觉到问题的严重性，那时，他的指关节会使他痛惜不已的。回想起来，他肯定记得这次交手，他怎样在汤姆·金的头上打碎了自己的指关节。

第一个回合全是桑德尔的天下，他那狂风暴雨般的攻击赢得了全场的喝彩。汤姆·金完全被那密如雨点的拳头压倒了，他毫无作为地躲闪着，抵挡着，连一拳都没有回击，只要保护自己，或者干脆与对手扭抱在一处以使他打不到自己。有时假装攻一下，等拳头落下时摇摇头，然后迟钝地转前转后，从不肯跳来跳去，或者浪费一点力气。必须等到桑德尔完全丧失了他的锐气之后，这个小心翼翼的老年人才敢动手报复。汤姆·金的动作慢腾腾的，不慌不忙，却深思熟虑。他那厚重的眼皮，缓缓转动的眼珠，使他看上去半睡半醒茫然无措。然而这却是一双无所不见的眼睛，在二十几年的拳击生涯中，他的双眼早已训练有素，即使一拳直打过来，近在眼前，它们也不会眨动一下，却能够冷静地测出拳的距离，做出准确的判断。

在第一个回合打完之后，有一分钟的休息时间。汤姆·金坐在自己的角落里，两腿伸开，仰面躺下，双臂搭在身后绳子上。当他吸进助手们用毛巾扇过来的空气时，能看出他的胸膛在深深地起伏。他合上双眼，听到人群中有人在喊："你为什么不打他，汤姆？"很多人在喊："你并不怕他，对吗？"

"肌肉不灵活了。"他听见前排有个人说，"他的动作不能再快了。要是桑德尔输了，我赔双倍，按镑算。"

锣声响了，两个人分别走出各自的角落，急于求成的桑德尔，足足跑到了全场四分之三的地方。汤姆·金宁愿少走几步路，这有利于他节省体力。他既然在上场之前缺少训练，又没有吃饱肚子，每一步路都得力求节省。再说他来到这里还步行了两英里。这一回合同第一个回合一样，桑德尔依旧狂风暴雨般地穷追猛打。观众纷纷质问汤姆·金为何不还手。他佯攻，打了几拳，既无力量又没效果，此外便又无所作为。他还是采取抵挡拖延和扭抱的方法将这一回合应付了过去。桑德尔想速战速决，可是汤姆·金不肯合作，老奸巨猾。当他狞笑的时候，他那张在拳击场上受伤的脸，流露出些许沉思和悲愤的神气，他继续以他那特有的经验与谨慎，保存着自己的实力。年轻的桑德尔，却以青年固有的慷慨大方、放纵挥霍的气派，耗费着他的精力。汤姆·金，这位拳坛宿将，则有着在长期的战斗生涯中积累起来的经验和智慧。他头脑冷静目光锐利地注视着对手，他行动迟缓，却极有耐心地等待着那个年轻人失去锐气。在大多数观众眼里，汤姆·金完全被压倒了，毫无希望，因此他们表示把赌注以三对一的方式押在桑德尔身上。可是也有几个聪明人，他们了解汤姆的以往战绩，因此乐于接受挑战，并且希望赢他们一笔。

　　在第三个回合开始之时，照旧是一边倒，桑德尔掌握着场上的全部主动权，尽其所能地攻击着。半分钟过后，桑德尔因为过于自信而露出了一个破绽。刹那之间，汤姆·金眼到手到，他两眼放光，右手像闪电一般打了过去。这是开赛以来他真正打出去的第一拳———记勾拳，他把胳膊弯成拱形，使拳更加结实有力，同时把正在旋转着的全身重量都加在拳头上。这情形，犹如一头佯装沉睡着的雄狮骤然伸出它的一只利爪。桑德尔下巴上遭到这猛然一击，立刻像一头公牛似的倒在了台上。观众顿时紧张起来，不由得发出一阵低沉的赞叹，对汤姆·金立刻充满了敬畏之感。看来这个拳击老手的肌肉还不曾僵硬，他照旧能把拳头在胳膊上抡成一把风驰电掣般的大铁锤。

　　桑德尔大惊失色。他在地上翻了个身，准备爬起来，但他的副手们声色俱厉地制止了他，要他等着裁判读秒。他单膝跪地，做好了站起来的准备，裁判在他的耳边大声地数秒。当裁判数到九的时候，他站起来拉开继续战斗的架势。面对重新站立起来的对手，汤姆·金非常后悔。这一拳打得还不够准，如果这一拳正打在了他的下巴尖上的话，肯定能把他打昏过去，那样，汤姆·金就可以带着三十镑钱回家同老婆孩子在一起了。

这个回合还不算完，按规定要打满三分钟。桑德尔初次感到必须敬重自己的对手了。故态复萌的汤姆·金仍旧动作迟缓，睡意蒙眬。他看到自己的助手们蹲到绳子外面做好了入场的准备，便意识到这个回合快要结束了。于是他一边打一边退回到自己的那个角上。这样，锣声一响，他就能立刻坐在为他准备的椅子上。而桑德尔要回到他自己的那一角，还得走完这个正方形拳击台的对角线。这是件小事，不过把许许多多的小事加在一块就不可轻视了。桑德尔不得不多走这几步路，既多消耗掉一些体力，又从这一分钟的休息里损失掉一些时间。每个回合开始之时，汤姆·金总是懒洋洋地从自己的一角往前走，这样就迫使对方走得更远。而在每一个回合结束之际，他总能够把战斗引到自己的一角，这样，锣声一响，他便可以立刻坐下。

又进行了两个回合的较量，汤姆·金尽量节省体力，而桑德尔则有更大的消耗。对手尽力想速战速决的攻势弄得汤姆·金很不舒服。实际上他那密如雨点般的拳头大部分都打中了汤姆·金。可是汤姆·金仍然顽固地坚持着他的拖延战术，不论那些性急的年轻观众如何催促他，他一概不予理睬，我行我素。后来，在打到第六个回合时，桑德尔又一次失算，汤姆·金那可怕的右拳再一次闪电般地击中了他的下巴，桑德尔又倒下去了。不过，等裁判数到九的时候，他又爬起来了。

打到了第七个回合，桑德尔已不占优势，不再那么神气十足了。他不得不痛苦地认识到，今晚这场拳击是他有生以来最艰苦的战斗。汤姆·金是个拳击老手，比他碰到过的那些老家伙们要厉害得多，他始终保持着清醒的头脑，善于防守，滴水不漏。他的拳头就像一根有节的棍子，凶得很。而且他两只手都能把人打倒。然而汤姆·金不敢频频出击。他丝毫也没有忘记自己曾打坏过的手指关节。他明白，要想坚持到底的话，那么打一拳，就得有一拳的效果。当他坐在自己的一角打量对手的时候，他的脑子里涌现出一个想法。如果以他的老谋深算，再加上桑德尔那样的年轻力

356

壮，定能成为一名重量级的世界冠军、一代拳王。可是困难就在这里，桑德尔绝不可能无敌于天下，因为他缺少智慧，而获取智慧的唯一途径，就是拿青春去交换。不过这样一来，等他有了智慧的时候，青春已经消失了。

汤姆·金用上了自己所熟悉的一切有利方法。他从不放过与对手扭抱的机会，每逢扭在一处，他总是用肩膀去撞对手的肋骨。在拳击中，就给对手造成的损伤而言，肩和拳同样有用，不过用肩却比用拳省力得多。再者，一旦扭抱，汤姆·金就把全身重量朝对手压过来，"粘"在对手身上不肯松开。这样就迫使裁判来把他们拉开，而尚未学会趁此机会休息的桑德尔时常还帮裁判一把，他控制不住自己那飞舞的胳膊和扭动的肌肉。每逢扭在一起，汤姆·金用肩抵着他的肋部，把头伸向他的左臂下面时，桑德尔就用右手从自己背后挥过去，打汤姆·金的脸。这巧妙的招数令观众大为赞赏，但是并不威胁对手的安全，只是徒然浪费力气罢了。不过，桑德尔既不知疲倦，又毫无节制，汤姆·金只好面带笑容地顽强忍受。

后来，桑德尔找到了一个狠招，用右拳猛击对手的身体。看起来汤姆·金在这一顿老拳下吃尽了苦头。不过行家的眼光还是看出了门道，对汤姆·金感到佩服。在桑德尔的拳头落下来之前，他总是用左手轻轻地点一下桑德尔手臂上的肱二头肌。这样，虽然每次都打中了他，可是点了一下之后每一拳都失去了力量。打到第九个回合的时候，仅在一分钟之内，汤姆·金就三次用右勾拳打中了桑德尔的下巴，小伙子一连三次被打倒在地，又三次数到九的时候站了起来，他摇摇晃晃，有点昏头昏脑，不过依然有体力，并且顽强得很。他的速度放慢了，浪费的气力也减少了。他斗得极其艰苦，可是他会继续利用他的本钱——青春。汤姆·金的本钱是经验。现在，他的精力和体力都不济了，只有依靠老谋深算来取胜。他会充分运用自己在长期的拳击生涯中获得的宝贵经验和智慧，小心翼翼地积蓄力量。他不仅知道自己不能有一个多余的动作，并且还懂得如何引诱对手消耗体力。他一再地使用手、脚和身体进行佯攻，使得桑德尔时而向后跳，时而躲闪，时而反击。汤姆·金休息着，但却不给对手休息的机会，这便是拳坛老手的战略。

在第十个回合中，汤姆·金一上来就用左直拳打对手的脸，以此阻挡对手凶猛的进攻。此时的桑德尔已经谨小慎微起来，他立即收左臂低头闪过，扬起右勾拳，直打汤姆的头部。这一拳打高了，没能真正奏效。可是汤姆·金一挨到拳头，立刻就产生了过去他非常熟悉的那种昏迷的感觉，眼前一片漆黑。一刹那间，更准确地说，是一刹那的万分之一，他的生命停止了。在这一瞬之间，桑德尔仿佛消失了，背景上观众的脸孔也不见了。而一瞬之后，桑德尔及背景上的观众又重新浮现出来。他似乎睡着了片刻，又醒了过来。不过，这一瞬非常短暂，因为他没有倒下去。观众看到他摇晃了一下，双膝一弯，立刻又恢复了原状，下巴尖在肩膀的掩护下埋得更深。

桑德尔故技重演地又来了几次，使汤姆·金一直处在半昏迷状态。不过汤姆还是想出一个以攻为守的对策。他用左拳佯攻，向后退半步之后挥起右拳猛打。他把时间算得准确极了，在桑德尔低头躲闪左拳之际，把右拳正打在他的脸上。桑德尔两脚腾空，缩成一团向后仰倒，头和肩同时落在垫子上。汤姆·金如法炮制，对桑德尔这么干了两次，然后就把对手逼在绳子上靠着，挥拳痛打。他不给桑德尔一点喘息和反击的机会，一拳紧接一拳地捣下去，直到全场观众起立喝彩，吼声震天。可是，桑德尔却据有超群出众的体力和忍耐力，他仍然站着，没有倒下。看上去，他马上就要被打昏过去了，拳击台旁边的一名警官，被这场面吓坏了，连忙站起身来阻止这顿狠打。终于锣声响了，这个回合宣告结束，桑德尔东摇西晃地走回他自己的那一角，他同时还向那名警官声明，说他感觉良好，一切正常。他还连着跳了两下，证明自己说的是实话，警官也就不再干涉了。

此刻，靠在自己一角里气喘如牛的汤姆·金大失所望。如果比赛到此被中止了，那么，裁判肯定会判汤姆·金赢，三十镑奖金就到手了。他跟桑德尔不同，他不是为了诱人的名誉和锦绣前程而来打这场拳的，他仅仅为了那三十镑，老命都快拼上了。现在，这关键的一分钟，就能让桑德尔恢复过来。

胜利永远属于年轻人。这句话在汤姆的脑海中飘然而至。他头一次听到它，是在他打败斯图赛尔·比尔的那个晚上。比赛结束之后，一个公子哥请他喝酒时对他说了这句话，他当时还拍着他的肩膀。还真让那家伙言中了。在距今很久很久的那个晚上，他是个小伙子。但是今夜，年轻人却坐在他的对面。至于他自己呢，早已年纪一把了。过去的半个钟头，他是打下来了。但是如果让他用桑德尔的那种打法，就连一刻钟也斗不了。说到底，他的麻烦在于他的体力无法迅速恢复，那些胀大的血管和疲劳不堪的心脏使他无法在两个回合的间隙里恢复活力。况且，一上阵他的体力就并不充沛，两条腿重得像铅铸的一般，并且还有点抽筋哆嗦。到俱乐部来的那两英里路说什么也不应该步行。还有那块炸牛排，他从早晨起来就渴望着能吃到，为此他恨透了不肯赊账的肉店老板。一个连饭都没有吃饱的老家伙，以何取胜呢？区区一块炸牛排算得了什么，不过几个便士，然而对汤姆·金来说，却等于三十镑。

锣声响了，第十一个回合开始。桑德尔为显示自己并没有被打垮而大举进攻，来势凶猛。汤姆·金明白这种虚张声势的把戏，它和拳击本身一样古老。为了自卫，他采取和对手扭在一起的战术，然后分开，让桑德尔去拉开他的架势。这正是汤姆·金设计好的。他先用左拳佯攻，接着后退半步，在对手躲闪左拳之际，右拳直打其脸面。桑德尔被迎面击中，倒在地上。从此，他不给对手一个喘息的机会，尽管他自己遭到还击，但是相比之下他给对手的打击又多又狠。他打得桑德尔靠在绳子上，上下左右用尽各种拳法教训对手，并且不让对手缠住自己，用重拳打得对手不能过来扭抱。每次桑德尔要摔倒时，他就用一只手把他扶住，并立刻用另一只手打得他靠在绳子上，使之不倒下去。

这时，全场观众都疯狂起来，立即成了汤姆·金的天下。差不多每个人都在喊："加油，汤姆！""打垮他，揍扁他！""你赢了，汤姆！""你赢了！"比赛眼看就要在暴风雨式的打击之中结束了，观众花了钱来看热闹的，正看到了热闹之处。

半个钟头以来一直在保存实力等待时机的汤姆·金，现在突然使出了他所有的力气。他看准了这个唯一的机会——成败在此一举。他的体力在迅速地减少，他的全部希望就在于，在自己的体力耗尽之前彻底打倒对手。他继续打呀！不停地打呀！并且冷静地思考和计算着打击的力量以及这打击造成的损伤。他开始明白，要打垮像桑德尔这样健壮的年轻人，是多么困难。对方的体力和耐力如此超群出众，这也是青春的本性。桑德尔是一名出色的拳击好手，一名天才的斗士。只有用特别坚韧的材料铸造成的人，才能立于不败之地。

桑德尔已经被打得东倒西歪摇摇晃晃，可是汤姆的腿也抽搐着哆嗦着，他的手指关节也疼起来。他还在咬紧牙关，迫使自己狠狠地打。每一拳下去，自己的手都痛得要命。此刻他没有挨一拳还击，但是他的体力却与对手一样迅速地衰弱下去。虽然每拳都能打中要害，可是分量却不像从前那样足了，勉勉强强打出去的每一拳都毫无成效。他的两腿，铅铸一般沉重，看得出在拖来拖去。对桑德尔下注的人看到这种情形又得意起来，他们大声地为那个小伙子呐喊助威加油。

这些叫喊之声激怒了汤姆·金，他又鼓起了劲头儿，抖擞精神连发两拳：左拳打在太阳穴上，偏高了一点；右拳横击在下巴上。这并不很重的两拳，把本来就已经昏昏沉沉的桑德尔击倒在地，躺在垫子上直打哆嗦。裁判俯下身子，对着桑德尔的耳朵大声地读起秒来。这是个生死攸关的时刻。如果，数到十秒的时候他还没站起来，根据比赛规则他就输了。全场一片沉寂，人群屏住了呼吸。汤姆·金两腿颤抖，勉强支撑着。一阵头晕使他感到天旋地转，观众的脸像大海一般波涛起伏汹涌而去。裁判读秒的声音，仿佛是从遥远的地方传来。他认定自己赢了，一个刚刚被如此痛打了一番的人是不可能再站起来的。

然而年轻人，也只有年轻人，能够出人意料地再一次站起来。桑德尔又站起来了。数到四的时候，他翻了个身，脸朝向地面，茫然地摸索着手边的绳子。数到七时他欠起了身体，用一条腿跪着，休息着，他像醉汉一样把脑袋在肩膀上摇来晃去。等裁判数到九的时候，他完全站立起来了，伸直了腰，还摆了一个招架的姿势。左手护着脸，右手捂着肚子。桑德尔护好要害之处后，便蹒跚着走向汤姆·金，指望着跟他扭抱在一起来赢得时间。

桑德尔刚一站起身，汤姆·金就立刻扑过去连击两拳，不料都被对方的胳膊给挡住了。接着桑德尔就跟他扭成一团，紧紧地缠住了他。裁判费了很大力气才把这两个人弄开。汤姆·金竭力助裁判一臂之力以摆脱对手的纠缠。他懂得年轻人是能够马上恢复体力的，只要他能够阻止桑德尔恢复其活力，那么他仍然会败在自己的手下。只要狠狠的一拳就可以解决他。桑德尔已经败在了他的手下，这不容置疑。他已经在战略战术上胜过了这个年轻人，占了上风。从扭抱中被分离出来的桑德尔东倒西歪地立在那儿，他的命运处于千钧一发之际。只要被一拳打翻，他就再也爬不起来了！这时汤姆·金却陷入悲伤之中，他想起了那块炸牛排，如果能有它在肚子里撑着，让他打完该多好啊！他用尽全身力气打出一拳，可是不够有力量，也不够快，桑德尔跟跄了一下，没有摔倒，摇摇晃晃地退到绳子旁边支撑住了。汤姆蹒跚着跟了过去，忍着剧痛又打了一拳。但是他的身体已经不听使唤了。只剩下了一种要斗下去的意志，也因为疲惫不堪而被弄得模糊不清。这一拳他是对准下巴打过去的，可是却落到了肩膀上。他瞄得本来要高一些的，但肌肉因疲劳过度而不听指挥了。这一拳的反弹力使他向后跟跄了一下，险些栽倒。后来，他又硬撑着打出去一拳，这一拳放空了，什么也没有打到。他虚弱已极，一点力气也没有了，最后，他跌在了桑德尔身上，同他扭抱起来，免得自己摔倒。

汤姆·金再也不想和对手分开了。他的力气已全部用完，他完了。年轻人却还会有办法的。就在他和他扭抱成一团之时，他已感觉到桑德尔的体力渐渐地振作起来。他的拳头，起初还是软绵绵的，起不了作用。现在已经变得又硬又准了。汤姆·金在蒙胧中看到一只戴手套的大拳头正向自己的下巴打过来，他打算抬起胳膊来护一下。他分明看到了这危险的一击，并且准备自卫。但是他的胳膊太沉重了，好像有一百多磅的铅块铸成的一般。他拼命地集中意识想把胳膊抬起来，这时，那只拳头却已经打中了他。他感到一阵剧痛，仿佛被电击中了一样，两眼一黑，就什么也不知道了。

等到他再次睁开眼睛时，看到他已在自己的一角里落座，观众的喊声犹如邦狄海边的惊涛骇浪一般不绝于耳。他的后脑勺上被垫着一块湿海绵。赛德·萨立文正在往他的脸上和胸口上喷冷水，让他苏醒过来。他的手套已经被脱掉了，桑德尔俯下身来正与他握手。汤姆·金对于这个打败了自己的小伙子，一点也不恨，他握着桑德尔伸过来的手，直到自己那受伤的指关节疼痛难忍。然后，他看到桑德尔走到拳击台中央，观众的喧哗立即停下来，听他讲话。他宣布接受年轻的拳击手普龙图的挑战，并建议把赌金增加到一百镑。汤姆·金冷漠地注视着眼前的一切。他的助手们这时正在迅速地擦去他身上和脸上的汗水，准备打发他离开这里。他觉得非常饿。这已经不是平常的那种饥饿，而是一种极度的衰竭和疲乏，心口的悸动向全身扩散着。他又想起了刚刚结束的比赛，有那么一刻，桑德尔摇摇欲坠，处于失败的边缘。唉，一块炸牛排就能解决问题！就因为没有吃到那块炸牛排，那决定胜负的一拳中少了那么一点力量，结果输掉了这场比赛。全都是因为那一块炸牛排。

助手们想扶着他钻过绳子去，他挣脱了他们，自己低头钻了过去，跳到外面的地上。助手们在拥挤的中央过道上为他挤出一条路，汤姆·金跟在后面。他到更衣室换好衣服之后，出门往街上走。这时，一个小伙子走过来对他说了几句。

"刚才他被你控制的时候，为什么不打倒他呢？"小伙子问。

"见你的鬼去吧！"汤姆·金边说边走下台阶，上了人行道。

街角上酒店的大门敞开着，能看到明亮的灯光和微笑着的女招待，听到人们在大声地议论着这场比赛，还有柜台上钱币的叮当。有人喊他喝一杯。他犹豫了一下，随即谢绝了，继续走自己的路。

他口袋里连一个铜板也没有，回家的两英里路程无疑是漫长的。他的确确老了。穿过都门公园的时候，他突然拣了一张凳子，垂头丧气地坐了下来，他想起他可怜的妻子，还在家中坐着等他的比赛结果呢。这是最致命的一击，他简直无法承受。

汤姆·金感到极度虚弱，浑身酸疼，那些打碎过的指关节疼痛难忍。这些都在提醒他，即便是找到一件卖苦力的差事，他的手也要等一个星期

363

才能够握得住丁字镐或铁铲。由于饥饿而产生的心悸使他想呕吐。不幸压得他喘不过气来，他的眼睛里涌出了不常有的泪水。他用双手捂住脸，失声痛哭起来。一面哭，一面想起了多年之前的那个晚上，他是如何对付老斯图赛尔·比尔的。可怜的老斯图赛尔·比尔！现在汤姆·金才真正懂得，比尔那天为什么在更衣室里痛哭流涕。

义犬念旧主

女人回到屋中换上胶鞋，外面的地被露水弄得湿漉漉的。她看到丈夫站在一棵桃树旁边，忘情地看那些枝杈上的花苞。一树的花蕾美丽非常。

树下的草很茂盛，女人的眼睛在寻找什么。

"沃克上哪去了？"她问道。

"刚才还在这跑呢！"

怀特·尤耳四处打量了一下。

"我才看见他去追一只兔子了。"

"沃克，回来，沃克——"

两人在灌木丛中的小路上穿行，两边是黄色透明的风铃草，这条小径通往乡间。

尤耳把手弯在嘴里，打了个口哨，口哨声与叫喊声飞向树端。

她吓得一下子捂住了耳朵。

"哎呀，你这个文弱书生，竟然比那些调皮鬼还会吹，难听死了，把我的耳朵都要震聋了。"玛丽不高兴地说道。

"沃克，看，是他。"

山坡上灌木丛里一阵哗啦啦的响动。在头上方四十英尺开外的岩石上，突然出现了沃克的头，随后身体也露在岩石上了。他用爪子有劲地扒着石头，碰掉了一块下来，骨碌到夫妇俩的脚边。沃克警觉地盯着滚动的石块，随后看见了自己的主人，沃克张开了嘴表示出亲热。

"沃克！宝贝！沃克！"

一男一女大叫起来。

听到叫喊，沃克的耳朵垂了下来，头往前伸着，仿佛要接近主人。眨眼间，他又消失在树丛中不见了。

两人往前走着，不一会儿，在拐弯处，沃克跑了过来，踏着烟尘，稳稳当当地在地面上滑行，像一只矫捷的狼。

这只健壮的狗跑到人跟前，低首俯耳，男人摸了摸他的头，女人也温和地抚着他，他很有耐心地跟主人亲热了一会儿，随后向远处跑了去。

沃克看上去很像一只山林里的狼。但他的毛皮和花色说明了其狗的本质，狼是不会有这种颜色的——

整个一个棕色的尤物！

棕色，或跟棕色相关的砖红色、褐色、黄色，笼罩了全身，从头部往脚下去颜色递深，但到了肚子那里却发出黄色来。正面上去，一双棕色宝石一样的眼睛熠熠有神。眼眶、爪子和前胸又点缀着耀眼的白花，这花棕色的外表仿佛证明他去过许许多多的地方。

两位主人非常喜欢这只不平凡的狗！但养着他却又费了不少的周折。

开始的时候，这只狗不知从哪里来到了尤耳夫妇的山庄，他的爪子淌着鲜血，一副饿相。他跑到他们的窗下咬住了一只兔子，然后吃力地把兔子叼到树丛下的水边。怀特·尤耳去溪边看他，玛丽用牛奶泡上面包也给他端过去，但他却露出凶样，朝他们吼起来。

他们试图友好地对待他，去抚摸他，给他吃食，但他似乎不理会这一套，要么毛发抖动上前咬人，要么等人走后才吃进东西。他不离开小溪边，夜晚就睡在那里，养着自己的伤。他固执、认真地过了一段日子，伤势恢复了一些，就跑走了。

幸亏尤耳后来去北方了一趟。否则，也许再也不会见他一面了。

尤耳乘着列车走到加利福尼亚州和俄勒冈州的交界处时，突然在窗外看见了这只棕色的"狼"。他在沿途飞跑着，尘灰满面，浑身上下十分肮脏，他已离开尤耳夫妇的山庄两百英里了，看上去疲倦已极。

火车一到下面一站，尤耳便果断地下了车，先去小卖部买了些肉，便迎着他，在郊外见到了这个行者。

尤耳把沃克带上列车，领回了自己的家中，夫妇两人更加关心爱护他，小心翼翼地照顾他，并且给他安了链锁。这条公狗看上去像一个天外来客，性格孤僻，不与人打交道，总向友好的主人吠叫。

与他相处可不容易，但尤耳挺喜欢这活。他为沃克做了一块认领的牌子——上面写着"请把他还给加利福尼亚州索若马区的怀特·尤耳夫妇!"，把挂着牌子的脖圈戴在沃克头上，然后打开了链锁。瞬间，沃克便没影了。第二天，有人从一百英里以外的蒙多西诺给尤耳夫妇打了个电报，原来沃克用了二十个小时向北跑了一百英里!

运输队把沃克送了回来。

尤耳给他上了锁。第四天的时候给放开了，沃克就又逃了。沃克这次跑到了俄勒冈州南部地区，但又被捉了回来。每一次只要放松了绳锁，他就没影了，并且每次都朝着北方逃跑，仿佛北方有磁铁吸引他着似的。当他再一次被从北俄勒冈送回来的时候，尤耳说这狗"归心似箭"。

下一次这棕色的公犬跑得更远了，人们又逮着他的时候，他已经快跑出加利福尼亚了，他从俄勒冈州穿过去，到了华盛顿。他跑的速度太快了，当尤耳把他锁起来的时候，他就养精蓄锐，一旦有了自由就朝着北方拼命跑。有资料统计，他在逃出时第一天跑一百五十英里，后来就持续一百英里。剧烈的运动使他变得精疲、狂野，被逮回主人家蓄养精力之后，他要做的仍旧是眷恋北方。没有人懂得他的心。

这样白白消耗了一年的时间。

沃克不再跑了，住在了小房旁边他第一天咬死兔子的地方，睡觉就在溪水边。这样持续了好长时间，沃克终于接近了男女主人，这已经很不错了，但他决不让第三个人碰他。主人家的客人如果想走近他，得到的总是嚎叫。他张着嘴巴，露出獠牙狂野地吼着，让那些勇敢的人也惧怕三分。附近的狗从来没有听过这种狗叫声，都对沃克很惧怕。

没有人知道沃克的历史，大家从这时才开始认识他。沃克的老主人无疑是大北方的人了，但没有人知道他是谁。邻居卖牛奶的约翰逊太太说，沃克肯定是卡兰戴卡那地方的狗。约翰逊有个兄弟就在那里的金矿干活，所以她了解这种事情。

没有人怀疑她的看法，沃克身上就有被冻伤的证明，他的耳朵还没有恢复好。尤耳和玛丽经常在杂志上看到阿拉斯加狗的照片，沃克很像他们。

两个人常常根据自己对北方的理解，设想沃克以前的生活状况，他们能够感觉到，荒凉的北方总在召唤着这只"狼"一样的公犬。

夜幕降临之时，沃克用低沉的哀叫思念故乡。而当北风乍起，寒意袭来之时，沃克就再也按捺不住自己，甚至发出绝望的嚎叫，像一匹北方的狼一样狂野。没有人听到过他发出汪汪的狗叫声，没有人能够驯服他。

这样持续了好长时间，沃克逐渐对男女主人有了亲近感，两个人争着做沃克的主人，沃克对谁的态度稍微温和一些，就招来了谁的炫耀。开始的时候，尤耳总能讨得沃克更多的欢心，因为他是男人。而沃克似乎对女人天生有陌生感，他没有接触过女人，对玛丽的裙子的沙沙声很敏感；风起的时候，玛丽就不能靠近沃克了，他总是朝着玛丽吼叫。

然而玛丽是厨师，负责喂养沃克，她可以指挥沃克进厨房吃东西。所以玛丽相信沃克可以消除对她的陌生和厌烦，最终亲密起来。

怀特呢？却用了最为自然巧妙的方法，每当他写作的时候，他就让沃克趴在他的脚边，温柔地抚摸、安慰沃克。终于怀特占了上风，玛丽不满意地以为，如果尤耳集中精力的话，沃克也会安静地陪伴他的，并且他挣来的钱会再多些。

两个人一直沿着山坡往山下走，几分钟没有说话。

怀特·尤耳说："我的新诗该有信儿了，他们该给我汇钱了。我们用这笔稿费可以买优质的荞麦面粉、一加仑槭树果酱和你的胶鞋。"

"还有约翰逊太太的牛奶，这可是明天最重要的一件事。"玛丽说。

怀特·尤耳有点发愁，但他随即就愉快地拍着衣服口袋，说："全加利福尼亚最好的牛奶我都能买得起。"

"你又有新稿子了？我怎么不知道？也不让我看一看。"玛丽有些责备他。

"我把新稿子一直收藏起来，就为了现在去邮局的时候在路上读给你，在这儿吧？"他用手指着一个干树墩，就坐上去。

溪水潺潺，绕石而行，草木繁茂，青苔浓浓。怀特·尤耳静静地朗诵着诗。溪水从他们身边流到远方百灵鸟鸣叫的地方，黄色的蝴蝶在阳光里闪动着翅膀，在树荫下躲闪着身影。

这时，一阵沉重的脚步声从丛林中踏出来，笨重的步伐踩滑了石子。

怀特·尤耳读完了自己的作品，抬起头想听一听玛丽的夸奖。这个人从小路的弯道处出现了。

他没有戴帽子，而是把帽子拿在手上，并且不停地用手帕擦着脸上的汗水，笔挺的衬衣敞着怀，汗水浸满全身。他身材健壮、匀称，健美的肌肉一块块从上衣中凸出来。衣服看来是新买的。

"多热的天啊！"怀特对他讲了一句。

怀特比较喜欢与四周的农民往来，有一个好的人缘。

这个人停了下来，点点头。

"我受不了这样的大热大，我习惯了在零下三十华氏度的冷天生活。"他替自己解释了一句。

"我们这儿可不会那么冷！"怀特·尤耳笑了。

"可能吧。我来这儿是找我姐姐的，您知道约翰逊太太住在哪儿吗？是威廉·约翰逊太太。"

"您是她弟弟了，从卡兰戴卡来吗？"玛丽急切地问，"我们早就听说过你了。"

"就是我，太太。"他谦逊地回答。

"我叫凯富·缪勒，这是我送她的礼物。"

"一直往前走，穿过林子，不要拐到大路上去了。"

玛丽起身指向四英里外的峡谷说：

"那里不是有一棵松树吗？顺这条小路朝那个方向走，再往右一拐就到约翰逊太太的家了，错不了的。"

"谢谢您，太太。"

"什么时候给我们讲一讲卡兰戴卡的故事吧。"玛丽说，"您是不是欢迎我们去您姐姐家拜访您呢？或者您陪姐姐一道来我们家吃顿午饭呢。"

"谢谢了，是的。"凯富·缪勒生硬地回答，随后又说道，"今天晚上我就得回去了，坐夜里朝北的列车，在这儿停不了多大一会儿，我是有要务在身的。"

玛丽听了十分遗憾。

像狼一样，沃克这时突然出现了。

凯富·缪勒正准备走，看到沃克，他惊呆了，他死死地盯着这条狗，不再随随便便了。

"天啊！"他硬邦邦地扔出一句话来，一屁股坐在了树墩子上，专心地看这条狗。

沃克听到他的声音，耳朵往下耷拉着，嘴咧开，表情兴奋起来，一步步走近缪勒闻闻他的手便舔起来了。

凯富·缪勒抚摸着他的头。

"嘿，见鬼，天啊！"他嘟嘟囔囔地反复着，"对不起，太太，我很奇怪事情为什么是这样！"

"我们还感到奇怪呢！"她半开玩笑地说，"沃克从不接近生人！"

"啊，您叫他沃克！"

玛丽点了点头。

"我弄不明白，他对您为什么这样亲热，可能您是来自他的故乡的人！"

"对，太太，"他随口答道。

他抬起沃克的前爪，细细地看掌底，又用手按了按爪子，说："掌底变软了，很久没有拉雪橇了。"

"不，这太奇怪了，他让你接近他。"

凯富·缪勒起身很沉稳地问：

"你们养着他很久了吧！"

言辞里却又冷冷的！

沃克不停地亲近缪勒，围着他团团转，突然，他张开了嘴巴，汪汪叫起来。

这是从他身子里头发出的叫声，兴奋的、时断时续的、怪怪的叫声，狗的叫声。

"真新鲜！"凯富·缪勒说。

怀特和玛丽面面相觑，这可是奇迹，沃克汪汪地叫了。

"我第一次听到他的狗叫声！"玛丽嘟囔着。

"我也是第一次听到。"凯富·缪勒说。

玛丽听了笑着看他，以为他在开玩笑。

"您五分钟前才认识的他，自然首次听他的叫唤了。"

凯富·缪勒疑惑地望着她，想弄明白她的想法。

他沉着地讲："我以为，您应该明白了，并且早就该猜到，他为什么对我如此亲热，因为他本是属于我的狗。他是我的贝瑞，而不叫什么沃克。"

"啊哈，怀特！"玛丽怨恼地随即叫了一声，看着自己的丈夫。

怀特立刻挡住她。

"您怎样知道这狗是您的呢？"他问。

"就是我的。"

凯富·缪勒指了指玛丽对怀特说："就像这是您的妻子一样，您毋庸置疑，您可以干脆地说：这是我的妻子。我也一样：这是我的狗。还用解释吗？是我把他养大的，我还能不知道他！看着吧，我给你们示范。"

凯富·缪勒转向狗。

"喂，贝瑞！"

他大声叫了一句，贝瑞听了严厉的叫声耷拉下了耳朵，乖乖地听着。

"喂！"

狗立即往右看去。

"向前去！"

这只叫贝瑞的狗马上向前扑了过去，听着命令，时动时静。

"我用口哨能让他行动。"缪勒说，"要知道，他可是我的领头狗啊！"

玛丽声音发抖地问："你要领他走吗？"

缪勒点点头。

"领到哪里去？到卡兰戴卡去受罪吗？那是个可怕的地方！"

他又点头称是。

随即解释道："那儿其实并不糟糕，您看我不是身体健康吗？"

"然而对于狗，生活却太苦了！一年到头的繁重的劳动，严寒和饥饿的折磨，我读过许多这方面的东西，明白那意味着什么。"

"是的，是这样的生活，一回在美克配拉河上，我差一点宰杀了他，要不是捉到一只驼鹿，他就成了食物了。"

"吓死我了!"玛丽叫了起来。

"自然，我们的日子同您这儿的完全不同。您是不必吃狗的。然而当谁陷入绝境的时候，良心就没有什么力度了，想问题的方法也不同了。如果您处于危险的环境，您就明白我的所指了。"

"既然如此说，那么关键问题就是狗在加利福尼亚所受的待遇。您为什么不把沃克留在这儿呢？这儿对他很好，既饿不着，也不会受苦。人们关心、爱护他，没有人对他粗野地鞭打，也没有恶劣的自然气候的折磨，加利福尼亚从不下雪的。"

"然而夏天呢?"缪勒笑了，"对不起，这儿却热得厉害，使人难以忍受。"

"看来您不愿把他留下来，在大北方您能给他什么呢?"玛丽着急地说。

"只要我有吃的，他就饿不着。"

"什么时候没有呢?"

"就是没有任何东西的时候。"

"还有活吗？……"

缪勒说:"活当然干得很多，不停歇地干活，还加上寒冷和饥饿。但值得欣慰的是，我们在一起相互不分离。他明白他自己分内的事儿，并习惯于承受它，熟练地掌握它。主人驯养狗就是为了让他干活嘛。在北方，那儿才是他真正的家，那儿才有他真正的生活。"

"狗得留下!"怀特斩钉截铁地说，"别再争了。"

"什么——?"凯富·缪勒拖着声调说。他脸色通红，紧锁的眉头拧成一团。一种顽强的品性暴露出来。

"狗就得留下来，我说的，所以不要再谈下去了。谁能证明这狗是您的。也许您在哪儿见过他，甚至借用过他，或许他能明白北方养狗主人的一般口令，但这都不能说明狗是您的。阿拉斯加的狗都知道这种口令的。另外，毋庸置疑，这是一条优秀的狗。他是阿拉斯加的宝贝，所以您就想霸占他。无论怎样，您必须证明这是您的狗才行。"

凯富·缪勒沉着地听完怀特滔滔不绝地辩解，额头阴沉起来，裹在黑衬衣里面发达的肌肉跳动起来。他望了望这个文弱书生，掂量着他能有多大的气力，脸上出现不屑一顾的神情，威胁地说：

"我对您讲，我能马上把他带走。"

怀特·尤耳涨红着脸，向缪勒逼过去。

玛丽怕他们打架，连忙说：

"也许缪勒先生讲的没错，你没瞧见沃克是认出来他了。见到缪勒他就撒欢起来，叫他'贝瑞'就有反应。沃克以前还没有对谁这样亲热、服从呢！并且他竟然发出一种真正的狗叫声，看来他的确是看到了主人了。"

怀特胳膊放松下来，肩膀也舒缓了许多。他说：

"玛丽，你讲得有道理。这条公犬可能不叫沃克而叫贝瑞，也许是人家的。"

"你能把他卖给我们吗？"玛丽询问，"我们给你钱。"

缪勒领头摇了摇头，不再生刚才的气了。他语调缓了下来，说：

"我从前有五条狗，贝瑞是条念头狗。他们在阿拉斯加最为出色，拉起雪橇，谁也赶不上。1895 年，狗非常值钱，有人出五千元，我舍不得卖出去。要知道这是一大笔钱了，但我的狗也是最好的狗。贝瑞是其中最佳的一只，有人在冬季里曾用一千二百元换他，我没有换，现在当然也不会卖的，因为我太爱他了。三年前有人偷走了他，我四处寻找他，伤心极了。我离不开他，是因为对他有难以形容的感情，而不是因为他有多么值钱。

"现在我终于又见到了他，请原谅，我几乎不相信这是真的，像梦幻一样，幸运从天而降。要知道，我从小把他带大，像抚养孩子一样，给他穿戴，安排他睡觉。老母狗死了，我买两美元一罐的纯正的牛奶喂养他，而我除了黑咖啡是喝不上这些东西的。他把我当母亲看待，吮着我的手指头，诺，就是这根指头。"

凯富·缪勒结结巴巴地讲述着，手挥舞着，情绪激昂。他一直在强调他的手指头，用以证明他是狗真正的主子。

他盯着那只独特的手指，不再说话。

"您为什么不替狗着想呢？"玛丽说。

凯富·缪勒疑惑地望着她。

"我是说，您想到了他自己了吗？"

"什么意思呢？我不明白！"

"我以为这条狗，他应该有自己的权利。他难道就没有依恋之情，而您并没有考虑他的愿望，您没有给他选择的自由。也许，在阿拉斯加和加利福尼亚之间，他更喜欢后者呢！您似乎不考虑这一点，把他当成什么东西了，比如说一堆土豆或干草。他是活生生的生灵啊！"

凯富·缪勒对这话认真地听完，有所考虑，陷入了沉思。玛丽看出他的犹豫，连忙认真地说：

"如果您真的爱他，就该为他的幸福着想。"

凯富·缪勒没有吭声，在想这个问题。

玛丽得意扬扬地望着丈夫，怀特赞许地看着她。

"您想要干什么？"缪勒猛然发问。

玛丽等着他说下文，补了一句：

"您的意思是？"

"您难道以为贝瑞想留在这儿，留在加利福尼亚？"

玛丽说："我很相信这一点。"

凯富·缪勒望着心爱的公犬，若有所思，喃喃而言：

"他给我出过多少力啊！辛劳吃苦，从不偷懒，是一条罕见的好狗。他还会驯新狗，体察人情，咱们在这儿讲的话，他都明白的。他聪明得很，只不过不说话而已。"

贝瑞趴在凯富·缪勒眼前，脑袋低低地放在前身上，耳朵却竖起来，谁说话，他就望着谁。

"他还能为我继续干活，干许多年，我是那样爱他，真是没有办法。"

然后，他动了动嘴，好像有什么主意说出来，但两次都咽了回去。稍候，他终于忍不住了：

"咱们这样决定吧，我说我的想法，因为您刚才的话也有道理。这是一条好狗，很能干的好狗，他应该有好的报应，让他自己做出决定吧，他有这个权利。如果他想继续待在您这儿，那我就走了，像没有什么事儿似的走开；如果他想跟我走，我就把他带走了。咱们都不要叫他。"

说完他又顾虑重重地盯着玛丽，补充道：

"必须公正，这一点很重要，我走了后您不能对他说什么。"

"我以诚相见。"

然而凯富·缪勒仍旧不放心。

"我知道女人的心眼，她们容易动感情，只要动了心机，她们简直能有魔法，说谎或者设计谋……对不起，太太，我是指女人，没有特指您。"

"我该感谢您……"玛丽有些发抖。

"贝瑞还没有选择，您谢我什么呢？我慢慢地离开你们，你们没有意见吧，几百步开外，就见不着人影了。"

玛丽赞同了：

"我一定要照说的去做，我们不对他有小动作。"

"那么就这样定了，我走了。"凯富·缪勒告别了夫妇俩。

沃克听出缪勒的声调的变化，惶惑地看着他，望着他与玛丽握手再见。他站起来，前腿趴在女主人身上，头伸向缪勒不住地舔他的手。当缪勒与怀特握手时，他又扑向怀特，也同夫妇两人亲热着。

"唉，这次经历，使我心中很难过。"凯富·缪勒把步子挪到路上，他要走了。

二十步了，沃克呆呆地看着旧主人的背影，没有动弹。他好像在期待着旧主人转过身回来。

突然，沃克低低地哀号了一声，朝凯富·缪勒追过去，用前爪够着他的手，动情地想留住他。但无济于事。

沃克奔跑回来，咬住树墩上坐着的怀特·尤耳的衣服，想让他留住缪勒。但也没有回应。

沃克慌了！

他想跟着缪勒走，又想留在这儿，两种选择对他都有吸引力。对于两位主人，他都恋恋不舍。然而新旧主人相距越来越远。

他迅速地奔驰起来，往来于两者之间，抽搐似的跃起，痛苦得不知所措。一会儿奔向旧主人，一会儿奔向新主人，他还是下不了决心。

沃克终于尖啸起来，气都喘不匀了。他躺在地上，朝天伸出獠牙，张开又闭上，嘴巴抽动着，越来越厉害，喉管也跟着抽搐，声音气绝了，发不出一点响声。只是在他的胸部还能听到一丝的呜咽，若隐若现，仿佛预示着一场嗥叫的来临。

然而他却并没有嗥叫，他收起了发狂的一副嘴脸，出神地凝望着远去的背影。随即又谨慎地回望怀特，没有答复的处境使他的眼睛里流露出难以排解的哀愁。周围没有人搭理他，没有谁说话，更没有暗示和命令。

旧主人快到弯道了，沃克望着前方，又紧张起来。他猛然跃起，扑向女人，他的最后的希望全放在玛丽身上，他不能希求男人了。他把头埋在玛丽膝上，像平时恳求什么时一样，用鼻子撞碰着她的手。随后又退回去，弓着腰，蹦蹦跳跳地卖着乖，用爪子趴着地，可怜地摇着尾巴，一副讨好的神情。他用尽了办法，表达着他的想法。

没有一个人理他，这使他非常失望。从前大家对他十分亲热，今天却没有什么反应了，人变得像什么物体似的，看不出援助的双手。沃克不再恳求了。

沃克转身看向远方的旧主人，他已经快消失了，再有一分钟，就看不见了。他默默地走着，没有回头看沃克一眼，沉稳地走他的路，态度镇静，像没有发生什么事一样。

凯富·缪勒走到了拐弯处。

沃克看着这一切，一分钟过去了。

他像一块石头，充满情感却焦灼不安的石头。他慢慢挪向怀特·尤耳，嗅了嗅他的手。望着已经没有人影的路。

汪汪的叫声和着溪水的流动和百灵鸟的鸣叫，绿色的石块阻挡了小溪，阳光下的大黄蝴蝶闪动着翅膀，躲藏在阴影里。

玛丽兴奋地望着丈夫。

几分钟后，沃克起身了，沉静地盯着小路，不理睬旁边的夫妇。大家都知道，决定的时刻到来了，沃克有了自己的主意。

他飞奔起来。

玛丽动了动嘴，想亲热地叫唤他一声，她太想叫他了，却并没有发出一个音来。怀特严厉地用眼神警告她，玛丽只好叹了口气，闭上了嘴巴。

沃克是在飞驰，不是在小跑。他跨出的步子越来越大，没有回头，尾巴拉直了，在弯道处他插进小路，径直消失了。

寂静的雪野

"卡门撑不了两天了。"

麦森吐出来一块冰，犯愁地瞅着这条可怜的狗，然后把狗爪子拿到嘴边，咬去脚趾间冻结的冰块。

"我从来没有见过这样古怪名字的狗，可即使是狗，但是最终也没有什么用。在关键时刻，他们总会担不了太大的担子而死掉的。"说着麦森推开这条狗，"嘿！这条狗是不是可以被唤作什么卡什阿、西瓦斯和哈斯基呢？这些狗可是很受用的，他们出过什么事吗？没有，先生！你看那只舒库姆，他……"

麦森张着嘴还要说点什么，忽地那只公犬蹿了起来，他的白牙掠过麦森的喉管，差点没咬住他。

"你要咬我?!"

他用粗鞭子在狗耳朵上狠狠地抽了一下，那条狗立刻倒在雪里，哆嗦着从獠牙上滴下黄色的口涎。

"我是说，你瞧瞧人家舒库姆。舒库姆很厉害，我敢打赌，出不了一星期，他能吃掉卡门的。"

"我也打赌。"麦尔木特·基德动了动在火上化冻的面包，说道，"在到地方之前，我们自己也会吃掉舒库姆的。你看呢，路丝？"

这时候，这位印第安女人往咖啡里放进去一块冰，等着渣滓沉下去后，她抬起头望着麦尔木特·基德，又看了看自己的丈夫，然后又瞅了一眼那些狗，没有吭气。

她很明白眼前的困境，明摆着呢，还用说么！

前头还有两百英里的路程，而且没有开过的路更难以穿行，食物只够吃六天的了，何况已经没有东西喂狗了。

两个男人和一个女人围着篝火，开始吃那不多的午饭。狗没有被卸下来，皮带套在他们身上，停在旁边算是午间的休息，眼巴巴地瞅着主人一口一口地吃着。

"从明天起，不吃中午饭了。"麦尔木特·基德说，"得小心这些狗了，他们已经不太听话了，说不定什么时候会朝咱们扑过来呢！"

麦森望着自己的软皮鞋，这时皮鞋上正冒出热气来，他若有所思。

"我曾经当过美以美教会的主席，也在主日学校教过书！"

路丝给他斟了一杯咖啡，打断了他的沉思。

"感谢上帝，我们还有很多茶呢！以前在田纳西州，我亲眼看着茶是怎样生长的。现在要有人给我点什么吃的，我会舍弃好多东西的！路丝，别发愁了，不久你就再也不用挨饿了，也不用再穿这种软皮鞋了。"

这个女人听了这话，眉头舒展了一些，眼中流露出对这位白人丈夫的深情，他是她遇到的第一个对待女人比对牲口好的男人。

"是的，路丝。"

她的丈夫用两种混用的语言继续说，这种语言她才明白一些。

"我们就要离开这儿了，等着瞧吧，我们要坐着白人的小船到海上去。是的，那里的风高浪大，像山一样向你压下来，要熬过好多天才能渡过，要过上十天，二十天，甚至几十天。"

他扳着手指算着。

"一路上尽是凶险的水，还会经过一个大村镇，那儿有像夏季里的蚊子一样多的人。那儿的印第安人小屋，高得很呢！有二十棵松树那么高，哎呀呀！"

他讲着讲着没有词了，停了下来，求救似的看着麦尔木特·基德，然后费劲地比画着二十棵松树怎样搭成印第安人的小屋。麦尔木特·基德一笑，可是路丝却感到惊奇而快活，眼睛睁得很大，她觉得丈夫说的这些话也许是编的，可他竟然那么快活，并且这快活感染了自己，自己的心情也随着开朗起来了。

"然后我们就坐在一只大箱子里，啪的一声飞到空中去了。"说着他把自己的空杯子往上一扔，然后灵活地接住，"瞧，你又飞下来了。嘿！魔术真神啊！你去育空堡，我去北极城，我们相距二十五天的路途，然后中间有一条长长的绳子，我抓起绳子的一头说：'喂，路丝，你好吗？'然后你拿着绳子的另外一头回答：'你是我亲爱的丈夫吗？'我说：'是呀！'你又说：'烤不成面包了，没有苏打粉了。'我听了以后对你讲：'到贮藏室找找，在面粉下面呢！再见啊！'后来你就去找了，找到了许多的苏打粉。你就这样一直住在育空堡，我在遥远的北极城，我们还可以通话。你瞧呀，人会变这样的魔法呢！"

路丝美滋滋地听着这个神话一样的故事，憨憨地发着呆。两个男人哈哈大笑起来。狗这时打起架来，把这些天方夜谭的故事给打断了。把狗拉开后，路丝套上了雪橇，该上路了。

"走！秃子，快向前去！"

麦森灵巧地挥动着鞭子，绳套里的狗轻吠起来，他用木棍撬起雪橇向前驰去。路丝跟在后面，赶着第二辆。麦尔木特·基德在最后。基德很强壮，甚至可以一下子打倒一头牛，然而他却不忍心去打这些狗。他可怜他们，心疼他们，甚至看见他们受罪几乎要哭出来，这对于其他人来讲可能比较少有。

"来，往前快跑哟，你们这些腿脚不利索的家伙！"

他叫唤着，可还是挪不动自己的雪橇。过了好一会儿，这些吃力的狗终于低嚎着追了上去。

他们谁也不讲话，艰苦的道路让他们顾不上打个招呼了，这可是最艰难的行程啊。在北极这个地方行进，不讲什么话，安然度过一天就已经很不错了。

干什么可能都没有在这儿开路难。每一次移动脚步，雪鞋就直直地陷了下去，没了膝盖。当你要把腿抽出来的时候就得需要技术了，腿不能打弯，也不能倾斜，得笔直地提起来半米高，再向前踏去。第一次走在这种路上，不是鞋子绊在一起，就是累得不行，摔在雪里是常有的事，能走一百米就不错了。如果有人一天不曾摔倒，到天黑休息的时候可以高奏凯歌了。要是在这种路上走上二十天，那么就没有谁会不佩服你的。

下午慢慢而过，寂静的雪地让人感到可怕和不安，这些行路人哆哆嗦喋地忙着自己的活。大自然有许多宏伟的力量震慑人的存在，譬如翻涌的浪涛、凶猛的风暴、突发的地震、轰鸣的雷声。然而最可怕最震撼人的可能是眼前这种荒凉而死寂的雪野。悄无声息的天穹呈现出黄铜般的颜色，人的声音变成了有分量的东西，谁也不敢轻易出口打破这凝固的天光。更害怕因为发出声响而吓坏了自己。人的生命由于这荒凉和寂静的压迫，感到像一条虫子一样渺小，任何胆大妄为的念头都会使自己恐惧、发抖，脑子里乱哄哄的，身边的所有东西都在散发着它们的奥秘。上帝、宇宙和死亡，拯救、生存和希望，交织在心中，然而无论如何，人在这儿像只困兽一样，命不由己。

一天将至尽头，麦森顺着弯曲的河，走到一个狭窄的地方，但是狗走到高高的岸边停了下来。路丝和麦尔木特·基德把雪橇一次又一次地往上推，然而仍旧无济于事。狗已饥饿得气喘吁吁了，但仍然硬撑着配合着人，使劲，再使劲。终于，雪橇爬上了顶端，但是猛然间领头狗带着狗队向右冲了过去，撞在了麦森的雪鞋上。顶翻了麦森和另外一条狗，把他们缠在皮带下，眼看着那倾覆的雪橇又滑到了岸下面去了。

嗖！

嗖嗖！

鞭子朝狗狠狠地打过去，尤其是那条倒着的狗。

"别打啦！麦森！"麦尔木特·基德央求麦森，"这只可怜的狗都快没有气了。停下来先让我们把我那队狗给套上吧。"

麦森先放下鞭子，听完了基德的话，又扬起长鞭猛然抽向那只畜生。那只叫作卡门的狗，随着一声呜咽，倒了下去。

景象十分悲惨，一条狗要死了，这是旅途中使人不快的一幕。两个男人都在发怒。

路丝提心吊胆地看着这场面。

麦尔木特·基德怨恨起麦森来，然而他控制住自己，俯身割断了卡门身上的皮带。

没有人言语。

他们重新组织了队伍，克服了困难，把雪橇拉了上去，继续赶路。卡门虚弱地跟在后面。他还能走，所以，没有人会打死他，只要他能爬到宿营地，也许会有一餐美味。

麦森心里对卡门有点后悔，却不想承认什么，只是往前走着。他不知道危险在等着他。

阴暗的坡下，有一带森林，他们需要穿过去。路边五十英尺开外的地方有一棵高大的松树，看起来有上百年的历史了，也许是命中注定的事，终于，今天发生了。

麦森弯腰系了系鞋带，休息的时候，狗都卧在雪中一声不响。四下里静悄悄的，雪挂满了树枝。严寒冻结了大自然的心脏，冻结了它的嘴唇，似乎有什么声音在空中微响，没有人知道将会降临什么命运。

那棵大树！

那棵经过岁月的侵蚀和在积雪的重压下的大树，展现了它生命的最后的表演——折断声轰响。麦森赶紧跳开，他还没有站稳，树干就压了下来。

麦尔木特·基德经历过很多人生的凶险，当松树打中麦森的肩头的时候，他就扑了过去抢救他的伙伴。印第安女人路丝没有哭，也没有发晕，因为她不是白种女人。她一听见基德的命令，马上跳起来压住一根棍子的另一端来减轻树的压力。她在听着丈夫的呻吟。

麦尔木特·基德用斧头"呼哧呼哧"地砍起树来。冻结的树声和着他"呼哧呼哧"的喘息声在荒野回响。末了，基德收拾起麦森伤残的躯体，放在雪上。路丝的脸色十分难看，希望和绝望掺和成了询问的眼神，却说不出半句话来。

北极人只重行动而很少话语。

他们知道躺在零下六十五华氏度的气温里不出几分钟就会被冻死，于是两人取下雪橇上的带子，用褥子把可怜的麦森包起来，放在一丛树枝上，并且用那害人的树叶在他面前升起篝火，再在他身后支起帆布当作屏风，为他取暖。

麦森伤得很重，身体的右半边骨头断了，腿也没有了什么知觉，内伤可能更重。偶尔的呻吟，说明人还活着。人到了生命危难之际，才能认清自己与死亡的距离。

路丝用印第安人的坚强抵抗着这无边无际又漫长的黑夜，她没有别的任何办法。麦尔木特·基德脸色发青，愁容满面。实际上，麦森受的罪反而最少，他已经昏迷过去，仿佛回到田纳西州东部，在一个山区欢度着他的少年时光。最使人心疼的是，他用他自己早已经忘却的南方口音嘟嘟囔囔地说起他在湖里游泳，爬到树上逮鸟儿和摸进地里偷西瓜的情形。基德听着心情不能平静，远离了尘世这许多年，在这荒野里回忆起往昔该是多么亲切。路丝什么也听不懂。

第二天早晨，麦森醒了，麦尔木特·基德趴在他身上寻找那细细的声音。

"你记得四年前我们在塔纳纳见面时的情形吗？那时候，我并不太喜欢她，我只是以为她还算漂亮，见了她有点兴奋！后来我发现她太好了，她总为我分担忧愁，是我的贤内助，在我们这一行里，谁也比不上她。有一次，她冒着枪林弹雨，穿过激流，把咱们俩从山岩上救下来；又有一回，在路克凯特挨饿，她蹚过水给我们带信儿。她实在是好啊！比我从前那个好多了！你知道我结过婚么？谁也不知道，我在美国的时候结过婚，可我来了这儿，她就趁机离开了我。

"现在有了路丝，我原打算办完这次事离开这儿，可现在已经太迟了。基德，别让她返回她的印第安人的家，在那里她得吃那种鹿肉和鱼，可她已经和我们一起吃腊肉、豆谷、干果，吃了四年了啊，她已经习惯了我们的日子，这比同印第安人在一起要好一些。基德你不要逃避她，你要照料她，早一点把她送到美国去，要是她想回来就再送她回来，好吗？

"我们的孩子，使我们更紧密联系在一起的孩子，一定是一个男孩。基德，千万不要把他留在这儿呀！不会是女孩的。基德，你把我的皮货卖掉，能卖五千块钱，加上我在公司的钱也差不多有这么多，把我的投资与你的合起来搞吧。那一块我们看中的高地里肯定是有金子的。你要让我的孩子受到良好教育，别让他来这儿了，这儿不是我们生活的地方。

"基德，我快死了！就这两天了！你得往前走，快走吧，我求你了，

384

带着我的老婆和孩子，这孩子一定是男孩！"

"再等一等，"基德恳求地说，"会好的，一切会好起来。"

"不行。"

"就等三天。"

"快走快走啊！"

"两天。"

"基德，这是为了我自己的亲人，你别争了。"

"就一天，好吗？"

"不，不，你一定要走。"

"只等一天，靠这些干粮够了，而且还可以打只鹿来。"

"不行……那好吧，一天，一点也不要超过。你别让我在这儿自己死掉，你要明白我，动动你的枪，给我一枪。我的亲骨肉，再也见不着了！

"让路丝来这儿吧！我要跟她诀别。不能让她在这儿等我，为了孩子让她跟你走。再见了，朋友！

"基德，你去那片坡地上给我挖个穴吧，我曾经在那挖出四毛钱的金子呢！

"还有，基德……"

基德把身子贴近麦森，听到他用微弱的声音说："我对不住卡门！"

路丝呜咽着。

麦尔木特·基德穿上外衣，套上雪鞋，夹住来复枪进了林子里。北极地区有很多不幸的事件，基德见识了很多，这一次他却不知道该怎么拿主意了。简单地说，三个可能生存下去的人和一个注定要死的人。五年来，他们相依为命共同遭遇过多少死亡的威胁，他们一起生存在荒山野岭、江河湖泊，情深谊长，患难相交。路丝来到的时候，他还有一些嫉妒呢。然而现在，却要他亲自结束这一切了。

他只想捉到一只鹿，只要一只呀，可是却见不着任何野物的影子，天黑了下来，基德拖着沉重的身体往回走，他听到狗的狂吠和路丝的叫喊，赶忙跑了过来。

原来路丝正用斧头朝那些抢夺食物的狗乱砍着。群狗失去了控制，一拥而上，基德倒提着枪冲进阵去。

枪和斧子有时击中，有时落空，他们拼的纯粹是气力，像在原始时代的竞争一样。这些疯狂的狗，睁着血红的眼，露出獠牙，扑来扑去，进行着恶战。被打趴下的狗爬到篝火边舐着自己的伤口，仰天长啸。

狗抢走了所有的干鲑鱼，只剩下五磅左右的面粉。可还有两百多英里的荒野。

路丝回到丈夫的身边。麦尔木特·基德在切割一条刚死去的狗的肉，其头骨被劈开了，基德收藏好每一块肉，把皮毛杂碎扔给其他狗。

清晨的时候又出了事。狗群乱了阵，他们扑倒了那只叫卡门的虚弱的狗，忍着主人的凶狠的鞭子还是吃掉了他。

麦尔木特·基德一边收拾东西，一边听着麦森的呓语。麦森又回到了田纳西州，在对少年时的朋友说个不休。

基德利用附近的松树快速地搭起一个棚子来，路丝明白为了防止狼和狗来抢他们的食品时总是这么做。基德把两棵小松树弯在一起挨着地面，再用鹿皮带捆住它们。然后又驯服了狗群，套上雪橇，装好所有的东西，把麦森身上的皮褥子留下了。最后，他把皮褥子裹好捆紧，当他砍断绳子的时候，松树就会把麦森弹出去。

路丝接受了丈夫对自己的安排，可怜的女人，她只知道听从别人的打算，她从小就是这么长大的，她从不会想到自己或是别的女人应该独立自主。在基德同意之后，她才大哭起来，她吻了丈夫，跟着基德坐上雪橇，被他套上雪鞋，自己本能地赶狗上路了。

基德回到麦森身边。路丝已经走了，麦森昏迷着，他待在火边祷告起来，希望他的朋友早点结束痛苦的生命。

孤独地待在寂静的雪野中，痛苦的心灵面对刺眼的白色的死寂，简直使人发狂。要是在阴暗的天地里，或许还不很受刺激，仿佛还能感受到自然的关怀，可面对眼前惨白的大地、铁青的天空，让人怎么去承受？

一小时、两小时……

麦森仍然没有断气。

正午时分，太阳在南方的地平线下不见了，只剩下火一样的光射在天

386

上，随后就消失了一切影迹。

麦尔木特·基德站了起来，沉重地走到朋友身边。他看了看四周，寂静的雪野仿佛在嘲弄他，他心里忍不住毛骨悚然。

一声枪响，麦森去了他空中的坟墓。麦尔木特·基德扬起长鞭，疯狂的狗群在寂静的荒野上奔驰起来。

北方的尤利西斯

一

　　雪橇在向前行进，挽具吱呀吱呀的响声和领队的狗脖子上叮叮当当的铃声，似乎是一支不知疲倦的歌。默不作声的是人和狗，劳累困顿的也是人和狗。新下的雪，堆积在道路上，使他们举步维艰。这些人来自遥远的地方，在他们的雪橇里，装着许多一分为四的冻鹿，像石块一般坚硬无比。尚未压过的路面上，松软的雪总是紧紧地粘着滑板，走一步退三分，像是跟人较劲儿似的。天色变得越来越暗，今夜，他们没有帐篷可搭。

　　雪，从昏暗的天空中飘下来，无声无息地落在道路上，不是雪片，而是非常精巧别致的雪晶。气温是零下十华氏度，这能够称得上温暖了，谁也不在乎。在麦思特和比得思的头上，护耳已经翻起，美尔牧特·提德连手套也摘掉了。

　　早在那天下午，狗已经累坏了，现在却又平添了一股劲头。那些天性机敏、反应迅速的狗，已经流露出不甘寂寞的神气，想加快速度，又有些顾虑，套索的羁绊使它们不能随心所欲，只好竖起耳朵，嘶嘶作响地用鼻子吸气。时间一长，它们开始对那些感觉迟钝的笨狗发脾气了，想方设法去咬它们的后腿，催它们跑得快些。受到催促的狗，立刻被感染了，又去咬别的狗。到后来，走在前面的那辆雪橇的领头狗大声地叫了一声表示满意。它在雪地上把身子往下一伏，全身用力，拉紧了领圈，向前挣去。别的狗全效仿它的样子，群策群力。这样，皮带一收，套索一紧，雪橇一辆

388

接一辆地向前冲去。那些赶狗的人连忙抓住舵杆，加快脚步，不使飞速前进的雪橇压着他们。一天的劳累，顿时烟消云散，他们大声地吆喝着，快马加鞭，生龙活虎一般。那些狗们，也以快活的吠声来应答它们的主人，在渐趋浓重的夜色里，撒开四肢，啪嗒啪嗒地飞跑起来。

"往右拐！往右拐！"

喊声此起彼伏，一辆辆雪橇立刻翘起一边的滑板，像随风而去的单桅小帆船一样，迅速驶离了大路。

驶出大约有一百码，来到一扇窗前，灯光从羊皮纸窗户里射了出来，一眼望去便知道到家了。呼呼作响的育空式火炉和热气腾腾的茶壶仿佛在屋里等着他们。但是，今天这座木头房子却被人占据着。因此，首先向他们的到来做出反应的是六十条爱斯基摩狗的狂吠，这些毛茸茸的动物立刻凶猛地扑了过来，准备攻击打头的那辆雪橇的狗。接着，门打开了，走出一个人来，他穿了一身西北警察的红制服，踩着没膝深的雪走过来。那些凶猛的动物，在他的狗鞭把子的打击下，立刻驯良温顺起来。然后，双方握手，美尔牧特·提德在他自己的木头房子前，就这样被一个陌生人所迎接了。其实，应当由斯坦雷·普利思出去迎接他。上文中说的那个育空式火炉和壶中的热茶，都交给了此人照料，此刻，他正忙着待客，没有脱出身来。这伙客人形形色色，有一打左右，全是为英国女王效力的执法者和邮递人员。虽然这些人属于不同的血统，但共同的生活却把他们造就成一种类型，一种瘦而不弱、坚韧不拔的类型。这种人通常都有着在雪野中锻炼得异常结实的肌肉、被太阳晒得黑黝黝的脸、一颗单纯而无牵无挂的心，他们的眼睛是晴朗而安定的，向前直视的目光中总是露出坦诚和直率。他们所统领的，是女王陛下的狗，使英国的敌人闻风丧胆；他们所食的，是女王陛下发放给他们的微薄的口粮，他们总是快快乐乐。总之，这是些见过大世面、做过大事情的人，他们的生活极具传奇色彩，不过对于这一层，他们并不知道。

这些客人真是很不客气，完全像在自己的家里一样。在美尔牧特·提德的床上，有两个人正在唱歌，他们伸展四肢躺着，唱的是他们的法国祖先当初来西北跟印第安女人结婚时所唱的歌。比得思的床铺上坐着三四个膀大腰圆的押运员，他们盖着毯子，一边听人讲故事，一边在搓自己的脚。讲故事的人据称在沃尔斯利的舰队里当过水兵，当时那位英国将军率领他们攻打过喀土穆。等他讲累了，一个牛仔又接过去，讲起了欧洲的宫廷和王公贵妇，当年他跟随布法洛·比尔曾经踏遍了各国的首都。在屋角里，有两名曾经在一个战壕里吃过败仗的混血儿，一边修补雪橇上的皮带，一边回忆当初西北到处举起义旗，路易·里尔称霸一方时的历历往事。

开玩笑，讲俏皮话，不管多么粗鲁，他们都感到津津有味，笑声不断。无论多么危险的事，只要是水旱两路上的，在他们那尖酸刻薄的嘴下，都变得平常而稀松。所以还提起这一类的平凡故事，乃是因为其中的幽默可以博得人们一笑。普利思对这些无冕的英雄非常着迷。他们亲身经历了历史的转折，参与了历史的创造，但是讲起那些伟大的业绩、传奇人物时，他们却如话家常一样，讲得绘声绘色。普利思为此慷慨解囊，拿出自己无比珍贵的烟草分给大家享用。作为回报，客人们那锈迹斑斑的记忆链条，又一环接一环地展开了。那久已忘却的尤利西斯式的故事又重新记起。

谈话渐趋止息，客人们装上了最后一斗烟草，打开了那些扎得很紧的皮毯子，准备休息了。普利思回过头去找老朋友提德，从他那儿能听到更多的这些人的故事。

"好吧，关于那个牛仔的事情，你已经听说过了。"美尔牧特·提德说着伸手解开了他的鹿皮鞋的带子。

"那个跟他躺在一块的，有英国血统，这你也许猜出来了。其余的人，全是流落在森林中的浪荡鬼，他们的血统只有上帝知道。不过，睡在门边的那两个，却是'法国种'，也就是所谓的'木炭'，就是首批来到加拿大森林中以狩猎为生的法国移民的后代。那个围着绒线遮裆的小伙子，瞧他的眉毛和下巴，你能看得出有个苏格兰男人曾经在他妈妈的烟雾缭绕的帐篷里擦过眼泪。这边这个头枕着长大衣的帅哥，是半个法国人，他说的话你听到了，他不喜欢睡在他旁边的那两个印第安人。也许你有所不知，当年里尔率领'法国种'的人揭竿而起时，纯种印第安人从未支持过他们。

390

这样，彼此就不大友好了。"

"可是，坐在炉边的那个双眉紧锁的家伙是谁呢？我肯定他不会讲英语。整整一夜，他一言不发。"

"你弄错了，他的英语很好。从他听别人说话时的眼神你能看得出。不过，他跟这儿的任何人都不沾亲带故。当人们讲他们自己的家乡话时，你看得出来，这个人听懂了。说实话，连我也被他给弄糊涂了。他到底是个什么样的人呢？让我们来设法探听一下。"

"请你给炉子添上两块木柴！"美尔牧特望着那个来历不明的人，大声地说。

他立刻照办了。

"他肯定在什么地方专门学习过。"普利思小声嘀咕道。

美尔牧特·提德点了点头。他脱下袜子，小心翼翼地穿过躺着的人堆，来到炉边，把湿袜子挂在二十来双同样的袜子当中。

"你认为你何时可到达道生?"他试着问。

回答之前，那人先将他仔细地打量了一遍："听说有七十五里，是不是？也许得用两天吧。"

细听他的话，口音有些特别，但话说得很流畅，遣词造句非常自如。

"从前来过这儿没有?"

"没有。"

"西北边疆呢?"

"去过。"

"你是在那儿出生的?"

"不。"

"那么，你他妈的到底是从哪儿来的？你跟这些人毫无共同之处。"

美尔牧特·提德把手挥向那些赶狗的，包括普利思床上的两名警察。

"你到底从哪里来，像你这样的脸，我见过很多，但是却忘记是在什么地方见的。"

"我知道你。"他答非所问，美尔牧特·提德的问题被岔开了。

"你见过我吗？那是在哪儿?"

391

"不，是你的朋友，牧师，在帕斯提里克，在很久之前。有一回他问起我，有没有见过美尔牧特·提德。他给过我干粮，在那里，我没有多待。不知道他是否跟你说起过我。"

"是你！那个用海獭皮换狗的人就是你？"

他点了点头，磕出烟斗里的灰，用皮毯子把身体盖了起来，显然，他不想谈下去了。美尔牧特·提德吹灭了那盏铁罐头盒做的油灯，同普利思一块儿钻进毯子里去了。

"喂，这个人是谁呀？"

"不知道，不知为什么他故意岔开我的话，一谈到自己他就像蛤蜊一样闭紧了口。这使人更加好奇。关于他，我听说过一点情况。八年前，在沿海一带，人人都对他感到非常奇怪。说实话，这个人还真有点儿神秘。在一个严寒的冬天，他从几里之外的遥远的北方而来，沿着白令海，像被魔鬼追逐着，他一路赶来。没有人知道他到底从哪儿来，只知道那是遥远的北方。他到过高洛温湾，瑞典牧师给过他一些粮食，并且指给他南下的路线，当时，他已经走得筋疲力尽。这些，都是我们后来听到的。他离开了海岸线，从诺屯海峡笔直地渡过来，气候非常恶劣，真是雪暴风狂，要是换一个人，就是有一千条命也死掉了，但是他硬挺了过来。由于错过了圣·迈克尔，他选在了帕斯提里克登陆。他把一切都丢光了，只剩下两条狗，差一点就把性命也丢掉了。

"见他如此急于赶路，罗布神父就给了他一些粮食，但是狗，一条也不能给他，因为神父只等我一到，就要立刻动身出门去。我们的尤利西斯再清楚不过了，没有狗无法上路，因此有好几天他急得像热锅上的蚂蚁。在他的雪橇上有一捆硝好的海獭皮，这东西很贵重，跟黄金差不多，这你是清楚的。那时的帕斯提里克有个俄商，是个夏洛克式的人物，他有几条狗，本打算宰了吃肉的。这笔生意一谈即成。当这个奇怪的人继续向南前进时，他的雪橇前边已经阵容整齐，有一伙飞跑着的狗了。这个夏洛克于是就有了一批珍贵的海獭皮。我见过它们，真是漂亮之极。我们给夏洛克算了一笔账，他在每条狗身上至少赚了五百块。这倒并不是由于这个人不知海獭皮的行情，他虽是个地道的印第安人，但他肯定跟白人打过不少交道，从他话里就能听出来。

"后来有八个年头他音讯皆无，今天却在这儿又见着了。努尼娃特岛的人说，海水解冻时他曾在那儿找东西吃，后来就没影了，真不能想象他在多艰苦的地方待过，干过什么事，怎么又离开了那儿。而且他还受过训练，普利思，就印第安人而言这可真有点神秘。"

"是呀，不过我还是先解决自己的事吧，我的事也够烦的。"这个年轻的采矿工程师被弄得兴奋不已、浮想联翩，在漆黑一片里凝视着屋顶出神，听着美尔牧特·提德的呼噜声，心情才渐渐平静下来。最后不知不觉睡着了，他梦见自己在无尽的雪野中流浪漂泊，在路上与狗一起跋涉，梦见忙碌和艰辛，终于像男子汉一样英勇地死去。

次日，天亮前几小时这队人马便摸黑匆匆上路前往道生了。七天以后他们就得将运往盐湖的大批邮件带到斯土尔河岸。这是女王陛下利益至上的年月，当局是不介意百姓小民之安危的。无论赶狗的人，还是警察，都得拼命赶路，不过狗倒是换了一批新的。

克朗代克是北方新建的一座黄金城市，富裕又热闹，人们都想多待些天，一来歇息，二来长长见识。可赶到了这儿，又是烤湿袜子、抽晚烟，没了多少闲暇。人们大都意识到这一点，两个胆儿大的设想向东越过洛基山和麦思基山，到达耶伯温一带，那儿是他们的老熟路。另几个竟盘算服役结束后冒一冒险，如久居城市的人想去森林中度度假一样，先要回到他们的家，预定出行动的方案。

用獭皮换狗的那一位显然对这类事没有兴趣，他的心像被什么困住了，忧心忡忡的。一会儿，他把美尔牧特·提德叫到旁边，小声说着什么，而且说着说着两人竟戴上帽子、手套走出门外。一会儿又回来了，美尔牧特·提德称了六十两金砂给了那个奇怪的人。普利思还看见，紧接着狗队的头头也加入进去，还跟他成交了一笔生意。第二天那位用獭皮换狗的人带上食物就回道生去了，其余的人继续循河而上。

后来美尔牧特·提德对普利思说："这家伙一定有事瞒着我们，而且他觉得很严重，真搞不懂到底为什么。你看，干这行就等于当了兵。他一签了字，就得干满两年，要想开小差只能付出一笔数目不小的金子作为代

393

价。刚一到道生他就说他不能再干下去了，着魔似的想留在这一带，可惜他身无分文，又没一个熟人，就是跟我还算有一面之交。他说跟副总督谈妥了，一借到钱就能退役。所以借了钱年底就能还，还说要是我愿意，也能赚上一笔。

"真没法儿说！他几乎眼泪汪汪地把我拉到外边，又哀求又央告，甚至跪在雪地里，我赶紧把他拉起来，他还是不停地说了又说，简直疯了。问他到底是为啥缘故，他只说他为此已奋斗了多少年，如今要是落空真没法活了，他就怕把自己派往另外一段路上做事，若两年内回不到道生，他可把一切都耽搁了。他说这话时那么伤心欲绝的，我这辈子也忘不了——我答应借给金子时，他又一次跪下致谢。我说这钱就算我入你的股吧，你猜怎么说，嘿，兄弟！他赌咒，发誓要让我阔得不得了，要把他得到的金子全给我。老是这几句，他翻过来掉过去说个没完。普利思，一般人借了款后拼命干活，一旦赚了钱，总是分给投资人一小部分，这里头有文章，你信不信，若他还在这地方，准能听到点线索……"

"他要不在这儿呢？"

"那我活活倒霉，六十两金子白白扔了。"

冬天来了，夜越来越长。太阳时隐时现，像跟雪地南边的地平线玩着捉迷藏的游戏。美尔牧特·提德的钱还是悬在空中。一天，一月初的光景，又阴又冷的早晨，斯土尔河下游一所小屋前来了几辆好多狗拉着的沉重的雪橇。用獭皮换狗的那个人出现了，同时出现的还有一个身材魁伟非凡的人，真不知道上帝是怎么造出这种样子的人的。如果大伙围坐在营火边，提起英勇、体健、强悍的故事，一定会谈到阿格赛尔·高帝生，他的名字又跟运气、胆识和一锹金砂五百块连在一起，他成了人们情绪的调和剂，无论谁谈得多没兴致，只要一提起跟他患难与共的那个女人就立即热情高涨了。

上帝创造阿格赛尔·高帝生时一定忽然想起他们古时伟大的身长，便造出这么个仿佛洪荒时代的巨人来。他简直是一位黄金之王，身高七尺有余，虎背熊腰，手脚跟巨人的一模一样，连鞋都比正常人的长出一码多。他有玉米缨似的结满霜的黄头发——粗犷的脸庞、宽大的下巴、浅蓝色的永不会退缩的双眼，露出满脸的强悍锐气——那头发像阳光照射着黑夜，从头顶一直披散到熊皮袄上。他衣着华丽，漫不经心地从狗队前面的窄道上摇晃过去，像惯于生活在海上的人那样神气。到了美尔牧特·提德的门前，用狗鞭的把子猛敲大门时，像个十足的到南方城堡肆意掠夺的北欧海盗。

普利思一边不停地瞅着这三位不寻常的客人，心想如此三个人同在一个房间真是千载难逢，一边用他那女人一样的胳膊和着面。被美尔牧特·提德叫作尤利西斯的那个怪人，依然让他奇怪，不过阿格赛尔·高帝生及其老婆更令他好奇。普利思年富力强，可在这儿几个月都见不到一个女人。这女人在丈夫因金矿发财后，就成天躺在舒服的木屋子里不干什么活了，身体越来越弱了，加上赶了一天的路，更是辛苦得很。此刻她正偎依在丈夫宽阔的怀抱里，像墙边开着的一朵柔弱的娇花，慢悠悠地跟美尔牧特·提德闲聊打趣；那双漂亮的黑眼睛间或对普利思望一眼，普利思马上飘飘然了。这女人看上去比他大几岁，跟别的印第安老婆可不一样。她游历过许多国家，连他的老家英国都去过，白种女人懂的她都懂，甚至许多女人不该知道的事她也清楚。她能整顿饭只吃鱼片，搭床睡在雪地里。不过她故意讲他们听都没听说过的丰盛筵席，她讲得越细致，他们的口水越得往肚子里偷咽。她知道麋鹿、熊和蓝狐，甚至北方海里所有两栖动物的习性，能分辨雪地上的脚印是什么动物留下的，总之森林、河湖、人、鸟、兽、畜，什么都知道。不过刚才她正赞赏地看着他们的宿营规定。规定写得幽默简练，是裴特兹一时冲动写的。普利思总习惯把它翻过来迎接女人们，没想到这个印第安女人会这样……唉，别提啦。

阿格赛尔·高帝生的老婆的美名，不知不觉传遍了北方大地，跟她的丈夫不相上下。美尔牧特·提德一边吃饭一边像老朋友似的肆意地跟她开着玩笑。普利思也一块逗乐起哄，早把初见时的不自在忘在九霄了。她的嘴挺厉害，多少人都斗不过她，她丈夫口才却很差劲，也不敢吱声，只在一旁叫好示威。他很爱他的妻子，每个眼神、每个动作都表明他是多么珍视和自豪。吵吵闹闹中人们把用獭皮换狗的那人全忘光了，他很快地吃饭，一声不吭，别人还没吃完他就跑到外边狗队那儿了。一看见他出去，他的朋友们马上穿戴整齐跟到了外面。

很长时间没有下雪，路冻得又光又硬，沿育空路滑行跟在冰上一样省劲。尤利西斯驾着头一辆雪橇，第二辆由普利思和阿格赛尔·高帝生的老婆驾着，美尔牧特·提德和黄发巨人自然是第三辆。

"这只能算是预感，提德。"高帝生说，"可我相信没错儿。几年前在库特拉地区就听说过那张地图，他从没去过那儿，却让我看了地图——就是那一张——还讲得清清楚楚。我想让你同去，可他直言若要别人参与他就不干——这人真怪——等着吧，我回来第一个拜访你，给你一些矿和新兴城市的一半儿地基。"

"噢，听我说，"他怕提德打断他的话，嚷道，"这对我可是件大事，一定要提前计划好，要真办了，喂，老兄，可真称得上格丽布尔河第二，懂吗？格丽布尔河第二！那可不是什么矿砂，完全是石英金矿哪！弄好了整座矿都归我——价值成百上千万呢。你肯定听说过这地方，我老早就知道这么个宝地。到时候我们可以建立一座新城——雇上千把人先开通水——轮船——大量生意便找上门来——或者弄个小火轮再往上游运——再修上一条铁路——木厂——发电站——还有，银行、商铺——唉，我没回来之前，可千万别走漏了风声！"

到斯土尔特河口了，茫茫一片冰川通向神秘的东部，人们停住了，把雪鞋从雪橇上解下来。阿格赛尔·高帝生跟同伴们一一握了握手，走到队伍最前头，用他那蹼似的大鞋在鹅毛般松软的雪地上开出一条硬实的路，这样狗就不用连滚带爬了。他女人跟在最后那辆雪橇后头，她一定久经考验，穿着如此笨重的大雪鞋如履平路。狗在沉寂的大地上兴高采烈地汪汪叫个不停，像在说再见似的。用獭皮换狗的人正教一条偏狗如何听鞭子的话。

一小时过去了，雪橇队行驶在冰天雪地中，远远望去，像白纸上画了一条黑黑的长线。

396

二

数星期后的一个晚上，美尔牧特·提德和普利思专心致志地探讨着从某张旧杂志上撕下来的一份棋谱。提德从波那泽矿回来，准备歇儿天后去打上一大段时间的麋鹿。普利思在冰雪中几乎待了一个冬天，在木屋里歇上一礼拜可真算享福了。

"将军，把黑骑士往上跳。不过，没用，下步又……"

"用小卒换子儿，别让它进第二步，关键是要消灭主教……"

"等等！还是有漏洞，你看……"

"没关系，往上走，没错儿！嘿嘿，绝对是这样。"

他俩都被这局面迷住了。第二次更激烈的敲击声才唤醒美尔牧特·提德的听力，他说"进来"后，门一开，一个什么东西晃晃悠悠地进来了。普利思面对门坐着，抬头一看，大吃一惊，吓得跳了起来。美尔牧特·提德下意识地转过脸，也目瞪口呆了，他虽然阅历丰富，可这场面还是头一回遇上。顷刻间那个东西跌跌撞撞冲他们过来了，普利思侧转身慢慢后退，手已经摸到了那个挂着他手枪的钉子。

"上帝，它是啥东西？"他悄悄地对美尔牧特·提德一望。

"不清楚。这家伙饥寒交迫，都快僵了。"提德边说边往对面蹭去，关住房门又回来，"小心！这东西准发疯了。"

那东西已走到桌边了。看到明亮的灯光，它眼睛一亮，愉快地咯咯地笑起来。天哪——人！——这家伙是个人！他突地跳到一旁，紧了紧皮裤，唱起歌儿来，唱的是起锚时水手们在隆隆作响的海浪中一起转绞盘的歌儿：

勇士们，一起拉！

美国船，快如飞——

你猜船长他是谁？

吉那林·杰司，就生长在南卡罗莱纳。

一二拉，勇士们，使劲拉……

　　他突然狼嗥了一声，不唱了，直奔食品柜冲去。他们正听他唱歌还没反应过来，他已经叼了一块生咸肉在嘴里。美尔牧特·提德赶紧上去抢夺，他虽然来势凶猛却没有后劲，交出了战利品，虚弱地倒下了。提德和普利思把他抬到坐凳上，他身子疲惫地趴在桌上。先喂了他一小杯威士忌，提德又把糖罐送到他嘴边时，他就自己用勺儿舀开了。一会儿他吃得差不多了，普利思胆战心惊地递过来一杯淡牛肉茶。

　　这人吃饭的样子使人害怕，吃一口，目光就亮出一道阴郁凶狠的光，紧接着又陷入深深的黑暗里。他的脸真难以置信会是张人脸，极瘦，凹凸不平，表皮干而且硬，黑紫黑紫的，大半的皮肤都冻坏了，而且没有好就又冻了一层新疤，几道深深的锯齿形伤痕现在还露着红肉。皮衣服一边的毛靠近火睡觉时给烧焦了，有些全烧光了，破烂不堪，脏得很。

　　美尔牧特·提德注意到晒得黝黑的皮衣上一道道刀割的痕迹，顿时感受到了饥饿的可怕。

　　"你——是——谁？"提德一字一句地问。

　　没有反应。

　　"你从哪儿来？"

　　"美国船，快如飞。"他唱了一句，声音颤抖着。

　　"一定是顺河而来的吧？"提德说着，一边摇他，希望他能更清醒一些。

　　提德刚一挨着他，他就触电似的大叫了一声，痛得手捂着腰，然后，慢慢站起来，半靠着桌子。

　　"她笑话我，这样望着我，愤愤地，她就是，不来。"

　　越说越低，最后几个字几乎听不清了，若不是美尔牧特·提德抓住他的手腕，他就倒在地上了，提德问："谁不来，你说的是谁？"

"恩嘉，是她。她打我，就这么着，又笑我，最后——"

"怎样？"

"最后——"

"最后怎么啦？"

"最后她就躺在雪里，一动不动，现在还在——"

两个人都呆了，你看着我，我看着你。

"到底谁还躺在雪地里？"

"恩嘉，她望我的眼神是那样，愤愤的，然后——"

"噢，她又干了什么？"

"她用刀子一下一下地——可她连这么点儿劲都没了。那地方遍地黄金，多极了，我走不快。"

"恩嘉现在在何处？"美尔牧特·提德狠劲摇那人，"恩嘉是什么人？她在哪儿？"从这个人的话里可以知道她一定快不行了，正在不远处的雪地里等着解脱呢。

"她——在——雪——地——里——"

"接着说！"提德用力攥着他的手腕。

"我——也——想——在——雪——地——里，可——为——了——还——债，很——重——要——的，我——我——非——还——不——可，我——的——"他艰难地一字一字地说着，又从旅行包里掏出个鹿皮袋子，"这——笔——债——五——镑——金——子——美——尔——牧——提——德——垫——款——请——"说到这里他一点儿劲也没了，脑袋垂到桌上怎么也扶不起来了。

"他就是尤利西斯，"提德把金子放在桌上，默默地说，"阿格赛尔·高帝生和他女人准没命了。好啦，先把这个印第安种儿抬上床，盖上毛毯，他会康复的，到时候还能讲一大堆故事给我们呢。"

给他脱或者说割下衣服时，他右胸口那儿是两处没愈合的伤口，时间一长血肉都硬邦邦的了。

三

"也许你们会明白，这是我的亲身经历。从头说吧，说说我、那个女人和那个男人的事。"

用獭皮换狗的人向火炉靠得更近些，像把珍贵的火种失而复得似的无比爱惜。美尔牧特·提德挑亮油灯，往那边挪了挪，灯光正照着讲故事者的脸，普利思也从床边凑过来。

"我叫那司，一个酋长的儿子，并且也当上了酋长。我出生在我爹的皮船上。那是漆黑可怕的一夜，暴风雨怒吼着，海浪直往舱里灌，女人们全部往外弄水，男人拼命地摇桨，谁也来不及照顾一下我娘，海水竟在她胸前结成了冰……浪退下时我娘已永远地抛下她哇哇啼哭的儿子走了。

"那时候，我们住在阿克顿……"

"在哪儿?"美尔牧特·提德睁大了眼睛。

"阿克顿属于阿力生群岛，比耶哥尼克岛、卡莱达克岛远，比乌尔玛格岛还远，四周全是海，东边是几个孤零零的小岛。我们以为哪儿都是这个样，也不想别的。我们的房子都连在一块儿，房后边是树林，前面是黄色的海滩，我们的皮船就放在那儿的一长条岩石上。我们这伙人就在这一小块地方以捉鱼、捉海豹和捉海獭为生。

"我的身世还有一段故事呢。听老人们说——他们是听父母们说的——从前我们岛上不知从哪儿来了两个男人，皮肤是白的，跟你们一样，身体虚弱得很，像没猎物可吃的忍饥挨饿的小孩。我们那儿三面是海，他们乘着自己的小船一天到晚四处转悠。好多天过去了。一开始这两个人不习惯我们那儿的生活方式，但鱼和油脂一天天使他们结实起来，他们变得凶猛厉害。

"后来，他们造了房子，娶了我们那儿最出色的女人，不久，也都生了孩子——我父亲的爷爷便出世了。

　　"现在你知道为什么我跟同伴们不一样，我有那个从遥远的天外来的白人的强壮的血统。这两个白人性情暴躁刚烈，成天跟人吵嘴打架，直到再没一个人敢跟他们较量才行。然后他们当上了酋长，废除老一套条条，全部立了新规矩，他们规定男人要跟随他父亲，而以前男人是他母亲的孩子，并且大儿子要继承他老子的职位和一切，其他孩子不论男女都得自己谋生。他们立了许多进步的规矩，如何捕鱼啦、怎样捉熊啦——我们林子里熊特别多——怎么保存食品，以防不测。这些又给大家带来不少益处。

　　"他们当上了酋长后再没人敢冒犯他们了，可这两个外来的白人内部厮打起来，我得了他血统的那一位，首先抓起捕海豹的大叉直刺过去，刺了有胳膊那么深。这样他们的孩子继续较量，孩子的孩子接着打下去，把仇恨埋在骨子里，经常互相伤害，直至我这一辈还照样如此。因为每家只有一个继承人，我们家就剩下我一个人了，他家只丢下一个女孩，就叫恩嘉，跟着她娘一块儿住。一天晚上她父亲和我父亲都出海打鱼，都没再回来。后来给浪冲到沙滩上，两人扭在一起分都分不开了。

　　"人们对我们两家的深仇大恨又惊又叹，老人们既感叹地摇头，又说等我有了孩子，她也有了孩子，还要继续比试下去。我从小就听人这么跟我说，渐渐地相信了他们，认为恩嘉是敌人，将来生下小孩一定会和我的孩子打斗。我对这事念念不忘，终于长大成了一个小伙子时我问他们究竟为什么要如此这般。他们对我讲：'这我们可不清楚，只知道你们祖宗就是那样子了。'我觉得根本没什么道理非如此不可，打过的人都死了，还要让后代们接着厮杀，真是荒唐。可大家偏都认定要打下去，我那会儿还年轻得很。

　　"人们告诉我一定要早早结婚，那么我的孩子就先长大成人，占一定优势。你知道我是酋长，有财产，有祖宗的功劳和他们定好的规矩、制度，大家都非常尊敬我。要结婚容易之极，姑娘们都想嫁给我，可我一个也看不上。老人们、姑娘的母亲都急着催我赶紧结婚，听说不少猎户都跟恩嘉她娘商谈聘礼了，要让她抢先生了孩子，那我的下一代就处境不妙了。

"可我还是找不到一个特别合适的姑娘，就在那天傍晚，我刚刚打鱼归来，夕阳低低地迎面正照着我的眼睛。几只皮船从飞溅的洁白的浪花处乘风而来，轻快如飞。忽然恩嘉的皮船从我旁边擦过去，那时候我还很年轻，可不知为什么，她望了我一眼。我一下子就明白了，就是那种情投意合的事儿。她的脸蛋给浪花打湿了，头发像黑色的云朵轻盈地飘动。等她想起来赶路，划起船桨时，又转过头看了我一眼——还是那种天使的眼神，她那样子，只有恩嘉这样的女人才配有。我们一前一后飞也似的蹿出去老远，把那些慢吞吞的大船丢在远远的脑后，响起一阵喝彩声。她划得飞快，我心情高涨，但还是没追上她。一会儿风更大了，海面上浪花叠起，我们的船像海豹一样迎着金黄色的阳光，伴着波涛声，在白色的浪花丛中奔驰而去。"

他绘声绘色地比画着，弯着腰，身体已从小凳上站起来，像划船比赛似的。他早已忘记眼前的炉子，沉浸在美丽的故事中：颠荡起伏的皮船，恩嘉迎风起舞的黑头发，风声，咸味的海水……完全把他的脑子占满了。

"她船一靠岸，就大笑起来，飞奔回她母亲的房间。一宿我都没睡，终于做出一个无愧于阿克顿人民的伟大决定。到了半夜月亮升起来时我迫不及待地走到她母亲那儿，门口堆放着一个非常结实的猎户——叫亚西奴亚的小伙子——的聘礼。在他之前已经有好几个男人把东西放在那儿然后又自行搬走了，堆的东西却越来越多。

"看看天上有月亮和星星，我不由笑起来。然后回到我放财物的那间房子，开始一趟一趟地搬东西，直到高过亚西奴亚的那堆一只手。堆的东西又多又好，有熏鱼和鱼干，有四十张海豹皮、二十张毛皮，而且每张皮都装满油扎好了口，还有春天我在森林里打到的十张熊皮。至于玻璃球儿、毛毯和红布是跟东边的住户换来的，他们则是跟更东边的人换的。看着亚西奴亚的那堆财礼，我忍不住大笑一通，我的祖辈建功立业，制定礼俗，名垂千古，我一个阿克顿领袖，财产比此类年轻小伙不知要多多少倍。

"天一亮我又起来看看情况。我走到沙滩上瞭了瞭恩嘉姑娘的房子，我的东西还在老地方，没人动过。许多女人指指划划又说又笑。我没想到，因为从来没人能出得起这么多。当天夜里我又添了许多东西，包括一条非常漂亮的新皮船，还从未下海使用过的。第二天却仍然没被受纳，所有的人都取笑起来。真把我气坏了，恩嘉的娘真是太刻薄了，当着全族的人让我遭此羞辱。到了晚上，我又加了许多东西，把那条价值二十条船的大皮船也从海里拖到她门前。结果，早晨谁也看不见那堆东西了。

"接下来，我开始准备婚礼，丰盛的宴席和给客人回的礼品都很齐备，连远在东面的客人也要来为我庆贺。按我们计时的方式我比恩嘉要小四个太阳，还只算得上个毛头小伙儿，但我家世代做酋长，也没什么说的。

"这时，海平面上缓缓露出一张风帆，海风一阵阵吹来，帆越来越大。船上的人忙着用力开动抽水机，水从排水口流出来。一个高大的男人站在船头，他有一双海水似的蓝眼睛，海狮毛般的黄头发，像南方成熟的稻草，又像水手编绳子用的马尼拉黄麻。他正高声断喝着，打雷似的发布着命令，一边察看水位的深浅。

"前几年我们就见过这种远处而来的大船，但没有一艘在阿克顿靠过岸。这一来宴会也散了，妇女孩子都躲进屋里，男人们全拿起弓箭长矛，等着那伙不速之客。但是，等大船靠了岸，那伙陌生人并不搭理我们，只忙他们自己的事去了。海潮退了，他们把这只双桅船侧倒在地上，一起动手修补船底的一个大洞。女人们又都不声不响地回来了，继续品尝着各种美味佳肴。

"涨潮时，他们把双桅船抛锚在深水处，径直向我们走过来。他们很有礼貌地送上一些礼物，所以我们也以礼相待，让了座，末了还慷慨地给了他们纪念品，因为我毕竟是阿克顿的一酋之长，又是喜结良缘之日。那个铁塔似的黄头发男人也来了，他身高体健，结实无比，举手投足仿佛地也会为之一震。他目不转睛地盯着恩嘉，两只胳膊交叉在胸前，直等到日落西山，繁星点点，他方回船上去。他走后我马上拉着恩嘉的手带她回我自己家去了。妇女们像通常那样在我家又笑又唱，取笑逗乐，后来大家渐渐散去，只剩下我们俩了。

"欢愉之声还隐隐可闻，那个黄毛流浪汉不知何时已进到屋里来了。他坐下打开他的几个黑瓶子里的一个，我们一起快活地喝起来。你知道我那么年轻，又住在天边，什么也没见过。我一杯接一杯地喝，血像烧着了，心里飘飘然，像浪花顶上的泡沫飞上了天。恩嘉坐在一堆堆皮子上不声不响地看呆了，又害怕又不知怎么办。那个长着海狮毛头发的人直盯盯地瞧了她一大会儿。接着，他的手下把一捆捆的货物——全是阿克顿岛上见不着的——放在我面前。有大枪小枪、火药、子弹、炮弹、光亮光亮的斧子和钢刀，尽是些上等的好家伙，还有不知道名堂的许多怪东西。他先打手势，意思是这些全给我，我还心想这人真了不起、真大方，可他接着又示意要带恩嘉走。天哪，这小子要恩嘉坐上他的船跟他一块走！我祖宗的热血顿时涌上来，我抓起长矛就想要一下戳穿他，可黑瓶子里的该死的液体弄得我一点儿劲都没了，他抓起我的脖子往墙上乱撞我的头。几下我就昏了，像个婴儿空有两条腿却站都站不住。他已经把恩嘉拖向门口了，恩嘉尖叫着，两手乱抓起来，把东西弄翻了一地。后来那双巨大的手臂把她抱起来，恩嘉狠劲扯他的黄头发，他却冲她哈哈大笑，像大雄海豹发情那么野蛮。

"我爬到海滩边喊手下人，他们都被震住了谁也不敢上前。只有亚西奴西是个真正的勇士，那些人举着桨狠捧他的脑袋，一直打得他趴在沙滩地上动不了了才住手。接着他们上了船，撑好帆，唱着歌顺风驶去。

"人家都说，这样也罢，往后阿克顿就没人打什么仗了。我什么话也没说，月圆那天，往皮船上放些油和鱼之类，径直向东边出发了。一路上看见许多岛，岛上有许多人，我在荒郊野外住了这么多年，头一回大开眼界，原来外面大得很呢。我用手势问他们见没见过双桅帆船及长着海狮毛般黄头发的大个子男人，他们却不明白，就是老指着东面。我什么样的人都遇见过，什么稀罕的东西都吃过，什么地方都睡过觉。人们大都当疯子一样笑话我，但有时候老人们在阳光里为我祝福，有的年轻姑娘听了我讲的外来船、恩嘉和那伙航海的家伙的事儿都眼泪汪汪的了。

405

"我一路穿洋跨海，风雨兼程，到乌那拉司加岛见到了双桅帆船，不过没有我要找的那一条。再往东走，世界越来越大，寻遍了路那奠格岛、哥迪亚克岛和阿土格内克岛，还是没那条船的音讯。一次，一群人在一座岩石山里凿出几个大洞，边挖边把挖出的石块运到船上，那儿也有一条双桅船，当然不是我找的。我不明白为什么运这些看起来遍地都是的破石头，简直是小孩子过家家玩呢。但他们给我饭吃，并强迫我参加一块儿干。船吃水很深了，船长给了些钱让我走。我问去什么地方，他向南指了指。我又用手比画说我想同他一起走，他冲我大笑起来，我还要坚持，他就留我在船上帮忙——这会儿，船上正缺人手。慢慢我学到很多经验窍门，连说话也跟他们一样了，尤其知道狂风突起时要卷起硬邦邦的帆，专人拉锚索，轮班掌舵。不过这不值得奇怪，就算是继承祖业吧。

"开始我心想到了他们族人的地方，找他没什么不方便。第一次要到达陆地时，船从海峡进入港湾，我觉得这儿也一定有好几只那样的双桅船，我要找的一只定在其中。可一到码头我才发现这种船跟小鱼似的密密麻麻排得足有几英里长，我上前去一个挨一个地打听是否有人见过一个头发如海狮毛的男人，我听不懂那么多种天南海北的话，只知道大伙都在笑我这个乡巴佬。

"嘈杂混乱的城市人山人海，形形色色。永无止息的喧嚣使我头昏脑涨，听觉麻木。在偌大的城市我一张脸一张脸地寻找，一英里路一英里路地打问。经过了许多阳光明媚、如歌如画的地方，走过满地是吃不完的庄稼的平原，还有不少那种男人行骗女人扯谎、唯利是图、丧尽天良的地狱般的大城市。可我那阿克顿海岛上的人们整天无忧无虑地捕鱼狩猎，还以为世界只有自己待的那么一小片。

"我怎么也忘不了那次打鱼归来时恩嘉的神情，冥冥中老认为总有一天，我一定能见到她。在岛上时，她喜欢伴着蒙蒙夜色在寂静的小路上散步，有时我真忍不住，顾不得茂密的庄稼上沾满的浓重的晨露去追赶她，她那天使的眼神啊，只有恩嘉这样的女人才有如此的眼神！

"我四处游荡，经过了成百上千的城市。有的人客客气气地给我饭吃，有的只取笑我，还有人无缘无故地骂我。无论怎样我都不吭声，只是默默地往前走，从这条陌生的路走向那条陌生的路。遇上铁石心肠、一心只想从同胞骨子里榨油的那种人，我这个酋长的儿子并且也是酋长的人也得给这些满口下流话的混蛋做苦工。唉，就是没有我寻找的人的一点消息。我像海豹归巢一样回到了大海上，那是一个北方国家的海港，却终于听到一点线索。在那儿听人们说有这么个黄发大汉，只知道他以抓海豹为业，正在海上狩猎呢。

"当时正是捉海豹的黄金季节。我上了几个迟迟懒得起程的希洼瑟人的一只猎船，沿路北去。一晃几个月过去了，我们被颠得个个劳累困顿。他们讲了很多船队的事，也讲了许多那个黄头发男人的野蛮故事，不过压根没有遇到他。我们继续北上，在布雷底洛弗群岛海滩捕获到一大批海豹，往船上搬的时候它们的身子还热乎乎的。我们结结实实地堆了满满一大船，甲板上连一个立足的地方都没剩下，排水口成了排油和血的口。这时一艘轮船向我们追来，还向这儿发射大炮。那条破轮船走得一点也不快，我们扬起满帆，乘风破浪，不一会儿就钻进茫茫雾海里，大浪挟着海水不停地冲刷甲板，把什么都洗得一尘不染了。

"那个黄头发的流浪大汉到达布雷底洛弗岛时，我们受到炮击吓得半死，扯起帆一溜烟逃跑了。他上了岸，直奔工厂，命令手下人一部分威胁住工人，一部分抢劫了有一万张生皮，从仓库搬上他的船里。这虽然是传说，但我知道他一定干得出来。沿海漂泊的这些天虽然没亲眼见到，却灌满了耳朵。北方海洋上的人对他的野蛮暴行无人不知，有三个大国还派人捉拿他。我也听说了恩嘉的事，人们说她老跟那小子在一起，看起来她喜欢那种生活方式，人们都对她称赞不已。当然没有人像我这样清楚她的心永远属于阿克顿的黄沙滩和人们。

"我又一次回到那个海峡处的港湾是很久以后的事，一到就听说他穿过洋面到俄罗斯南部的东海岸温暖些的地方捕海豹去了。那时候我已成了一名真正的水手，立刻乘上他们族人的双桨船按他的行径追着去抓海豹。很少有船到这个新地方来，整个春天我们守着海豹群迫使它们慢慢南下。

后来天气常常起雾，母海豹怀了小豹全游到俄罗斯沿海一带，每天都有几个人乘着小船出去就回不来了。大家伙都害了怕，死活不待下去了，船长没办法只得原路返回。我知道那个黄头发的野大汉不会被吓住，他肯定跟着海豹群一直追到偏远的俄罗斯群岛。趁守望的水手在船头甲板上打瞌睡，我摸黑驾着小船往温暖的长岛方向驶去。我一路朝南行驶，到江户加入了又一伙儿不懂害怕是什么的队伍。吉原的姑娘们特别漂亮，个子矮矮的，皮肤细腻而光滑。我一心想着恩嘉，一个劲儿地在北方的海豹窝附近冒险流浪，急急地赶路，顾不上停歇片刻。

"江户的人鱼龙混杂，哪儿来的都有，无家无地也没什么信仰，坐在悬着日本旗的船里，徐徐开往富强的铜岛海湾，这时我们的船舱已高高堆起了一座皮山。这儿真是太寂寞了，到现在还没遇见一个人。接着某一天，大风吹散了浓雾，一前一后两条船紧紧跟着向我们这边奔来，前面一只是双桅帆船，紧追不放的是俄国战船，烟囱里冒着阵阵浓烟。我们把帆张满，趁着横扫过来的狂风使劲地跑，可那只双桅船比我们跑得更快，我们走两尺它就走三尺，所以眼看向我们逼过来。一个有着海狮毛般黄头发的家伙站在船尾，他正手按着使帆的横木，冲我们笑着，看上去浑身是劲。恩嘉在他旁边坐着，我一眼就认出她了，他在炮弹快要射到船时把她安置到舱里去了。你知道我们前进两尺他就前进三尺，一个浪把它绿色的舵在我们眼前高高掀起来，这时俄国人的炮弹已经打在我们船上了，我边掌好舵，边骂这个诡计多端的家伙，我知道接着是什么场面了——我们被抓住，他却趁势逃掉。什么都来不及了，我们的桅杆被轰倒了，船像受伤的海鸥一样乱转着飞不出去，就在这会儿他和恩嘉飞也似的冲向前方，很快没影儿了。

"我们被俄国佬带到某个他们的港口，又送到一个荒野里被迫下矿淘盐。有的被折磨死了，有的硬是活了下来。"

他说着揭开毛毯，露出一道道鞭打的伤疤，那种疙疙瘩瘩的肌肉真惨不忍睹，普利思赶紧帮他盖上。

"我们度日如年。起初往南逃，总被他们捉回来。后来一天夜里，大伙夺下警卫们的枪，拿着它往北面走。那地方幅员辽阔，平原湿润，森林非常之多。最糟糕的是天冷后地上雪特别深，连路都认不出。我们在无边无际的大森林里熬了好几个月，疲惫不堪，饥寒困顿，有时一点吃的都没了，我们就躺下等死。末了，只剩下三个人走到冰冷的海边。从江户来的那个船长了解这一带大陆的地形，他知道从哪儿可以到达另一块陆地。他领着我们不知走了多久，只剩我们俩了。到可以从冰上渡过海去的地方，我们遇见了五个当地的陌生土人，他们有那么多狗和皮子，我俩却一无所有。所以，我们跟他们打起来，最后把他们全打死在雪地里，那船长也死了，一切都是我的了。我带上狗和皮子从冰已破裂的地方起程了，又在海上漂流了一阵子，一股大西风把我刮上了岸。我到了芬勒温海湾，巴士德里克，还拜访了那个神父。再往南就回到我第一次所到的那个阳光明媚的地方。

"但是，在海里已经不再能有所作为了。捕捉海豹，冒很大的风险，却只能赚到很少的钱。船队已经七零八散，那些船长和水手，没有一个人能告诉我，我在寻找的那个人的下落。所以我离开了大海，离开了那永远也不会静下来的大海，来到陆地上，在这个充满了树木、房屋和山脉的大地上四处奔波。我走得非常远，学到了很多过去不懂的东西，甚至包括读书和写字。我觉得，这么干也许是对的，我一直这么认为。

"恩嘉一定学会了这些东西，总会有那么一天，到时候……我们……你们当然清楚，到了那个时候。

"我四处漂泊，就像一条小渔舟，虽然乘风破浪，但是却没有舵。不过，我的眼睛随时在留意看，耳朵随时在注意听；我常常有意识地去接近那些见多识广的人，我知道，如果他们见到过我要找的那两个人，他们肯定会记得的。直到后来，我遇到了一个刚从山里走出来的人，他有几块矿石，这矿石上嵌着许多有豆子那么大的金粒。他不仅听别人说起过他们，而且亲眼见过他们，还认识他们。他告诉我，他们发了财，就在那个地里有金子可挖的地方。

"那是个荒僻凄凉的地方，非常遥远，我最终还是走到了那个宿营地。

它隐藏在群山之中，在那里，人们白天黑夜不停地干活，总也见不到太阳。时机又错过了。从那些人的话中我得知，他已经离开，他们已经离开此地，到英国去了。据说，此行的目的是为了寻找有钱的合伙人来一起开公司。我看到他们住过的房子，像古老王国的皇宫一般。夜晚，我从窗户里爬了进去，想看看他究竟是怎样对待她的。我从一个房间走到另一个房间，感觉好极了，只有帝王和皇后住的地方才会是这个样子。人们都说，他对待她，像对待一位真正的皇后。人们还感到非常奇怪，弄不清这位皇后陛下究竟是哪一个民族的人，显然她有着异族的血统，跟阿卡屯的女人当然有别；但是没有人知道是怎么回事。诚然，她的确是一位皇后，不过那个帝王或者说酋长是我，一位真正的世袭酋长。为了这个女人，我曾付出了无法估价的皮子、船以及玻璃蛋子。

"但是，我又何必多费唇舌呢？作为一名水手，我懂得一条船在海中航行的路线。因此我跟踪去，到过英国，还到过几个别的国家。有时候，从一些人的口中我听到了他们的消息，有时从报纸上我还读到过他们的行踪。但是我却从未见到过他们。因为他们有钱，行动起来非常迅速，我不过是个穷光蛋罢了。后来，他们突然倒了大霉，一夜之间，他们的巨额资产烟消云散。一时间，报纸整版整版地报道这件事，过后就一字不提了，完全销声匿迹。我知道，他们肯定又到了那个能够挖出金子的地方。

"现在，他们也像我一样穷了，全世界都无情地抛弃了他们，只有我还没有。我仍旧四处流浪，从一个宿营地到另一个宿营地，甚至到过北方的库特奈一带；在那里，我又得到了一点过时的线索。他们到过那里，但已经又走了。有人说往这边去了，有人说向那边去了，还有人说他们已经到育空河一带了。所以我有时往这边走，有时又朝那边走，总是不停地东奔西走，以至于厌烦了这个无边无际的世界。在库特奈，我曾经同一个西北的当地人结伴而行。那是一条漫长而又艰难的道路，由于不堪饥饿的折磨，他想一死了之。他知道一条无人知晓的道路，可以翻山越岭直抵育空河。他知道自己不行了，临终之前将一张地图交给我，并且把秘密的地方跟我说了，他以他的神的名义起誓，说在那个地方我能找到数不清的金子。

"那时，正赶上大批的人拥向北方。因为穷，我只好卖身糊口，为别人赶狗，其余的事情你们已经知道了。在道生，我遇到了他们。

"她一点也认不出我了。当初我还是一个小伙子，她的生活又如此富裕，她根本就无暇想到我。为了她，我付出的代价难以数计。

"难道不是吗？我由于你的帮助，提前脱离了苦役。我回过头来，要把事情以我自己的方式去了结。我已经等了很久，现在，他终于落到我的手中，所以我不慌不忙，从容不迫。刚才我说了，我打算用我自己的方式了结这件事。因为我想起了我的一生，回忆起了我看到的和经受过的一切，在俄罗斯海边的森林里，我曾经受冻挨饿。你们也知道，我带着他们一直往东走，向东而去。那个地方，去的人很多，活着回来的却很少。我打定了主意把他们带到那个堆积着黄金和白骨的地方，那个令人诅咒的地方。

"雪地上的路是漫长的，而且还没有被踩出来。我们的为数众多的狗，每天都要吃大量食物，雪橇上不可能放得下开春前所有的东西，我们必须在河水化冻之前赶回来。因此，我们沿途藏了许多粮食，这样既可以减轻雪橇的负担，在返回途中又不致饿死。在麦克奎森，住着三个人，我们在他们附近搭了个棚子把粮食藏了进去。到马育时，我们又搭了个棚子，那儿住着十二个佩利人在打猎，他们从南面的分水岭而来。再往东走下去，我们就看不见人了。沿途只有沉睡的河流，凝固般一动不动的森林和大北方那寂静的雪野。我刚才说了，这条雪路漫长而没有被踏出来。有时候，我们累死累活整整一天，不过才走出去八到十英里，到了夜里，我们睡得跟死人差不多。他们做梦也不会想到在他们身旁的人就是阿克顿的酋长、复仇者。

"这时候，我们沿途所搭的粮食棚比以前小了，等天黑之时，我穿过我刚踏出的雪路又回到那里，把棚子弄得变个样，让人看了误以为粮食已经被黑獾偷走。这样的事情，做起来轻而易举，神不知鬼不觉。还有，一

411

些地方水势很急，冰只结在浮面上，底下的那层冰总是被水冲刷，所以很容易掉到河里。有一回，我赶的雪橇和狗一块儿掉进了河里，对他和恩嘉来说，这当然是一种损失，不过类似的事情再也没有发生过。那辆失掉的雪橇上装着很多粮食，并且套着最结实的狗。他对此并不在乎，倒因为精力旺盛而大笑起来。从那以后，他就只用很少的余粮喂那剩的几条狗，后来干脆切断缰绳，把狗一条一条地拉出来，让它的同伴吃掉。他说，这样下去，回家时我们就很轻松了。一路之上，我们可以从一个粮食棚吃到另一个粮食棚，用不着狗和雪橇了。这倒是实话，现在我们的粮食的确少得可怜。到了那个晚上，我们终于走到了那白骨累累、黄金成堆的地方，那个被临死之人诅咒过的地方。这时，最后的一条狗也死于套索之中了。

"地图上画得不错，那个地方就在群山之中，可是要走过去，我们得在一座冰封的分水岭的峭壁上凿出阶梯来。我们原指望在分水岭后面有个山谷，但是却没有。只有一片伸展得犹如个大平原一样的积雪。在我们的四周，耸立着巍峨的高山，银色的峰顶仿佛触到了满天星斗。那个本该是个山谷的雪原上，大地和积雪向下沉去，仿佛一直沉入了大地的心脏。假如我们没有当过水手的话，眼前的景象一定会弄得我们头晕不已，但是我们却一直立在这个令人眼花缭乱的山边，想找一条下去的路。好在其中的一边，而且也只有这一边，峭壁是逐渐倾斜下去，不过也陡得跟狂风巨浪冲击下的甲板差不多。我至今也不懂这个坡为什么是那个样子，然而它却一味地那样下去。他说：'这是地狱的入口，让我们走下去吧。'于是，我们就走了下去。

"在谷底，有一座小木屋，大约是从前搭的，木头是从上边扔下来的，这个木屋年代久远，先后来到这里的人，都孤零零地死在了那个木屋里。从地上我们发现了几片桦树皮，上面有他们的遗嘱和诅咒：有一个死于坏血病，还有一个因为他的同伴抢了他仅有的粮食和弹药逃走了，所以他死了，第三个人遭到了一头脸上有白斑的灰熊的攻击，第四个曾经想打猎充饥，最终还是被饿死了……别的死人，情况也都差不多。总之，这些人舍不得离开那些金子，所以都死在了金子旁边，只在死的方式上略有不同而已。他们挖出来的那些没有用处的金子，在木屋的地板上散得到处都是，一片黄澄澄的，像一个梦境。

"不过，被我引入此地的那个人非常镇静，他头脑很清醒。他说：'我们连一点吃的东西也没有了，所以只能看一眼这里的金子，搞清楚它们来自何处，共有多少。然后我们得迅速离开，免得被迷住了眼睛，丧失了理智。只有这样，我们才能重新回来，多备粮食，那么，所有的金子就归我们所有了。'于是，我们勘察了一下那个矿脉，它贯穿整个谷壁，犹如人的筋脉一般。我们对它进行了测量，又从上至下绘出轮廓，然后又打了些木桩，在树上刻上字，表明所有权属于我们。那时，因为没有东西吃，我的肚子疼痛难忍，膝盖打战，心跳加剧，扑通扑通像是要从喉咙里蹦出来。最后我们爬上了那个大峭壁，又走了回来。

"在最后一段路上，恩嘉得由我们两个人架着走，我们不停地摔跤，终于走到了那个粮食棚。看哪！粮食丢光了。这件事我做得非常巧妙，看上去很像是被黑獾偷走了。他开始一个劲地诅咒黑獾和他的上帝，不过恩嘉表现得很英勇，她仍旧微笑着，把她的手放进他的手中，我气得背过脸去，尽力克制着自己。她说：'我们在火堆旁休息吧，等到早晨再走；我们把鹿皮鞋先吃掉，增加点体力。'这样，鹿皮鞋的底子被切成条状，煮了半夜，我们勉强把它嚼碎吞下。第二天早晨，我们分析了一下目前的处境。距下一个粮食棚，还有五天的路程；我们怎么也走不到那里，一定得找到野兽才行。

"'我们打猎去。'他说。

"'好，'我说，'我们去打猎吧！'

"按照他的规定，恩嘉留在火堆旁，保存体力。我们俩分头行动，他去找麋鹿，我趁机到那个被我挪过的粮食棚那儿，不过我只吃了一点，我不想让他们看出我的体力很强。那天晚上，他摔了不知多少跤，才艰难地回到露营地。我也假装虚弱，跌跌撞撞，绊住雪鞋摔倒，好像每一步都是最后一步似的。

"直到后来，我们吃了鹿皮鞋，才又有了点力气。

"他实在是一条好汉。依靠精神的力量，他一直支撑到最后时刻。除非是为了恩嘉，他从来没有大声哭过。第二天，我故意跟他一道打猎，免得看不到他的结局。他时常躺倒休息。到了那天晚上，他几乎不行了；可是早晨来临时，他仍然起来了，有气无力地骂了一阵儿，又往前走。他的样子像一个喝酒喝醉的人，有那么几次，我认定他完蛋了，然而他却是一个坚强无比的人，有着巨人的精神，来支撑他的身体，又熬过了整整一天。那天，他打了两只松鸡，但是自己不肯吃。松鸡不必用火烤，可以生吃的，吃下去就能救活他的命，但是他惦念着恩嘉，一打到松鸡转过身就往营地走。他再也走不动了，只能用手和膝盖在雪地上爬，我走近他，从他的眼睛里，我看见了死亡。即使到了这一步，他只要把松鸡吃下去，也不算太晚。他把来复枪扔掉了，用嘴叼着那两只松鸡，像狗一样往前爬。我挺着身体走在他的旁边。他在休息时总是迷惑地望着我，不明白我为什么会如此强壮。虽然他已经说不成话了，但是我能看出他的嘴在动，不过发不出声音。我刚才说过了，他实在是一条好汉，这样想着真有点于心不忍，可是一想起过去的一切，一想到在俄罗斯森林里我所吃的那些苦、挨的饿和受的冻，我就狠下心来。况且，恩嘉本来就是我的，为了她我付出了难以数计的皮子、船和玻璃蛋子。

"照着这个样子，我们穿过了白茫茫的森林，周围死气沉沉，浓雾朝我们弥漫过来，使我们忆起往昔，我们被沉重的记忆包围纠缠着。我仿佛又看到黄色的阿克顿海滩、归航的皮船、林边的家，还有两位独立的头领，他们按照自己的方式生活着，他们是我和恩嘉的先祖。哦，差点忘了亚西奴亚了，他是我的伙伴，他头上乱蓬蓬粘着泥土，摔下去折断的那一根长矛还握在手中。我晓得是时候了，我看到在恩嘉的眼睛里有默许的神色。

"上面提了，我们穿过了丛林，这时突然闻到篝火的气味，我就蹲下来，从他嘴里拉出那两只松鸡，他动了动，又停下来，表情显得惊奇，身下的手缓缓地朝后腰上的猎刀摸去。我上前卸了他的家伙，看着他笑，他仍旧弄不清楚怎么一回事。于是我给他表演从黑瓶子里饮酒的动作，装着在雪地上堆起很高的货物，把新婚之夜所发生的事重演了一遍。我无声地干着，他终于明白了，便面露嘲讽，丝毫不害怕，甚至有几丝气恼，这使他增加了力量，他努力向前爬去，积雪阻碍了他，他移动得很慢很慢。有一次他停住不动了，我就把他翻了翻身，他的眼睛盯着远方，忽而又失掉了任何神情，我不再理会他的时候，他会接着往前再爬过去。我们最后挪到了篝火边，恩嘉马上扑向他，他的嘴颤抖着发不出声音了，用手指着我想说什么，随后便趴在了地上，在雪里默默地躺着。

"我一声不吭地烧着松鸡，什么也不提。后来，我张口了，但说的是家乡的语言，她肯定多少年都没有听过这种乡音了。她呆住了，直起身子，吃惊地看着我，眼睛瞪得溜圆，立刻询问我从哪儿学的这话，问我是谁。

"我说：'我是那司。'

"'什么？是那司？'她朝我爬过来想辨认清楚。

"我告诉她：'是我，阿克顿的酋长家最后的遗脉，正如你也是你家里最后的香火。'

"她猛然迸发出笑声。我愿以我的生命中的一切发誓，再也不要听到那种刺耳的笑声了！在这白茫茫雪原之中，死神和尖笑的女人陪着我，我的心已冷了。

"她的神经看来受了刺激。我就对她说：'来吃下些食物吧，我们还要返回遥远的阿克顿呢！'

"然而她却把脸埋进他的黄头发里，笑着哭着，哭得仿佛世界的末日到了似的。我原来以为她见到了我会欣喜若狂，而倍加珍惜旧情，不料使我吃惊的是她竟如此表现。

"我使劲抓住她的手，朝她喊道：'让我们离开这儿！快走吧！'

"'上哪儿？'她直起身茫然地询问，她停住了笑。

"'回阿克顿呀！'

"我热切地希望用'阿克顿'这个名字吸引住她，使她正常而兴奋起来。

415

"但她流露的是与他一样的表情，嘲讽夹杂着愤怒。

"'行啊，走呀，我与你肩并肩回阿克顿，待在那种肮脏的草棚里，以鱼和油脂为餐，生儿育女，为他们自豪。离开这个地方，会幸福的，会愉快的。好！真是很好的打算！走呀，让我们回阿克顿去吧。'

"她恶狠狠地吐出这些话，脸上呈现出笑意，眼中没有真诚，她在用手理着他的头发。

"我不知道怎样回答，弄不清这究竟是怎么了。我又想起那个晚上。他抢她，她是那样地挣扎嚎叫，而今天她这样温柔地对待他。这么多年，我的艰辛和我的等待都将白费。我上前牢牢地抓住她，像他抢她那样去拖她，她也像当年那样躲着，像一只保护幼崽的母猫一样抵抗我。我们拉扯着，离开那个男人一些距离后我松开了手，让她坐下来听我的故事。

"讲到在汪洋大海中的遭遇，讲在异国他乡的处境，讲多年的流浪岁月，讲那些艰辛、饥饿和第一次见面她对我的一见钟情，我告诉了她所有的一切。在我的话的引导下，她好像又有了对旧情的追忆，情感显得悠远绵长，像黎明时分的霞光，里头包含了一个女人的万般柔情和火一样的炽热。那是怎样的充满爱情的灵魂啊！在她的光彩中，我仿佛又回到了青春时代，正是这种眼光，照耀着我焦虑不安的心，抚慰着过去所遭受的种种伤痛。我受着她的吸引想投身于她的怀抱，不顾一切。看见她伸出了手，我就扑过去，突然她脸带愠怒，拔出我的腰刀向我刺过来，一下，又一下。

"'猪狗不如的东西！'她冷笑着叫着，划破了死寂的夜空。她把我推开，向他爬过去。

"她并没有刺死我，因为她没有什么力气了。可我真想死在他们的身边，我与他们的生命已经不可能分割开来，我付出了惨重的代价。但是我的心头有一块重石，使我不能安息。

"路还很遥远，天又严寒刺骨，粮食所剩无几，佩利人找不到麋鹿，打劫了我的小粮库。三个白人也遭了厄运，枯瘦地死在木屋里头。后来，我都记不清了，再后来我就来了这儿，见到食品和火，到处是火。"

他停止了说话，渴求地朝火靠了靠。好一阵子没有言语，墙上有灯的影子在舞着，仿佛也在上演着什么悲惨的故事。

"恩嘉呢?"

普利思叫起来，他仍然深深陷在这个故事之中。

"恩嘉? 她不吃松鸡，就那样躺在他身边，搂着他的脸，埋进他的头发里。我给她生了火，让她不至于受冻，她就躲开。我又在另一边也生了火，这又有什么用，她拒绝进食，现在仍在那儿躺着。"

"你以后打算怎样呢?"美尔牧特·提德问。

"我还不知道。阿克顿很闭塞，我不回去了，然而我活着又有什么意思呢? 我去找康士坦丁队长自首，反正有一天他们会绞死我的，也许这样我就睡得安心了……又能怎样，我不知道。"

"提德，这是谋杀!"普利思果断地下了结论。

"嘘!"美尔牧特·提德轻斥道，"也许有些事是人所不能了解的，我们道德规定的范畴又能有多大呢? 这事看来不好判断，我们无话可说。"

那司更近地贴着炉子。没有人说话，只有一幅幅画出现在大家的眼前。